Pat O'Shea

Die Meute der Mórrígan

Pat O'Shea

Die Meute der Mórrígan

Aus dem Englischen von Bettine Braun

Verlag Freies Geistesleben

Die englische Originalausgabe ist 1985 unter dem Titel *The Hounds of the Mórrigan* bei Oxford University Press erschienen.
Wir danken James O'Shea für die Genehmigung der Neuausgabe.

1. Auflage dieser Ausgabe 2023
(4. Gesamtauflage)

ⓔ auch als eBook erhältlich

Verlag Freies Geistesleben
Landhausstraße 82, 70190 Stuttgart
www.geistesleben.com

ISBN 978-3-7725-2910-8

Umschlaggestaltung & Satz: Bianca Bonfert
Foto: © Rekha Garton / Trevillion Images
Druck: BALTO print, Vilnius
Printed in Lithuania

FSC MIX Papier aus verantwortungsvollen Quellen FSC® C107574 www.fsc.org

Klimaneutral Druckprodukt ClimatePartner.com/18507-2307-1011

Für Jimmy, Sheena, die kleine Rosie und Geoff

Luft einen dreifachen Überschallknall, sodass alle Leute auf die Straße liefen und nach einem Flugzeug Ausschau hielten, das es nicht gab. Dann wandten sie sich nach links, drehten sich wild im Kreis und wirbelten am Ostufer des Lough Corrib entlang, *bis sie an einen bestimmten, ganz gewöhnlichen und unscheinbaren Wegweiser kamen, den sie anbliesen, sodass er sich im Kreis drehte wie sie selbst,* und sie schließlich hinter einem kleinen Hügel auf die Erde herabstießen. Dort hielten sie inne, nahmen Gestalt an und wurden augenblicklich sichtbar: *zwei seltsame Frauen auf einem schweren Motorrad.*

Ihre Hunde waren ihnen die ganze Zeit gefolgt.

Wenn sie miteinander sprachen, nannten sie sich Macha und Bodbh, und sie sahen sich um nach der dritten, die ihnen folgte: die Mórrígan – die Große Königin. Sie waren auf dem Weg zu einem Ort namens Kyledove, und sie veränderten unterwegs ihre Namen und ihre Gestalt.

Und all das nur, weil ein Junge gerade versuchte, in einem Antiquariat in der kleinen grauen Stadt Galway ein bestimmtes Buch zu kaufen.

Erster
Te

1. Kapitel

Nachdem er sich vergewissert hatte, dass die Einkäufe für Tante Bina und seine zusammengefaltete Jacke sicher in der Satteltasche verstaut waren, schob Pidge sein Fahrrad durch die überfüllten Straßen. Der Tag war unangenehm heiß. Die Menschen bewegten sich langsam, als seien sie erschöpft, und selbst der junge Polizist auf seinem Posten machte einen verschlafenen Eindruck. Er stand schwankend da und winkte die Autos nur mit einer leichten Bewegung aus dem Handgelenk weiter; und als er schließlich den Arm in die Höhe streckte, um den Verkehr anzuhalten, und sich umdrehte, zum Zeichen, dass die Wartenden die Straße überqueren konnten, bemerkte Pidge einen großen feuchten Schweißfleck auf seinem Hemd. Der Fleck sah aus wie die Landkarte von Australien.

Die Glocke im Turm der St.-Nicholas-Kirche schlug halb.

Erst halb drei, sagte Pidge zu sich selbst. Dann muss ich noch nicht so bald nach Hause.

Er ging weiter und blieb einmal stehen, um zwei Nonnen hinterherzuschauen, die durch die leicht bekleidete Menschenmenge gingen.

Sicher ist ihnen heiß in ihren schweren Gewändern, dachte er. Und sie müssen sogar Strümpfe tragen. Das ist bestimmt kein Vergnügen.

Er bog in eine Seitenstraße ein und sah zu seiner Freude, dass dort ein Antiquariat eröffnet hatte. Das Schaufenster war mit roten Zetteln beklebt, die das Ereignis verkündeten, und alle

Arten von Büchern waren hübsch dahinter angeordnet. Über dem Eingang hingen, wie seit jeher, drei Messingglocken.

Dieser Laden war jahrelang mit Brettern vernagelt – jedenfalls, solange ich mich erinnern kann, überlegte Pidge. Vor langer Zeit gab es da einmal ein Pfandhaus. Wie schön, dass es jetzt ein Buchantiquariat ist!

Außen war der Laden unverändert; man konnte das Schild unter den Messingkugeln noch genauso wenig lesen wie früher; immer noch war die abgeblätterte blaue Farbe zu sehen, mit der einmal ein Name geschrieben stand.

Er schob sein Fahrrad zum Schaufenster und sah durch die Scheibe.

Drinnen war alles freundlich und hell erleuchtet; die Regale, die schon mit Büchern gut gefüllt waren, prangten in neuem Holz, und den Boden hatte man, soweit er das überblicken konnte, mit einem dunkelbraunen Teppich ausgelegt. Die Kasse stand gleich neben dem Schaufenster, und der Buchhändler saß dahinter. Er verhandelte mit irgendjemandem am Telefon.

Auf einem kleinen Schild aus weißem Karton vorne im Schaufenster stand, dass Bücher angekauft würden, allerdings nur solche in gutem, sauberem Zustand. Als Pidge die Auslage musterte, bedeckte der Buchhändler die Sprechmuschel des Telefonhörers mit der Hand und rief hinaus:

«Lehn das Fahrrad nicht an die Scheibe!»

Pidge war betroffen. Er hätte am liebsten geantwortet: «Das wollte ich doch gar nicht!»

Aber dazu war er viel zu höflich, und so schob er stattdessen sein Fahrrad ein Stück weiter, lehnte es an die Wand neben dem Schaufenster und dachte: Diese Ladenbesitzer sind doch alle gleich. Na meinetwegen, aber ich habe noch nie gesehen, dass jemand mit einem Fahrrad eine Schaufensterscheibe zerbrochen hätte.

Bei dieser Vorstellung musste er lächeln. Er lächelte immer noch, als er durch die geöffnete Tür ins Innere des Ladens ging. Der Buchhändler runzelte die Stirn.

Der Laden war voll von Büchern. In den Regalen standen sie dicht an dicht, und fast überall türmten sich Kisten und Bücherstapel zu kleinen Mauern, die nur noch schmale Durchgänge entlang den Regalen und in der Mitte des Ladens frei ließen. Pidge ging an den Regalen entlang, nahm sich ab und zu ein Buch heraus und blätterte darin.

Schließlich war er ganz hinten im Laden angekommen. Da stand eine Tür offen, die zu einem kleinen Nebenraum führte. Neugierig ging Pidge hinein.

Es war dunkel in dem kleinen Raum. Nur durch ein kleines Spitzbogenfenster hoch oben konnte etwas Licht einfallen; und da es im Laden so hell gewesen war, brauchten seine Augen eine Weile, um sich an die Dunkelheit zu gewöhnen.

Der Raum war voll von Trödel aller Art, ganze Schachteln und Säcke voll. Manche Sachen aus Seide oder Satin, bestickt mit Pailletten, waren einmal sehr fein gewesen, jetzt aber sahen sie schäbig und fleckig aus vom Alter und vom Staub. Da waren Teekisten voller verschimmelter Schuhe und Stiefel. Auf einer davon lag eine Ziehharmonika mit einem Riss, auf einer anderen eine Sammlung alter Fächer, manche aus Federn, deren einstige Schönheit nur noch ein paar zerzauste Büschel an den kahlen, ehemals weißen Kielen erahnen ließen. Es gab Tennisschläger, die verbogen waren und keine Saiten mehr hatten, einen Spiegel, blind vor Schmutz, und ein paar verrostete Schlittschuhe.

«Das müssen die Sachen sein, die von dem Pfandhaus übrig geblieben sind», sagte er sich und war betrübt.

In diesem Augenblick knallte es dreimal laut am Himmel.

Der Buchhändler im Laden sprang auf, und als Pidge den Hals nach ihm reckte, sah er ihn auf die Straße laufen. Gerade wollte er dem Buchhändler folgen, um herauszufinden, was los sei, da fiel ein schmaler Lichtstrahl aus dem kleinen Fenster herab.

Er war unglaublich hell und beleuchtete einen kleinen Packen, der auf dem Boden lag. Pidge hob ihn auf und sah, dass er nur aus ein paar Seiten eines alten Buches bestand, die mit einer

Schnur zusammengebunden waren. Der Einband fehlte, aber die Titelseite war noch da. Er betrachtete sie, um festzustellen, wovon das Buch handelte und ob es sich lohnte, darin zu lesen. Die Buchstaben waren seltsam und breitgedrückt, aber er konnte doch entziffern, dass da «Aus Patricks Schriften» stand. Die Seiten hatten Eselsohren und eingerissene Ränder; die obersten und untersten Blätter waren ziemlich grau.

Wahrscheinlich ist es sehr langweilig, dachte er.

Während er das Titelblatt betrachtete, wanderte der Sonnenstrahl und ließ die Seiten in seinen Händen aufleuchten. Pidge dachte sich nichts dabei, weil ihm klar war, dass das Licht den ganzen Tag weiterwandert, auch wenn es eben gerade ziemlich schnell gegangen war; doch plötzlich wusste er, dass er sie haben musste! Er musste diese Seiten haben!

Ohne an den mürrischen Buchhändler oder die plötzlichen Knalle am Himmel zu denken, ging er in den hell erleuchteten Laden zurück.

Der Buchhändler war noch nicht zurückgekommen, aber es saß jemand anders hinter der Kasse, ein schmächtiger alter Mann mit einem großen weißen Schnauzbart. Er war ganz versunken in die Lektüre eines Textes, der in einer seltsamen, fremden Sprache geschrieben war.

Bestimmt ein Gelehrter, dachte Pidge.

Er wartete eine Weile darauf, dass der Mann ihn bemerken würde. Als er gerade etwas sagen wollte, sah der Mann ihn an.

«Bedienen jetzt Sie?», fragte Pidge.

Der Mann nickte und lächelte.

«Ich habe es immer getan», sagte er.

Bevor Pidge antworten konnte, fügte der Mann hinzu:

«Möchtest du das loswerden, was du da in der Hand hältst? Es ist in schlechtem Zustand – dafür wäre jeder Preis zu hoch.»

«O nein, das ist ein Missverständnis», beeilte sich Pidge zu sagen. «Ich habe dieses Päckchen im Nebenraum gefunden. Wie viel soll es bitte kosten?»

«Ah», sagte der Mann freundlich. «Ein Pfand aus alten Zeiten. Bist du sicher, dass du es haben möchtest?»

«Wenn es nicht zu teuer ist», sagte Pidge.

«Teuer ... ja, teuer», sagte der Mann nachdenklich. «Der Preis könnte hoch sein, wie ich schon sagte. Aber das Geld ist nicht das Entscheidende, nicht wahr?»

«Nein», antwortete Pidge, der nicht ganz verstand, was er meinte.

«Alles, was in diesem Nebenzimmer brennbar ist, gehört auch verbrannt, aber dass dies da verbrannt wird, wollen wir doch nicht. Willst du es vor dem Feuer retten?»

«Ja, das möchte ich», sagte Pidge.

Er betrachtete das Päckchen. Ich weiß nicht, warum ich es unbedingt haben möchte, aber ich will es wirklich, dachte er.

«Könnte ich irgendetwas sagen, das dich von deinem Wunsch abhalten würde?», fragte der Mann.

«Nein», sagte Pidge und wunderte sich über die sonderbare Frage. «Ich habe das Gefühl, dass es wichtig für mich ist.»

«Dann nimm es und viel Glück», sagte der Mann.

«Und es kostet wirklich nichts?», fragte Pidge.

«Keinen Penny.»

Vor der Kasse lag ein kleiner Stapel mit Kärtchen, auf denen stand:

Das neue Buch-Antiquariat

TEL. 7979

Ich nehme eins davon, damit er sieht, dass ich in Zukunft ein richtiger Kunde sein werde, dachte er; und er schob ein Kärtchen in seine Hosentasche.

«Ich danke Ihnen sehr», sagte er, als er den Laden verließ.

«Ich danke *dir*», antwortete der Mann mit besonderem Nachdruck, wie es Pidge vorkam.

In den Satteltaschen war kein Platz mehr, deshalb steckte Pidge die Seiten in sein Hemd, flach auf die Brust. Der Buchhändler ging an ihm vorbei, ohne ihn zu bemerken, und murmelte ärgerlich «Überschallflugzeuge oder so ein Quatsch!», als er in seinen Laden zurückkehrte.

Ich bin froh, dass nicht *er* mich bedient hat, dachte Pidge und lächelte vor sich hin, während er sorgfältig sein Hemd zuknöpfte.

Die Glocke im Kirchturm schlug vier.

«Um Gottes willen!», sagte er zu sich. «Wie schnell ist die Zeit vergangen – und es ist sogar noch heißer geworden!»

Als er durch die Stadt zu radeln begann, fiel ihm auf, dass sich irgendetwas verändert hatte. Die Atmosphäre war anders als gewöhnlich, und die vielen Leute auf den Straßen waren furchtbar aufgeregt, als gäbe es ein Pferderennen oder irgendein Volksfest. Sie eilten in alle Richtungen, und der junge Polizist auf seinem Posten war so lebhaft wie ein Rennpferd. Er hüpfte und wedelte mit den Armen herum, als müsse er eine Quecksilberlache bändigen.

Ein paar Leute standen da und zeigten zum Himmel hinauf, und jeder plapperte etwas, ohne auf den anderen zu hören. Pidge schaute nach oben, aber da war nichts zu sehen.

Als er hinter der Franziskanerkirche nach rechts abbog, warf er einen flüchtigen Blick zurück und bemerkte wieder die zwei Nonnen; es schien ihm, als schlüge die eine Rad und als versuche die andere, auf dem Kopf zu stehen.

Er hielt an, stieg vom Rad und sah sich richtig um. Zu seiner Enttäuschung war alles ganz normal.

«Ich könnte schwören, dass ich es gesehen habe», dachte er. «Aber ich muss es mir wohl eingebildet haben, außer es waren verkleidete Männer. Komödianten oder so.»

Er fuhr weiter. Bald befand er sich auf dem holprigen Weg zum Deich am Lough Corrib, der nach Terryland führte und dann weiter in Richtung Shancreg, wo er wohnte.

Jetzt war er allein, begleitet nur von dem sanften Wind vom See her und seinem Schaben und Rasseln in den trockenen Binsen, die so dicht am Ufer wuchsen.

Er erschauerte ohne Grund.

Er hatte den Deich hinter sich gelassen und war schon eine Weile auf freiem Feld, als er bemerkte, dass es für einen Augustabend sehr früh dunkel zu werden begann.

Er schaute nach Westen, zum See hinüber, der jetzt ein Stück entfernt lag, und sah, dass der Himmel jenseits der Berge von Connemara dunkelblau war, von dunkelroten Streifen durchzogen, und dass das Wasser des Sees violett und maulbeerfarben aussah und die Berge selbst in einen ungewöhnlich dunklen Nebel gehüllt waren. Diese nahen Berge waren die vertrauten Maamturks. Dahinter lagen die spitzen Twelve Pins, eine Bergregion, in die Pidge schon öfter Ausflüge gemacht hatte.

Seine Gedanken wanderten umher; die merkwürdigen Ereignisse in der Stadt hatte er schon halb vergessen. Sein Vater würde morgen aus Dublin zurückkommen. Er war die ganze vergangene Woche auf der Pferdeschau gewesen.

Er hatte vor, eine herrliche Stute zu kaufen, die künftige Mutter wundervoller junger Pferde. Sie würde die beste Stute im ganzen Land sein, und ihre Fohlen würden überall auf der Welt bewundert werden.

Pidge hoffte, sie würde milchkaffeefarben sein, mit langem hellem Schweif und heller Mähne. Er wusste, dass sie einen wunderbaren Kopf haben und dass ihr Maul wie weicher, warmer Samt sein würde. Er konnte es kaum erwarten, zum allerersten Mal in ihre sanften und klugen Augen zu schauen. Dann würde allmählich eine schöne Freundschaft entstehen und Tag für Tag wachsen.

«Könnte ich ein paar Wörterchen mit dir reden, junger Herr?»

Pidge sah sich um.

Auf einer Mauer saß ein uralter Mann, mitten in den Büschen, die ihn fast ganz verbargen. Er sah aus wie ein Angler. Sein Gesicht war runzlig wie die Schale eines vertrockneten Apfels; sein Tweedhut war gespickt mit künstlichen Fliegen, und an der Mauer lehnte die Angelrute neben einem Korb. Er hatte hellblaue Augen, die wie Tautropfen im Sonnenlicht funkelten.

Pidge stieg vom Fahrrad und ging zu ihm hinüber.

«Bist du der junge Herr, der gerade in Galway eingekauft hat?»

«Na ja, ich bin einer davon, aber da waren bestimmt noch viele andere unterwegs», antwortete Pidge höflich.

«Das ist kein schlechter Fang, was du da unter deiner Jacke hast», sagte der Angler bewundernd.

«Das ist überhaupt kein Fang», lächelte Pidge und dachte, dass Angler doch immer nur eines im Sinn hätten.

«Kein Fang?», sagte der alte Angler etwas zweifelnd.

«Nein, nur ein paar Buchseiten.»

Der Mann sah aus irgendeinem Grund zufrieden drein.

«Ich muss dich warnen», sagte er. «Pass auf! An der Kreuzung ist es gefährlich.»

«An der Kreuzung da vorne? Wieso gefährlich?»

«Kann's noch nicht sagen – aber gefährlich ist es.»

Pidge konnte sich nur eine Art von Gefahr vorstellen.

«Den Verkehr können Sie doch nicht meinen, es ist ja ganz ruhig hier.»

«Den Verkehr kann ich nicht meinen, junger Herr – du musst das Auge der Hellsicht gebrauchen, wenn du an die Stelle kommst. Es gibt Verleitungen an der Kreuzung, die die Geografie und die Kartografie so durcheinanderbringen könnten, dass die Büchse der Pandora dagegen der reinste Zwei-Penny-Glücksbeutel ist», sagte der alte Angler ernst, und er fügte hinzu: «Böse Taten, und nicht viele wissen davon; still wie unterirdisches Wasser. Sei du vorsichtig, junger Sterblicher, es gibt mehr als eine Art, etwas zu fangen, und eh du dich's versiehst, hängst du an der Angel! Es wimmelt von Fallen. Das ist meine Botschaft!»

Was für merkwürdige Sachen der sagt, ich verstehe nicht einmal die Hälfte davon, dachte Pidge. Laut sagte er:

«Wer hat Ihnen aufgetragen, mir das zu sagen? War es die Polizei?»

«Das könnte ich nicht behaupten. Aber davon wird hier überall gemunkelt, und ich musste dich einweihen.» Der alte Angler sah Pidge mit schrecklichem Ernst gerade in die Augen, als wollte er ihm die Bedeutung seiner Worte ganz tief einprägen. Er war offenbar wirklich sehr besorgt.

«Na, dann vielen Dank», sagte Pidge.

«Alle kleinen wilden Wesen wissen's», sagte der alte Angler. «Sie plaudern's aus.»

«Das ist immer so», antwortete Pidge und dachte an Waldbrände und daran, dass Tiere die Gefahr angeblich schon an einem kleinen Rauchschwaden witterten.

Der alte Angler, der nicht wusste, was Pidge dachte, zeigte sich überrascht von dem Wissen, das er an den Tag legte.

«Du weißt mehr als der Erziehungsminister», sagte er und schwang seine Beine geschickt auf die andere Seite der Mauer.

Dann machte er sich auf den Weg.

«Vergessen Sie Ihre Rute und Ihren Korb nicht», rief ihm Pidge nach und hob beides über die Mauer.

«Welche Rute und welchen Korb?»

Er kehrte um und kam zurück. Sein leicht reumütiges Lächeln war ein bisschen zu wenig, fand Pidge, wenn man bedachte, dass er die Gegenstände vergessen hatte, die eigentlich sein kostbarster Besitz hätten sein müssen.

«Oje, ich hab' wohl schon ein Hirn wie eine Muskatnuss», sagte er und nahm die Sachen. «Ich danke dir und wünsch' dir gute Fahrt!»

«Ich danke Ihnen und auf Wiedersehen», sagte Pidge.

Der alte Angler verschwand zwischen den Büschen. Wahrscheinlich ist er auf dem Weg zum See, schloss Pidge.

Er stieg wieder auf sein Rad und fuhr weiter; dabei wandte er den Kopf zum See, um noch einen Blick auf den alten Mann zu erhaschen. Er stellte sich auf die Pedale und schaute über die Weite der Felder und Büsche. Es war nirgends etwas von ihm zu erspähen, und der einzige Mensch, den er sah, war ein gutes Stück entfernt, ein junger Mann in einer Art langem weißem Hemd, der mit fliegendem Haar dahinrannte, höchst ausgelassen und mit unwahrscheinlicher Geschwindigkeit.

Das kommt mir nur durch die Entfernung so vor, dachte er. Wahrscheinlich hat er irgend so einen Sportanzug an und läuft einfach ziemlich schnell. Aber wo ist bloß der alte Mann geblieben? Er war nett. Ich mochte ihn; er war irgendwie sonderbar und interessant.

Bevor er weiter über den alten Mann rätseln konnte, sah er zu seiner Überraschung am Straßenrand ein großes, frisch gemaltes Schild. Darauf war zu lesen:

DIES IST EINE SEHR SICHERE STRASSE.
EIN JUNGE KANN DARAUF MIT GESCHLOSSENEN AUGEN RAD FAHREN.

Und gleich danach kam noch eines, darauf stand:

DIESE STRASSE HAT DEN PREIS FÜR ÄUSSERST SICHERE STRASSEN IM GESAMT-IRISCHEN WETTBEWERB FÜR ÄUSSERST SICHERE STRASSEN GEWONNEN. JEDER JUNGE KANN DARAUF MIT GESCHLOSSENEN AUGEN FAHREN. NOCH HEUTE PROBIEREN!

Pidge brach in Lachen aus.

Das ist wie ein Studentenulk, obwohl doch jetzt nicht die jährliche Narrenwoche ist, wo sie allerhand Komisches veranstalten, und sie wahrscheinlich alle in den Ferien nach Hause gefahren sind. Aber vielleicht sind ein paar von ihnen früher zurückgekommen, und sie machen irgend so ein Spiel. Ich wollte, ich wüsste mehr darüber und hätte eine Ahnung, wo wirklich was Lustiges los ist.

Er erreichte die Kuppe eines kleinen Hügels, hielt an und stieg ab. Die Straße lief vor ihm hügelabwärts, und dort unten, nicht weit entfernt, war die Kreuzung.

Die Kreuzung, sonst nichts.

Alles war wie immer: der Wegweiser, die Steinmauern und die wenigen Bäume, die zart und jung am Rand eines der vier

Felder standen, die an die Straße grenzten. Doch es waren zu wenige, als dass ein Möchtegern-Halunke sich gut dort hätte verstecken können.

Pidge fühlte schon Enttäuschung in sich aufsteigen, als er merkte, dass er sich im Zentrum einer tödlichen Stille befand.

Kein Brüllen der Rinder von fernen Feldern war zu hören, kein Hundegebell von noch weiter entfernten Höfen; kein Sausen des Windes in den dicken alten Bäumen, die neben ihm auf dem Hügel standen; kein Vogelgesang, kein Gezwitscher; kein Zirpen der Heuschrecken im hohen Gras. Nichts machte irgendein Geräusch – nur Stille, die sich rings um ihn ausbreitete, bis weit in die Ferne.

Alles schien innezuhalten und darauf zu warten, dass etwas geschehen würde.

Wieder mal nur meine Fantasie, überlegte Pidge. Ich möchte wissen, wie oft schon so eine Totenstille um mich war, und ich habe es nur nicht bemerkt, weil ich ganz mit meinen Gedanken beschäftigt war. Na ja, das ist jedenfalls mein Heimweg – und heim muss ich jetzt.

Die Stille hielt an, während er im Freilauf den Hügel hinunterfuhr. Sie ließ die Geräusche noch lauter werden, die das Fahrrad machte: das Quietschen, das nach Öl schrie; das Surren der Räder und das Klappern der Kette, die durchhing, weil er nicht in die Pedale trat. Kleine Steine schlugen hart gegen die Innenseite der Schutzbleche, vom Druck der Reifen nach oben geschleudert.

Es klang jedes Mal wie ein heftiges Händeklatschen.

Das Fahrrad macht Geräusche wie ein alter Klapperkasten; bestimmt kann man es meilenweit hören, dachte er.

Einen Augenblick später war er an der Kreuzung angekommen und wollte gerade weiterfahren, als sein Blick zufällig auf den Wegweiser fiel.

Er war völlig verdreht.

Alle vier Arme zeigten in die falsche Richtung.

«Da haben wir's!», rief er aus. «Diese gemeinen Studenten

wollen die Leute in die Irre führen! Komische Idee – Tante Bina wird lachen, wenn ich es ihr erzähle!»

Er stieg vom Rad und betrachtete den Wegweiser näher.

Der Pfeil, auf dem Shancreg stand, zeigte nach Kyledove.

In Shancreg wohnte er, und Kyledove war ein großer, dichter Wald, dunkel, wild und unheimlich, selbst an einem helllichten Sommertag. Mittendrin lag eine uralte, moosbewachsene Ruine, die im Lauf der Zeiten so verfallen war, dass ihre Steine aussahen wie verschimmelte, feuchte Kekse.

Kyledove heißt Schwarzer Wald, weil in diesen Wald nie ein Sonnenstrahl dringt.

Bei dem bloßen Gedanken daran überlief Pidge ein Schauder, weil es dort so dunkel war und viele Fallen aus biegsamen Dornenzweigen gab. Der Wald war so uralt, dass man sich in der Gegend viele Geschichten von ihm erzählte.

Ich verderbe den Studenten nicht gern den Spaß, aber ich bringe das lieber wieder in Ordnung, damit sich nicht irgendein Fremder verirrt.

Er zögerte einen Augenblick und sah sich um, ob nicht jemand da war, dem er seine Bedenken, Fremde in die Irre zu leiten, erklären konnte – falls den Witzbolden dieser Gedanke nicht gekommen war. Aber es war keine Menschenseele zu sehen.

Immer noch war es unglaublich still.

Das begann Pidge etwas zu beunruhigen. Er versuchte, die Stille zu durchbrechen und jemanden auf sich aufmerksam zu machen, indem er so kräftig wie möglich «Hallooo!» rief – aber kein Echo antwortete, es war, als riefe er in Watte hinein.

Der Himmel färbte sich seltsam grün. Die Atmosphäre hatte etwas eigenartig Magnetisierendes, während das grüne Licht die Lachen der braunen Moore erfüllte, die in einiger Entfernung zu seiner Rechten lagen. Irgendetwas stupste ihn leise am Rand seines Bewusstseins an, und eine Weile war er verwirrt. Dann merkte er deutlich, dass rings um ihn etwas Bedrohliches lauerte.

«Das sind nicht die Studenten», sagte er plötzlich laut. «Es ist Zauberei.»

In diesem Augenblick schienen sich die Buchseiten unter seinem Hemd von selbst zu bewegen.

Vor Schreck spannte sich seine Kopfhaut, und eine Gänsehaut überzog seinen ganzen Körper.

Ich muss ihn unbedingt wieder in die richtige Richtung drehen!

Er warf sein Rad hin und lief zum Wegweiser. Er griff danach, und der Himmel begann sich zu drehen; da wusste Pidge: Wenn er ihn nicht in Ordnung brachte, würde die ganze Gegend dem Wegweiser irgendwie gehorchen und sich um und um drehen, und er würde, obwohl er direkt in Richtung Shancreg und nach Hause fuhr, irgendwie in Kyledove landen. Pidge wusste das mit jeder Faser, obwohl sein Kopf es nicht verstand.

Als er seine Kraft zusammennahm und sich auf einen harten Kampf vorbereitete, drehte sich der Himmel noch schneller, und die Wolken kreisten rasend schnell über seinem Kopf. Er hörte ein leises Surren wie von einem papierenen Windrad.

Er gab dem Wegweiser einen kräftigen Schubs.

Zu seinem Erstaunen sauste er ganz leicht herum, als drehe er sich auf einer geölten Achse. Pidge richtete ihn aus, wie es sich gehörte, und da wurde der Himmel blau und ruhig, und die Landschaft ringsumher erwachte. Die dumpfe Stille war vorbei.

In der Nähe hörte er ein Motorrad. Es schien querfeldein von Kyledove zu kommen und in Richtung der Straße zu fahren, die vor ihm lag.

Der alte Angler hat recht gehabt, sagte Pidge leise zu sich selbst, da war wirklich eine Gefahr an der Kreuzung, und ich hätte mich beinahe ködern lassen, was auch immer das bedeuten mag. Wäre er nicht gewesen, ich hätte mir an der Kreuzung nichts gedacht und wäre weitergefahren und in Kyledove gelandet. Und wer immer diese dämlichen Schilder geschrieben hat, er wollte mir eine Falle stellen und das zunichtemachen, was der alte Angler mir Gutes tun wollte. Weiß Gott, warum. Aber die Blätter – ich muss sie irgendwie berührt und dann gemeint haben, sie hätten sich bewegt, weil die ganze Stimmung so seltsam war, der Himmel und alles andere; ich hätte in diesem Moment vor meinem eigenen Schatten erschrecken können. Ich werde jetzt nicht anhalten, ich will nicht zu lange hier hängenbleiben, falls der Himmel meint, es müsste ein Gewitter geben – aber wenn ich nach Hause komme, werde ich sie mir genau ansehen.

Während er weiter heimwärts radelte, suchte er in Gedanken nach einer vernünftigen Erklärung. Allmählich glaubte er, dass er die Sache aufgebauscht hatte und dass in Wirklichkeit nichts Unheimliches an dem Wegweiser oder den aufgeregten Leuten in Galway oder dem Himmel oder sonst etwas war und dass er einfach einen wunderbaren, interessanten Tag erlebte – bis er an die Baustelle kam.

Zwei große Schilder standen direkt vor ihm auf der Straße. Das eine warnte:

STRASSENARBEITEN
HALT!

Auf dem anderen war ein großer gelber Pfeil, und daneben hieß es:

UMLEITUNG

Der Pfeil zeigte auf ein Loch, das offensichtlich hastig in die Mauer neben der Straße gebrochen worden war.

Eine einfache Absperrung stand quer über die Straße. Sie sah aus, als sei sie eilig zusammengeschustert worden; sie bestand nur aus ein paar Fässern, über die man Bretter gelegt hatte. Sonst nichts. Kein Baumaterial, kein Werkzeug. Nicht einmal eine Schaufel war da.

«Ich lass mich nicht noch einmal hereinlegen», sagte sich Pidge entschlossen und war blitzartig vom Fahrrad gesprungen. Er schob die Bretter von den Fässern und räumte sich den

Weg frei. Während er damit beschäftigt war, hörte er wieder das Motorrad in der Ferne. Es schien weiterzufahren, an seinem Haus vorbei, das jetzt nicht mehr allzu weit entfernt war.

Nur noch ungefähr fünf Minuten, dachte Pidge, und ich bin zu Hause – wenn ich so schnell wie möglich fahre. Dasselbe Etwas, das mich nach Kyledove schicken wollte, wollte mich jetzt anhalten, von der Straße abbringen und in die Felder treiben. Vielleicht wäre ich dann plötzlich in einen Nebel geraten, der aus dem Nichts über mich hergefallen wäre, und ich hätte mich in einer weißen Leere verirrt, die vielleicht noch schlimmer ist als jede Finsternis. Aber der Trick mit dem Wegweiser hat nicht funktioniert, dank dem alten Angler. Und es oder sie (er schauderte ein wenig, weil er nicht wusste, was stimmte) hatten nicht genug Zeit gehabt, die Absperrung so überzeugend aussehen zu lassen, dass sie damit auch nur ein dummes Huhn hätten hereinlegen können. Oder sehe ich so doof aus?

Entschlossen, weder nach rechts noch nach links zu schauen, fuhr er weiter.

«Bald bin ich zu Hause, und eigentlich habe ich meine Sache gar nicht so schlecht gemacht», sagte er laut.

2. Kapitel

Sie hatten gegen den Wegweiser geblasen, sodass er sich drehte und in die falschen Richtungen zeigte, als er stehenblieb. Sie hatten ihre Diener ausgeschickt, damit sie ihm durch eine List ein falsches Gefühl der Sicherheit einflößten.

Die List hatte nicht gewirkt.

«Idioten! Hättet ihr euch nicht etwas Besseres ausdenken können, als Schilder zu schreiben?», fragten sie nun.

«In der kurzen Zeit haben wir getan, was wir konnten», kam die Antwort in unterwürfigem Ton.

«Ein Junge kann darauf mit geschlossenen Augen Rad fahren!», äfften sie höhnisch nach.

Die Diener senkten die Köpfe und ließen demütig die Schwänze hängen, dabei winselten sie Vergebung heischend.

«Und Straßenarbeiten, ihr Hohlköpfe! Solche Straßenarbeiten! Darauf wäre ja nicht mal ein dummes Huhn hereingefallen!»

Die Diener lagen ergeben am Boden und bedeckten ihre Augen mit den Pfoten.

Jetzt fuhren die beiden seltsamen Frauen auf dem schweren Motorrad, gefolgt von ihren Hundedienern, bei dem kleinen Haus vor, in dem der alte Mossie Flynn wohnte.

Innerhalb von drei Minuten erzählten sie ihm eine Reihe von Lügen, so lang wie der Shannon-Fluss, blendeten ihn mit strahlendem Lächeln und großartigen Witzen und überschütteten ihn dabei so mit unverschämten Schmeicheleien, dass sein gesunder Menschenverstand verstummte und er wie geschmeidiger Teig in den Händen eines Bäckermeisters war.

Sie überredeten ihn dazu, ihnen sein Glashaus zu vermieten.

Der verwirrte Mossie fand das sehr komisch und sagte, dass sie und ihre schönen Hunde ein Gewinn für die Gegend sein würden.

«Das werden wir», sagten sie. Sie lächelten sich an; Mossies Glashaus stand nur drei schmale Felder entfernt von dem Haus, in dem Pidge wohnte.

Der benebelte Mossie bot ihnen nun auch noch an, ihnen all seine Möbel zu überlassen.

Sie fanden seine Fürsorglichkeit außerordentlich lustig. «Machen Sie sich wegen der Möbel keine Gedanken», sagten sie mit ihren komischen Stimmen, während sie sich gegenseitig vor Vergnügen auf den Rücken schlugen.

«Sie sind bestellt.»

«Sie kommen.»

«Sie sind schon unterwegs.»

Sie dankten ihm, gaben ihm die Miete für eine Woche, und ehe er merkte, wie ihm geschah, hatten sie ihn vor die Tür befördert.

Er stand da und starrte das Glashaus fasziniert an. Die beiden Frauen winkten ihm zum Abschied, um ihn zum Gehen zu bewegen, und ihr Lächeln wurde dabei immer starrer. Schließlich ging Mossie in sein Häuschen zurück und setzte sich kichernd ans Feuer, um sich eine Pfeife anzuzünden.

Die beiden Frauen im Glashaus sahen einander an und tauschten mit einem Blick eine wichtige Botschaft von Gehirn zu Gehirn aus. Dann fielen sie einander um den Hals und lachten ganze zehn Minuten lang, bevor sie sich daranmachten, ihr Glashaus einzurichten.

Kurz darauf merkte ein junger schwedischer Bergsteiger, der in Galway von einem Fremden, der sich überhaupt nicht auskannte, in die falsche Richtung geschickt worden war, dass er sich anstatt in den Bergen von Connemara, wo er eigentlich sein wollte, im Osten der Grafschaft in der Nähe von Mossies kleinem Hof befand. Zu seiner Verwunderung sah er, wie ein Kleiderschrank elegant auf dem Platz vor dem Glashaus landete. Die Landung wurde von zwei seltsamen Frauen mithilfe zweier Tischtennisschläger dirigiert. Die beiden Frauen schienen das Ganze für einen fantastischen Spaß zu halten.

Er schaute zum Himmel hinauf und sah eine ganze Reihe von Einrichtungsgegenständen über dem Glashaus auftauchen, wo sie kreisten und auf ihre Landung warteten.

In einem großen Kaufhaus in Galway war indessen die Hölle los. Die Leute sahen verblüfft, wie verschiedene Gegenstände zu Flugobjekten wurden und aus den Fenstern davonflogen. Die Panik war ungeheuer, als Abteilungsleiter versuchten, die fliegenden Sachen festzuhalten und die Kunden sich unter den Verkaufstischen versteckten oder versuchten, in Schachteln zu klettern.

Zwei Leute fielen ohnmächtig um und wurden mit Branntwein wiederbelebt.

Dann merkte man, dass diese Leute immer in Ohnmacht zu fallen pflegten, wenn die Aussicht bestand, mit Branntwein wiederbelebt zu werden, und man forderte sie zu ihrem Unwillen auf, gefälligst zu bezahlen.

Eine beherzte Frau vom Lande kämpfte mit zwei Betttüchern, die sie hatte kaufen wollen und die sich ihr zu entwinden und davonzufliegen versuchten. Sie rissen sich los und verschwanden zusammen mit den anderen Sachen in den Himmel.

Alle sahen, wie sie sich davonmachten; aber nur der schwedische Kletterer sah, wo sie landeten und wer ihre neuen Besitzerinnen waren.

Was ist das nur, fragte er sich, ein Verbrechen oder Zauberei? Und was soll ich tun? Schließlich fand er, dass er im Augenblick nichts anderes tun konnte als weiterzugehen, und das tat er denn auch.

Inzwischen hatte der erregte Abteilungsleiter die Polizei verständigt, die nun das Gebäude umzingelte, während ein ungläubiger Wachtmeister Vermerke in sein Notizbuch machte.

Alle warteten, dass wieder etwas wegfliegen würde.

Die beiden Frauen lachten nun, weil ihr übernatürlicher Ladendiebstahl bewerkstelligt war. Sie hängten ein Schild vor die Tür, auf dem stand: «Vorsicht Frosch!», und schlossen sich ein.

Mossie kam heraus und warf einen heimlichen Blick zum Glashaus hinüber. Außer ein paar (gestohlenen) Jalousien, die das ganze Glas bedeckten, sah alles aus wie immer. Er nahm irrtümlich an, sie hätten die Jalousien die ganze Zeit in den Satteltaschen gehabt.

Dann fiel sein Blick auf das Schild.

Er flitzte hinüber, um es zu lesen.

«Da haben sie schon wieder was Lustiges gemacht», sagte er glücklich und ging wieder in sein Häuschen.

Der Wachtmeister und seine Polizisten warteten geduldig bis zum Geschäftsschluss. Misstrauisch fragte der Wachtmeister den Abteilungsleiter, ob er etwas getrunken habe. Der Abteilungsleiter platzte fast vor Wut. Der Wachtmeister meinte, vielleicht sei alles eine Fata Morgana gewesen. Der Abteilungsleiter betonte, dass es Zeugen für die Ereignisse dieses Tages gebe, die unter Schock im Krankenhaus lägen.

«Massenhypnose», sagte der Wachtmeister.

«Und wo sind alle meine Waren hin?», fragte der Abteilungsleiter.

«Ja, wohin wohl!?», sagte der Wachtmeister trocken. «Ich werde von jetzt an ein Auge auf Sie haben!»

Der Wachtmeister machte sich auf seinen Abendrundgang.

Der Abteilungsleiter wünschte insgeheim, dass ihm die Hosen herunterrutschen möchten.

«Bitte sehr!», sagte eine der Frauen in Shancreg.

Dem Wachtmeister rutschten die Hosen herunter und lagen in Falten um seine Knöchel. Er zog sie wütend hoch und ging nach Hause, um einen Leserbrief an die Irish Times zu schreiben, in dem er sich beschwerte, dass seine Hosenträger in diesem Klima kaputtgingen.

Immer, wenn sich der Wachtmeister und der Abteilungsleiter von da an begegneten, lag Feindseligkeit zwischen ihnen wie ein elektrisches Feld. Das war sehr schade, denn beide kannten keine größere Freude, als Rosen zu züchten, und sie hätten viele lange und glückliche Jahre Freunde sein können.

Die beiden Frauen nahmen voller Schadenfreude an all dem teil, obwohl sie viele Meilen weit davon entfernt in Shancreg waren.

«Ein gelungener Tag geht zu Ende», sagten sie zueinander und kreischten vor Lachen, bis ihnen die Tränen heiß und funkelnd in die erbarmungslosen Augen stiegen.

Tante Bina hielt nach ihm Ausschau und winkte, als sie sah, dass er von der Hauptstraße in den Seitenweg einbog.

«Ist es nicht merkwürdig dunkel?», rief sie ihm mit ihrer hohen, ängstlichen Stimme zu. «Ich glaube, es könnte heute noch ein Gewitter kommen!»

Pidge wusste sofort, dass sie sich Sorgen um ihn gemacht hatte; etwas im Klang ihrer Stimme verriet es ihm. Er fühlte, wie ihn plötzlich die Liebe zu ihr durchfuhr, und beschloss im selben Augenblick, ihr nichts über seine Heimfahrt zu erzählen – außer das mit der Baustelle, weil dort im Grunde nichts Ungewöhnliches passiert war.

Jetzt, wo er in Sicherheit war, wollte er nach allem greifen und alles festhalten, was vertraut und verlässlich war. Er holte langsam die Einkäufe für Tante Bina aus der Satteltasche.

«Wo ist Brigit?», fragte er.

«Was fragst du mich?», sagte Tante Bina. «Du kennst doch Brigit; die ist wer weiß wo.»

«Vielleicht sollten wir sie rufen. Falls ein Unwetter kommt.»

Er versuchte seiner Stimme einen beiläufigen Ton zu geben. Der Gedanke beunruhigte ihn, dass Brigit ahnungslos allein herumlief. Sie war so zutraulich und unschuldig. Sie würde sich leicht ködern lassen, wo sie doch erst fünf Jahre alt und noch ein ganz schönes Dummerchen war.

«Brigit!», rief er laut.

«Was ist?», sagte sie und kam aus einer unbenutzten Regentonne geklettert, indem sie Holzklötze als Stufen verwendete. «Wieso rufst du?»

«Ich dachte, du hättest dich verlaufen», sagte Pidge verlegen.

«*Ich* mich verlaufen? Ich verlauf' mich nie. Ich war gerade unten im Inneren der Welt und habe einen verrückten Ohrwurm getroffen, und wir haben einem Kampf zugeschaut, und dann bin ich zurückgekommen, und ich hab' mich gar nicht verlaufen, nicht eine Sekunde lang.»

«Hast du was mitgebracht von deiner Reise?», fragte Tante Bina.

«Nur den verrückten Ohrwurm. Ich hab' ihn mit raufgebracht, um ihm ein bisschen Hustensaft zu geben, damit es ihm besser geht, aber du kannst ihn haben, wenn du ihn willst.»

Tante Bina überlegte.

«Ich glaube nicht, dass ich ihn brauchen kann», sagte sie. «Lass ihn lieber laufen.»

Später, als sie beim Tee saßen, erzählte Pidge ihnen von der Baustelle.

«War da nicht mal eine rheumatische Bohrmaschine?», wollte Brigit wissen. Sie biss fest in ihr Butterbrot und kratzte sich den Rest von ihrem Ei aus der Schale.

«Vielleicht waren es Marsmenschen», sagte Tante Bina, denn sie interessierte sich sehr für den Weltraum und las ständig Bücher darüber. Manchmal stellte sie sich auf den kleinen Hügel hinter dem Haus und hielt sich ein Seemannsteleskop vor ein Auge, um nach fliegenden Untertassen Ausschau zu halten. Pidge musste lachen bei der Vorstellung, dass Marsmenschen Straßenarbeiten für die Grafschaftsverwaltung verrichteten, und dann merkte er, welch herrliches Gefühl der Leichtigkeit nach dem Lachen seinen ganzen Körper erfüllte.

«Das waren nicht die Marsmenschen», sagte er und war sich seiner Sache sicher.

Aber irgendjemand muss es ja schließlich gewesen sein, dachte er. Wer war außer dem alten Angler um diese Zeit auf der Straße? Er hatte das Gefühl, als sei ihm irgendetwas Wichtiges entgangen. Dann fragte er plötzlich:

«Hast du jemanden gesehen, der auf einem Motorrad vorbeikam?»

«Nein», sagte Tante Bina.

«Aber ich», sagte Brigit sachlich. «Zwei ganz Komische mit einem Haufen Hunde. Die eine hatte zwei Kilometer langes rotes Haar, das wie ein Umhang hinter ihr herwehte, und die andere hatte so eine Art blaue Haare wie Seile um den Kopf gewickelt. Die Blaue rauchte eine Zigarre. Die Hunde waren mager und liefen so schnell wie Wasser. Sie winkten mir zu, aber ich hab' so getan, als würd' ich sie nicht sehen, weil sie so komisch aussahen.»

«Ach, das sind sicher Touristinnen», sagte Tante Bina und lachte Brigit aus.

«Wir haben genug von deinen verrückten Ohrwürmern, Brigit!», rief Pidge streng, denn er wollte herausbekommen, was wirklich los gewesen war, und sich nicht über irgendeine von Brigits Geschichten amüsieren.

«Es stimmt», sagte sie ruhig. «Sie sind zu Mossie Flynns Haus gefahren.»

Seltsame Touristinnen, dachte Pidge.

Brigit begann zu gähnen und beeilte sich zu sagen, dass sie kein bisschen müde sei. Je mehr sie behauptete, nicht müde zu sein, desto heftiger gähnte sie.

«Ehrlich!», log sie, «außer meinem Mund ist nichts an mir müde.» Die Augen begannen ihr zuzufallen.

«Keine Mätzchen jetzt, Brigit. Du könntest die Augen nicht mal mehr offenhalten, wenn wir sie mit Wäscheklammern festmachen würden», sagte Tante Bina.

«Wollen wir's nicht mal versuchen?», fragte sie hoffnungsvoll.

«Ins Bett mit dir. Komm jetzt.»

Widerstrebend ließ Brigit sich waschen, sagte Pidge Gute Nacht und kletterte vor Tante Bina die Holztreppe hinauf, die zu den beiden kleinen Schlafzimmern unter dem Dach führte.

Pidge stand vom Tisch auf und ging zu dem altmodischen Kamin.

Im Kamin, zu beiden Seiten des Feuers, waren zwei kleine gemauerte Sitze. Man konnte sich da drinnen hinsetzen und durch den Kamin hinaufschauen; oben sah man ein Stückchen Himmel. Er zog die Knie an, um ein knöchernes Lesepult zu haben, auf das er seine Seiten aus Patricks Schriften legen konnte. Er machte es sich bequem und begann sie sich in Ruhe anzusehen.

Sie waren alt, aber Pidge wusste nicht, wie alt. Sie verströmten einen modrigen Geruch, in den sich ein anderer Duft mischte – es roch ein bisschen wie Kampfer und alte Rosenblätter. Die Seiten fühlten sich steif an und waren mit abgenützten Lederriemchen zusammengehalten.

Ich weiß, was das ist!, jubelte er insgeheim. Es gehört zu einer alten keltischen Handschrift, die vor langer Zeit in einem der Klöster von einem Mönch in seiner einsamen Bienenkorbzelle geschrieben und gemalt wurde. Was für ein Glück ich hatte! Ich kann ihn mir richtig vorstellen, wie er seine eigenen Farben herstellte, weil er sie schließlich nicht kaufen konnte, wo es doch gar keine Läden gab, und wahrscheinlich fielen ihm im Winter fast die Finger ab vor Kälte – und die Nase auch. Es würde mich nicht wundern!

Er blätterte die Titelseite um und sah, dass das nächste Blatt mit vielen inzwischen verblassten Farben bemalt war.

Auf den ersten Blick meinte er nur ein kunstvolles Muster zu sehen, das sich in schwungvollen Schlingen und Spiralen über die Seite wand und dabei fein und sorgfältig ausgearbeitet war. Dann entdeckte er, dass sich in dem Muster Tiere versteckten, Fabeltiere, die nicht aus der Natur, sondern aus Menschenträumen stammten.

Oh, fragte er sich, berühre ich wirklich Blätter, die von einem dieser Mönche aus ferner Zeit gemacht und benutzt wurden? Ob er wohl viele solcher Arbeiten bei Binsenlicht abends oder an dunklen Wintertagen erledigen musste? Und was würde er von Elektrizität halten oder von Druckmaschinen oder Fotografien oder all den Sachen, die man in Warenhäusern kaufen kann? Aber kann das überhaupt sein? All die alten Handschriften sind doch längst in Museen und Universitäten gelandet und werden als große Schätze angesehen. Das hier muss eine Fälschung sein.

Als er die Seite gerade umblätterte, fiel ein loses Blatt heraus. Er konnte es im letzten Moment noch erwischen, bevor es ins Feuer fiel; da hörte er die Stimme aus dem Kamin.

Sperr es in Eisen ein, flüsterte sie.

Pidge versteinerte vor Schreck. Er wagte es nicht, sich zu regen. Er saß da und schaute vor sich hin, ohne etwas zu sehen, aber er fühlte alles mit seinem Nacken. Nachdem er eine ganze Weile so gesessen hatte, versuchte er, seinen Kopf in seinem Körper verschwinden zu lassen wie eine Schildkröte, die sich unter ihren Panzer zurückzieht.

Er hatte das Gefühl, als würde er gleich einen Schlag auf den Kopf bekommen.

Hab keine Angst, sagte die Stimme. *Ich bin dein Freund.*

Oh, was soll ich nur machen?, dachte Pidge ängstlich.

Tu ich dir weh?, fragte die Stimme unendlich sanft.

«Nein.»

Glaub an meine Freundschaft!

«Aber ich hab' Angst.»

Horch!, sagte die Stimme.

Musik strömte aus dem Kamin herab – wie Wasser, das über einen Felsen in die Tiefe stürzt. Es klang besänftigend. Und zugleich wogte duftendes Licht herunter und verband sich mit den klaren und vollkommenen Tönen einer einzelnen Flöte, in denen das Licht frohlockte und tanzte.

Dann verblasste und verklang alles.

Schau hinauf!

Pidge schaute hinauf und sah den Nachthimmel. Er war erfüllt von glitzernden Sternen.

Ich schreibe meinen Namen, sagte die Stimme.

Aus der Schar der Sterne formten die größten und hellsten das Wort

DAGDA

Pidge spürte, dass er am ganzen Körper bebte. Langsam merkte er, dass es Tante Bina war, die ihn schüttelte. Sie sagte:

«Wach auf! Bist du verrückt? Du könntest ja ins Feuer fallen, wenn du da drinnen schläfst.»

Dann war es also ein Traum gewesen; ein wunderbarer Traum und doch wie wirklich.

Er sah in den Kamin hinauf.

Er war wie immer riesig, breit und rußig – nichts Wunderbares war daran. Der Himmel hatte sich bezogen. Kein einziger Stern schien durch die dichte dunkle Wolkendecke.

Tante Bina war gerade sehr gesprächig. Sie sprudelte sofort los mit einem humorvollen Bericht über die wichtigsten Ereignisse des vergangenen Tages. Es ging vor allem um den Kampf mit einem durchtriebenen jungen Huhn. Es hatte seine Eier nämlich seit einer Woche in ein Versteck gelegt. Tante Bina hatte seine Spur verfolgt. Trotzdem siegte das kleine Huhn. Es verließ den Hof nie, wenn jemand hinschaute, sondern tat so, als suche es den Boden nach Leckerbissen ab, wobei es immer mit seinen hellen Augen wachsam um sich blickte. Doch sobald niemand auf dem Hof war, verschwand es. Es war schlau genug, sich in Deckung zu halten, und blieb in der Nähe von Mauern und unter Büschen, und es wäre ihm nicht im Traum eingefallen, mitten über ein Feld zu laufen, wo man es ja hätte sehen können.

Pidge konnte zuerst gar nicht zuhören, weil er immer noch über seinen wunderbaren Traum staunte, doch allmählich drang ihre Stimme in sein Bewusstsein. Jedes Wort, das sie sagte, trug ihn ein Stückchen fort von dem Wunder, und doch schien ihm, als würde er es nie mehr ganz verlieren. Der Gedanke, es für immer zu besitzen und sich in Erinnerung rufen zu können, wann immer er wollte, machte ihn glücklich.

Schließlich war es Zeit, ins Bett zu gehen.

Er öffnete den Riegel seiner Schlafzimmertür und betrat den kleinen, gemütlichen Raum. Leise schloss er die Tür, um Brigit, deren Atemzüge er durch die Trennwand hörte, nicht zu stören. Er setzte sich auf sein Bett und öffnete das zerfledderte Buch. Dabei flatterte wieder das lose Blatt heraus, fast so, als strebe es von ihm fort. Pidge fing es auf, bevor es den Boden berührte, und beugte sich vor, sodass möglichst viel Licht darauf fallen konnte.

Jetzt, wo er es genau sah, entdeckte er, dass es nicht nur ein einzelnes Blatt war, sondern zwei, die zusammenklebten. Zumindest waren sie einmal zusammengeklebt gewesen, aber jetzt lösten sie sich voneinander.

Die obere Seite war leer bis auf ein großes gezeichnetes Kreuz. Unter dem Kreuz sah man eine blasse Schrift in großen Buchstaben. Die Schrift war lateinisch.

Er konnte sie lesen, aber er verstand nur ein oder zwei Worte davon. Er las:

O SERPENS VILISSIMUS
ET HIC SIGNO ET HIS VERBIS
TE SIC SECURO IN SAECULA SAECULORUM
AMEN
PATRICUS

In Saecula Saeculorum Amen, das hieß doch: für alle Zeiten, so sei es. Das war einfach. Er kannte es aus Gebeten. Und *Patricus* musste der lateinische Name für Patrick sein. Irgendwas hieß es da von *Sic*, wie sick. Hieß das, jemand war krank? Und *verbis* –

bedeutete es, dass jemand krank von Verben war? Oder war die Rede von einem alten Heilmittel für einen Kranken?

Wie schade, dass ich erst zehn bin und noch nicht mit Latein angefangen habe, sonst könnte ich dieses Rätsel leicht lösen, sagte er sich. Ich werde alles tun, um herauszubekommen, was es bedeutet. Ein Gelehrter müsste es wissen. Ob die untere Seite wohl interessanter ist?

Es war komisch; er konnte nämlich nicht richtig sehen, was darauf war. Jedes Mal, wenn er einen Teil anschaute, begannen die Stellen, die er nicht anschaute, auf dem Blatt hin- und herzuwandern und sich zu verändern. Er konnte aus dem Augenwinkel fast mitverfolgen, wie es geschah. Er versuchte, jeden Zentimeter so schnell wie möglich mit den Blicken zu erfassen, aber er war nie schnell genug, um zu sehen, wie es vor sich ging. Jedes Mal, wenn sein Blick sich von einer Stelle wegbewegte, begann diese Stelle sich zu verändern. Wie sehr er sich auch bemühte, ganz schnell wieder dort hinzusehen, er schaffte es nie rechtzeitig. Diese Stelle blieb dann unverändert – während die Stelle daneben seinen Blick anzuziehen versuchte, indem sie sich zu verschieben, zu tanzen oder einfach zu zittern schien.

Er schloss die Augen fest und presste die Lider mit aller Kraft zusammen. Einen Augenblick hielt er sie geschlossen, so fest es nur ging, dann öffnete er sie blitzschnell und sah gebieterisch auf das Blatt.

Da erkannte er sie.

Es war eine Schlange.

Serpens!, dachte er, das hieß doch Schlange. Davon also handelte die Schrift.

Merkwürdig war, dass sie gar nicht auf die Seite gemalt zu sein schien. Sie sah eher aus, als sei sie gemeißelt – aus grünem Glas gemeißelt. Unglaublich war es auch, dass er einen Augenblick zuvor noch gar nichts gesehen hatte und dass jetzt plötzlich dieses lebendige, glänzende Ding da war – so als hätte jemand mit unsichtbarer Hand einen Vorhang beiseitegezogen.

Es war so, als wolle die Schlange nun gesehen werden.

Sie war lang und dünn und wand sich in einem verwickelten Schlingenmuster. Ihr Kopf sah beinahe lebendig aus, tat aber so, als wäre er es nicht. Die gespaltene Zunge schien zu zucken. Und waren ihre Augen eben nicht ein winziges Stückchen weitergeglitten?

Ein Lichtpünktchen erschien in ihren Augen und flammte zu einem blauen Funken auf. Pidge starrte auf ihn, während er immer größer wurde.

Das Licht schien die Macht zu haben, ihn zu bannen und ihn in eine gefährliche andere Welt zu ziehen; es hatte etwas Bezwingendes. Zu seinem Entsetzen merkte er, dass er ihm nicht widerstehen konnte. Die Augen verschwanden, und er sah sich in einen dunklen Wald versetzt, in dem die Bäume auf bösartige Weise lebendig waren und bleiche, tückische Blumen versuchten, nach ihm zu greifen. Es war eine grauenerregende Welt, und die Gräser wollten sich um seine Knöchel winden und ihn für immer gefangen halten.

Da beendete Tante Bina ihr Abendgebet und ging ins Bett; dabei quietschten die Sprungfedern. Dieses ganz gewöhnliche Geräusch ließ den Traum zerfallen, Pidge erwachte und stellte fest, dass die Seite verschwunden war.

Er hatte sie in der Hand gehalten – und sie war verschwunden!

Das erste Gefühl, das ihn durchfuhr und ihn von Kopf bis Fuß mit größter Erleichterung erfüllte, war helle Freude darüber, dass das hässliche Ding fort war. Doch augenblicklich erinnerte er sich an die Stimme in seinem Kamin-Traum, die ihm gesagt, ja *befohlen* hatte, er solle es in Eisen einsperren, und da wusste er, dass er es finden musste, ganz gleich, was geschehen würde. Er kniete sich hin und sah unter das Bett.

Da steckte es zur Hälfte in einer Ritze zwischen den Dielenbrettern. Hatte es etwa versucht zu entkommen?

Pidge griff unter das Bett und kriegte es zu fassen. Er nahm das Blatt mit der lateinischen Schrift von Patrick und packte das Schlangenbild darin ein, indem er es zweimal rasch in der Mitte faltete; dann hielt er es in seiner Faust fest. Er wartete darauf, dass Tante Bina einschlafen würde. Er lauschte auf ihren ersten Schnarchlaut.

Als er ertönte, klang das schön und musikalisch und sehr menschlich. Ich hätte nie geglaubt, dass ich das so empfinden könnte, sagte Pidge zu sich.

Er verließ sein Zimmer und schlich sich in die dunkle Küche hinunter. Das Feuer leuchtete kein bisschen mehr. Tante Bina hatte den brennenden Torf mit Asche belegt, damit die Glut die ganze Nacht weiterglomm. Es gab in manchen Häusern Feuer, die seit zweihundert Jahren oder länger nicht mehr erloschen waren.

Er kniete nieder und blies etwas von der Asche weg, um dem Torf ein wenig Licht abzulocken.

Neben dem Ofen stand Tante Binas schwerer eiserner Topf mit flachem Deckel und Henkeln an beiden Seiten, mit denen man ihn an einen aus dem Kamin herunterbaumelnden Haken hängen konnte. Er hatte drei Beine, damit man mit ihm im Kamin kochen konnte, wenn man unter ihm ein kleines eigenes Feuer entzündete und die roten glühenden Torfstücke auf den Deckel legte. Man konnte das Essen darin schmoren, backen oder braten.

Pidge sah ihn an, und augenblicklich war ihm klar, dass dies das Gefängnis war, das er brauchte. Er hob den schweren Eisendeckel hoch und legte die zusammengefalteten Blätter auf den Boden des Topfes. Sie flatterten, als seien sie empört. Er stand auf und holte vom Kaminsims ein altes Bügeleisen, das er als eiserne Beschwerung auf die Seiten legte, bevor er den Deckel schloss. Um ganz sicherzugehen, schob er die Feuerzange durch das Halboval des Griffs auf dem Deckel, sodass sie mit ihrem eisernen Gewicht ein zusätzliches Hindernis darstellte.

Sorgfältig bedeckte er den Torf mit ein paar Schaufeln voll Asche, um die Glut weiter zu erhalten.

Dann ging er frohgemut zu Bett.

Es hatte zu regnen begonnen – wie angenehm war es, im Bett zu liegen und zu hören, wie die Tropfen an den Fenstern pickten.

Er hatte es behaglich und fühlte sich sicher und warm. Der ungewöhnliche Himmel hatte also doch nur Regen angekündigt. Er drehte sich um und kuschelte sich noch tiefer ins Kissen, streckte aber ein Ohr unter der Decke hervor und lauschte auf den Regen.

In diesem Augenblick sprang genau unter seinem Fenster dröhnend ein schweres Motorrad an. Es heulte ein paarmal auf und fuhr dann davon. Dem Geräusch nach zu urteilen sprang es über eine Mauer, dann wurde der Lärm schwächer, je mehr es sich entfernte.

Pidge sprang aus dem Bett und schaute hinaus. Aber er war zu spät dran.

Wer es auch gewesen sein mochte – jetzt war er weg, und Pidge konnte durch den Regenschleier hindurch sowieso kaum etwas sehen.

Er stieg wieder ins Bett.

Der Gedanke war nicht angenehm, dass dieser Jemand ihn vielleicht durch das Fenster beobachtet hatte, während er in der Küche war.

Aber das eiserne Gefängnis hat wohl seinen Zweck erfüllt, dachte er.

Er begann sich gerade zu wundern, warum Tante Bina oder Brigit nicht von dem Lärm aufgewacht waren, da schlief er ein.

3. Kapitel

Pidge erwachte jäh mit leichtem Herzklopfen, aber es war nur das Morgenlicht auf seinem Gesicht, das seine Ruhe gestört hatte. Er lag eine Weile reglos da und dachte über die seltsamen Ereignisse des vergangenen Tages nach. Die langen, stillen Stunden des Schlafes zwischen dem Abend und dem Morgen hatten allem das Wirkliche und Lebendige genommen, sodass es ihm jetzt nur noch wie etwas vorkam, das er passiv erlebt hatte, wie einen Film. Doch die nächtliche Unterbrechung konnte nicht den Funken Wissen auslöschen, der in seinem Kopf blieb, aller Dramatik entkleidet und weiterhin wahr; den vergangenen Tag mit all dem, was geschehen war, hatte es wirklich gegeben.

Er schlüpfte aus dem Bett und begann sich anzuziehen. Besser holte er die Seite wieder, bevor Tante Bina auf die Idee kam, Brot zu backen.

Es muss noch sehr früh sein, dachte er. Ich bin der Erste, der auf ist. Kein Geräusch aus der Küche, alles still.

In dieser Stille quietschte der Riegel an seiner Schlafzimmertür so laut, dass er sogar Brigit hätte aufwecken können. Er wartete einen Augenblick, bevor er in die Küche hinunterging, aber niemand regte sich.

Das Feuer sah im Sonnenlicht leblos und grau aus, und die Zange lag immer noch auf dem Deckel des Topfes. Innerhalb von zwei Sekunden hielt er die schreckliche Seite in der Hand. Er faltete sie auf und sah sie an. Er hatte fast erwartet, dass die Schlange herausspringen und ihre Giftzähne in seine Hand schlagen würde.

Doch die Schlange zierte pflichtgetreu das Blatt, und was ihn jetzt erstaunte, war ihre Schönheit. Da war keine Spur mehr von den tückischen weißen Blumen oder den bösartig lebendigen Bäumen oder den umgarnenden Gräsern. Er musste sich das alles einfach eingebildet haben.

Aber die Schlange hatte trotzdem etwas an sich, das mehr als Malerei war. Er faltete das Blatt zusammen, steckte es in sein Hemd und ging wieder in sein Zimmer hinauf.

«Hallo», hörte er Brigits Stimme, als er die Tür hinter sich schloss. «Wo warst du?»

Er guckte hoch. Brigits Hände umklammerten den oberen Rand der Trennwand, sonst sah er nichts von ihr. Sie versuchte, zu ihm hinüberzuschauen, und stemmte ihre Füße gegen die Holzwand, während sie sich hochzog. Ihr Kopf tauchte kurz auf, dann rutschte sie wieder ab. Nachdem sie ein paar Sekunden verschwunden war, kämpfte sie sich wieder nach oben.

«Na?»

Wieder verschwand sie.

Er wartete, bis ihr Kopf von Neuem erschien.

«Ich war nur unten.»

Brigit akzeptierte diese Antwort, ohne nachzufragen; sie war auch oft «nur» irgendwo.

«Hast du die Viehdiebe heute Nacht gehört?», fragte sie und hängte sich mit den Ellbogen über die Trennwand.

«Welche Viehdiebe?», fragte er überrascht.

«Hast du sie nicht gehört? Sie haben sich mit einem Motorrad aus dem Staub gemacht.»

Also hatte auch Brigit es gehört.

«Vielleicht hast du nur geträumt?», fragte er hoffnungsvoll.

«Nein, hab' ich nicht. Dafür war es zu normal. Träume sind verschwommen, und es kommen Schokolade und Bonbons drin vor. Und Puderzucker und Fahrräder. Ich wette um alles mit dir, dass sie das Schwein gestohlen haben.»

«Ach, wer wird denn schon ein Schwein stehlen!»

«Schweinediebe! Gangster auf Motorrädern. Schnell ein Schwein geklaut und dann nichts wie fein ausgehen, so sagen die sich. Die anderen sind denen völlig schnuppe.»

«Wo hast du bloß diese Ausdrücke her, Brigit?»

«Von nirgendwoher. Sie kommen mir einfach so – und warum bist du schon so früh auf?»

«Ich dachte, ich könnte mal nach Pilzen schauen», sagte er. Er hatte ein schlechtes Gewissen, dass er sie belog, aber im Augenblick fiel ihm nichts Besseres ein.

«Gut!», erklärte sie. «Ich brauch' nicht lang, um mich anzuziehen. Wartest du ein bisschen?»

Und in der oberen Hälfte vom Grangefield fanden sie auch gleich genug Pilze für das Frühstück; da sie jetzt sehr hungrig waren, hatten sie gerade beschlossen, nach Hause zu gehen, als sie den guten alten Mossie Flynn sahen, der keuchend und schnaufend über die Steinmauer am Rand ihres Feldes geklettert kam.

«Schöner Tag!», rief er, als er nahe genug herangekommen war, um sie zu begrüßen.

«Wir sind schon Stunden auf», sagte Brigit stolz.

«Wirklich? Na, du bist ja ein tolles Mädchen.»

«Ja. Hab' Viehdiebe verfolgt und wer weiß was noch!»

«Hast du einen von ihnen geschnappt?»

«Noch nicht, aber bald. Ich muss erst ein paar Handschellen besorgen.»

«Und wo willst du die herkriegen?»

«Ach, irgendwoher», sagte sie unbestimmt.

«Habt ihr heut' Morgen viele kleine Pilzelchen gefunden?», fragte Mossie.

«Vierzehnhundert oder so», erzählte sie ihm.

Mossie lachte. Jeder kannte Brigit und ihre Geschichten.

«Na, ich hoff', ihr habt mir ein paar übrig gelassen», sagte er munter.

«Wir sind nicht mal halb hinuntergekommen; da unten müssten noch eine ganze Menge sein», sagte Pidge. «Wir haben nur ungefähr eine Mütze voll.»

«Gut. Aber jetzt hört mal, was ich für Neuigkeiten mitbringe!», sagte Mossie zufrieden. «Ich hab' zwei ganz schön Verrückte unten bei mir!»

«Wie meinst du das?», fragte Pidge.

«'s sind zwei Damen. Ihr werdet's nicht glauben, aber eine von denen färbt sich die Haare blau. Sie hat goldene Räder in den Ohren, und ich schwör' bei Gott, sie raucht Zigarren! Sie sagt, sie heißt Melody Mondlicht, wenn ich nicht schon ganz taub bin. Melody Mondlicht», wiederholte er staunend. «Habt ihr schon mal so 'nen Namen gehört?»

«Und wie heißt die andere?», fragte Pidge.

«Die hat fast 'nen genauso guten Namen. Sie sagt, sie heißt Breda Ekelschön! Und wenn die erste Zigarren raucht – na, die zweite steht ihr da fast nicht nach, denn sie kaut Tabak. So was hab' ich bei Frauen noch nie gesehn! Na ja, und dann: Die erste hat blaue Haare – wie das blaue Zeug, mit dem man die Kartoffeln gegen Mehltau besprüht. Und bei Gott, die zweite hat orangefarbenes Haar, das ihr grell über den Rücken hängt wie der Schwanz von einem Pferd.»

«Ach, die zwei!», sagte Brigit verächtlich. «Ich hab' sie gestern gesehen. Sie haben Hunde und 'n blödes Motorrad!»

«Was machen die denn bei Ihnen?», fragte Pidge.

«Sie haben mein altes Glashaus gemietet! Sie zahlen mir gutes Geld dafür, dass sie drin wohnen dürfen. Was sagt ihr jetzt? Nicht jeder hat so jemand bei sich wohnen, was?»

«Die wohnen in Ihrem Glashaus? Die müssen ja dämlich sein», sagte Brigit, weil sie ein bisschen eifersüchtig war.

«Warum tun sie das denn?», wollte Pidge wissen.

«Weil sie Künstler sind und ein bisschen plemplem», sagte Mossie stolz. «Sie haben mir gesagt, sie machen ihre Sachen aus Teilen von alten Fahrrädern und Traktoren und so was. Sie sagen, dass sie Spaß dran haben, aus altem Plunder Kunstwerke zu machen. Und außerdem sind sie sehr lustig. Sie ulken die ganze Zeit miteinander und lachen immer schallend über irgendwas.»

«Malen die auch?» Pidge dachte, das müsse er fragen.

«Malen?»

«Schilder zum Beispiel?»

«Davon haben sie nichts gesagt. Ich glaub' nicht.»

«Ach so», sagte Pidge.

«Na ja, dann geh ich wieder», sagte Mossie.

«Pass auf, dass sie nicht aus dir ein Kunstwerk machen, Mossie», sagte Brigit, halb aus Spaß und halb aus Groll darüber, dass Mossie die Frauen so mochte.

Als sie zum Tor gingen, sah sie sich immer wieder um und winkte.

«Ich find's nicht gut, dass denen beiden bei Mossie sind», sagte sie.

«Nicht denen beiden, die beiden», sagte Pidge.

«Warum nicht denen beiden?»

«Ich weiß nicht mehr, aber es heißt jedenfalls die beiden.»

«Also, ich mag die beiden nicht, und wenn du sie mal siehst, dann wirst du sie auch nicht mögen, oder, Pidge?»

«Nein, wenn du sie nicht magst», versprach Pidge.

«Ich glaub', Mossie mag sie, weil sie mal mit ihm 'ne Spritztour mit ihrem alten Motorrad machen. Ich wollt', ich hätt' selber eins.»

Sie gingen im Sonnenschein dahin. Als sie an die Wegbiegung gekommen waren, sagte Brigit gerade, dass sie nicht mal ein Motorrad haben wollte, wenn die beiden sie auf Knien darum bitten würden, sich eins anzuschaffen. Sie würde viel lieber ein Fohlen oder einen «Hupschrauber» haben.

An der Abzweigung war eine Telefonzelle in die Mauer eingelassen. Das brachte Pidge auf eine Idee.

«Wart einen Moment, Brigit. Ich möchte bloß jemanden anrufen», sagte er.

Er ging in die Telefonzelle, holte das Kärtchen aus seiner Hosentasche und wählte die Nummer des Buchantiquariats.

Nach ein paar Sekunden war die Stimme des Buchhändlers in der Leitung zu hören.

«Hallo!» Es klang recht unwirsch. Pidge sank der Mut.

«Hallo. Sind Sie der Buchhändler?», fragte er höflich.

«Ja!»

«Könnte ich mit Ihrem Assistenten sprechen?»

«Mit welchem Assistenten?»

«Der alte Herr mit dem weißen Schnurrbart.»

«Was? Was soll der Unsinn?»

«Könnte ich mit dem alten Mann mit dem weißen Schnurrbart sprechen – dem Gelehrten?»

«Was für ein Gelehrter? Wovon redest du eigentlich?»

«Er war gestern da. Ich habe ihn gesehen.»

«Ich habe keinen Assistenten, der bei mir arbeitet.»

«Aber er war gestern da.»

«Das muss ein Kunde gewesen sein. Ein Gelehrter, sagst du?»

«Ja.»

«Was für eine Art Gelehrter?»

Pidge dachte einen Augenblick nach.

«Ein Latein-Gelehrter», sagte er und drückte die Daumen.

«Ich kann selbst gut Latein.»

«Oh», sagte Pidge, «könnten Sie etwas übersetzen?»

«Ja, natürlich.»

«Und – wollen Sie's tun?»

«Du bist ein Kind, was?»

«Ja.»

«Habt ihr nicht Latein in der Schule?»

«Nein, noch nicht. Ich bin noch nicht alt genug dafür.»

«Willst du mich vielleicht dazu überreden, dir die Hausaufgaben zu machen?»

«Nein, ehrlich. Es sind doch Sommerferien, und ich lerne noch nicht Latein. Wirklich!», sagte Pidge mit ernster Stimme.

«Na gut, dann schieß los!»

«Also, es lautet so», sagte Pidge. «O Serpens Vilissimus! Et hic signo et his verbis te sic securo, in Saecula Saeculorum, Amen. Patricus.»

«Das ist ganz einfach», sagte der Buchhändler überlegen. «Es bedeutet: ‹O überaus böse Schlange! Mit diesem Zeichen und diesen Worten binde ich dich für alle Zeiten. Amen. Patrick› oder so ähnlich. Frag mich noch etwas, los! Ich bin gerade in der Stimmung dazu.»

«Sonst habe ich keine Fragen», sagte Pidge höflich. «Danke vielmals für Ihre Hilfe.»

«Deine lateinische Aussprache ist fürchterlich – ich weiß nicht, wohin das noch führen soll», sagte der Buchhändler.

«Wirklich?»

«Bist du sicher, dass du mich nichts mehr fragen willst – jetzt, wo ich gerade in Stimmung bin?»

«Nein.»

«Na, dann gut.»

«In Ihrem Laden hat aber wirklich ein alter Mann bedient. Sie haben ihn nicht gesehen, weil Sie hinausgerannt sind, um sich ‹Überschallflugzeuge oder so einen Quatsch› anzusehen.»

«Sei nicht so frech», sagte der Buchhändler und legte auf.

Brigit saß auf einer Mauer.

«Wen hast du angerufen?»

«Ich kann's dir noch nicht sagen», antwortete Pidge und kam sich gemein vor.

«Ist es ein Geheimnis?»

«Ja.»

«Erzähl's mir.»

«Später. Lass uns jetzt nach Hause gehen. Ich sterbe vor Hunger.»

«Ich auch. Ich könnte einen ganzen Elefanten verschlingen.»

Pidge lachte und gab ihr einen kleinen, liebevollen Schubs.

«Könntest du nicht. Er würde nie in dich hineinpassen.»

Brigit stellte sich vor, wie sie aussehen würde, wenn in ihr ein Elefant drin wäre. Dabei vergaß sie, weiter nach dem Telefongespräch zu fragen.

Pidge nahm sie an der Hand, und sie rannten zusammen zum Reitweg und nach Hause. Den ganzen Weg lang wunderte er sich über die Sache mit dem alten Mann im Buchladen.

Zu Brigits großer Empörung war das Schwein doch nicht gestohlen worden. Es stand auf einem Feld in der Nähe des Hauses, grunzte zufrieden und wühlte mit der Schnauze in der Erde wie immer.

«Ich wette, die haben es versucht, aber es war schlauer als sie», sagte Brigit.

Das Frühstück war köstlich; es gab dicke Scheiben selbst geräucherten Schinken, frische Pilze und Vollkornbrot mit gelber, selbst gerührter Butter. Tante Bina hatte es für sie zubereitet, bevor sie hinausging, um das kleine Huhn zu beschatten.

Während sie beim Essen saßen, klopfte es zögernd und verstohlen an der Eingangstür; es war eher eine Art tastendes Pochen als ein kräftiges Einlassbegehren. Ein Klopfen, mit dem einer herausfinden wollte, ob jemand da war.

Pidge öffnete die Tür.

Ein seltsamer Mann schaute lächelnd in die Küche. Er war außerordentlich groß und dünn, wie gedehnter Gummi, und trug auf seinem Rücken einen großen braunen Sack, der an einigen Stellen Beulen hatte.

«Guten Morgen, junger Mann», sagte er und lächelte wieder breit. Pidge fand sein Lächeln schrecklich, weil seine Zähne so scharf und nadelspitz aussahen. Aus Höflichkeit wünschte er ihm jedoch auch einen guten Morgen.

«Ist die Dame des Hauses da?», fragte der Mann.

Pidge hatte den Eindruck, dass der Mann sehr wohl wusste, dass sie allein im Haus waren, ohne den Schutz eines Erwachsenen.

«*Ich* bin die Dame des Hauses», sagte Brigit grob. «Was wollen Sie?»

Der Mann lächelte wieder und tat so, als glaube er ihr.

«Oh!», sagte er. «Dafür sind Sie aber noch sehr jung! Ich

wollte fragen, ob Sie irgendetwas zu verkaufen haben? Zum Beispiel altes Gold oder Silber?»

«Nein», sagte Brigit unverfroren. «Mein ganzes Gold und Silber ist nagelneu.»

«Oder alte Bilder? Haben Sie irgendwelche alten Bilder, Gemälde, Zeichnungen, vergoldete Rahmen oder so was zu verkaufen?», fragte er und sah sie scharf an, wobei er sich mit der Zungenspitze rasch über die Lippen fuhr, sodass Brigit ein wenig von ihrem Mut verlor.

«Nein, leider nicht», sagte sie.

«Keine alten Bilder? Kein altes Gold oder Silber? Was ist mit alten Büchern?», fragte der Mann.

«Nein», sagte Brigit.

«Sind Sie sicher?», fragte er. «Absolut sicher?»

«Ganz absolut», antwortete sie. «Ich lüge nie!»

Pidge wurde rot bei Birgits Erklärung. Manche Leute sind wohl eher der Meinung, dass sie selten die Wahrheit sagt. Aber sie hat wenigstens ihren Mut wiedergefunden, dachte er.

«Es tut mir leid, wenn ich Sie gekränkt habe», lächelte der Fremde, und seine rosa Zunge zuckte wieder. «Ich wollte nur Ihrem Gedächtnis nachhelfen, falls Sie doch etwas zu verkaufen hätten, aber im Moment nicht dran dachten.»

«Meinem Gedächtnis muss man nicht nachhelfen», sagte Brigit. «Ich hab' Pokale und Medaillen dafür bekommen.»

«Und Sie, junger Mann», sagte der Fremde und wandte sich Pidge zu. «Haben Sie heute irgendwelche alten Bücher zu verkaufen?»

Er weiß Bescheid, dachte Pidge. Er weiß tatsächlich, dass ich das zerschlissene alte Buch habe.

«Nein», sagte er.

«Nicht ein einziges?», fragte der Fremde mit geheucheltem Erstaunen.

«Nicht ein einziges», wiederholte Pidge fest und wandte den Kopf ab.

«Harte Zeiten für Hausierer und Händler», sagte der Mann.

«Aber dafür hat man seine Gesundheit, und Gesundheit ist mehr wert als Reichtum, heißt es!»

Diese Worte waren begleitet von einem dunklen Blick aus sanften braunen Augen, und sie kamen Pidge wie eine Drohung vor. Er war sich sicher, dass die sanften braunen Augen nicht das wahre Wesen des Mannes ausdrückten.

Er betrachtete den Hausierer verstohlen.

Er wurde an etwas erinnert, wusste aber nicht, woran. Obwohl der Mann ungewöhnlich groß und dünn war, hatte er eine schöne Gestalt. Er hatte etwas Geschmeidiges, das auf starke Muskeln unter seinen Kleidern hindeutete. Seine Taille war schlank und sein Gesicht lang und schmal. In den sanften braunen Augen funkelte es gelb. Da wusste Pidge, woran ihn der Mann erinnerte: Er hatte den Blick eines edlen Tieres, ähnlich wie die Pferde, die sein Vater züchtete.

Der Hausierer erwiderte Pidges Blick, und dann lächelte er wieder.

Pidge sah die spitzen Zähne, die so scharf und gelblich waren, und die Zunge, die darüber fuhr. Er sah die große Kraft, die in den edlen, schmalen Schultern verborgen lag, und er merkte auch, dass sich die Nasenflügel des Fremden die ganze Zeit, während er an der Tür stand, bewegt hatten – als nähme er die Witterung aller Dinge auf, die im Haus waren. Er witterte und prüfte, ohne dabei denken zu müssen.

Er ist wie ein Windhund, dachte Pidge. Oder eigentlich nicht wie ein Windhund, sondern ein Hund von einer gefährlicheren Rasse. Vielleicht hat er das Buch gerochen?

«Ich kaufe auch deine Gedanken, wenn du sie hergibst», sagte der Hausierer sanft.

Einen Augenblick stand er da und wartete auf Pidges Antwort, dann ging er den Weg hinunter zur Straße. Er ließ Pidge völlig verblüfft zurück.

«Na», sagte Brigit, «das ist das seltsamste Wesen, das ich je gesehn hab'. Ich mochte ihn kein bisschen.»

«Ich auch nicht», sagte Pidge.

«Das war lustig, was er über das Gedanken-Verkaufen gesagt hat, Pidge. Was hat er wohl gemeint?»

Pidge fragte sich, ob er ihr alles erzählen solle, was geschehen war, seit er tags zuvor das Antiquariat betreten hatte.

Aber wenn all die seltsamen Dinge gar nicht passiert waren? Wenn sie nur so wirklich waren wie beispielsweise ein – Bild? Ein Bild bestand aus Leinwand, Holz, Farbe und dergleichen; und doch konnte der Maler aus seinem Material eine Schale mit Orangen, ein ganzes Tal irgendwo, eine Schlacht oder was er auch wollte, machen, und alles sah wirklich aus. Irgendwas im Kopf des Künstlers brachte es hervor. Vielleicht tat er etwas Ähnliches? Ich warte noch ein bisschen, beschloss er.

«Das kann ich auch nicht besser erraten als du», antwortete er wahrheitsgemäß.

Sie spülten das Geschirr, und dann lag der ganze Tag vor ihnen ausgebreitet wie ein weißes Blatt Papier, auf dem nichts geschrieben stand. Sie hatten das Gefühl, als verginge die Zeit nicht in der richtigen Geschwindigkeit. Der Tag würde schrecklich langsam vergehen, denn heute sollte ihr Vater mit der neuen Stute aus Dublin zurückkommen.

Ein gewöhnlicher Tag entwickelt sich nach und nach und ist manchmal voller Überraschungen; ein Tag, zu dem ein ersehnter Höhepunkt gehört, ist schwer auszuhalten.

«Das wird heute ein langer Tag», sagte Pidge. Er wischte den letzten Teller ab.

«Warum?»

Brigit pikste mit ihrer Fingerspitze in Seifenblasen.

«Du weißt doch, wie es ist, wenn man auf etwas wartet.»

«Ja. Es ist, wie wenn man in einen Sack gesteckt und an einem Nagel aufgehängt wird.»

Pidge glaubte zu wissen, was Brigit meinte, aber er war sich nicht sicher.

«Wie meinst du das?», fragte er.

«Es fühlt sich an, wie wenn man in einen Sack gesteckt und innen an die Tür von einem Schuppen gehängt wird!», sagte

Brigit höchst bedeutungsvoll. «Und man will eigentlich gar nicht in dem Sack sein, und es ist zu heiß drin, und alles, was man machen kann, ist, sich gegen die Tür zu werfen, aber man ist zu weich, um damit Lärm zu machen, und keiner kann einen hören. Weißt du jetzt, was ich meine?»

«Ja», sagte er.

«Es ist, wie wenn man den Himmel mit seiner Faust einstoßen wollte, weißt du», sagte sie. Es klang, als hätte sie es schon oft versucht.

«Ja.»

«Ich würde fuchsteufelswild werden, weil niemand mich in dem Schuppen hören würde. Du auch?»

«Ich auch.»

So fühlte Brigit sich also, wenn sie nur ungeduldig oder enttäuscht zu sein schien.

Er sah auf die Küchenuhr. Erst Viertel vor zehn.

«Ich weiß schon», schlug Brigit vor, «wir könnten zum steinigen Acker hinuntergehen und Haselnüsse pflücken!»

«Sie sind noch lange nicht reif. Es ist ja erst August, vergiss das nicht.»

«Oder wir könnten zum See gehen und auf eine Insel rudern.»

Natürlich, das war es!

«Gute alte Brigit!», sagte er.

Sie grinste stolz.

«Wir können Brote und hart gekochte Eier und eine Flasche Milch mitnehmen. Und du kannst ein Buch mitnehmen, Pidge.»

«Und was nimmst du mit?»

«Mein Strickzeug.»

Pidge lachte. Brigit lernte gerade erst stricken. Es sollte ein Schal werden. Brigit gab selbst zu, dass er etwas krumpelig aussah. Es machte ihr nichts aus, dass Pidge lachte.

Als sie fertig waren, kam Tante Bina gerade von ihrer Jagd zurück. Sie war erhitzt und verärgert, weil das kleine Huhn sie wieder an der Nase herumgeführt hatte. Sie erzählten ihr von ihrem Plan.

«Das ist eine gute Idee», sagte sie. «Am Wasser wird es angenehm kühl sein. Es ist so heiß heute, dass selbst den Krähen die Zunge heraushängt.»

«Wir könnten unterwegs bei Tom Cusack vorbeischauen», sagte Brigit.

«Tut das. Euer Vater wird die neue Stute sicher in den nächsten Tagen zum Beschlagen zu ihm bringen.»

Bevor sie aufbrachen, ging Pidge in den Stall und holte ein paar Teile eines alten, abgenutzten Zaumzeugs, das in einer Kiste lag, und steckte sie in seine Hemdtasche. Diese alten Ringe sind aus Eisen, sagte er sich, und es ist besser vorzusorgen.

Er prüfte nach, ob die Seiten noch sicher an seiner Brust unter dem Hemd lagen.

4. Kapitel

Tom sah sie in seinen Hof kommen.

«Ah, ihr zwei!», rief er. «Ich hatte gehofft, euch heute zu sehen. Ich habe etwas für dich gemacht, Pidge.»

Er zeigte ihnen einen kleinen Gegenstand aus Eisen. Er sah aus wie ein flaches Büchlein.

«Was ist das?»

«Was das ist? Na ja, halt ein Ding. Eine Art Behälter. Für Taschentücher oder so.»

Tom schien verwirrt, und er betrachtete das Gebilde mit einem Ausdruck, als wisse er nicht, was es sei und warum er es gemacht hatte.

«Du könntest Papiergeld drin aufbewahren, wenn du reich bist», spaßte er.

«Es ist sehr gut.»

Pidge hielt es in der Hand. Das Ding war ziemlich schwer.

«Es geht auf, nicht?», fügte er hinzu. «Ich sehe da kleine Scharniere.»

«Ja, es geht auf.»

«Wie bist du auf die Idee gekommen, es zu machen?»

«Ich weiß nicht. Es ist mir gestern einfach so eingefallen. Ach ja, da haben grade zwei alte Kesselflicker Banjo gespielt und gesungen, draußen vorm Hof. Die haben mir die ganze Zeit zugelacht und zugenickt, und als ich mich dranmachte, da haben sie mir zugewinkt und sind irgendwohin verschwunden. Sie sind übrigens gar nicht betteln gekommen.

Ich spüre, dass es irgendwie mit ihnen zu tun hat. Das klingt bestimmt verrückt.»

O nein, kein bisschen, dachte Pidge.

Brigit stand vor dem großen Tor der Schmiede in der Sonne. Sie fühlte sich sehr vernachlässigt und ein wenig gekränkt, weil Tom für sie nichts gemacht hatte. Sie sah eine Spinne, die an einem langen seidenen Faden vom Türbalken herabhing. Sie hängte den Faden an ihren Finger, und die Spinne begann sofort zu ihrer Hand hinaufzuklettern. Sie versuchte, zu ihrem Netz zurückzukommen, und sie wusste, dass ihr Netz oben war.

Als sie ihre Hand fast erreicht hatte, gab Brigit dem Faden einen kleinen Ruck, und die Spinne ließ sich nach unten fallen. Sofort begann sie wieder hinaufzuklettern.

«Was machst du da, Brigit?», fragte Tom.

«Ich lass eine Spinne baumeln», sagte sie und tat gleichgültig.

«Tu ihr nichts, das bringt Unglück», sagte Pidge rasch. Er dachte, es könne nicht schaden, das Glück auf seiner Seite zu haben.

«Was soll ich ihr denn tun?», fragte Brigit verächtlich. «Ich spiel' doch nur Jo-Jo mit ihr.»

«Komm her, Brigit, schau, was ich für dich habe», sagte Tom.

Sie ließ die Spinne fallen, die augenblicklich in einer Ritze an der Türschwelle verschwand, und lief zu Tom in die Schmiede. Er streckte ihr die Hand entgegen und zeigte ihr ein Stück Metall, das wie mattes Silber aussah.

«Was ist das?»

«Bis jetzt ist es nur ein Stück Metall, ein kleines Stück Silber.»

«Machst du was für mich draus?»

«Ja, das hab' ich vor.»

«Jetzt gleich?»

«Ja.»

Brigits Gesicht hellte sich auf.

Tom zog eine kleine Schublade aus einem hölzernen Kästchen, das aussah wie die Kästchen, in denen man Gewürze aufbewahrt. Er nahm feine Werkzeuge heraus und begann zu arbeiten. Er fachte die Glut mit seinem Blasebalg an und nahm das Silberstückchen in seine großen Hände. Er fasste es mit den Backen seiner Zange und erhitzte es ganz behutsam im glühenden Herzen des Feuers. Dann zog er es heraus und begann zu arbeiten.

Seine Hände bewegten sich so schnell, dass die Kinder dem, was er tat, kaum folgen konnten. Während er das Silber formte, erzählte er ihnen von der Arbeit des Schmiedes. Er erzählte ihnen von den Metallen und den Meisterschmieden vergangener Zeiten, die wunderbare Dinge aus Silber und Gold machten und von den Leuten als Künstler angesehen wurden.

Dann war Tom fertig. Er hatte für Brigit ein winziges Kunstwerk geschmiedet: Pfeil und Bogen; der Bogen hatte eine kleine Kerbe, in die man den Pfeil legen konnte, und beides glänzte im Feuerschein.

Brigit war noch nie so begeistert gewesen. Pidge war voller Bewunderung.

«Jetzt wollen wir den Bogen bespannen», sagte Tom und holte noch etwas aus dem Kästchen. Es war starkes Haar vom Pferdeschweif.

Und dann war das Werk fertig; geformt, blank poliert und mit einer Sehne bespannt. Dazu war es mit einer kleinen Spange und einem Kettchen versehen, sodass Brigit es als Brosche an ihrem Kleid tragen konnte.

Dass das Schmuckstück so gut gelungen war, schien Tom selbst zu erstaunen.

«Ich wusste gar nicht, dass ich so was zustande bringen kann», erklärte er.

«O Tom», flüsterte Brigit. «Es ist wunderschön. Wenn ich die Fersen gelernt habe, strick' ich dir zwanzig Paar Socken.»

Er war sehr angetan von Brigits Reaktion.

«Das wäre gar nicht übel», sagte er.

«Wann bist du denn darauf gekommen, es zu machen? War das, während diese Kesselflicker gesungen und Banjo gespielt haben?», fragte Pidge.

Nun schien Tom noch verdutzter zu sein.

«Jetzt, wo du's sagst – ja, so war's.» Er sah völlig verwirrt aus.

Schon wieder so was, dachte Pidge. Diesmal sind es zwei, die singen und andere auf Ideen bringen.

«Ist an Eisen eigentlich was Besonderes?», fragte er, ohne wirklich eine Antwort zu erwarten.

«Über Eisen könnte ich dir viel erzählen. Meinst du etwas Bestimmtes?»

«Na ja», zögerte Pidge, der fürchtete, sich lächerlich zu machen.

«Was denn?»

«Hat es irgendwas Magisches an sich?»

«O ja, eine ganze Menge, glaub' ich. Es heißt zum Beispiel, Hexen könnten's nicht anfassen, aber ich weiß es nicht so genau.»

Hexen! An Hexen hab' ich gar nicht gedacht. Ich hab' an irgendetwas, hm, *Stärkeres* gedacht, stellte Pidge fest. Und wenn es wirklich Hexen sind, dann hab' ich wenigstens etwas aus Eisen, und das wird mich vor ihnen schützen.

Jetzt, wo er gegen fast alles gewappnet war, verabschiedete sich Pidge, zusammen mit Brigit, von Tom und dankte ihm noch einmal. Dann gingen sie den mit Hecken eingefassten Weg zum See hinunter.

Zur Insel hinüber war es nicht weit zu rudern.

Brigit saß am Bug, bewunderte ihre Brosche und lauschte auf das Geräusch der Ruder, die ins Wasser tauchten, und auf die Tropfen, die ins Wasser zurückfielen. Sie glitten langsam dahin. Es war ein sehr heißer Tag, und es war ganz still. Sie konnten das Knarren des Lederrings am Ruder hören, das sich an der Dolle rieb. Sie konnten jedes leise Quietschen der Bretter am Boden des Bootes hören. Das Boot schien seine eigene Sprache, sein eigenes Lied zu haben. Pidge schaute beim Rudern verträumt über den Rand des Bootes und betrachtete die langen Wasserpflanzen, die sich im Wasser wiegten, und die dahinschießenden Elritzen; ihr Schatten folgte ihnen auf dem hellen sandigen Boden, der in diesem flachen Teil des Sees den Grund bildete. Es hieß, dass manche Partien des Gewässers keinen Grund hätten. Es gab Stellen, an denen das Wasser immer dunkelgrün schimmernd und undurchdringlich aussah, selbst an einem so sonnigen Tag wie diesem, das wusste Pidge.

Als sie auf der Insel landeten, fühlte sich Pidge überwältigt von dem plötzlichen lauten Gesumme der Insekten, die emsig zwischen den hohen blühenden Gräsern und dem Dickicht aus Schlehen, wilden Rosen und Geißblatt herumschwirrten. Er ließ sich in eine Grasmulde plumpsen. Brigit sagte, sie wolle ein paar wilde Blumen pflücken gehen.

Als Pidge allein war, nahm er das schreckliche Blatt, das immer noch in die Worte des heiligen Patrick gewickelt war, aus dem Versteck unter seinem Hemd hervor. Er öffnete seine kleine eiserne Schatulle. Er wollte die beiden Seiten gerade noch einmal zusammenfalten, um sie hineinzulegen und die Handschrift in der eisernen Hülle zu verschließen.

Da sprang es ihm aus der Hand, rutschte aus dem Blatt des Patrick, in das es gewickelt war, und tat so, als würde es vom Wind fortgetragen.

Aber es wehte gar kein Wind.

Nicht der leiseste Hauch.

Pidge machte einen Satz. Sekunden später hatte er es wieder in die Umhüllung gefaltet. Und schon lag es in der eisernen Schatulle, und der Deckel schnappte zu.

Jetzt habe ich dich, dachte er glücklich. Jetzt bist du wirklich in Eisen gefangen!

Brigit kam zurück, die Fäuste voller Gänseblümchen und die Brosche als Schmuck mitten auf den Kopf gesteckt.

«Es ist viel zu heiß», klagte sie und ließ sich neben Pidge auf den Boden fallen. Sie begann, aus den Gänseblümchen Ketten zu machen, und suchte dazu diejenigen mit den dicksten Stängeln aus. Pidge lag auf dem Rücken, dachte über Hexen nach und versuchte sich an alles zu erinnern, was er je über sie gehört hatte. Das war nicht einfach, denn er hatte darüber sehr wenig gehört, und zudem konnte er sich an das, was er gehört hatte, nicht genau erinnern. Im Grunde fielen ihm nur Besenstiele und schwarze Katzen dazu ein.

Nach einer Weile hielt Brigit ihre Blumenketten triumphierend in die Höhe und sagte:

«Weißt du, was das ist?»

«Was denn?»

«Das sind Handschellen! Für den Fall, dass diese Viehdiebe wiederkommen und es noch mal probieren!»

Sie legte sie als Armbänder um ihre Handgelenke. Sie sahen schon verwelkt und schlapp aus.

Zwei Schwäne rauschten über den See und näherten sich ihnen. Brigit holte Brot aus einer Papiertüte und brach es in kleine Stücke, um es den Schwänen zuzuwerfen.

Bei dieser Hitze war das Werfen anstrengend. Das letzte Bröckchen, das sie warf, fiel schon ein ganzes Stück vor dem Wasser zu Boden. Einer der Schwäne glitt ans Ufer und watschelte an Land, auf das Brot zu.

«Glaubst du, ein Schwan könnte eine Fee sein?», fragte sie.

«Es würde mich kein bisschen überraschen!», sagte Pidge und setzte sich auf. Genauso war es ihm gerade vorgekommen.

Brigit warf noch ein Brotstückchen. Sie zielte eigens so, dass der Schwan näher herankommen musste. Er stand eine Weile da und sah sie mit seinen runden schwarzen Augen an.

Sie sang:

«Schwan, komm her! Schwan, komm her! Ich geb' dir Brot und Butter!» Da drehte der Schwan sich um und watschelte zum See zurück.

«Oder willst du ein hart gekochtes Ei?», rief Brigit ihm nach. «Würdest du dafür zurückkommen?»

Der Schwan ließ sich aufs Wasser nieder wie eine Katze auf ein Kissen. Der andere Schwan gesellte sich ihm zu, und die beiden zogen in der Nähe des Ufers ihre Kreise. Dabei sahen sie die Kinder unverwandt mit ihren aufmerksamen schwarzen Augen an.

Es war, als seien sie schon stundenlang auf der Insel. Wieder hatte Pidge das Gefühl, als verginge die Zeit nicht in der richtigen Geschwindigkeit. Brigit war unruhig, und Pidge spürte, dass Ungeduld in ihm aufstieg wie eine große Blase, die zu platzen drohte, wenn er nicht bald irgendetwas tat.

«Warum gehen wir nicht los und erforschen die Insel?», fragte Brigit.

«Wir kennen schon jeden Stock und jeden Stein darauf.»

«Wollen wir auf eine andere Insel rudern?»

«Zu heiß.»

«Ich hab's satt, hier rumzusitzen. Glaubst du, dass Papa schon zu Hause ist?»

«Nein. Es ist erst ungefähr zwölf Uhr.»

«Ich gehe in das Wäldchen. Vielleicht gibt es dort etwas zu sehen.»

«Was denn?»

«Ach, ein Tier oder einen Schmetterling oder eine Fee – irgend so ein Zeug. Es ist zu heiß, um was zu machen, wir könnten auch gleich nach Hause gehen.»

Pidge hob den Kopf.

«Horch!», sagte er.

Man hörte ein Banjo spielen.

Zwei Gestalten erschienen hinter einem kleinen Hügel und kamen auf sie zu. Zwei zerlumpte Gestalten, gekleidet in Sachen, die aussahen wie die Überreste eines Ramschverkaufs. Es waren ein alter Mann und eine alte Frau.

«Toms Kesselflicker», murmelte Brigit.

Der alte Mann trug die Überreste einer verbeulten alten Melone auf dem Kopf und einen zerschlissenen, ausgeblichenen Regenmantel; um seine schmalen Fußgelenke flatterten zerlumpte Hosenbeine. Er hatte ein paar abgetragene Tennisschuhe an, aber keine Socken. In einem Knopfloch prangte eine riesige rosafarbene Rose, und sein Gesicht floss über von einem glücklichen Lächeln.

Die alte Frau trug kunterbuntes Zeug, wie man es nur in der Altkleidersammlung findet, und auf dem Kopf thronte ein abscheulicher Hut, besteckt mit allen Arten wild wachsender Blumen, überwuchert von einer Unmenge Löwenzahn. Es sah aus, als sei sie von einer Blumenvase gekrönt. Sie war es, die das Banjo spielte.

Sie hatte eine kleine rote Ziehharmonika, die mit einer langen Schnur an einem großen Knopf ihres Mantels befestigt war und im Rhythmus ihres schwankenden, tänzelnden Ganges um ihre Knie baumelte. Sie sang «The Lark in the Morning» mit einer Stimme, die für ihr Alter viel zu jung klang. Der alte Mann hatte jetzt auch zu tanzen begonnen. Er hob zierlich die Saumecken seines Regenmantels in die Höhe und drehte sich einmal rasch um sich selbst.

Das Lied war beendet, als sie sich den Kindern näherten. Der alte Mann klatschte in die Hände, lachte, warf seine alte Melone in die Luft und fing sie mit der Spitze seines Spazierstocks auf, als sie wieder herunterkam. Er wirbelte sie ein paarmal herum und verbeugte sich vor den Kindern.

Mitten aus der Blumenfülle auf dem Hut der alten Frau ertönte rein und schön der Gesang einer Amsel. Ein Schmetterling flatterte von einer Löwenzahnblüte, die am Rand des Hutes befestigt war, auf die Nase des alten Mannes. Der Mann verdrehte sofort die Augen, um ihn sehen zu können.

«Oh, wenn er nur zu mir käme», sagte Brigit hoffnungsvoll, bevor Pidge sie daran hindern konnte.

«Geh zu dem kleinen Mädchen», sagte der alte Mann.

Verflixt!, dachte Pidge voller Unbehagen. Hätte ich Brigit nur alles gesagt. Sie freundet sich mit ihnen an, als wäre nichts dabei, weil sie es nicht besser weiß. Es ist meine Schuld – ich hätte es ihr sagen sollen!

Der Schmetterling gehorchte dem alten Mann und saß jetzt genau auf der Spitze von Brigits Nase. Er öffnete und schloss seine wunderschönen Flügel, um der Welt seine Schönheit zu zeigen. Sie spürte seine zarten Füßchen auf ihrer Haut. Sie hielt den Atem an und verhielt sich so still sie nur konnte. Aber schon nach einem Augenblick kitzelte er sie, und sie musste einfach niesen. Der Schmetterling schwebte zu seinem Löwenzahn zurück.

«Weißt du», sagte die alte Frau, «ich könnt' einen Bissen Essen vertragen. Mindestens einen oder zwei Pfannkuchen könnt' ich vertragen. Setzen wir uns einen Moment, Patsy, dann wühl' ich mal meinen Beutel durch.»

«Tu das, Boodie, tu das. Ein bisschen Wühlen ist gut, denn beim Gedanken an hart gekochte Eier erwacht bei mir doch ein gewisser Hunger.»

«Von hart gekochten Eiern weiß ich nichts!», sagte Boodie. «Ich frag' mich bloß, hab' ich überhaupt ein paar Feenkuchen eingepackt?» Und sie lächelte.

«Das hoff' ich nicht!», sagte Patsy. «Wenn ihr Boodies Feenkuchen esst, spürt ihr euren Magen wie einen Sack voll Steine!» Er lächelte den Kindern zu, um zu zeigen, dass seine Bemerkung ihnen gegolten hatte.

Boodie brach in Lachen aus.

«Schau dir bloß meine Schuhe an, Patsy! Die sind vorne hochgebogen wie Schaukelschiffe! Wir sind toll aufgemacht, als hätten wir noch was vor.»

«Wir sehen aus, als hätten wir Kartoffelschalen an», stimmte Patsy zu. «Aber kluge Leute werden drüber wegsehen und sich vielleicht sogar wünschen, sie hätten auch so lustige Schuhe.»

«Ich meinerseits wünschte, ich wär' die Königin von England», sagte Boodie, «und säße jetzt im Palast am Teetisch. Ich wette, 's ist so sauber da drin, dass man Lust kriegt, auf den Boden zu spucken.»

Brigit kicherte.

Sie gab Pidge einen Schubs. Auch er lachte.

«Ich wette, sie hat jemand, der ihr über die Suppe bläst! Ich wette, sie ist reich wie nur was; nicht wie so alte Vagabunden wie wir!», sagte Boodie so fröhlich, dass man merkte, es machte ihr nichts aus. Sie sagte alles mit einem Augenzwinkern und nur zum Spaß.

«Wer ist reich?», brüllte Patsy.

«Wir!», schrie Boodie zurück.

«Das stimmt. Ich hab' meinen schwarzen Haselstock von Lugduff und du hast deinen weißen Haselstock von Cregbawn; was wollen wir mehr, wo wir reich sind wie die Könige?»

«Na ja, ein paar Pfannkuchen wären trotzdem nicht übel», antwortete Boodie, «aber du hast recht wie immer, Patsy, mein oller Kumpel!»

Patsy nahm seinen Hut ab und stieß ihn mit seinem schwarzen Haselstock in die Luft.

«Jetzt wird gegrast!», verkündete er. «Das Mittagessen wird sofort serviert!» Er sah zu ihnen herüber, grinste und zwinkerte ihnen zu und sagte:

«Wollt ihr 'n bisschen was mit uns essen?»

«Aber kein Gras», sagte Brigit. «Ich hab' noch nie gegrast, und ich glaub' nicht, dass es mir schmeckt.»

«Da siehst du's, Patsy, du hast die Kleinen ganz durcheinandergebracht. Herumalbern und Blödeln ist jetzt nicht gefragt, sondern jede Menge feine Speisen, will ich meinen», sagte Boodie.

«Ja! Es ist mehr als genug für alle da», antwortete Patsy. Er hielt ein appetitliches weißes Bündel in die Luft. «In dieses Tuch sind ein paar Fladen Haferkuchen geknotet, damit sie uns nicht auskommen, ein Schinken und ein Topf Marmelade.»

«Ein Schinken ist köstlich, aber ein Topf Marmelade ist das höchste der Gefühle!», erklärte Boodie.

«Und wir haben hart gekochte Eier», sagte Brigit und sprang auf.

Pidge zögerte. Und wenn die beiden gar nicht das waren, was sie schienen? Vielleicht steckten sie hinter all den seltsamen Dingen?

Patsy schien über die harten Eier maßlos erfreut zu sein.

«Jetzt haben wir alles», rief er.

«Ja, und auch noch zweifach angeboten», sagte Boodie mit einem versteckten Lächeln zu ihm.

Was das wohl heißen soll?, fragte sich Pidge.

Boodie nahm Brigit an der Hand.

«Und wie heißt du?»

«Brigit.»

«So ein hübscher Name. Patsy, dieses Kind hat den hübschen Namen Brigit.»

Patsy verstreute die Blütenblätter seiner Rose.

«Oh, diese hübsche junge Göttin – meine Verehrung. Wussten Sie, dass es früher hier in Irland eine Göttin Brigit gab, junger Herr?», fragte er Pidge.

«Ich kenne nur die Heilige Brigit.»

«Ach, natürlich, die Göttin war sicher vor deiner Zeit», sagte Patsy traurig.

«Sei nicht betrübt, Patsy. Siehst du, was für Blumen das Kind an seinem Handgelenk trägt?»

«Gänseblümchen!», rief Patsy, und seine Augen schienen plötzlich zu strahlen. «Magst du Gänseblümchen?», fragte er Brigit.

«Ja. Ich liebe sie.»

«Das ist genau das richtige Wort!», sagte Patsy und fügte hinzu: «Es ist ein mächtiges Wort und eine mächtige Blume, so klein sie ist.» Er tätschelte Brigits Kopf, als wäre er ihr Großvater.

Pidge kam herüber und stellte sich zu ihm. Er berührte Patsys Ärmel.

«Ich heiße Pidge – das ist die Abkürzung von P. J. Das ist nämlich kürzer, als wenn man Pie-dschäi sagt.»

«Und wofür ist P. J. die Abkürzung?», fragte Boodie.

«Patrick Joseph», sagte Pidge.

«Ach, so ein neumodischer Name – aber auch nicht schlecht!», bemerkte Boodie. Sie holte die Sachen aus dem Beutel und legte sie neben sich ins Gras. «Schaut mal! Wir haben gelbes Vollkornbrot!», fuhr sie fort.

«Das ist das richtige!», sagte Patsy, rieb sich die Hände und sah wieder heiterer aus. «Vollkornbrot, mit einem großen Becher voll Buttermilch heruntergespült!»

«Buttermilch gibt's nicht», sagte Boodie.

«Na, dann trink' ich eben Quellwasser.»

«Quellwasser gibt's auch nicht. Die Kanne ist leer.»

«Kein Quellwasser?» Er schien richtig entsetzt zu sein.

«Beruhige dich», sagte Boodie. «Es gibt welches auf der Insel.»

«Nein!», sagte Brigit keck. «Wir kennen hier jeden Fußbreit und haben noch nie eine Quelle gesehen, nicht wahr, Pidge?»

«Jedenfalls nicht auf dieser Insel.»

«Nicht weit von hier hab' ich, als wir kamen, einen Brunnen am Weg gesehen, aus dem kam glitzerndes Wasser gesprudelt, das fiel zu Boden wie ein Diamantregen. Würdest du ein bisschen was davon in dieser kleinen Milchkanne holen – Patsy zuliebe?»

«Es ist wegen meinen Beinen, sonst würd' ich selber gehen», sagte Patsy. «Das Zipperlein ist manchmal schlimm. Wenn das nicht wäre, würd' mich das Abenteuer sehr reizen, Wasser zu holen. Denn man weiß nie, wen man womöglich trifft oder was für geheimnisvolle Sachen über jemand kommen, der allein zum Wasserholen geht. 's ist solch eine gute Gabe – die ganze Welt könnte draufgehen, wenn's nicht mehr da wär', das hab' ich schon all die Jahre gesagt.»

«Ich hol' es gern», sagte Pidge.

Er nahm die Milchkanne und machte sich auf den Weg. Als er ins Innere der Insel abbog, schaute er zurück, um zu sehen, ob die beiden Schwäne immer noch dort am Ufer ihre Kreise zogen.

Sie waren nirgends mehr zu erblicken.

5. Kapitel

Im Laufschritt trabte er auf dem niedrigen Gras des Weges dahin. All seine Langeweile und das Gefühl, die Zeit vergehe viel zu langsam, waren verschwunden. Jetzt war er neugierig, den Wasserstrahl zu sehen, der plötzlich da sein sollte und den er nie zuvor bemerkt hatte, obwohl er schon auf die Inseln gekommen war, solange er denken konnte.

Der weiche Grasboden federte unter seinem Gewicht, und wieder war er von dem tiefen Glücksgefühl durchdrungen wie nach der Stimme im Kamintraum. Nach einer Weile hörte er das Sprudeln von Wasser; er ging schneller, der Weg machte eine Biegung um ein paar Büsche und Bäume, und da war es!

Er blieb voller Verwunderung stehen.

Da ragte ein moosbewachsener Felsen in die Höhe, den er bestimmt noch nie gesehen hatte, und ein Wasserstrahl schoss aus einem dunklen Loch an seiner Seite, nicht sehr weit droben. Aus der dunklen Öffnung strömte es hell und glänzend zu Boden. Pidge war voller Staunen und starrte den kräftigen Quell an. Er sah, wie seine Oberfläche an einigen Stellen vom Sonnenlicht aufleuchtete und dass das niederrauschende klare Wasser an seinen durchsichtigen Stellen farbig schimmerte in sanften Braun- und Grüntönen. Während er in den Anblick versunken dastand, fragte er sich, ob er sich irgendwie geirrt habe und auf eine Insel gerudert sei, die er nie zuvor besucht hatte; aber er wusste nur zu gut, dass das nicht stimmte und dass dieser neue Felsen, der so alt aussah mit all seinem Moos, und dieser überraschende Wasserfall wieder zu den Dingen gehörten, die er nicht verstand.

Er hielt die Milchkanne unter den Strahl und lauschte auf die Geräusche, die das Wasser machte, als es sprudelnd hineinschoss.

Als die Kanne fast voll war, ließ er sie entsetzt fallen, und sie schlug auf die ausgewaschenen Steine. Er sprang zurück und starrte erschrocken in das strömende Wasser.

In dem Strömen war eine andere, eigene Bewegung, und plötzlich erschien ein Kopf, der Kopf eines Aals.

Er war ungeheuerlich!

Pidge hatte Angst. Wie gelähmt starrte er voller Grauen ins Wasser. Er zitterte am ganzen Körper, während er in einem Winkel seiner Seele verzweifelt hoffte, dass der Kopf irgendwie durch das Wasser vergrößert erschien; doch als er sich hin- und herbewegte und aus dem Wasser hervorkam, um auf ihn herunterzuschauen, sah er ihn ganz deutlich. Er war riesengroß, größer als der Kopf eines Kalbes, dabei wusste Pidge in seiner Bestürzung, dass ein Süßwasseraal niemals so groß sein kann. Er konnte nicht anders, er musste das Maul anstarren, sah, wie der Unterkiefer sich vor dem Oberkiefer aufwärts bog, und tastete mit dem Blick die knochigen Gebilde ab, die um seinen Rand liefen wie harte Lippen. Wie im Traum bemerkte er, dass die Haut am Unterkiefer gelblich-weiß mit einem Hauch Olivgrün war und dass die Haut im Gesicht hell schimmerte. Das Gesicht wirkte sehr alt, und das Auge, das er sehen konnte, war silbern mit dunklen Flecken. Das Auge bewegte sich in seiner Höhle, als der Aal zu dem Jungen herabschaute.

Als das Auge sich zu bewegen begann, war Pidge drauf und dran davonzulaufen; doch als der Aal anfing zu sprechen, rang er sein Entsetzen nieder und blieb zitternd stehen.

«Hab keine Angst», sagte er. «Der Dagda ist mein Vater.»

Als der Kopf erschienen war, hatte Pidges Herz einen heftigen Satz getan, und jetzt klopfte es so wild, dass er kaum atmen konnte.

«Füll dein Gefäß mit Wasser und lass mir das, was dir eine Last ist, damit ich es in meinen starken Windungen binde, auch wenn ich es nicht lange festhalten kann», sagte der Aal. Er sprach langsam und mit tiefer Stimme. Es klang freundlich. Doch Pidge stand immer noch wie angewurzelt da, denn es war ihm unmöglich, sich zu regen. Er wusste, dass der Aal die Seite aus dem Buch meinte, und er rang nach Luft.

Wieder sprach der Aal.

«Ich sehe, dass meine Größe dir Angst und Schrecken einjagt und dass du dich fürchtest, weil ich spreche. Doch vergeude deine Kraft nicht mit solchen Kleinigkeiten, denn viel Erstaunliches wird dir noch begegnen, und du brauchst nutzlos deinen Vorrat an Tapferkeit mit Dingen auf, die nicht wichtig sind. Wo ist das, was dich belastet? Komm näher!»

Aber Pidge rührte sich nicht.

Dem Aal entrang sich ein langer Seufzer, der wie der Wind im Schilf klang.

«Lass dir Mut machen vom Dagda und komm her zu mir. Hab keine Angst, ich tu' dir nichts.»

Eine zaghafte Tapferkeit begann Pidge zu erfüllen, und er machte einen Schritt nach vorn.

«Wo ist das, was dich belastet?», fragte der Aal noch einmal.

Pidge hatte das Gefühl, als sei sein Mund staubtrocken.

«Ich habe es in Eisen eingesperrt», flüsterte er, und seine Stimme klang brüchig. Die Worte kamen wie zerstückelt hervor, denn jetzt schien ihm das Herz im Hals zu schlagen.

Seine Hand zitterte, als er die kleine Schatulle herzeigte, die Tom für ihn gemacht hatte.

«Das ist gut so», sagte der Aal.

Pidge zwang sich wieder zum Sprechen.

«Warum ist das gut? Um was geht es eigentlich?» Seine Frage endete mit einer Art Krächzlaut.

«Der, den du erst befreit und dann gefangen hast, ist Olc-Glas, der Verderben und Schrecken bringt. Die ihn herbeisehnen und nach ihm suchen, geben jetzt vor, sie seien weniger, als sie sind –

um dich und andere zu täuschen. Wegen dieser Täuschung können sie kein Eisen berühren, soviel böse Macht sie auch haben. Die Erklärung ist: Du wirst gebraucht. Gib dich erst einmal damit zufrieden. Es wird eine Zeit kommen, in der mehr gesagt werden kann.»

Pidge hätte mit einem Mal gern mehr Fragen gestellt, aber die Autorität des Aals war so überwältigend, dass er es lieber bleiben ließ.

«Hüte dich vor der Einen, die Drei ist, sie, die zugleich sie Alle ist – denn sie wird zornig sein, dass sie zu spät kommt. Verrat ihr nichts», sagte der Aal streng.

«Wem soll ich nichts verraten?», musste Pidge nun doch fragen.

«Ich weiß nicht, wie sie sich nennt und wie sie erscheint und welche Gestalt sie annehmen wird; aber sie ist die Mórrígan, und ihr zweiter und dritter Teil sind Macha und Bodbh. Sie ist die Göttin des Kampfes. Sie ist die Skaldenkrähe. Sie ist die Königin der Trugbilder. Sie nährt sich vom Elend der Menschheit.»

Pidge wartete, bis er sicher war, dass der Große Aal nicht mehr sprechen würde. Plötzlich war er ganz ruhig; er wusste, dass er es mit einem Freund zu tun hatte.

«Bitte sag, wer bist du?», fragte er.

«Ich bin der Herr der Wasser», sagte der Große Aal, beugte den Kopf nach vorn und nahm die eiserne Schatulle zwischen seine Kiefer. Er zog sich zurück, hinauf in die dunkle Höhlung, aus der das Wasser hervorsprudelte, und war in einem Augenblick verschwunden.

«Warte!», rief Pidge. «Wer ist der Dagda?» Aber es war zu spät. Er bekam keine Antwort mehr.

Er starrte einige Augenblicke zu der dunklen Öffnung hinauf, noch ganz erfüllt von dem Bild des Großen Aals und dem kurzen Anblick des Leibes, der sich auf wunderbare Weise hinter dem Kopf aufgewölbt hatte, als der Aal sich nach unten neigte, um die eiserne Schatulle zu nehmen.

Jetzt wusste er, dass die Stimme im Kamin Wirklichkeit gewesen war; und er füllte die Milchkanne mit Wasser und ging zu den anderen zurück.

Er war nicht besonders überrascht, Brigit allein dort sitzen zu sehen, als er ankam.

«Sie sind weg», sagte sie. «Ich soll dir sagen, dass es ihnen leidtut, aber sie mussten gehen.»

«Warum? Was war denn los?»

«Ich weiß nicht, vielleicht hatten sie vor den Hunden Angst.»

«Hunde? Was für Hunde?»

«Sie haben da drüben gebellt.» Sie deutete zum Festland hinüber. «Es hat wirklich schrecklich geklungen, ein Gekläffe und Geknurre! Es hat richtig wehgetan, das nur zu hören. Boodie und Patsy ließen alles stehen und liegen und sagten, ich soll dir sagen, dass es ihnen leidtut, aber sie müssten gehen. Boodie hat unser Picknick hergerichtet, schau! Sie haben gesagt, wir sollen alles aufessen und die anderen Sachen in dem Sack lassen und ihn in die Nähe der Quelle legen. Hast du eine Quelle gefunden, Pidge?»

«Ja.»

«Wo denn?»

«Gar nicht weit von hier. Und was ist dann passiert?»

«Sie sind weggegangen. Wie der Blitz. Wie wenn sie auf Rädern gewesen wären.»

«Und dann?»

«Ein Haufen Hunde versuchte, übers Wasser hier herüberzuschwimmen. Und weißt du was, Pidge? Du errätst es nie! Die zwei Schwäne kamen zurück und haben gegen die Hunde gekämpft. Und dann ist plötzlich noch ein Schwan gekommen, der war aber wild!»

«Ein dritter Schwan?», unterbrach Pidge sie sehr interessiert.

«Ja. Er stürzte auf die Hunde zu und trieb sie wieder an Land, ganz allein, wirklich! Er hat auf dem Wasser gestanden und so schnell und fest mit den Flügeln geschlagen, dass man manchmal glaubte, es wären hundert Schwäne auf dem Wasser. Schau! Die Schwäne sind noch dort, aber der Kampf ist vorbei.»

Drei Schwäne glitten hin und her und beobachteten einen Streifen des gegenüberliegenden Ufers.

«Schade, dass du das versäumt hast», schloss Brigit, «es war der beste Kampf, den ich je gesehen habe.»

Dann strahlte sie vor Freude und sagte:

«Schau, was wir bekommen haben! Geschenke von Boodie und Patsy, obwohl doch nicht Geburtstag oder Weihnachten ist und wir doch schon von Tom Cusack was geschenkt bekommen haben! Wie findest du das? Ist es nicht toll? Und wir dachten, heute wäre es so langweilig und die Zeit würde nicht vergehen! Das ist für dich.»

Sie gab ihm ein Päckchen.

Er öffnete; es war eine gewöhnliche Schneekugel: eine Halbkugel aus Glas, in der Schnee über einer kleinen Gebirgslandschaft herumwirbelt, wenn man sie schüttelt. Auf dem Schildchen, das darauf klebte, stand mit gestochener Schrift:

WAHRSAGE-KUGEL
ZEIGT, WOHIN DU NICHT GEHEN SOLLST

Und da war noch etwas außer der Schneekugel. Ein Lederbeutel, auf den mit Silberfaden gestickt war:

WUNDERVOLLE WUNDER & CO. GMBH
ZUFRIEDENHEIT GARANTIERT

Er schaute hinein und sah ein Häuflein reifer Haselnüsse.

Nur Nüsse, dachte er. Die können wir uns selbst holen, wenn sie reif sind.

Dann wurde ihm blitzartig klar, dass sie frisch geerntet waren und nicht vom letzten Jahr stammten; sie waren hell und hatten noch eine rötliche Zeichnung. Ältere Nüsse waren ganz braun, und er fragte sich, wo diese wohl her waren. Vielleicht aus einem anderen Land, wo sie früher reif wurden, dachte er sich.

«Und was hast du bekommen?», fragte er.

«Patsys eigene Flöte», sagte sie stolz, «und eine Dose Bonbons. Aber ich kann sie nicht aufmachen. Sie klemmt.»

Pidge versuchte den Deckel zu öffnen. Er rührte sich nicht. Er drehte die Dose um und sah den Firmenaufdruck:

Das traditionsreiche Haus
Geheimbonbons

Nicht vor dem Tauschtag öffnen

Brigit war ganz aufgeregt.

«Oh, Geheimbonbons mag ich so gern», sagte sie.

«Woher weißt du denn das? Du hast doch noch nie welche gehabt.»

«Aber jetzt hab' ich welche, und jetzt weiß ich's. Ich möchte nur wissen, wann der Tauschtag ist!»

«Das werden wir bestimmt noch herauskriegen», antwortete Pidge abwesend.

Er musste immerzu an die Hunde denken. Warum hatten sie unbedingt auf die Insel kommen wollen? Sicher war es wieder wegen dieses Blattes. Es konnte gar nichts anderes sein. Auch wenn er es jetzt gar nicht mehr hatte und es in der Obhut des Herrn der Wasser war, hatte er ein unbehagliches Gefühl. Vielleicht glaubten sie, er hätte es immer noch. Und wenn sie zurückkamen? Was sollte er tun, wenn eine ganze Meute von Hunden über sie herfiel? Sie konnten in Stücke gerissen sein, bevor die Hunde merkten, dass das Blatt nicht mehr da war.

«Wir müssen jetzt nach Hause», sagte er entschieden.

«Wir können doch jetzt nicht gehen, wo es gerade so schön ist! Ist das dein Ernst?», sagte Brigit überrascht.

«So schön ist es auch wieder nicht. Und was ist mit den Hunden?»

«Was soll mit ihnen sein?»

«Ich glaube, es ist etwas Ernstes im Gang, und sie haben vielleicht etwas damit zu tun.»

«Was denn? Sag's mir.»

«Ich weiß nicht, ob ich es darf.»

«Ach! Ich bin wohl noch ein zu kleines Baby, um was Ernstes gesagt zu kriegen?»

«Nicht deswegen, Brigit. Ich weiß einfach nicht, ob du es erfahren darfst, das ist alles.» Er sah unglücklich aus.

«Ach Pidge, schau doch nicht so traurig. Sag's mir, dann bist du nicht allein mit deiner Sorge. Ist doch egal, ob ich es erfahren darf oder nicht. Gibt's vielleicht ein Gesetz dagegen, dass ich's wissen darf?»

Pidge sah sich um. Die Insel schien nicht mehr der vertraute, sichere Ort zu sein wie früher. Es gab zu viele Plätze, an denen sich ein Feind verstecken konnte.

«Wir müssen irgendwo in Sicherheit sein, wo man uns nicht sieht. An irgendeinem geheimen Platz.»

«Wo denn?»

«Ich weiß nicht.»

Sie überlegten eine Weile, während Pidges Gedanken sich immer noch mit den Hunden beschäftigten. Dann kam Brigit prompt auf die richtige Antwort.

«Ich weiß was», rief sie strahlend. «Auf dem See! Wenn wir auf dem See wären, könnte sich niemand in unserer Nähe verstecken, und niemand könnte hören, was wir reden!»

«Du hast recht! Das ist die Idee! Wir tun die Sachen wieder in Boodies Beutel und legen ihn in die Nähe der Quelle. Und dann rudern wir ein Stück hinaus, und du sollst alles erfahren. Ich bin froh, wenn ich's loswerde.»

Brigit war ganz begeistert von der Quelle. Sie wollte dableiben und eine Weile mit dem Wasser herumplanschen, aber Pidge sagte, dass sie sich beeilen müssten und zusehen, dass sie so bald wie möglich auf den See hinauskämen. Er schaute zu der dunklen Öffnung hinauf, doch von dem Großen Aal war keine Spur zu entdecken.

«Hast du schon einmal so einen schönen Wasserfall gesehen?», fragte Brigit. «Man könnte sich die Haare darunter waschen.»

«Ja, das könnte man.»

«Ist es nicht komisch, dass er so plötzlich da war? Vorher war er doch nicht da, stimmt's?»

«Nein. Los jetzt! Ich bin mir sicher, dass bald ein Gewitter kommt.»

«Gut – lass mich noch einen Moment die Hände unter diesen wunderschönen Wasserfall halten ...»

«Brigit! Hör auf und komm!», unterbrach Pidge sie, so energisch er konnte. «Möchtest du diese ernste Sache erfahren oder nicht?»

«Na gut, aber es ist trotzdem schade, von hier wegzugehen, findest du nicht?»

Sie ging hinter ihm den Weg zurück und schaute bei jedem zweiten Schritt über die Schulter, um den Wasserfall noch einmal zu sehen.

Auf halbem Weg zwischen der Insel und dem Festland hörte Pidge zu rudern auf. Er erzählte ihr die ganze Geschichte, von Anfang an, als er in dem Antiquariat in Galway gewesen war. Sie hörte gespannt und fasziniert zu, und in ihrem Gesicht spiegelten sich bei Pidges Worten alle Stimmungen; es war wie der Himmel an einem wechselhaften Tag.

«Ich finde es wunderbar», sagte sie, als er geendet hatte. «Ich hoffe so sehr, dass noch mehr passiert und dass ich's mit dir zusammen erleben darf.»

«Aber es könnte gefährlich sein», sagte er ernst.

Brigit zuckte mit den Achseln.

«Das ist mir egal», sagte sie. «Ich hab' keine Angst vor gefährlichen Sachen.»

«Die würdest du aber haben, wenn du vernünftiger wärst.»
«So, so, würde ich!», sagte sie und grinste.

Pidge war sehr froh, dass er es ihr endlich erzählt hatte, denn jetzt musste er die Last, die ihm auf der Seele lag, nicht mehr ganz allein tragen. Es war ihm schon leichter zumute, wenn er nur Birgits breites Lächeln sah. Sie ist nun mal von Natur aus unbekümmert, und das ist manchmal doch ganz nützlich, dachte er.

Die Hitze des Tages lastete schwer auf ihnen. Es schien sogar noch heißer zu werden. Im Westen sah der See aus wie eine weite Fläche aus schimmernder Bronze. Wenn er zu lange hinsähe, würde es ihn richtig hypnotisieren.

Ihm fiel auf, dass die Schwäne nicht mehr da waren.

Er tauchte die Ruder ins Wasser und ruderte zum Festland zurück.

Sie hatten das Boot an Land gezogen und gingen den Weg zwischen den Hecken zurück, die Füße im Staub schleifend. Schweißtropfen rannen an Pidges Rücken herab wie Regen an einer Fensterscheibe. Brigits Stirn glänzte, und ihre Haare rollten sich in kleinen feuchten Löckchen um ihre Schläfen. Sie sah zu ihren Füßen hinunter und schaute zu, wie der Staub allmählich ihre Sandalen bedeckte, als wären sie eingepudert. Sie entdeckte einen dicken Wurm, der sich in stummer Qual am Boden wand.

«Oh! Schau dir diesen armen Wurm an, Pidge!», rief sie.

«Wahrscheinlich hat ein Vogel ihn fallen gelassen», sagte er. «Er stirbt vor Hitze.»

«Wir müssen ihm das Leben retten», verkündete Brigit in dramatischem Ton. «Suchen wir eine feuchte Stelle.»

Pidge beugte sich nieder und nahm den Wurm auf.

«Er ist ganz mit Staub bedeckt, der Arme», sagte Brigit.

Pidge schaute sich nach einem feuchten Platz für den Wurm um. Das Gras im Straßengraben war trocken und so verdorrt, dass es nutzlos war. Bei einem kleinen Stein lag eine einsame weiße Feder, gesprenkelt mit Blutstropfen, die inzwischen vertrocknet und braun waren.

«Einer der Schwäne ist beim Kampf verletzt worden», sagte er.

«O nein!», rief Brigit beängstigt.

«Keine Sorge, Brigit», sagte Pidge. «Schau, es sind nur ein paar kleine Tropfen Blut. Er ist nicht schwer verletzt.»

«Trotzdem», sagte Brigit und machte plötzlich ein kampflustiges Gesicht. «Ich will, dass man ihnen überhaupt nichts zuleide tut. Dem gemeinen Hund, der das getan hat, hätt' ich's aber gern zeigen gewollt!»

«Zeigen wollen», verbesserte Pidge aus reiner Gewohnheit.

Ihm war gerade ein kleines Gehölz etwas weiter vorn eingefallen, durch das ein Bächlein wie eine dahinplätschernde Melodie lief. Das Bächlein kam unter der Begrenzungsmauer des Gehölzes hervor und lief dann in einem Graben entlang der Straße. Dort würde die Erde weich und feucht sein, und der Wurm konnte sich leicht hineinbohren und wäre in Sicherheit.

«Wir bringen ihn zum Bach», sagte er.

Sie hatten den Wurm eben mit feuchtem Gras und Moos zugedeckt, da hörten sie ein leises Gemurmel aus dem Gehölz dringen. Brigit riss die Augen auf und wollte etwas sagen, aber Pidge hielt sie davon ab, indem er ihr den Finger auf den Mund legte und warnend den Kopf schüttelte. Er machte ihr ein Zeichen, dass sie näher hingehen müssten. Sie schlichen sich ganz dicht an die Mauer. Eine Stimme sagte:

«Und so ward uns die Niederlage. Ein Dritter mischte sich in den Kampf. Den Sieg trugen die Tochter und die Söhne der Zwölf Monde davon.»

«Dieses Mal, Findeweg!»

«Und wer unter uns ist tapfer oder töricht genug, Macha und Bodbh die Nachricht zu überbringen? Wahrhaft groß wird ihr Zorn sein. Welche Strafe wird uns ereilen, wenn wir berichten, dass wir zu spät kamen?»

«Nicht zu spät, Findeweg.»

«Was lässt dich so sprechen, Behändefuß?»

«Ist nicht weithin bekannt, dass der Herr der Wasser der Versuchung des Brandling Breac standhalten muss?»

«Wahr spricht Behändefuß», sagte eine dritte Stimme. «Aber der Breac muss in der Wechselzeit dargebracht werden, wenn der Morgen ins zweite Viertel des Tages übergeht oder wenn die Nacht ins vierte der Viertel übergeht.»

«Graumaul! Du bist des Mundwissens wahrhaft kundig!», sagte die erste Stimme (das musste Findeweg sein, dachte Pidge), «sprich weiter!»

«Ihrer ist der Tag, aber unser ist die Nacht. So muss es um Mitternacht geschehen, wenn die große Kraft unser ist und die Leute des Dagda schwach sind.»

Dann waren andere Stimmen zu hören:

«Wolfssohn spricht! Es ist wahr, dass wir in den hellen Stunden nicht die größte Kraft haben. Graumaul ist klug!»

«Vogelfang spricht! Nur darum besiegten uns die Weißen Wanderer, die die Söhne und Töchter der Zwölf Monde sind!»

«Doch wer wird es sein, der den Königinnen von dieser Niederlage berichtet? Dies fragt euch Silberfell.»

«Wie lauteten die Worte, die man uns mitgab? Seid wohl auf der Hut! So sprach die Skaldenkrähe zu uns!», sagte wieder eine andere Stimme.

«Gut entsinnt sich Hatzbach! Ich, Schnellfuß, erinnere mich auch an die letzten Worte der Mórrígan: ‹Scheitert nicht in der Gefahr! Lasst Olc-Glas nicht fahren – sonst ergeht es euch schlecht!› Und jetzt ist Olc-Glas zwischen den Kiefern des Herrn der Wasser, gefangen in Eisen!»

(«Sie reden von der grünen Schlange auf der Buchseite, von der ich dir erzählt habe», flüsterte Pidge.

«Wer sind sie?», fragte Brigit.

«Ich weiß nicht», sagte Pidge leise.

«Die haben komische Namen, und hast du gehört, wie blöd die reden?», sagte Brigit und begann zu kichern.

«Psst!», sagte Pidge.)

«Eine Frage, Findeweg!»

«Ich höre dich, Grimmy.»

«Würde es der Mórrígan, der Skaldenkrähe und der Königin der Trugbilder nicht wohlgefallen, wenn wir die zweibeinigen Knirpse töteten, die wie Mücken im Auge oder wie Sandkörnchen zwischen den Zähnen sind, und wenn wir uns dann am Ende dieses Tages träfen und den Herrn der Wasser suchten?»

Andere Stimmen bekräftigten:

«Dieses würde der Mórrígan wohlgefallen!»

«Jeder Tag hat nur eine Mitternachtsstunde, und bedenkt, wie beglückt sie wäre, nicht noch einen Tag länger warten zu müssen.»

«Nein!», sagte Findeweg entschieden.

«Warum nicht?», fragte Grimmy.

«Die Knirpse stehen unter dem Schutz des Dagda, des Herrn des Großen Wissens. Uns ist nicht anders erlaubt, sie zu töten, als im Jagen.»

(«Findeweg ist der Chef!», murmelte Brigit. «Psst!», mahnte Pidge wieder.)

«Wir müssen sie auf irgendeine Weise dazu bringen, vor uns zu fliehen. Ich, Nagebein, werde das bewerkstelligen.»

«Noch nicht. Die Zeit dazu ist noch nicht gekommen. Jetzt, wo es begonnen hat, obliegt es uns, den Ablauf einzuhalten. Das muss so sein. Wir müssen das Unsere untadelig tun», erklärte Graumaul.

«Unser Tag wird kommen», sagte die Stimme dessen, der Grimmy genannt wurde.

Ein leichter Wind hauchte Pidge über den Nacken.

«Schweig!», befahl Findeweg. «Ich wittere etwas. Wir sind hier nicht gut verborgen, und die zweibeinigen Knirpse sind in der Nähe. Es ist Zeit, dass wir uns zerstreuen. Lasst uns dahinschmelzen wie Schneeflocken!»

Dann herrschte eine Stille, die nur durch das kastagnettenartige Geplapper von ein paar Elstern durchbrochen wurde.

Ihre Stimmen klangen lauter als gewöhnlich, so als hätten sie sich unerträglich lang zurückgehalten.

Pidge warf einen Blick über die Mauer. Das Gehölz war leer. Der hohe Farn wogte hin und her, als kämpfe er gegen einen Sturm, dabei wehte nur eine leichte Brise. Er sah das Hinterteil eines Jagdhundes in einer weißen Wolke von Margeriten verschwinden, bis im Schutz des dicht wachsenden Farns nichts mehr von ihm zu sehen war.

«Hast du sie gesehen, Pidge?», fragte Brigit atemlos.

«Ich habe einen Jagdhund von hinten gesehen, das ist alles.»

«Ich mag sie nicht. Sie haben so komisch geredet, und ich hatte das Gefühl, dass sie manchmal uns meinten», sagte Brigit.

«Ich auch!»

«Hast du wirklich einen Jagdhund gesehen?»

«Ja.»

«Und keine Menschen? Wer hat denn gesprochen?»

«Nach den Namen zu urteilen, mit denen sie sich anredeten – eine Meute Jagdhunde!»

«Hunde! Ich will nicht, dass irgendwelche ollen Hunde meinen, sie könnten mich umbringen!»

«Sie haben gesagt, dass sie's nicht könnten, weil es ihnen nicht erlaubt ist oder so etwas Ähnliches.»

«Außer sie bringen uns zum Rennen. War es nicht so? Also, ich sag dir eins, Pidge. Mich bringen die bestimmt nie zum Davonrennen. Und ich hoffe, dass sie alle Würmer kriegen!»

«Und die Räude!», sagte Pidge inbrünstig.

«Glaubst du wirklich, dass es Hunde waren, die geredet haben?», fragte Brigit.

«Ich weiß nicht. Es kommt mir so seltsam vor. Vielleicht waren Leute da, und wir haben sie bloß nicht gesehen.»

Es scheint wirklich zu seltsam, um wahr zu sein, dachte er. Aber da waren diese eigenartigen Namen.

«Ich habe nur das Hinterteil eines Hundes gesehen», sagte er.

«Ich möcht' nur wissen, wer die blöde alte Mórrígan ist. Und diese Skaldenkrähe. Und die andere, von der sie geredet haben, diese Königin von Irgendwas.»

«Na ja, wir wissen ja schon, dass sie ein und dieselbe Person sind. Das hat der Große Aal gesagt. Sie ist die Göttin des Kampfes oder so.»

«Für wen hält die sich eigentlich – einfach hier nach Shancreg zu kommen und mit uns Schindluder zu treiben! Die und ihre Kämpfe! Wer sie auch ist, sie wird es schon noch mit uns zu tun kriegen.»

«Ich glaube, sie ist sehr mächtig», sagte Pidge.

«Ach was, mächtig!», sagte Brigit barsch, und sie setzten ihren Heimweg fort.

6. Kapitel

Plötzlich heulte ein Motor, und wie aus dem Nichts tauchte hinter ihnen ein Motorrad auf – als hätte es hinter einer Hecke darauf gelauert, dass sie vorbeikämen, und wäre dann herausgeschossen, um sie zu verfolgen.

Pidge konnte gerade noch in den grasbewachsenen Straßengraben springen.

Das Motorrad streifte ihn beinahe an seiner rechten Seite, fuhr noch ein paar Meter weiter und bremste dann. Die Kinder sahen, dass die zwei Frauen darauf saßen, die Mossies Glashaus gemietet hatten. Pidge glaubte zu hören, wie die mit den blauen Haaren sagte: «Zum Teufel! Wir haben ihn nicht erwischt!»

«Psst! Sie können dich doch hören», antwortete die Rothaarige, und dann kicherte sie. Sie sah über die Schulter zurück und rief:

«Na, so was! Dir ist doch nichts passiert?»

Sie stieg vom Beifahrersitz ab und kam zurück.

«Tut mir furchtbar leid, mein Bürschchen. Komm, lass dir aufhelfen.»

«Es geht schon», sagte Pidge.

«Er kann das allein», sagte Brigit mit fester Stimme.

«Unsinn», sagte die Frau. «Ich muss dir helfen. Wozu sind Feinde denn da? Ich muss mich entschuldigen. Ich meinte – wozu sind Freunde denn da? Verflixt, ich muss wirklich lernen aufzupassen, was ich sage.»

Sie beugte sich herunter, packte Pidge am Arm und zerrte ihn hoch. Sie schloss die Augen und hielt seinen Arm einen Augenblick lang fest wie in Trance.

Bevor sie ihn freigab, kniff sie ihn schnell noch kräftig in den Arm. Sie lächelte ihn an, und dann spuckte sie in hohem Bogen einen ausgekauten Priem über die Mauer am Wegrand.

«Ich heiße Breda Ekelschön», sagte sie leutselig. «Und das ist meine Freundin, Melody Mondlicht.»

Melody wendete das Motorrad und kam zu ihnen gebrummt.

«Warum kauen Sie Tabak?», fragte Brigit.

«Ich beiß' gern auf etwas herum, was zurückbeißt. Das bringt mich auf Touren», sagte sie. Sie lächelte wieder.

Melody Mondlicht sah sie durchdringend an.

«Und?», sagte sie.

«Zu spät», sagte Breda Ekelschön. «Ein andermal vielleicht.»

«Also vereitelt», kommentierte Melody Mondlicht. «Fragt sich nur, durch wen?» Sie wandte sich den Kindern zu.

«Kommt mit uns nach Hause zum Tee», sagte sie schmeichelnd.

Pidge kam der Klang ihrer Stimme wie der einer Katze vor, die einer Maus das Totenlied singt.

«Nein, danke», sagte er.

«Versuch du ihn zu überreden, mein Schätzchen», sagte Breda Ekelschön, zu Brigit gewandt.

«Ja, tu das, mein kleines Dickerchen», sagte Melody Mondlicht, «dann bekommt ihr auch Rotkäppchenkuchen, Holzbeinchen, Froschschenkelchen, Zuckerplätzchen und Wanderriegel, Hafnerwurst und Tagessuppe.»

«Nein», sagte Brigit. «Ich habe eine Abneigung gegen Sie.»

«Du hast eine Abneigung gegen uns? Aber warum denn?», rief Breda Ekelschön theatralisch aus.

«Weil ihr Verkehrsrowdys seid. Ihr hättet Pidge eben beinah umgebracht.»

«Ja, das hätten wir beinahe, nicht?», sagte Melody bedauernd, und Pidge war nicht sicher, was sie bedauerte – dass sie ihn beinahe umgebracht oder dass sie ihn knapp verfehlt hatte.

«Du meine Güte», sagte Melody gespreizt, während sie sich eine Zigarre anzündete, «ich werde ganz nervös. Los, Ekelschön! Wir müssen es anders angehen.»

Als sie sich wieder auf das Motorrad setzte, bemerkte Pidge, dass sie einen Dolch in ihrem Strumpfband trug.

«Glotz mich nicht so an, Junge, das ist unverschämt!», fuhr sie ihn an.

«Glotzer kriegen den Milzbrand, wenn sie nicht sehr, sehr vorsichtig sind», fügte Breda Ekelschön hinzu. «Vor allem, wenn sie in Sachen hineinglotzen, die sie nichts angehen – stimmt's, Melody?»

«Nicht das Geringste angehen», sagte Melody und startete das Motorrad mit einem Fußtritt. Breda stieg wieder auf den Beifahrersitz, und schon schossen sie mit aufheulendem Motor davon, kreischend vor Lachen.

Bevor sie hinter einem kleinen Hügel verschwanden, ließ Breda ihre Haare zu Berge stehen, um ihnen zum Abschied zu winken.

«Sind die nicht seltsam?», sagte Brigit. «Mir ist eine richtige Gänsehaut über den Rücken gelaufen. Was haben sie denn da verloren?»

Sie bückte sich und hob eine kleine weiße Karte von der Straße auf.

Pidge las vor, was darauf stand:

M. MONDLICHT UND B. EKELSCHÖN
DIPL. IN RUNENLESEN, GEISTERBESCHWÖRUNG & TAROT
SCHNÜFFLERBESCHATTUNG, HECKENSCHNEIDEN
BEZAUBERNDE ZAUBEREIEN

«Was bedeutet das?», fragte Brigit.

«Dass sie Hexen sind, glaube ich.»

«Aber sie haben doch zu Mossie Flynn gesagt, sie wären Künstlerinnen!»

«Ich weiß», sagte Pidge. «Das haben sie wahrscheinlich behauptet, um die Leute auf die falsche Fährte zu bringen, falls denen was Besonderes an ihnen auffällt.»

«Schamlose Lügnerinnen!», sagte Brigit.

Sie gingen weiter, und die Hitze hüllte sie ein.

Sobald sie wieder im Glashaus waren, füllte Melody Mondlicht einen Kristallteller mit Wasser. Sie stellte ihn vorsichtig auf den Boden und setzte sich dann auf einen kleinen Hocker daneben.

Breda Ekelschön saß schon mit ihrer Harfe bereit.

Die Oberfläche des Wassers wurde zu einem Bild; ein bewegtes Bild, wie ein Film. Es zeigte Brigit und Pidge, die den Weg entlanggingen.

Melody Mondlicht lachte.

«Fang mit der Lockmusik an», sagte sie.

Breda ließ ihre spitzen Finger über die Saiten der Harfe gleiten.

Eine leise, zarte Musik ging wie Geflüster durch die Luft. Sie war leichter als ein sommerlicher Windhauch, sie war stiller als die Staubkörnchen in einem Sonnenstrahl, doch ihre Kraft war größer als die Kraft eiserner Ketten.

Pidge und Brigit blieben stehen. Die Musik drang zu ihnen und hielt sie in Bann, und doch vernahmen sie nichts. Sie begann, sie sanft anzuziehen. Sie war unhörbar und unglaublich stark, ebenso wie die Elektrizität unsichtbar, aber sehr stark ist.

«Hast du nicht auch plötzlich das Gefühl, dass es schön wäre, den Rest des Weges auf dem Pfad durch die Felder zu gehen?», sagte Pidge.

«Ich habe das Gefühl, dass nichts auf der Welt schöner sein könnte», antwortete Brigit.

Sie kletterten über die Mauer zu den Feldern.

Während sie den Pfad entlanggingen, stieg aus der Erde eine wunderbare Empfindung in ihre Fußsohlen auf, sodass jeder Schritt mit einem lustvollen Prickeln verbunden war. Es drang durch die Sohlen ihrer Sandalen. Die schreckliche Hitze des Tages schien sich aufzulösen, und die Luft strich weich über ihre Gesichter. All das gehörte zu dem Locken der Harfenmusik. Sie fingen an zu hüpfen und zu springen.

Ein Stück vor ihnen teilte sich der Weg; der rechte führte nach Hause, der linke zum Haus des alten Mossie Flynn. Als sie an die Weggabelung kamen, rief Brigit ausgelassen:

«Warum gehen wir nicht zum Glashaus und schauen mal bei den Hexen vorbei?»

«Ja, warum nicht?», rief Pidge zurück, was ungewöhnlich war bei einem so vorsichtigen Menschen wie ihm. Keiner von beiden dachte weiter darüber nach; sie nahmen einfach den linken Weg, der Musik gehorchend.

Als sie sich dem Glashaus näherten, gingen sie auf Zehenspitzen, als spielten sie Kundschafter. Zuerst bemerkten sie die geschlossenen Jalousien.

«Sie haben solche Latten-Jalousien, aber vielleicht kann man irgendwo durchschauen», sagte Brigit.

Dann bemerkten sie das Schild, auf dem stand:

VORSICHT! FROSCH

und sie brachen in vergnügtes Lachen aus.

«Worüba lachtn ihr?», fragte der Frosch und sprang hinter einem umgekippten Eimer hervor. Dann fiel ihm ein, dass er Wache halten musste, und er sagte:

«Halt! Wer da? Freund oder Feind?»

Pidge und Brigit waren verwundert und entzückt, und sie sahen den Frosch mit ungläubigem Staunen an.

«Du kannst doch nicht etwa sprechen?», sagte Brigit nach einer Weile vorsichtig mit großen Augen und einer Stimme, die zugleich von Zweifel und Hoffnung erfüllt war.

«Hörst mich doch», sagte der Frosch vorwurfsvoll.

«Gerade hat ein Frosch mit uns gesprochen, Pidge», flüsterte Brigit und sah ihn mit einem breiten Lächeln an.

«Es ist wunderbar! Ich kann es gar nicht glauben», antwortete Pidge und musste dabei lachen.

«Du hast doch gesprochen, oder?», fragte Brigit und sah etwas zweifelnd auf den Frosch herab.

«Türlich hab ich. Unnich tus auch wieder», bestätigte der Frosch, als müsse er sich gegen eine Verleumdung wehren.

«Wie machst du das denn?», fragte Brigit vertraulich. Sie kniete sich neben ihn auf den Boden.

«Wie du!»

«Aber das ist doch nicht möglich», sagte Pidge und kniete sich auch neben den Frosch, um ihn aus der Nähe sehen zu können.

«Sag nich, dasses nich möglich is in diesen komischen Zeiten», antwortete der Frosch streng.

Dann fragte Pidge: «Was ist es? Ist es Zauberei?»

Der Frosch blickte verstört auf das Glashaus, bevor er flüsterte:

«Es sin die komischen beiden, fragt mich nich weiter.»

«Was meinst du damit?», flüsterte Brigit zurück.

Aber der Frosch tat so, als habe er sie nicht gehört. Die Kinder erwarteten eine Antwort auf Brigits Frage und waren verdutzt, als der Frosch stattdessen laut sagte:

«Na und?» Dann nichts mehr.

«Was: na und?», fragte Brigit nach einer Weile.

«Wer da? Freund oder Feind?»

«Weder noch», sagte Pidge und lachte.

«Was soll ich jetz mit Wedernoch?», sagte der Frosch und sah verwirrt aus. Dann fiel ihm ein, dass er ja noch etwas sagen musste.

«Unbe...äh, Unbe...ah! Unbefugte werden mausetot umgebracht!», sagte er stolz.

«Ach, wirklich?», fragte Brigit.

«Türlich!», sagte der Frosch. «Die sin ganz wild auf Kinder, die kochense in nem großen schwarzen Topf mit Schnittlauch un Zwiebln. Zum Glück sinse nich wild auf Frösche.»

«Wen meinst du denn?», flüsterte Pidge.

«Die zwei da drinnen.»

«Magst du sie nicht?», fragte Brigit.

«Ich hass se. Die sin gifftich – durch un durch gifftich. Ich hass se mit da ganzn Kraft von meinen Hinterbeinen, ich.»

«Warum arbeitest du dann für sie?», fragte Pidge.

«Wegn dem Holzhamma», sagte der Frosch. «Sie ham ihn da drin, und ‹eine falsche Bewegung›, ham se gesagt, und se haun mir auf die Pfotn.»

«Na ja, wenn die so sind – warum arbeitest du dann für sie?», fragte Brigit.

«Weil ichs nich gewusst hab. Hatte keine Ahnung nich. Die ham mir ganz schön was vorgemacht», war die mürrische Antwort.

«Wie denn?», fragte Brigit.

«Gestern wies dunkel wird, hüpf ich rum wie immer, und da seh ich den großn blaun Möbelwagn. Seine hintern Türn warn weit offn, und da is ganz lustige, lässige Musik rausgekomm', da binnich ganz wild und hopsig wordn. Und da war'n großes Schild an nem Nagel. Binnich hingehüpft, ist da gestanden: ‹Heute Abend große Gala. Für Frösche freier Eintritt bis zehn Uhr.› Ich hab nichn Moment verbibbert. Ach, was binnich fürn Dummfrosch gewesn!»

Bei diesen Worten schimmerten die Augen des Frosches feucht, und er sah so traurig aus wie eine nasse Katze.

«Und was passierte dann?», flüsterte Pidge.

Der Frosch schniefte ein bisschen und erzählte dann weiter.

«Mir nichts, dir nichts hüpf ich rein. Ich dacht, ich tanz nen Fandango und nen Pucki-Wucki und ess diese rußigen Fischeier – Kalivar heißn die oder so ähnlich – die, wo weither über die Osternsee komm' – und trink Likö hr und all sowas, bis die Kühe heimkomm'. Habich falsch gedacht, was?»

«Und wie ist es dann weitergegangen?», fragte Brigit.

«Die hammich reingelockt und die Türn zugemacht. Jetzt gehts los zu ner Spazierfahrt, hab ich gedacht, bisswa hier am Glashaus ankam'. Alsse den Möblwagn verschwindn ham lassn, da wusstich, es is was faul.»

«Den Möbelwagen verschwinden?», wiederholte Brigit verblüfft.

«Sie ham ihn verschwindn lassn, und da binnich gesessn, genau hier. ‹Du bist hoffentlich auf der Höhe?›, hamse gesagt. ‹Auf welcher Höhe?!›, hab ich lässig gefragt. ‹Du hältst den Mund›, hamse gesagt. ‹Hier heißt Mundhalten Mutigsein›, hab ich mir gesagt und habn Mund gehaltn. ‹Du bist böse und hässlich und hast rausquellende Augen›, hamse gesagt. ‹Genau richtig.› Ich hab nix gesagt. Dann hamse mir alles über ‹HALT› und ‹UNBEFUGTE› gesagt, und dann hamse mir den Hammer gezeigt. ‹Siehste den?›, hamse gefragt. Ich habn türlich gesehn. ‹Eine falsche Bewegung, und du kriegst eins auf die Pfotn. Und wenn wir dir eins übergezogn ham›, hamse gesagt, ‹gebm wir dich den Franzosen, und die essn deine Schenkelchen. Oder›, hamse gesagt, ‹wir schmeißn dich in 'n Sumpfloch, das gurgelt dich runter.› Da habich vielleicht gebibbert, wiese das mit mein' Schenkelchen gesagt ham. Aber so isses Leben – wie die Phillersopherer sagen.»

Der Frosch versuchte offensichtlich, sich mithilfe der Philosophie aufzurichten. Es gelang ihm, wieder etwas fröhlicher dreinzuschauen.

«Ist das alles?», fragte Pidge sanft.

«Dassis alles, und wennde mich fragst, isses mehr als genug», sagte der Frosch.

«Wie heißt du? Hast du einen Namen?», fragte Brigit.

«Türlich habich einen! Glaubstu vielleicht, ich bin'n schwammiger Niemand ausm Schwummersumpf?», sagte der Frosch verächtlich.

«Wie ist er?»

«Sagich nich. Nichmal französische Köche könntn ihn aus mir rausbringen.»

«Dann bist du doch nur ein schwammiger Niemand», sagte Brigit.

«Nee, binnich nich», sagte der Frosch. «Aber hier heißt Mundhalten Mutigsein, sagich immer; und ich willnich, dass die zwei da drin mein Namen rauskriegn, vielleicht hamse dann noch mehr Macht üba mich. Vielleicht würdense mich dann noch in nen Prinzen im Matrosenanzug oder sonstwas Fürchterliches verzaubern, wennich nich aufpass. Oje!» Und er bekam vor Schaudern ganz glasige Augen.

«Ich würd süß ausschaun in nem Matrosenanzug», fuhr er nach einem Augenblick fort, «und ich würd Frollein Fancy Finnerty, meine große Liebe, nie wiedersehn.»

«Wer ist denn das?», fragte Brigit.

«Was? Noch nie von Frollein Fancy Finnerty gehört? Wo ich se doch nie wiedersehn werd?»

«Aber natürlich wirst du sie wiedersehen», sagte Pidge freundlich.

«Werdich nich», sagte der Frosch. «Weilich hierbleiben muss.»

«Warum hüpfst du nicht einfach davon?», fragte Brigit.

Der Frosch glotzte sie mit einfältigem Blick mitleidig an.

«Na, das wär doch wohl ne falsche Bewegung, oder?», sagte er in einem Ton, der deutlich machte, dass Brigit ein Dummkopf war und das Offensichtliche nicht begriff.

«Aber wenn du weghüpfen würdest, wenn sie fort sind oder wenn sie nicht herschauen, dann könnten sie dir doch nichts tun. Ein bisschen dumm bist du anscheinend schon.»

«Jeda hat seine Eigenheiten», murmelte der Frosch.

«Wie viel ist zwei und zwei?», fragte Brigit energisch.

«Viel!»

«Das ist nicht die richtige Antwort.»

«Wenig?»

«Nein.»

«Nich viel unnich wenig – das is zwei un zwei», sagte der Frosch.

«Es ist hoffnungslos mit dir», sagte Brigit.

«Was tun die beiden jetzt da drin?», fragte Pidge leise.

«Weißnich. Bearbeitn was mitm Hammer da, nehmich an. Oder se gießen sichn Cocktail aus Krabbenblut hinter die Binde odern Orangensaft mit was Scharfem drin, ders in sich hat.»

«Ich werd' versuchen, mal einen Blick reinzuwerfen», sagte Brigit und stand auf.

«Nicht, Brigit!», sagte Pidge und kroch ihr nach.

«Warum denn nicht?», fragte sie und presste ihre Nase an einer Stelle gegen die Scheibe, wo ein Spalt zwischen der Jalousie und dem Rahmen des Glashauses war.

«Wer drückt denn da sein Schnäbelchen an unser Fenster?», rief eine spöttische Stimme aus dem Inneren.

Pidge erstarrte einen Augenblick, dann packte er Brigits Hand und wollte weglaufen. Zu seinem Entsetzen stellte er fest, dass sie sich nicht bewegen konnten. Und dann standen die beiden Frauen an der Tür.

«Sieh da!», sagte Melody Mondlicht. «Wie nett!»

«Die kleinen Schnüffler!», sagte Breda Ekelschön. «Wie reizend, dass ihr nun doch zum Tee kommen konntet. Tretet ein.»

Pidge, der immer noch Brigits Hand festhielt, blieb wie angewurzelt stehen. Die werden uns um keinen Preis in das Glashaus bringen, beschloss er für sich.

Der freundliche Ausdruck verschwand von Bredas Gesicht und wich einem seltsam wissenden Blick, der zu sagen schien: «Das werden wir noch sehen!», sie lächelte süß und drohend und wandte sich zu dem Frosch.

«Nun, Frosch?», sagte sie.

«Ich habse geHALTed und ich habse geWERDAt und ich hab se UNBEFUGT, ich», sagte der Frosch forsch.

«Dummkopf», murmelte Melody Mondlicht.

«Taugenichts!», sagte Breda Ekelschön. «Unsere Gäste mit müßigem Geschwätz aufzuhalten.»

«Er kennt nicht einmal den Unterschied zwischen Freund und Feind», sagte Melody streng.

«Der würde sie nicht auseinanderhalten können, wenn er hochspränge und sie in die Nase bisse», sagte Breda und schüttelte missbilligend den Kopf.

Pidge hatte das Gefühl, er müsse dazu etwas sagen.

«Es ist nicht seine Schuld. Es tut mir leid, dass wir bei Ihnen hineingeschaut haben, wir haben es nicht böse gemeint», brachte er höflich vor.

Die beiden Frauen ignorierten ihn einstweilen und fuhren fort, dem Frosch Vorhaltungen zu machen.

«Spielt sich da zum Freidenker auf, der darüber entscheiden darf, wer kommt und wer geht», sagte Melody Mondlicht.

«Oh, das würdich nienich tun!», erklärte der Frosch leidenschaftlich, und seine Augen schienen noch weiter hervorzuquellen als sonst.

«Ich fürchte, Frosch», sagte Breda Ekelschön bedauernd, «es wird keinen Pokal für gute Führung für dich geben. Kommt hierher und behauptet, ein erstklassiger Wachfrosch zu sein, also nein! Ich habe gehört, dass solche Typen wie du schon für viel geringfügigere Sachen in die Bratpfanne gewandert sind.»

«Oh, ich habsnich getan! Nienich!», schrie der Frosch entsetzt.

«Empfehlungsschreiben vom Londoner Tower! Angeblich sollst du die Kronjuwelen bewacht haben. Die waren wohl gefälscht, was?», fragte Melody.

Der Frosch antwortete nicht. Es schien ihm die Sprache verschlagen zu haben.

«Hat sich selbst beschrieben als sechs Unzen schweres Muskelpaket – ja, das hat er. Hat behauptet, er wäre ein bedeutender Freistilringer gewesen, bekannt unter dem Namen ‹Der Würger›! Dabei wissen wir jetzt, dass er einmal einen Ringkampf mit einem Weberknecht hatte, den er verlor», höhnte Breda.

Zwei dicke, runde Tränen stiegen dem Frosch in die Augen.

«Er ist nichts als ein Schandfleck auf dem Wappen seiner Familie», fuhr Breda fort, zu Pidge gewandt.

«Wusstest du, dass zwei oder drei seiner Vorfahren von Ludwig dem Vierzehnten auf einem einzigen Sandwich verspeist worden sind?»

«Lassen Sie ihn doch in Ruhe», sagte Pidge.

«Sie sind eine unverschämte Schikaniererin», sagte Brigit feurig.

«Ich bin kein Schandfleck nich», schniefte der Frosch, während ihm die Tränen übers Gesicht liefen. «Ich bin kein Schandfleck nich auf unserm Familjenwappen, weilwa gar keins ham.»

«Trotzdem haben wir eine Schwäche für diesen Frosch, nicht wahr, Breda», sagte Melody.

«O ja», sagte Melody. «Und wenn er tot ist, werden wir ihn ausstopfen lassen.»

«Und das könnte eher geschehen, als er denkt», fügte Melody scharf hinzu.

«Jetzt reicht es!», sagte Pidge mutig – denn so hatte er noch nie zu einem Erwachsenen gesprochen. «Wenn Sie ihn nicht in Ruhe lassen, werde ich Sie dem Tierschutzverein melden.»

«Und ich werde Sie dem Minister für Land- und Frustwirtschaft melden», sagte Brigit keck. «Er ist mit meinem Vater gut befreundet.»

«Noch ein Wörtchen von Ihnen, Madam, und dieser Frosch ist mausetot», sagte Breda zu Brigit.

Der Frosch heulte.

Breda lächelte und zwinkerte heftig mit den Augen, um zu zeigen, dass sie nur Spaß machte.

«Ich finde das nicht sehr lustig», sagte Pidge noch ein wenig mutiger, weil nichts passiert war, als er eben versucht hatte, Melody Einhalt zu gebieten.

«Sie haben ihn zum Weinen gebracht: Sie sind fast genauso lustig wie ein Zahngeschwür», erklärte Brigit.

«Fragtse nachm Holzhammer», murmelte der Frosch.

«Was für ein Holzhammer?», sagte Breda mit Unschuldsmiene.

«Sie wissen genau, welcher Holzhammer», sagte Brigit.

«Meint ihr diesen Holzhammer?», fragte Melody zuckersüß und holte einen riesigen hölzernen Hammer hinter ihrem Rücken hervor. Sie bückte sich und packte den Frosch, der sofort verzweifelt aufschrie.

«Du meine Güte! Wir müssen ihn aus seiner elenden Lage

befreien», sagte sie. «Ich weiß nur nicht, soll ich ihn wie einen Luftballon aufblasen oder ihn mit dem Hammer breitschlagen.»

«Das können Sie doch nicht tun!», sagte Pidge. «Es ist ja abscheulich, so was zu machen.»

Melody lächelte ihn liebenswürdig an.

«Solch ein rücksichtsvolles kleines Ding», sagte sie. «Aber um mich musst du nicht besorgt sein; es macht mir nicht das Geringste aus, es zu tun. Weißt du, ich bin dazu erzogen worden, das Kindermädchen hat es mir genau gezeigt.»

«Sie sind uns egal. Pidge denkt an den Frosch», sagte Brigit.

«Ach, wirklich, er denkt an den Frosch?», sagte Melody schmachtend, ging mit Breda und dem armen gefangenen Frosch ins Glashaus zurück und schloss die Tür hinter sich, bevor die Kinder begriffen, was geschah.

Nachdem er einige Augenblicke verwirrt dagestanden hatte, sagte Pidge:

«Wir können doch jetzt nicht einfach weggehen und ihn bei denen da drin lassen.»

Wortlos ging Brigit hinüber und trat absichtlich gegen die Tür, so fest sie konnte, auch wenn die Heftigkeit des Fußtritts durch die weiche Sohle ihrer Sandalen etwas gemildert wurde. Sie wünschte, sie hätte Fußballstiefel angehabt, damit die da drin wüssten, was sie wirklich von ihnen hielt.

«Im Namen des Gesetzes, öffnen Sie!», rief sie.

Augenblicklich öffnete sich die Tür, sie wurde blitzschnell hineingezogen, und die Tür schloss sich wieder mit einem Knall.

Pidge lief hin und begann, mit den Fäusten gegen die Tür zu hämmern. Da griffen zwei Hände nach ihm und zerrten ihn hinein, und er stand vor den beiden seltsamen Frauen. In Sekundenbruchteilen nahm der erstaunte Pidge die Möbel, den Wasserteller auf dem Boden und die Harfe neben dem Tisch wahr. Auf dem Tisch selbst kauerte der Frosch auf einem Teller unter einer Glocke aus feinem Drahtgeflecht und befand sich in erschreckender Nähe zu einem Teller mit gefüllten Oliven, Butterbroten, einigen Gewürzen und eingelegtem Gemüse, als wäre er Teil einer Mahlzeit. Melody Mondlicht hielt Brigit am Arm fest. All das sah er in einem Moment, ohne den Blick von Breda Ekelschön zu wenden, die ihn mit einem Zangengriff festhielt, aus dem es kein Entrinnen gab.

Und nun begannen sie, in schmeichelnden, sanften, aber bestürzend raschen Worten Fragen zu stellen – so flüssig, so verschwommen und ungenau, dass sie aus einem Sumpf hätten stammen können anstatt aus einem Kopf. Und jede folgte unmittelbar auf die vorangegangene, sie waren verwirrend und schienen mit der schrecklichen Buchseite zu tun zu haben und damit, wer sie hatte, und wieder und wieder fragten sie. Wurde überhaupt etwas gesagt?

So fuhren sie immerzu fort, mit Stimmen, die sich zwischen Zwitschern und Trillern bewegten, und versuchten raffiniert, Antworten zu bekommen, ohne wirklich Fragen zu stellen, damit keine Frage zu viel enthielte und schon eine Antwort nahelegte und die Kinder nicht etwas erführen, was sie noch gar nicht wussten.

Pidge fand, es war, als ob man von Tauben zu Tode gepickt würde.

Er stand die ganze Zeit mit verständnislosem und verwirrtem Gesicht da, während Brigit so verbissen trotzig dreinsah, dass es Gorgonen Angst eingejagt hätte.

Allmählich ließ die Fragerei nach.

Melody Mondlicht und Breda Ekelschön schwenkten um, ohne sich abgesprochen zu haben.

«Man traut uns nicht», sagten sie kläglich zueinander, und Melody Mondlicht begann zu weinen. Tränen, so groß wie Golfbälle, kullerten ihr aus den Augen und zerplatzten, wenn sie auf den Boden platschten. Brigit erwartete fast, dass sie hüpfen würden.

«Na, komm schon, Melody, mein Schätzchen», brummte Breda besänftigend.

Melodys Augen sahen jetzt aus wie große, feuchte Austern, und ihre Nase wurde zu einer formlosen, halb verblühten, scharlachroten Mohnblume, deren viele Tropfen sie zierlich mit einem kleinen Tischtuch abwischte.

«Wir wollten doch nur eure Freunde sein ... Scherzchen machen und herumalbern, plaudern und harmlose Geheimnisse austauschen», schniefte sie trübsinnig, während die Golfbälle über ihre Backen schossen wie Kristallkugeln über einen Skihang.

Sie sah aus wie jemand, der schon mindestens eine Woche lang bitterlich weint.

«Wir hatten eben gehofft, wir könnten kommunizieren und zusammen einen kleinen Freundeskreis haben mit geistreichen Gesprächen nach dem gemeinsamen Nachtmahl, und ab und zu eine Soirée, musikalische Abende et cetera. So ein bisschen Harfenmusik, dachten wir», sagte Breda, und ihre Stimme drückte aus, welch großen Verlust sie empfand.

«Hübsche Stückchen im Bereich der Tonika; eingängige Sachen wie Hoffmanns Geheul oder Der Widerspenstigen Zerrung, und jetzt – alles zunichte!», fügte Melody hinzu und schluchzte mitleiderregend.

Pidge fragte sich, was er angesichts der gequält dreinschauenden Miss Mondlicht tun solle, obwohl ihre Nase jetzt wieder frei zu sein schien. Brigit war sich da sicher.

«Ach, halt den Mund, du alte Heulsuse», sagte sie verächtlich. «Hör auf, uns was vorzumachen!»

Wieder veränderte sich das Verhalten der beiden Frauen schlagartig; sie ließen die Kinder los, und Melody riss die Drahtglocke hoch, die den Frosch bedeckte, während Breda den Holzhammer in beide Hände nahm.

«Sanftheit führt zu nichts», sagte Breda leise und drohend.

Melody packte den Frosch und hielt ihn mit beiden Händen umschlossen; alle Zeichen ihres tragischen Geheuls waren ganz nebenbei spurlos aus ihrem Gesicht verschwunden.

«Es liegt nur an euch, Kinder. Entscheidet euch. Entweder ihr redet, oder der Frosch kriegt den Gnadenschlag. Seht ihn euch an, und seht euch diesen Hammer an. Ein kleiner Wink genügt, ganz wie es euch beliebt. Wollt ihr nun, dass er zerlegt und verspeist wird oder nicht?»

Sie hielt den Gefangenen ganz nah vor ihre Gesichter. Breda tat dasselbe mit dem Hammer.

Pidge und Brigit sahen voller Bestürzung den hilflosen Frosch an, der vor Angst und Schrecken ganz benommen war. Und Pidge setzte gerade an, alles auszuplaudern, was ihm passiert war, da fügte Breda aus Versehen ein paar entscheidende Worte hinzu.

«Sprich, oder er landet bei seinen Vätern!», befahl sie.

Das löste bei Brigit etwas aus. Sie wandte den Blick von dem zermürbten Frosch und sah erstaunt zu Breda Ekelschön auf.

«Das ist blöd!», erklärte sie. «Er hat doch nicht mehrere Väter! Das hat niemand!» Und aus irgendeinem unerfindlichen Grund, ohne nachzudenken, warf sie ihre verwelkten Gänseblümchenketten den Frauen über die Handgelenke.

«Handschellen», sagte sie.

Im selben Augenblick schlossen sich die Ketten. Melody Mondlicht ließ den Frosch fallen, der reglos auf dem Boden lag wie eine leere Papiertüte.

«Nóinini!», schrie Breda Ekelschön.

«Die Blumen des Angus Óg!», schrie Melody Mondlicht.

Die Ketten aus Gänseblümchen waren zu wunderschönen eisernen Ketten geworden mit Blütenblättern aus leuchtendem weißem Emaille und Blütenstaub aus schimmerndem Gold darin.

Pidge stürzte nach vorn und hob den Frosch auf, wobei er in der Eile den mit Wasser gefüllten Kristallteller umwarf und zerbrach.

«Schnell, Brigit, lauf!», rief er.

Den Frosch festhaltend, packte er Brigits Hand, und so schnell, wie Eisvögel ins Wasser tauchen, waren sie verschwunden.

7. Kapitel

Sie liefen, so schnell sie konnten.

Pidge, der den Frosch in der einen Hand trug und Brigits Hand mit der anderen festhielt, rannte schneller als je zuvor in seinem Leben. Brigit, die von Pidges Hand gezogen wurde, sauste über den Weg dahin wie ein scharfer Bodenwind. Nach einer Weile merkten sie, dass ihnen niemand folgte, und sie ließen sich zum Ausruhen im Schutz einer Steinmauer niederfallen.

«Oh!», sagte der Frosch, der sich inzwischen weitgehend erholt hatte, «dassis schon bessa! Da binnich ganz schön ins Bibbern gekomm', alsse das gesagt ham von dem Lumpen dem Vierzehnten von Frankreich! Mir is das Blut innen Adern gefrorn, wenns vorher übahaupt warm gewesen wär. Ich war wien ... wien Eiszapfn!»

Sie blieben ein wenig sitzen, um wieder zu Atem zu kommen.

«Mein Herz galoppiert immer noch. Weiß es denn nicht, dass ich mich hingesetzt hab' und dass es jetzt langsam gehen kann?», keuchte Brigit.

«Herzn sin so – sie machn so ihre Sperenzchen», sagte der Frosch wissend. «Meins hat richtig geklappert, wiech auf dem Riesentella da festsaß.»

Pidge, der jetzt wieder etwas ruhiger atmen konnte, sagte:

«Was die wohl wirklich vorhatten, möchte ich wissen!»

«Ich willja nich speckerlieren, aber ich vamut, es sollt Beinchen mit Tortursoße geben», antwortete der Frosch, kein bisschen außer Atem, weil er während der wahnsinnigen, strapaziösen Flucht getragen worden war.

«Mir kommts vor», fuhr er fort, «dassich fast verschluckert worn wär, aber nich vom Sumpfloch, weilse ham gestern abnd zu mir gesagt: ‹Hörzu, du Würmler. Vergiss nich, dass gebratne Froschschenkel keineswegs zu verachtn sin, und du wirst mit offnem Mund begrüßt›; mir kommts vor, dasse fast Mathematik mit mir getriebn ham und ham ne Bruchrechnung aus mir gemacht: Eins durch zwei und keins übrig. Se ham gesagt, ich wär sehr gesund, zusammgebundn und gekocht; nich nur zum Anbeißn, sondern auch zum Anpreisn, hamse gesagt. Wennma denkt, dass ich fast als Bruch geendet hätt! Oje, oje, mir wird heiß, wennich nur dran denk», beendete er seine Rede leicht zitternd, denn die alte Angst kehrte etwas zurück.

«Die sollen nur so was versuchen, dann werden sie schon sehen, wer bald verschluckert wird», grummelte Brigit mit fürchterlich finsterer Miene.

«Mach dir keine Sorgen mehr, du bist jetzt in Sicherheit», sagte Pidge tröstend. Er glaubte eigentlich nicht, dass sie ganz außer Gefahr seien, aber er hoffte, dem Frosch damit etwas Gutes zu tun.

«Danke euch beidn. Ich weiß nich, wassich ohne euch gemacht hätt. Ich würd euch bis ans Ende der Welt folgen dafür, würd ich», sagte der Frosch gefühlvoll.

«Wirklich? Ganz bis ans Ende der Welt?», wollte Brigit wissen.

«Aber nich weita. Ich würd euch bis ans Ende der Welt folgen, aber nich weita», antwortete er ernsthaft. Er versuchte aufrichtig zu erklären, was er meinte, und wollte ihnen begreiflich machen, dass ihm das Ende der Welt weit genug erschiene.

Da lachten sie beide.

«Ihr lacht schon wieda», sagte er.

«Wir können nichts dafür», antwortete Pidge.

«Muss ’ne Krankheit sein.»

Er sah sie besorgt an.

«Ihr solltet Tropfn nehm dagegen un die Brust mit Emanation einreiben.»

Sie lachten noch mehr, und er machte ein erstauntes Gesicht.

«Ihr lacht – un die zwei könntn auf da andern Seite von da Mauer sein», sagte er und sah sofort zu Tode erschrocken aus.

Brigit stand auf und schaute über die Mauer.

«Niemand da», sagte sie. «Weißt du, dass du uns deinen Namen noch gar nicht gesagt hast?»

«Ich heiß Puddeneen Whelan», sagte der Frosch stolz. «Ich konnts euch vorher nich sagen, wegen denen. Denen sollt man die Köpfe zusammschlagen, tête-à-tête, wie die Franzosen sagen. So auf mir rumzuhacken und so zu tun, als wärich n Kohlkopf. Zum Kochen geborn.»

«Eher zum Braten», sagte Brigit.

Das Ausruhen und das Lachen hatte den atemlosen Kindern gutgetan, aber Pidges Gedanken waren unaufhörlich um das Verhalten der Frauen im Glashaus gekreist.

«Ich hab' darüber nachgedacht», sagte er langsam. «Ich bin mir jetzt sicher, dass sie dir sowieso nichts getan hätten. Ich glaube, du warst nur eine Art Köder, mit dem sie uns fangen wollten – damit sie all diese Fragen stellen konnten. Ich glaube nicht, dass sie dir wirklich etwas getan hätten, und ich glaube auch nicht, dass sie uns etwas getan hätten. Sie wollten nur bestimmte Dinge herausfinden, weil sie hinter etwas her sind. Also du siehst, du warst wirklich nur ein Köder.»

«Nur n Köder? Ich? Frechheit! Wümmer sin Köder, Frösche nich.»

«Wümmer?», sagte Brigit.

«Die kleinen rosa Dingelchen, die in der Erde rumwümmeln und sich kringeln. Sie sin nur so schwache, dünnliche Dinger ohne starke Hinterbeinchen; also würklich, die ham überhaupt keine Beinchen. Frösche sin was andres. Wennich sonst nichts bin, Nathlet binnich. Wenns um irgend ne Schwimmerei geht – ich machs.»

Als sie ihm gerade für sein freundliches Angebot danken

wollten, kam ein zweiter Frosch gesprungen und landete auf einem Stein neben ihnen. Er sah sehr überrascht aus und sagte:

«Wo warste n, Puddeneen? Frollein Fancy Finnerty wär beinah geplatzt.»

«Würklich?»

«Sie is wahnsinnig geplatzt wegen dir. Hat ihrn Zigeunertanz gemacht un auf ihrm Trampolin rumgehaun, un im Mund hatse dabei Kresse gehabt. Du weißt doch, wiese is, wennse platzt.»

«Ich war aufda Schwelle vom Tod. Da binnich gewesn», sagte Puddeneen Whelan.

«Wie bistn dahin gekomm?»

Puddeneen erzählte seine Geschichte noch einmal, wie er sie Pidge und Brigit erzählt hatte, nur dass er diesmal alles hinzufügte, was danach geschehen war. Der andere Frosch hörte gebannt zu. Puddeneen verweilte ausgiebig bei der Bedrohung durch den Holzhammer und schloss mit den Worten:

«Die hammich beinah ummen Verstand gebracht, und nur dank diesen beiden da funktierniert mein Hirn noch, unich hab noch meine Beine.»

«Ich kanns fast nich glaum», sagte der zweite Frosch.

«Ich kanns auch fast nich glaum, aba s is numal hart, die Wahrheit zu hörn.»

«Ich muss ma hin un se mir ansehn. Solche Sachn sehich unheimlich gern, drum geh ich jetz und sehse mir an.»

«Lieber nich. Die ham ne Falle aufgestellt für Blödjane; mich hamse gekriegt, und vielleicht fangse dich auch.»

«S weckt mein' Unternehmungsgeist; und du kennst mich, Puddeneen – wenn was mein' Unternehmungsgeist weckt, dann binnich verlorn.»

«O Bagsie», bettelte Puddeneen, «gehnich. Die essn dich, wennde gehst. Hör auf Ältre und Vernünftjere, Bagsie, un lass dir von den Klugn was sagen.»

«Das wird was!», sagte Bagsie fröhlich und hüpfte davon.

«Komm zurück, Bagsie Curley! Komm zurück, oder ich sags deiner Oma!», rief Puddeneen, aber er bekam keine Antwort, und von Bagsie war nichts mehr zu sehen.

«Woher kommen Wümmer, ich meine Würmer, eigentlich, möcht' ich wissen?», fragte Brigit.

Pidge dachte einen Augenblick darüber nach.

«Ich weiß es eigentlich auch nicht», sagte er.

«Aba ich», sagte Puddeneen. «Sie komm' aus Löchern. Na ja, ich geh jetz. Ich hoff, wir sehn uns ma wieder.»

Er machte einen Satz.

Eigentlich hatte er einen wunderschönen Sprung nach vorn machen wollen, aber seine Beine waren noch schwach von dem ausgestandenen Schrecken, und so landete er stattdessen auf der Seite und fiel um.

«Oh, Oh! Ich hüpf ja schief! Ich schaffs nie bis zum See. Meine Närvn sin ganz hin, und meine Beine machens nich mehr», klagte er.

«Ich trag' dich», sagte Brigit freundlich und hob ihn auf.

Sie streichelte sanft seinen Kopf mit den Fingerspitzen, während sie zu einem kleinen Wasserlauf gingen, der zum See führte. Er blinzelte mit seinen goldgeränderten Augen und sagte eine Weile gar nichts. Dann meinte er:

«Das is ne Lektion für mich gewesn, und von jetz an werd ich schlauer sein. Aba ihr zwei seid Freunde in da Not gewesn, un wenn irgendwelche Tatn gefordert sin oder wennich euch irgendwie helfn kann, dann lassich euch nich im Stich, das versprech ich euch hochunheilig.»

«Du bist sehr lieb, Puddeneen», sagte Brigit. Sie küsste ihn auf den Kopf.

«Weiß ich. Aba mach das nich – sonst kriegste nämlich Warzn!»

«Ja, du bist lieb», sagte Pidge. «Das ist ein sehr mutiges Versprechen.»

«Würklich?», fragte Puddeneen und sah gleich wieder besorgt aus.

Brigit setzte ihn behutsam an den Rand des Wassers, das träge ans Ufer schlug und weiße Spitzenränder bildete.

«Dassis das Ende der Welt», erklärte er. «Hier fängts Wasser an.»

«Was soll das heißen – das ist das Ende der Welt! Bis hierhin wolltest du uns folgen? Das finde ich aber nicht weit!», sagte Brigit vorwurfsvoll.

Puddeneen Whelan sah hinunter und wandte den Kopf nach beiden Seiten.

«Da is keine mehr, schau doch. Das ist der weitwegeste Platz in Irland, oder nich? Schau doch selber – kein Bodn mehr, denn dass is der Rand davon, und da fängts Wasser an», antwortete er, aufrichtig überrascht über ihre Reaktion.

«Du bist doof», sagte sie.

«Egal, wasde von mia denkst», sagte er großmütig. «Ich denk nich schlechta von dir.»

Er sah ängstlich ins Wasser.

«Was ist denn?», fragte Pidge.

«Ich hoff, ich hab kein Loch nach allem, wassich mitgemacht hab, dassis alles. Ich könnt sonst vollaufen un untergehn wie ne Tonne Ziegelsteine.»

«Das würden wir schon verhindern.»

«Na gut – also los!»

Er sprang ins Wasser. Als er merkte, dass er nicht unterging, spreizte er seine Hinterbeine und sagte würdevoll: «Seht ihr meine Beinchen? Großatich, nich?»

Und er schwamm im Bruststil davon und sang dabei:

«Ganz allein ... Glücklichsein ...»

Sie schauten ihm nach, bis er nicht mehr zu sehen war.

«Er ist weg», sagte Brigit traurig.

«Ja. Ich hoffe, wir sehen ihn wieder.»

«Glaub' ich nicht. Der See ist viel zu groß. Er hat sich jetzt auf den Weg zu Frollein Fancy Finnerty gemacht, und er wird uns wahrscheinlich nie mehr vor Augen kommen. Er ist das dümmste Ding, das ich je gesehen hab'. Aber ich wollte, er würde hier bei uns bleiben, damit wir ihn manchmal treffen und mit ihm spielen könnten.»

«Vielleicht können wir's ja», meinte Pidge.

Sie machten sich auf den Heimweg.

Als sie über das Feld gingen, sagte Brigit:

«Wir haben überhaupt keine Hafnerwurst, keine Zuckerplätzchen und keinen Wanderriegel bekommen – was das auch für Zeug sein mag. Wart nur, bis Tante Bina von diesen zwei Hexen erfährt – sie wird eine Stinkwut kriegen.»

«Erzähl nichts von ihnen und von dem, was passiert ist, Brigit.»

«Warum denn?»

«Sie macht sich vielleicht Sorgen oder bekommt Angst.»

«Tante Bina? Die hat doch vor nichts Angst. Die würde sich an einen wilden Stier herantrauen mit nichts als einer Feder in der Hand.»

«Wenn sie hingeht, um ihnen die Meinung zu sagen, verwandeln sie sie vielleicht in irgendwas.»

«In was denn?»

«In irgendwas. In ein Huhn oder – einen Eierbecher oder irgendwas anderes.»

«Oje!»

«Und sie würde uns vielleicht nicht mehr weglassen, wenn sie's wüsste. Wir müssten vielleicht im Haus oder in der Nähe bleiben.»

«Ach so. Und was ist mit Papa, wenn er zurückkommt?»

«Ihm darfst du's auch nicht erzählen. Sie hätten keine Ruhe mehr und wären die ganze Zeit besorgt. Und irgendwie sind wir in all das verwickelt, was da vor sich geht – und wie sollen wir etwas tun, wenn wir nicht rausdürfen?»

«Was könnten wir denn tun?»

«Ich weiß es nicht – noch nicht.»

«Und wenn ich wenigstens von Puddeneen oder von meinen Handschellen erzählen würde?», fragte Brigit nachdenklich.

«Lieber nicht.»

Als sie über die letzte Mauer kurz vor ihrem Haus kletterten, sahen sie einen Wachtmeister auf seinem Fahrrad vorbeifahren. Er fuhr in die Richtung, wo Mossie Flynns Haus stand.

«Ich hoffe, er nimmt die zwei für irgendwas fest und jede kriegt sechs Monate Kittchen», sagte Brigit.

«Das hoffe ich auch.»

«Sie haben uns nicht verfolgt, siehst du? Weil sie nämlich Angst haben, dass ich noch mehr Zauberei mit ihnen treibe. Weißt du noch, wie ich sie zum Schreien gebracht habe?»

«Ach, die haben keine Angst vor dir und mir, glaub mir, Brigit. Irgendwas anderes muss sie abgehalten haben, sonst hätten sie uns leicht gefangen nehmen können – wenn sie gewollt hätten.»

«Ob Tante Bina mögen würde, dass ich sie in zwei Teile zersäge? Ich wette, dass ich's könnte, wenn ich eine Kiste hätte. Und eine Säge.»

«Aber Brigit!»

«Schon gut. Ich werd' nichts sagen. Ich möchte nämlich keinen Eierbecher und kein Huhn als Tante.»

Sie blieben einen Augenblick auf der Mauer sitzen. Ihr Haus war gleich auf der anderen Straßenseite. Sie sahen den leeren Pferdeanhänger auf dem Hof stehen und wussten, dass ihr Vater mit der neuen Stute aus Dublin zurückgekommen war.

Sie war endlich da.

Es ist seltsam, dass ich es während der Abenteuer heute Morgen ganz vergessen habe, dachte Pidge. Und ich hatte doch so lange so sehnsüchtig darauf gewartet.

Sie sprangen von der Mauer und liefen hinüber, um sie sich anzusehen.

Michael, ihr Vater, stand allein im Hof und hielt in der einen Hand den Zügel, während er mit der anderen das lange, schmale Gesicht der Stute streichelte.

Sie war so cremefarben und seidig und schön, wie Pidge sie sich vorgestellt hatte.

Er versuchte, alles an ihr mit einem gleitenden Blick wahrzunehmen: den wunderbaren Kopf und ihre ganze Gestalt; das Schimmern ihrer Flanken und die goldenen Strähnen in ihrer dichten Mähne im Licht der Nachmittagssonne. Er sah die Kraft ihres Körpers und das Beben ihrer wohlgeformten Muskeln; die Schönheit ihres feinen Kopfes und die Anmut ihrer schlanken Beine. Er fragte sich verwundert, wie diese Beine einen so starken Körper tragen konnten, und war verblüfft, dass es nicht unmöglich und komisch aussah, sondern ganz richtig.

Pidge sah seinen Vater mit einem breiten Lächeln an; aber Michael war so von dem wundervollen Tier gefangen genommen, das nun ihm gehörte, dass er es gar nicht bemerkte.

Brigit bat darum, hochgehoben zu werden, wie sie es immer tat, wenn ihr Vater von irgendwoher zurückkam, wenn er nur auf dem Feld gearbeitet hatte; aber er schien sie gar nicht zu hören.

«Wo ist Sally?», fragte Pidge.

Sally war ihr guter, lieber, treuer, drolliger und verspielter Hütehund, der Michael stets auf den Fersen folgte. Die Leute nannten sie Michaels Schatten.

Sein Vater schien die Frage nicht gehört zu haben, deshalb fragte er noch einmal.

«Sally? Ach, sie ist davongelaufen oder verloren gegangen, als ich die Stute kaufte», antwortete sein Vater gedankenlos und streichelte weiter das schmale, schöne Gesicht.

«Was?», sagte Brigit. «Sally ist weg?»

«Scheint so.»

Pidge traute seinen Ohren nicht. Sally war verloren gegangen oder weggelaufen, und seinem Vater war das gleichgültig? Aber er hängt doch an ihr, er muss sehr traurig gewesen sein und überall nach ihr gesucht haben; wahrscheinlich spricht er nicht darüber, damit wir uns nicht aufregen.

«Konntest du sie nirgends finden?», fragte Pidge.

«Warum sollte ich mir die Mühe machen, nach ihr zu suchen?», antwortete Michael, ohne auch nur für einen Moment den Blick von der Stute zu wenden und die Kinder anzusehen oder richtig wahrzunehmen, dass sie da waren, und seine Worte klangen irgendwie seltsam und hartherzig.

Er ist wie in Trance, dachte Pidge; darauf wandte die Stute den Kopf und sah ihn an.

Zu seinem Schrecken sah er in ihren Augen eine Art Flammen, die einen Moment wild aufflackerten und dann zusammenschmolzen zu etwas wie zwei roten Steinen oder kleinen Feuern, tief im Innern der Pupillen. Es sah so merkwürdig und erschreckend aus, dass Pidge schaudernd zurückwich.

Zwei Schwalben kreisten in der Luft und ließen sich auf dem Stalldach nieder, wo Generationen von Schwalben unter der Dachrinne ihre Nester gebaut hatten. Sie waren glücklich und begannen zu singen.

Die Stute hielt einige Sekunden lang Pidges Augen gefangen, dann ließ sie mit einem einzigen Blick hinauf den kehligen Gesang der Schwalben ersterben. Die Vögel kauerten sich zusammen und wurden sehr klein. Und die Stute sah Pidge wieder unverwandt in das entsetzte Gesicht.

Im Geist stieg ein Bild vor ihm auf; Scharen wunderschöner bunter Schmetterlinge, von denen manche riesengroße Flügel hatten, fielen sterbend zu Boden und wurden zu schmutziger Asche; herrliche Bäume, deren Blätter herabwirbelten, bis die Zweige kahl waren; und dann rauchende Äste und Stämme, die sich spalteten und gekrümmt vor Schmerzen zu Boden sanken und zu Asche wurden wie die Schmetterlinge und sich in Lachen schauerlichen, dunklen, zähflüssigen Wassers verwandelten; und Menschen auf den Feldern, die zu seltsam entstellten, kriechenden, weinenden Wesen wurden.

Verwundert und entsetzt sah Pidge seinen Vater an.

«Sie hat seltsame Augen», sagte er fast stammelnd, «sie sind innen ganz rot.»

Michael lachte befremdend laut und hart, und er sah Pidge kalt und durchdringend an, als kenne er ihn nicht und als sei er ihm so gleichgültig wie Sally.

Pidge spürte eine Art Schmerz in seiner Brust und fühlte sich ganz elend. Er versuchte seinen Vater anzulächeln, aber es ging nicht, denn in seinem Hals saß ein dicker Kloß, und Tränen stiegen ihm in die Augen.

Wieder zog die Stute seinen Blick an. Es sah aus, als liege in ihren Augen ein Hauch von böser Freude oder Befriedigung, wenn so etwas überhaupt möglich war. Es war ein flüchtiger Moment, bevor ihr Blick plötzlich eine derart wilde Klugheit ausdrückte, dass Pidge seinen Augen nicht traute.

Tante Bina rief, dass das Essen fertig sei und dass sie bitte gleich hereinkommen sollten.

Pidge stand noch einen Augenblick da und starrte seinen Vater an; dann wandte er sich ab, um hineinzugehen.

Er war so niedergeschlagen und unglücklich wie noch nie und wünschte die Nacht und das Ende des seltsamsten Tages herbei, den er je erlebt hatte. Er fühlte sich erschöpft. Seine Beine schienen ihm bleischwer und wie leblos, er konnte sie kaum hinter sich herziehen.

Aber Brigit war ganz sie selbst, so als hätte sie weder an der Stute noch an Michael etwas Ungewöhnliches bemerkt; und es war wohl nur ein Zufall, dass sie sagte:

«Oh, fein! Ich könnte ein ganzes Pferd verschlingen!»

8. Kapitel

Die Frauen im Glashaus betrachteten die Gänseblümchenketten und lachten höhnisch.

«Was für ein Spaß», murmelte Melody. «Wir haben schon seit Ewigkeiten nicht mehr solchen Spaß gehabt.»

«Nicht mehr lange», sagte Breda.

Sie hielten ihre Handgelenke an den Mund und begannen, an dem Metall zu lecken. Da wurden ihre Zungen rau wie Feilen, und das Glashaus war erfüllt von einem raspelnden Geräusch – es klang so, als wenn Pferde auf ausgeglühter Kohle herumkauen würden.

Als das Metall nach einer Weile immer noch nicht nachgab, wurden sie ärgerlich.

«Dieser Angus Og ist eine Pest, er und seine Gänseblümchen! Ich hätte es wissen können», wütete Breda.

«Ich denke, jetzt müssen Tränen her», sagte Melody.

Sie hielten die Armbänder so, dass die Tränen darauffallen mussten, und begannen zu weinen. Säure tropfte aus ihren Augen, doch das Metall blieb hart und wich nicht.

Sie bekamen Zornanfälle und hüpften im Glashaus herum, wie wild leckend und weinend, bis nach einiger Zeit die schönen, zarten Armbänder zu Boden fielen.

Sie wollten sich gerade auf den Weg machen, um zu versuchen, die Kinder und den Frosch einzuholen, da klopfte es an der Tür.

«Wer ist das?», fragte Breda überrascht.

«Psst, horch!», flüsterte Melody.

Draußen sagte eine Stimme:

«Es gibt also tatsächlich ein Glashaus – genau an der angegebenen Stelle – so weit stimmt's immerhin.»

«Mach die Tür auf», sagte Melody leise.

Vor der Tür des Glashauses stand der Wachtmeister.

«Es ist ein edler Wilder», sagte Breda, die an der Tür stand, zu Melody gewandt.

Der Wachtmeister sah sich suchend um, wen sie meinen könnte. Als er merkte, dass niemand hinter ihm stand, wurde ihm klar, dass sie von ihm sprach.

«Ich bin kein edler Wilder, Madam», erklärte er.

«Er ist ein unedler Wilder», informierte Breda Melody.

«Ich bin überhaupt kein Wilder, gute Frau. Ich bin ein Wachtmeister!», wurde ihr mit fester Stimme versichert.

«Es ist ein Polizeiwachtmeister», berichtete Breda.

«Jeder kann sich mal irren», sagte der Wachtmeister galant.

Melody betrachtete ihn durch einen Feldstecher.

«Ich hätte es mir denken können!», rief sie. «Sieh dir diese schönen Schultern an, die Kopf und Kragen tragen, und die kräftigen Muskeln, die seine Hosennähte sprengen. Wirklich ein Bild von einem Mann!»

«Jetzt, wo du es sagst», meinte Breda, während sie ihn durch ein Vergrößerungsglas beäugte, «muss ich auch feststellen, was für ein Musterkörper das ist! Diese männlichen Kinnbacken! Diese stählernen Augen! Die herrlichen Brauen! Die mächtige Nase, die wie eine Galionsfigur aus seinem Gesicht ragt! Ein stubenreines Vollblut! Le dernier cri!»

«Sonst noch was?», fragte Melody.

«Das ist alles», antwortete Breda.

Melody lächelte den Wachtmeister strahlend an.

«Wurden Sie als Kind mit gehacktem Riementang ernährt? Was ist das Geheimnis Ihres wunderbaren Körpers?», fragte sie mit affektiertem Lächeln.

«Die Buttermilch hat's gebracht», gestand der Wachtmeister

schamhaft erfreut. Die offene Bewunderung der Damen hatte ihn vollständig entwaffnet.

«Was Sie nicht sagen», äußerte Melody interessiert. «So, so, so!»

«Lächeln Sie mal freundlich, bevor Sie gehen, bitte schön. Ich mache immer so gern einen Schnappschuss von allen Berühmtheiten, Ausstellungsstücken, Raritäten und Antiquitäten, die mir über den Weg laufen», sagte Breda, während sie einen Fotoapparat hervorholte und auf ihn richtete.

Der Wachtmeister lächelte töricht. Es war ihm bewusst, aber er konnte es nicht verhindern.

«Es zieht fürchterlich», zwitscherte Melody von drinnen. «Könntest du bitte die Tür schließen?»

«Sie sehen ja, lieber Wachtmeister ...», sagte Breda entschuldigend.

«Ja, natürlich», sagte der Wachtmeister, ohne zu wissen, was er eigentlich sehen sollte.

«Also dann, tschüs und ade», sagte Breda und schloss rasch die Tür.

Der Wachtmeister stand einen Augenblick verdattert da. Er merkte, dass irgendetwas schiefgelaufen war. Irgendwas war vergessen worden! Natürlich! Er selbst war ja vergessen worden, wo er doch erwartet hatte, hineingebeten zu werden, bevor die Tür geschlossen wurde. Das war es wohl. Es war alles so schnell gegangen, dass er sich hatte überrumpeln lassen. Dabei waren sie so höflich – die beiden charmanten und vernünftigen Damen mussten sich geirrt haben.

Während er darüber nachdachte, ging er langsam weg und rieb sich dabei vor Verwirrung mit dem Finger die Nase.

Als er ein paar Meter weit gekommen war, blieb er stehen. Du meine Güte!, sagte er zu sich selbst. Ich war ja ganz verblendet und habe meine Pflicht vergessen. Das war's, was ihm so komisch vorgekommen war!

Er ging wieder zum Glashaus zurück und klopfte an die Tür.

Diesmal öffnete Melody. Der Wachtmeister war in zuversichtlicher Erwartung, herzlich, ja überschwänglich empfangen zu werden.

«Wer ist da?», fragte Breda von drinnen.

«Es ist dieser Idiot mit dem Gesicht wie ein zerquetschter Holzapfel», sagte Melody.

«Was?», sagte der Wachtmeister, der glaubte, er hätte sich verhört.

«Polizisten kriegen solche Gesichter, wenn sie verbotenen Alkohol trinken, nachdem sie ihn bei hart arbeitenden Schwarzbrennern konfisziert haben. So geht's, wenn man illegalen Whiskey säuft!», sagte Breda.

«Beweisstücke sollte man eben nicht trinken», sagte Melody streng und hob drohend den Finger vor sein Gesicht.

Der Wachtmeister wurde rot vor Wut und Scham. Woher wissen die das?, dachte er. Stimmt das denn mit meinem Gesicht? Heute Morgen, als ich in den Spiegel sah, war's noch ganz in Ordnung. Sie haben es einfach so behauptet. Er pflanzte sich vor ihnen auf.

«Schluss jetzt damit», sagte er, «oder Sie schrubben noch die Böden im Gefängnis!» Er holte sein offizielles Notizbuch und einen Stift hervor.

«Es liegen Aussagen gegen Sie vor», dröhnte er, «von einem durchreisenden schwedischen Bergsteiger ...»

«Ein Bergsteiger? Hier? Östlich vom Corribsee? Hier gibt's doch gar nichts zu klettern», unterbrach ihn Melody.

«Er war auf dem Weg in die Berge!», sagte der Wachtmeister gebieterisch. «Das kann sich doch wohl jeder denken. Und dabei sah er eine gewisse Erscheinung.»

«Ach, was für eine gewisse Erscheinung denn?», fragte Breda süßlich.

«Er behauptet, dass in nächster Nähe dieses Glashauses Einrichtungsgegenstände vom Himmel heruntergekommen seien. Die Beschreibung dieser Einrichtungsgegenstände stimmt genau mit den Möbeln überein, die aus einem Geschäft in Galway entwendet wurden, und man geht davon aus, dass Sie im Besitz dieser Gegenstände sind. Er bezeugt, dass Sie bei der Landung zugegen waren. Was haben Sie dazu zu sagen?»

«Wie sind die Sachen denn überhaupt gestohlen worden?», fragte Melody herausfordernd.

Der Wachtmeister wurde rot, dann gab er sich einen Ruck und antwortete:

«Es besteht der Verdacht, dass sie auf irgendeine Weise verzaubert wurden, da sie auf durchaus unnatürliche Art aus den Fenstern flogen! Eine neue Art von Ladendiebstahl, zweifellos; aber gesetzeswidrig!»

«Sie sind ein Witzbold, mein Herr!», sagte Breda.

«Und ich hatte geglaubt, er sei ein Gelehrter und ein Gentleman!», sagte Melody und schüttelte traurig den Kopf.

«Ich habe selten solchen abwegigen Unsinn gehört», sagte Breda.

«Schwedische Halluzinationen gehen uns nicht das Geringste an», sagte Melody.

«Hatte er etwa auch Alkohol getrunken?»

«Haben Sie ihn in eine von diesen Tüten blasen lassen, um zu messen, wie viel er getrunken hatte?»

«Erzählen Sie uns bloß nicht, er wäre stocknüchtern gewesen!»

«Diese Behauptung ist ungeheuerlich!», sagte Melody.

«Unfassbar!», stimmte Breda zu. «Wenn wir einen Ladendiebstahl begangen haben sollen – wo ist der Beweis?»

Sie trat in die Sonne hinaus.

«In diesem Glashaus», sagte der Wachtmeister.

Melody kam heraus und stellte sich neben Breda. Sie schloss sorgfältig die Tür hinter sich.

«Ach, wirklich?», sagte sie.

«Wir sind die reinsten Unschuldslämmer», sagte Breda. «Sie müssen sich nur unsere Gesichter anschauen, um einzusehen, dass wir vollkommen harmlos sind.»

«Unschuldig und rein», murmelte Melody.

Beide trugen die arglosesten Gesichter vor dem Wachtmeister zur Schau.

Zerquetschter Holzapfel, dachte er rachsüchtig. «Ich habe einen Durchsuchungsbefehl», sagte er lächelnd.

«Entsetzlicher Wachtmeister!», schrie Melody. «Heißt das, dass Sie hineinschauen wollen?»

«Das ist meine Absicht, Madam», antwortete der Wachtmeister förmlich.

«Ohne Beweis wird es zu einer gewöhnlichen Aussage, die auf bloßem Hörensagen beruht, nicht wahr, Breda?», sagte Melody und warf ihrer Freundin einen bedeutungsvollen Blick zu.

«Schweden machen keine gewöhnlichen Aussagen!», sagte der Wachtmeister streng.

Breda zwinkerte Melody zu. Und dann schnippten sie beide zugleich heimlich und leise mit den Fingern, sodass der Wachtmeister es weder hörte noch sah.

«Gehen Sie rein und durchschnüffeln Sie die Bude, wir wollen Sie nicht aufhalten», sagte Breda.

«Ich muss feststellen, dass Ihnen der Gangsterjargon recht leicht von den Lippen geht, Madam», sagte der Wachtmeister, öffnete die Glashaustür und ging hinein. Er blieb stehen, um etwas über Bredas Gangsterjargon in sein Notizbuch zu schreiben, und sah sich dann im Glashaus um.

Es war leer.

Leer wie ein Luftballon.

Nicht ein gestohlener Gegenstand war zu entdecken.

Völlig niedergeschmettert kam der Wachtmeister heraus, er sagte kein Wort.

«Nun?», fragte Melody höhnisch.

«Ich werde von jetzt an ein Auge auf Sie haben», sagte der Wachtmeister finster.

Ganz plötzlich änderte sich ihr Verhalten vollständig. Sie wirkte kalt und furchtbar bedrohlich.

«Wenn Sie nicht ganz vorsichtig sind, lieber Wachtmeister», sagte sie, und ihre Worte waren wie Eissplitter, «könnten Sie plötzlich auf einer Gummiente auf dem Amazonas schwimmen. Ich warne Sie.»

Die Frauen gingen in das Glashaus und schlossen die Tür. Er konnte sie drinnen kichern hören.

Als er wegging, hörte er, dass eine von ihnen einen Tango auf einer Tuba spielte. Er war so niedergeschlagen, dass er sich nicht einmal fragte, wo sie plötzlich hergekommen war.

«Sie sollten nächstens ein Auge auf die beiden haben», sagte ein Frosch, der des Weges kam.

Jetzt reicht's aber, dachte er. Ich trinke keinen Tropfen mehr. Ich schwöre es. Bei den glänzenden Knöpfen meiner untadeligen Vorgänger schwöre ich es. Jetzt reden schon Frösche mit mir. Wie soll das noch weitergehen?

Der Wachtmeister ging um die Ecke und heulte sich gründlich aus.

9. Kapitel

Der Wachtmeister trocknete sich die Augen. Er knöpfte seinen Uniformrock auf, griff hinein und holte eine kleine interessante Flasche mit Whiskey heraus, den er erst tags zuvor selbst beschlagnahmt hatte.

«Der wird mich aufmöbeln», sagte er.

Er schraubte den Deckel auf und warf rasch einen Blick nach allen Seiten, um sicherzugehen, dass ihn niemand beobachtete; dann nahm er ein paar kräftige Schlucke.

«Ein Schluck davon ist besser, als fünf Pfund beim Arzt auszugeben», sagte er zu sich.

Jetzt fühlte er sich schon viel wohler, er stieg auf sein Fahrrad und strampelte in Richtung Galway. Er war noch nicht weit gekommen, als er sah, dass sich eine große Schar von Hunden näherte. Sie trotteten rasch an ihm vorbei, und er stieg ab, um aufzupassen, wo sie hinlaufen würden. Zu seiner Freude strebten sie auf das Glashaus zu, wo sie auch sofort eingelassen wurden.

«Jetzt habe ich sie, die Gaunerinnen», sagte er.

Er radelte wieder bis zu der Ecke, wo er sich ausgeheult hatte, stellte sein Fahrrad ab, ging zum Glashaus und klopfte an die Tür. Diesmal war es ein sehr offizielles Klopfen.

Melody Mondlicht öffnete die Tür.

«Ich sehe, dass Sie eine Hundefreundin sind», lächelte der Wachtmeister vielsagend.

«Putzen Sie sich die Nase!», fuhr ihn Melody Mondlicht im Befehlston an.

Einen winzigen Augenblick lang durchfuhr ein Reflex die rechte Hand des Wachtmeisters, die dem Befehl sofort gehorchen wollte, aber er konnte sie ohne Mühe zurückhalten.

«Wer ist es denn jetzt?», rief Breda von innen.

«Es ist schon wieder dieser neugierige Wachtmeister, der sich unbedingt zum Tee hier einschleichen will», antwortete Melody.

«Diese Nervensäge? Er wird bald so bekannt sein wie ein bunter Hund!»

Die zwei könnten zehn Klöster in Aufruhr versetzen, stellte der Wachtmeister für sich fest, aber diesmal schicken sie mich nicht wieder weg. Laut sagte er:

«Haben Sie Steuermarken für diese Hunde, Madam?»

«Strecken Sie mir ihre Nase nicht so drohend entgegen!», sagte Melody bissig.

Breda kam an die Tür. Sie betrachtete den Wachtmeister eine Weile forschend und wandte sich dann an ihre Freundin.

«Findest du nicht, dass er eine Nase wie eine Ente hat, liebe Melody?», meinte sie freundlich.

«Halten Sie Ihre freche Gosche oder Sie erleben was!», quakte der Wachtmeister drohend.

Er hielt inne, dachte einen Augenblick nach und ließ dann seine Pupillen nach innen gleiten, um einen Blick auf seine Nase werfen zu können.

Er hatte keine.

An ihrer Stelle befand sich ein Entenschnabel.

Der Schnabel bebte ein paar Sekunden, dann war er weg, und seine eigene vertraute alte Nase war wieder da.

Ich bilde mir das ein, dachte er.

«Oh», sagte Melody bewundernd. «Sind Sie heute aber hübsch hellblau!»

«Und diese Bändchen in Ihrem Haar – sind die nicht wahnsinnig verrucht? Wie heidnisch Sie sich geben», sagte Breda und lächelte verstohlen.

Der Wachtmeister zog seinen Gummiknüppel und trat einen Schritt nach vorn, um seiner Autorität Nachdruck zu verleihen. Als sein Fuß sich bewegte, blitzte etwas Weißes auf.

Er schaute nach unten.

Mit Entsetzen sah er, dass seine Beine, seine eigenen kräftigen, muskulösen, behaarten Beine in reizenden weißen Söckchen steckten und dass er Schnallenschuhe trug. Als sein Blick nach oben wanderte, merkte er, dass er wie ein kleines Mädchen in ein blassblaues Kleid mit Puffärmeln und einem Taillenband gekleidet war und dass er anstatt seines Gummiknüppels ein Springseil mit hölzernen Griffen und Glöckchen in seiner mächtigen Faust hielt.

Auf seiner breiten Brust lagen die Enden zweier dicker flachsblonder Zöpfe, die mit lavendelblauen Bändchen zusammengebunden waren. Er berührte einen der Zöpfe, merkte, dass er echt war, und tastete bis zu seinem Kopf hinauf, wo er entdeckte, dass seine Polizistenmütze sich auf rätselhafte Weise in ein baumwollenes Sonnenhütchen verwandelt hatte.

Am schlimmsten aber war, dass ein Bein seiner hübschen rosafarbenen Unterhose ihm über das Knie herabhing, sodass man alle Spitzenrüschen sehen konnte, weil das Gummiband gerissen war.

«Ihre Unterhose hängt runter», sagte Breda ordinär.

Mammamia, hat man mich zusammengestückelt!, dachte er traurig. Dem Himmel sei Dank, dass die Jungs mich nicht so sehen. Die jungen Polizisten würden zuerst heimlich über mich kichern, und dann würden sie mir nachpfeifen, und danach würden sie wiehern vor Lachen und auf mich zeigen, bis ich reif wäre für die Klapsmühle.

Ärgerlich wollte er das alberne Springseil wegwerfen. Zu seiner Verwirrung war es wieder ein Gummiknüppel, und er trug wieder seine Uniform, wie es sich gehörte. Er fasste an seine Mütze, um sich zu versichern, dass es stimmte.

Es ist dieser verdammte Whiskey! Er bewirkt Sinnestäuschungen, sagte er sich und fühlte sich ein bisschen getröstet, denn sein aus der Fassung geratenes Gehirn ließ ihn nicht bemerken, dass die beiden Frauen etwas mit seiner misslichen Lage zu tun hatten und die Veränderungen, die vor sich gingen, sogar mit Bemerkungen begleiteten. Er dachte, alles geschehe nur in seinem Kopf.

Er gab sich alle Mühe, wieder seine Pflicht zu erfüllen.

«Also, Sie beide! Was ist mit diesen Hunden? Haben Sie Steuer gezahlt für sie oder nicht?», fragte er ärgerlich.

«Das möchten Sie wohl gern wissen, was?», sagte Melody mit einer ungeduldigen Handbewegung.

Da merkte der Wachtmeister, dass er auf einer Gummiente auf dem Amazonas schwamm.

Er paddelte wie verrückt mit den Händen im Wasser, um zum weit entfernten Ufer zu gelangen, bevor die Piranhas ihn bemerkten.

10. Kapitel

«Da sitze ich also jetzt auf einer Gummiente auf dem Amazonas, und es sieht düster aus. So sonderbar war mir nicht mehr zumute, seit ich bei einem Sängerwettbewerb eine Medaille gewonnen habe», sagte er zu sich.

Er erreichte das Ufer.

Irland schien so weit weg zu sein; die Vegetation ringsum war exotisch und voller Geheimnisse.

Jetzt bleibt mir nichts anderes übrig, als meiner Nase zu folgen und zu sehen, wohin sie mich führt, dachte er und sah nervös um sich.

Einige Sekunden später war seine Nase wieder in der Polizeibaracke der Eglintonstraße in Galway, und der Wachtmeister befand sich so dicht hinter ihr wie sonst. Er saß am Feuer im Dienstraum. Hastig prüfte er sein Aussehen, um sich zu vergewissern, ob er wieder er selbst sei. Als er merkte, dass er es war und dass seine Hosenbeine trocken waren, stieß er einen Seufzer der Erleichterung aus.

Ein junger Polizist trat mit einem Becher Tee in der Hand ein.

«Gib her», sagte der Wachtmeister.

Erstaunt gab der junge Polizist ihm den Tee.

«Haben Sie noch keinen bekommen, Wachtmeister?», fragte er. «Ich dachte, Sie wären heute irgendwo auf dem Land draußen gewesen, um nach dem Rechten zu sehen.»

Der Wachtmeister schüttete den Tee in sich hinein.

«Wie kommen Sie 'n darauf?»

«Ich dachte, ein junger schwedischer Kletterer hätte von Annaghdown angerufen und irgendwas über fliegende Möbel erzählt.»

«Fliegende Möbel? Dass ich nicht lache! Sehe ich so aus, als ob ich mir einen solchen Bären aufbinden lassen würde? Da hast du falsch gedacht, mein Junge, was? Flitz mal raus und schau nach, ob mein Rad in Ordnung ist, und red kein unnötiges Zeug.»

Der junge Polizist wandte sich zum Gehen und streckte die Zunge heraus, als er sich außer Sichtweite glaubte.

«Lass die Zunge dort, wo sie hingehört!», brüllte der Wachtmeister.

«Entschuldigung, Herr Wachtmeister.»

«Wenn sie sich noch mal rauswagt, knote ich sie an deiner Nase fest.»

«Ja, Herr Wachtmeister.»

Der junge Polizist dachte beim Hinausgehen: Der würde seine Mutter durch alle Röhren jagen, um einen Fuchs zu fangen, dieser Bursche. Er kennt kein Erbarmen.

Als er wieder allein war, saß der Wachtmeister sinnend da und kam sich feige vor.

Also jedenfalls, sagte er sich schließlich, haben sie keine Möbel im Glashaus, und was die Hundesteuer anbelangt – das ist ein geringfügiges Vergehen. Wir müssen hier das rechte Maß im Auge behalten. Und nichts auf der Welt würde mich noch mal in die Nähe dieses Glashauses bringen, wo ich's mit zwei so sarkastischen Weibsbildern zu tun kriege, nur wegen diesem bescheuerten Abteilungsleiter, dem Möbel geklaut worden sind. Es gibt immer 'n paar Mädels, die dem Alkohol verfallen – ich werd' mich lieber um die kümmern.»

Sofort wurde ihm klar, wie unwürdig dieser Gedanke war, und er verbannte ihn aus seinem Herzen.

Im Augenblick saß er jedoch da und brütete vor sich hin, während die Feigheit in ihm mit seinem Zorn kämpfte, doch der Gedanke, der am tiefsten in ihm brodelte, war leider: Warte nur, bis ich den verdammten Schwarzbrenner zu fassen kriege, dann sorge ich schon dafür, dass er möglichst lange sitzen muss!

«Das Fahrrad ist in Ordnung», meldete der junge Polizist beim Hereinkommen.

«Machen Sie sich wieder an Ihre Arbeit!», sagte der Wachtmeister grimmig.

11. Kapitel

Es war ein so langer, anstrengender Tag gewesen.

Pidge war froh, sich in die Federn sinken lassen zu können, und seine Glieder schienen ihm in dem weichen Bett schwer wie Blei. Tiefe Schläfrigkeit überkam ihn, und seine Augenlider schlossen sich, öffneten sich und schlossen sich wieder ganz langsam, während er in die herrliche Benommenheit des Schlafes hinüberglitt. Er fand, es war das wunderbarste Gefühl der Welt.

Nach einer Weile merkte er, wie seine Gedanken in einen Traum hineintrudelten. Er wurde sacht umhergewirbelt, als sei er im Zentrum eines lautlosen, leichten Tornados, der ihn auf eine wonnevolle Reise mitnahm. Er hob ihn hoch hinauf, sodass er wie ein Delfin im Himmel schwamm; dann ließ er ihn wieder in das Polster seines Bettes gleiten wie eine Schneeflocke, die auf das Wasser sinkt.

In seinem Traum hörte er ein Geräusch.

Es war ein kaltes, zischendes, klirrendes Geräusch, und es kam vom Treppenabsatz vor seiner Schlafzimmertür. Er richtete sich mit weit geöffneten Augen auf.

Etwas stahl sich unter der Tür hindurch: eine dünne, schlangenartige Ranke aus Nebel. Sie kroch in sein Zimmer, flach am Boden. Sie begann die Gegenstände zu berühren, hineinzukriechen. Sie flüsterte mit sich selbst, während sie auf seine Kommode zukroch, und dann schlich sie sich durch alle Ritzen, bis sie in jeder Schublade gewesen war. Darauf zog sie sich zurück und hielt inne, als müsse sie sich besinnen, bevor sie sich auf seinen Schrank zubewegte – ganz so, als könne sie denken und eigene Entscheidungen treffen.

Pidge spürte, wie seine Haut prickelte. Er konnte vor Schreck kaum atmen.

Er hoffte, dass er immer noch träumte, denn aus einem Traum erwacht man immer. Und er wünschte sich nichts so sehr wie zu erwachen.

«Wenn ich jetzt aufwache, ist es weg. Ich muss aufwachen! Ich hasse diesen Traum, wenn es ein Traum ist. Er ist schrecklich!»

Jemand berührte ihn, und er hatte die Vorstellung, eine leise Stimme sage: *Pidge!*

Es war niemand sonst im Zimmer, außer einem kleinen goldenen Falter auf seinem Handgelenk, dort, wo er die Berührung gespürt hatte. Die Stimme in seinem Kopf fuhr fort:

Hab keine Angst.

«Ich kann nichts dafür», flüsterte Pidge. «Ich finde es fürchterlich.»

Wenn es weggeht – folge ihm.

«Was? Nein! Das kann ich nicht!»

Verfolge es durch das Kristallglas. Dann kann dir nichts geschehen.

Der Falter flog zum Fenster, wo ihn ein zweiter Falter erwartete.

Es sind zwei, dachte Pidge, so wie vorher zwei Schwäne.

Der Nebel hatte den Schrank durchsucht und begann nun, über den Boden zu wirbeln und unter den Fußbodenbrettern zu suchen. Nach wenigen Sekunden hatte er befriedigt festgestellt, dass dort nichts versteckt war; nun näherte er sich dem Bett und begann die Decke abzutasten. Pidge schloss die Augen fest.

Nach einer Weile öffnete er ein Auge, um zu sehen, ob der Nebel näher gekommen war, und stellte fest, dass er sich gerade wieder zum Treppenabsatz zurückzog und unter der Tür hindurchhuschte.

Er griff unter sein Kissen, wo er die Geschenke, die Boodie und Patsy ihm hinterlassen hatten, sicherheitshalber verstaut hatte; er tastete so lange, bis seine Hand die Glaskugel umschloss. Sie sah immer noch ganz gewöhnlich aus. Er schüttelte sie kurz und sah, wie der künstliche Schnee darin herumwirbelte und wogte. Kurz darauf war der kleine Schneesturm verschwunden, und er konnte nun unter dem Glas ein Bild vom Treppenabsatz sehen. Der Nebel kroch darüber hin und schlüpfte jetzt unter die Tür zu Brigits Zimmer. Pidge verfolgte seine Bewegungen im Glas. Er sah ins Innere des Zimmers, wo Brigit, in ihr Bett gekuschelt, fest schlief. Er war fast sicher, dass sie sich nicht in Gefahr befand; der Nebel hatte gezeigt, dass er nur etwas suchte, ohne ihm etwas zu tun. Brigit lag in so tiefem Schlaf, dass sie von seiner Anwesenheit nie etwas erfahren würde.

Das Bild in der Glaskugel veränderte sich. Es zeigte jetzt den Stall, und dort stand im hellen Licht des Mondes die neue Stute.

Der Nebel kam aus ihrem Maul.

Ich hätte mir denken können, dass es etwas mit ihr zu tun hat, dachte er grimmig.

Er sah, dass der Nebel aus Teilchen, Atomen oder etwas Ähnlichem bestand, die in einem dünnen, kalten Strom aus ihrem Maul flossen; ein schmaler weißer Bach mit einer Art Eigenleben, der sich in eine Richtung bewegte, fort von ihr. Er merkte, dass er in ihre Augen blickte, und wich von der Glaskugel zurück für den Fall, dass diese Augen ihn sehen konnten. Sie waren kalt und dunkel und hatten die Farbe von nassem Granit; so kalt und grau und dunkel wie das Meer im Winter. Es waren keine Pupillen in diesen seltsamen Augen, und nun begannen sie unter seinen Blicken zu glühen; zwei Ovale aus hartem, glänzendem Metall, dort, wo nur Sanftheit und ein freundliches Braun hätten sein sollen.

Als die Augen aufglühten, änderte der Nebel seine Richtung und begann wieder in die Stute zurückzuströmen. Pidge sah wie gebannt und mit einem Mal ganz ohne Angst zu.

Plötzlich verschwand er völlig, kein Fetzchen zeugte mehr

von ihm. Die Stute wurde wieder lebendig und schüttelte sich. Ihre Augen waren jetzt braun, aber die kleinen roten Flammen glühten noch darin.

Sie ging zur Stalltür und trat in die Nacht hinaus. Sie hob ihren schönen Kopf und witterte die Nachtluft. Dann wandte sie sich suchend um und galoppierte über die Felder los: dorthin, wo Mossie Flynn wohnte und wo das Glashaus stand.

Es war trotz allem aufregend zu sehen, wie wunderbar sie sich bewegte. Alles schien in Zeitlupe vor sich zu gehen, und ihre Mähne und ihr Schweif wehten und wogten hinter ihr her, als seien sie aus feinster Seide. Es war ein Bild schönster Bewegung. Wenn sie nur nicht so seltsam wäre, wie würde ich sie mögen, dachte Pidge.

Als sie sich dem Glashaus näherte, fiel sie in Schritt und blieb stehen.

Sie stand vollkommen reglos.

Wieder schien etwas aus ihr hervorzukommen, und bevor Pidge genau sehen konnte, was eigentlich geschehen war, stand eine Frau neben der Stute.

Sie war groß und blond und sehr schön.

Sie trug ein langes, schleierartiges Kleid, das sie umwehte, wie wenn Schatten auf dem Gras spielen. In der Hand hielt sie einen kleinen, glänzenden Gegenstand. Sie stieß ihn in die Stute, und die Stute zitterte leicht. Pidge wusste auf einmal, dass das kleine, glänzende Ding zu der Stute gehörte und dass sie dadurch lebendig wurde. Er wusste auch, dass die Stute von der Frau als eine Art Hülle benutzt worden war und dass sie selbst an gar nichts schuld war.

Armes Tier, dachte Pidge, als die Stute wieder über die Felder zurückzutrotten begann. Sie war offensichtlich erschöpft. Sie ließ den schönen Kopf hängen und hatte kaum noch die Kraft, ihre Beine zu bewegen.

Die Tür des Glashauses öffnete sich, und Melody Mondlicht und Breda Ekelschön stürzten heraus. Sie fassten mit begierigen Händen nach der schönen Frau und riefen:

«Komm! Komm! Lass dich ansehen!»

Die drei betrachteten einander.

«Wie schön du aussiehst», sagte Breda Ekelschön.

«Ausgezeichnet», murmelte Melody Mondlicht.

Etwas schien zwischen ihnen in der Luft zu zittern.

Gelächter!

Sie kicherten und lachten und schüttelten sich, als wollten sie in Stücke zerbersten.

«Wundervoll!», keuchte Breda Ekelschön schließlich.

«Einfach toll!», stieß Melody Mondlicht hervor.

Da begriff Pidge, dass sie lachten, weil ihnen Schönheit als der allergrößte Unsinn erschien.

Die blonde Frau hörte plötzlich zu lachen auf. Ihre Umrisse verschwammen, und dann sah sie wie eine dürre, grauhaarige, alte Hexe aus, deren Gesicht aus gelber Seife geschnitzt schien. Ihre Nase war wie eine Walnuss, und aus den Nasenlöchern ragten lange, dicke Haare wie die Fühler einer Garnele. Um ihren Mund stachelte ein Strahlenkranz von festen weißen Borsten, die an eine Kaminkehrerbürste erinnerten. Sie hatte mindestens fünfhundert Warzen – an einigen Stellen vier oder fünf übereinander. Ihre Ohren standen spiralförmig vom Kopf ab wie zwei rosafarbene, fleischige Korkenzieher, und die Ohrläppchen waren so groß wie Enteneier. Die Augenbrauen waren zwei Büschel aus drahtigem rotem Haar. Ihre Augen waren purpurrot und ihre Lider wimpernlos. Die Zähne ragten ihr bis übers Kinn und waren so lang, dass sie sich verhedderten, und sie sahen so grau aus wie die Finger eines Toten. Ihre Hände waren tellergroß, schwarzgrün und grauschuppig und ihre Füße zweimal so groß wie Fleischplatten, dick und mit weiß glänzenden, runzligen Rändern. Ihre Zehen bewegten sich langsam tastend wie blinde Würmer.

«Jetzt bist du schon wieder mehr du selbst», sagte Breda Ekelschön.

«Aber noch nicht ganz», sagte Melody Mondlicht. «Wir kommen nicht in den Genuss deiner vollen Hässlichkeit, die den Menschen bekanntlich zwei Drittel ihrer Kraft raubt.»

«Nur zu besonderen Gelegenheiten», krächzte die Hexe und wurde wieder zu der schönen Frau.

«Wie heißt die Farbe deines Augen-Make-ups?», fragte Breda Ekelschön.

«Giftiger Nachtschatten.»

«Und was ist das für ein sagenhaftes Parfüm?»

«Schwefelblüte.»

«Oh, du bist einfach umwerfend, da gibt es nichts!», sagte Breda Ekelschön, und sie brachen in Lachen aus wie übergeschnappte Hyänen.

Sie fassten sich an den Händen und bildeten einen Kreis. Zuerst bewegten sie sich in einem langsamen Tanz rundum. Dann wurden sie schneller. Bald wirbelten sie in rasender Geschwindigkeit herum, kreischend vor irrem Lachen, und waren nur noch ein Aufblitzen von Farbe und Licht.

Dann begannen die Umrisse des Kreises zu verschwimmen und zu zittern. Die drei Frauen sausten in die Mitte und prallten aufeinander. Sie wurden unglaublicherweise eins – und wirbelten so schnell herum, dass Pidge nichts mehr sehen konnte als verwischte Farben. Nach einer Weile verlangsamten sie sich, und er konnte ein Gesicht aufblitzen sehen. Es vereinigte alle drei Gesichter in sich, aber es war doch nur eines. Während er hinschaute, begann sich die Einheit aufzulösen, und wo nur ein Augenpaar gewesen war, da waren jetzt drei. Drei Nasen und drei Münder erschienen, alle Züge lösten sich heraus, und es waren wieder drei Köpfe anstelle von einem.

Nach und nach trennten sich die Frauen wieder, und jede stand einzeln da, immer noch kreischend vor Lachen.

Als er schon glaubte, dass sie sich die ganze Nacht auf diese Weise vergnügen würden, machte die blonde Frau dem Spaß plötzlich ein Ende.

«Was ist mit Olc-Glas?», zischte sie. «Er ist nicht gekommen, obwohl ich ihn herbeigeflüstert habe.»

«Schlechte Nachrichten. Unser Gespinst ist zerrissen worden.»

«Das müsst ihr erklären!»

«Der Dagda hat sich eingemischt. Olc-Glas ist in diesem Augenblick noch in der Gewalt des Großen Aals.»

«Gut! Das wird etwas geben!»

«Du bist nicht böse?»

«Nein. Es wird wie eine Hirschjagd oder ein Gesellschaftsspiel sein; Fidchell, das königliche Spiel. Der Dagda war schneller bei dem Jungen?»

«Er wurde schon gewarnt, bevor wir ihm die erste Falle stellen konnten.»

«Es wird ein Vergnügen sein, jeden unserer Schritte sorgfältig zu bedenken.»

Sie lächelte ein strahlendes Lächeln, und Pidge vergaß beinahe, wie sie als Hexe ausgesehen hatte.

«Und ihr mit eurem blauen und orangefarbenen Haar – wie steht es mit euch?»

«Wir geben vor, bloß Hexen aus dem Land östlich von uns zu sein. So erregen wir Furcht, was Spaß macht; aber nicht zu sehr, aus Klugheit», sagte Melody Mondlicht.

«Wir haben einen wunderbaren Wagen, der sich ohne Pferde fortbewegt und Harley Davidson genannt wird», sagte Breda Ekelschön.

«Zeigt ihn mir», sagte die schöne Frau mit der Andeutung eines Lächelns.

Melody setzte sich auf das Motorrad und brachte den Motor in Gang.

Breda spang hinter sie. Die schöne Frau schnellte durch die Luft wie ein Lachs, und schon saß sie hinter Breda.

Pidge sah ihnen nach, wie sie mit beängstigender Geschwindigkeit davonrasten, kreischend vor wildem Lachen und wahnwitziger Lust. Er schaute zu, bis die Glaskugel trübe wurde und er nichts mehr erkennen konnte.

Die Glaskugel in seiner Hand kam ihm sehr klein vor, und die Bilder, die er darin gesehen hatte, waren nicht größer als Fotografien. Er schüttelte sie noch einmal, weil er gern noch mehr gesehen hätte, aber obwohl der Schnee wirbelte wie zuvor, erschienen keine Bilder mehr darin.

Er legte sie wieder unter sein Kissen.

Sie war kein Ölgemälde, dachte er, legte sich nieder, schloss die Augen und schlief ein.

Sie rasten weiter und hielten nur einmal an, als sie ein einsames Bauernhaus sahen. Sie ließen das Motorrad unter einem Baum stehen und gingen zu Fuß auf das Haus zu. Drinnen saßen zwei alte Leute vor dem Kamin und sprachen schläfrig miteinander. Sie waren die besten alten Freunde, und sie sprachen von dem langen Leben, das sie gemeinsam in dem kleinen Haus verbracht hatten, und von ihren Kindern, die jetzt erwachsen waren und schon selbst alt wurden. Ihr Gespräch floss ruhig dahin, mit vielen Pausen, in denen das Schweigen für sie weiterredete.

Mit lautlosen Schritten näherten sich die drei Frauen dem Haus. Durch das Schlüsselloch lauschten sie den gemächlichen, zärtlichen Worten. Das erfüllte sie mit Abscheu, und sie schickten eine gehässige Verwünschung in das Haus. Im selben Augenblick wurden die gemächlichen Worte schnell, heftig und bitter. Die beiden alten Leute sagten einander schreckliche Dinge und warfen sich Kränkungen an den Kopf. Und die drei Frauen hörten lustvoll zu.

Zuletzt war auch das Schweigen vergiftet; der alten Frau rannen Tränen über die Wangen, und der alte Mann starrte trostlos ins Feuer.

Da flogen die drei Frauen zu ihrem Motorrad zurück, rasten wieder weiter und sagten untereinander:

«Ein kleines Unheil, ein winzig kleines Unheil!»

Und sie brachen in ein Gelächter aus, das immer noch anhielt, als sie längst wieder in Mossie Flynns Glashaus verschwunden waren.

12. Kapitel

Später war da ein Traum.

«Es ist Mitternacht, und die Leute des Dagda haben keine Macht», sagte eine Stimme.

Pidge sah das Wäldchen, vom Vollmond beleuchtet, geheimnisvoll und seltsam in der hellen Dunkelheit; sehr hell war es für diese nächtliche Stunde, und doch ging solche Kälte davon aus.

Er beobachtete, wie durchs Unterholz hier und da Gestalten huschten. Überall waren Schatten.

Er wusste, dass Brigit neben ihm stand. Es war seltsam, dass er *wusste*, sie war da, ohne sie zu sehen.

Die Gestalten kamen immer wieder aus ihrer Deckung hervor, verschwanden wieder und sammelten sich schließlich deutlich sichtbar im Mondschein unter einer alten Eiche, die inmitten der jungen Bäume des Wäldchens stand.

Da erkannte er, dass es die Hunde waren.

Sie saßen im Halbkreis um den Baum und sagten:

«Komm heraus, Brandling Breac.»

Eine unwirsche Stimme im Inneren des Baumes fragte:

«Wer ruft mich?»

«Mórrígan», antwortete ein Hund.

Aus dem Baum kam etwas hervor.

Es schien von innen her erleuchtet zu sein und glänzte hell. Es war rot und blau gestreift und erinnerte Pidge an eine spiralig bemalte Stange, wie die Friseure sie als Zeichen an ihren

Läden hatten. Dann sah er, dass die Stange auch Punkte hatte – Punkte in vielen, vielen Farben, und während die Streifen sich drehten, begannen die Punkte zu pulsieren.

Die Hunde neigten einmal die Köpfe und betrachteten dann das, was für Pidge wie ein Stab aussah. Die Hunde verhielten sich äußerst ehrerbietig.

«Warum?», fragte die Stimme und klang noch barscher; Pidge war außerordentlich neugierig, wie der Besitzer der Stimme wohl aussehen mochte, wenn er schließlich auftauchen würde.

«Sie wünscht Eure lichte Schönheit.»

Der Stab bebte, und ein starkes Zittern durchlief ihn. Die Streifen drehten sich schneller, und die Punkte glühten und pulsierten noch heller. Einige Augenblicke war es still, während der Stab von heftigen Gefühlen bewegt schien. Er verbog sich in der Mitte und wand sich und schien Schmerzen zu leiden. Nach einiger Zeit richtete er sich mit einem tiefen Seufzer auf.

Der Mond segelte über den Himmel, und die Schatten bewegten sich nach dem Gesetz der Natur. Sie sammelten sich jetzt tiefer und dunkler unter dem Eichbaum.

Dann meinte Pidge eine Art Kopf an dem Ende des Stabes zu sehen, das am weitesten vom Baumstamm entfernt war; und er erkannte, dass der Stab kein Stab, sondern so etwas wie ein wunderbarer Wurm war.

Er schwankte hin und her.

Er flüsterte.

«Muss ich?», fragte er, und der ganze Traum war von Traurigkeit erfüllt.

Die Hunde warteten.

«Worin muss ich ihr diesmal gehorchen?»

«Ihr müsst ihr Olc-Glas herbeischaffen, den ihr Herz begehrt. Er wurde dem Herrn der Wasser in Obhut gegeben – von zwei sterblichen Menschenkindern, die unter dem Schutz des Dagda stehen.»

«Nein», sagte der wunderbare Wurm, der der Brandling Breac war.

Darüber schienen die Hunde in ungläubiges Erstaunen zu geraten.

«Was bedeutet das?», fragten sie einander. «Wir haben in allem gehorcht. Er kann es uns nicht verweigern.»

«Es bedeutet, dass die Verpflichtung, die mich gebunden hat, aufgehoben ist durch eine Schuld, in der ich stehe. Ich werde nichts gegen die beiden jungen Sterblichen tun. Ich bin nun ihnen verpflichtet.»

«Was ist das für eine Schuld?»

«Die Sonne schien heute sehr heiß, und einer aus meinem Stamm war schwach und hilflos. Sein kleiner Körper wand sich vor Schmerz im hoffnungslosen Kampf gegen das Verschmachten. Die beiden, von denen ihr spracht, sahen es und verstanden. Sie brachten ihn in Sicherheit, und ich gebe nun, was ich schuldig bin. Darin liegt keine Auflehnung.»

«Das ist wahr», stimmten die Hunde untereinander zu.

Der Brandling Breac wurde kleiner und immer kleiner, bis er so winzig war wie ein gewöhnlicher Erdwurm, und dann verlosch er plötzlich und verschwand wieder in dem Baum.

Der Traum veränderte sich.

Die Hunde näherten sich dem Glashaus, wo die drei Frauen in erschreckender Lebendigkeit warteten. Pidge sah alles so deutlich, dass er sogar bemerkte, wie sanft, glänzend und karamellbraun die Augen der Hunde waren und wie angstvoll.

«O große Königin», sagten sie, «vergebt uns, wir haben versagt.»

Obwohl alle drei Frauen sprachen, nahm Pidge nur eine Stimme wahr.

«Welche Botschaft bringt ihr?»

«Er ist nicht mehr gebunden.»

«Unmöglich!»

«Die Menschenjungen waren gut zu einem aus seinem Volk, der litt.»

«Diese lästigen Gören!»

Die schöne blonde Frau, die die Mórrígan selbst war, geriet

ein wenig in Zorn, und ihre Augenbrauen bewegten sich rasch wie zwei kleine elektrisierte Aale auf ihrer Stirn. Sie murmelte einen schwachen dreifachen Fluch, den sie aufs Geratewohl in drei verschiedene Richtungen sandte und der sogleich drei unschuldigen Menschen an verschiedenen Orten im Land Unglück brachte.

«Geht», sagte sie, «und sagt dem Wurm, wenn er nicht tut, was ich befehle, so muss ich nur meine große Zehe krümmen, und sein ganzes Volk stirbt. Wenn es aber stirbt, wird die Erde sauer, es wird kein Gras mehr wachsen, und alles Lebendige stirbt und verdirbt. Oder ich werde selbst kommen und, wenn er seinen Dünkel nicht aufgibt, solches Unheil über ihn bringen, dass er wünschen wird, nie das Licht des Tages erblickt zu haben.»

Und wieder sah Pidge das Wäldchen, und der Brandling Breac und die Mórrígan starrten einander an.

Der Brandling Breac war so groß und so leuchtend wie zuvor, und er sagte:

«Wenn Ihr alles tötet, womit wollt Ihr Euch dann noch vergnügen? Und vergebt, wenn ich es wage, Euch daran zu erinnern: Es liegt in der heutigen Zeit nicht mehr in Eurer Macht. Eure alte Kraft lebte in alten, längst vergangenen Zeiten.»

Die Mórrígan machte ein Zeichen, und da sprang aus dem dunklen Schatten, der sich auf der einen Seite des Baumes noch verdichtet hatte, ein einzelner Schatten hervor und packte den Brandling Breac, und dann wurde alles von einer tiefen blaugrünen Dunkelheit verschluckt, in der das ganze Bild Pidges Blicken entschwand.

Einen Augenblick später war der Brandling Breac in seiner ganzen Größe und Helligkeit wieder da; er hing in der Tiefe des Wassers, immer noch in den Fängen des Schattens. Er wurde dem Großen Aal als Köder dargeboten.

Der Aal lag auf dem Grund des Sees und bewegte sich nur leicht mit den Wasserpflanzen.

Seine Augen waren fest geschlossen, und er war vollkommen erfüllt von dem leidenschaftlichen Wunsch, das nicht zu sehen, was da über seinem Kopf hing. Alles, was in ihm war an Willenskraft, konzentrierte sich einzig darauf.

«O weh!», sagte der Brandling Breac. «Ich weiß, dass Ihr da seid, Großer Aal; und ich weiß, dass Ihr versucht, mich nicht anzusehen.»

Die Seele des Aals war nichts als gebündelter Wille.

«Ihr könntet schließlich doch nachgeben und mich ansehen.»

«Ich weiß es», sagte der Große Aal.

«Das entspricht nicht den Vereinbarungen.»

«Ich bin gegen meinen Willen hier.»

«Ich weiß auch dies. Aber der Hunger hat hier große Macht.»

Hunderte kleiner Gesichter, Forellen, Döbel, Brassen, Teichhühner, wilde Enten und eine große Schar von Insektengesichtern tauchten auf und verbargen sich in den Schatten, um das furchtbare Drama zu beobachten. Alles war durchdrungen von Traurigkeit und einer Mischung aus Grauen und Mitgefühl.

Der Große Aal zitterte, sein Kopf bewegte sich den Bruchteil einer Winzigkeit nach oben, und über die Gesichter der Zuschauer jagte noch tieferer Schrecken. Sie verbanden ihren geeinten Willen mit dem Willen des Aals, und wieder blieb sein Kopf unbewegt, und seine Augen waren fest geschlossen.

Pidge sah, wie einige Wasserwanzen wie verrückt über den See ruderten. Drei von ihnen fanden Puddeneen Whelan, der auf einem Seerosenblatt lag. Die Wanzen zwitscherten aufgeregt, als sie ihm erzählten, was vor sich ging. Puddeneen sah furchtbar erschrocken aus.

Wieder sah Pidge den Brandling Breac im dunklen Wasser hängen und den Aal, der alle Kraft aufwandte, um seine Augen geschlossen zu halten.

Und dann ein Blinzeln, und die Augen öffneten sich und waren voll Hunger.

Der Große Aal schaute nach oben.

Ein Murmeln ging durch die Zuschauer, und sie flüsterten: «Der Herr der Wasser wird sich gleich fangen lassen.»

Der Leib des Aals begann nach oben zu treiben, auf den Brandling Breac zu.

Da wurde mit einem Mal alles unterbrochen von einer großen Schar von Fröschen, die sich zwischen den Brandling Breac und den Großen Aal stürzten und das imposanteste und erstaunlichste Unterwasserballett aufführten, das man sich vorstellen kann. Augenblicklich wich der Große Aal zurück und lag wieder auf dem Grund des Sees. Da wurde der Brandling Breac ganz klein, die schreckliche Spannung hatte sich gelöst, und der furchtbare Hunger war aus den Augen des Großen Aals gewichen. Die Zuschauermenge lachte, und eine Freudenwelle erfasste sie, und Puddeneen machte einen wundervollen Satz, packte den Brandling Breac fest und sicher und schwamm davon.

In Sekundenschnelle war der Brandling Breac sicher auf ein Seerosenblatt gebettet und wurde von einer Gruppe von Fröschen, die schon Schlange standen und sich abwechselten, künstlich beatmet; ein Heilerfisch strich Schlamm als Medizin auf seine Wunden, und als das geschehen war, legte ein Frosch, den Pidge als Bagsie Curley erkannte, dem Brandling Breac eine Schiene und einen Verband an.

Zuletzt wurde an einem herabhängenden Schilfhalm ein Schild aufgehängt, darauf stand:

ES GEHT DEM PATIENTEN GUT.
ER IST AUF DEM WEG DER GENESUNG.

Das erfreute alle anwesenden wohlwollenden Geschöpfe, und vor allem erfreute es Pidge, denn zum Schluss hatte der Brandling Breac schrecklich bleich und schwach ausgesehen.

13. Kapitel

Sie schliefen beide lang am nächsten Morgen. Tante Bina musste sie mehrmals rufen.

Schließlich schrie sie hinauf, dass sie kommen und sie an den Füßen aus dem Bett ziehen würde, wenn sie nicht schnell aufstünden und zum Frühstück herunterkämen, denn sie musste mit dem Buttermachen beginnen und konnte nicht mehr länger auf sie warten. Im Sommer schlug Tante Bina zweimal in der Woche den abgeschöpften Rahm zu Butter, und sie hatte gern vorher alles Nötige erledigt.

«Wenn ihr nicht in zwei Minuten unten seid, gebe ich euer Frühstück den Hühnern», drohte sie vom Fuß der Treppe; und so rissen sie sich widerstrebend aus dem Schlaf und stiegen aus dem Bett.

Dann saßen sie am Tisch und frühstückten mit seltsam abwesendem Ausdruck, ohne recht zu merken, was sie aßen; Brigit war besonders schweigsam.

Tante Bina sah sie eine Weile erstaunt an und fragte sich, wann sie ihr Beachtung schenken würden.

«Warum seid ihr so schweigsam heute Morgen?», sagte sie schließlich.

Sie sahen sie sehr überrascht an, denn es war ihnen nicht bewusst, dass sie anders waren als sonst. Sie hatten die ganze Zeit mit offenen Augen weitergeträumt, ohne zu sehen, was rings um sie war; in ihren Köpfen ging der Traum noch bruchstückhaft weiter, nur etwas schwächer als im Schlaf.

«Ihr seht aus, als wärt ihr im Feenland! Habt ihr nicht gut geschlafen?»

«Doch, doch», sagte Pidge unbestimmt.

Jetzt war Brigit vollständig aufgewacht. Sie verbannte den Traum irgendwohin in ihren Kopf, damit sie später daran denken konnte, wenn sie wollte.

«Wie ein Murmelbär», sagte sie und dachte, das klänge gut.

«Wie ihr dasitzt! Die Augen fallen euch zu vor Müdigkeit, und ihr seid so lebhaft wie zwei tote Bienen: ihr seht aus, als hättet ihr kein Auge zugetan heute Nacht.»

Auch Pidge verabschiedete sich einstweilen von dem Traum.

«Ich hab' sehr gut geschlafen, Tante Bina», versicherte er.

«Und ich hab' wie ein Baby geschlafen. Ich hatte nur einen komischen Traum, an den musste ich denken», sagte Brigit.

Pidge sah sie neugierig an, sagte aber nichts.

Tante Bina lachte über Brigit; die wichtige Bemerkung mit dem Traum überging sie und sagte:

«Ich bin froh zu hören, dass du wie ein Baby geschlafen hast, Brigit. Je eher ihr mit dem Essen fertig seid und an die frische Luft kommt, desto besser. Und wenn ihr bis zum Mittagessen nicht wieder munter seid, müssen wir eine Medizin für euch finden.»

«Malz?», fragte Brigit.

«Sennesblätter», sagte Tante Bina vergnügt.

«Bäh!» Brigit verzog das Gesicht zu einer Grimasse. «Das ist ja gemein, wenn man Sennesblätter kriegt, bloß weil man nichts sagt.»

Sie beendeten das Frühstück und gingen über den Hof zum Stall hinüber, um die neue Stute noch einmal anzusehen.

Michael war oben auf dem Heuboden über dem Stall und warf Gabeln voll Heu in ihre Futterkrippe hinunter – und da stand sie, ruhig kauend, als wäre nichts gewesen.

Als sie zu ihr hereinkamen, wandte sie sich um und sah sie an; ihr Blick war freundlich und ihre Augen unschuldig. Sie sah einfach aus wie ein gutartiges, braves Tier.

Sie tätschelten und streichelten sie; es gefiel ihr, und sie rieb den Kopf an ihnen und gab wohlige Laute in der Pferdesprache von sich, während sie einander kennenlernten.

Da kam Michael herunter.

Pidge sah ihm ängstlich entgegen, weil er fürchtete, er würde wieder so seltsam sein wie am Abend zuvor.

«Ah», sagte Michael, «da seid ihr ja endlich! Sie ist wunderschön, findet ihr nicht?»

Das sagte er voller Stolz; doch jetzt war er wieder ganz er selbst und nicht mehr der abweisende und kühle Fremde, der er am vorigen Abend gewesen zu sein schien.

Er erinnert sich gar nicht mehr an gestern, dachte Pidge, und er war sehr glücklich darüber, aber er fragte sich im Stillen, was wohl mit Sally sei.

«Ja, wirklich», antwortete er.

«Gut genug für einen König», sagte Brigit.

«Wenn nur Sally wieder da wäre, dann wäre ich der glücklichste Mensch auf der Welt. Ich vermisse sie ganz unbeschreiblich. Wenn ich nur wüsste, was in sie gefahren ist – einfach so wegzulaufen», sagte Michael leise.

«Meinst du, sie findet vielleicht wieder hierher zurück?», fragte Pidge.

«So was hört man oft», sagte Brigit. «Das machen sie immer – irgendwo abhauen, nur um zu zeigen, dass sie den Heimweg allein finden. Das hab' ich schon öfter gehört.»

«Darauf können wir uns nicht verlassen. Vielleicht sehen wir sie nie mehr wieder», sagte Pidge.

«Ich werde alle Zeitungen in Dublin anrufen, um eine Verlustanzeige aufzugeben, und ich werde eine Belohnung ausschreiben für den, der sie mir heil zurückbringt.»

«Ja, gut!» Pidge lächelte.

«Ich werde die Stute heute im Stall lassen, damit sie sich eingewöhnt. Sie kann den ganzen Platz für sich haben. Ihr beide könntet zum Fouracre und zum Thornfield hinuntergehen und nachsehen, ob bei den anderen alles in Ordnung ist. Ich werde inzwischen die Zeitungen anrufen; wenn ich das erledigt habe, ist mir sicher wohler.»

All die anderen Stuten und jungen Pferde waren auf der Sommerweide.

«Ich hätte gestern Abend, nach dieser Hitze, selbst hinuntergehen sollen, um nach ihnen zu sehen. Ich verstehe gar nicht, wie ich das vergessen konnte», fuhr Michael fort und hatte offenbar Mühe, sich genau an den vergangenen Abend zu erinnern.

Man sah ihm an, dass er überhaupt nicht mehr wusste, wie seltsam er sich verhalten hatte.

Jetzt war alles wieder gut.

Pidge wusste, dass im Lauf des Tages die Nachbarn interessiert vorbeikommen würden, um die Stute zu begutachten und klug und bedeutungsvoll den Kopf zu wiegen, wenn sie ihre guten Eigenschaften bewunderten, und ein andermal hätte er es schade gefunden, all diese klugen Reden zu verpassen. Jetzt aber war er froh über die Gelegenheit, mit Brigit wegzukommen und mit ihr allein zu sein, damit er endlich etwas über ihren Traum erfahren konnte.

Sie hatten den Hof auf dem Weg, der zwischen dem Kuhstall und dem Torfschuppen hindurchführte, schon verlassen, da fiel Pidge plötzlich etwas ein.

«Hast du deine Brosche angesteckt?», fragte er.

Brigit öffnete ihre Wolljacke; die Brosche steckte an ihrem Kleid.

«Und wo sind deine anderen Sachen?»

«Unter meinem Bett versteckt», sagte sie.

«Wart einen Augenblick hier, ich bin gleich wieder da», sagte er zu ihr und rannte zum Haus zurück.

Die Küche war leer; die Buttermaschine stand da, mit kochendem Wasser gereinigt und bereit, gefüllt zu werden. Er konnte Tante Bina in der Milchkammer vor sich hinsummen hören, während sie den Rahm aus den großen Milchkannen abschöpfte. Das war gut, denn so musste er keine Fragen beantworten.

Er lief die Treppe zu seinem Zimmer hinauf, holte die Glaskugel und das Säckchen Nüsse und steckte sie in seine Taschen. Dann ging er in Brigits Zimmer und steckte ihre Tauschbonbons und ihre Flöte in ihre Schultasche und machte die Schnalle zu. Als er das erledigt hatte, kehrte er in die Küche zurück, froh, sie immer noch leer zu finden, und ging wieder auf den Hof hinaus.

Die Stute stand in ihrer Box und sah über die halbhohe Tür hinaus in einen kleinen Teil ihrer neuen Welt; sein Vater war also schon zur Telefonzelle gegangen, um bei den Zeitungen anzurufen. Das bedeutete, dass niemand ihn fragen würde: «Was hast du denn da?» oder: «Woher hast du diese Sachen?», und er war nicht in der schwierigen Lage, etwas erklären zu müssen, ohne wirklich etwas zu erklären, und das erleichterte ihn sehr. Später konnte er vielleicht alles erzählen, aber jetzt noch nicht.

Er war wieder bei Brigit.

«Ich habe diese Sachen geholt», sagte er und zeigte sie ihr.

«Warum denn?»

«Vielleicht ist es gut, sie zur Hand zu haben. Es hat einen Grund, dass wir sie bekommen haben, auch wenn wir jetzt noch nicht ahnen, warum. Ich möchte wissen, was du geträumt hast, Brigit.»

«So was Wirkliches hab' ich noch nie geträumt. Jetzt glaub' ich nicht mehr, dass Träume was Verschwommenes haben, sondern nur noch, dass ich zu schnell aufwache und all die schönen Farben und Sachen verschwinden, weil meine Augen zu weit offen sind und die Augen in meinem Kopf drin nichts mehr sehen können.»

Sie gingen weiter, und Brigit erzählte ihren Traum.

Pidge hörte zu und unterbrach sie von Zeit zu Zeit impulsiv, weil alle Einzelheiten sich glichen und Brigit ihm seinen eigenen Traum erzählte. Sie war also wirklich bei ihm gewesen, und sie hatten alles gemeinsam erlebt.

Er sagte es Brigit, die überhaupt nicht überrascht war, und er erzählte ihr von der Glaskugel und der Stute und der schönen Frau.

«Warum hast du mich nicht aufgeweckt, damit ich es auch sehen kann?»

«Es war gar keine Zeit dazu; es ging so schnell, und dann hätte ich etwas versäumt.»

«Hättest du nicht mir zuliebe ein bisschen davon versäumen können?»

«Wenn ich das getan hätte, dann könnte ich dir jetzt nicht alles erzählen. Dann würden wir beide nicht die ganze Geschichte kennen. So wissen wir es beide.»

«Das stimmt wahrscheinlich», sagte sie ein wenig widerstrebend. «Ich wollte, ich hätte die Hässliche auch gesehen.»

«Sei froh, dass du sie nicht gesehen hast!»

«Die hat vielleicht Nerven, einfach so in unsere Stute zu schlüpfen! Erzähl mir alles noch mal!»

Und Pidge erzählte ihr alles, was er in der kleinen Glaskugel gesehen hatte.

«Wie meinst du das: Sie prallten ineinander, als sie tanzten? Ich versteh' nicht, wie du das meinst.»

«Sie wurden irgendwie für eine Weile ein Wesen, und dann zerteilten sie sich wieder in drei.»

Sie stellte noch viele Fragen und hatte alles zweimal in allen Einzelheiten gehört, als sie Fouracre und Thornfield erreichten.

Zuerst kam Fouracre.

Sie betraten die Weidefläche, schlossen das Gatter hinter sich und gingen zwischen den Pferden hindurch. Alles schien in Ordnung zu sein; die Pferde rupften eifrig Grasbüschel und bewegten sich gemächlich von einem Weideflecken zum nächsten.

Durch eine breite Öffnung im Gatter gelangten sie zum Thornfield hinüber und fanden alles wie immer. Hier gab es einen großen, auf einer Seite offenen Unterstand, in den sich die Tiere vor den Fliegen oder vor der Hitze flüchten konnten und wo sie Schutz fanden, wenn es unangenehm windig oder nass war. Nach dem Mist zu urteilen, der hier lag, hatten sie in der

Hitze des vergangenen Tages viel Zeit hier verbracht. Pidge und Brigit räumten ihn mithilfe einer Schaufel und eines Schubkarrens, die dazu neben der Hütte bereitstanden, zwischen den Tieren weg und brachten ihn auf den Misthaufen.

Als alles sauber war, verließen sie die Thornfield-Weide durch das Gatter am anderen Ende, das an den Reitweg grenzte. Dort wuchs ein Dornbusch, nach dem das Feld benannt worden war. Als sie an dem Busch vorbeikamen, pflückte Brigit ein paar Blätter und steckte sie in die Tasche ihres Kleides.

Sie gingen den Weg entlang nach Hause zu.

«Ich hab' ne Nachricht für euch von dem edlen Herrn P. Whelan», sagte eine vertraute Stimme, und zu ihrem Entzücken saß da Bagsie Curley auf einem flachen Stein am Wegrand.

«Oh, das ist ja Bagsie Curley!», rief Brigit.

«Richtig. Ich bin Bagsie Curley», sagte Bagsie.

«Wo ist Puddeneen?», fragte Pidge ihn.

«Er geruht auf 'nem angenehmen Seerosenblatt zu ruhen, auf 'ner abgelegenen Dauerpfütze; unnich hab ne Nachricht von ihm für euch.»

«Was für eine Nachricht?», fragte Brigit begierig.

«Folgnde: ‹Sachihnen›, sagte er, ‹dassich die Tat getan hab, und dasses 'n Wunder is, dass meine Haare nich schneeweiß geworden sin vor Schreck, bei allem, wassich durchgemacht hab – wenn ich übahaupt welche hätt.›»

«Warum ist er denn nicht selbst gekommen?», fragte Pidge.

«Frollein Fancy Finnerty machtn Mordswirbel und willihn heut nich weglassen, drum. Sie bewachtn und beglucktn wiene alte Henne. Sie sagt, er soll da bleim woer is, wegn all den Schocks gestern Abend unnen ganzen Tag. Un jetz erzähl ich euch, was gestern Abend los war.»

«Wir wissen es, wir haben alles gesehen», sagte Pidge.

«Im Traum», fügte Brigit hinzu.

«Habt wahscheinlich Käse gegessn», sagte Bagsie wissend.

«Geht es Puddeneen gut?», fragte Brigit. Sie sah besorgt aus.

«Also sie findet, dasser heut Morgen völlich daniederliegt un

’s Waschn nich wert is. ‹Sachihnen›, sagtse, ‹dasser kein Fifferling wert is und dasser schlapp is wien Waschlappn un ’n Anblick zum Heulen. Er is wien ausgewrungner Frosch›, sagtse, ‹un s gibt nix Trauricheres wien plattn Frosch. Un ’s würd mich nich wundern›, sagtse, ‹wenna ’n Kreuchustn kriegen würd oder die Masern, nach allem, wasser durchgemacht hat. Er sieht aus wiene Dörrpflaume vom Mississippi›, sagtse, ‹un heute kanner nich weg.›»

«Sie scheint die Hosen anzuhaben», bemerkte Brigit.

«Ja, die is ’n richtiger Drache», antwortete Bagsie, «so eine, vor der man ’n Hut abnehm müsst – wenn ma ein hätt. Wenn die faucht, rauchts. ’n richtiger Giftzahn!»

«Ist Puddeneen wirklich krank? Ich hoffe, es geht ihm gut. Er war so tapfer gestern Abend. Er ist doch nicht krank, oder?», fragte Pidge teilnahmsvoll.

«Seine Oma, die Dicke Julia, hatn heut Morgen beinah mit den Teeblättern weggeschmissn, so vertrocknet warer. Jetzt päppeln se ’n mit Gesundheitztee auf, aba er will nur Wein.»

«Ich will nicht, dass Puddeneen so krank ist», sagte Brigit.

«Ach richtich leidn tuter nich, weißte. Er is mehr hirnmüd und hatn bisschen zu wenig Luft. Er kriegt nachher ’n großn Teller Bratkartoffln un Zwiebln und Fleischsoße, um ihn aufzufülln. Un dann kriegta ne Kanne Starkbier un ganz fein’ Toast mit Butter drauf. Un danach kriegta ’n Riesenteller Erdbärn un Schlagrahm mit Nüssn un Schokerlade un Vogelmiere. Un danach wirta sich ’n bisschen ausruhn un die Connacht Tribune lesn; un ’n paar Sahnebonbons un ein oder zwei Stück Käsekuchen essn, bissa dann wieder aufstehn kann un voll in Form is. Frollein Fancy Finnerty wollt kurzen Prozess machn un ne Fahrradpumpe nehm, aber die Dicke Julia wollt nix davon hörn und hat gesagt, die althergebrachte Kur wär die beste, und sie wollt keine neumodischen Florence Nightingales nich am Kranknbett von nem Whelan ham. ’s wird dort jetzt ganz schön krachn, das sag ich dir», schloss er bedeutungsvoll.

«Sie hätte ihn mit der Pumpe zum Platzen bringen können», sagte Brigit entrüstet.

«Sag ihm, wir hoffen, dass es ihm bald besser geht und dass wir ihm für alles danken, was er getan hat. Ich weiß nicht, was passiert wäre, wenn er dieses Ballett nicht veranstaltet hätte», sagte Pidge.

«Keine Sorge, er packtz schon. 's is 'n hartes Tagwerk, ihn morgens ausm Bett zu kriegn, sagt seine Oma immer; da isser nur zu froh, dasser 'n ganzn Tag da rumliegn un sich vollstopfn kann», sagte Bagsie neidisch und sah bei jedem Wort hungriger aus. «Ich fänd jetz ein oder zwei Maulvoll auch nich schlecht, drum geh ich ma.»

Ein Sprung, und er war fort. Sie schauten ihm nach, ob man ihn hüpfen sehen würde, und tatsächlich sahen sie ihn in Windeseile in hohen Bogen dahinspringen. Dann sahen sie, wie er etappenweise eine Mauer überquerte, indem er immer wieder auf vorstehenden Steinen haltmachte, und dann sprang er auf die andere Seite und war nicht mehr zu sehen.

Sie wandten sich um und gingen langsam weiter.

«Ich hab' Puddeneen so gern, er ist mein Liebling; und Bagsie mag ich auch», sagte Brigit.

«Ich auch. Ich finde, Puddeneen war gestern Abend wirklich toll und sehr tapfer.»

«Pidge», sagte Brigit und verlangsamte ihre Schritte.

«Was denn?» Er blieb stehen und sah sie an.

«Ich hab' jetzt gar keine Lust, nach Hause zu gehen. Ich würde gern ein bisschen bleiben und schauen, ob noch mehr passiert. Ich will einfach nicht, dass es aufhört.»

«Ich auch nicht», sagte Pidge, der sie vollkommen verstand. «Es macht richtig Spaß. Und es ist ein wunderbares Abenteuer.»

«Ich hab' gehofft, dass ihr das sagen würdet», sagte eine freundliche Stimme links von ihnen, und sie blieben abrupt stehen, um herauszufinden, wer das sei.

14. Kapitel

Könnt' ich noch 'n paar Wörterchen mit dir reden, junger Herr?» Es war der alte Angler, und wie beim vorigen Mal saß er zwischen den Sträuchern am Wegrand.

Pidge spürte, wie eine Freudenwelle ihn überlief, als er ihn wiedersah. Brigit schaute ihn höchst interessiert an.

«Sind Sie der alte Knacker, der Pidge vor der Kreuzung gewarnt hat?»

«Brigit!», sagte Pidge streng. Er hoffte, der alte Angler würde merken, dass sie in Wirklichkeit nicht unverschämt und dumm war.

«Der bin ich!», kicherte der alte Angler. «Der alte Knacker! So alt wie der Busch hinterm Haus; so alt wie die längst Vergangenen; ein alter guter Freund so mancher alter Knochen, die einst kühn und mutig waren.» Und er lachte keuchend wie ein zerrissener Dudelsack.

«Älter als Wälle, Wege und Winkel; älter als ‹Mariechen saß auf einem Stein›; älter als die Boote und sogar älter als die eherne Schlängelschlange, wenn man Bescheid weiß.»

«Das dachte ich mir», sagte Brigit und sah ihn aufmerksam an. «Ihr Gesicht ist so runzlig wie ein verschrumpelter Apfel; da sind Falten drin wie bei einem Hühnerbein.»

«Brigit!»

«Was denn?»

Pidge wurde rot vor Verlegenheit, aber der alte Angler schien gar nicht böse zu sein.

«Die Wahrheit hat nun mal nichts mit Höflichkeit zu tun; sie hatte es fast nie», sagte er. Sein altes Gesicht verzog sich zu einem Lächeln und wurde noch runzliger, aber die Runzeln sahen irgendwie fein und vollkommen aus und erinnerten Pidge an die Blätter einer Mohnblume, die sich gerade zerknittert und seidig öffnet. «Vor allem bei Knirpsen», schloss er und blinzelte Pidge zu.

Glücklicherweise verstand Brigit nicht ganz, was er meinte, aber sie wusste, dass er sie entschuldigte.

«Siehst du?», sagte sie.

«Hast dich also nicht ködern lassen wie ein Aal?», fragte der alte Angler Pidge.

«Nein, dank Ihrer Hilfe.»

«Bis jetzt bist du also jedenfalls ohne Schaden davongekommen.»

«Ja.»

«Wenn jemand Wohlwollendes fragen darf – kannst du den nächsten Schritt tun?»

«Wie meinen Sie das?», flüsterte Pidge und wünschte allmählich, er hätte nichts von einem wunderbaren Abenteuer gesagt.

«Wie ist der schöne Name dieses Ortes?»

«Shancreg. Das bedeutet Alter Stein.»

«Ja, Shancreg», sagte Brigit, um nicht übergangen zu werden.

«Ah», murmelte der alte Angler, «ein hübscher Name.»

Irgendetwas an der Art, wie er das sagte, gab Pidge das Gefühl, der alte Angler habe sehr wohl gewusst, dass dieses Gebiet Shancreg hieß und dass mitten in einem der Felder ein uralter Felsen stand, umlagert von anderen alten Steinen wie von umgestürzten Bäumen. Einst hatten sie alle in einer bestimmten Ordnung aufrecht dagestanden, und einer oder zwei von ihnen hatten Decksteine gebildet, wie die alten Leute erzählten; irgendwann einmal, in längst vergangenen Zeiten, hatten sie einen bestimmten Sinn gehabt, doch das Wissen von diesen Dingen war inzwischen verloren gegangen.

«Wenn du weitergehen willst, junger sterblicher Herr, dann führt dein Weg nach Shancreg.»

Pidge war sicher, dass der alte Angler nur nach dem Namen gefragt hatte, um ihm dies mitzuteilen. Das bedeutete wohl, dass die ganze Sache von Anfang an mit der Gegend zu tun gehabt hatte, in der er lebte.

«Könnten Sie uns bitte noch ein bisschen mehr darüber erzählen?», bat er.

«Es würde euch vielleicht gar nicht gefallen. Die Haare könnten euch zu Berge stehen, und das Zittern könnte euch ankommen, und ihr könntet das Abenteuer sogar von euch weisen – obwohl alles von Anfang an in euren Händen lag.»

«Der Anfang war wohl im Buchladen?»

«Zwei lange Finger haben dich bewegt, aber du hast es rechtzeitig bemerkt.»

«Ja. War einer von ihnen – der Dagda?»

«Gewiss.»

«Wer ist der Dagda?»

«Der Dagda ist der gute Gott. Er ist der Gott der Erde und des Lebens in ihr; er ordnet den Lauf der Jahreszeiten. Er ist der Herr des Großen Wissens.»

«Und die andere war – die Mórrígan?»

«Ach, die!», sagte Brigit mit verächtlicher Miene. «Dumme Gans.»

«Halte nicht für dumm und unterschätze nicht eine, gegen die Nero ein armes Würstchen ist. Sie ist in ihrem bösen Herzen – das so klein ist, dass es in einer Mücke schlagen könnte – darauf aus, Olc-Glas zu erobern; doch das würde Vernichtung und Zerstörung mit sich bringen und großen Kummer.»

«Wer ist sie denn eigentlich?»

«Sie ist die Göttin des Todes und der Zerstörung.»

«Was?», sagte Pidge. Er schauderte vor Angst und Schrecken und dachte an das hässliche Feuer in den Augen der Stute. Er griff nach Brigits Hand und wäre am liebsten nach Hause geflüchtet.

Der alte Angler sah ihn prüfend an und sagte:

«Wenn sie das böse Gift, das Olc-Glas in sich hat, mit dem Unheil verbindet, das noch in ihr lauert, wird die ganze Schöpfung zu leiden haben.»

Pidge gab keine Antwort. Er stand da und fragte sich, was um alles in der Welt er tun könne, um da herauszukommen. Für einen Jungen und ein kleines Mädchen allein ist das zu viel, dachte er.

«Der Dagda ist ein starker Freund und steht dir bei», sagte der alte Angler sanft.

Pidge hörte es kaum.

«Ich habe Olc-Glas befreit, als ich das Blatt mit den Worten des heiligen Patrick abgemacht habe», sagte Pidge kläglich.

«Er muss ein vornehmer und mächtiger Druide gewesen sein, dieser Patrick», sagte der alte Angler bewundernd.

Brigit war schockiert.

«Er war ein Heiliger, kein Druide – ich dachte, das weiß wirklich jeder! Dass *Sie* das nicht wissen!», sagte sie.

«Na ja, manchmal kriegen wir die neuesten Nachrichten nicht mit. Ich bin ein bisschen der Zeit hinterher, und außerdem bin ich nie zur Schule gegangen», lächelte der alte Angler.

«Warum vernichten wir Olc-Glas nicht einfach?», fragte Pidge.

«Das ist deine Aufgabe, wenn du es fertigbringst.»

«Könnten wir das Blatt nicht einfach zerreißen oder verbrennen?»

«Das würde ihn nur befreien.»

«Konnte er deshalb nicht mit dem übrigen Plunder aus dem Trödlerladen verbrannt werden?»

«Ja.»

«Wie könnten wir es machen?»

«Mit dem verruchten Blut der Mórrígan selbst.»

«Was?», schrie Pidge wieder auf, entsetzt bei der Vorstellung, welche Gefahren und Schrecken das bedeutete.

«Ein einziger Tropfen genügt.»

«Aber den bekommen wir doch nie. Sie wird uns vorher töten.»

«Uns töten?», sagte Brigit. Sie machte große Augen bei der Vorstellung, dass jemand an so etwas auch nur denken könnte. Alles, was der alte Angler sagte, ging meilenweit über ihr Verständnis hinaus; sie begriff nur, dass irgendein Spiel im Gang war. «So was will ich gar nicht hören», meinte sie. «Es geht mir gegen den Strich.»

«Könnte es sein», sagte der alte Angler versonnen, «dass du den Namen Cúchulain schon mal gehört hast?»

«Natürlich. Er war der große Held, der in uralter Zeit lebte, und der tüchtigste Krieger, den es je gab», antwortete Pidge.

Das Gesicht des alten Anglers strahlte vor Entzücken. «Die Prophezeiung ist eingetroffen», flüsterte er vor sich hin. «An jenem Tag, als er die Waffen zum ersten Mal ergriff, wurde geweissagt, dass sein Leben kurz sein würde, aber sein Name größer als jeder andere in Irland.»

«Ich habe schon oft Geschichten von ihm gehört, und es stehen auch ein paar in meinen Schulbüchern.»

«Cúchulain vergoss drei Tropfen vom Blut der Mórrígan. Wenn man nur einen Tropfen fände, so würde das schon ausreichen», sagte der alte Angler ruhig.

«War sie denn in diesen alten Zeiten schon da?», fragte Pidge.

«Allerdings», antwortete der alte Angler mit Nachdruck. «Dreimal griff sie Cúchulain an während der Kämpfe, die als The Cattle Raid of Cooley bekannt sind, und dreimal schlug er hart zurück. Als er im Wasser einer Furt stand und gegen seine Feinde kämpfte, kam sie beim ersten Mal in Gestalt eines Aals. Sie wand sich dreimal um seine Beine, um ihn zu Fall zu bringen und am Kämpfen zu hindern, aber er schlug zurück und quetschte ihre Rippen gegen einen grünen Stein im Wasser, und ein Tropfen ihres Blutes färbte es dunkelrot. Das war der erste Tropfen. Das nächste Mal kam sie in Gestalt einer grauen Wölfin und griff ihn wieder an. Er wehrte sich mit seiner Schleuder, und sein Stein flog so schnell, dass er sie ins Auge traf. Das dritte Mal erschien sie als rote Kuh ohne Hörner, eine ganze Herde im Gefolge, und sie wühlten das Wasser der Furt auf, sodass Cúchulain nicht mehr sah, ob es tief oder flach war und wo er sicheren Boden fand; da schleuderte er einen zweiten Stein und brach ihr die Beine. Der erste Blutstropfen ging verloren, aber die beiden Steine, mit denen er sie verwundete, sind gefärbt von ihrem Blut und liegen irgendwo in diesem Land. Wenn nur einer gefunden würde! Ach, wenn nur einer gefunden würde ...», schloss der alte Angler noch nachdenklicher als zuvor.

«Ist das eine Art Schatzsuche?»

«Ja.»

Pidge hatte Brigit einmal eine Geschichte über einen Helden und seine Suche vorgelesen. Sie machte ein finsteres Gesicht.

«Ich will keine Drachen oder so was nicht umbringen», erklärte sie.

«Ohne ‹nicht›», sagte Pidge. «Ich will keine Drachen umbringen.»

«Ich auch nicht!» Sie nickte feierlich.

«In dieser Sache mussten noch nie Drachen getötet werden», sagte der alte Angler und lächelte Brigit zu, «es sei denn, alle hässlichen Geschöpfe wären Drachen. Es geht eher um das Suchen als um das Töten.»

«Es klingt einfach zu furchtbar», sagte Pidge. Es hat keinen Sinn, so zu tun, als wäre es nicht so, dachte er.

«Der Dagda und alle, die zu ihm gehören, werden dir dabei zur Seite stehen.»

Plötzlich war Pidge von großer Kraft erfüllt. Diesmal begriff er wirklich, dass der Dagda sein Freund war. Er erinnerte sich an die Musik und daran, wie die Sterne sich bewegt hatten. Wovor habe ich mich bloß gefürchtet?, fragte er sich. Wenn der Dagda mein Freund ist – wovor sollte ich da noch Angst haben?

Der alte Angler sah den wechselnden Gesichtsausdruck, in dem sich Pidges Gedanken spiegelten, und er ergriff wieder das Wort:

«Such nicht danach – finde. Das ist der beste und der älteste Weg, denn viele Augen können Karten lesen, aber Karten zeigen nicht den gewundenen Weg des Erspürens. Sie wird ihre Hunde hinter euch herjagen, aber die müssen ihre Augen und Ohren in viele Richtungen schicken, bevor sie den Weg finden, dem ihr folgt; es gibt keine Muster, nach denen ein unbekannter Weg verläuft. Alle ehrlichen Geschöpfe werden helfen, wo sie können. Was die Hunde anbelangt – wenn sie euch jagen, rennt nicht davon. Rennen schadet nicht, wenn ihr nicht *vor ihnen* davonlauft. Wenn ihr den Kopf umwendet und sie nicht seht, könnt ihr laufen, soviel ihr wollt.

Und das Gras wird nicht wachsen unter euren Füßen, bis ihr zurückkehrt. Seid ihr bereit?»

«Ich verstehe nicht alles, aber ich werde gehen», sagte Pidge furchtlos.

«Ich auch», sagte Brigit, die fast gar nichts verstanden hatte. «Weil sie fürchterlich ist. Sie wird irgendwann noch berühmt werden, wenn sie so weitermacht.»

Pidge musste lachen, weil Brigit nicht begriff, dass die Mórrígan schon vor Tausenden von Jahren berühmt geworden war.

Das Gesicht des alten Anglers strahlte vor Erleichterung, und er klatschte vor Freude in die Hände. Da sahen sie, dass er um die linke Hand einen Verband hatte.

«Was ist mit Ihrer Hand passiert?», fragte Brigit sofort.

«Etwas hat mich aus Spaß gebissen», sagte er.

Pidge erinnerte sich an den vergangenen Tag auf der Insel und an Boodie und Patsy und die drei Schwäne, die mit den Hunden gekämpft hatten. Im Geiste sah er wieder die traurige Feder vor sich, die mit dem vertrockneten Blut befleckt war. Bevor er jedoch eine Frage dazu stellen konnte, sagte eine ruhige Stimme hinter ihnen:

«Mir geht's sehr gut – und euch?»

15. Kapitel

Die Stimme war so sanft und melodisch, dass die Kinder, als sie sich umdrehten, erwarteten, eine wunderhübsche Frau zu sehen. Stattdessen sahen sie einen mächtigen Kopf mit einem sanften, geduldigen Gesicht – eine Eselin. Ihre Augen waren glänzend und ruhig, und ihr Gesicht verlockte zum Streicheln; es sah so weich und warm aus. Brigit legte die Arme um ihren Nacken und herzte sie.

«Wie schön du bist», sagte sie.

«Nicht doch», sagte die Eselin schüchtern, aber geschmeichelt.

«Wenn ihr bereit seid, können wir jetzt aufbrechen.»

«O ja», sagte Brigit. «Gehen wir.»

Sie gab der Eselin einen Kuss.

«Ich heiße Serena Begley und bin eure Wünschelrutengängerin», sagte die Eselin.

«Groß ist Serena als Wünschelrutengängerin, besser noch als Old Moore», sagte der alte Angler. «Sie wird den Weg finden, den ihr braucht, um gut durch die alten Steine zu kommen. Es ist eine geheime Linie unter dem Boden, unsichtbar für alle, die nicht über eine große Gabe verfügen. Wenn es um das zweite Gesicht und Intuition geht, tut es niemand Serena gleich.»

«Kann auch jemand anders die geheime Linie unter der Erde finden?», fragte Pidge.

«Nein, beim besten Willen nicht!», antwortete der alte Angler. «Sie könnten sie nicht einmal riechen, und es würde sehr viel

Zeit brauchen, sie zufällig zu entdecken. Sie läuft wie Feuer unter der Erde, so wie ein Blitz über den Himmel läuft. Serena wird sie finden.»

«Möchtet ihr nicht aufsteigen?», schlug Serena vor.

Pidge half Brigit hinauf und setzte sich dann hinter sie.

«Ist es wirklich gut so?», fragte er.

«Gut wie eine Rübe», antwortete Serena beruhigend.

«Äpfel!», sagte der alte Angler. «Hier ist für jeden von euch einer.»

Er gab beiden einen Apfel.

«Kriegt Serena keinen?», fragte Brigit.

«Mir wäre eine Karotte oder eine Handvoll Gerste lieber. Mit Äpfeln habe ich mir seinerzeit den Eckzahn abgebrochen. Aber jetzt müssen wir gehen, es ist Zeit, dass wir den Weg aufspüren.»

Sie setzte sich in Bewegung.

«Gute Reise, das ist jetzt vor allem wichtig», rief ihnen der alte Angler nach, und bevor einer von ihnen noch ‹Danke› sagen konnte, war er über die Mauer gestiegen und ihren Blicken entschwunden. Pidge hielt eine Weile nach ihm Ausschau, und bald sah er ihn dahinlaufen.

Er stieß Brigit an, und während beide ihm nachsahen, wurde er immer mehr zu einem stürmischen jungen Mann.

«Für so 'nen alten Knacker rennt er nicht schlecht, was, Pidge?», sagte Brigit.

«Ich frage mich, ob er es wirklich ist», antwortete Pidge.

Serena trottete gemächlich die Straße entlang. Man konnte nicht erkennen, ob sie den geheimen Pfad schon gefunden hatte oder nicht. Pidge wünschte jetzt, er hätte dem alten Angler noch eine ganze Menge Fragen gestellt, solange er Gelegenheit dazu hatte. Er war sicher, dass es noch viele Dinge gab, die er nicht wusste. Ich weiß nicht einmal, welche Fragen ich stellen soll, dachte er, aber auch die falschen Fragen hätten vielleicht irgendwie zu den richtigen Antworten geführt.

Serena verließ die Straße und betrat durch einen kleinen Durchschlupf ein Feld.

Plötzlich stellten sich ihre Ohren auf und standen dann steif seitlich von ihrem Kopf ab. Sie blieb einen Augenblick stehen, atmete tief ein, schloss die Augen und war ganz Konzentration. Gleich darauf machte sie einen behutsamen und wohlüberlegten Schritt nach vorn. Ihre Ohren fingen an, sich zu bewegen. Wieder machte sie einen Schritt, und ihre Ohren begannen, anmutig im Kreis herumzufahren und sich dann zusammenzuschließen wie die Schere einer Krabbe. Noch ein Schritt, und die Ohren schlugen übereinander und blieben so, aber sie zitterten dabei ganz leicht, als sei eine seltsame Kraft am Werk.

«So», sagte sie. «Wir haben ihn.»

Sie trabte jetzt rasch dahin und folgte der unsichtbaren Linie. Ab und zu begannen sich ihre Ohren wieder zur Seite zu spreizen; aber dann machte sie einfach einen Schritt dahin oder dorthin, und schon überkreuzten sich die Ohren wieder in der Mitte und zeigten, wo es weiterging.

«Du hast großartige Ohren, Serena», sagte Brigit. «Ich wünschte, ich hätte auch solche Ohren.»

«Esst jetzt eure Äpfel», sagte Serena, «wir sind bald bei dem Feld, auf dem die alten Steine stehen.»

«Ach, ist das aufregend!», sagte Brigit entzückt und biss kräftig in ihren Apfel.

Auch Pidge biss rasch in seinen Apfel. Er schmeckte nach Apfel und war apfelsüß. Du meine Güte, ich hatte schon fast damit gerechnet, dass er nach etwas anderem schmecken würde; ich erwarte schon dauernd Wunder. Er biss noch einmal ab und sah dabei zufällig zum Himmel hinauf. Hoch oben war ein Flugzeug und ließ eine Spur hinter sich, die aussah wie von einer Art Himmelsschnecke gezogen. Auch das ist ganz normal, dachte er, es ist nichts Magisches daran, außer dass es erstaunliche Geschicklichkeit erfordert. Nicht alle Wunder sind Zauberei.

«Stimmt», sagte Serena.

«Du weißt, was ich gedacht habe?»

«Es liegt an meinen Ohren; ich kann nichts dafür.»

«Ach so!»

«An was hast du gedacht, Pidge?», fragte Brigit, und Pidge sagte es ihr.

«Ich wünschte, ich wüsste, was die anderen denken», sagte sie. «Ich würde mich zum besten Spion der Welt erklären. Ich wär' im Handumdrehen reich und würde alle Geheimnisse wissen und was Tante Bina mir zu Weihnachten schenkt und alles.»

«Aber dann gäbe es keine Überraschungen mehr für dich», sagte Pidge.

«Wer will denn schon Überraschungen?»

«Du.»

«Na gut, dann gäb's eben keine mehr für mich, wenn ich wüsste, was alle denken. Dafür würd' ich halt auf Überraschungen verzichten.»

Aber Pidge dachte an Tante Bina und Michael. Oje, dachte er, sie wissen nicht, wo wir sind und in was wir hineingeraten sind; und ich habe keine Ahnung, wie lang wir brauchen oder ob wir sie überhaupt je wiedersehen.

«Glaube mir, das Gras wird nicht wachsen unter deinen Füßen, bis du zurück bist», sagte Serena beruhigend, genauso wie der alte Angler zuvor. Pidge fühlte sich getröstet und wollte sie gerade fragen, was das eigentlich bedeute, als sie wieder durch eine Lücke schlüpften und auf das Feld kamen, auf dem die alten Steine standen.

Mit Entsetzen sah er, dass schon Leute dort waren, weiter vorne; große, dünne Leute, die in kleinen Gruppen zusammenstanden. Sie sahen aus wie Teilnehmer einer Prozession, die sich verirrt hatten.

«Wer ist das?», fragte Brigit.

Pidge hatte es vom ersten Augenblick an gewusst.

«Es sind die Hunde», sagte er und konnte sich eines Schauerns nicht erwehren.

16. Kapitel

Die großen, dünnen Leute standen in kleinen Gruppen zusammen, redeten leise miteinander und nickten einander zu, als führten sie interessante Gespräche; in Wirklichkeit aber taten sie nur so, als bemerkten sie Serena und die Kinder nicht.

«Sie wollen uns auf dem Weg durch die Steine folgen und ihn von meinen Trittspuren ablesen, aber sie werden merken, dass es ungeheuer schwierig ist, das kann ich euch versichern», sagte Serena ruhig.

«Saukerle!», rief Brigit grob aus.

Pidge dachte, Hunde mit ihren ausgezeichneten Spürnasen müssten mühelos jeden Weg finden können.

«Bist du sicher, Serena?», fragte er zweifelnd.

Serenas Ohren trennten sich und legten sich wieder auf die Seite, was zur Folge hatte, dass sich alle Köpfe auf dem Feld zu ihr wandten. Sie wollten doch so tun, als seien sie unbeteiligt, dachte Pidge. Serena beantwortete seine Frage erst, nachdem ihre Ohren ein bisschen hin- und hergegangen waren und sich dann nach vorne geklappt und vor ihrem Gesicht übereinandergelegt hatten, sodass sie wusste, wie es weiterging.

«Ich bin ganz sicher», sagte sie. «Vergiss nicht: diesen Weg kann man nicht wittern wie einen duftenden Trüffel oder einen alten Knochen. Behaltet einen kühlen Kopf, und alles wird gutgehen.»

Die großen, dünnen Leute hatten ihr Versteckspiel aufgegeben und beobachteten unverhohlen und wie gebannt jeden Schritt, den Serena tat. Die langen, rosafarbenen Zungen huschten über die gelblichen Zähne.

«Schau, wie sie sich die Lippen lecken, diese Welpen!», sagte Brigit. Es war merkwürdig und mutig, so etwas über sie zu sagen, wo sie doch wie Menschen aussahen – noch dazu wie erwachsene.

Jetzt waren sie bei den alten Steinen angekommen.

Irgendjemand hatte harte Arbeit geleistet. Alle umgefallenen Steine waren aufgerichtet worden und bildeten einen großen Kreis, und die beiden wuchtigsten Steine bedeckte ein quer liegender Block. Pidge und Brigit waren sehr erstaunt darüber und über den seltsamen Kontrast, den all dies zu dem Feld bildete.

Serena blieb stehen.

Die Hundemenschen hatten sich immer näher herangeschlichen, während Serena ihren Weg gesucht hatte, und jetzt standen sie im Halbkreis da und warteten gespannt, wohin sie ihre Schritte lenken würde.

Pidge biss ein letztes Mal in seinen Apfel und suchte in seiner Hosentasche nach einem Taschentuch, um sich den Mund abzuwischen. Seine Finger berührten etwas Kleines, Rundes und Hartes, und er merkte, dass es eine der Haselnüsse war. Sie musste aus dem Säckchen gefallen sein. Er holte sie hervor und schaute sie an, wie sie da auf seiner Handfläche lag. Ein haarfeiner Spalt erschien in der Schale, und dann lag die Nuss in zwei offenen Hälften da.

«Eine meiner Haselnüsse ist aufgebrochen», sagte er zu Brigit.

«Zeig her.»

Serena stand da und wartete, und ihre Ohren vibrierten jetzt, weil die Signale aus der Erde so stark waren.

In der Nussschale war kein Kern, nur der weiche weiße Flausch, der wie Watte aussah, aber seidiger war, und der immer da ist, bevor aus dem winzigen perlenartigen Samen eine Nuss wird.

Nur eine unreife Nuss – eine Niete, dachte er.

Ebenso rasch, wie der Riss erschienen war, tauchten jetzt drei winzige Punkte in dem Weiß auf. Während sie sie ansahen, wurden die Pünktchen größer. Sie wurden farbig: zwei grün und einer rosa. Dann wuchsen sie schneller, und schon nach Sekunden konnte man Umrisse erkennen. Zu ihrem Entzücken sahen sie das hübsche Gesicht einer weißen Katze vor sich, nicht größer als ein Viertel von Brigits kleinem Fingernagel.

Pidge musste seinen halb gegessenen Apfel wegwerfen, um sie mit beiden Händen zu halten, denn sie wuchs immer schneller. Und da saß sie nun, putzte sich in aller Ruhe das Gesicht und blieb auf seinen Händen sitzen. Sie war wunderhübsch.

Sie sah Pidge mit ihren grünsilbrigen Augen an und rieb sich das Näschen mit ihrer zarten Pfote. Sie sah auch Brigit an und schnurrte.

Während sie ihren Schwanz hin- und herwarf, betrachtete sie den Halbkreis der Hundemenschen mit ihrem leuchtenden, weiten, gelassenen Blick. Langsam wandte sie den Kopf von einer Seite zur anderen, als wolle sie sie einschätzen, und ihr Schwanz ging hin und her, hin und her, während sie sie mit ihrer klaren, unbeteiligten Seele als wertlose Kreaturen abtat.

Die Hundemenschen starrten sie wie gebannt an.

Kleine, unfreiwillige Bewegungen verrieten ihre Begierde, sich auf sie zu stürzen und sie zu zerreißen; ein Zittern bei dem einen, ein Zucken bei dem anderen, ein kleines Beben und ein Schritt vorwärts bei einem dritten. Einer von ihnen gab einen tiefen, gereizten, klagenden Ton von sich.

Mit einem wunderbaren Katzenschrei sprang sie plötzlich von Pidges Händen durch die Luft, über die Köpfe der Hundemenschen hinweg; sie flog förmlich über sie hin und landete ein gutes Stück hinter ihnen, die Muskeln schon angespannt und die Hinterbeine in der richtigen Position, um mit einem raschen Satz davonzuschnellen. Und gleich, nachdem sie leicht auf dem Boden gelandet war, war sie wie ein großartiger weißer Blitz verschwunden und ließ die großen, dünnen Leute für einige Sekunden in dümmlicher Verblüffung zurück, bis einer von ihnen eine Art Bellen von sich gab und sie davonflitzten, mit ebenso angespannten Muskeln und Köpfen, die sich nun auf nichts mehr konzentrierten als auf die verlockende Möglichkeit, sie zu fangen.

Das war der Augenblick, in dem Serena sich entschloss, auf dem geheimen Pfad unter dem Steinportal hindurchzugehen, durch den Kreis der Steine.

Den Kindern war sofort klar, dass die Großen, Dünnen diese Katze nie fangen würden; und wieder erklang nun die Musik, die Pidge aus dem Kamin gehört hatte; sie erlebten Stunden vielfältigster Schönheit in einem Augenblick; und dann löste sich alles ringsumher ganz rasch auf, und sie waren von undurchdringlichem, weißem Nebel umgeben, dicht wie Schneetreiben, aber ungreifbar wie fliegende Wolken.

Er wirbelte, kreiste und strömte überall ringsum und hüllte die ganze Erde ein.

Zweiter Teil

1. Kapitel

Es war eine seltsame Welt.

Serenas Schritte hätten der Hauch von Schmetterlingsflügeln sein können, so vollkommen geräuschlos waren sie. So kamen sie auf geheimnisvolle Weise voran, und wären nicht Serenas Bewegungen unter ihnen gewesen, sie hätten glauben können, sie glitten hoch über der festen Erde dahin.

Sie war überhaupt nicht feucht, diese seltsame Nebelhülle, und sie haftete nicht an ihnen und nässte auch ihr Haar nicht. Es atmete sich leicht, und Brigit fand es schön, wie der Nebel in kleinen Wölkchen von ihrem Gesicht wegwirbelte, wenn sie ausatmete.

Sie bewegten sich weiter.

«Sieh mal», sagte Brigit, ohne ihre Stimme im Geringsten zu dämpfen, «dort drüben!»

Eine Kerze leuchtete hell durch den Nebel. Gelb, orange, blau und opalweiß flackerte und tanzte sie auf einem großen, weißen Stab. Die Spitze der bunten Flamme schwankte und bog sich und ließ den dunklen, gewundenen Docht erschauern. Die Kerze selbst schien nur aus einer Verdichtung des Nebels zu bestehen.

Serena ging an der Kerzenflamme vorbei; da flackerte sie noch einen Augenblick und verlosch.

Zehn Schritte weiter erschien wieder eine Kerze, die war wie die vorige und ging aus und verschwand, als sie daran vorbeikamen.

Sie sahen wunderschön und unheimlich aus in dem dichten Weiß, das sie umgab und in dem nichts anderes sichtbar war.

Wieder erschien eine; sie gingen vorüber; und dann wieder und wieder eine, und Pidge verstand, dass die Kerzen nur dazu da waren, sie zu führen, ohne ihren Verfolgern den Weg zu verraten.

Diese wunderbare Erscheinung zeigte sich noch lange, lange Zeit, bis Serena schließlich stehenblieb und sagte:

«Seht ihr, wie immer wieder Kerzen auftauchen? Ich kann euch jetzt allein lassen.»

«Oh, musst du das wirklich?», rief Pidge.

«Ich will nicht, dass du weggehst. Es gefällt mir hier in diesem komischen nebligen Zeug, und die Kerzen sind so schön, aber ich möchte, dass du bei uns bleibst, Serena», sagte Brigit, so schmeichelnd sie konnte.

«Bitte bleib bei uns. Immer, wohin wir auch gehen», drängte Pidge sie.

«Nein. Ich muss zurückgehen und einige falsche Spuren legen, um die Verfolger zu verwirren, wenn sie sich hindurchgefunden haben.»

Pidge war entsetzt. Nach allem, was der alte Angler ihnen erzählt hatte, musste man mit so etwas rechnen, aber im Innersten hatte er doch gehofft, dass nur Serena es schaffen würde.

«Glaubst du, sie finden den Weg?», fragte er.

«Es kann einen Tag dauern oder auch zwei oder nur eine Stunde; irgendwie werden sie doch auf den Weg stoßen. Aber habt keine Angst. Ihr werdet sicher sein wie ein Vogel in einem Dornbusch, solange ihr nicht vor ihnen davonlauft. Ihr könnt rennen wie zehn wilde Hasen, wenn ihr wollt, solange sie nicht zu sehen sind. Aber wenn sie hinter euch auftauchen, dürft ihr auf gar keinen Fall davonlaufen. Versprecht es mir.»

Sie versprachen es.

«Keine Sorge. Ich würd' nicht mal rennen, wenn sie's mir bezahlen würden», fügte Brigit frech hinzu.

«Jagen ist eine Sache, fangen aber eine ganz andere. Ihr habt noch einen langen Weg vor euch, und der Anfang war gemächlich. Glaubt nicht, es sei einfach, nicht davonzurennen. Ihr glaubt nur, es sei einfach, weil ihr noch nie von einem Raubtier gejagt worden seid.»

«Raubtier?», wiederholte Pidge erschauernd. «Sind wir eine Beute für Raubtiere?»

«Nur wenn ihr davonrennt. Nur dann. Ihr werdet verfolgt, aber nicht gejagt, versteht ihr? *Ihr dürft rennen, aber nie, wenn die Hunde in Sichtweite sind.* Ja?»

«Ja.»

«Ich muss euch sagen, dass ihr immer noch eure Meinung ändern könnt, und frage euch, ob ihr immer noch bereit seid, euch auf diese Reise voller Wunder und Schrecken zu begeben?»

Pidge spürte, dass Serena sie nicht belog und dass sie wirklich nicht gejagt werden würden. Er dachte über das, was sie gesagt hatte, nach und beschloss, auf keinen Fall davonzulaufen, wenn die Hunde zu sehen waren.

«Ich muss bereit sein; ich bin ja schuld daran, dass Olc-Glas befreit worden ist», sagte er.

«Wir sind bereit, aber wir haben keine Erfahrung», sagte Brigit.

Es war ein seltsames Gefühl, von Serena abzusteigen und den Boden zu spüren, ohne etwas sehen zu können.

«Gute Reise. Adieu», flüsterte Serena und war fort; verschwunden im Nebel, lautlos wie eine davongewehte Blüte.

«Du kannst mir die Hand geben, Pidge, damit du dich nicht verirrst.»

«Ich muss immer lächeln über dich», sagte er und hielt ihre Hand ganz fest.

«Über mich? Warum denn?»

«Nur so.»

Sie gingen los.

Es brauchte Mut, einfach weiterzugehen, denn überall konnten unsichtbare Gefahren drohen und Gruben, Sümpfe oder gar Abgründe auftauchen. Doch mit jedem Schritt wurde es ihnen selbstverständlicher, und außerdem hätte Serena sie bestimmt nie einer solchen Gefahr ausgesetzt.

«Pidge, sind wir auf dem richtigen Weg?»

«Ich weiß es noch nicht. Wenn bald eine Kerze kommt, ist es der richtige Weg.»

Na gut, sagte er zu sich, die Würfel sind nun mal gefallen. Jetzt sind wir allein. Wer hätte gedacht, dass sich in Shancreg all diese übernatürlichen Dinge abspielen würden. Eigentlich bin ich froh, dass ich da hineingeraten bin. Nicht jeder erlebt so etwas.

Sie setzten vorsichtig Fuß vor Fuß, wie Diebe.

Brigit fragte:

«Sind wir überhaupt noch in Irland, Pidge?»

Und Pidge rätselte selbst, bevor er antwortete:

«Ich glaube schon; doch, ich glaube bestimmt», weil er es eigentlich selbst nicht so genau wusste.

Eine Kerze erblühte vor ihnen im weißen Nebel.

«Da ist eine! Wir sind auf dem richtigen Weg», sagte Brigit.

Sie wollte darauf zulaufen und wand ihre Hand in Pidges Hand, um sich zu befreien.

«Lass meine Hand nicht los, Brigit. Hab ein bisschen Geduld.»

Dann standen sie da und betrachteten die Kerzenflamme. Sie flackerte und tanzte, wurde lang, wellte und krümmte sich und beleuchtete die elfenbeinweißen Wachstropfen, die herunterliefen und von Feuchtigkeit schimmerten. Eine kleine Flamme, an den Rändern blau gekräuselt, bebte vor Lebendigkeit und versuchte dauernd, sich vom Docht, der sie festhielt und doch ihre Wurzel war, zu befreien.

Wenn sie sich befreien würde, dachte Pidge, würde sie natürlich augenblicklich ersterben.

«Es ist, als wäre der Nebel das Meer und die Kerzen die Leuchttürme, die uns den Weg zeigen», sagte er zu Brigit.

«Ich würde gern hierbleiben und sie immerzu anschauen», antwortete sie. «Ich mag Kerzen viel lieber als Elektrixität. Aber es ist schon gut, ich weiß, dass es nicht geht – wie neulich beim Wasserfall.»

Sie gingen weiter.

Die Kerzenflamme zitterte, wurde winzig klein und verschwand ganz.

«Ich wundere mich nur, dass sie in diesem Nebel überhaupt brennen», bemerkte Pidge.

«Ich nicht. Es ist einfach Zauberei. Es gibt viel Zauberei im Augenblick, ganz wie in früheren Zeiten.»

«Es geschehen dauernd viele wunderbare Dinge, nur nehmen wir sie nicht wahr und sagen meistens, es sei ‹die Natur›. Wir sind zum Beispiel nicht im Mindesten überrascht, dass wir im Herbst einen Apfel pflücken können, der im Frühling eine rosa Blüte war. Das ist Naturzauberei, aber wir merken es gar nicht richtig.»

«Ja, und erst die Butter!», sagte Brigit.

«Die Butter?»

«Ja. Sie ist hart und entsteht aus etwas Weichem. Sie ist gelb und entsteht aus etwas Weißem. Einfach, weil man den Rahm fest rührt. Sie sieht aus wie winzige Körnchen, und wenn man das Butterfass schüttelt, wird sie zu Klumpen. Das ist doch Zauberei.»

«Früher und auch noch, als Tante Bina ein Kind war, gab es sogar Zauberformeln für das Buttermachen.»

«Das ist der Beweis», sagte Brigit selbstgefällig. «Ich wusste doch, dass ich recht habe.»

Sie gingen weiter und kamen an vielen Kerzen vorbei, ohne stehenzubleiben und jede einzelne zu bewundern, obwohl sie das gern getan hätten. Ihre Schritte aber waren die ganze Zeit so weich wie die Flügelschläge eines Zaunkönigs.

Pidge plauderte immerzu und versuchte, Brigit mit allem zu fesseln, was ihm einfiel, um Zauberei als etwas Natürliches erscheinen zu lassen. Dadurch musste er nicht zu viel über die Gefahren nachdenken, die auf sie lauern mochten, und er konnte nicht nur Brigit, sondern auch sich selbst beruhigen.

Denn er hatte sich entschlossen, ganz ruhig dahinzuströmen wie ein Blatt auf einem Fluss, ohne Angst. Doch trotz dieses Entschlusses, trotz der Schönheit des Nebels und der Kerzen, trotz des Geplauders lauschte er aufmerksam auf Geräusche hinter ihnen, die verraten würden, dass sie doch durch den Steinkreis hindurch verfolgt worden waren.

Er fuhr auf, als er plötzlich von vorn eine Stimme durch den Nebel rufen hörte:

«Alle Halbpenny- und Pennystücke hierher, bitte!»

2. Kapitel

Der Nebel begann sich zu lichten, und die Kinder hörten das geschäftige Treiben von Menschen um sich und waren dicht umgeben von Schritten, Reden und Lachen, dem Rattern und Quietschen von Rädern und dem Gackern von Hühnern.

Der Nebel teilte sich vor ihren Gesichtern wie ein Vorhang und löste sich dann völlig auf.

Zu Pidges größtem Erstaunen standen sie auf dem Bahnsteig des Bahnhofs von Galway, umgeben von Menschen, Körben, Paketen und Gepäck, Hühnerkisten, Kartoffel- und Mehlsäcken und ein paar höchst eifrigen Gepäckträgern, die Karren vor sich herschoben, auf denen sich die verschiedensten Koffer, Schirme und Taschen türmten.

Darauf war Pidge nicht im Geringsten gefasst gewesen. Ich habe alles Mögliche erwartet, nur so etwas nicht. Ich habe mindestens ein halbes Dutzend Wunder erwartet, aber nicht das, dachte er.

Brigit, die überhaupt nichts erwartet hatte, war aufgeregt und glücklich. Sie war bisher erst einmal im Leben auf dem Bahnhof gewesen.

Wir sind doch gar nicht in diese Richtung gegangen und haben außerdem erst höchstens die Hälfte des Weges in die Stadt zurückgelegt, sagte sich Pidge; das ist wirklich eine Überraschung.

«Wie sind wir eigentlich hierhergekommen, Pidge?»

«Ich weiß es nicht», sagte er.

Ein Dieselzug aus Dublin fuhr ein. Eine Menge Leute standen plaudernd da und warteten, um die ankommenden Bekannten zu begrüßen. Manche suchten ihr Gepäck zusammen, um gleich in den Zug steigen zu können, zur Heimreise.

«Alle Halbpenny- und Pennystücke hierher, bitte!», rief ein Mann durch sein Megafon; er saß ein paar Meter vom Ausgang entfernt auf dem Boden und hatte nur ein Bein, das ausgestreckt vor ihm lag.

«Habt Erbarmen mit einem, der nur ein halbes Untergestell sein Eigen nennt», sagte er.

Er fesselte Pidges Blicke und zwinkerte ihm zu. Dann winkte er ihn unauffällig herbei.

«Der Mann da drüben will, dass wir zu ihm kommen», sagte Brigit.

Sie gingen zu ihm hinüber.

Pidge war sich gar nicht sicher, ob der Mann wirklich sie oder nicht doch irgendjemand anderen aus der Menge herbeirufen wollte. Als sie näher kamen, zögerte Pidge.

«Komm her», sagte der Mann.

«Ja?», sagte Pidge und suchte in seiner Hosentasche nach ein paar Halbpenny- und Pennystücken.

«Vielen Dank, junger Herr!», sagte der Mann laut, als Pidge das Geld in eine umgedrehte Mütze warf, die auf dem Boden neben dem einen Bein des Mannes lag und schon ein paar Münzen enthielt.

«Ihr habt die Aufgabe also übernommen, wie ich sehe?», flüsterte er.

«Ja», flüsterte Brigit zurück.

«Das ist gut.»

Er sah sich vorsichtig um, bevor er weitersprach, und sagte dann:

«Sucht den Mann mit den Eichenblättern auf dem Mantel und folgt ihm, wohin er auch geht.»

«Gut», flüsterte Brigit zurück.

Pidge hatte tiefes Vertrauen zu diesem Mann.

«Wie sind wir hierhergekommen?», flüsterte er.

«Keine Zeit jetzt für Fragen nach dem Wie und Was, Warum und Woher», flüsterte der Mann zurück. «Befolgt einfach meinen Rat.»

«Gut. Das werden wir tun. Danke», flüsterte Pidge.

«Vielen, vielen Dank», flüsterte Brigit überschwänglich.

«Keine Ursache», sagte der Mann. «Und wenn ihr zufällig Weißdornblätter in der Tasche haben solltet, behaltet sie darin.»

«Mach ich.»

Der Mann setzte wieder das Megafon an die Lippen und rief seine Aufforderung mit den Halbpenny- und Pennystücken.

Pidge fasste das als Zeichen dafür auf, dass der Mann ihnen nichts mehr zu sagen habe. Er wandte sich ab und schaute nach allen Seiten, ob er den Mann mit den Eichenblättern erspähen konnte.

Auf dem Bahnhof schien es dunkler geworden; ja in manchen Ecken herrschte nahezu Finsternis. Er musste sehr genau hinsehen, um manche Dinge zu erkennen, vor allem jene, die an den Wänden standen. Als er so ins Dunkle sah, fiel ihm ein bestimmter Gegenstand auf.

«Schau, Brigit, dort, der alte Schokoladenautomat!»

«Wo denn?»

«Gleich dort drüben.»

Sie liefen hin. Es war aufregend für sie, so etwas Seltsames und Altes zu sehen. Der Schlitz für die Münzen war sehr groß, aber Pidge steckte trotzdem eine Münze hinein und zog an einem Griff. Ein Schokoladenriegel kam heraus. Er schien ihm viel größer und dicker als die, die man in den Läden kaufen konnte.

«Mach ihn auf, Brigit, ich halte inzwischen nach dem Mann Ausschau. Wir könnten ihn leicht übersehen in dieser Menschenmenge und Düsterkeit, weißt du.»

Er sah sich um.

«Das ist seltsam», sagte er.

«Was?»

Eine Lok stand im Bahnhof und stieß Dampfwolken aus. «Dieser Zug da. Ich dachte, eine Diesellok würde einfahren, aber nun ist es eine Dampflok.»

Die Maschine stieß aus einem Ventil an der Seite einen gewaltigen Dampfstrahl aus. Der Lärm, den er machte, übertönte alle anderen Geräusche. Brigit steckte den Schokoladenriegel in ihre andere Tasche und hielt sich mit den Händen die Ohren zu.

«Toll!», schrie sie. «Wie ein riesiger Riese. Mit der würde ich gern fahren. Und wie gern!»

Pidge hörte sie nicht. Er spähte überall nach dem Mann aus, dem sie folgen sollten.

Ich wusste gar nicht, dass es noch Dampfloks gibt und dass sie sogar noch eingesetzt werden, dachte er, während er alles mit den Augen absuchte; und auch der Schokoladenautomat war eine ziemliche Überraschung.

Er bemerkte, dass sich der Anstrich des Balkenwerks und der ganzen Bahnhofshalle verändert hatte. Auch die Türen und Fenster des Wartesaals für Frauen, der Gepäckaufbewahrung, des Bahnhofsvorsteher-Büros und des allgemeinen Wartesaals waren anders als vorher. Ja sogar die Leute waren anders angezogen! Es müssen verschiedene Gruppen sein, und die eine Gruppe ist weggefahren, vielleicht mit dem Dieselzug – während wir mit dem einbeinigen Mann gesprochen haben? Und auch *er* ist verschwunden; erstaunlich schnell und geschickt für einen Mann, der nur ein halbes Untergestell hat wie er. Auch die Gepäckträger und der Schaffner sehen jetzt anders aus. Sie haben alle andere Uniformen an und Westen, geschmückt mit Taschenuhrketten, und tragen Schnauzbärte. Und sie sehen so lieb und freundlich aus und irgendwie sehr stolz. Vielleicht, weil sie mit dieser mächtigen Dampfeisenbahn arbeiten dürfen? Und diese riesigen Reklameschilder, die hoch oben an die Wände genagelt sind: «Fryls Chocolate» und «Guinness Is Good For You» und «Ah, Bisto» und «Clarke's Perfect Plug» – alle neu und glänzend. Sie sehen aus wie aus Emaille, und ich bin ganz sicher, dass sie vorher nicht da waren.

Während er über all das nachdachte und sich wunderte, quoll noch immer Dampf aus der Lok und hüllte den Bahnsteig in dicke Wolken; und als er wieder bewundernd zu ihr hinübersah, tauchte ein Neuankömmling aus der Dampfwolke auf: ein großer Mann in dunklen Kleidern mit einem formlosen, tief in die Stirn gezogenen Hut, der das Gesicht verdeckte. Alles, was Pidge einen Augenblick lang erspähen konnte, war ein Backenknochen, das Aufblitzen eines Auges, die Spitze einer kräftigen Nase. Kleine Zweige mit Eichenblättern waren an seinem Mantelaufschlag befestigt.

Brigit, die ihren Blick keinen Moment von der Dampflok gewandt hatte, sagte:

«Da ist dieser Mann.» Und da das Zischen des Dampfes jetzt nachließ, konnte Pidge hören, was sie sagte.

Der Mann ging zur Sperre, und sie folgten ihm. Sie fragten sich beide, was sie tun sollten, wenn der Kontrolleur ihre Fahrkarten verlangen würde. Der Mann ging einfach durch die Sperre, ohne dass der Kontrolleur ihn bemerkte.

«Komm», sagte Brigit und zog Pidge hinter sich her. «Ich glaube, heute kostet es nichts.»

Und dann waren sie durch die Sperre hindurch und in der Stadt, ohne dass ein amtliches Wort gefallen wäre.

Während sie den Bahnhof hinter sich ließen, plapperte Brigit weiter über die Dampflok und wie gut sie ihr gefallen habe.

Der Mann ging auf die andere Straßenseite, bog in die Forster Street ein und folgte der leichten Steigung.

Zur Linken lag der Eyre-Platz.

Pidge hielt den Blick fest auf die dunkle Gestalt vor ihnen geheftet.

«Sie haben Geländer um den ganzen Platz gemacht», bemerkte Brigit.

«Wirklich?»

Pidge überflog den Platz mit einem Blick und sah eine niedrige Granitmauer als Begrenzung mit schmiedeeisernen Geländern darüber.

«Neulich waren sie noch nicht da; die müssen ungeheuer schnell gearbeitet haben», sagte er.

Und die Bäume – innerhalb der Geländer stand eine Reihe Bäume. Kinder hatten mit Seilen Schaukeln an ihnen befestigt.

«Was machen wir, wenn er ein Bier trinken geht?», fragte Brigit.

«Wir gehen mit ihm ins Lokal und bestellen uns einen Orangensaft.»

«Ich will aber ein Glas Champagner», machte sich Brigit wichtig. «Und eine Packung Kekse.»

«Das sieht dir ähnlich», sagte Pidge lächelnd.

Als der Mann an dem großen freien Gelände vor dem Eyre-Platz angekommen war, schaute er aufmerksam in alle Richtungen, bevor er nach links hinüber und an den beiden großen Kanonen vorbeiging, die gewaltig und bedrohlich dastanden und (anmaßend, wie Pidge fand) über den Platz auf die Bank von England zeigten.

Sie folgten ihm, vorbei am Browne Doorway und der Statue von Pádraig O'Conaire, die mitten auf dem Eyre-Platz thronte. Die Statue sah irgendwie neuer aus, aber die neuen Geländer machten seltsamerweise gar keinen neuen Eindruck, obwohl sie frisch mit grüner Farbe gestrichen waren. An manchen Stellen zeigte sich deutlich, dass das Eisen darunter rostig war. Brigit entdeckte einen Trinkbrunnen, der in eine Wand beim Browne Doorway eingelassen war. Er bestand aus einer Art steinerner Schale, und daneben hing ein schwerer Kupferbecher an einer Kette.

Sie wollte stehenbleiben und das Wasser probieren, aber Pidge hielt sie zurück.

Der Mann ging die Williamsgate-Straße hinunter.

Pidge sah sich um und glaubte einen Augenblick, dass der Platz samt allem, was darauf stand, verschwunden sei und dass nur noch ein freies Gelände da war, das von Menschen in groben Gewändern wimmelte, als finde dort ein Jahrmarkt oder Volksfest statt. Aber es dauerte nicht lange. Sekunden später schaute er durch ein riesiges Tor in einer hohen steinernen Mauer mit einem Turm, und alle Leute waren irgendwohin verschwunden. Er wusste, er hätte sie durch das offene Tor sehen können, wenn sie noch dagewesen wären.

Der Mann bog bei Dillons Schmuckgeschäft um die Ecke und setzte seinen Weg durch die Stadt fort. Sie beeilten sich, um ihn nicht aus den Augen zu verlieren.

Pidge bemerkte jetzt, dass unter den Leuten auf der Straße einige so arm waren, wie er es noch nie gesehen hatte, mit Augen wie dunklen Löchern in den bleichen, hageren Gesichtern. Andere Leute in der Menge trugen ganz seltsame Kleider, und ein paar Herren ritten in stolzer Haltung auf edlen Pferden.

Sie gingen weiter, an den Four Corners und auch an der Kathedrale des Heiligen Nikolaus von Myra vorbei. Im Gedränge verloren sie den Mann mit den Eichenblättern aus den Augen und wussten nicht, wohin sie sich wenden sollten – über die O'Brien-Brücke oder nach links, in die High Street.

In einem raschen Entschluss packte Pidge Brigit am Arm und rannte, so schnell er konnte, die High Street entlang; dabei schaute er die Cross Street nach beiden Seiten hinunter und weiter bis zu den Kais.

Hier wurden die Straßen breiter, und es war mehr Platz und weniger Gedränge. Gegenüber, wo eigentlich der Claddagh hätte sein sollen, standen Dutzende strohgedeckter weißer Häuser, kunterbunt über das Gelände verstreut. Manchmal ist es Galway und manchmal nicht, dachte Pidge. Und dann war es ihm plötzlich klar. Die Zeit! Ich glaube, wir sehen verschiedene *Zeiten*; es ist immer Galway, aber nicht immer das Galway von heute.

Sie gingen wieder hinauf, bogen links in die Cross Street ein, und dann wieder links und waren nach ein paar Minuten bei der O'Brien-Brücke. Der Fluss schoss wild und weißschäumend unter der Brücke hindurch auf das Meer zu und schien höher zu sein als sonst selbst bei starkem Regen. Menschen gingen über die Brücke, und es schien Pidge, als seien sie selbst ein Fluss, der unaufhörlich weiterströmte. So viele Menschen und alle so verschieden. Wer hat wohl diese Brücke gebaut, und wer war O'Brien? Seltsam, dass ich es gar nicht weiß, dachte er. Und all diese Menschen! Wie oft bin ich über diese Brücke gegangen und habe gedacht, das ist Galway, das ist meine Stadt – so wie jeder. Und all diese Hunderte und Tausende von Menschen aus der Vergangenheit dachten sicher das Gleiche. Und was ist mit denen, die noch kommen werden? Ich kann mir gar nicht vorstellen, dass sie hier gehen und nicht von uns wissen werden. Diese Stadt hat so vielen Menschen gehört.

Er sah sich die Gesichter der Vorübergehenden genau an; alle waren verschieden, alle waren menschliche Gesichter. Und er merkte plötzlich, dass sie alle auf ihre eigene Art schön waren.

Aber wo ist der Mann? Sind wir irgendwann an ihm vorbeigegangen?

Er wandte sich suchend um und entdeckte, dass der Turm von St. Nikolaus keine Spitze hatte. Dann hörte er aus der Ferne etwas, das wie dumpfer Kanonendonner klang, und sah Rauchwolken aufsteigen. Seltsamerweise war die Turmspitze schon vor dem Kanonendonner verschwunden gewesen, als hätte das eine nichts mit dem anderen zu tun.

Plötzlich herrschten Aufruhr und Verwirrung, Trompeten erklangen, und wieder donnerten die Kanonen, und die Luft war schwer von Pulvergestank. Er hörte den langen, tiefen Pfeifton von Kanonenkugeln, die den Himmel zerrissen und mit jenem schrecklichen Krachen landeten, das Tod und Zerstörung bedeutete, Feuer und Leid. Die Stadt wurde belagert.

Es dauerte nur einen kurzen Augenblick; dann sahen sie den Mann am anderen Ende der Brücke, die jetzt unerklärlicherweise aus Holz war anstatt aus Stein. Der Mann wandte sich nach rechts, zur Nonneninsel.

Sie hasteten ihm nach.

Jetzt war alles wieder wie immer, und sie sahen durch eine Fensterscheibe einen Mann in seinem Wohnzimmer sitzen und die Zeitung lesen.

In den meisten Häusern hatte man schon Licht gemacht, weil es früh dämmerte. Die Sonne wurde zu einer leuchtend roten Scheibe vor einem purpurfarbenen, drohenden Himmel.

Sie ließen die Häuser hinter sich und folgten dem Mann an hohen Mühlen und geheimnisvollen Gärten vorbei, die hinter großen hölzernen Toren lagen.

Zur Linken war eine hohe Mauer, die sich in einem weiten Bogen dahinzog. Dort hätte die Kathedrale Unserer Lieben Frau und des Heiligen Nikolaus stehen sollen, aber Pidge wusste, dass es das alte Gefängnis war, das man abgerissen hatte, um für die Kirche Platz zu schaffen.

Der Mann wandte sich nach rechts und ging über die Lachswehrbrücke. Brigit lief hin und schaute durch das Geländer hinunter, und Pidge lief ihr nach und schaute auch hinunter. Tief drunten lagen die Lachse dicht an dicht wie die Sardinen, stiegen in übereinanderliegenden Schichten auf, strebten stromaufwärts, um alsbald über das Wehr zu springen und zum See zu schwimmen.

Pidge drängte Brigit zum Weitergehen, und sie liefen über die Brücke und sahen den Mann, der hinter dem alten Gerichtsgebäude auf sie gewartet hatte. Er wandte sich nach links und ging am Ufer entlang.

Wieder warf Pidge einen Blick zurück und erwartete, dass er wegen der hohen Gebäude nicht weit würde sehen können. Aber die Gebäude waren verschwunden, und in der Ferne ragte eine ummauerte Stadt mit vierzehn Türmen auf. Er begriff nicht, wie er auf einen Blick wissen konnte, dass es vierzehn waren, aber er wusste es. Während er hinsah, schien die Stadt zu flimmern und zu verschwinden wie ein Traum, und dann standen alle Gebäude wieder an ihrem gewohnten Platz.

Der Mann war an einem kurzen hölzernen Anlegesteg angekommen, blieb stehen und wartete, damit sie ihn einholen konnten. Er wies sie mit einer Handbewegung zu einem kleinen Segelboot. Die Kinder stiegen, einander an der Hand haltend, in das Boot.

Nachdem er die Vertäuung gelöst hatte, stieg auch der Mann an Bord. Groß und stolz stand er am Heck und deutete auf Sitze im Bug, und sofort kletterten die Kinder nach vorn und setzten sich. Dann machte der Mann einfach eine gebieterische Geste zum See hin, und das Boot setzte sich von selbst in Bewegung. Die Segel blähten sich, und das Boot schoss dahin, flussaufwärts auf den See zu.

Der Himmel war jetzt dunkel und drohend. Blitze peitschten feurig über den Himmel und versetzten den Wolken knallende Hiebe, sodass sie wie eine Schafherde vor Hunden auseinanderstoben. Dann schlugen sie auf beiden Seiten des Flusses giftig fauchend in die Erde ein.

Die Segel krachten laut, wenn der Wind in sie hineinfuhr, und das Boot bewegte sich mit unglaublicher Geschwindigkeit vorwärts. Immer noch wies der Mann zum See, und das Boot hielt unverwandt seinen Kurs, als müsse es, gemeinsam mit dem Wind, den Wünschen des Mannes gehorchen.

Schon kamen sie am Deich vorbei. Merkwürdig, erst gestern bin ich dort oben entlanggeradelt, ohne zu ahnen, was noch alles geschehen würde, sagte sich Pidge. Er hielt Brigit fest im Arm. Er dachte, sie hat wohl zu große Angst, um etwas zu sagen.

Das Blitzen hörte auf, und eine fürchterliche Schwärze umgab sie, durch die sie überhaupt nichts mehr erkennen konnten. Brigit klammerte sich an ihn, und er drückte sie an sich, so fest er konnte, um sie zu trösten. Regen strömte herab und durchnässte die Segel.

«Dunkelheit und Licht sind alte Gefährten, die zwei Seiten eines Ganzen. Sie sind Teil des großen natürlichen Gleichgewichts. Das eine hätte nicht einmal einen Namen, wenn es das andere nicht gäbe. Fürchtet die Dunkelheit nicht», sagte der Mann schlicht und sachlich. Der Ton, in dem er sprach, machte deutlich, dass er sich wenig oder gar nichts aus dieser seltsamen, undurchdringlichen Dunkelheit machte.

Doch sie dauerte noch eine Weile an, und sie war dicht und furchtbar und schwer auszuhalten. Es war unheimlich, draußen in so einem kleinen Boot zu sitzen und nicht zu wissen, wohin die Reise ging. Wenn nur irgendetwas zu sehen gewesen wäre, wenigstens die Oberfläche des Wassers!

Wieder blitzte es, und das schien, aller Vernunft zum Trotz, besser, weil es das Gefühl milderte, erdrückt zu werden und eingeschlossen zu sein. Sie näherten sich jetzt dem Friar's Cut, einem schmalen Kanal, der zum See führte und auf dem man ihn schneller als auf dem Fluss erreichte.

Das bedeutet, dass wir schon am Menlo-Schloss vorbei sind, dachte Pidge.

Sie waren schon einige Ellen auf dem Kanal gefahren, als der Blitz wie eine Schlange in beide Ufer schlug und plötzlich zwei Feuermauern zu beiden Seiten des Kanals tobten. Pidge zog Brigit auf den Boden des Bootes und deckte sie schützend mit seinem Körper.

Der Mann zeigte weiter den Weg an, und das kleine Boot gehorchte und segelte durch die Flammenmauern hindurch. Nach einer scheinbar unendlich langen Zeit ließ das Boot sie hinter sich, und seine Segel waren nicht nur getrocknet, sondern versengt. Jetzt segelten sie auf der freien Fläche des Sees.

Die Blitze peitschten weiter über Himmel und Erde, und in ihrem Licht sahen die Kinder, dass der große, dunkle Mann ein edles und schönes Gesicht hatte und dass er fließende Gewänder trug und langes Haar unter einem merkwürdigen Kopfputz.

In der Hand hielt er einen Stab aus Eichenholz, an dem noch Blätter grünten und um den ein Mistelzweig gewunden war, und unter seinem Gürtel schimmerte eine goldene Sichel.

«Oh, Ihr seid ja ein Druide!», rief Pidge.

3. Kapitel

Der Wind schnappte ihm die Worte vom Mund und trug sie vor ihnen her ans Ufer eines stillen Flüsschens in der Grafschaft Mayo, an dem hoffnungsvoll ein Angler stand, der in jeder Hinsicht gering von sich dachte.

«Oh! Ihr seid ja ein Druide», sagte der Wind ihm ins Ohr, und im selben Augenblick hing der größte Lachs, den er je gefangen hatte, an seiner Angel.

«Oh! Das bin ich! Das bin ich! Das muss ich sein!», rief er und hatte von da an eine andere Meinung von sich. Und das half ihm sehr.

Der große, dunkle Mann im Boot hatte die Worte vernommen, noch ehe der Wind sie davontrug.

«Ich bin Cathbad», sagte er, und nun war Pidge sich sicher. Er hatte von Cathbad, dem weisesten aller Druiden, gelesen.

Der Boden des kleinen Bootes kratzte auf Kies, und Cathbad gab ihnen mit einer Geste seiner Hand zu verstehen, dass sie hier landen würden.

Sie kletterten hinaus auf den trockenen Erdboden, beide erstaunt, dass alles, auch sie selbst, nach solch einem Regen nicht nass war, und sie fragten sich, wo sie eigentlich an Land gegangen waren.

Sie befanden sich jetzt auf der Westseite des Lough Corrib, doch der See war so groß und hatte so lange Ufer, dass sie überall sein konnten.

Schwere Wolken überzogen einen dunklen Himmel; das Gewitter hatte sich immer noch nicht ausgetobt. In der Ferne ging noch Regen nieder, und als Pidge sich umsah, meinte er, zu seiner Rechten durch den Dunst hindurch die Umrisse von Bergen zu erkennen. Wenn das Norden ist, müssten es die Maamturks sein, und wir sind unterhalb von ihnen an Land gegangen. Wenn ich im Westen noch andere Berge sehen kann, müssten das die Zwölf Nadeln sein, überlegte er.

Er versuchte, den Regendunst zu durchdringen, indem er mit zusammengekniffenen Augen in eine Richtung starrte. Wenn er nur die Umrisse der Twelve Pins am Horizont sehen könnte, würde er sie bestimmt erkennen und leicht die Orientierung finden. Aber er konnte nichts erkennen.

Er wandte den Kopf, um Cathbad zu fragen, aber der Druide war fort, und alles, was man noch sah, war der weiße Fleck seines Segelbootes weit draußen auf der Wasserfläche. Er war so klein, dass er ein Seevogel hätte sein können.

«Was sollen wir jetzt machen?», sagte er.

Es blitzte wieder.

«Es sind keine Hunde da; lass uns wegrennen und uns unterstellen», sagte Brigit, und sie rannten los.

Während sie dahinliefen, senkte sich wieder die Finsternis herab wie eine schwere Sorgendecke, der Donner krachte über den Himmel und schien Tempel und Moral zu stürzen und zu zermalmen wie Sixpennystücke. Blitzstrahle zuckten wie lange, krumme Dolche aus weißem Feuer dahin, als tobe sich ein wahnsinniger und böser Gott als Messerwerfer aus.

Das ist es, dachte Pidge. Es ist also Magie und nicht Wirklichkeit, und wenn ein Blitz uns trifft, wäre er wahrscheinlich nicht gefährlicher als eine Seifenblase.

Trotzdem rannte er mit Brigit weiter – für alle Fälle.

Jetzt war die Schwärze noch dichter, und sie mussten sich an das Licht der Blitze halten, um zu wissen, wohin sie laufen sollten, wenn es wieder finster war. Sie sahen die niedrige Begrenzungsmauer eines Feldes vor sich und liefen darauf zu, um hinüberzuklettern. Als sie die Mauer gerade erreichten, umgab sie wieder völlige Dunkelheit, und sie konnten die Steine kaum mehr sehen; aber sie ertasteten sie mit den Händen und kletterten darüber.

Da begann das Singen.

Der Donner hörte auf, und sie waren auf dem Feld und rannten weiter.

Es waren Männer, die sangen; ein Chor von Männerstimmen, die ein Lied von Tapferkeit und Mut sangen, stark und kraftvoll.

Die allerletzten Blitze zuckten auf die Mauer am Rand des Feldes nieder.

Von den Sängern war keine Spur zu sehen; man sah nur, dass das Feld ein wenig uneben und buckelig war und dass in seiner Mitte hohe Bäume einen natürlichen Schutz boten, deren Äste sich wölbten und durchdrangen, als bildeten sie den Bauplan für das Dach einer Kathedrale, so dicht, dass sie dunkel vor dem Himmel standen.

Obwohl sie genau wussten, dass es völlig verrückt und töricht war, sich bei einem Gewitter unter Bäume zu flüchten, rannten Pidge und Brigit dorthin, um sich geschützt zu fühlen. Auch wenn Pidge dachte, es seien keine wirklichen Blitze, sondern Hexerei, hatte er doch Angst.

Dankbar krochen sie in eine Öffnung, die wie ein kleines Nest im Unterholz war, und setzten sich auf die süß duftende, trockene Erde nieder.

«Ich frage mich, wo wir sind», sagte Pidge.

«Im Feld der Sieben und außer Gefahr», antwortete eine Stimme.

«Das klingt gut», meinte Brigit.

Ob das wirklich so ist?, fragte sich Pidge insgeheim.

Es war eine Weile still, bis ein schmaler Lichtstreifen am Himmel erschien, der nach kurzer Zeit größer wurde und eine Flut von Helligkeit verbreitete; das Dunkel wich, und kleine, tapfere Vögel nahmen ihre Plätze wieder ein und sangen.

Und dann begannen die Stimmen zu reden, als führten sie ein Gespräch miteinander:

«Es ist gut, einen Kopf zu haben», sagte eine von ihnen, «er ist ein wahres Schatzkästchen.»

«Ein Kopf ist wie die Erde», sagte eine andere, «je mehr man hineintut, desto mehr kommt heraus.»

«Jeder Kopf ist ein Geheimnis», sagte eine dritte Stimme, «und jeder möchte ein Geheimnis lösen.»

«In jedem Kopf liegt irgendwo zusammengeringelt etwas Liebliches und Süßes», sagte eine vierte, «wer wollte es nicht kosten?»

«Jeder Kopf hat ein schlaues Versteck in seinen kleinen Höhlen», sagte eine fünfte; «wer würde das nicht gerne aufspüren?»

«Ein Kopf birgt Geheimnisse wie eine Schnecke», sagte eine sechste, «aber man kann sie nicht mit einer Nadel herausholen.»

«Jeder Kopf ist der Kopf eines Künstlers», sagte die siebente und letzte Stimme, «weil er Schönheit sehen und erfassen kann, und sei es nur ein einziges Mal im Leben.»

Pidge und Brigit hatten gebannt und voller Staunen zugehört. Vor allem Brigit war fasziniert.

«Das habe ich nicht gewusst über Köpfe», sagte sie. «Ich dachte, sie wären nur unser oberes Ende, wie die Füße unser unteres Ende sind. Köpfe sind wirklich interessant.»

Wieder sprachen die Stimmen und zählten auf:

«Die Harfe ist dem Kopf des Menschen entsprungen.»

«Die Spitze des Wurfspeers und die Schärfe des dreikantigen Schwertes sind dem Kopf des Menschen entsprungen.»

«Die richtige Erziehung der Wolfshunde und der jungen Krieger ist dem Kopf des Menschen entsprungen.»

«Die Feinheit farbiger Kleider, der Gebrauch des Fadens und das Flechten von Ornamenten aus Gold und Silber sind dem Kopf des Menschen entsprungen.»

«Das Ersinnen, Erinnern und Singen von Liedern und Geschlechterfolgen und die Bezeichnungen für jedes kleine Ding sind dem Kopf des Menschen entsprungen.»

«Die Liebe zur Morgenröte und zum Sonnenuntergang sind dem Kopf des Menschen entsprungen.»

«Die Kunst, Fleisch zu braten, und das Wissen von guten Kräutern sind dem Kopf des Menschen entsprungen.»

Brigit brannte darauf, zu Wort zu kommen, und als sie sicher war, dass alle, die etwas sagen wollten, ausgesprochen hatten, verkündete sie stolz:

«Die Lokomotive ist dem Kopf des Menschen entsprungen! Mürbteigplätzchen sind dem Kopf des Menschen entsprungen und auch Würstchen und Fahrräder.»

Sie stand auf und verließ das Versteck unter dem Baum, um nachzusehen, ob sie die Sprecher entdecken konnte. Rasch folgte ihr Pidge, um sie zu beschützen, falls etwas Gefährliches passieren sollte.

Sie schauten sich gründlich um.

Es war ein hügeliges Feld, das war alles.

Kleine Hügel.

Sieben davon bildeten eine gerade Linie.

«Messer und Gabeln sind dem Kopf des Menschen entsprungen», sagte sie ermutigend, «und auch Zahnbürsten und Hupschrauber und Schokoladenkuchen.»

«Wie süß sie redet», sagte eine Stimme, die selbst lieblich klang.

«Wo seid ihr?», fragte Pidge ein wenig vorsichtig.

«Hier», sagte eine andere Stimme.

«Ach, kommt doch», sagte Brigit so schmeichelnd sie konnte, «lasst euch sehen – seid nicht so schüchtern.»

Da kam die Antwort:

«Sagt uns eure Namen und wohin ihr geht, damit wir erfahren, ob ihr die Richtigen seid.»

«Ich bin Pidge, und das ist meine Schwester Brigit, und wir sind für den Dagda auf die Reise gegangen», sagte Pidge schüchtern; es war merkwürdig, solch großartige Dinge über den Dagda und sie selbst zu sagen.

«Ah, das sind sie!», sagte die Stimme zu den anderen.

«Gut», sagte Brigit energisch, «kommt raus, damit wir euch sehen können.»

«Zuerst müsst ihr euer Schauglas befragen, wie es um eure Feinde steht.»

Pidge war es sehr peinlich, dass er nicht selbst daran gedacht hatte; aber es war ja auch wirklich keine Zeit dazu gewesen. Wie dumm von mir, nicht zu wissen, dass ich es eigentlich immer tun kann, wenn ich will, sagte er sich.

Er holte die kleine Glaskugel hervor und schüttelte sie. Brigit fand das aufregend und hüpfte vor Ungeduld. Diesmal sahen sie, als die Schneeflocken sich gesenkt hatten, die großen Steine von Shancreg und die Hunde, die immer noch hin- und herliefen und nach einem Durchgang suchten. Sie hatten keine Menschengestalt mehr. Pidge spürte, wie eine ungeheure Erleichterung ihn durchfuhr, obwohl er jetzt keine Angst mehr empfand. Es war gut zu wissen, dass sie einen großen Vorsprung hatten. Nach wenigen Sekunden war wieder die Berglandschaft zu sehen.

«Es ist in Ordnung», sagte er glücklich.

«Und jetzt muss Brigit uns etwas auf ihrer Flöte vorspielen», bestimmte eine der Stimmen.

«Ich?», fragte Brigit und begann fürchterlich albern zu grinsen.

«Ja, du.»

«Ich hab' aber keine Flöte», sagte sie mit enttäuschter Miene.

«Doch, du hast eine», sagte Pidge, öffnete die Schultasche und holte die kleine Flöte heraus. Er gab sie ihr.

«Ich hab' nie gelernt, drauf zu spielen, aber ich werd' mal einen Ton für euch versuchen», sagte sie zuversichtlich.

Sie setzte die Flöte an den Mund und bedeckte die Löcher mit ihren kleinen Fingern, so gut sie konnte. Sie holte Luft und blies.

Eine kleine Melodie, die keiner je zuvor gehört hatte, kam aus der Flöte; eine Melodie, die ein musikalisches Gekringel war, aus so vielen Noten bestand sie.

Da geschah etwas mit den sieben Höckern auf dem Boden,

und an ihrer Stelle waren plötzlich sieben Köpfe; alles junge Männer mit langen Haaren und hellen Augen, und jeder von ihnen trug ein Halsband aus geflochtenem Gold, das ein wenig matt war.

Brigit kniete nieder und sagte:

«Hallo!»

Auch Pidge kniete nieder und fragte:

«Wer seid ihr?»

«Ich bin Maine Mingor, der Sanfte Gehorsame», sagte der Erste.

«Und ich bin Maine Morgor, der Sehr Gehorsame», sagte der Zweite.

«Ich bin Maine Andoe, der Behände.»

«Ich bin Maine Mo-Epert, der Wortreiche.»

«Ich bin Maine Mathremail, wie meine Mutter.»

«Ich bin Maine Athremail, wie mein Vater.»

«Und ich bin Maine Milscothach, der Honigzüngige», sagte der Letzte.

«Und wir sind die Sieben Söhne von Maeve und Ailill», schloss der Jüngling, der «der Wortreiche» hieß.

«Oh, von Königin Maeve habe ich gehört!», sagte Pidge begeistert.

«Ich auch», fügte Brigit rasch hinzu.

«Sie war unsere kühne, wilde, mutige, prahlerische, stolze, lachende, liebende Mutter, und wir liebten sie und sie liebte uns.»

«Manchmal war sie ein wenig verrückt», erinnerte Maine Athremail die anderen.

«Das will ich nicht leugnen», sagte Maine Mathremail, «aber sie duftete wunderbar.»

Brigit betrachtete sie kritisch.

«Ihr habt schmutzige Gesichter, und eure Haare sind ganz durcheinander», sagte sie.

Die Gesichter sahen einander an und lächelten.

«Sie redet genau wie unsere Mama, die Königin. Wie oft verdrosch sie uns, als wir klein waren, aus demselben Grund und sagte, wir sollten nicht herumlaufen, als wären wir Schweine, und ihr Schande machen; und dass wir uns bemühen sollten, wie die Söhne einer Königin auszusehen, weil sie uns sonst das Fell über die Ohren ziehen würde», sagte Maine Mingor, der Sanfte Gehorsame.

«Und dann wieder sagte sie, wir wären ihre hübschen Knaben und dass sie uns liebte, wie wir waren, ja das tat sie», sagte Maine Milscothach, der Honigzüngige, und seine Stimme klang wirklich honigsüß.

«Wollt ihr, dass ich euch wasche und euch die Haare kämme?», fragte Brigit.

«Das wäre sicher angebracht», sagte Maine Andoe, der Behände.

«Wo gibt's hier Wasser in der Nähe?», fragte sie.

«Nicht vom See», mischte sich Pidge rasch ein, «das ist zu weit.»

«Dort drüben, zu deiner Rechten, ist eine Quelle; wir hören ihren sanften Singsang Tag und Nacht.»

Brigit ging hinüber und befeuchtete ihr Taschentuch; Pidge durchsuchte seine Hosentaschen nach einem Kamm.

«So», sagte Brigit und kniete sich neben Maine Mingor nieder, «schau hoch!»

Maine Mingor hielt entzückt sein Gesicht nach oben.

«Mach die Augen zu!»

«Genau wie unsere Mama, als wir noch nicht höher reichten als bis zum Knie einer Färse und drall waren wie Kissen», sagte er und wandte den Kopf und strahlte seine Brüder an, die zurückstrahlten, weil sie sich voller Zärtlichkeit ihrer Mutter, der Königin Maeve, erinnerten.

«Halt still!», befahl Brigit, drehte sein Gesicht wieder nach vorn und rieb es gründlich ab.

«Nicht zu fest», sagte Maine Mingor.

«Du bist doch kein Baby mehr!» antwortete sie streng, und alle anderen Maines brüllten vor Begeisterung.

«Mach die Augen zu!»

Maine Mingor war sanft gehorsam und schloss brav die Augen.

«Da ist was ganz Festes – es geht nicht ab», sagte sie, spuckte auf ihren Finger und rubbelte noch heftiger.

«Wie oft spuckte unsere Mama genauso auf ihren Finger und kämpfte genauso mit einem hartnäckigen Schmutzflecken!», sagte Maine Morgor, der Sehr Gehorsame, mit sanfter Stimme und liebevollem Gesichtsausdruck.

«So, bei dir geht's. Jetzt kämm' ich dir die Haare.»

Pidge hielt den Kamm bereit.

«Nein! Nein! Überlass deinem Bruder das Kämmen und wasch du uns weiter. Und du musst zu uns genau dasselbe sagen wie zu Maine Mingor, um gerecht zu sein», sagte Mo-Epert, der Wortreiche.

«Und du musst auch bei uns auf den Finger spucken und alles», sagte Maine Milscothach, der Honigzüngige, «und darfst nichts auslassen.»

Brigit ging von einem zum andern, während Pidge begann, Maine Mingors Haar zu kämmen, und sehr vorsichtig dabei war, um ihn nicht zu zupfen. Ein paar Haare blieben in den Zähnen des Kamms hängen.

«Wirf kein Haar weg; du weißt nicht, wann es dir nützlich sein könnte. Ich sage das in allem Ernst, denn unseren Haaren wohnt Wunderkraft inne», sagte Maine Mingor würdevoll.

Bald schon waren alle gewaschen und gekämmt und schön anzusehen, und Brigit polierte ihre Halsketten und erzählte ihnen, dass sie einmal eine in einer Überraschungstüte bekommen habe; bestimmt war ihre auch aus Gold. Sie lächelten und wünschten, sie könnten so ein Wunderding namens Überraschungstüte einmal sehen. Pidge wickelte alle Haare sorgfältig zu einem weichen, schimmernden Ball zusammen. Er rollte ihn noch fester zwischen seinen Handflächen und steckte ihn mit den anderen Sachen in die Ledertasche.

«Jetzt müsst ihr noch etwas tun», sagte Mo-Epert, der Wortreiche. «Jeder von uns hat ein kleines Samenkorn in seinem

Mund. Wir werden es hervortun, und ihr könnt es von unseren Lippen nehmen. Hebt auch diese Samenkörner sorgfältig auf!»

Und dann wartete bei jedem Maine ein Weizenkorn darauf, eingesammelt zu werden.

«Jetzt ist die Zeit für euch gekommen, uns eine Frage zu stellen», sagte Mo-Epert.

Pidge dachte angestrengt nach. Es gab so viele Fragen. Nach einer Weile sagte er:

«Ich möchte nur fragen – wisst ihr, wohin wir gehen sollen?»

«Der gefiederte Flug ist eure Richtung», antwortete Mo-Epert, als habe er diese Frage erwartet.

«Welche Richtung ist das?»

«Das werdet ihr bald sehen. Wartet noch ein wenig.»

Brigit hatte einen glücklichen Gedanken.

«Könnt ihr da rauskommen? Wollt ihr, dass wir euch ganz ausgraben?», bot sie strahlend an.

Die Maines tauschten Blicke aus.

«Wir sind nicht ganz hier; nur unsere Köpfe sind hiergeblieben», sagte Maine Milscothach sehr sanft und freundlich.

«Was meint ihr damit?», fragte Pidge entsetzt.

Die Maines sahen einander wieder an.

«Erschreckt nicht», sagte Milscothach beruhigend. «Es war eine heilige Tat; andere Krieger eroberten unsere Köpfe im Kampf.»

«Auf unsere Köpfe war ein hoher Preis ausgesetzt, deshalb wurden sie fortgebracht, als alles vorüber war» sagte Mo-Epert. «Wir haben selbst zu unserer Zeit viele Köpfe erobert, um alle Tapferkeit und Tugend und Behändigkeit zu erlangen, die in ihnen war.»

«Ich selbst», sagte Maine Mathremail, wie seine Mutter, «unterhielt jeden Kopf, den ich eroberte, aufs Beste und ließ sie alle an meinen Entscheidungen teilhaben, indem ich sie um Rat fragte. Ich berichtete ihnen immer alle Neuigkeiten und erzählte ihnen jeden Abend eine Geschichte.»

«Haben sie euch auch Geschichten erzählt?», fragte Brigit. Sie war so gern mit den Maines zusammen, dass sie nicht überrascht war über das, was sie sagten. Sie begriff nicht, dass Menschen getötet worden waren.

«O ja, sogar sehr gute Geschichten haben sie uns erzählt», sagte Maine Mathremail.

«Wart ihr Kopfjäger?» Pidge fand den Gedanken ebenso anstößig wie das Wort.

«Ich verstehe das Wort, aber die Bedeutung ist abscheulich. Nein. Nach dem Kampf holten wir uns die Köpfe. Es wäre ein schändliches Ende gewesen, ihre Augen und ihr Gehirn den Raben zum Fraß zu überlassen; ein niederträchtiges, gotteslästerliches Ende für Krieger, die so tapfer gekämpft hatten; schlechter Lohn für ihren Mut», antwortete Maine Mathremail mit einem sanften Lächeln.

«Wir wissen, dass ihr das nur schwer verstehen könnt, denn was zu einer Zeit geglaubt wird, verachten die Menschen zu einer anderen Zeit. Gewiss werden in zukünftigen Jahren Dinge Abscheu erregen, die ihr kaum bemerkt und die in der Zeit geschehen, die ihr Gegenwart nennt. Das ist nichts Neues», sagte Maine Mathremail freundlich.

Pidge dachte darüber nach und erkannte, dass es wahr war.

«Ich beginne zu verstehen, was ihr meint», sagte er, und alle Maines waren es zufrieden.

«Das ist gut», sagte Maine Mo-Epert.

Einen Augenblick später hörte man das Schwirren von Flügeln am Himmel, und alle schauten auf und sahen eine Kette von Wildgänsen in einem weiten V vom See her über ihre Köpfe fliegen.

«Das ist eure Richtung», sagte Maine Athremail traurig. «Ihr werdet uns jetzt verlassen.»

Pidge beobachtete die Gänse, um sich die Richtung, in die sie flogen, genau zu merken.

«Ich finde es schade, dass ich euch verlassen muss», sagte er.

«Ich auch. Sehr schade», sagte Brigit und ging zu jedem Einzelnen und gab ihm einen Abschiedskuss.

«Wie die Königin, unsere Mama», sagte Maine Andoe, der Behände, und Tränen liefen ihm über das Gesicht.

Alle Maines weinten leise.

Brigit bemühte sich, ihnen die Tränen abzuwischen, aber ihr Taschentuch war immer noch feucht.

«Ach, ihr armen Jungen», sagte Pidge, und er nahm Brigit bei der Hand und wandte sich von den Söhnen der Maeve ab, bevor auch er zu weinen begann. Es schien nicht ungehörig, so zu Jünglingen zu sprechen, die ein gutes Stück älter waren als er; sie kamen ihm irgendwie sehr einsam vor.

Er wünschte, Maeve wäre da, um sie zu erheitern – selbst, wenn sie sie versohlen würde. Sie schienen das sehr zu vermissen.

Aber viel lieber wäre es ihm gewesen, er und Brigit hätten ihnen Geschichten erzählen und lieb zu ihnen sein können.

4. Kapitel

Am gleichen Morgen, an dem Pidge und Brigit den alten Angler und Serena, die Eselin, getroffen hatten, war der Wachtmeister sehr früh und mit einem Ächzen aufgewacht. Er lag eine ganze Weile auf der Seite und versuchte, sich auf keinen Fall wieder auf den Rücken zu drehen.

Er wusste: Wenn er sich umdrehte, würde sein Blick auf den Spruch fallen, der an der Wand gegenüber dem Fußende seines Bettes hing. Er war ihm von seiner schrecklichen Tante Hanorah zu Ehren des Tages geschenkt worden, an dem er zum Wachtmeister befördert worden war. Jeden Morgen war er da und starrte ihm gleichgültig ins Gesicht.

Nach ein paar Minuten hatte er das Gefühl, auf Nadeln zu liegen. Mit einem erneuten Ächzen drehte er sich auf den Rücken, und sein Blick wurde wider Willen von dem Spruch angezogen.

Er war in Brandmalerei angefertigt und lautete:

Das Schönste ist die Pflichterfüllung.

Jeden Morgen antwortete der Wachtmeister darauf:

«Das stimmt nicht. Eine Rose, das ist das Schönste.»

An diesem Morgen jedoch fragte er einfach:

«Warum?»

Vor seinen erstaunten Augen veränderte sich der Spruch mit einem zischenden und knackenden Laut. Jetzt hieß es:

Weil ich's gesagt habe.

«Was?», sagte der Wachtmeister und setzte sich senkrecht im Bett auf. «Habe ich schon wieder Halluzinationen?»

Die Worte knisterten noch lauter und sprühten Funken. Sie veränderten sich wieder, und jetzt hieß es:

Raus da, du fauler Sack,
mach, dass du an die Arbeit kommst.

«Der Whiskey!», rief der Wachtmeister aus. «Hab' ja schon oft gehört, dass er noch tagelang im Blut ist, aber das ist mir noch nie passiert!»

Wie er so starrte und ihm fast die Augen aus dem Kopf quollen, bekam er noch eine ganze Reihe von Botschaften:

Steh auf!
Wasch dich und rasier dich.
Zieh dich an.
Iss dein Frühstück und mach schleunigst,
dass du an die Arbeit kommst.

«Hätten ja auch angenehmere Nachwirkungen sein können», sagte der Wachtmeister verdrießlich.

Ich sag's nicht noch mal.

«Ist ja schon gut! Hör bloß auf zu meckern!» antwortete der Wachtmeister schlecht gelaunt.

Wird's bald?

«Ist ja schon gut, hab' ich gesagt!», schrie der Wachtmeister und stieg aus dem Bett.

Er begann, sämtliche Anordnungen zu befolgen.

Wasch dich hinter den Ohren!

«Siehst du denn nicht, dass ich mich hinter den Ohren wasche?», brüllte er.

Und was ist mit dem Morgengebet?

«Tut mir leid, beinahe hätte ich's vergessen, so wahr mir Gott helfe», sagte der Wachtmeister, und das war noch sein bestes Gebet – er war so verwirrt von all den seltsamen Dingen, die ihm passierten.

Später betrat er die Polizeibaracke.

«Guten Morgen, Wachtmeister. Herrlicher Tag, nicht?», sagte der junge Polizist mit strahlendem Lächeln.

«Öl mein Fahrrad!», antwortete der Wachtmeister barsch.

Wozu bin ich schließlich Wachtmeister, sagte er sich, wenn ich mir nicht mal das Rad ölen lassen kann?

Aber im Grunde tat es ihm leid, dass er so grob gewesen war. Letztlich ist der junge Bursche ja nicht schuld daran, sagte er sich streng. Die schreckliche Tante Hanorah war schuld dran – eine Frau, die ein eckiges Knochengerüst war, mit einer Nase, so spitz, dass sie Käse damit hätte schneiden können, einer Zunge wie ein Lederriemen und einem Herzen, das in einem Stahlkorsett steckte oder doch zumindest in Beton eingemauert war.

Als der junge Polizist hereinkam, um zu brummen, dass das Fahrrad geölt sei, und was er sonst noch tun solle, lächelte der Wachtmeister ein herzliches, breites Lächeln.

«Nicht mehr böse sein. Mir geht's zurzeit nicht so gut, weißt du. Hier sind ein paar Kröten – geh zum Tanzen heut' Abend mit deiner Auserwählten.»

Der junge Polizist wurde rot. «Ich habe keine Auserwählte, Herr Wachtmeister», sagte er.

«Dann mach dich auf die Socken und such dir eine», brüllte der Wachtmeister plötzlich wütend, als hätte ihm schon wieder jemand einen Strich durch die Rechnung gemacht.

Er setzte sich an den Kamin, brütete vor sich hin und trank Kakao.

5. Kapitel

Als einer der Hunde mit der Nachricht ins Glashaus kam, dass Pidge und Brigit den Weg zwischen den Steinen hindurchgegangen seien, briet Breda Ekelschön, die eine modische Schürze und eine Chefkochmütze trug, gerade eine Pfanne voll stinkender Schwefelköpfe, grüner Knollenblätterpilze und giftiger Satanspilze für ein spätes Frühstück. Melody Mondlicht bürstete sich das Haar mit einem Igel, der so tat, als läge er im Koma, und die Große Königin spielte allein Schach mit Figuren, die allesamt lebendig waren. Sie machte ihre Züge mithilfe einer spitzen Nadel, mit der sie die Figuren dazu brachte, von einem Feld zum nächsten zu hasten. Dabei lächelte sie.

«O Große Königin», sagte der Hund mit einem Pfeifton, als hätte er einen gefangenen Vogel hinter den Zähnen, «jemand hat ihnen dabei geholfen.»

Vom Schachbrett ertönte ein Quieken, weil sie jemanden mit ihrer Nadel gepikst hatte.

«Habt ihr die Spur gefunden?»

«Noch nicht. Sie ist schwer auszumachen.»

Der Hund verneigte sich und versuchte, mit kleinen Schritten rückwärts aus der Tür zu schlüpfen, wobei er sich alle Mühe gab, nicht aufzufallen. Er hatte den Schwanz fest eingezogen und schlich sich geduckt nach hinten. Er hatte die Tür schon fast erreicht, da sagte die Große Königin mit mildem Ausdruck und erschreckender Freundlichkeit:

«Fressen im Dienst, mein Kleiner? Komm her.»

Der Hund kam zurück, sein Unterkiefer fiel herab, und eine Drossel flog heraus.

Die Tür schloss sich von selbst.

«O Mórrígan, seid nicht zornig», flehte der Hund. «Ich prahle nicht mit meiner Geschicklichkeit. Sie flog so tief, dass sie mir fast von selbst ins Maul flatterte. Vom Himmel kam sie wie ein Geschenk von euch selbst, Große Königin», schloss er verzweifelt.

«War das so?»

«War das so?», echote Melody Mondlicht.

«War das wirklich so?», sagte Breda und flambierte das Zeug in der Pfanne kräftig.

Der Hund duckte sich und schwieg.

«Was soll ich nun mit dir machen?», fragte die Mórrígan nachdenklich.

«Verwandle ihn in eine Wurst, solange ich die Pfanne noch auf dem Feuer habe», sagte Breda Ekelschön.

«Schuhe aus Hundeleder wären sicher sehr romantisch», seufzte Melody Mondlicht süßlich.

Die Mórrígan schaute zu der Drossel hinauf, die sich unter das Dach des Glashauses geflüchtet hatte. Sie sah furchtbar mitgenommen aus. Da kam ihr ein Gedanke.

«Vertauscht euch», sagte sie.

Und da wurde die Drossel zum Hund. Und der Hund, dessen Name Vogelfang war, verwandelte sich in die Drossel.

Sie hatten die Rollen getauscht.

In dem Augenblick, in dem die Verwandlung geschah, war die echte Drossel von ihrem Platz unterm Dach herabgesprungen, weil sie sonst wegen ihrer veränderten Gestalt gefallen wäre. Sie schnappte jetzt nach dem erschrockenen Vogelfang, der in panischer Angst in alle Ecken des Glashauses floh.

«Wie komisch», sagte Melody Mondlicht.

«Sehr lustig», sagte Breda.

Aber der schönen Frau, die die Mórrígan war, wurde es bald langweilig, und sie erlaubte es den beiden Geschöpfen, wieder sie selbst zu werden.

Vogelfang sah unbeschreiblich gedemütigt und zermürbt aus. Die Drossel wirkte leicht betrunken und ein wenig keck. Sie fand ein offenes Fenster und flog taumelnd davon. Sie ahnte gar nicht, welches Glück sie gehabt hatte.

«Fressen im Dienst ist verboten, Vogelfang», sagte die Mórrígan.

Er war viel zu mitgenommen, um zu antworten.

Die Mórrígan schubste ihr Schachbrett und die Figuren beiseite. Als sie umfielen, verloren sie das künstliche Leben, das sie ihnen zum Spaß verliehen hatte, und waren nur noch aus gefühllosem Holz.

«Findeweg muss zusehen, dass seine Nase schärfer wird. Sein Versagen missfällt mir. Hast du verstanden?»

«Ja, Große Königin», flüsterte Vogelfang schwach.

«Du kannst dich entfernen.»

«Habt Dank, dass Ihr mir mein Leben gelassen habt, Große Königin», wisperte er kaum hörbar und bezeigte, wie ein rechter Untertan eines Tyrannen, Dankbarkeit dafür, behalten zu dürfen, was ihm ohnehin gehörte.

«Ein bescheidenes Geschenk», war die Antwort, und sie ließ keinen Zweifel daran, dass sein Leben keinen Pfifferling wert war.

Die Tür des Glashauses öffnete sich.

Vogelfang verließ das Glashaus, so schnell er konnte, dankbar, dass er noch lebte, und mit schlotternden Beinen. Doch in seinem Inneren regte sich ein Fünkchen Zorn, und kühne Gedanken schossen ihm durch den Kopf.

«Ich glaube, für die häusliche Wissenschaft kann ich mich nicht besonders begeistern», bemerkte Breda und schüttete ihr ekelhaftes und giftiges Gebräu weg.

Melody setzte den Igel auf den Boden und türmte ihr Haar zu einer hohen Zopfkrone auf.

«Fangen wir an», sagte die Mórrígan, griff nach einer Katze und staubte den riesigen Tisch ab, der jetzt inmitten des Glashauses auftauchte.

«Du hast dieses Haus innen größer gemacht, als es außen ist, und einige physikalische Gesetze gebrochen», bemerkte Melody bewundernd.

«Hast du dein Talisman-Armband?», fragte Breda.

Die Mórrígan hob ihr Handgelenk mit einem Armband, das schwer war von allen möglichen goldenen Anhängern, die Gegenstände nachbildeten.

Die Tischfläche schimmerte, und auf einmal war sie eine Miniaturausgabe der Landschaft, durch die Pidge und Brigit gingen. Man konnte die beiden genau sehen – zwei winzige, lebendige Gestalten, die sich vorwärtsbewegten.

Die Mórrígan nahm einen Anhänger von ihrem Armband und stellte ihn in einigem Abstand von den Kindern vor sie hin in die Landschaft.

Dann setzten sich die drei Frauen rund um den Tisch und warteten. Sie hielten lange, spitze Stäbe in den Händen.

Da erschien eine weitere kleine, lebendige Figur in der Landschaft, aber sie war noch ganz am Rand. Man konnte sie nur kurz sehen, bevor sie vom Nebel verhüllt wurde, aber die drei wussten, wer es war.

«Findeweg hat die Spur gefunden!», riefen sie triumphierend.

Dann erschienen noch andere kleine Gestalten am Rand. Die Frauen trieben sie mit ihren spitzen Stäben an.

Der Igel, der zusammengerollt auf dem Boden lag, wartete, bis sie ganz in ihre Beschäftigung vertieft waren, bevor er sich unmerklich aufrollte und lautlos zur Tür lief, die Vogelfang bei seinem verstörten Aufbruch leicht angelehnt gelassen hatte.

Er machte sich davon und hätte um keinen Preis zurückgeschaut, nicht einmal, wenn man ihn dafür in Schnecken aufgewogen hätte.

«Es war nur ein verrückter Traum», sagte er sich entschieden und hob die Schnauze nicht vom Boden.

6. Kapitel

Die Außenseiten der Mauern am Feld der Sieben Maines waren schwarz versengt von den Blitzschlägen, und als Pidge das sah, tadelte er sich selbst, dass er so töricht gewesen war zu glauben, sie könnten ihnen nichts anhaben; aber er war froh und sehr, sehr erleichtert, dass sie Glück gehabt hatten.

Sie ließen das Feld hinter sich und folgten der Diagonale, in der die Gänse geflogen waren. Pidge schüttelte die Glaskugel und sah, dass die Hunde den Weg immer noch nicht aufgespürt hatten.

Erleichtert gingen sie weiter.

Manchmal fanden sie Trampelpfade von Schafen, dann wiederum nicht die geringste Spur; manchmal kletterten sie über Mauern, dann wieder überquerten sie Gräben, überwanden Schluchten oder machten einen Bogen um Dornbüsche, Haselnusssträucher und andere Hindernisse.

Brigit schaute die ganze Zeit auf den Boden, rechts und links des Weges; ab und zu blieb sie sogar stehen und suchte auf dem Boden hinter sich, als hätte sie etwas übersehen.

«Was machst du denn da?»

«Ich suche nach diesem verdammten Kieselstein», sagte sie mit blitzenden Augen.

«Brigit, du sollst solche Worte nicht gebrauchen.»

«Welche Worte? Du weißt doch, er hat gesagt, dass diese verdammten Blutstropfen drauf sind.»

«Du bist ganz schön raffiniert. Du hast bloß einen Grund gesucht, so ein Wort zu sagen.»

Brigit schwieg und schaute höchst unschuldig und gekränkt drein.

«Jedenfalls», fuhr Pidge fort, «sollen wir nicht danach suchen, sondern wir sollen ihn *finden*.»

«Und wie sollen wir das machen?»

«Woher soll ich das wissen? Wir müssen einfach abwarten, was passiert.»

«Möchtest du ein Stück Schokolade?», fragte sie und holte es aus ihrer Tasche.

«O ja. Ich hatte sie ganz vergessen.»

«Ich nicht. Ich hätte den Maines so gern ein Stück davon gegeben. Ich wollte zuerst auch, aber dann hab' ich's doch nicht gemacht, weil – na, du weißt schon.»

«Was denn?»

«Wohin sollten sie die Schokolade denn essen? Sie konnten etwas abbeißen und schmecken und kauen, das schon; aber sie konnten das dann nirgends hinschlucken. Sind sie nicht furchtbar schlimm dran, Pidge?»

Sie brach den Schokoladenriegel in zwei Teile und gab Pidge seine Hälfte.

«Ja. Manchmal bist du sehr lieb, Brigit.»

«Ich weiß», sagte sie.

Sie aßen ihre Schokolade im Weitergehen.

Bisweilen gingen sie auf weichem Gras, dann wieder durch grobes Ried und stolperten über Steine und Aststümpfe; aber müde wurden sie nicht. Brigit konnte es nicht leiden, wenn sie über Steine und andere unerforschliche Hindernisse stolperten, und sie sagte es auch. Pidge mochte so etwas auch nicht, aber er sagte nichts. Hauptsächlich sprachen sie über die Sieben Maines und Königin Maeve, und Brigit fragte sich Dinge wie: welche Art von Krone sie wohl hatte und ob sie silberne Kleider und diamantene Schuhe hatte und was sie zum Frühstück gegessen haben mochten, damals, in den alten Zeiten.

Dann sah Pidge irgendwann wieder in die Glaskugel und musste erkennen, dass die Hunde den Weg durch die Steine gefunden hatten, denn der Platz war leer, bis auf den letzten Hund, der zielstrebig einen Weg verfolgte; und dann sah er auch dessen Schwanz im Nebel verschwinden.

«Wenn die sich in meine Nähe wagen», sagte Brigit, «kriegen sie eins auf die Schnauze, darauf können sie sich verlassen.» Dabei zog sie ihre Augenbrauen zusammen und schob die Unterlippe vor, als Übung dafür, was für ein Gesicht sie machen würde, falls sie kommen sollten.

Aber Pidge hörte nicht richtig zu.

Sie waren davor gewarnt worden, dass das geschehen würde, und er wusste, dass er sich darauf hätte einstellen müssen; aber nun kam alles viel zu schnell. Er hatte gehofft, zumindest am Anfang würde es bessergehen.

Zunächst konnte er es gar nicht glauben. Wie benebelt stand er da, unfähig, einen Gedanken zu fassen, und starrte in die Glaskugel, ohne eigentlich etwas zu sehen.

Als er es endlich begriffen hatte, akzeptierte er, dass es so war; er ging entschlossen weiter, und Brigit hielt mühelos mit ihm Schritt.

«Sie müssen erst einmal unsere Witterung aufnehmen und den Platz finden, an dem wir aus dem Boot gestiegen sind. Sie werden jeden Zollbreit absuchen müssen.»

«Ich hab' sie satt, diese Welpen!», verkündete Brigit mit zornig funkelnden Augen.

Sie gelangten zu einem kleinen Hügel und konnten jetzt endlich die Berge im Westen sehen; die waren allerdings in dichte Dunstschleier gehüllt, aus denen nur die Spitzen hervorragten. Aber es waren die Twelve Pins, so viel war ihnen nun immerhin klar.

Doch sie sahen anders aus: ihre Umrisse wirkten nicht wie sonst, sodass Pidge nicht einmal ungefähr sagen konnte, wie weit sie jetzt entfernt waren von dem Punkt, der in seinem Bewusstsein ‹Zuhause› hieß.

Er wurde ein wenig unsicher über die Richtung, in der die Gänse geflogen waren, und begann daran zu zweifeln, dass sie auf dem richtigen Weg seien. Bewegten sie sich ein wenig zu sehr nach rechts oder links? Er war sich nicht mehr sicher.

Die Dämmerung nahte. Bald schon würde es dunkel sein.

Sie brauchten einen Platz, wo sie in dieser Nacht schlafen konnten. Irgendein trockener, geschützter Platz, an dem sie Wind und Regen nicht fürchten mussten, würde schon genügen; es musste kein Haus sein.

Er war zwar etwas in Versuchung weiterzugehen, um noch einen größeren Abstand zwischen sie und die Hunde zu legen, aber er wusste nur zu gut, dass sie beim Durchwandern einer Landschaft, die sie nicht kannten, und ohne Tageslicht wirklich in eine Sumpflache fallen und nass werden oder in einen Abgrund stürzen oder sich den Knöchel verstauchen konnten; und sie würden bestimmt noch weiter von ihrer Richtung abkommen als am Tag.

Er hielt Ausschau nach einem geeigneten Platz. Ein Schuppen wäre gut, dachte er.

Es war schon fast dunkel, als sie in die Nähe eines Kiefernwaldes gelangten.

Sie wandten sich um und sahen nichts, das sich bewegte in dem weiten Landstrich, den sie durchwandert hatten. Selbst in der Dämmerung hätten sie eine Bewegung wahrnehmen müssen, wenn ihnen tatsächlich einer der Hunde gefolgt wäre, davon war Pidge überzeugt. In der Hoffnung, recht zu behalten, nahm er Brigit an der Hand und rannte das letzte Stück mit ihr zusammen.

Nichts auf der Welt ist so anziehend wie ein Wald, denn Wälder bergen viele Geheimnisse. Sie gingen hinein, um ihn zu erkunden.

Pidge freute sich, dass der Waldboden trocken war und die Luft unter dem Dach der Zweige wärmer als außerhalb. Es gab ihm ein Gefühl der Geborgenheit.

Als es ganz dunkel war, hatten sie sich ein gemütliches Plätzchen gemacht und legten sich auf die dicke Schicht trockener Kiefernnadeln.

Das Harz duftete wunderbar.

Als es stockfinster war, schliefen sie ein.

Sie erwachten früh am Morgen, so früh, dass der Tag gerade erst heraufdämmerte, und merkten nun, dass sie ganz in der Nähe einer Lichtung geschlafen hatten, auf der eine kleine Quelle aus der Erde kam und als bescheidener Wasserfall über ein paar Felsbrocken rieselte.

Über den Himmel gingen lange rubinrote Risse, deren Ränder aprikosenfarbene Wolken zierten. Der Anblick raubte ihnen den Atem, denn die Farben verströmten ein unglaubliches Licht, sodass das ganze verrückte, wunderschöne Gebilde, hinter dem die Sonne glänzte, wahrhaftig der Eingang zum Paradies hätte sein können.

Lange standen sie da, verrenkten sich die Hälse und nahmen begierig das Bild in sich auf.

Dann gingen sie allmählich zu der Quelle und tranken; und Brigit flüsterte, sie wünschte, die kleine Quelle wäre auf dem Feld der Sieben Maines, damit sie sie jeden Tag betrachten könnten, weil sie so hübsch war.

Das Wasser schmeckte köstlich.

Es war ein wunderbar stiller Morgen, und es war schön, im Wald zu sein; kein Windhauch ließ die Bäume rascheln und seufzen.

Und dann erscholl mit einem Mal der gewaltige Chor der Vogelstimmen, es war beinahe, als hätten die Sänger ein wenig länger als sonst gewartet, um auch die Morgenröte zu betrachten, und als freuten sie sich überschwänglich, dass sie so herrlich war und dass sie nun allen Grund hatten zu jubilieren.

Der Junge und das Mädchen berührten die Bäume und atmeten ihren Duft ein; sie sahen das helle Grün der Farne und das dunklere Grün der Kiefern, deren Stämme, wenn sie weiter weg standen, von dunstigen blauen Schatten umhüllt waren, die sogleich dahinschwanden, wenn man allzu nahekam. Sie kosteten die Luft mit derselben Beglückung, mit der sie das Wasser gekostet hatten, und lauschten dem Gesang der Vögel.

Der Wald tat allem Verlangen Genüge – vor allem dem Sinn für das Geheimnisvolle.

Sie durchquerten den Wald, wie Pidge hoffte, in der richtigen Richtung, und erfreuten sich am Gesang der Vögel, bis der letzte Ton verklungen war. Alle wilden Tiere nahmen sie in Augenschein, neugierig, die Geschöpfe zu sehen, die auf zwei Beinen durch ihre Welt gingen.

Alle Vögel ließen sich auf niedrigen Ästen nieder und beobachteten sie mit geneigten Köpfchen, als könnten sie nur auf einem Auge sehen – so ähnlich wie manche alten Leute und viele Piraten. Eichhörnchen hüpften um sie herum, hielten ab und zu inne, um sie genauer zu betrachten, und legten die Haut rings um ihre Nasenlöcher in Fältchen, wenn sie schnüffelten, um sie am Geruch zu erkennen. Hasen saßen in Gruppen zusammen und taten desgleichen mit noch größerer Kunstfertigkeit, als sei das ihre besondere Begabung. Andere kleine Tiere spähten von sicheren Verstecken aus, verborgen hinter Findlingen, Farnbüscheln oder zu Boden gefallenem dürrem Holz, mit schüchterner Keckheit, als seien sie neugierige, aber doch höfliche Leute; sie waren jedoch nur ängstlich und viel zu natürlich, um höflich zu sein.

In den blauen Schatten sah man die Umrisse eines kleinen Rudels Rotwild, das sich dicht um einen Hirsch drängte – alle Köpfe erhoben und wachsam, der des Hirsches gekrönt mit einem stolzen Geweih.

Wenn die Tiere überhaupt ein Geräusch machten, dann so vorsichtig, als seien sie in einer Kirche, in der der Morgenchor der Vögel eine Lobpreisung gewesen war; und nun musste eine Zeit der Stille folgen, denn der Tag war noch so jung. Später würden sie wieder schwatzen und streiten und zwitschern, wenn die Sonne stark genug war, um es ihnen zu erlauben.

Pidge und Brigit waren ganz umfangen von dieser Stille: Die

ganze Welt bestand aus dem, was sie mit ihren weit offenen Augen sahen.

Wie erschraken sie, als sie plötzlich aus der Tiefe des Waldes das Geräusch einer Axt hörten, die hart gegen einen Baum schlug, weil ein Holzfäller seine Arbeit tat:

Bumm! Bumm! Bumm!

All die kleinen Geschöpfe nahmen Anstoß an diesem schrecklichen Geräusch, und sie verließen die Kinder und machten, dass sie nach Hause und in Sicherheit kamen.

Das Hacken aber ging erbarmungslos weiter.

7. Kapitel

Einen Kiefernwald zu durchwandern ist nicht beschwerlich, denn dort ist das Unterholz immer licht. Abgesehen von abgestorbenen Stämmen und Ästen, über die man steigen oder um die man herumgehen kann, gibt es wenig, was als Hindernis zu betrachten wäre. Natürlich wachsen hie und da Farne und Brombeersträucher, doch sie sind nie allzu dicht und werden nicht zu solch störrischen Hindernissen, wie sie es in einem alten Mischwald sein können, durch den sich noch keiner einen Pfad gebahnt hat. Die einen ziehen diese Art von Wald vor, die anderen jene; manche mögen beides.

Pidge und Brigit brauchten nicht lang, um den Holzfäller zu Gesicht zu bekommen. Als sie nah genug waren, riefen sie ihm einen Gruß zu; aber er, in einen dicken Mantel eingemummt, den großen, unförmigen Hut tief ins Gesicht gezogen, antwortete nicht. Pidge war sich sicher, dass er sie dennoch sah. Ein flüchtiger Blick, dann wandte er ihnen rasch den Rücken zu; Pidge merkte deutlich, dass der Mann nichts sagen wollte. Auch Brigit fiel es auf.

«Warum fällen Sie eigentlich diesen Baum?», rief sie, worauf er nur einen Augenblick innehielt, um dann wieder mit seiner Axt auszuholen.

Er wirkte krumm und bewegte sich merkwürdig ungeschickt.

«Ich wette, er ist ein Baumdieb», flüsterte Brigit. «Er wollte gar nicht mit uns reden, wie?»

«Komm, wir lassen ihn lieber in Ruhe», sagte Pidge.

Obwohl er so unbeholfen wirkte, hackte er mit raschen Schlägen weiter. Brigit sah sich immer wieder nach ihm um, während sie Pidge zögernd folgte und sich am Saum seiner Jacke festhielt.

«Der kann aber nicht gut mit der Axt umgehen», sagte sie höhnisch, als sie sich außer Hörweite wusste.

«Vielleicht hindert ihn der dicke Mantel», meinte Pidge.

«Was braucht der so einen Mantel? Es ist doch nicht kalt.»

«Manche Leute spüren die Kälte mehr als andere. Das soll was mit dünnem Blut zu tun haben, glaube ich.»

«Dünnes Blut? Was ist denn das? So was Dummes hab' ich noch nie gehört. Gibt's vielleicht auch dickes Blut? Hast du schon mal was gehört von einem, der dickes Blut hat?»

«Nein.»

«Das ist der Beweis! Wenn es dünnes Blut geben soll, dann muss es auch dickes Blut geben, sonst ist das alles Unsinn. Jedenfalls ist er ein schlecht gelaunter, komischer Kauz, egal, was er für Blut hat.»

Sie entdeckten, dass sie nun am anderen Ende des Waldes angekommen waren, ungefähr gegenüber der Stelle, an der sie ihn am Abend zuvor betreten hatten. Die Bäume endeten an einer Mauer, die teilweise eingefallen war; eine Straße führte daran entlang. Die Landschaft auf der anderen Seite der Straße lag verborgen hinter einer sehr hohen Hecke aus Brombeeren und anderen Sträuchern.

Sie kletterten über herabgefallene Steine auf die Straße hinunter.

Es fiel ihnen schwer, den Wald zu verlassen; vielleicht würden sie ihn nie, nie mehr wiedersehen, und es war so wunderbar dort gewesen.

Je mehr sich Pidge den Kopf zerbrach, desto unsicherer war er sich über den Weg. Wieder fragte er sich, ob sie mehr nach rechts oder nach links gehen sollten. Sollten sie sich vielleicht überhaupt nicht nach der Straße richten, sondern durch die Hecke hindurch und über die Felder gehen?

«Wohin gehen wir jetzt, Pidge?»

«Ich glaube, ich kann mich nicht mehr so genau erinnern.»

«Weißt du den Weg noch?»

«Nein. Gestern Abend wusste ich ihn noch, aber jetzt bin ich nicht mehr sicher.»

«Warum gehen wir nicht dort weiter?», schlug sie vor und deutete nach rechts. «Wir könnten es ja für eine Weile versuchen.»

«Warum nicht? Wenn wir anderswohin kommen, wo wir nicht so eingeschlossen sind, wird mir vielleicht eher klar, wohin wir gehen müssen.»

Wie sehr ich das hoffe!, dachte er ernst. Denn was passiert, wenn wir nicht wissen, welche Richtung wir einschlagen sollen, und einfach irgendwohin gehen, in der Hoffnung, dass es stimmt? Dann lassen wir uns vielleicht nur noch ohne Ziel treiben und richten gar nichts aus.

Sie waren noch keine zehn Schritte gegangen, und Brigit wollte gerade etwas von frühstücken sagen, obwohl sie eigentlich nicht hungrig war, da hörte das Geräusch im Wald auf; für eine Weile blieb es still.

Dann heulte mitten im Wald ein Hund: es war ein lang gezogenes, unirdisches Heulen.

Da wussten sie, dass der Holzfäller gar kein Holzfäller gewesen war und dass sein krummer Rücken nur seine Größe hatte verbergen sollen, der dicke Mantel seine Magerkeit und der alte Hut sein Gesicht.

Sie blieben abrupt stehen und sahen einander an. Pidge war von Entsetzen überwältigt.

«Das klingt gar nicht gut», brachte er nach einer Weile heraus.

Ein Angstschauer durchfuhr ihn, und er stand entmutigt da und wusste nicht, was er tun sollte. Brigit beobachtete sein Gesicht und wartete, dass ihm etwas einfallen würde.

Er stand da, starr vor Schreck in dem furchtbaren Bewusstsein, dass einer der Hunde schon ihre Spur gefunden hatte und nun die anderen herbeirief.

Ein leichter Wind kam auf und schlug ihm sanft ins Gesicht; seine Hand fuhr in die Tasche und tastete nach dem Lederbeutel. Seine Finger griffen nach einer Nuss, etwas anderem gehorchend als seinem Verstand.

Er hielt sie auf der Handfläche vor sich, und sie sahen zu, wie sie zersprang. Etwas, das darin zusammengerollt war, wickelte sich auf und flog in die Luft. Pidge hielt eine straffe, feste Schnur in der Hand, und über ihm flog ein Drachen.

Es war der herrlichste Drachen, den sie je gesehen hatten. Er war mit einem alten Schiff bemalt, und lange Bänder aus violetter Seide wehten hinter ihm in der Luft; auf einem der Bänder aber schimmerten in silberner Schrift die Worte:

Diese Richtung bitte

Die Bänder waren lang, breit und glänzend, und sie konnten nicht anders als dastehen und sie bewundern, trotz der Gewissheit, dass Gefahr lauerte.

Die Schnur in Pidges Hand machte einen Ruck und hob ihn ein Stückchen vom Boden hoch.

«Sie zieht so stark, halt dich auch daran fest!», rief er Brigit zu, als er merkte, was geschah, und beide hielten die Schnur nach Kräften mit den Händen fest.

Sobald sie einen guten Halt gefunden hatten, begann sich der Drachen über den Himmel zu bewegen und schleppte sie beide mit sich.

Zuerst glitten sie nur einige Zoll hoch über der Straße dahin, doch gleich darauf hob der Drachen sie höher, und sie waren bald über der Hecke. Sie segelten über die Felder, tief genug, um die fleckigen Muster der gelben Flechten auf den grauen Steinmauern zu sehen, das samtige Moos auf den Felsbrocken und die Adern in den Steinen.

Dann hob der Drachen sie hoch in die Luft, wo manche Wolken dick hingen wie große Tupfer von Schlagsahne und andere in hauchdünnen Schleierfetzen dahintanzten.

Es war wunderbar.

Die Luft umgab sie so weich, und unglaublich weit unten breitete sich der Flickenteppich der Felder in verschwenderischen Farben über die Erde aus.

Hinter sich hörten sie wieder das schreckliche Bellen, und Pidge fragte sich, ob der Hund sie ausspähen und herausfinden könnte, wohin sie getragen wurden, so wie er selbst sich tags zuvor durch den Flug der Wildgänse hatte leiten lassen.

Doch die Erde war in Sonnenlicht gehüllt wie in ein Gewand, und eine Schar kleiner Vögel rauschte plötzlich von einem Baumwipfel auf und flog neugierig, wie es schien, neben ihnen her. Er vergaß den Hund, denn all dies war so köstlich.

Die Schnur schnitt überhaupt nicht in ihre Hände; sie fühlte sich wattig weich an.

Leicht wie Distelwolle im Windhauch stiegen sie auf, höher und immer höher. Ein wogendes Weizenfeld wurde klein unter ihnen wie eine Briefmarke. Pidge wandte sich um und sah überrascht, dass der Wald nicht sehr groß war, sondern nur ein kleiner Hain, sogar nur halb so groß wie das Weizenfeld dort unten. Aber als sie darin gewesen waren, hatten sie ihn doch als richtigen Wald empfunden. Wahrscheinlich, so sagte er sich, ist es gleich, ob ein Wald groß oder klein ist, denn man kann ja doch immer nur in einem kleinen Teil davon zugleich sein, auch wenn er riesengroß wäre.

Ein Stück hinter ihnen und sehr weit unten lief ein kleines Tier, so schnell es konnte. Ein paar Sekunden lang betrachtete Pidge es verwundert, bis er merkte, dass es der Hund war, der verzweifelt versuchte, sie einzuholen.

Er weiß, dass die anderen leicht seine Witterung bekommen, dachte er.

Da verließen die kleinen Vögel sie und flogen davon. Zuerst sahen sie aus wie bewegliche Fleckchen am Himmel; dann waren sie nur noch Punkte, klein wie Pfefferkörner, die man auf einem Tischtuch verstreut hat, und schließlich entschwanden sie den Blicken ganz.

Dann kamen plötzlich Tausende von weißen Vögeln, dicht wie Schneeflocken in einem Wirbelsturm. Pidge hatte gerade noch Zeit, zu sehen, wie der Hund vor Überraschung so plötzlich stehenblieb, dass er fast ins Rutschen kam, und schon waren sie völlig umgeben von ganzen Wolken von Vögeln, die ständig neben ihnen herflogen. Zahllose Flügel schlugen, und zahllos waren die kleinen Köpfe mit glänzenden Augen und gelben, orangefarbenen oder schwarzen Schnäbeln. Inmitten der Scharen flogen auch ein paar Schwäne von reinstem Weiß; und ehe sie in den Massen schlagender Flügel verschwanden, schien es den Kindern, als seien zwei von ihnen durch Silberketten miteinander verbunden. Wohin sie auch schauten und sosehr sie sich bemühten, sie konnten nichts anderes sehen als weiße Vögel, die dicht an dicht flogen, über, unter und neben ihnen. Dann und wann tauchten die beiden Schwäne mit den Silberketten auf.

Einmal glitt eine einzelne Feder von einem der Flügel über ihnen herab, und Pidge sah ihr nach, denn er wusste, dass die Hunde ihre Spur verfolgen konnten, wenn eine Feder zu Boden fiel. Er reichte aber nicht bis zu ihr hin. Während er sich noch darum sorgte, ergriff schon ein Vogel sie mit seinem Schnabel und hielt sie fest, und dann sah er Pidge mit strahlenden Augen an, als wolle er sagen: «Mach dir keine Sorgen, auch das haben wir bedacht.»

Wie Pidge nun um sich blickte, merkte er, dass immer wieder Federn herabfielen und dass jede von ihnen aufgefangen und festgehalten wurde. Von Zeit zu Zeit tat sich eine kleine Öffnung in dem lebendigen weißen Teppich ein Stück unter ihnen auf, wenn einer der Vögel hinabstieß und eine herabfallende Feder von einem der untersten Vögel auffing.

Das wird ihrer Tollerei ein Ende machen, dachte Pidge, und tief aus seinem Inneren stieg ein Glucksen auf, und er lachte laut vor Fröhlichkeit.

Auch Brigit lachte.

Sie waren beide unsagbar glücklich.

8. Kapitel

Irgendwann lichteten sich die Scharen der Vögel, die sie begleiteten, und als Pidge und Brigit blaue Himmelstupfen durch das dichte Weiß hindurch sehen konnten, merkten sie, dass einzelne Vögel sich inzwischen leise entfernt hatten. Die Himmelstupfen wuchsen allmählich zu größeren Flecken und dann zu weiten Flächen, bis schließlich nur noch ein paar Dutzend Vögel übrig waren und man den prächtigen Drachen und die Erde drunten wieder sehen konnte.

Die Schwäne waren verschwunden.

Am längsten blieben jene Vögel, die schon die ganze Zeit über am dichtesten um sie geflogen waren. Jetzt legten sie die Köpfe schief, stürzten sich hinab und stiegen auf und machten Flugkunststücke wie Achterbahnfliegen, dreifachen Salto und gemeinsame Spiralformationen, bevor sie ganz nah herankamen und sich mit einem kurzen Senken und Heben verabschiedeten.

Bald war am ganzen Himmel nur noch ein einziger Vogel übrig, dem sahen sie nach, wie er sich entfernte und schließlich in ein Tal hinabglitt wie ein Stück weißes Papier im Wind. Und dann war er fort, wie all die anderen.

Sie waren jetzt nahe an einer Berglandschaft.

Weit entfernt zu ihrer Linken ragten die Berge dicht an dicht hoch auf, und Pidge stellte sich vor, dass die Täler eng und tief sein mochten. Zur Rechten war das Land auch bergig, doch weiter ausgebreitet, sodass jeder Berg einzeln dastand wie ein Einsiedler oder ein starker Häuptling in seinem Reich.

Der Drachen trug sie noch eine Weile ruhig dahin und sank dann ganz allmählich, bis ihre Füße den Boden berührten. Die Spannung der Schnur ließ nach, sodass sie nicht laufen mussten, um sie halten zu können.

Sie landeten zwischen unzähligen Schafsspuren und alten, ausgebleichten Hasenkügelchen auf einem Boden, der mit spärlichem Gras bewachsen und von Granitstreifen durchzogen war, die aussahen wie die Rippen der Erde. Die Sonne brannte. Sie entdeckten eine Felsplatte, die wie eine niedrige, bequeme Bank war, und setzten sich darauf.

Träumerisch erlebten sie noch einmal ihre Reise und das Gefühl, vom Rauschen flüsternder Flügel umgeben zu sein. Pidge hielt mit schwachem Griff die Drachenschnur fest.

Es war seltsam, wieder auf dem Erdboden zu sein, und sie fühlten sich wackelig und schwach auf den Beinen, genauso wie wenn sie nach einer Fahrt nach Galway am Markttag aus dem Einspänner stiegen. Man spürt den Boden noch nicht richtig nach solch einer Fahrt, weil die Beine eingeschlafen sind.

Da saßen sie, die merkwürdigen Empfindungen fast genießend und an die Vögel denkend; und Pidge fühlte sich ganz sicher, weil er überzeugt war, dass die Mórrígan keine Ahnung hatte, wo sie gelandet waren, und die Hunde überhaupt nicht wussten, wo sie suchen sollten.

Der Drachen blähte sich indessen still am Himmel, und seine Bänder wogten dahin, getragen vom Atem des Windes.

Na ja, sagte sich Pidge im Stillen, bis jetzt war es ja herrlich und leicht. Die Blitze und das Bellen des Hundes waren sicherlich das Schlimmste, und uns ist sehr geholfen worden. Wenn es so weitergeht, ist es leichter, als ich zuerst dachte. Ich könnte den ganzen Tag hier sitzen und an die Maines denken und an die Vögel und das Wäldchen und einfach glücklich und zufrieden sein. Selbst die schlimmsten Sachen waren eigentlich gar nicht so schlimm, wenn ich's bedenke: hauptsächlich, dass es so überraschend kam, hat mich ein bisschen nervös gemacht.

Er dachte über die Worte «ein bisschen nervös» nach und kam zu dem Schluss, dass er eigentlich «ängstlich» gemeint hatte.

Brigit machte sich ihre eigenen Gedanken über die Vögel und sagte dann:

«Ich weiß jetzt, was ich werde, wenn ich erwachsen bin.»

«Was denn?»

«Fliegerin. Es ist so herrlich da oben. Ich werde selber eine Art Vogel werden.»

«Das wäre nie genauso, weißt du.»

«Ich weiß schon. Aber es wäre fast so.»

«Du könntest Segelfliegerin werden – das wäre beinahe genauso schön, glaube ich», sagte Pidge nach einigem Überlegen.

Da riss sich der Drachen plötzlich von seiner Hand los und schwebte davon.

«Oh!», sagte er überrascht.

Im Nu waren sie beide auf den Beinen und versuchten, so hoch zu springen, dass sie das Ende der Schnur zu fassen kriegten, aber es ging nicht mehr.

«Komm zurück, Drachen!», rief Brigit.

Aber er flog davon.

Immer höher und höher stieg er, und dann war er ganz zwischen Schäfchenwolken verschwunden.

«Er ist weg. Na gut», sagte Brigit betont munter, aber Pidge musste ihr nur ins Gesicht sehen, um zu wissen, was sie wirklich empfand. Sie sah aus, als nähme sie sich mit aller Willenskraft oder Dickköpfigkeit, wie erwachsene Leute es manchmal nennen, zusammen; und er wusste, dass nicht viel fehlte, und sie hätte geweint.

«Sei nicht traurig, Brigit. Wenn wir heimkommen, mache ich genauso einen. Ich kann in einem Buch nachschauen, wie es geht. Es ist sicher nicht allzu schwer.»

«Er hat uns gehört! Er war in dieser Nuss, und sie gehörte dir, oder nicht?»

Sie soll nicht weinen, dachte er. Wenn sie zu weinen anfängt, dann sagt sie vielleicht, dass sie nach Hause will, und ich weiß nicht, was ich dann tun soll. Was soll ich nur sagen? Wenn ich zu nett bin, fängt sie bloß zu heulen an.

«Er hat nicht uns gehört. Nur der Flug war für uns. Denk dran, Brigit, nur wir auf der ganzen Welt haben so eine Reise durch die Luft erlebt! Und du bist die Einzige auf der Welt, die für die Maines Flöte gespielt hat, stimmt's?»

«Ja», murmelte sie besänftigt.

«Und ich verspreche dir, dass ich dir einen basteln werde, wenn wir heimkommen.»

«Und wann kommen wir heim?»

Oje, da haben wir's, dachte er.

«Wenn unsere Suche vorbei ist. Ich stelle mir vor, dass wir noch eine ganze Menge Abenteuer erleben werden.»

«Gut», sagte sie, ohne betrübt zu wirken.

Pidge war sehr erleichtert.

«Wir sollten uns jetzt auf den Weg machen», sagte er. «Obwohl ich nicht weiß, in welche Richtung wir gehen sollen.»

Ihrem Glück vertrauend, folgten sie einer der Schafsspuren.

«Und malst du auch ein Schiff drauf, und hat er auch Bänder und alles?», fragte sie im Weitergehen.

«Ja, natürlich.»

«Und gehört er dann mir?»

«Ja.»

«Also, Pidge, wenn ich's dann kann, stricke ich dir – zwei Paar Socken.»

«Nur zwei Paar? Tom Cusack hast du zwanzig Paar für deine Brosche versprochen», antwortete er lachend.

Sie seufzte tief.

«Ach du liebe Zeit, erinnere mich nicht daran. Ich werde mein Leben lang dazu brauchen.»

Die Schafsspur führte sie auf besseren Boden und später zu einem breiteren Weg, in den die Spuren von Wagenrädern zwei flache Rinnen gegraben hatten. Wo der Grund felsig war, wuchsen immer wieder Heidelbeeren, und überall gab es Brombeerbüsche. Sie pflückten von Zeit zu Zeit eine Handvoll und aßen die glänzenden, reifen Beeren.

«Brigit», sagte Pidge, «bist du sehr hungrig?»

«Nein. Aber die ess' ich gern.»

«Seit dem letzten Stück Schokolade haben wir überhaupt nichts gegessen.»

«Nein. Warum?»

«Wir müssten fürchterlichen Hunger haben, aber wir haben keinen. Ich frage mich, wie spät es wohl ist. Wir wissen gar nicht, ob es Zeit fürs Frühstück oder fürs Mittagessen ist. Normalerweise sagt uns unser Magen, wie spät es ist.»

«Was?», schrie Brigit und bekam einen so heftigen Lachanfall, dass sie sich ein paar Minuten hinsetzen musste.

«So was hab' ich noch nie gehört», prustete sie, als sie wieder Luft bekam. «Mein Magen soll mir die Zeit sagen. Es wundert mich nur, dass ich ihn nicht jeden Abend aufziehen muss.»

Pidge war froh, dass sie lachte und ihre Enttäuschung über den Drachen vergessen hatte.

«Ich meine, erst ist man hungrig, und dann isst man und fühlt sich für eine Weile satt; und dann, nach einer Weile, fühlt man sich nicht mehr ganz so satt; und noch ein bisschen später weiß man, jetzt könnte man ein Butterbrot vertragen; und noch später wird man wieder etwas hungrig. Und dann, kurz darauf, hat man wieder richtig Hunger. Und das alles teilt den Tag irgendwie in Stücke ein.»

Aber Brigit fand es immer noch sehr lustig und sagte lange Zeit danach immer wieder zu Käfern und Schmetterlingen und allen lebendigen Wesen, denen sie begegneten: «Wie viel Uhr ist es nach deinem Magen?»

Gelegentlich blieb Pidge stehen und schaute sich nach allen Seiten um, ob er irgendetwas sähe, das sich bewegte und einer der sie verfolgenden Hunde sein könnte – nicht, weil er wirklich erwartete, einen zu entdecken, sondern weil er meinte, er müsse das tun.

Er war froh, jedes Mal festzustellen, dass sie allein waren, bis auf die Insekten und eine Schar närrischer Hasen, die weit, weit entfernt miteinander balgten – in viel zu großer Entfernung, als dass es sich gelohnt hätte, sie zu beobachten. Lerchen sangen hoch über ihnen; alles war so, wie es sein sollte. Die Wagenspur führte sie durch Heidekraut und Büschel von Glockenblumen, hie und da wuchs auch ein Schlehdorn; und nicht lange darauf wurden die Pflanzen üppiger, weil der Boden besser war.

Während er befand, dass die springenden und boxenden Hasen zu weit weg seien, um genauer beobachtet werden zu können, gab Brigit plötzlich einen Laut des Entzückens von sich und rief:

«Schau mal, Pidge!»

Er sah, dass nicht weit vor ihnen ein Birnbaum stand. Er war voller reifer Birnen, und seine Äste bogen sich tief herab unter der Last. Sie liefen hin, und Pidge wunderte sich, dass die Früchte schon so früh im Jahr reif waren; vielleicht hat dieser Platz ungewöhnlich viel Sonne, dachte er, oder er ist irgendwie vor dem Frost im Frühjahr geschützt, sodass die Pflanzen hier besonders gut gedeihen.

Obwohl sie eigentlich nicht hungrig waren, pflückte er so viele Früchte, wie er tragen konnte. Jede Art von Obstbaum, den man findet, selbst ein Holzapfelbaum, kommt einem wunderbar vor; ein unverhofftes Geschenk. Wie oft hatten sie Holzäpfel gegessen, einfach deshalb, weil sie das Glück gehabt hatten, welche zu finden.

Aber Birnen! Reife Birnen!

Sie setzten sich unter den Baum, und Pidge wählte eine Birne aus und begann, sie sorgfältig an seinem Ärmel abzuwischen. Ihr Anblick ließ einem das Wasser im Mund zusammenlaufen und hätte sogar jemanden verlockt, der pappsatt war, oder einen gelassenen Mönch dazu gebracht, lachend ein Gelübde zu brechen. Sie war von einem köstlichen Gelb mit hübschen braunen Punkten und einer rosig überhauchten Schale. Ihr Duft forderte sie zum Hineinbeißen heraus.

Er wollte sie gerade Brigit geben, da erstarrte er.
Sie drängte ihn, sich zu beeilen, aber er rührte sich nicht.
Irgendetwas stimmte nicht, das spürte er, bevor er es begriff.
Ringsumher summten leise die Insekten, die von Blüte zu Beere und zurück flogen, als brächten sie ihr Leben in einer Art wilder Unentschlossenheit zu; aber unter dem Baum hörte man nichts. Kein Insekt kam herbeigeflogen; nicht einmal eine Wespe. Kein Blatt am Baum regte sich. Der Baum war der Mittelpunkt einer seltsamen Stille, und plötzlich wusste Pidge Bescheid.
Es war wieder diese lauernde Stille wie damals an der Kreuzung, doch jetzt herrschte sie nur unter dem Baum.
Er sprang auf und warf die Birne zu Boden.
«Maden», sagte er.
Im Gras verwandelten sich die Birnen in eine Art grauen Matsch, in dem weiße Maden wimmelten. Die Früchte, die noch am Baum hingen, schrumpften augenblicklich zusammen und hingen als vertrocknete, verkrümmte Fetzen da, einen ekelhaften Geruch ausströmend.
Sie flohen vor dem toten, hässlichen Ding.
«Ich weiß, wer das gemacht hat», sagte er grimmig.
«Wer denn?»
«Sie. Die Mórrígan. Die schöne Frau und Melody Mondlicht und Breda Ekelschön. Sie weiß, wo wir sind, aber soll sie nur. Sie macht mich ganz rasend.»
«Üble Tricks sind das, so was mit Birnen zu machen», meinte Brigit bitter. «Ich könnte ihr glatt ein Loch ins Bein beißen!»
Dass sie uns trotz all der Vögel gefunden hat, dachte Pidge ärgerlich, und seine Augen wurden hell und heiß, denn Zornestränen stiegen auf in ihnen und flossen fast über. Wahrscheinlich hat sie uns gefunden, weil es Zaubervögel waren und weil sie selbst viel von Zauberei versteht. Vielleicht schafft sie es schließlich mit irgendetwas anderem, denn in ihrem eigenen Spiel lässt sie sich bestimmt nicht so leicht betrügen. Wahrscheinlich werden die Hunde uns jetzt bald wieder auf der Spur

sein. Aber dann wird uns der Dagda wieder helfen, und auch wenn es nicht so leicht wird, wie ich dachte – alles soll nicht nach ihrem Kopf gehen.

Da er nicht wusste, was er sonst tun sollte, sah er über die Schulter zurück, um festzustellen, ob die Hunde irgendwo seien; und ihm schien, als gehe von dem Birnbaum ein Goldschimmer oder starkes Sonnenlicht aus, bevor er zu zittern und zu verschwinden begann; aber er war sich nicht sicher, weil seine Augen in heißen Tränen schwammen.

Rasch war der Augenblick vorbei, in dem der Schmerz in seinen Augen beinahe zu einem krampfhaften und zornigen Weinen geworden wäre; und plötzlich waren seine Augen trocken, und er fühlte sich tapferer als je zuvor in seinem Leben.

«Komm, Brigit», sagte er entschieden, und sie riskierten es loszurennen.

9. Kapitel

Die Frauen, die im Glashaus am Tisch saßen, kicherten im Verein.

Ein kleiner Gegenstand hatte gerade aufgeglänzt und war umgefallen. Die Mórrígan streckte den Arm aus und hob ihn auf. Es folgten einige spöttische Bemerkungen darüber, dass Früchte anscheinend doch nicht eine so große Versuchung seien, wie manche Leute behaupteten.

Zufrieden lächelnd hängte die Mórrígan den kleinen goldenen Baum wieder an ihr Armband. Mit ihrem Stab gab sie der kleinen Gestalt, die Findeweg war, einen Schubs in die richtige Richtung. Er jaulte auf und rief den Teil der Meute zusammen, der gerade in der Nähe nach Fährten suchte.

«Mogeln wir?», fragte Melody Mondlicht und lächelte entzückt. «Ich schicke Grimmy.» Sie trieb eine zweite kleine Gestalt an, und der Hund rief seinerseits die Gefährten zusammen. Sie schickte ihn in die richtige Richtung.

«Ich setze auf Graumaul», sagte Breda Ekelschön, und sie gab einer dritten winzigen Figur einen festen Hieb mit ihrem Stab auf den Kopf und drehte ihn ein paarmal im Kreis, bis auch er, obwohl ganz schwindlig im Kopf, in die richtige Richtung schaute. Er rief seine Arbeitskollegen mit einem schwachen Bellen herbei. Die drei Hundegruppen kamen bald zusammen und rannten, angeführt von Findeweg, der Spur nach, die ihnen gewiesen wurde.

Melody Mondlicht reichte die Zigarren herum. Breda lehnte

ab und stopfte sich stattdessen einen halben Priem Tabak in den Mund und kaute darauf herum. Die Mórrígan nahm eine Zigarre und betrachtete sie eingehend. Nachdem sie eine Weile an ihr gerochen und sie begutachtet hatte, öffnete sie den Mund und aß sie.

«Süß», sagte sie anerkennend.

Breda Ekelschön, der es langweilig wurde, die Landschaft auf dem Tisch zu betrachten, gähnte und ließ ein leichtes Stirnrunzeln zwischen ihren Brauen erscheinen.

«Es ermüdet ein wenig, den nächsten Zug abzuwarten», bemerkte sie und begann, um sich die Zeit zu vertreiben, ein Buch eines großen russischen Genies mit Namen Tolstoi zu lesen. Das Buch hieß «Krieg und Frieden». Beim Lesen kaute sie genüsslich auf ihrem Priem herum und spuckte von Zeit zu Zeit aus.

Auch Melody Mondlicht gähnte. Sie entfernte sich vom Tisch und legte eine Tanzplatte auf den Plattenteller eines alten Kurbelgrammofons. Mit ihrem Schatten als Partner legte sie ein paar tolle Nummern aufs Parkett, bis der Schatten sich schnaufend zum Ausruhen hinsetzen musste. Sie erlaubte ihm, sich mit dem Schatten eines Rhabarberblattes, den er vom Boden pflückte, Luft zuzufächeln, bevor sie ihn herausforderte, sich mit ihr im Boxen zu messen. Sie gewann die ganze Zeit mit tollen K.-o.-Schlägen.

Breda klappte ihr Buch zu.

«Zu viel Frieden; nicht genug Krieg», klagte sie mit kritischer Kennermiene und warf das Buch aus dem Fenster des Glashauses.

«Ich glaube, ich hätte Lust, eine neue Art Ratte zu erfinden», fügte sie hinzu und setzte sich in Hut und Talar, auf der Nase eine dicke Hornbrille, an eine kleine Laborbank und brachte allerlei in bauchigen Glasflaschen zum Sieden; dabei studierte sie ein Lehrbuch der Biologie und eines über Höhere Chemie für ihren Bakkalaureus in Naturwissenschaften, denn auch Götter müssen das verwenden, was schon vorhanden ist im Universum, vor allem heutzutage.

Die Mórrígan selbst rekelte sich wie eine fette Schlange in der Sonne.

«Bald, nur allzu bald werden sie wieder von mir hören», sagte sie und beobachtete die Tischplatte unter den trägen, halb geschlossenen Vorhängen ihrer Lider hervor.

Melody Mondlichts Schatten lag flach auf dem Boden und war völlig erschöpft.

«Steh auf und kämpfe, du Schweinehund», stieß Melody in einem plötzlichen Wutanfall hervor, «sonst schick' ich dich hinter den Mond.»

Und der Schatten erhob sich und versuchte zu kämpfen. Er kroch und krümmte sich und tat, was sie verlangte, denn er wusste, dass die andere Seite des Mondes ihm den Tod bringen würde. – Ein Schatten braucht Licht zum Leben.

Die Hunde rannten unglaublich schnell. Sie hatten schon ein gutes Stück zurückgelegt, als ein kleines Rudel Wild aus dem Wald hervorbrach und nicht weit vor ihnen das freie Feld überquerte. Die Hunde jagten sie nicht sofort, wie natürliche Hunde das getan hätten, sondern rasten auf dem geraden Weg der Pflicht dahin, ohne sich ablenken zu lassen. Sie hatten sogar schon die unsichtbare Linie auf der Erde passiert, wo die frische und verlockende Fährte des Wilds gelegen haben musste.

Aber dann brach einer der Hunde aus dem Rudel aus und verfolgte das Wild.

Dieser Verstoß gegen die Disziplin war zu viel für die anderen, und laut kläffend rannten sie dem kühnen Ausbrecher nach. Sie jagten das Rudel jetzt mit furchtbarer Entschlossenheit. Schon bald machte der Hund an der Spitze der Meute eine Art Sprung nach vorn und grub seine Zähne in den Schenkel eines Rehs. Ein unbeschreiblicher Laut entrang sich der Kehle des unglücklichen Tieres, und dann hörte man das Zähnefletschen und Geifern der Hunde, als ihr Opfer zur Seite fiel und die zarten Beine steif in die Luft streckte. Das Reh versuchte, den Kopf zu heben, aber einer der Hunde packte es an der Kehle und warf sich auf seine Beute. Zuletzt krabbelten alle Hunde auf ihr herum und wühlten mit den Schnauzen in ihrem Fleisch. Es hatte jetzt beinahe etwas Zärtliches, wie die Hunde das Blut des Rehs aufleckten.

Zornig glänzten die Augen der Mórrígan, als sie die Ereignisse auf der Tischlandschaft beobachtete. Sie bestrafte die Hunde rasch und hart mit ihrem Stab, sodass sie von ihrem Schmaus abließen und sich geduckt wieder an die Arbeit machten.

Alle waren mit verzweifeltem Eifer bei der Sache – bis auf einen.

Vogelfang klagte mit leiser Stimme: «Wir werden nicht wie Diener behandelt, sondern wie Sklaven.»

«Was sagst du da?», gab ein entsetzter Gefährte zurück.

«Wir benehmen uns wie Sklaven», sagte Vogelfang.

«Psst», machte Graumaul warnend.

«Nein», beharrte Vogelfang. «Ich lass mich nicht zum Schweigen bringen. Kann man denn ihr die Schuld geben, wenn wir uns zum Staub unter ihren Füßen machen?»

«Findeweg spricht: Hüte deine Zunge, Bruder! Die Große Königin wird jeden Verrat bestrafen, und wehe dir, Vogelfang, wenn du dich je gegen sie erhebst.»

«Was ist denn schon verloren?», beharrte Vogelfang. «Wir haben uns ein paar armselige Augenblicke der Freiheit genommen. Dabei verliert die Mórrígan nichts, denn wir tun weiter unsere Pflicht.»

«Deiner Rede mangelt es an Achtung», sagte Graumaul. «Ich warne dich, wie auch Findeweg es tat.»

«Du, Vogelfang, warst der Erste, der ausbrach, um das Wild zu jagen, und nun sind wir alle bestraft worden», sagte Grimmy anklagend.

«Es ist wahr, dass ich als Erster ausbrach und zu jagen begann. Doch warum seid ihr mir gefolgt? Wir gehorchen einem Instinkt; war unser Verbrechen denn so groß? Wahr ist auch, dass du, Grimmy, das Reh angefallen hast. Nicht meine Zähne packten zuerst zu; ich war nicht der Erste dort.»

Grimmy bebte und leckte die wenigen roten Kügelchen geronnenen Blutes von seiner Schnauze.

«Psst!», sagte Graumaul wieder, diesmal nachdrücklicher.

«Psst! Psst! Psst!», ahmte ihn Vogelfang bitter nach. «So wiegt man kleine Kinder in den Schlaf!»

Es fiel kein Wort mehr.

Die Hunde rannten dahin, und eine Zeit lang ließen die anderen ein wenig Abstand zwischen sich und Vogelfang, bis sie nach und nach seine merkwürdig trotzigen Worte vergessen hatten.

10. Kapitel

Immer wieder blieb Pidge stehen, drehte sich um und ließ seinen Blick über die Gegend schweifen; aber er sah nichts, außer einmal eine Schafherde, die durch eine weit entfernte Senke stolperte. Er wartete ab, ob ein Mann und ein Hund hinterherkommen würden, aber die Herde war allein unterwegs.

Er machte sich nicht die Mühe, in die Glaskugel zu schauen, um festzustellen, wie nah die Hunde vielleicht schon seien; es hatte keinen Sinn. Die Landschaft, die sie mit dem Drachen überflogen hatten, war vollständig von den Vögeln verdeckt gewesen; deshalb fand er keinerlei Erkennungszeichen – einen Baum etwa, einen Feldrain oder einen Graben –, woran er hätte ablesen können, ob die Hunde fern oder nah waren. Er wusste, dass sie ihn und Brigit früher oder später einholen würden. Das erfüllte ihn nicht einmal mit Unbehagen, er war nur auf der Hut.

Irgendwann hörten sie ein leises Pfeifen in der Ferne, und als sie sich umwandten, sahen sie, dass ihnen zwei Männer mit einem Esel auf der Fahrspur folgten.

Der eine Mann hatte einen Spaten geschultert, der andere trug eine Sense. Der Esel trug zwei Körbe.

Als die Männer näher kamen, konnte man hören, dass sie miteinander stritten. Ihre Stimmen zerschnitten die natürliche Stille der einsamen Gegend; laut und scharf hoben sie sich gegen den leisen Singsang der Insekten und die herangewehten melodiösen Vogelgesänge ab. Einer der beiden Männer war alt, und der andere war aus dem gleichen Holz geschnitzt wie der alte. Es werden wohl Vater und Sohn sein, dachte Pidge.

Als sie sahen, dass Pidge und Brigit sie bemerkt hatten, winkten sie zum Gruß, und die Kinder winkten zurück. Pidge war nun besonders wachsam, für den Fall, dass auch sie etwas mit der Mórrígan zu tun hätten, und er fand es merkwürdig, dass sie jetzt, wo man sie hören konnte, nicht mit ihrem Gezänk aufhörten. Ganz im Gegenteil; der Streit wurde lebhafter und angesichts der Zuhörer noch heftiger.

Der jüngere Mann sagte:

«Hör auf, mir Vorschriften über Kartoffeln und Zwiebeln zu machen! Und hör auf zu bestimmen, was mit Rüben und Kohl passiert! Ich bin's, der die Arbeit macht, und ich bin jetzt Herr über den Garten. Und wenn wir in das Tal unserer Verwandten und Freunde kommen, dann putz mich bloß nicht vor den anderen Männern herunter mit deinem Gerede!»

«Wer bist du eigentlich, dass du so mit mir sprichst? Glaubst du, du bist der König der Azteken mit deinem Geschwätz über Gärten und wer der Herr ist? Herr über den Garten, wo hast du denn das her?», antwortete der ältere Mann feurig.

«Keiner hat's mir gesagt. Es war allmählich Zeit, und ich bin schon längst erwachsen.»

Der alte Mann gab drastisch zu verstehen, dass ihn das umwerfe.

«Oh, haltet mich fest!», sagte er und tat so, als ginge er in die Knie.

«Siehst du?», sagte der Jüngere und machte sich diese Schauspielerei gleich zunutze. «Deine Beine könnten ja nicht mal das Gewicht von 'nem Zaunkönig tragen. Schade, dass sie nicht die gleiche Bärenstärke haben wie dein olles Mundwerk!»

«Ich bin stark wie keiner! Ich bin noch alle Tage viel besser als du.» Hierauf machte der ältere Mann rasch hintereinander ein paar hohe Sprünge und rief dabei fröhlich:

«Hier bin ich, wie ich leib' und lebe! Das bin ich; ich bin der Mann. Der wahre McCoy, mit Haut und Haar, in Wort und Tat!

Aus einer Familie mit einem Stammbaum bis vor die Sintflut und stark genug, die Welt mit meiner Faust zu packen und sie über die Sonne zu schmeißen!»

«Hör auf mit diesen Mätzchen, Pa. Bei dir weiß man ja nicht mehr, wo einem der Kopf steht, und du machst sogar noch das Gras unter deinen Füßen fertig, dass nichts mehr wächst.»

«Halt den Mund, du verdammter Normanne!»

«Ich bin kein Normanne, Pa.»

Sie waren jetzt näher gekommen, und Pidge betrachtete sie genau.

Sie waren ungefähr gleich groß, und auch ihre Gesichter ähnelten sich, nur dass der eine wirklich alt war. Jetzt, wo er ihn besser sehen konnte, merkte Pidge, dass der Jüngere gar nicht mehr jung, sondern vermutlich schon um die fünfzig war. Er trug einen groben Arbeitskittel von einer Art Rostfarbe, und sein Vater trug die gleiche Art Kittel, jedoch in Dunkelblau. Beide hatten sie handgewebte ärmellose Westen an und ausgebeulte Hosen aus dem gleichen Stoff. Ihre Gesichter waren braun wie gegerbtes Leder von der Arbeit im Freien bei jedem Wetter, wodurch das Weiße in ihren Augen besonders weiß und das Blaue besonders blau aussah. Nach einem Blick auf ihre schweren Schuhe kam Pidge zu dem Schluss, dass sie einfache Leute vom Lande seien; ein bisschen wie Leute von den Aran-Inseln in ihrer Tracht, das war alles. Der ältere Mann trug eine Mütze.

Brigit stand da, den Daumen im Mund, und wusste nicht, was sie von ihnen halten sollte, weil sie miteinander stritten.

«Ich hab' euch vor mir gesehen und gepfiffen, um euch in so 'ner einsamen Gegend nicht zu erschrecken», sagte der Jüngere.

«Oh, vielen Dank», antwortete Pidge.

«Schöner Tag heute», sagte der Alte zu Brigit. «Was macht die Gesundheit?»

Sie nahm den Daumen aus dem Mund und sah die Männer mit ernstem Gesicht an. Von den vielen Dingen, die ihr einfielen und die alle nicht stimmten, wählte sie eines aus:

«Ich spreche nie mit Fremden», sagte sie.

Pidge musste ein Lächeln unterdrücken, das sich in sein Gesicht stehlen wollte. Er wusste nur zu gut, dass Brigit mit größter Wonne mit Fremden sprach, sooft sie nur Gelegenheit dazu hatte. Er war gespannt, wie die beiden Männer auf diese Antwort reagieren würden, und sah zu seiner Verblüffung, dass auch sie mit einem Lächeln zu kämpfen hatten. Man könnte meinen, sie kennen sie so gut wie ich, dachte er.

«Und wer hat dir diese Weisheit beigebracht?», fragte der ältere Mann und beugte sich zu ihr hinunter.

«Ich bin schon so geboren», antwortete sie würdevoll und verlor die neu gewonnene Weisheit im selben Augenblick.

«Wenn ich so 'ne wackere, schlaue Freundin hätt' wie dich, würd' ich vor Freude durchs ganze Land hüpfen», sagte der alte Mann, und Brigit strahlte.

«Das tun Sie ja schon», sagte sie frech. «Ich hab' Sie springen sehen wie einen Hasen.»

«Und wohin wollt ihr an so 'nem schönen Tag?»

«Wir sind einfach unterwegs», sagte Pidge rasch.

«Geht ihr in dieselbe Richtung wie wir?»

«Woher sollen sie das wissen, Pa? Sie wissen doch überhaupt nicht, wohin wir gehen», sagte der Jüngere.

«Sei nicht so siebengescheit», sagte sein Vater.

«Wir gehen dieser Fahrspur nach bis zu der Straße, die da vorn draufstößt. Dann gehn wir ein Weilchen nach links und dann mitten durch eine dichte Baumhecke runter ins Verborgene Tal», erklärte der Jüngere und fügte hinzu: «Ich heiße Finn Zaubermann, und das ist mein Vater. Alle nennen ihn Geißenschinder, weil er so eklig ist.»

«Stimmt ja gar nicht! Sie nennen mich Daire, weil ich so heiße: Daire Zaubermann. Hört nicht auf den Frechdachs.»

Während Brigit ihnen ihre Namen sagte, war Pidge im Zweifel, was er tun solle. Als er noch überlegte, hörte man einen Schrei von oben, und er sah zwei Wildgänse fliegen; sie flogen geradeaus; dann wandten sie sich eine Zeit lang nach links und dann nach rechts, bevor sie in der Ferne den Blicken entschwanden. Es war wie eine Landkarte am Himmel, die den Weg nachzeichnete, den Finn beschrieben hatte. Es war also in Ordnung.

«Wir gehen mit euch», sagte er glücklich.

«Hüh!», sagte Finn zu dem Esel, der dastand und geduldig wartete, und dann gingen sie wieder los.

«*Ich* wollte hüh sagen», beklagte sich Daire.

«Und warum hast du's nicht gesagt?»

«Bin ja nicht dazu gekommen.»

Brigit ging neben dem Esel her und sah ihn sich genau an. Er war nicht Serena, aber er hatte ein hübsches, lustiges Gesicht.

«Brr!», rief der alte Daire.

Der Esel blieb stehen.

«Zum Donnerwetter», stöhnte Finn, «wieso bringst du denn jetzt den Esel zum Stehen?»

«Damit ich ihn antreiben kann. Hüh!», rief der alte Mann rasch.

Der Esel trottete wieder los.

«Nimm's dem alten Kerl nicht übel», sagte Finn.

«Alter Kerl? Du nennst mich 'nen alten Kerl?»

«Du bist immerhin siebenundsiebzig, Pa.»

«Na, und wenn schon!»

«Das ist nicht gerade jung.»

«Ich bin in den fortgeschrittenen mittleren Jahren», sagte Daire mit hochherrschaftlicher Würde, «merk dir das, mein lieber Sprössling!»

«So ist er immer, bevor er gefrühstückt hat, und solche Plänkeleien mit mir machen ihn munter», erklärte Finn.

«Das stimmt», pflichtete der alte Daire bei.

Der Esel blieb wie angewurzelt stehen und stieß einen Schrei aus vor Erstaunen darüber, dass sie sich einmal einig waren. Der Schrei endete in einem glucksenden Laut.

«Weißt du was», sagte Finn, «ich möchte schwören, dass der Esel eben gelacht hat.»

«Nur Esel verstehen die Eselsprache», antwortete sein Vater

trocken, und weiter ging es auf dem Fahrweg in Richtung Straße.

«Ich könnte 'ne ganze Stechpalmenhecke aufessen und danach noch 'n Eimer voll Brennnesseln, so einen Hunger hab' ich», erklärte der alte Daire.

«Bist selber dran schuld. Willst ja nichts andres als raus aus dem Bett und los, um dich vor deiner Familie, den Gesetzlosen, zu brüsten, und vor deinen Bekannten, den Mächtigen, wie toll du bist, dass du aus dem Bett kommst!»

In diesem Augenblick heulte irgendwo weit hinter ihnen ein Hund, und Pidge blieb stehen, um zu lauschen; dabei merkte er gar nicht, dass die beiden Männer, die ebenfalls stehengeblieben waren, nicht minder aufmerksam lauschten als er selbst. Brigit brachte den Esel zum Stehen und streichelte ihm den Kopf.

Ein zweites, weiter entferntes Aufheulen antwortete und wurde sogleich von einem dritten Heulen gefolgt, das aus noch weiterer Ferne kam.

Pidge spürte, wie ihm eine Hand tröstlich auf die Schulter klopfte; er schaute in das Gesicht des alten Daire empor und begegnete einem freundlichen Lächeln. Finn ging zu Brigit und setzte sie auf den Rücken des Esels, vor die Tragkörbe.

«Gehen wir weiter», sagte er.

Das Heulen der Hunde wurde mit keinem Wort erwähnt.

Der alte Daire nahm den Kampf sogleich wieder auf.

«Wegen der Kartoffeln und der Zwiebeln ...», fing er an.

«Ach, Pa – hör doch auf damit.»

«Ich sag' dir schon die ganze Zeit, dass du sie falsch rum reinsteckst.»

Pidge und Brigit hatten inzwischen gemerkt, dass der Streit nur eine Art Spiel war, das sie zum Spaß trieben. Pidge war froh, dass die Männer sie gerade jetzt begleiteten und dass sie noch dazu die ganze Zeit redeten. Es ließ die Hunde weniger bedrohlich erscheinen.

Finn lachte.

«Ich sag' dir doch, du steckst sie falsch rum rein!», beharrte der alte Daire.

«Wieso soll ich sie falsch rum reingetan haben, wenn sie doch wachsen. Wachsen sie vielleicht nicht?»

«Aber die Hälfte kommt auf der anderen Seite der Welt raus! In Australien gibt's 'n ganzen Haufen tolle, große, starke Männer. Woher sollen die denn kommen? Die essen doch unsre Erdäpfel und Zwiebeln!»

Sie hatten ihre Schritte beschleunigt und waren jetzt fast an der Biegung zur Straße angekommen.

«Jetzt hör doch endlich auf, dich wichtig zu machen. Immer musst du das letzte Wort haben!», sagte Finn und sah nebenbei über die Schulter zurück. Als Pidge das bemerkte, schaute auch er sich um. Kein lebendiges Wesen war zu sehen.

«Warum sollt' ich denn nicht das letzte Wort haben?»

«Du hast deine Zeit gehabt, und das ist jetzt meine Zeit; jetzt bin ich dran.»

«Also, jetzt reicht's aber. Das bringt das Fass zum Überlaufen! Aber ich werd's dir schon zeigen – ich heirate nämlich!»

Da blieb Finn stehen, warf den Kopf zurück und brüllte vor Lachen, bis ihm die Tränen übers Gesicht liefen.

«Jawohl, das werd' ich. Ich werd' dir 'ne Stiefmutter präsentieren, so wahr ich 'ne Nase in meinem nackten Gesicht habe, und zwar sofort», rief der alte Daire mit überschwänglichem Jubel.

Pidge und Brigit stimmten mit Finn in das Gelächter ein, und Finn wischte sich mit dem Handrücken über die Augen und tauschte einen erfreuten Blick mit seinem Vater aus. Dann gingen sie alle weiter.

«Und wo willst du sie herbringen?», fragte er schlau, als sie nach links auf die Straße abbogen.

«Ich werd' schon eine finden», antwortete sein Vater geheimnisvoll.

«Meiner Treu, ich bewundere deine Zuversicht!»

«Ich krieg' eine», brüllte der alte Daire, «und wenn ich mit einer Glocke durchs ganze Land laufen muss!»

Alle lachten, auch der Esel und der alte Daire selbst.

«Und was für eine würdest du kriegen, wenn du das machen würdest?»

«'ne ganz Schlimme, aber danach such' ich ja auch. Eine, bei der dir die Haare zu Berge stehen.»

«Halt den Mund, du alte Garnele, oder ich reiß' dir die Nase ab.»

«Na los, mach schon!»

«Ich tu's wirklich!»

«Kann ich mir vorstellen. Genauso haben's die alten Normannen auch gemacht – sind rumgelaufen und haben den Leuten die Nasen abgerissen.»

So trieben sie weiter ihre Possen; manchmal hüpfte und sprang der alte Mann in gespielter Wut umher, und Finn gab ihm immer schlagfertige Antworten. Während sie weitergingen, schaute Finn wieder beiläufig, aber jetzt häufiger, zurück auf den Landstrich zu ihrer Linken. Pidge folgte seinem Beispiel.

Die Hunde waren noch nicht da. Aber er wusste, sie würden kommen, und hatte sich damit abgefunden.

11. Kapitel

Brigit hörte nun nicht mehr den Männern zu, sondern sprach mit dem Esel. Der Esel legte die Ohren zurück und lauschte, und Brigit erzählte ihm eine Geschichte von einer Eselin namens Serena, und dabei streichelte sie zärtlich seinen Nacken.

Finn ging an ihrer Seite und lächelte, wenn er zwischen seinen Antworten auf die Neckereien seines Vaters Bruchstücke ihrer Geschichte hörte.

Sie waren nun bei dem Teil der Straße angekommen, der zur Rechten von einem sechs bis acht Bäume breiten Streifen von Buchen und Eichen gesäumt wurde. Das Unterholz aus Farn und Brombeeren wuchs dicht und reichte bis zu den untersten Ästen der Bäume, sodass man nicht wusste, was dahinterliegen mochte.

An einem geheimnisvollen Punkt dieses Waldstreifens blieben die Männer stehen.

Finn drang zuerst ein und teilte die Farne und die Büsche sorgfältig, um den Esel folgen zu lassen, der Brigit immer noch auf dem Rücken trug, ohne dass irgendetwas geknickt wurde. Der alte Daire gab Pidge ein Zeichen, dass er nachkommen solle, und ging als Letzter, wobei er darauf achtete, dass hinter ihnen alles wieder so aussah wie zuvor.

Als sie wieder ins Freie kamen, war Pidge erstaunt zu sehen, dass vor ihnen steile Felswände aufragten, die sich nach beiden Seiten erstreckten. Der Fels sah unbezwingbar und unzugänglich aus, und er merkte, wie ihm der Mut sank; die Männer hatten mit solch gelassener Sicherheit diesen Ort angesteuert. Und nun dieses unglaubliche Hindernis!

Seelenruhig hob Finn Brigit vom Esel und nahm dem Tier die Tragkörbe ab. Daire hängte einen davon an den Griff seiner Sense, schulterte die Sense wieder und grinste dabei. Finn tat genau das Gleiche mit dem anderen Korb, den er an seinem Spaten befestigte.

«So, jetzt tief einatmen und mir nach», sagte er munter.

Er ging geradewegs auf die Felswand zu. Pidge folgte ihm mit Brigit, der alte Mann und der Esel bildeten die Nachhut.

Jetzt, wo er unmittelbar davorstand, sah er, dass ein Spalt im Fels war, den man kaum wahrnahm, weil der Stein überall die gleiche Farbe hatte. Die Kanten der Spalte waren nicht auf der gleichen Ebene, sondern überlappten sich, und der vordere Teil ragte etwa drei Fuß über den hinteren hinaus. Ein paar Büsche und Pflanzen waren aus dem Felsen gesprossen und überwucherten die Spalte mit einem Gewirr, das sie zusätzlich verbarg und überdeckte wie eine gemusterte Tapete.

Pidge folgte Finn durch die Spalte. Er musste sofort nach links gehen und dann wieder nach rechts. Während er in den gewundenen, engen und tiefen Durchgang eindrang, dachte er, was für ein wunderbares Versteck das sei und wie schwer es für die Hunde sein würde, es zu finden. Er wusste, dass Brigit wohlbehalten hinter ihm ging, denn er hörte, wie sie zu dem Esel sagte, er brauche keine Angst zu haben.

Der Durchgang wurde noch enger, und er verstand nun, warum die Tragkörbe hatten abgenommen werden müssen; es war einfach nicht genug Platz. Der Pfad wand sich jetzt ganz allmählich aufwärts.

Nach langer Zeit, wie es ihm schien, trat er endlich ins Freie und in den Sonnenschein hinaus, und da saß Finn und wartete auf ihn. Einen Augenblick später tauchte Brigit mit dem Esel auf, und der alte Daire folgte ihnen auf den Fersen.

«Da sind wir», sagte Finn, «im Verborgenen Tal.»

Es war, als stünden sie am Rand einer riesigen Schale.

Sie sahen auf ein weites, flaches Tal hinunter, in dem keine Bäume und Sträucher wuchsen und das ein riesiges Mosaik steiniger Äcker bildete. Eine leicht gewundene Straße führte von ihrem Standort hinab. Sie zog sich bis ans andere Ende des Tals, wo sie an der aufragenden Felswand zu enden schien, die den gegenüberliegenden Rand der Schale bildete.

Der Talgrund war flach. Es sah aus, als seien meilenweit Menschen verteilt, die eifrig dabei waren, kleine Ginsterbüsche abzuhacken und die Äste zu verbrennen, um den Boden zur Kultivierung vorzubereiten. Der Abstand ließ die am weitesten Entfernten kleiner erscheinen als einen Fingernagel. Viele Feuer brannten, und die Rauchfahnen stiegen gerade in den Himmel auf wie Telegrafenstangen, denn es wehte kein Wind.

Pidge hatte noch nie eine solch große Schar von Menschen gleichzeitig an einem Ort arbeiten sehen; es waren so viele, dass er sie nicht zählen konnte.

Alles funkelte und glänzte im blendenden Licht der Sonne. Noch der kleinste Wassertropfen blitzte auf wie ein Spiegel, und die Quarzteilchen im Gestein glitzerten und blinkten. Die Männer trugen Hosen aus grob gewebtem Stoff und bunte Arbeitskittel, manche kirschrot und andere pfauenblau, und sie waren wie Farbtupfer über das ganze Land verteilt. Die weiten Röcke der Frauen waren scharlachrot, und das grüne Gras leuchtete unter ihren Füßen.

Als sie ins Tal hinabschritten, hielten die Leute in ihrer Arbeit inne und grüßten die Vorbeigehenden; und manche winkten ihnen noch lange nach.

«Es wird Zeit, dass ihr ein bisschen was zum Frühstück bekommt», sagte Finn.

«Das ist gut», sagte Brigit. «Aber Stechpalmen und Brennnesseln will ich nicht.»

Das Tal maß von einem Ende zum anderen bestimmt vier Meilen. Die Häuser hatten die herkömmliche längliche Form, sie waren weiß gekalkt und mit Stroh gedeckt. Das Stroh hatte die Farbe von dunklem Honig angenommen.

Sie folgten dem Weg, der durch den Talgrund führte, und immer wieder unterbrachen die Menschen ihre Arbeit, hörten auf zu hacken, Äste zu verbrennen und Wurzeln auszugraben und begrüßten sie. Der alte Daire und Finn waren wohlgelitten, wie es schien, und all die Freundlichkeit war von einer gewissen Ehrfurcht getragen.

Finn hatte Brigit wieder auf den Rücken des Esels gehoben, und sie konnte alles ringsum gut sehen.

«Sind das alles eure Verwandten und Verkannten?», fragte sie, beeindruckt von der Vielzahl der Menschen.

«Ja», antwortete Finn ernst, während die anderen beiden lächelten.

«Hoffentlich musst du nicht allen Geburtstagsgeschenke kaufen», meinte sie mitfühlend.

«Ach, dafür sind sie viel zu alt», sagte der alte Daire.

Auf einem der Felder, das ein gutes Stück vom Weg entfernt lag und an den Fuß der Felsmauer grenzte, sah Pidge eine ganze Herde Esel, die zu grasen aufhörten, um ihnen nachzuschauen.

Schließlich gingen sie zu einem der kleinen Felder am Ende des Tals, und die Leute, die dort arbeiteten, kamen ihnen entgegen. Als Pidge nun einen Blick zurückwarf, sahen die Menschen am anderen Ende des Tals alle winzig aus.

Es war die Rede davon, dass die Ankömmlinge ein Frühstück bekommen sollten. Pidge war nicht sicher, ob sie überhaupt Zeit hatten, und machte eine Andeutung in die Runde.

«Ihr solltet euch eine Weile ausruhen, denk' ich. Macht's euch auf der Wiese gemütlich, wir bringen das Essen heraus. Es ist doch schon alles fertig, und ihr braucht nur loszulegen», sagte der alte Daire beruhigend und ging dann mit den Leuten in das nächstgelegene Haus.

Pidge setzte sich ins Gras und sah Brigit nach, die davonflitzte und mit diesem und jenem schwatzte. Er rief nach ihr, aber sie schien ihn nicht zu hören. Da rennt sie also herum und spricht nicht mit Fremden, dachte er und lachte in sich hinein. Sie folgte jetzt Finn, der zum nächsten Feld gegangen war, um mit den Leuten dort zu sprechen. Wohin er auch ging, sie lief ihm nach wie ein zahmes Lämmchen.

Ein Gefühl der Entspannung überkam Pidge; er lag ausgestreckt da, den Ellbogen aufgestützt, den Kopf in die Hand gelegt, und genoss die Sonne und die Luft und lauschte den Geräuschen, die die Leute bei der Arbeit machten. In angenehmer Ermattung fielen ihm die Augen zu. Vom Haus herüber drang das vertraute Geräusch von klapperndem Geschirr und das Pfeifen eines Wasserkessels. Er ließ sich auf den Rücken sinken und reckte sich wohlig.

Unter seinem Kopf erklang etwas wie ein gedämpfter Gong. Zuerst meinte er, er spüre nur die Schwingungen, die von den Schlägen der Werkzeuge ausgingen, wenn sie aus Versehen gegen die Steine im Boden unter den Ginsterwurzeln stießen; doch als er merkte, dass das Pochen in zu rascher Folge erklang, als dass es von der Arbeit mit einem Spaten herrühren konnte, und dass es außerdem viel gedämpfter war als die Geräusche, die ihn umgaben, legte er sein Ohr an die Erde.

Sobald seine Aufmerksamkeit gewonnen war, hörte das Geräusch auf, und er vernahm ein Flüstern, das zwar sehr leise, aber deutlich hörbar war. Es sagte:

«Säe den Samen hier.»

Es klang so ähnlich wie die Stimme im Kamin.

Wieder war Pidge überwältigt; diesmal jedoch nicht vor Schreck und auch nicht vor Angst – er war nur überrascht.

«Meinst du den Samen von den Maines?», flüsterte er zurück.

«Säe den Samen hier», war die Antwort der Stimme.

Ich habe ja keine anderen Samen, dachte er und suchte in seiner Hosentasche. Er hatte die Weizensamen in sein Taschentuch eingewickelt. Er kratzte ein wenig Erde weg, faltete das Taschentuch auf, legte die Samen in die Erde und deckte sie wieder zu. Er heftete den Blick auf die Stelle und erwartete, dass etwas geschehen würde, irgendetwas Wunderbares.

Nichts rührte sich.

«Hab' ich's richtig gemacht?», fragte er die Erde leise, denn es kamen ihm Zweifel.

«Ja», flüsterte die Stimme zurück.

Dann trat aus dem Haus eine kleine Prozession von Menschen, angeführt vom alten Daire. Zwei Männer trugen einen langen Tisch, und vier Männer trugen zwei Bänke, die in der Länge zum Tisch passten. Drei Frauen folgten mit Tabletts, auf denen irdenes Geschirr und Speisen standen.

«Kommt, ihr Schnäbel, euer Futter ist fertig!», rief der alte Daire.

«Wart 'n bisschen», rief Finn zurück.

«Wart'nbisschen kriegt nichts!», brüllte der alte Daire ihm zu. Verstohlen drückte er die Samenkörner mit seinem Stiefel fest; doch Pidge sah es aus dem Augenwinkel.

Der Tisch war gedeckt, Brigit und Finn kamen zurück, und dann setzten sich alle zum Essen nieder.

Da gab es Körbchen mit gekochten Eiern und Holzteller mit Vollkornbrot und Tellerchen mit Butter für jeden und Kannen mit heißem, süßem Tee. Es gab auch zwei Teller mit Rühreiern und bestimmten Kräutern extra für Brigit und Pidge, und sie tranken einen besonderen Fruchtsaft, den sie nicht kannten. Das Steingutgeschirr hatte ein hübsches Blumenmuster: Löwenzahn in leuchtendem Gelb und Grün auf blassbraunem Grund unter der Glasur. Brigit bewunderte besonders die Eierbecher, die die anderen hatten.

Zwischen zwei Bissen sagte sie:

«Es ist hübsch hier. Alle Sachen sind hübsch, und die Felder sind so klein und fein, sie sehen aus wie Spielzeugfelder.»

«Diese Felder haben die Menschen Jahr um Jahr ernährt, von Anbeginn; sie sind uns allen Mutter und Vater – die lieblichen grünen Felder, gesegnet seien sie», sagte der alte Daire ernst.

«Bitte noch etwas Brot und Butter», sagte Brigit.

Daire reichte ihr die Schale und ergriff ihre Hand, die sich ihm entgegenstreckte.

«Diese kleine Hand wird noch große Taten tun», sagte er, und Brigit errötete vor Freude.

«Wann denn?», fragte sie.

«Wenn es Zeit ist», sagte er.

Pidge nahm das mit einem Gefühl der Dankbarkeit auf; es verhieß Gutes für die Zukunft. Beim Essen betrachtete er die Menschen, die sich als so gute Freunde erwiesen. Sie alle glichen Daire und Finn und waren wie sie gekleidet, in den gleichen graublauen handgewebten Stoff. Ihre Kleider schienen allesamt aus neuem Stoff gemacht zu sein; es war nicht ein Flicken darauf, obwohl es doch Arbeitskleidung war. Als er aber Daires ärmellose Weste betrachtete, entdeckte er unter seinem linken Arm einen sorgfältig aufgenähten Flicken. Hab' ich mich doch getäuscht, dachte er, und nahm den letzten Bissen Rührei.

Eine der Frauen bewunderte Brigits Brosche und sagte ihr, wie hübsch sie sei. Sie berührte den kleinen silbernen Bogen und Pfeil mit ihren Händen. Pidge fiel auf, dass sie nicht nach harter Arbeit aussahen.

«Jetzt solltet ihr aufbrechen», sagte der alte Daire, als sie fertig waren und sich satt gegessen hatten. «Ihr habt bestimmt noch einen weiten Weg vor euch.»

«Habt Dank für alles», sagte Pidge verlegen. Er war noch nicht alt genug, um Erwachsenen gegenüber unbefangen seinen Dank auszudrücken zu können, und nicht mehr klein genug, um wie Brigit frisch von der Leber weg zu plappern.

«Ihr habt wirklich schöne Teller und Eierbecher», sagte sie neidvoll. «Danke fürs Frühstück.»

Der alte Daire streckte ihnen die Hand zum Abschied entgegen. Brigit nahm den Schulranzen auf den Rücken und gab allen die Hand. Dann nahm der alte Daire Pidges Hand.

«Du bist einer von diesen Stillen, Zuverlässigen, die viel sehen und wenig sagen.»

«Das habe ich nicht gewusst; aber es stimmt wohl», sagte Pidge ein wenig überrascht.

«Zeig du ihnen den Weg», befahl der alte Daire Finn und gab ihm einen Stüber mit seiner Mütze.

Finns Blick war zurück auf den Punkt am oberen Ende des Tales gerichtet, an dem sie es betreten hatten. Er stieß einen leisen Pfiff aus, und da unterbrachen alle Leute, auch jene, die weit entfernt waren, ihre Arbeit und sahen zu ihm hin.

Sie folgten sogleich seinem Blick, alles wandte sich dem Felsenrand zu und starrte die Hunde an, die am Horizont aufgetaucht waren.

Es wurde sehr still.

Die Rauchfahnen, die schnurgerade aufgestiegen waren, knickten plötzlich im rechten Winkel auf gleicher Höhe mit der Felswand ab und bildeten wirbelnd eine dichte Decke, die sich um den Platz legte, an dem die Hunde lauerten. Dort verdichtete sich die Rauchdecke noch mehr und schwoll nach allen Seiten zu einer graugelben Masse an, die alles, was im Tal war, vor den Blicken der Hunde verbarg.

Finn hievte Brigit auf seinen Rücken und gab Pidge ein Zeichen, dass er ihm folgen solle. Dann ging er, anstatt die Straße zu benutzen, querfeldein auf den Ausgang des Tales zu. Es war ein dunkler, überwucherter Tunnel, und er ging schweigend voran, bis sie draußen in der freien Landschaft ankamen.

Bei einem großen Weißdornstrauch blieb er stehen und setzte Brigit ab. Er bückte sich und pflückte eine Pusteblume, die er Pidge gab.

«Lauft», sagte er, «lauft, bis alle Samen bis auf einen weggeflogen sind – dann bleibt stehen.»

Und damit war er fort.

Während Pidge sich einen Augenblick umschaute, um herauszufinden, wohin sie laufen sollten, begann Brigit wie wild den Boden abzusuchen.

«Ich habe meine Brosche verloren», sagte sie zornig.

«O nein! Jetzt doch nicht! Wir müssen doch davonlaufen!»

«Ohne die Brosche geh' ich nicht», sagte sie hitzig, als erwarte sie, dass er mit ihr streiten würde.

«Natürlich kannst du nicht ohne sie gehen», sagte er finster, und zusammen marschierten sie durch den Tunnel zurück und suchten alles ab.

Sie mussten den ganzen Weg zurückverfolgen, bis sie sie auf einem Grasfleck gleich am Taleingang liegen sahen. Brigit hob sie rasch auf, und Pidge half ihr, sie wieder an ihrer Strickjacke zu befestigen; dabei machte er etwas fahrige Bewegungen, weil es ihn drängte fortzukommen.

Instinktiv warfen beide einen raschen Blick zurück, um zu sehen, ob der Rauch immer noch da war, und stellten fest, dass er dichter war als zuvor. Aber all die Menschen waren verschwunden, vielleicht in ihre Häuser; und Hunderte von Hasen spielten im Tal. Sie boxten und jagten einander und sprangen herum, wie es ihre närrische Art ist. Die Eselherde war nicht mehr da; jetzt rupften seltsamerweise edle Pferde an ihrer Stelle Gras.

Sie gingen durch den Tunnel zurück und gelangten wieder zu dem Weißdornstrauch.

«Halt meine Hand fest, Brigit», sagte Pidge, und sie rannten los.

12. Kapitel

Sie liefen rasch und leicht, gestärkt von den Kräutern, die sie gegessen hatten; Pidge hielt die duftige kleine Kugel vor sich, um sie beobachten zu können. Während sie rannten, lösten sich immer wieder einzelne kleine Fallschirme von der Pusteblume und flogen davon. Pidge warf einen kurzen Blick zurück, und es kam ihm so vor, als ob sich das Verborgene Tal in eine Bergfestung verwandelt hätte, die in der Ferne schon ganz klein geworden war.

Sie flitzten über Heideland, Torfmoore und Flüsse dahin.

Sie sprangen über Gräben, Bäche und Felsbrocken. Sie liefen um kleine Seen, junges Dickicht und feuchte Moorlöcher herum und rannten über ebenes Weideland, holprigen, mit Riedgras bewachsenen Boden und Gräben, in denen schaumbedecktes Wasser blubberte.

Und immer wieder flog einer der kleinen Fallschirme davon.

Es dauerte lange.

Die Sonne wanderte weiter, und die Schatten veränderten sich; der Tag strahlte eine andere Atmosphäre aus als der Morgen. Sie waren kein bisschen müde. Brigit plapperte über Dinge, die ihr im Vorbeilaufen auffielen, aber sie fragte nicht einmal, ob sie stehenbleiben könnten, um zu spielen oder etwas zu erforschen.

Dann war es schließlich so weit.

Es blieben noch zwei Fallschirmchen.

Als sich einer davon ablöste und davonflog, blieben sie sofort stehen.

«Jetzt müssen wir gehen», sagte Pidge, obwohl er deutlich spürte, dass sie leicht noch hätten weiterrennen können, wenn sie gewollt hätten.

Das letzte Fallschirmchen fiel ab, und er warf den Stängel weg.

In der Nähe ragte eine große, steile Felsklippe auf, die aber auf einer Seite besteigbar war. Neugierig, wie weit sie gekommen waren, kletterten sie hinauf. Sie verweilten einen Moment auf der Spitze und durchmaßen mit den Blicken die erstaunliche Entfernung, die sie hinter sich gelegt hatten. Vom Verborgenen Tal oder etwas Ähnlichem war nicht das Geringste zu sehen.

Während sie Ausschau hielten, wurden in weiter Ferne die Gestalten der Hunde sichtbar. Sie schienen aus dem Boden zu wachsen, weil sie so weit weg waren; aber sie rannten unglaublich schnell.

Vielleicht weil er sie instinktiv mit dem Blick suchte, bemerkte Pidge sie zuerst.

«Kaum zu glauben – sie haben uns schon aufgespürt», sagte er bedächtig.

«Wo sind sie denn?»

Er deutete in ihre Richtung.

«Ganz da hinten. Siehst du, wie sie sich bewegen?»

«O ja. Sie sehen so winzig aus wie Hasen. Ich hoffe, dass sie sich allesamt die Beine brechen.»

«Wir müssen weitergehen, als wären sie gar nicht da, stimmt's, Brigit?»

«Stimmt.»

Sie stolperten und rutschten von dem Felsen herunter und gingen weiter, wohin auch immer ihr Weg sie führen mochte.

«Wieso konnten wir so toll rennen?», fragte Brigit.

«Wahrscheinlich war etwas in dem Essen oder in dem Saft, den der alte Daire uns gegeben hat. Komisch, dass Finn so genau wusste, wann wir zu rennen aufhören sollen. Aber ich glaube trotzdem nicht, dass diese Leute irgendwelche Götter waren – nur ein bisschen seltsam waren sie halt.»

In kurzen Abständen schaute er zurück, um festzustellen, wie weit die Hunde schon gekommen waren, und die Haare standen ihm zu Berge, weil sie so schnell aufholten. Er sah, dass Brigit eine Gänsehaut bekam.

Aber die Hunde wollten sie offenbar gar nicht einholen.

Als sie einen bestimmten Abstand zu Brigit und Pidge erreicht hatten, hörten sie zu rennen auf. Sie blieben in dieser Entfernung und schienen sich damit zufriedenzugeben, einfach ihre Spur zu verfolgen. Manchmal mussten sie eine Weile traben, um den Abstand ungefähr einzuhalten; meist aber gelang ihnen das, indem sie einfach dahintrotteten. Pidge sah es mit größter Erleichterung.

Im Lauf der Zeit gewöhnten sich die Kinder daran, dass die Hunde ihnen folgten. Wenn sie ein großes Hindernis zu umgehen hatten oder eine Zeit lang durch Bäume oder Büsche verdeckt waren, machten die Hunde keinen Versuch, den Abstand zu verringern. Brigit blieb zweimal stehen, um eine Blume zu pflücken, obwohl die Hunde es genau sehen konnten und obwohl Pidge sagte, sie solle es nicht tun. Sie wollte herausfinden, was die Hunde machen würden. Sie ließen sich jedes Mal sofort zu Boden fallen und lagen reglos wartend da, als wären sie in Stein gehauen. Ein paarmal liefen die Kinder ein kleines Stück, wenn sie sicher waren, nicht gesehen zu werden, und achteten sorgfältig darauf, ihre Schritte rechtzeitig zu verlangsamen und wieder wie vorher zu gehen. Bald waren sie richtig darauf eingespielt.

Brigit begann zurückzubleiben.

Pidge war beunruhigt, als er sah, dass sie hinkte.

«Was ist denn los?»

«Ich habe ein Steinchen in meiner Socke. Ich muss mich hinsetzen und es rausholen», sagte sie finster.

«Macht nichts, sie werden schon nicht versuchen, uns einzuholen. Ich hatte schon Angst, du hättest dir den Knöchel verstaucht.»

Er lächelte ihr ermutigend zu und hielt nach einem Platz Ausschau, an dem sie angenehm sitzen konnte.

Zu ihrer Rechten lag ein mächtiger Baumstamm.

Er war stellenweise mit Moos bewachsen, hatte grüne Schimmelflecken, und hie und da ragten kleine Farne wie helle, grüne Federn aus seiner Rinde; und dann war da noch ein großer, zäher Schwamm von einer Art blaugrauer Farbe, der an einem Ende saß, geradeso wie ein keck aufgesetztes Hütchen. Der Baum sah in all seinem Schmuck sehr verlockend aus. Der Boden rings um ihn war mit ganz feinem, weichem, dichtem Gras bedeckt, das sehr einladend wirkte.

Sie setzten sich darauf, und Brigit zog ihre Sandale und ihre Socke aus.

Eine zarte Stimme flüsterte irgendwo über ihnen:

«Ich glaube, man sollte ihn mal so richtig zwicken.»

Eine andere leise Stimme flüsterte zustimmend:

«Das finde ich auch. Ein tüchtiges bisschen Zwicken würde ihm nicht schaden.»

Und dann stimmte ein ganzer Chor ähnlicher Stimmchen gemeinsam zu, dass «er» ein «tüchtiges Zwicken» vertragen könne.

Manche sagten: «Das würde ihn zur Vernunft bringen.»

Andere sagten: «Nichts kuriert so gut wie so eine Kur.»

Wieder andere sagten: «Ein Zwicken zur rechten Zeit erspart viel Albernheit.»

Und dann sagte eine Stimme zögernd:

«Wer andre zwickt, wird selbst gezwackt.»

Diese furchtbare Bemerkung zog Schweigen nach sich.

Die Stimme, die sie geäußert hatte, brach in nervöses Gekicher aus, dann war es wieder still.

Brigit rückte nah an Pidge heran und flüsterte ihm ins Ohr:

«Wer ist er? Sprechen die von dir?»

«Ich weiß nicht», flüsterte er zurück.

Die Stimmen ließen sich wieder vernehmen.

Eine sagte:

«Meine liebe alte Tante pflegte immer zu sagen: ‹Erst zwicken, dann fragen.›»

«Das passt zu deiner lieben alten Tante – immer zum Kampf bereit.»

«Nichts gegen meine liebe alte Tante, sonst kriegst du selber gleich eins gezwickt.»

Eine dritte Stimme schaltete sich in diesen privaten Händel ein.

«Wir sollten ihm einfach sagen, dass er bekloppt ist, anstatt ihn zu zwicken – das ist meine Meinung.»

«Da riskieren wir mehr als ein blaues Auge. Es könnte wieder ein Ehrensalutkommando bedeuten!»

«Ja, ja», sagte eine letzte zarte Stimme traurig, «er ist einfach zu bekloppt, um zu kapieren, dass er bekloppt ist, das ist das Schlimme.»

Pidge stand auf und schaute sich um. Alles, was er entdecken konnte, war etwa ein Dutzend Ohrwürmer, die sich auf der Baumrinde sonnten.

«Niemand da», sagte er leise und setzte sich wieder.

Die Stimmen fuhren fort zu wispern:

«Er kann einem das Blut falsch rum laufen lassen!»

«Mit seinem Dreispitz und seinem Französisch!»

«Er sagt, es wär' Französisch, aber soweit wir wissen, ist es Altdümmlich.»

«Er gibt mit seinen Schlachten an! Schlachten? Wenn ihr mich fragt, ist das alles Quatsch.»

«Na ja, ich weiß nicht – immerhin hat man bei ihm was zu lachen. Ich krieg' manchmal richtig Seitenstechen vor lauter Kichern über ihn.»

«Lass dich bloß nicht von ihm erwischen, darauf kommt's an.»

Nachdem Brigit sich die Socke und die Sandale wieder angezogen hatte, standen die Kinder auf. Pidge beugte sich vor und warf einen Schatten über den Baum.

«Die Sonne hat sich hinter eine Wolke verzogen», sagte eine Stimme.

«Oje, hoffentlich regnet's nicht!»

«Ich hoffe schon, dass es regnet, dann können wir alle heimgehen.»

«Also – wir machen immer so weiter und unternehmen nie was dagegen.»

«Ja. Wir tun ihm halt den Gefallen.»

«Armer Kerl.»

«Aber meistens macht's mir doch Spaß.»

«Mir auch – meistens, aber nicht immer.»

«Es sind die Ohrwürmer», sagte Brigit plötzlich. «Sie sind's, die reden.»

«Donner!», schrie einer der Ohrwürmer. «Ich hab's donnern gehört. Ich wusste doch, dass es regnen wird.»

«Gehn wir in Deckung!»

Ein Ohrwurm, der einen Napoleonshut trug, kam aus einer Spalte in der Rinde hervor und begab sich in eine kleine Öffnung unter dem Schwamm.

«Courage, Mes Braves!», rief er. «'altet Stand. Ici gibts keinen Rückzug von Moskau!»

13. Kapitel

Der kleine Ohrwurm, der den Hut trug, sprach so energisch, dass alle anderen Ohrwürmer in ihrem ziellosen Wimmeln innehielten und stillstanden.

Trotzdem hörte man spöttisches Gemurmel:

«Oh, was für eine Überraschung – wo doch gar kein Schnee da ist. Aber wenn Schnee da wäre, würde er uns den langen Rückzug von Moskau diesen ollen Baum rauf und runter machen lassen, bis uns die Kneifer abgefroren wären, und wir könnten kein Auge zumachen, bis es taut!»

Andere murrten:

«Ich hab' dir ja gesagt, dass er nicht ganz bei Trost ist!»

«Ich glaube, er ist die meiste Zeit von Fieber geschüttelt.»

Und: «Ich würde ja gern lachen, aber das würde dann ein Duell im Morgengrauen geben, wenn man mich auch nur beim Grinsen ertappt.»

«Silence!», brüllte der Kleine mit dem Dreispitz. «Aufgepasst. Meine 'erren, stillgestanden!»

Die anderen verstummten daraufhin und standen still.

Die Kinder sahen fasziniert zu.

Der mit dem Hut ging auf und ab, die Vorderbeine auf den Rücken gelegt.

«Aha!», schrie er, als hätte er sie ertappt. Sie reagierten mit schuldbewusstem Gescharre darauf.

«Die Disziplin lässt nach, wenn isch nischt aufpassen, wie isch bemerken muss. Wo ist mein Kaiserlisch Wach?»

Ein Ohrwurm trat vor und sagte, nachdem er schneidig salutiert hatte:

«Sie wurde mit der Wäsche eingezogen und gebügelt, Mon Général!»

Ein zweiter salutierte noch schneidiger und fügte hinzu:

«Es ist schon die dritte Einheit diese Woche, Sir. Wir werden dadurch stark dezimiert!»

Der mit dem Hut schien in tiefes Nachdenken zu versinken, während er auf und ab schritt.

«Was ist das für eine fatale Faszination für frisch Wäsch?», fragte er sich selbst leise, aber leidenschaftlich, und er wiegte den Kopf über diesem Rätsel hin und her. In Kürze löste er das Rätsel zu seiner eigenen Zufriedenheit und murmelte: «Schicksal!» Und dann schien er wieder der zu sein, der er vor Kenntnisnahme der schrecklichen Nachrichten gewesen war. Er nahm eine Haltung würdiger Förmlichkeit an und sagte stolz:

«Die Fortünes des Krieges, Mes Amis, 'ut ab und ein Minut Schweigen für unsere tapferen Toten!»

Ein paar schwache Stimmen klagten: «Wir haben doch gar keine Hüte», und: «Er ist es doch, der einen Hut trägt», und dann war es wieder still.

Pidge nutzte die Gelegenheit, um sich zu vergewissern, dass die Hunde nicht in Sicht waren. Er schaute gewissenhaft in alle Richtungen, für den Fall, dass sie ihn durch irgendeinen Trick in Sicherheit zu wiegen versuchten. Er hatte den Verdacht, sie könnten sich herangeschlichen haben und plötzlich losspringen, weil sie wussten, dass er und Brigit nicht auf der Hut waren. Aber wo immer sie auch sein mochten, zu erspähen waren sie nicht.

«In Reih und Glied antreten!», rief der Ohrwurm mit dem Hut, nachdem ein paar Sekunden lang tiefe Stille geherrscht hatte. Die anderen gehorchten auf der Stelle, krochen hastig durch- und übereinander. Man hörte Ausrufe wie: «Geh von meinen Füßen runter, aber schnell», und: «Schau doch, wo du hintrittst,

Dermot», und: «Du stehst auf meinem Kopf, du Idiot!» – dann standen sie schön aufgereiht da.

«Pidge», sagte Brigit und deutete auf den mit dem Hut, «das ist der verrückte Ohrwurm, von dem ich dir neulich erzählt hab'.»

Darauf waren überraschte und erschreckte Ausrufe und nervöses Gekicher aus der Truppe zu hören.

«Ruhe!», schrie der mit dem Hut. «Oder wollt ihr eusch sagen lassen, dass wir kein Disziplin 'aben? Dass wir nur von einer Sischer'eitsnadel zusammenge'alten werden? Nehmt 'altung an! Allez!»

Die Ohrwürmer stellten sich wieder in Reih und Glied auf.

Als sie reglos dastanden, richtete er sich zu seiner ganzen Größe auf und betrachtete Brigit kritisch.

«Da sieht man sisch also wieder», sagte er langsam. «Isch kenne Sie. Warten Sie mal – sind wir uns nischt im Hauptquartier bei der Schlacht von Waterloo begegnet?»

«Ja. Sie haben in der alten Regentonne gesessen.»

Die anderen gaben ein mühsam ersticktes Kichern von sich, das er augenblicklich mit einem gebieterischen, durchbohrenden Blick zum Verstummen brachte. Als die Ordnung hergestellt war, wandte er seine Aufmerksamkeit wieder Brigit zu.

«Es mag sein, dass isch misch in eine alte Regentonne auf'ielt – diese Rotröcke treiben sisch ja überall 'erum», antwortete er hochmütig. «Aber ist das besser, als in ein stinkend alt Stiefel zu sitzen, das ‹Die Wellington› 'eißt, wenn isch misch nischt täusche, und isch täusche misch nie.»

«Ja, das sind Sie. Sie haben den gleichen doofen Hut auf wie damals», gab Brigit zurück.

«Was?», rief er. «Sie nennen meine beste Sonntags-Tricorne eine doofe 'ut? Kritik von Zivilisten nischt gestattet! Alors! 'aben Sie vielleischt verbreitet, isch sei verrückt? Der Kaiser Napoleon – denn das bin isch! Moi?! Napoleon Forficula Auricularia – der Ohrwurm der Ohrwürmer?!», schloss er leidenschaftlich, während er stolz und kühn auf und ab schritt, die Brust vorgereckt wie ein Bollwerk.

Bevor Brigit antworten konnte, trat mit einem Sprung ein Ohrwurm vor und rief:

«Bitte rekognoszieren zu dürfen, Mon Général!»

Die Erlaubnis wurde mit einer Geste des Vorderbeins erteilt, ohne dass der kleine Napoleon sein temperamentvolles Auf- und Abschreiten im Geringsten unterbrochen hätte. Der andere kleine Ohrwurm lief an Pidges Arm hinauf, auf seine Schulter. Er stellte sich auf die Hinterfüße und tat so, als suche er die Gegend ab.

«Sag, dass alle wahrhaft Großen vom Wahnsinn gestreift sind – das hört er gern», flüsterte er Pidge überaus vertraulich und freundschaftlich zu.

«Nun, Corporal?»

«Nichts in Sicht, Mon Général!»

«Wir haben gehört, dass alle wahrhaft Großen vom Wahnsinn gestreift sind», sagte Pidge getreulich, weil er ihn nicht verletzen wollte.

Der kleine Napoleon blieb stehen und bedachte diese Worte.

«So sei es», sagte er pathetisch. «Wenn isch verrückt sein muss, um groß zu sein – dann adieu, gesunder Verstand; der Preis ist nischt zu hoch.»

«Sie hätten die Medizin nehmen sollen, die ich ihnen geben wollte; die hätte ihnen unheimlich gutgetan», sagte Brigit vorwurfsvoll.

«Bäh!» Er schüttelte sich vor Abscheu. «Sie wollten misch die 'ustenmixtür geben. Wissen Sie denn nischt, dass man eine Kognac nach misch benannt 'at? Das ist besser, als eine stinkende alte Schiff die Name zu geben, wie Wellington! Keine Wunder, dass die Rotröcke zittern, wenn meine Name genannt wird!»

«Wenn er Rotröcke sagt, meint er nicht die Engländer, sondern die roten Ameisen, weißt du», flüsterte der Ohrwurm-Corporal Pidge zu.

«Du bist ein undankbares Gör. Ich wollte doch nur, dass es dir bessergeht», sagte Brigit barsch zu dem kleinen Napoleon.

«Sie misch immer beleidigen. Wie können Sie es wagen zu be'aupten, isch kenne kein Dankbarkeit!?», rief er empört zurück.

Aus den Reihen der Ohrwürmer, die stillstanden, war lautes Gemurmel zu hören, das durchaus für seine Ohren bestimmt war.

«Na, na!»

«Die kennen unseren General nicht!»

«Er ist ein toller Bursche.»

«Die Dankbarkeit in Person!»

Er würdigte diese Huldigungen mit einer steifen Verbeugung.

«Sie können alles 'aben, was Sie wollen», sagte er zu Brigit. «Möschten Sie die König von Neapel werden? Sagen Sie nur eine Wort! 'ühnschen Marengo? Wird sofort zubereitet. Alles, was Sie wollen!»

«Ich weiß nicht, wovon du redest, und außerdem kann ich nicht den ganzen Tag hier rumstehen und mit dir streiten. Diese verrückten Hunde verfolgen uns, und ich hab' schon lang genug mit dir geredet.»

«'unde?»

«Ja.»

«Dein Freunde?»

«Nein, nein!»

«Verrückt, sagen Sie?»

«Ja.»

«Ah, *les Rapides*. Wir werden sie für eusch bekämpfen.»

«Hört, hört!», jubelten die anderen Ohrwürmer.

«Das ist gut», sagte Brigit entzückt. Pidge grinste.

«Lasst die 'örner erschallen, schlagt die Trommeln. Ruft Ma Grande Armee zusammen!»

Die versammelten Ohrwürmer wurden daraufhin sehr munter.

Trommeln wirbelten, und ein paar Hörnerklänge ertönten.

Auf diese Rufe hin krochen Tausende von Ohrwürmern aus den Ritzen und Spalten des Baumstamms hervor. Manche von ihnen trugen grüne Schärpen, die einfach aus Grashalmen bestanden, und dies waren die Offiziere, denn sie gaben die Befehle aus. Die Ohrwurmmenge hastete und kroch und krabbelte wie verrückt durcheinander. Die Befehle waren klar und nachdrücklich, und die wimmelnde Masse gehorchte und stand alsbald diszipliniert in Reih und Glied.

Im Befehlston hieß es jetzt: «Trommelbub!», und ein kleiner Ohrwurm begann einen gedämpften Schlag auf der Trommel, die aus einem Eichelnapf mit einem fest darüber gespannten Rosenblatt bestand. Im Vergleich zu dem winzigen Trommler, der sie so geschickt schlug, wirkte sie riesengroß. Der Klang schien die Armee zu erregen und in Bann zu schlagen. Die Ohrwürmer bebten und wankten ein wenig, dem berauschenden Rhythmus gehorchend, und schienen zu allem bereit zu sein.

Es folgte ein Anwesenheitsappell, der mit den Worten: «Erste Brigade Alte Garde» begann, und als er absolviert war, warteten alle auf die Worte ihres Führers.

«Mes Braves ...», begann er.

«Drrrm, Drrrm», machte die Trommel.

Die Ohrwürmer jubelten in rückhaltloser Begeisterung.

«Es ist Zeit, in den Kampf zu ziehen. Les Rapides sind schon ganz nah, und uns steht 'art Arbeit bevor. Jederwurm wird sein Pflischt tun, ohne zu fragen, und wir 'aben die Vorteil der Überraschung. Unser Taktik ist einfach – 'inter'alt und Überfall. Es wird geben Lupinenbonbons für gute Führung. Zwischen Leben und Tod – es ist nur eine Augenblick. Geht los auf die Nasen. Courage, Mes Braves, Bonne Chance!»

Wieder brach lauter Jubel aus den Reihen hervor; alle schienen Sehnsucht danach zu haben, sich auf den Feind zu stürzen. Ein durchdringendes Hornsignal wurde mit einer kleinen leeren Samenhülse gegeben.

«Was für ein Armee isch 'abe», sagte der Ohrwurm-Napoleon mit tränenerstickter Stimme, bevor er ausrief:

«Pour l'Empereur et la Gloire!»

«Puhr Lamperör ela Gloar», schallte es zurück, weil sie nicht viel von dem verstanden, was er sagte, und das war ihnen auch gleichgültig, solange es eine Schlacht geben würde.

Offiziere schrien Befehle:

«Präsentiert ... die Greifer!»

Tausende von Kneifzangen schossen nach oben.

«Greifer ... über!»

«Vorwärts ... Marsch! Contre Les Rapides!»

Wie betäubt vom Klang der Trommeln, deren nun viele wirbelten, folgte Glied auf Glied dem Anführer, der rittlings auf einem besonders langen und kräftigen Ohrwurm saß. Sie strömten vom Baumstamm herab zur Erde. Man sah jetzt, dass die Trommeln anderen besonders großen Ohrwürmern aufgeschnallt waren, auf deren Rücken stolz kleine Trommelbuben saßen, die den hypnotischen Trommelwirbel fortsetzten.

Viele laute Jubelrufe, für Ohrwürmer ohrenbetäubend laut, erschollen; und während Regiment um Regiment vorbeizog, salutierten sie Brigit und Pidge mit einem: «Die Augen rechts!» und einem Neigen der Kneifzangen.

Eine Brigade sang: «Hoch die Kneifer», während sie vorbeizogen, und eine andere Truppe tönte: «Wir kehren nicht vor dem Morgen zurück!» Andere, die einen ernsthafteren Eindruck machten, sangen: «Nichts kneift so wie unsre Kneifer», und es klang getragen wie eine Hymne; und dann riefen Einzelne von Zeit zu Zeit Sätze aus wie: «Auf die Nasen, Freunde!» und: «Puhr Lamperör ela Gloar!» und: «Pass auf, dass du nicht eingeschnauft wirst, Johnny», worauf die Antwort kam: «Pass selber auf, Brian.»

Pidge und Brigit sahen zu, bis die letzten Abteilungen verschwunden waren.

«Ich hätte es nicht geglaubt, wenn ich's nicht gesehen hätte – was für ein Schauspieler!», sagte eine Stimme dicht neben Pidges Ohr.

Es war der Ohrwurm-Corporal, der in voller Größe auf Pidges Schulter stand.

«Ach, dich hatte ich ganz vergessen», sagte Pidge.

«Wolltest du nicht mit den anderen gehen?», fragte Brigit.

«Nein. Von dem Spielchen habe ich genug. Habt ihr gesehen, wie sie ihm alle verfallen sind? Die sind noch dümmer als er. Richtig hypnotisiert! Hier oben war ich auf einer höheren Ebene und habe mich nicht hineinziehen lassen. Könntet ihr mich mitnehmen? Ich geh' heim zu meiner Mami.»

«Ja. Du musst dich nur gut festhalten», ermahnte Pidge ihn.

Sie setzten ihren Weg langsam fort, weil Brigit sagte, ihr Fuß habe wegen dem dummen Stein eine wehe Stelle.

«Ja», fuhr der Corporal glücklich fort, «diesmal hab ich meine eigene Position gehabt.»

«Aber du sitzt doch gar nicht auf dem Po, sondern auf der Schulter», verbesserte ihn Brigit und grinste Pidge heimlich zu.

«Was heißt denn Po-sitz-ion eigentlich?», fragte sie stirnrunzelnd.

Pidge lachte nur.

«Ach, wie soll ich das alles bloß lernen?», rief sie aus.

Der Corporal erzählte ihnen, dass er Myles hieße und dass sie ihn Cluas nennen könnten, denn dies sei der korrekte Name seiner Sippe. Er sagte, sie benutzten ihre Vornamen nur, wenn viele von ihnen zusammen seien, um sich Verwirrung und Kopfschmerzen zu ersparen. Er fügte hinzu, sie seien alle sehr stolz auf ihren Sippennamen, denn er bedeute «Ohr». Und es sei unglaublich, was sie alles könnten, wenn es um Ohren gehe.

Dann sagte er höflich:

«Ich hoffe, ihr nehmt mir die Frage nicht übel, aber wer sind eure Feinde, diese Leer-Apiden, vor denen ihr davonrennt, und wieso um alles in der Welt lauft ihr überhaupt vor leeren Apiden davon?»

Da erzählte ihm Pidge im Weitergehen die ganze Geschichte, und als er geendet hatte, sagte Cluas bedauernd:

«Es tut mir jetzt leid, dass ich nicht mit den anderen gegangen bin. Wenn ich das gewusst hätte! Hätte ich euch doch nur geholfen!»

«Ach, mach dir keine Sorgen», sagte Pidge. «Es sind auch ohne dich noch genug.»

Sie blieben einen Augenblick stehen, während Brigit sich eine Handvoll weiches Moos holte und es unter ihren Fuß in die Sandale steckte. Als sie gerade fertig war, hörte man in der Ferne Gekläffe und Gejaule.

«Kannst du ein bisschen rennen? Wir könnten jetzt ein gutes Stück weiterkommen», sagte Pidge.

Brigit stimmte zu, und Pidge riet Cluas, sich gut festzuhalten, und dann nahm er Brigits Hand, und sie rannten los.

Da rochen sie den Rauch eines Torffeuers und sahen vor sich ein kleines Haus, das zum Teil von Bäumen verdeckt war, mit einem hübschen Rasenplatz davor, auf dem ein Apfelbaum wuchs. Hinter einer niedrigen Hecke lag ein Garten, in dem Leinen gespannt waren, übervoll mit Wäsche; sie wehte und blähte sich wie die Segel einer Galeone.

«Wir müssen jetzt langsam gehen. Wenn man uns so rennen sieht, könnte das verdächtig wirken; und wir wollen doch nicht auf eine Menge Fragen antworten müssen», sagte Pidge.

«Wo ist denn Cluas hin?»

«Ist er nicht mehr auf meiner Schulter?»

«Nein.»

«Er muss runtergefallen sein. Ich hab' ihm doch gesagt, er soll sich festhalten.»

«Vielleicht sind wir an seiner Mami vorbeigekommen, und er ist abgesprungen – das würde ja jeder so machen.»

Sie suchten auf dem Boden nach ihm, konnten ihn aber nirgends finden.

14. Kapitel

Als sie näher an das Haus herankamen, wunderten sie sich, von drinnen lautes Geheul zu hören.

Plötzlich flog die Halbtür auf, und ein kleiner Mann, nur mit einem Hemd bekleidet, kam herausgerannt; seine kleinen, dünnen Hühnerbeinchen zuckten so schnell über das Gras, dass man sie fast nicht sehen konnte.

Er wurde von einer mächtigen, dicken Frau verfolgt, die mit ihren gewaltigen Armen fuchtelte und ihm nachschrie:

«Also, diese Heulsuse! Dieses kleine Sabberschwein!»

Der kleine Mann erreichte den Apfelbaum, war oben wie der Blitz und sah nun, auf einem Ast hockend, zu ihr hinab.

«Komm runter, Cornelius!», donnerte sie.

«Nein, Hannah. Jetzt komm ich noch nicht», sagte der kleine Mann kläglich.

«Willst du wohl sofort runterkommen, du lächerlicher Knülch!», brüllte sie.

«Du hetzt mich ja doch bloß wieder rum, Hannah», erklärte der kleine Mann.

«Er hat mir ins Essen gespuckt, dieses Miststück», sagte die Frau. «Ich werd' ihn zu Kleinholz machen, wenn er zum Tee reinkommt.»

«Nein, bitte nicht, Hannah», rief der kleine Mann flehentlich.

«Doch!», sagte die dicke Frau. «Ne ordentliche Kopfnuss haste dir verdient, und ne ordentliche Kopfnuss wirste auch kriegen.»

Mit diesen Worten stapfte Hannah wieder in das Häuschen zurück und knallte die Tür hinter sich zu.

«Die mit ihrem Waschfimmel, die ertränkt mich noch in Seifenwasser», sagte der kleine Mann zu den Kindern. «Die rubbelt mir noch vollständig die Haut ab und reißt mir dauernd die Klamotten vom Leib. Vom ersten Hahnenschrei bis zum Sonnenuntergang nichts als Waschbretter und Zuber und Waschblau und Seifensud. Und Hände hat die, wie alter grauer Krepp, und Arme wie zwei rote Nackenrollen, und schaun tut die, dass die Uhr stehenbleibt. Stellt euch vor, was die tut! Reißt mir doch die Hosen runter, wo ich mich grad zu meinem Speckkraut setzen wollt.»

«Haben Sie ihr denn wirklich ins Essen gespuckt?», fragte Pidge.

«Klar hab' ich das, meiner Treu!», antwortete der kleine Mann begeistert. «Ich konnte einfach nicht anders. In einem fairen Kampf mit Händen und Füßen hätt' ich doch überhaupt keine Chance bei der. Ihr habt ja gesehn, was für'n Brocken die ist und was für Trümmer von Armen die hat. Ja, ins Essen hab' ich ihr gespuckt, genau das hab' ich getan. Ich war schon fast aus der Tür draußen, da hat sie mich beim Hemdzipfel erwischt, und dann hat's aber Knüffe und Püffe gehagelt!»

«Spucken Sie ihr oft ins Essen?», fragte Brigit bewundernd.

«Fast jeden Waschtag», antwortete der kleine Mann. Er sah einen Augenblick nachdenklich zur Halbtür, und dann rief er ganz freundlich und bescheiden:

«Kann ich jetzt zum Essen reinkommen, Hannah, Liebes?»

«Kannst du nicht. *Ich* ess es!», röhrte es von drinnen.

«Da ist mein Speckkraut den Bach hinunter – wieder mal nichts», sagte der kleine Mann ohne eine Spur von Zorn. «So ein Pech, dass ihr ausgerechnet am Waschtag gekommen seid, sonst hätte ich euch reingebeten. Wisst ihr, sie ist ganz nett, wenn sie nicht grad wäscht. Oder jedenfalls beinah ganz nett.»

«Wann hat sie denn immer Waschtag?», fragte Brigit.

«Das ist so was. Das weiß niemand, bevor's losgeht. Da kriegt sie so 'ne Art Rappel auf Seifenflocken, und schon steht der Waschzuber da.»

«Na ja, wir müssen wohl sehen, dass wir weiterkommen», sagte Pidge verlegen.

«Wo geht's denn hin?», fragte der kleine Mann.

«Auf eine Reise der Wunder und der Schrecken», prahlte Brigit.

«Ach, wir machen nur einfach so eine Wanderung», sagte Pidge schnell und warf ihr einen vielsagenden Blick zu.

«Wenn ich nur meine Hosen hätt', dann könnt' ich ein Stück des Wegs mit euch gehn. Das tät' mir gefallen, an einem schönen Tag so'n bisschen die Straße langschlendern. Jedenfalls besser, als bei jedem Schnaufer Seifenschaum und Dampf zu schlucken.»

«Können Sie Ihre Hosen nicht doch holen?», fragte Brigit. «Na ja, sie macht wohl Kleinholz aus Ihnen, wenn Sie reingehn, was?»

«Das tut sie. Sie ist 'ne Frau, die steht zu ihrem Wort. Aber vielleicht krieg' ich meine Hosen auch, ohne dass ich mich so weit in die Gefahrenzone begeben muss.»

Er glitt vom Baum herunter, hob einen Erdklumpen auf und warf ihn gegen die Halbtür.

«Hannah! Ich komm jetzt rein, um meine Rechte wahrzunehmen!»

«Wart nur. Wenn du hier reinkommst, dann kriegste schon deine Rechte. Du wirst in 'ne Flasche gesteckt und zugestöpselt. Wenn du hier reinkommst, dann hast du so viel Chancen wie 'n einzelnes Schwein in 'nem Lager von halb verhungerten Wölfen. Da könnt' dich weder der Teufel noch der Doktor Faustus retten – wenn du's wagst, hier reinzukommen!», brüllte die dicke Frau.

«Du widerborstiger Haufen Pech! Ich hoff', mein Kohl mit Speck bleibt dir im Hals stecken. Das hoff' ich wirklich!», schrie der kleine Mann zurück, und er bückte sich, hob eine

Handvoll Falläpfel auf und schleuderte einen nach dem anderen geradewegs in die Küche, wo sie im Dunkeln verschwanden.

Hannah setzte sich zur Wehr: Ein Bügeleisen kam herausgesegelt und landete mit einem matten Plumps gute zehn Meter hinter dem Platz, an dem sie standen.

«Die ist stark, was?», raunte der kleine Mann stolz den Kindern zu. «Ich red' so leise, damit sie's ja nicht hört, dass ich was Gutes über sie sag'.»

Er hob einen dicken, trockenen Kuhfladen auf.

«Daneben, du gemeiner, ausgewachsener Verdrussbinkel! Weißt du, was du bist? Die allerscheinheiligste Angeberin, das bist du. Früher mal hast du'n Gesicht gehabt wie Milch und Honig, aber jetzt schaut's mehr nach verbranntem Rhabarberauflauf aus. Früher hattest du so was wie normale Beine zum Laufen, aber jetzt hast du zwei abgebrochene Telegrafenstangen in deinen Latschen stecken. 'n altes Ungeheuer bist du, eingepackt in 'n rosa Korsett, und da haste noch 'n kleines Präsent – wohl bekomm's!»

Bei diesen Worten flogen ein paar Mistfladen über die Halbtür hinein, hinter den Äpfeln her.

Hannah tat keinen Muckser.

«'s ist, als wenn ich 'nem Frosch die Federn ausrupfen wollt', was?», sagte der kleine Mann gut gelaunt zu den Kindern.

Einen Augenblick später kam ein Brüllen aus dem Haus wie von einem Stier, der die Zähne herausgerissen kriegt.

«Aha, das war noch der Schock grade eben, aber jetzt kriegtse wieder Luft», sagte der kleine Mann vergnügt.

«O mein schönes Essen! O meine kleinen feinen Pellkartoffeln! Verdorben und vermistet; nie mehr zu essen; kaputtgemacht von diesem lächerlichen, krummbeinigen Schlamper da draußen!»

Der kleine Mann krümmte sich vor Lachen.

«Mitten in die Pellkartoffeln», stieß er mühsam hervor, weil er kaum noch Luft bekam. Er rappelte sich mit Mühe zusammen, während ihm vor Lachen die Tränen aus den Augen liefen, und schrie aus Leibeskräften:

«Das wird dich lehren, mir mein Kraut wegzuessen!»

«Oje, meine schönen zwei Portionen! Eine bespuckt und eine vermistet! Was ist denn heute in dich gefahren, Corny, du mickriger Brösel von einem Nichts!»

«Meuterei – das ist heute in mich gefahren, Hannah. Was andres ist es doch wohl nicht?», schloss er ein bisschen unsicher.

«Meuterei, hä? Was andres ist es doch wohl nicht, hä? Das glaubst aber auch nur du, mein Kleiner!»

Aus dem Haus war wildes Herumfuhrwerken zu hören, das von Hannah mit laut gebrüllten Worten wie «Mist» und «feine Pellkartoffeln» und «versaut» unterstrichen wurde.

Jetzt kamen in rascher Folge allerlei Gegenstände aus dem Haus geflogen, die alle auf Corny zielten, um ihn dahin zu befördern, wo der Pfeffer wächst. Aber so gut sie auch zielte, Corny hüpfte, duckte sich und tanzte herum, sodass er immer eine Handbreit daneben oder darüber war und Hannahs schlimme Absichten zunichtemachte. Schürhaken, Geranientöpfe, Marmeladengläser, ein Tiegel voll kaltem Brei, drei schwere Nagelstiefel, eine Keksdose, ein Sack Kartoffeln, ein Sack Mehl, zwei Enteneier, eine entsetzt kreischende Katze, die auf allen vieren landete und dann davonsauste, und ein Leinensack voll Wäsche wurden aus der Tür geschleudert.

Als Corny den Wäschesack sah, stieß einen Freudenschrei aus und packte ihn. Er schüttete den Inhalt auf den Boden und wühlte in dem Kleiderhaufen herum.

«Meine Sonntagshosen! Und strohtrocken!», schrie er triumphierend.

Mit der Behändigkeit einer Forelle, die in ein Versteck huscht, verschwand er hinter einem Baum und zog sie an. Fast im gleichen Augenblick tauchte er schon wieder auf, jetzt in voller Montur.

«Los, kommt», sagte er, «bevor sie losbrüllt, als wollt' sie 'n Federbett plattmachen, denn die hat 'n Maul wie 'n Eimer und ’ne Stimme, mit der man ’ne Armee in die Flucht schlagen könnt’.»

«Wir haben sie schreien gehört», erinnerte ihn Brigit.

«Habt ihr nicht. Das war höchstens ’ne kleine Kostprobe.»

Er führte sie hinter das Bauernhaus. Von dort wand sich ein breiter Weg ins Land wie ein in Schleifen gelegtes Band; er bewegte sich von einer Seite zur anderen, als ob er mit gemächlicher Neugier alles betrachten wolle, was ihm in der Umgebung interessant vorkam.

«Sie ist irgendwie ein bisschen eigenartig, diese Hannah», bemerkte Brigit.

«Das ist sie», antwortete er freundlich. Dann warf er einen kurzen Blick über die Schulter, um sicherzugehen, dass er aus der Schusslinie war. «Sie ist schon ein verrücktes Huhn, da habt ihr recht.»

«Wie sieht sie eigentlich in Wirklichkeit aus?»

Pidge stieß sie mit dem Ellbogen an, dass sie sich benehmen solle, aber Brigit wich ihm aus. Sie empfand eine eigenartige Bewunderung für diese ungewöhnliche und starke Frau.

«Hast du sie nicht gesehen, als sie hinter mir her war?»

«Nur ein paar Sekunden. Aber in ein paar Sekunden kann man nicht viel erkennen. Sie sah ziemlich groß aus.»

«Ziemlich groß, sagst du? Die ist groß genug, um einen Grunzochsen umzuwerfen. Die ist so groß, dass ich ihr neulich, als sie draußen war, um ein Gänseblümchen zu bewundern, die Bettsocken geklaut hab’, und damit hab’ ich ’nen See abgefischt und hab’ sieben Hechte und achtundzwanzig Forellen und einen halben abgesoffenen Baum an Land gezogen. Den hab’ ich wieder reingeworfen. Mit dem anderen hab’ ich einen Heuschober zugedeckt, damit ihn der Wind nicht wegbläst, und es blieb noch genug übrig für eine geteerte Bootsdecke und vier Pferdedecken. Sie gehört zu der Art von Damen, die nichts als Wut und Kraft in Männerstiefeln sind. Und immer wenn Waschtag ist, wird sie grob. Sie ist eine ganz fabelhafte Tänzerin. Sie kann so schnell tanzen, dass sie sich fast die Beine verknotet. Die

Schritte, die sie beherrscht, würden jedem die Knöchel brechen, nur ihr nicht. Du würdest Magenkrämpfe kriegen, wenn du sie ihre Superjig tanzen sähst, und ihr steht alles ins Gesicht geschrieben, als wär' sie 'n Grabstein.»

«Ach, quatsch», sagte Brigit keck, «Sie geben ja bloß an!»

Corny brüllte vor Lachen, und Pidge stimmte ein.

«Wenn du sie je gesehen hättst, wie sie ihre Probenfassung von ‹The Blackbird› tanzt, würdest du mir glauben. Aber vielleicht tu' ich ihr arges Unrecht, weil ich sie wegen ihrer Größe zu sehr herausstreich'.»

Pidge war nahe daran zu lachen, weil er das für einen Witz hielt, aber dann sah er, dass Corny es ernst meinte.

«Wieso ist sie denn so groß geworden? Ist sie eine von denen, die immer ihren Teller leergegessen haben?», fragte Brigit.

«Sie essen zu sehen», begann Corny theatralisch, «davon würde 'ne Matrone 'nen nervösen Ausschlag kriegen. Zum Mittagessen bringt sie mehr als 'nen Zentner Pellkartoffeln auf den Tisch. Meistens kann ich vor lauter Kartoffelschalen meine Mütze nicht finden und erkälte mir deswegen oft genug den Kopf, wahrhaftig.»

«Klingt ziemlich gefräßig.»

«Brigit!» Pidge versuchte, seiner Stimme einen strengen Ton zu geben.

«Schon recht – sie übt nur ihren Beruf aus. Die Kleinen wollen alles wissen», sagte Corny und wedelte mit der Hand. «Hannah ist nicht gefräßig, sondern hungrig. Sie könnt 'n halbes Rind auf 'nem Sandwich verzehren und 'nen Baum umreißen, um seine Krone zu verdrücken wie ein Elefant. Sie ist fast so hungrig wie das Feuer, und das ist das Hungrigste, was es auf der Erde gibt.»

«Wirklich?», fragte Pidge, der an Wölfe mit scharfen Zähnen dachte und an Hyänen und Schakale, die der Inbegriff von Hunger zu sein schienen.

«Du darfst's mir glauben. Hast du nie gesehn, wie Flammen sich die roten Lippen lecken, bevor sie alles verschlingen, was sie vor sich haben? Das Feuer ist so hungrig, dass es immer mehr Appetit kriegt, je mehr du's fütterst. Lebewesen haben irgendwann mal genug, aber das Feuer nicht. Und das Meer ist auch so, und noch ärger.»

«Meinen Sie wirklich, dass Hannah beinah genauso hungrig ist?», fragte Brigit ungläubig.

«Das mein' ich. Und ich geb' dir die Hand drauf, was ihren Appetit betrifft, da ist sie fast so stark wie das Wasser.»

«Wasser?», sagte Brigit in geringschätzigem Tonfall. «Wasser ist doch nicht stark.»

«Ich glaub' ja nicht, dass das dein Ernst ist, aber wenn, dann irrst du dich. Das Wasser ist so stark, dass es Felsen abtragen und Berge versetzen kann. Weißt du denn nicht, dass ein einziger Mann ein Pferd zähmen kann, aber dass man Hunderte oder Tausende braucht, um Wasser in den Griff zu kriegen? Wenn ein Land ein Mensch wär', dann wären die Flüsse und Bäche seine Adern mit seinem ganzen Lebensblut drin. Auch wenn man es eindämmt, wird es nie richtig zahm. Es kann ganze Städte beleuchten und Räder drehen, und wenn sich's befreit und sich über 'ne Stadt hermacht, kann's das Leben auslöschen wie Kreide auf einer Schiefertafel. Das alles kann's; aber das Meer kann das auch alles, und noch viel mehr.»

«Ist sie wirklich so mächtig?», fragte Pidge.

«Fast so stark, und drum bin ich froh, wenn ich ihr am Waschtag nicht in die Hände gerate. Man weiß nie, wann der unglückliche Augenblick kommt, wo sie einem 'nen Tiefschlag versetzt. Trotzdem ist sie nicht gar so schlimm, die alte Hannah.»

«Das wissen wir – wir sind einer wirklich Schlimmen schon begegnet», sagte Brigit obenhin.

Nur ein ganz leises Lächeln huschte über Cornys Gesicht, sonst ließ nichts erkennen, dass er diese Mitteilung gehört hatte.

«Geht sie oft auf Sie los?», fragte Brigit dann.

«Allerdings. Jeden Waschtag, unfehlbar. Das ist 'ne feste Einrichtung.»

«Wäscht sie denn oft?»

«Ja. Sie mag den Seifenschaum so gern, drum. Sie vergisst alles, wenn sie mit dem Kopf in 'ner Wolke von Schaumblasen steckt, denen hört sie zu, als ob sie ihr was tratschen würden. Sie kommt dann ins Träumen, und das Mittagessen wird ein bewegliches Fest, was mich ganz verrückt macht. Und ich sag' dann Sachen, die wieder sie verrückt machen. 's gibt drei Sachen, die darf man an einem Waschtag nicht zu Hannah sagen, und die sag' ich dann fast immer. Aber zuerst schau ich natürlich, dass die Tür nicht weit ist, für 'nen schnellen Rückzug; aber manchmal ist sie schon drauf gefasst und erwischt mich trotzdem.»

«Welche drei Sachen sind das?», fragte Pidge.

«Folgende: ‹Das wäschst du nicht, weil ich das anhab'.› Und: ‹Is mein Essen immer noch nich fertig?› Und: ‹Ich glaub', 's sieht nach Regen aus.›»

«Kann sie gut rennen?», wollte Brigit wissen.

«Sie ist fast so schnell wie die Luft, wenn die sich vormacht, sie wär' der Wind, und nur das Meer ist noch schneller, wenn es seine Finger nach einem Ort ausstreckt und in Schauern ans andere Ende der Welt läuft, um zur gleichen Zeit ein ganzes Land mit seinem großen Zeh anzustupsen. Nur das Meer ist so schnell und kann in drei Richtungen gleichzeitig laufen. Also, Hannah ist fast so schnell wie der Wind, und das ist schon gar nicht so übel.»

Indessen waren sie ein gutes Stück die gewundene Straße entlanggewandert. Ab und zu sah Pidge sich verstohlen um und war jedes Mal heilfroh, keinen Hund zu entdecken. Er dachte gerade daran, welches Glück sie gehabt hatten, dass sie der Ohrwurmarmee begegnet waren, als irgendwo hinter ihnen Hannah ein Geheul ausstieß, das die Blätter an den Bäumen zittern ließ.

«Wo sind meine Bettsocken? Wer hat meine Bettsocken weggenommen? Wenn ich dich erwische, Corny, dann kriegst du das Gleiche, was die Trommel von Larry abgekriegt hat!»

Unruhe machte sich plötzlich in Cornys Gesicht breit. Er

schaute einige Augenblicke lang wie gehetzt um sich, als sei er sicher, es müsse einen idealen Fluchtweg geben, und dann, nach einem kurzen, entschuldigenden Achselzucken, überließ er seinen Füßen das Kommando und flüchtete wie ein Hase.

Hannah kam die Straße entlanggestapft.

Jeder ihrer donnernden Schritte ließ die Bäume erschauern und den Boden beben. Ab und zu fielen ein paar Steine aus den Feldmauern.

Als sie näher kam, sahen sie, dass sie riesengroß war und ein hübsches Gesicht hatte; und bevor Pidge sie davon abhalten konnte, rief Brigit ihr zu:

«Haben Sie dickes Blut?»

Als sie noch ein Stückchen näher war, erschien sie den Kindern so riesig, dass sie erschraken und auf die Seite sprangen, um sich vor ihren Stiefeln in Sicherheit zu bringen; sie standen jetzt rechts und links der Straße und sahen zu, wie sie näher kam.

Sie war ein großer, rot angelaufener, stämmiger, schwerer Brocken Frau und rauschte die Straße entlang wie ein Schiff unter vollen Segeln. Ihr Kleid blähte sich hinter ihr im raschen Fahrtwind, und es flatterte und knatterte, denn sie bewegte sich wirklich ungeheuer schnell vorwärts.

Als sie schon nahe war, lächelte sie ihnen zu, und ihr ganzes Gesicht strahlte dabei; und das war ein äußeres Zeichen ihrer inneren Schönheit, wie es im Katechismus zu heißen pflegte.

Als sie die Kinder eingeholt hatte, beugte sie sich im Gehen hinunter und hob sie mühelos wie zwei Tüten voll Federn auf ihre mächtigen Arme, über die der Seifenschaum in Streifen lief. Und all das geschah ganz sanft.

«Er ist jetzt völlig taub für mein Gebrüll», bemerkte sie freundlich; dann sprang sie über eine Mauer, und weiter ging es unerbittlich hinter Corny her, der selbst erstaunlich schnell war.

So lief sie Meile um Meile dahin, geschickt den Blumen und Büschen ausweichend, bis Corny schließlich an das Ufer eines breiten, reißenden Flusses gelangte, wo er kehrtmachte und um ein Dreieck aus Ebereschen rannte.

Als Hannah das Ufer erreichte, streifte sie ihre Stiefel ab, ging einen Augenblick so tief in die Hocke, dass die Knie das Kinn berührten, und landete mit einem gewaltigen Sprung am anderen Ufer. Ihre großen nackten Füße machten dabei ein lautes patschendes Geräusch auf dem flachen Abhang von nacktem Granit, der sich vom Wasser aus ein gutes Stück landeinwärts erstreckte.

Sie setzte die Kinder behutsam auf den Boden und hätte ihnen beinahe mit ihrer spatenartigen Hand den Kopf getätschelt, aber sie hielt ein paar Zentimeter vorher inne, ohne sie zu berühren. Dann machte sie einen gewaltigen Satz nach hinten und vollführte in der Luft eine kunstvolle Drehung, sodass sie mit beiden Füßen wieder in ihren Stiefeln landete, ohne dass sie von ihrem Platz gerückt wurden. Nun tauchte sie die Arme in den Fluss und ließ Seifenwasser aufschäumen. Aus den hohlen Händen blies sie eine Salve Schaumblasen über den Fluss zu den Kindern, bevor sie kehrtmachte und mit unglaublichen Sprüngen die Verfolgung wieder aufnahm.

Sie sahen Corny hinter einer Hügelkuppe verschwinden. Als Hannah die Kuppe erreichte, verharrte sie einen Augenblick als Umriss vor dem Himmel, drehte sich um und winkte ihnen zu. Dann entschwand sie ihren Blicken.

Die Schaumblasen hatten sich in dicken Trauben um ihre Köpfe gelegt.

Eine nach der anderen zerplatzte. Als die Blasen immer schneller zergingen, entstand eine Art Geflüster. Es klang wie das Zittern der Kristalle an einem Lüster, wenn ein Luftzug mit ihnen spielt; und sie sagten:

«Olc-Glas-ist-sicher-verwahrt-in-tiefem-Wasser-bewacht-und-gehütet-Tag-und-Nacht-von-hundert-der-grimmigsten-Hechte-Irlands-Ihre-Körper-wiegen-sich-im-dunklen-Wasser-sie-sind-ein-Ring-von-gelben-Augen-die-ohne-Mitleid-oder-eines-Augenblickes-Unachtsamkeit-auf-ihn-starren-Und-auchder-Herr-der-Wasser-isst-und-schläft-nicht-und-ist-darüber-erhaben-und-der-hervorragendste-Wächter-von-allen.»

Alle Blasen platzten, bis auf eine, die davonschwebte.

Bei dieser Nachricht warfen sich Pidge und Brigit beglückte Blicke zu, hüpften herum und fielen sich immer wieder vor Freude in die Arme.

Singend setzten sie ihre Wanderung fort.

Sie waren den Bergen näher gekommen, und die Hunde waren weit fort.

15. Kapitel

Es begann zu regnen.

Der Regen überspülte alles, was er berührte, und das brachte die Hunde in Verwirrung.

Sie hatten inzwischen die Stelle an der kleinen gewundenen Straße erreicht, an der Pidge und Brigit ans andere Ufer gesprungen waren, und schnüffelten mit sichtlich geschwollenen Nasen ratlos an Hannahs Stiefelspuren herum.

«Als ob es nicht genug wäre», sagte Vogelfang erschöpft, «dass wir die Witterung der jungen Welpen verlieren und den befremdlichen Geruch von einem andern in die Nase bekommen – muss es denn auch noch regnen, um uns noch mehr zu narren?»

«Schweig», sagte Graumaul.

«Nicht genug damit», beharrte Vogelfang, «dass uns die Stäbe der Mórrígan immer sogleich aufs Haupt schlagen, wenn wir den Weg nicht klar erkennen; dass wir von einer Heerschar von wahnwitzigen Insekten angefallen werden, nein, es muss auch noch regnen, damit es noch beschwerlicher für uns wird.»

«Psst», riet Graumaul abermals, «sprich nicht Worte des Verrats.»

«Elend ist unser Leben», sagte Vogelfang mit einem tiefen Seufzer.

«Still. Die Große Königin könnte es hören», sagte Seidenfell schaudernd.

«Sie hört uns nicht – denn wir sind von Geräuschen umgeben.

Alle Dinge ringsumher machen ihre natürlichen Geräusche. Wissen wir nicht sehr wohl, dass die Ohren der Mórrígan, wenn sie lauscht, alle Töne der Erde aufsaugen, weil ihre Aufmerksamkeit so groß ist für das, was sie hören möchte?»

«Nun gut – aber Schweigen ist weiser», sagte Graumaul und fügte ehrfurchtsvoll hinzu: «Wir sind in der Hand der Großen Königin, ihre Erhabenheit verleiht uns hohen Rang, sodass wir nicht sind wie die anderen unserer Art, die alle Menschen ‹Herr› nennen, ungeachtet, wie niedrig diese Herren sein mögen.»

Vogelfang gab keine Antwort.

Unter Findewegs Leitung nahmen sie die Suche wieder auf. Sie schwärmten sternförmig über die Gegend aus. Sie sprangen über Mauern, wenn es nötig war, ließen sich von nichts hindern und beschnüffelten jeden Grashalm, jeden Stein und jedes Blatt genau, ob sie ihnen verraten könnten, in welche Richtung Pidge und Brigit gegangen waren.

16. Kapitel

Im Glashaus herrschte leichter Verdruss.

Er lauerte hinter dem Gesicht der Mórrígan.

Er war verborgen hinter einer rosigweißen Maske, zu der sie ihre Züge geformt hatte, als wäre sie aus bleichem Plastilin. Sie hatte ihrem Gesicht eine Art Vollkommenheit verliehen, ihre Augenlider waren glatt und oval wie weiße Zuckermandeln, der Mund eine makellose Rosenknospe. In ihren Verdruss mischte sich eine immer wieder aufflackernde Belustigung darüber, dass sie so grauenvoll schön sein konnte. Es war eine Art vergnüglicher Zeitvertreib. Sie fand, dass sie ganz abscheulich aussehe.

Sie nahm einen Gegenstand von ihrem Armband und stellte ihn ein kleines Stück vor Pidge und Brigit auf den Weg.

Melody Mondlicht, die ihren schlaffen und erschöpften Schatten wie ein Tuch um den Hals trug, lächelte, als sie das Ding sah, und vollführte ein paar seltsame Fechthiebe in der Luft.

«Wollen wir doch sehen, ob der Dagda auch im Innern eines unserer Spielzeuge stark genug ist», sagte sie.

Sie rümpfte in tiefem Widerwillen die Nase, und Breda Ekelschön kratzte sich mit einem Bleistift hinterm Ohr, während ihr Blick von den Lehrbüchern zu den Reagenzgläsern und von den Reagenzgläsern zu einer Reihe präparierter Ratten glitt. Sie saßen auf dem Labortisch und putzten sich Gesicht und Schnurrbarthaare, und sie waren alle sehr schön. Sie dufteten nach Lavendel.

«Ihr seid alle miteinander richtig abstoßend», sagte sie und ließ sie mit einem Fingerschnippen verschwinden. Sie unterbrach für eine Weile ihre wissenschaftliche Arbeit und vollführte nun auch ein paar seltsame Hiebe in der Luft.

Die Mórrígan nieste.

Aus den tiefroten Höhlen ihrer zarten Nasenlöcher kam ein zweifacher dunkler Luftstrom, der sich zu länglichen, graphitgrauen Wolken bauschte. Sie breiteten sich aus und bildeten eine dichte Decke über der Gegend, in die Pidge und Brigit jetzt gelangten.

Mit einem Schauder sah Brigit zum Himmel. Die ganze Stimmung hatte sich geändert, der Tag war dunkel und trüb geworden.

«Blitzt es jetzt gleich wieder?»

«Sieht so aus», sagte Pidge, und sein Herz begann zu flattern, weil er an die geschwärzten Mauern beim Feld der Maines denken musste.

In der plötzlichen Düsternis wirkten die Bäume dürr und befremdend, und sie raschelten laut, als Wind aufkam. Bäume sind der ungeeignetste Platz, um darunter Schutz zu suchen, erinnerte er sich. So was Dummes tu' ich nicht noch mal.

Jetzt verdunkelte sich der Himmel noch mehr, ja er war plötzlich ganz schwarz. Rundum wurden die Schatten dichter, bis alles finster war, ohne eine Spur von Licht.

Er meinte, etwas Lauerndes und Bedrohliches in dieser Düsternis zu spüren. Sogar die Gerüche des Tages waren mit dem Sonnenschein verschwunden, und jetzt waren da die feuchten, erdigen Gerüche der Nacht. Es ist nur die erwartungsvolle Stimmung, bevor die Blitze losgehen, sagte er sich. Dennoch flogen seine Blicke bald hierhin, bald dorthin. Womöglich hatte er sich doch nicht getäuscht und wirklich noch etwas anderes gespürt.

«Gleich geht's los mit dem Regen, was? Wahrscheinlich so fest, dass wir Risse im Kopf kriegen», murrte Brigit.

«Wir werden's einfach aushalten müssen, außer wir finden irgendwo einen sicheren Unterschlupf», sagte er entschieden.

Er versuchte festzustellen, ob die Hunde irgendwo waren, aber es war zu dunkel, um auch nur das Geringste zu erkennen.

«Wir rennen nicht, egal, wie schlimm es wird, versprochen, Brigit?»

«Versprochen.»

Inzwischen konnten sie kaum noch erkennen, wohin sie gingen, und immer wieder taumelten sie über Unebenheiten oder stolperten über Wurzeln und Steine. Der Wind begann zu seufzen; es war ein leiser und trostloser Ton, der allmählich zu einem wilden Heulen anschwoll.

Brigit schlotterte. Sie hielt sich dicht an Pidge und sagte alle paar Sekunden:

«Was ist das bloß?»

Und jedes Mal antwortete Pidge, so ruhig er konnte:

«Es ist nur der Wind, hab keine Angst.»

Die schweren Wolken hoch über ihnen bauschten und wanden sich und schienen zu kochen. Der Himmel riss für einen Augenblick auf und ließ ein grausig gelbes Licht durchscheinen, und für Sekunden konnten sie sehen, dass vor ihnen ein verfallenes Gebäude lag. Dann verdichteten sich die undurchdringlichen Wolken wieder, und die Ruine wurde von der Dunkelheit verschluckt. Pidge versuchte, seinen Blick fest auf die Stelle zu heften, wo sie erschienen war. Da riss die Wolkendecke noch einmal auf, und wieder drang ein Strahl desselben hässlichen Lichtes hindurch. Diesmal sah er sie ganz deutlich.

Aufragend in den Himmel standen da die Überreste einer Burg oder eines Turms und sahen aus wie ein zerbrochener und schwarz gewordener alter Zahn.

Dann breitete die Dunkelheit wieder ihren Mantel über alles, was auch nur ein paar Schritte von ihnen entfernt war. Pidge bekam Angst, sie könnten in ein glitschiges, mooriges Loch oder in einen schwankenden, bodenlosen Sumpf geraten. Wie entsetzlich wäre das in dieser Dunkelheit! Wer würde ihnen herausheIfen, wenn sie steckenblieben? Wenn sie bis zu den Schultern in den saugenden Untergrund sanken und Blitze wie feurige Speere auf sie losfuhren, dann wären sie völlig hilflos, nichts anderes als festgemachte Zielscheiben; das konnte sogar ihren Tod bedeuten.

Aber auch ohne die furchterregenden Blitze bestand die Gefahr, dass sie einfach versinken konnten. Seine Fantasie ging mit ihm durch, und er stellte sich die Erde als ein Ungeheuer mit vielen unsichtbaren Mäulern vor; er hatte Angst vor diesem Erdentier. Er malte sich die Mäuler aus, die sich alle ohne Vorwarnung unter ihren Füßen öffnen könnten, um sie mit ihrem Schlammschlund hinunterzuschlingen in das wabernde Gefängnis ihres Magens. Irgendwo ganz im Hintergrund saß das Bewusstsein, dass dies alles Unsinn sei. Er war sein Leben lang mit dem Moor vertraut gewesen. Jedes Frühjahr war er zum Torfstechen mitgegangen, und im Spätsommer war er dabei gewesen, wie die getrockneten Moorziegel nach Hause gekarrt wurden. Ihr eigenes Torfmoor war ein heidebewachsener, weich federnder Grund mit harmlosen feuchten Stellen und ein paar scharf begrenzten tiefen Löchern, die sich mit braunem Wasser gefüllt hatten, nachdem der Torf gestochen worden war. Es war ein Platz, an dem man Picknicks machte; dort hatte er riesige Mengen von belegten Broten verzehrt, weil die frische Luft einen immer sehr hungrig machte, und er hatte heißen Tee aus Flaschen getrunken, die sein Vater geschickt an kleinen Feuern erhitzt hatte, ohne dass je eine einzige Flasche zersprungen wäre. Das Schlimmste, was einem passieren konnte, war, nasse Kleider zu kriegen, wenn man unglücklicherweise in ein Torfstichloch fiel.

Doch jetzt war diese Einsicht zu einem winzigen Fünkchen Wahrheit geschrumpft, das unter dem Gewicht der Furcht halb erstickt wurde und ganz erlosch, als er sich an die alten Schauermärchen erinnerte, die an Winterabenden am Kaminfeuer erzählt wurden. Ein Schauder durchfuhr von den Sohlen her zitternd seinen Körper. Vielleicht waren die Moore in anderen

Gegenden trügerischer, und vielleicht war dieses hier so wie die in den alten Geschichten. Jeder Schritt war eine albtraumhafte Mutprobe.

Brigit, die sich an ihn klammerte und keine Ahnung von dem hatte, was er dachte, fürchtete sich besonders davor, einer Feenfrau oder einem Geist zu begegnen.

«Wenn ich einen seh', schmeiß' ich einen Stein nach ihm!», sagte sie laut, um die Geister einzuschüchtern.

Pidge hörte es gar nicht.

Die Atmosphäre war jetzt unsagbar böse und furchterregend. Man konnte es kaum für möglich halten, dass eben noch alles so wunderbar gewesen war.

Wenn nur Cathbad, der Druide, bei uns wäre, dachte er, niedergedrückt von dem Gefühl, allein und hilflos zu sein und dazu noch die Verantwortung für Brigit und sich selbst tragen zu müssen.

Da vernahmen sie unter dem Heulen des Windes Laute, die zuerst schwach und verweht waren. Sie blieben stehen und lauschten angespannt, um herauszufinden, aus welcher Richtung sie kamen; und dann waren sie sehr erstaunt, als sie merkten, dass sie Fetzen von Musik und so etwas wie Festeslärmen und Gelächter hörten, das gedämpft von fern herüberdrang und durch den Wind zerstückelt war.

Oh, wie herrlich! Irgendwo in der Nähe sind Menschen, dachte Pidge.

Als sie unversehens einen gepflasterten Weg unter den Füßen hatten und die Angst, auf gefährliche Stellen im Boden zu geraten, schwand, fühlte er sich noch mehr aufgemuntert. Jetzt hielt er den Kopf gesenkt und wandte keinen Blick vom Weg, aus Furcht, er könne ihn in der Dunkelheit wieder verlieren.

Einige Sekunden später setzte plötzlich ein Donnerrollen und Grollen ein, so laut, dass es unmittelbar über ihnen zu sein schien; und dann zuckte ein Blitz. Einen kurzen Augenblick war das Licht blendend hell, und als er in diesem seltsamen grellen Schein aufblickte, sah er ein Schloss mit erleuchteten Fenstern.

«Schau, Brigit! Es war gar keine Ruine. Sie haben jetzt das Licht angemacht, und man kann sehen, wie schön es ist. Wenn wir Glück haben, lassen sie uns unterstehen, bis das Wetter wieder aufklart.»

Aber Brigit zerrte auf einmal an ihm und schrie, dass sie in einem ganzen Feld von Brennnesseln seien.

«Nesseln!» kreischte sie. «Überall Brennnesseln! Oh, die hasse ich mehr als alles andere auf der Welt!»

Brennnesseln waren Brigits ärgste Feinde. Wenn sie nur eine einzige sah, stellten sich die Haare an ihren Armen auf, und ein kalter Schauder überlief sie. Sie ließ keine Gelegenheit aus, sie zu köpfen und mit einem Stock in Stücke zu schlagen.

Pidge konnte sich nicht erklären, wie sie da mitten hineingeraten waren, ohne sie zu bemerken und ohne von ihnen gebrannt zu werden. Vielleicht war er so abgelenkt gewesen von seinen Gedanken an alles Mögliche, und Brigit war vielleicht aus reinem Zufall im Dunkeln von keiner gestreift worden. Es verwunderte ihn, dass sie ringsum davon eingeschlossen waren, nur vor ihnen war der Weg frei. Woandershin konnten sie gar nicht gehen. Sogar hinter ihnen wuchsen Nesseln, ohne dass eine Fußspur hindurchlief. Es gab nur einen ganz schmalen Weg, sonst nichts als Nesseln; damit war klar, dass sie den Weg, den sie gekommen waren, nicht wieder zurückgehen konnten. Er dachte sich noch, dass er und Brigit vielleicht einer unbemerkten Biegung des Pfades gefolgt waren, den man jetzt beim Zurückschauen nicht mehr sehen konnte.

«Soll ich dich Huckepack nehmen?», bot er ihr an, denn er wusste, wie sehr Birgit es hasste, zerstochen und gebrannt zu werden; noch dazu hatte sie ganz nackte Beine, weil sie nur kurze Söckchen trug.

«Da würden meine Beine an der Seite nur noch mehr rausstehen. Wenn du vor mir bleibst, geht's schon. Oh, hätte ich nur einen ordentlichen Stock, um sie zusammenzuhauen, ich tät's sofort», schloss sie wütend.

Der Weg zwischen den Brennnesseln führte sie zu einem mächtigen schmiedeeisernen Tor, das weit offenstand. Dahinter war eine Auffahrt mit zwei großen steinernen Löwen zu beiden Seiten, deren Mähnen zu einem Flammenornament gemeißelt waren. Angesichts dieser Auffahrt fragte sich Pidge, ob der Weg draußen wohl einmal eine richtige Straße gewesen sein mochte, ehe die Brennnesseln sie überwuchert hatten.

«So ist's schon besser», sagte Brigit, während sie weitergingen. «Diese blöden Brennnesseln sind jetzt jedenfalls draußen.»

Nicht weit hinter dem Tor waren zwei Tafeln aufgestellt, auf denen etwas geschrieben stand, und Pidge strengte sich an, um es bei dem spärlichen Licht lesen zu können. Auf jeder war oben ein Wappen angebracht, so undeutlich in der Dunkelheit, dass es kaum zu erkennen war. Die Hinweise jedoch standen weiß auf schwarz geschrieben, und so konnte Pidge sie entziffern, wenn auch nicht ohne Mühe.

Er las das erste Schild. Darauf stand:

Schloss Durance

Feudales Wirtshaus – Wanderers Lust

Rauf- und Trunkenbolde haben keinen Zutritt
Zerbrochenes Geschirr muss ersetzt werden

Nachtvorstellung

Stimmungsgesang und Tanzharfenisten
und Soprane (Singen auf Wunsch)

Spitzentanztruppe (aus Paris)

TRINKGELAGE IN DEN SCHLAFRÄUMEN NICHT ERLAUBT

Sie gingen zur zweiten Tafel, und Pidge las laut vor, was darauf stand. Außerdem war noch ein Zettel daran geheftet.

Pidge zögerte. Ihm war sehr beklommen zumute, aber er wusste, dass er eigentlich keine Wahl hatte, solange es draußen so abscheulich war.

«Worauf warten wir denn noch? Das hört sich doch großartig an. Komm, gehen wir!», sagte Brigit und ging schon ein Stück voraus.

Er wollte sich nach dem Tor und den Löwen umschauen, musste aber feststellen, dass sie nicht mehr zu sehen waren, weil es so dunkel geworden war. Am Himmel grollte es wieder, und ein Blitz fuhr krachend nieder. Brigit kam zurückgerannt und klammerte sich an ihn.

«Schnell, Pidge, sonst schmoren wir gleich!», rief sie.

Sie stolperten den endlos scheinenden Auffahrtsweg zum Schloss hinauf. Als sie schon fast dort waren, blieben sie stehen, um einen dritten Hinweis zu lesen. Er war sehr klein und besagte lediglich:

LEUTE, DIE HIER FUSSGÄNGERN,
WERDEN MIT MASERN BESTRAFT

«Was soll denn das heißen?», fragte Brigit.

«Ich weiß auch nicht; höchstens vielleicht, dass sie es nicht mögen, wenn Leute sich hier nur neugierig umsehen wollen», sagte Pidge, und seine Stimme verriet Misstrauen.

«Das ist sicher nur ein Witz. Ich finde, das klingt alles lustig. Ich will reingehen, weg von all dem Scheußlichen.»

«Uns bleibt wohl nichts anderes übrig», antwortete er und fühlte sich dabei sehr hilflos.

Sie gingen an vielen Fenstern vorbei, hinter deren üppigen roten Vorhängen einladend warmes Licht schimmerte. Und dann kamen sie zu einer großen Tür. Sie war sehr schwer und mit Eisenbändern beschlagen, die mit dicken Nieten auf dem Holz befestigt waren. Nicht leicht einzubrechen, dachte Pidge; aber wahrscheinlich auch nicht leicht, wieder auszubrechen.

Zum Klopfen konnte man nur die Fingerknöchel nehmen, und das war so, als klopfe man an eine gewöhnliche Tür mit nichts als einer Feder.

Neben der Tür an der Wand war ein großer Schild befestigt. Ein altes Schwert hing daneben, von zwei starken Nägeln gehalten, die knapp unter dem Knauf in den Stein getrieben waren. Brigit betrachtete es interessiert.

«Wo sind wir, Pidge? In den alten Zeiten etwa?»

«Vielleicht. Ich weiß nicht.»

Während sie dastanden, wurden die vergnügten Stimmen und das Gelächter lauter.

Dann sah Brigit auf dem Boden etwas Weißes schimmern. Sie

bückte sich und hob eine bedruckte Karte auf, die sie Pidge gab. Der fühlte sich noch unbehaglicher, als er sah, wie sie sie aufhob, ohne zu wissen warum. Er hielt sich die Karte dicht vors Gesicht und bemühte sich nach Kräften, sie zu lesen.

«Da steht ‹Bitte durch Schlagen bemerkbar machen›», sagte er.

«Was schlagen?»

«Auf den Schild schlagen wahrscheinlich. Mit dem Schwert.»

«Ach so, die hatten damals wahrscheinlich noch keine Klingeln», sagte Brigit schlau. «Kannst du es tun, Pidge?»

«Ich kann's versuchen.»

Er griff mit beiden Händen nach dem Schwert und konnte es nach einigem Gerüttel von der Aufhängung heben. Er musste seine ganze Kraft gebrauchen, um dem Schild einen Schlag zu versetzen. Es gelang ihm mit Müh und Not, und dann machte er vor Schreck einen Satz, denn von dem Schild hallte ein lautes Getöse wider, das ihnen in den Ohren dröhnte.

«Was für ein Schlag!», rief Brigit bewundernd, als er verhallte. Jetzt, wo sie sich fast in Sicherheit befanden und die Brennnesseln weit entfernt waren, war sie wieder mehr sie selbst.

Als das Dröhnen ganz verklungen war, schwieg drinnen alles für ein paar Sekunden still; und als sich das fröhliche Stimmengewirr wieder erhob, war es bei Weitem nicht mehr so laut und lebhaft wie zuvor. Wahrscheinlich haben wir denen da drinnen einen kleinen Schrecken versetzt, dachte Pidge.

Da öffnete sich die Tür leicht und ohne das leiseste Knarren. Das erinnerte ihn an etwas, aber er konnte sich nicht darauf besinnen, was es war, weil seine Aufmerksamkeit von einer Dame auf sich gezogen wurde, die herantrat, um sie durch den langen Gang ins Innere zu geleiten.

17. Kapitel

Die Dame trug ein langes, graues Kleid, das am Oberkörper und an den Armen eng anlag, aber von der Taille an abwärts reich gefältelt war. Ihr Haar war streng zurückgekämmt aus dem blassen, schmalen Gesicht und auf dem Kopf zu einem Knoten gebunden, aus dessen fest gedrehten Strähnen sich kein einziges Haar befreien konnte. Um die Taille lag ein langes verschnürtes Gürtelband, an dem mit großen runden Ringen Schlüsselbunde befestigt waren, die klimperten, wenn sie ging. Manche der Schlüssel waren sehr groß, andere kleiner. Ein besonders schwerer Schlüssel baumelte ganz für sich allein. Pidge dachte, sie sei vielleicht kostümiert.

Noch bevor er irgendeine Erklärung abgeben konnte, begann sie zu sprechen.

«Ah, da sind sie ja endlich, die Nachzügler», sagte sie. «Was ist denn passiert, dass ihr so spät kommt? Alle anderen Teilnehmer der Wohltätigkeitswanderung haben euch überrundet und sind schon eine Ewigkeit da. Wir hatten euch schon aufgegeben. Ihr hättet natürlich gern ein Abendessen und möchtet euch am Feuer wärmen. Hier entlang. Ich gehe voraus.»

«Entschuldigen Sie bitte», beeilte sich Pidge zu sagen, «wir sind nicht die Nachzügler. Wir gehören zu keiner Gruppe. Wir möchten uns nur unterstellen.»

Aber sie schien nichts zu hören.

«Ihr seid die Letzten, die wir heute Abend erwarten. Ihr habt es gerade noch geschafft. Jetzt können wir die Türen verriegeln und verrammeln. Sonst bekommen wir es nämlich mit Einbrechern, Gelegenheitsdieben und Herumtreibern zu tun oder gar mit diesen schrecklichen Spaziergängern, die sich hier hereindrängeln und nicht die Höflichkeit haben, im Voraus zu buchen, wie es in diesem Haus Brauch ist. So geht es ja nun wirklich nicht. Wie unkultiviert sie sich benehmen, diese grässlichen Spaziergänger – werfen ihre Bonbonpapiere auf den Boden und spähen durch die Vorhangritzen!»

Pidge wiederholte sein Sprüchlein mit lauterer Stimme. Aber das war völlig vergeblich.

Die Dame legte eine besondere Würde im Sprechen und in den Bewegungen an den Tag. Es war schön, ihr zuzuhören, selbst als sie sagte:

«Ihr werdet heute bestimmt keine Besichtigung mehr machen wollen; aber ich möchte erwähnen, dass die Tür, an der wir gerade vorübergehen, zu den Kerkergewölben führt. Dort unten sind die glühenden Zangen, das Streckbett, die Schindeisen und anderes Zubehör, wie es eben in eine altmodische Turnhalle gehört. Dorthin bringen wir die Leute, die ihre Rechnung nicht bezahlen wollen. Sie spucken ihr Geld freiwillig aus, wenn sie unsere Sammlung von Daumenschrauben und Zehenquetschern und Nasenverdrehern und dergleichen sehen. Alle Fußwanderer, die wir erwischen, kommen natürlich auch da hinunter. Das ist ein Spaß!», sagte sie ohne jede Spur von Scherzhaftigkeit.

Sie führte die beiden eine breite Steintreppe aus vier hohen Stufen hinauf in die große Halle. Sie waren noch nie in einem Schloss gewesen und sahen sich neugierig um. Nach der Tiefe der Fensternischen schätzte Pidge, dass die Mauern fast sechs Fuß dick sein mussten. Lässig an die steinernen Wände gelehnt, standen Rüstungen; in ihrem aufpolierten Glanz sahen sie aus wie herausgeputzte Eckensteher. Hoch oben an den Wänden waren Schilde, Streitäxte und Speere irgendwie befestigt. Noch weiter droben standen waagerecht Stangen heraus, an denen Fahnen und Banner steif herabhingen.

Sie haben alles sehr gut instand gehalten, dachte Pidge. Brigit war hingerissen von der Großartigkeit der Halle.

«Kommt weiter, trödelt nicht», sagte die Dame.

Sie folgten ihr.

Einige Leute saßen in Grüppchen zu fünf oder sechs an schweren hölzernen Tischen beim Abendessen oder bei sonst einer Mahlzeit, und jede Gruppe war ganz für sich. Familien oder Freundesgruppen, dachte Pidge.

«Ihr könnt hier Platz nehmen», sagte die Dame und setzte sie an einen kleinen Tisch, der für zwei Personen gedeckt war.

«Entschuldigen Sie bitte», sagte Pidge laut.

«Fräulein!», rief Brigit.

Alle Anwesenden drehten die Köpfe für einen Augenblick zu ihnen, wandten sich dann aber wieder ihren eigenen Angelegenheiten zu.

«Entschuldigen Sie bitte. Wir wollen uns nur für eine Weile unterstellen. Wir sind nicht die Nachzügler, und wir sind auch keine Spaziergänger – wir sind nur Wanderer, die sich verirrt haben», sagte Pidge rasch.

Aber schon bei den ersten Worten hatte sie ihnen den Rücken gekehrt, ohne zuzuhören; und während Pidge seine Erklärung zu Ende brachte, war sie schon dabei, sich zu entfernen.

«Es hat keinen Sinn, mit ihr zu reden, sie ist so taub wie 'n hart gekochtes Ei», sagte Brigit.

Sie saßen eine Weile da.

«Auf was warten wir eigentlich, Pidge?», wollte Brigit schließlich wissen.

«Ich weiß nicht – vielleicht auf die Nachtvorstellung. Etwas mit Singen und Tanzen und Harfen und so. Und vielleicht kommt gleich jemand vorbei, der bereit ist, uns zuzuhören, und dann können wir alles erklären.»

«Gibt's vielleicht auch Gesellschaftstanz? Was ist eigentlich Gesellschaftstanz?»

«Ich weiß nicht, vielleicht. Ich kann dir eigentlich auch nicht genau sagen, was Gesellschaftstanz bedeutet.»

«Ich glaube, ich nehme ein Glas Champagner.»

«Auf keinen Fall! Du darfst weder das noch sonst irgendwas bestellen, Brigit, bitte! Wir können die Preise nicht bezahlen, die sie in einem Schloss vermutlich verlangen. Und dann landen wir womöglich im Gefängnis.»

«Oder im Kerker.»

«Das war doch nur ein Spaß, hat sie gesagt.»

«Schon gut. Ich bin gar nicht hungrig oder durstig. Ich brächte keinen Bissen herunter.»

«Ich auch nicht, zum Glück.»

Während sie der Dinge harrten, die geschehen mochten, sahen sie sich wieder um.

Der Raum war von vielen dicken Kerzen erleuchtet, die auf stacheligen Eisenleuchtern standen, und eine Menge weiterer Kerzen brannten auf Armleuchtern, die überall verteilt waren. Das hellste Licht kam aus der riesigen Kaminhöhlung, in der viele gewaltige Holzscheite brannten. An einem Tisch in der Nähe saßen einige Männer in einer Art Anorak, sonderbarerweise mit hochgezogenen Kapuzen, und tranken Wein aus dunkelgrünen Flaschen, auf denen «Rot» und «Weiß» stand, und dazu aßen sie Fleisch von großen Platten. Die Gesichter lagen im Schatten der Kapuzen, aber Pidge wusste, dass es nicht die Hunde waren, denn sie wirkten alle ziemlich breit und untersetzt.

Trotz der vielen Kerzen und des Scheins vom Kaminfeuer war es nicht leicht, jemanden ganz deutlich zu sehen, denn die Lichter schienen um einen ungewöhnlich kleinen Kegel besonders tiefe Schatten zu werfen. Es war alles wie auf einer riesigen, dunklen Bühne, die von Hunderten heller, aber winziger Strahler beleuchtet war.

Am anderen Ende der Halle saßen ein paar Leute, klapperten mit Bechern und warfen Würfel; bei manchen Würfen brachen ihre lauten Begeisterungsschreie die Stille, und darauf folgten noch lautere Rufe nach Erfrischungen. Es schien Pidge, als hätten sie nach Knöchelbeinen zum Saugen und Nagen verlangt, aber er war sich nicht sicher – außer, so sagte er sich, es waren angeberische Rugbyspieler.

Er merkte, dass von den verschiedenen Grüppchen, die aßen, tranken und ab und zu die Köpfe zusammensteckten, heimliche Blicke zu ihnen herübergeworfen wurden. Und trotz der gelegentlichen Ausbrüche von Ausgelassenheit bei den Leuten, die würfelten, lag über dem ganzen Raum eine Atmosphäre rätselhafter Verdrießlichkeit. Das hatte ich mir nicht vorgestellt, als ich «Stimmungsgesang» und «Tanztruppe» auf dem Anschlag las, dachte er. Es machte den Eindruck, als sei die Festlichkeit umgeschlagen; so als wollte man unbedingt ein gutes Beispiel geben, sagte er sich, und er war sicher, es wäre recht lustig gewesen, wenn sie das nicht versucht hätten.

Plötzlich ertönte ein lauter, hallender Schlag, und beide wandten sich unwillkürlich in die Richtung, aus der er gekommen war, und fragten sich, was ihn verursacht haben könnte. Da alles unter seiner Heftigkeit erzittert war, hätte es gut ein Donnerschlag sein können. Sie merkten aber sehr bald, dass es nur das Tor gewesen war, das man für die Nacht geschlossen und verriegelt hatte, denn sie sahen einen Mann von merkwürdiger Gestalt in die Halle treten. Er ging auf die Dame zu, die jetzt ganz in der Nähe stand, und reichte ihr den riesigen Schlüssel, der noch vorhin an ihrem Gürtel gebaumelt hatte.

Einen Augenblick lang hielt sie den schweren Schlüssel in den Händen.

Brigit flüsterte, alle sähen komisch und verrückt aus, und Pidge flüsterte zurück, dass er meine, sie könnten vielleicht kostümiert sein.

Sie hörten die Dame sagen, nun sei alles in Ordnung, die letzten Teilnehmer der Wohltätigkeitswanderung, die so rechte kleine Nachzügler seien, würden nun ihr Abendessen bekommen und dann allein in das Bluttürmchen gebracht werden, wenn sie fertig seien, damit die anderen, die schon in den Schlafsälen zu Bett gegangen waren, nicht gestört würden. Der

Mann mit der merkwürdigen Gestalt hörte ihr zu und nickte. Dann verschwanden sie beide, jeder in eine andere Richtung.

Als Pidge und Brigit sich wieder dem Tisch zuwandten, merkten sie zu ihrer Bestürzung, dass jemand ihnen lautlos ein Abendessen serviert hatte, während sie wegsahen. Zwei warme, überdeckte Teller standen vor ihnen und ein Silbertablett mit Zucker, Milch, einer Kanne heißem Tee und einem Deckelkrug voll heißem Wasser. Sie hielten nach jemandem Ausschau, der es wieder wegtragen könnte, jemand, der sich ihre Erklärungen anhören würde; aber ringsum war niemand, der servierte, und die verschiedenen Gästegruppen warfen ihnen keine verstohlenen Blicke mehr zu und schienen ganz und gar unbeteiligt.

«Vielleicht können wir morgen früh abspülen als Bezahlung für die Übernachtung, wenn unser Geld nicht reicht; aber das Essen sollten wir lieber gar nicht anrühren», sagte Pidge.

«Wenn ich an Essen denke, wird mir schlecht», antwortete Brigit. «Aber ich seh' nicht ein, warum wir für die abspülen sollen. Ich bin dafür, dass wir ganz früh abhauen, während die noch alle schlafen. Wir können doch nichts dafür, dass sie uns nicht zuhören wollte, oder? Und überleg dir mal, wie viel Geschirr das gibt, bei der Menge Leute – und dann noch all die anderen, die schon schlafen. Nein danke!»

«Na ja, vielleicht hab' ich genug Geld, um die Übernachtung zu bezahlen. Wir werden ja sehen. Falls sie nicht allzu viel verlangen natürlich.»

Während sie sich fragten, was sie tun sollten, hob Pidge einen toten Nachtfalter auf, der in einer Kerbe der hölzernen Tischplatte lag, und merkte, dass sich seine Finger dabei golden verfärbten. Daran war nichts Ungewöhnliches; aber es berührte ihn seltsam, dass es sich eiskalt anfühlte auf seiner Haut, und das war etwas Merkwürdiges, das nicht so recht zu einem kleinen, toten Nachtfalter passte.

Aus der Düsternis am anderen Ende der Halle sahen sie den Mann mit der merkwürdigen Gestalt auf sich zukommen. Er hatte einen großen, untersetzten Leib auf kurzen, dünnen Beinen.

Sein Kopf saß unmittelbar auf den Schultern; dazwischen war kein bisschen Hals zu sehen. Ein wenig sah er aus wie eine zweibeinige Krabbe. Pidge war sicher, dass man nicht sehen konnte, wer er wirklich war, und dass er wahrscheinlich ziemlich mager war und nur eine Art Umhüllung aus Pappe oder Draht unter seiner Kleidung trug, die ein Kostüm sein musste. Es war besser, sich das vorzustellen, als zu glauben, er sei wirklich so eigenartig gebaut, wie er aussah; und Pidge schob den unangenehmen Gedanken an böse Zwerge, der sich ihm aufdrängen wollte, rasch beiseite.

Der Mann stand neben ihrem Tisch und zeigte auf das Essen.

Pidge erklärte stammelnd alles noch einmal. Der Mann zuckte, soweit er das konnte, mit den Schultern, als verstehe er nicht, was Pidge sagte, oder als habe er es gar nicht gehört. Er machte eine Handbewegung zu seinem Mund.

Soll das bedeuten, dass er nicht sprechen kann oder dass wir essen sollen?, fragte sich Pidge. Noch einmal erklärte er alles und schloss damit, dass sie nicht den geringsten Hunger hätten.

«Wir fasten gerade!», sagte Brigit deutlich, so laut sie konnte, und fügte dann in normalem Tonfall hinzu: «Zu wohltätigen Zwecken.»

Der Mann machte wieder einen Versuch, die Schultern zucken zu lassen und bedeutete ihnen dann, ihm zu folgen. Er brachte sie zu einer kleinen Tür, die auf eine schmale, gewundene Steintreppe führte; die Stufen waren durch jahrhundertelange Benutzung in der Mitte ganz ausgetreten. Von irgendwo oben fiel ein Lichtschimmer herab. Der Mann trat beiseite, um sie vorausgehen zu lassen, und sie stiegen hinauf, Brigit voller Neugier, Pidge mit einer Gänsehaut.

Schließlich gelangten sie zu einer offenen Tür, die in ein kleines Zimmer führte, und sie sahen, dass das Licht von hier kam. Aber die Treppe wand sich von der Tür aus noch weiter nach oben, und Pidge war nicht sicher, ob dieses Zimmer für sie gedacht sei; trotzdem ging er hinein, und Brigit folgte ihm.

Es war ein gemütliches, holzgetäfeltes Zimmer mit einem hell flackernden Feuer im Kamin, einem Fenster, das mit schweren Gardinen verhängt war, und zwei kleinen Himmelbetten, deren Vorhänge ebenfalls zugezogen waren. Neben dem rot schimmernden Feuer standen zwei hochlehnige, bequeme Stühle mit eigenen kleinen Fußschemeln, die mit Brokat bezogen waren. Das Parkett glänzte wie Seide und spiegelte das ruhelose Spiel der Flammen wider.

Als sie sich umwandten, um ihm zu danken und noch einmal eine Erklärung zu versuchen, war der Mann verschwunden, und die Tür war geschlossen. Wieder war das ohne jedes Knarren oder Quietschen vor sich gegangen. Irgendetwas regte sich dunkel in Pidges Erinnerung, aber es konnte ihm gar nicht erst zu Bewusstsein kommen, denn in diesem Augenblick fiel ein brennendes Scheit aus dem Feuer und rollte gefährlich nah an einen der Schemel heran. Er beeilte sich, es mit der Zange zu packen, die mit dem übrigen Kaminbesteck an der Wand hing.

«Dieses Zimmer ist ja zum Verlieben», sagte Brigit voller Bewunderung.

«Aber es ist ziemlich heiß hier drin.»

Er schlug die Vorhänge eines der Betten auseinander, zog seine Jacke aus und legte sie auf die Bettdecke. Dabei nahm er für alle Fälle die Glaskugel und das Säckchen Nüsse heraus, bevor er die Vorhänge zurückfallen ließ.

«Wollen wir nicht schlafen gehen, Pidge? Ich kann's nicht erwarten, mich hinter diesen Vorhängen ins Bett zu kuscheln.»

«Nein. Wenn wir sicher sind, dass alles schläft, schleichen wir hinunter und gehen weg. Bis jetzt sind wir ihnen eigentlich nichts schuldig, wenn sie uns nicht fürs bloße Hinsetzen bezahlen lassen; das wird also kein Problem sein. Ich mache die Tür einen Spalt auf, damit wir horchen können, und wenn alles still ist, verschwinden wir.»

Aber als er die Tür näher anschaute, war nichts daran, womit man sie hätte öffnen können, kein Knauf, keine Klinke; nur ein Schlüsselloch war da. Er wollte sie aufstemmen, indem er die

Fingerspitzen in den Spalt zwischen Tür und Türrahmen zu pressen versuchte; aber es war hoffnungslos.

Voller Entsetzen erinnerte er sich jetzt an den Wegweiser bei der Kreuzung, und wie er sich lautlos gedreht hatte, und an das Tor unten, das ohne das leiseste Geräusch aufgegangen war – und jetzt diese Tür, die sich vollkommen lautlos geschlossen hatte.

«Wir sind gefangen», sagte er kläglich.

18. Kapitel

«Was?», schrie Brigit. «Die haben uns eingesperrt?»

«Ja, eingesperrt. Wir sind reingelegt worden, und es ist alles meine Schuld», antwortete Pidge bitter. «Versuch doch, das Fenster aufzumachen!»

Sie rannten zu den Vorhängen und zogen sie zurück. Da war wirklich ein Fenster. Pidge hatte schon befürchtet, sie würden hinter den Vorhängen nur eine Steinwand finden.

Es war fest geschlossen. Sosehr er daran rüttelte, es rührte sich nicht. Draußen war es immer noch finster, nicht ein freundlicher Stern blinkte ihnen aus der einsamen Leere des Weltalls entgegen. Von weither kam ein Laut wie von einer Frau, die im Wind weinte oder lachte. So schlimm es auch draußen sein mochte, jetzt wären sie viel lieber dort gewesen.

Er stürzte zum Kamin, holte die Feuerzange und lief wieder zum Fenster, um es mit aller Kraft einzuschlagen. Die Zange prallte bei jedem Schlag zurück, ohne auch nur einen Kratzer auf dem Glas zu hinterlassen.

Er ging zum Kamin und schaute den Schornstein hinauf. Wenn das Feuer heruntergebrannt war, konnte man da vielleicht hinausklettern. Aber die Wände waren glatt und ohne Fugen; es gab keinen Fluchtweg.

Er schüttelte die Glaskugel.

Als die stiebenden Schneeflocken sich gesetzt hatten, sah man nichts als eine alte Ruine, und obwohl sie eine Weile warteten, erschien nichts weiter. Er warf die Glaskugel auf einen

Stuhl, wühlte fieberhaft eine Haselnuss aus dem Säckchen und hielt sie auf der ausgestreckten Hand.

Sie warteten und verschlangen sie beinahe mit ihren Augen.

Nichts geschah.

«Wir sind erledigt», sagte Pidge und ließ sich auf einen der Stühle fallen, den Kopf in die Hände vergraben. «Wo bleibt nur der Dagda?»

In der Stille, die darauf folgte, war nur das Geräusch des Feuers zu hören; ein halb verbranntes Scheit, das leise zischend in sich zusammensank. Und dann kam, so unglaublich es schien, ein leises Schnarchen aus einem der verhangenen Betten.

Entsetzt rief er: «Wer ist da?»

Wieder ein Schnarchen.

Dann Stille.

Pidge wurde zornig, denn nun setzten sie allem noch die Krone auf und machten sich anscheinend über sie lustig.

Mit dem Ausruf «Wir werden gleich sehen!» machte er einen Satz zum Bett, Brigit als trotzigen Schatten hinter sich, und riss den Vorhang zurück.

Das Bett war leer bis auf die Jacke, die da lag, wo er sie hingeworfen hatte.

«Wer hat hier geschnarcht?», fragte Brigit angriffslustig.

«Was soll das Theater?», fragte nun eine verschlafene Stimme, und zu ihrer Überraschung und Freude kroch Cluas unter dem Jackenkragen hervor. Er richtete sich auf und rieb sich die Augen.

«Hallo, wo sind wir denn? Sind wir endlich bei meiner Mami?», wollte er wissen. Und als er richtig wach war und sich umsah, fragte er: «Was ist denn das hier? Wie sind wir denn hier reingekommen? Ich muss eingenickt sein. Warum habt ihr mich nicht aufgeweckt?»

«Etwas ganz Entsetzliches ist passiert», begann Pidge, hob seine Jacke auf, zog sie wieder an und hielt dabei immerzu die Haselnuss in der fest geballten Faust. Mit hastigen Worten berichtete er von der grässlichen Finsternis und den Blitzen und wie sie in diese Falle gelockt worden waren. Und während er alles erzählte, konzentrierte er sich darauf, in allen Einzelheiten zu schildern, wie man sie überlistet hatte; und es kostete ihn große Mühe, nicht damit herauszuplatzen, wie ihm zumute gewesen war, als sie so hilflos dahinstolperten. Er dachte, es sei am besten, wenn Brigit das nicht erfahre; aber es war wirklich schwer, es für sich zu behalten. Er geriet auch ganz außer sich, wenn er überlegte, wie leicht sie in die Falle gegangen waren – denn wenn je eine raffinierte Falle gestellt worden war, dann war es diese. Und er war so ins Erzählen vertieft, dass er es kaum wahrnahm, wie er die Faust öffnete, die Nuss betrachtete und sie zurück in das Säckchen und in seine Tasche steckte.

Als Cluas alles verstanden hatte, sagte er:

«Trag mich zur Tür: Ich kann ohne Mühe unten durchkriechen, und ich werde alles auskundschaften und herausfinden, was eigentlich hier los ist. Habt ein bisschen Geduld, bis ich zurück bin, und keine Sorge!»

Sie saßen auf dem Fußboden und warteten. Es schien Ewigkeiten zu dauern. Die ganze Zeit machte Pidge sich Vorwürfe und ging in Gedanken alles wieder und wieder durch. Er hatte sogar halb gewusst, dass mit dem Schloss etwas nicht stimmte, und er hatte seinen Verdacht beiseitegeschoben. Was für ein Dummkopf war er doch gewesen!

Endlich hörte man draußen ein leises Kratzen, und Cluas kam unter der Tür herein. Er kletterte auf Pidges Arm und kroch den ganzen Ärmel hinauf.

«Ihr seid tatsächlich in der Falle, und das ist noch nicht mal das Schlimmste», sagte er.

«Was meinst du damit?», flüsterte Brigit und rückte ganz nah an Pidge heran.

«Ich habe manches gehört und manches nicht gehört; und was ich nicht gehört habe, ist das Schlimmste von allem. Erstens, diese Frau – die Gefängniswärterin, denn das war sie früher mal – kichert in sich hinein, weil sie euch für jemanden eingefangen hat, den sie ihren Königlichen Chef nennt.

Sie ist ganz irr vor Freude und felsenfest überzeugt, dass ihr Königlicher Chef sie dafür belohnen wird, dass sie euch geschnappt hat, indem er sie vom Haken lässt, was immer das heißen mag. Dann der Bursche mit den netten Beinen – so ähnlich wie meine, aber nicht so gut –, der lacht in sich hinein und kann sich vor Schadenfreude nicht fassen, weil ihr euch so leicht habt fangen lassen und weil er später Gelegenheit kriegt, seine alten Künste auszuüben. Er hat vor, sich hier hereinzuschleichen, wenn ihr schlaft, und dir deine Weißdornblätter zu stehlen, Brigit. Er sagt, sie sind ein Zauber gegen Blitzschlag. Eure andern Sachen wagen sie nicht anzurühren; aber sie haben vor, euch anzuklagen, weil ihr Fußgänger seid, und euch dann ins Verlies hinunterzuschleppen und euch ein bisschen aufs Streckbett zu spannen. Oh, viele sind's der schlimmen Taten, die hier in früheren Zeiten verübt wurden. Zuletzt wollen sie euch laufen lassen, obwohl sie euch gern als Spielzeug behalten würden. Der Königliche Boss ist anscheinend sicher, dass ihr diesen ‹verehrungswürdigen› Kieselstein finden werdet, weil ihr unschuldige Augen habt und sie nicht. Übrigens, das Essen war vergiftet, also gut, dass ihr nichts davon gegessen habt.»

Brigits Augen waren groß wie Untertassen. Pidge sah sehr blass aus.

«Noch etwas?», brachte er nach einigen Augenblicken der beängstigenden Stille heraus.

«Das war alles. Und was ich außerordentlich seltsam finde – ich hab's mit einem Kopf nach dem anderen probiert, und in keinem war was drin. Abgesehen von einem Geräusch von fernem Lachen wie dem Rauschen des Meeres in einer Muschel, waren sie wie Tote. In einen oder zwei bin ich sogar ganz reingekrochen ... tut mir leid ...» Er unterbrach sich verlegen.

«Ist schon gut, nur weiter», ermutigte ihn Pidge.

«Das Gehirn war wie zwei Walnusshälften, braun und eingeschrumpft und fast hinüber. Und nicht einmal das Echo einer Seele; leer wie Hülsen. Sie waren wie vertrocknete Blumen.»

«Was sollen wir nur tun? Was können wir überhaupt noch tun?», fragte Pidge verzweifelt.

«Ach, herrje!», sagte Cluas, und es hörte sich ganz überrascht an. «Das hätte ich euch natürlich zuallererst sagen sollen. Ich kann das Türschloss knacken. Es geht ganz leicht.»

«Was? Das kannst du?»

«Was würde meine Mami denn von mir denken, wenn ich so was Kinderleichtes nicht fertigbrächte!»

«Sehr gut», murmelte Brigit. «Und dann sollen sie nur versuchen, uns noch aufzuhalten.»

«Überhaupt nichts dabei. Setzt mich in das Schlüsselloch.»

Pidge hielt den Fingerknöchel ans Schlüsselloch, und Cluas verschwand darin. Nach einer Minute schwang die Tür so lautlos auf, wie sie sich geschlossen hatte, und Cluas tauchte an der Außenseite aus dem Schlüsselloch auf.

«Jetzt sagt, so laut ihr nur könnt, dass alles nur Lug und Trug ist und dass ihr es durchschaut habt», sagte Cluas beiläufig, während er Pidges Ärmel hinaufwanderte.

Sie schrien es aus Leibeskräften heraus.

Sofort umgab sie Modergeruch.

«Lauft!», schrie Cluas, und sie rannten die Treppe hinunter.

Über ihnen begannen die Mauern zu zerbröckeln, und noch während sie vorbeiliefen, überzogen sich die Wände mit Schimmel, und sie verfärbten sich, wurden feucht und rochen faulig.

Pidge war von Jubel erfüllt, und Brigit trug ein triumphierendes Lächeln zur Schau.

«Wir haben gewonnen! Wir haben gewonnen!», rief sie ununterbrochen.

Als sie durch den großen Saal rannten, sahen sie, dass alles zu Lumpen und Trümmern zerfallen war, dass die Möbel wurmstichig und mulmig waren und dass alles mit ekligen alten Spinnweben und Fäden überzogen und von uraltem Staub bedeckt war, so dick und klebrig wie geriebener Käse. Zu Füßen der zerfressenen Rüstungen hatten sich stinkende Lachen von rostigem, öligem Wasser zu schmutzig-trüben Gerinnseln angesammelt.

Sie durchquerten das, was von dem Saal übrig geblieben war, und liefen hinaus in die Eingangshalle. Die vier hohen Stufen zerbröckelten unter ihren Schritten. Da sahen sie mit Entsetzen vor sich die erstarrten Gestalten der Dame und des sonderbar gewachsenen Mannes, die sich vor dem riesigen Tor postiert hatten, als wollten sie ihnen den Weg verstellen. Doch im selben Moment, als sie sie erblickten, war etwas wie ein fürchterliches Stöhnen zu hören, das ebenso gut von den beiden Gestalten kommen konnte wie von Holzbalken, die gerade zerbarsten – in seiner fieberhaften Hast konnte Pidge es nicht unterscheiden.

Er packte Brigits Hand, und sie rannten geradewegs auf das schreckliche Paar zu, ohne ihre Schritte zu verlangsamen.

«Aus dem Weg!», schrie er.

Ächzend zerfiel das Tor zu Sägespänen, und die dicken Mauern rechts und links stürzten ein. Sie konnten nun um die Gestalten herumlaufen, die eklig zu einer Art schmutziger Goldkruste verglühten.

Und dann standen sie auf grünem Gras im hellen Tageslicht.

Das gedämpfte Geräusch von etwas, das zu Boden fiel, war zu hören, und einen Augenblick lang waren sie von einem seltsamen Flüstern umgeben.

Auf dem Boden blitzte etwas Kleines auf und verschwand.

Sie starrten auf die Stelle, wo es gewesen sein musste; da wuchsen Gänseblümchen und Löwenzahn. Die ganze Anspannung fiel von ihnen ab; sie zerging wie ein Stückchen Eis in der Sonne, so wie das Schloss mit seinem Verschwinden alle Schrecken mit sich genommen hatte.

Flüchtig schoss Pidge der Gedanke durch den Kopf, ob die Leute nun für immer im Innern der fürchterlichen Ruine gefangen blieben.

«Warum sie wohl so böse waren?», sagte er.

«Sie mussten einfach böse sein, und außerdem heißt es so richtig: Feuer verbrennt das trockene Holz», antwortete Cluas.

Ehe sie weitergingen, hielt Pidge nach den Hunden Ausschau. Aber sie waren nirgends zu sehen. Wir könnten rennen, wenn wir wollten, dachte er, aber ich bin zu müde – und wenn ich zu müde bin, dann ist es Brigit sicher auch.

Nach einer Weile fanden sie einen Pfad im Gras und folgten ihm. Jeder Schritt half ihnen, die Erinnerung an das Schloss Durance in den geschützten Raum zwischen Schlaf und Wachen gleiten zu lassen, in dem ein Albtraum zuerst nacherlebt wird und sich dann allmählich verliert.

«Es war eigentlich gar nicht so schlimm, Brigit, oder?», fragte er.

«Die Brennnesseln waren das Schlimmste.»

«Und all das andere?»

«Das war ein bisschen wie ein Gespensterzug im Karneval», antwortete sie; da wusste er, dass auch sie es gut überstanden hatte.

Der Pfad führte sie zu einer Straße, die schnurgerade vor ihnen herzulaufen schien bis zu den Bergen. Immer wieder sahen sie sich um, während sie nun der Straße folgten.

Auf einmal konnten sie ohne Mühe losrennen.

19. Kapitel

Breda Ekelschön saß immer noch an ihrem Labortisch und tat so, als widme sie sich wissenschaftlichen Experimenten.

Aber in Wirklichkeit tat sie etwas ganz anderes. Sie vollbrachte einfache Zauberkunststücke; teilweise zu ihrem Vergnügen, teilweise, um die Zeit herumzubringen. Sie hatte sich zum Thema Ratten gerade entschieden, die gute, altmodische Art vorzuziehen, und nach einem kurzen Blinzeln hatte sie ein paar ganz echt aussehende, fette Ratten vor sich, die zu ihr hinaufstarrten, die gelben Zähne entblößt, die Augen schlau, wachsam und misstrauisch blinkend. Das Glashaus strotzte nun plötzlich nicht nur vom Gestank der Ratten selbst, sondern auch noch von anderen Gerüchen, die an Abfalltonnen, alte modrige Kellergewölbe und andere unaussprechliche Orte erinnerten.

Die Katze, die so ungnädig als Staublappen missbraucht worden war, fuhr überrascht auf. Sie knurrte, warf den Schwanz hin und her und sah mit glühenden Blicken zum Labortisch hinauf. Breda warf ihr einen Seitenblick zu, woraufhin die Katze auf dem Boden zusammensackte und in eine Art Trance verfiel, in der all ihre Lebenskraft sich im starren Blick ihrer Augen sammelte. Von Zeit zu Zeit öffnete sich ihr Kiefer zu einem stummen Grollen, und hie und da peitschte sie matt mit dem Schwanz.

Breda lächelte ihren Ratten zu und gab jeder von ihnen ein Stück Talg zu fressen. Der Talg wurde ihr hektisch aus der

Hand geschnappt und gierig verschlungen. Als alles verzehrt war, brachte sie ihnen bei, wie man Tabak kaut und ausspuckt. Als sie sich daran gewöhnt hatten, dass der Tabak in ihren Mäulern brannte, begannen die Ratten, Geschmack daran zu finden; aber immer noch beobachteten sie Breda voller Misstrauen.

Sie legte ihren Hut, das Gewand und die Hornbrille ab und ließ ihre ganze Laborausrüstung verschwinden.

«Ich hab' genug von all dem Hokuspokus», erklärte sie, und die Ratten sahen außerordentlich erleichtert aus – wenn sie auch die unterdrückte Katze nicht aus den Augen ließen.

Breda trug grünen Lidschatten auf und bekleidete die Ratten mit gestreiften Hemden, lässigen Frackschleifen und darüber mit weitärmeligen Jacken, die viele Taschen hatten. Ein kleiner, mit Fries bezogener Tisch und dazu passende Stühle erschienen auf dem Labortisch, und sogleich ließen sich die Ratten darauf nieder. Breda legte vor sich einige Decks neuer, noch eingepackter Kartenspiele aus; eines davon öffnete sie, mischte die Karten und verteilte sie. Dann brachte sie den Ratten das Pokerspiel und alle dazugehörigen Tricks bei.

Sobald sie ihnen zugeteilt waren, schrumpften die Spielkarten der Ratten zusammen, sodass sie sie gut in ihren seltsamen Händchen halten konnten. Immer wenn Breda eine Karte berührte, hatte sie sofort wieder ihre normale Größe; und während des ganzen Unterrichts veränderten die Karten unfehlbar ihre Größe, je nachdem, ob ihre neuen Freunde oder sie selbst sie in den Händen hielten. Den Ratten machte das Ganze jetzt richtig Spaß, und ab und zu bespuckten sie die Katze mit Tabaksaft.

Melody Mondlicht war rastlos im Glashaus auf und ab gegangen.

Sie machte einen Abstecher, um zuzusehen.

«Kleine Schönheiten – so richtig rattig», sagte sie bewundernd. «Hoffen wir nur, dass sie nicht alle mit einer ekelhaften Krankheit angesteckt werden, wenn sich Menschenfliegen auf sie setzen, sonst gehen sie noch alle drauf, die armen Kleinen!»

Sie warf einen Blick in die Karten, die eine der Ratten in den Pfoten hielt.

«Nimm nie eine Karte auf, wenn du eine offene Straße hast, meine Süße», riet sie und begab sich dann wieder auf ihre unermüdliche Wanderung.

Sie hatte ihren Schatten jetzt wieder an ihren Fersen festgemacht, und er schleifte hinterher, während sie herumstrich. Er war völlig entkräftet und erschöpft und unfähig, noch seine Aufgabe als dunkles Abbild ihres Körpers zu erfüllen, das kürzer wurde und wuchs und seine Form und Größe immerzu veränderte, je nachdem, wie das Licht von draußen auf sie fiel und wie sie sich in seinen Strahlen bewegte. Er wurde von ihr mitgezerrt wie ein alter Lappen, der an ihren Füßen befestigt war.

Breda spielte also, und Melody ging auf und ab; nur die Mórrígan beobachtete das Geschehen auf dem Tisch.

Sie beobachtete es mit dem starren Blick und der unbeirrbaren Konzentration der Katze, die auf dem Boden kauerte; aber im Kopf der Mórrígan herrschten Ruhe und große Kühle.

«Wo ist eigentlich dieser Igel hin – ich wollte mal den Boden schrubben», sagte Melody schließlich und ließ sich auf die Knie nieder, um unter dem Tisch nach ihm zu suchen. Der glückliche kleine Igel war schon längst verschwunden, und sie entdeckte stattdessen einen großen Splitter von einem Spiegel. Da sie eine Göttin war, begriff sie gleich, was es damit auf sich hatte; doch nachdem sie sich einen Zipfel ihres Schattens geschnappt und damit das Glas poliert hatte, bis es glänzte, und als sie dann sah, wie wunderbar sich alles in ihm spiegelte, konnte sie einen lauten Entzückensschrei nicht unterdrücken.

«Was ist denn?», fragte Breda unter ihrem Lidschatten hervor.

«Ein seltsames Glänzen», antwortete Melody voller aufrichtiger Bewunderung, «etwas Glattblinkendes, das ein Bild davon zeigt, wie etwas aussieht, ich beispielsweise ... besser sogar als eine ruhige Wasserfläche, besser als eine Scheibe polierter Bronze; so etwas haben wir noch nie zuvor gesehen. Man nennt es Spiegel.»

Sie brütete eine Weile über ihrem Abbild und brach dann in ein lautes, höhnisches Gackern aus. Sie stand auf und hielt Breda den Spiegel vors Gesicht, und als diese sich darin sah, bekam sie einen Kicheranfall.

Die Aufmerksamkeit der Mórrígan wurde von dem Tisch abgelenkt.

Breda reichte ihr die Spiegelscherbe, und die Mórrígan betrachtete sich.

Mit kühlem Interesse inspizierte sie ihr hübsches Gesicht, und sie ließ es von der beachtlichen Hübschheit in makellose Schönheit übergehen. Die beiden anderen Frauen glucksten zuerst und brachen dann in herzliches Lachen aus.

Die Mórrígan betrachtete ihre neuen Augen, die so wunderbar amethystfarben waren, und sie ließ die Pupillen zu zwei kleinen, vollkommenen Stiefmütterchenblüten werden.

Melody prustete und bekam Seitenstechen vom vielen Lachen.

Ein kleiner Gegenstand erschien auf dem Tisch. Einen Augenblick lang glänzte er hell auf, und das Glashaus war von geisterhaften, flüsternden Stimmen erfüllt.

Ohne ihren Blick vom Spiegel zu wenden, griff die Mórrígan nach dem glänzenden Ding, legte es an die Lippen und sagte: «Psst!», so leise und drohend, dass die flüsternden Stimmen im zerfallenen Schloss Durance sofort verstummten. Ganz versunken in ihr Spiegelbild, befestigte die Mórrígan den Anhänger an ihrem Armband, wo er wieder zusammen mit all den anderen goldenen Gegenständen an ihrem Handgelenk baumelte.

Sie ließ aus der Iris ihrer Augen zwei echte kleine Irisblüten mit hübscher schwarzer Zeichnung werden, und Melody ächzte und sagte, wenn sie noch mehr lache, würde es sie in Stücke zerreißen. Breda tat so, als sei sie empört.

Ganz in Gedanken kratzte sich die Mórrígan am Handgelenk.

Immer noch entzückt von ihrem Spiegelbild, ließ sie die Pupillen ihrer Augen zu kleinen Feuerrädern werden, die sich in rasender Geschwindigkeit drehten, kleine Fünkchen warfen und in wunderbaren Farben leuchteten.

Melody kicherte und bebte und wischte sich die Augen mit ihrem Schatten, und dann hielt sie es für angebracht, sich erst mit ihm die Nase zu putzen, bevor sie ihn mit leiser Verachtung zu Boden warf.

So vertrieben sie sich die Zeit und vergnügten sich wie Katzen, die im Mondlicht spielen; nicht einen Moment dachten sie an ihren Vermieter, den Besitzer des Glashauses – Mossie Flynn –, der immer noch geduldig darauf wartete, dass sie herauskämen und eines ihrer Kunstwerke produzierten.

Auch den Wachtmeister hatten sie ganz und gar vergessen – und wie jedermann weiß, sollte man einen Wachtmeister nun ganz gewiss nicht vergessen.

20. Kapitel

Es war ein strahlend heller Tag, die Luft flimmerte. Wohin die Kinder auch schauten, sahen sie Millionen von Glanzpünktchen, so als wären kleine Stücke des Sonnenfeuers auf die Erde gefallen. Es waren nur die zitternden Regentropfen, die im Licht schimmerten; aber es sah wunderbar aus, und die Wanderer fühlten sich noch beflügelter.

Cluas sang.

Sein Gesang war eine Mischung aus Knirschen und Kratzen, und obwohl er das Lied «Ach, liebes Mütterlein» sang, über das nicht oft gelacht wird, konnten Brigit und Pidge nicht anders, als sich darüber zu amüsieren, weil es so komisch klang.

Allmählich senkten sich die Grasstreifen an den Wegrändern und wurden zu trockenen Gräben, und aus diesen kleinen Tälern erhob sich der Boden an beiden Seiten zu sanften Hängen, die mit Bäumen, üppigem Farn und Brombeersträuchern bewachsen waren.

Cluas verstummte und stellte sich auf die Hinterbeine, mit verwunderter Miene und zusehends glücklicher.

«Fingerhutblütenwohnungen», rief er voller Freude, «Ferienwohnungen für zuverlässige Mieter. Haustierhaltung nicht gestattet.»

Und als sie gleich darauf an einen Platz kamen, an dem hohe Fingerhüte wuchsen, winkte er mit den Vorderbeinen und rief fröhlich:

«Mami! Mami! Ich bin's!»

«Wer isses denn?», rief eine Stimme in höchster Begeisterung aus einer der größten Blüten auf dem höchsten Stängel. Und sogleich waren zahlreiche Stimmen aus dem Inneren der anderen Blüten zu hören, die sagten:

«Wer isses denn?»

«Warst du's?»

«Ich doch nich!»

«Wer denn dann?»

«'s muss Fräulein Nachbarblüte gewesen sein.»

«Was will sie denn?»

«Sucht sie mich?»

«Wieso denn?»

Und ein paar Sekunden lang flogen Bemerkungen wie diese von Blume zu Blume.

Wieder rief Cluas:

«Ich war's, Mami. Ich!»

«Wer ist denn ‹ich›, möcht' ich wissen? Doch nicht mein kleines Ohribohri, aus dem Krieg zurück? Doch nicht mein kleines Zappelbein, das ganz zerwuckelt zurückkommt, mit Bauchweh und Kopfrumpeln?», schrie die zitternde Stimme in der höchsten Blume.

«Kopfrumpeln!», wiederholten die anderen Stimmen entsetzt.

Ein dicker, matronenhafter Ohrwurm, der eine Schürze und eine altmodische Haube trug, erschien am Rand der Blüte. Sobald er zu sehen war, tauchten Hunderte anderer, die ihm sehr ähnlich sahen, aus ihren Blütenkelchen auf, neugierig zu erspähen, wer angekommen sei.

«Doch nicht mein Wuselchen mit halb kaputten Kneiferchen und Bauchgrimmen vor Granatenschocks, vor lauter Rumtoben mit seinen Kumpanikern und den doofen alten Napoleon-Blödmännern?», fuhr die Mami fort, die immer noch nicht wagte aufzuschauen und sich die Vorderfüße schützend vor die Augen hielt.

«Schau doch her, Mami. Ich bin wieder da, gesund und munter», sagte Cluas vergnügt.

«Kann ja sein», sagte seine Mami und sah auf. «Aber während du weg warst, war ich so völlig fertig – das würd' ich nicht mal 'ner Mikrobe wünschen.»

Ihre Stimme zitterte.

«Sie würd's nicht mal 'ner Mikrobe wünschen, die Ärmste», wiederholten die anderen mit Stimmen, die vor Mitleid bebten.

«Völlig fertig? Was, fertig! Ich würd' ja jederzeit wieder in Urlaub hingehn», sagte Cluas unbekümmert, um sie aufzumuntern. «Na, jedenfalls bin ich jetzt wieder zu Hause, und es ist auch noch alles an mir dran – ist doch alles bestens, findest du nicht, Mami?»

«Alles bestens, sagt der. Wo er doch ohne seine Galoschen losmarschiert war! Du keckes kleines Schnapsnäschen! Ist ja 'n Wunder, dass du nicht mit Galoppschwindsucht und Bronchicalmuffeln zurückgekommen bist. Kapierst du überhaupt, was das alles für 'ne Mami bedeutet?», wies sie ihn zurecht und versuchte, ihn mit strenger Miene anzusehen.

Da verabschiedete sich Cluas, und Pidge ließ ihn von seiner Schulter herabklettern und hielt seine Fingerspitze an die Blüte. Dann verabschiedeten sich die Kinder von ihm und dankten ihm dafür, dass er sie aus dem Schloss Durance befreit hatte. Und Brigit erklärte, er sei bestimmt der tapferste Ohrwurm der Welt und dass sie alle großes Glück gehabt hätten, weil er sich nicht vor der Gefängniswärterin oder diesem dämlichen Zwerg gefürchtet hatte.

Und die Mami entschuldigte sich dafür, dass sie bis jetzt nicht mit ihnen gesprochen und vor lauter mütterlicher Sorge ganz ihre guten Manieren vergessen habe, und sagte, sie sei ihnen sehr zu Dank verpflichtet, dass sie ihrem Sohn den langen Heimweg erspart hätten und dass sie ihn davor gerettet hätten, sein Leben im Kampf zu verlieren. Sie dankte ihnen auch dafür, dass sie ihr lebenslängliche Herzstolperei und Kopfschmetterei erspart hätten, und sie sagte, Buben seien nun mal Buben.

«Ich bin schon erwachsen, Mami», sagte Cluas, als sie einmal Atem holen musste.

«Wenn du erwachsen bist, wieso warst du dann in der Infantillerie?», fragte sie bissig, und sie hakten sich unter und spazierten in den rosafarbenen Tunnel, der ihr Zuhause war.

«Also», hörten sie sie sagen, «was hat es nun eigentlich auf sich mit dieser Gefängniswärterin und diesem zwämlichen Derg. Wie oft hab' ich dir gesagt, du sollst dich nicht mit solchem Gesindel abgeben?»

«Ich hab' gute Arbeit für den Dagda geleistet, Mami», sagte Cluas.

Und das waren die letzten Worte, die sie von ihm hörten.

Nach einer Weile hatten sie das Wäldchen hinter sich gelassen, und die Straße, weiß und staubig, lief frei und gerade in die Landschaft. Jetzt waren keine Bäume mehr zu sehen; nur niedrige Steinmauern und hie und da ein paar Brombeersträucher und dann und wann ein spärlicher Haselstrauch.

21. Kapitel

Sie waren immer wieder ein Stück gerannt und dann wieder ein Weilchen gegangen und hatten so ein paar Meilen auf der Straße zurückgelegt; viele Male hatten sie sich umgeschaut und gelauscht, ob die Hunde ihnen wieder auf der Spur seien, oder waren stehengeblieben, um wilde Erdbeeren zu pflücken, die üppig inmitten des Grases am Straßenrand und zwischen den Feldblumen wuchsen.

Schließlich gelangten sie zu einem frisch gepflügten Hügel, um den sich die Straße wie ein breites Band herumwand. Anstelle der niedrigen Steinmauern begrenzten nun Gras und Klee die Straße; und im Vorbeigehen hörten sie das laute Summen der Bienen im Klee. Und dann sahen sie, dass die Straße sich mit einem Mal in drei teilte.

Sie standen da und fragten sich, wo sie weitergehen sollten.

Vor ihnen lag eine weite Fläche mit saftigen Weiden und Wiesen, an Weizenfelder grenzend, die nur durch die Entfernung so klein wirkten. Und obwohl die Berge noch wie die Twelve Pins aussahen, wusste Pidge: Wo immer sie auch sein mochten, in Connemara waren sie nicht mehr. Denn dort sind die meisten Felder klein, steinig und mager, und die Erde ist nicht viel mehr als eine dünne Decke über Steinschichten. Auch sind die kleinen Äcker dort durch ein ganzes Netz von alten Steinmauern begrenzt, die den Winterstürmen vom Atlantik trotzen sollen, denn ohne sie würde die Erde sicher weggefegt.

Er sah zu den Bergen hin und war sich gewiss, dass sie den

Kieselstein dort irgendwo finden würden. Und was dann wohl geschehen mochte?

Die Berge waren jetzt nicht mehr so weit entfernt wie zuvor. Während er zu ihnen hinschaute, schienen sie zu flimmern und sich von der Stelle zu bewegen.

Er blinzelte und wandte seine Aufmerksamkeit wieder den drei Straßen zu. Er versuchte sich zu entscheiden, welche von ihnen er wählen sollte. Sie zogen dahin und verloren sich in der Ferne, und es war unmöglich, einer von ihnen ganz mit den Augen zu folgen.

Mit einem leisen Seufzer griff er in die Tasche, um die Glaskugel hervorzuholen. Aufregung und Schrecken durchfuhren ihn, als er merkte, dass sie nicht mehr da war. Sein Herz hämmerte, während er alle Taschen durchsuchte, und er konnte ein Stöhnen der Enttäuschung nicht unterdrücken.

«Was ist denn los?», fragte Brigit atemlos, denn seine Erregung nahm auch von ihr Besitz, und sie packte ihn mit beiden Händen.

«Ich hab' die Glaskugel verloren!»

Die Bienen, die sich zu seinen Füßen im Klee zu schaffen machten, schienen lauter zu summen.

«Wie bitte?»

«Oh, Brigit, ich hab' sie wirklich verloren.»

«Das kann doch nicht wahr sein. Wo denn?»

«Ich weiß nicht. Ich weiß nur, dass sie weg ist.»

«Ist sie vielleicht in der Schultasche?»

Er griff nach der Tasche und hatte sie in Sekundenschnelle geöffnet. Aber die Glaskugel war nicht darin.

Er starrte ausdruckslos in die Tasche.

«Ohne sie schaff' ich's sicher nicht», flüsterte er.

«Keine Sorge. Ich werd' sie schon finden.»

Brigit begann den Boden abzusuchen.

«Das hat keinen Sinn. Wir sind schon viel zu weit gegangen. Sie könnte mir ja schon vor vielen Meilen aus der Tasche gefallen sein», sagte er mit erschöpfter und enttäuschter Stimme.

Er fühlte sich plötzlich furchtbar müde. Wie benommen wandte er sich von den Bergen ab, ratlos, was er nun tun sollte. Er fühlte sich so elend, dass er manchmal fast dahinstolperte. Brigit folgte ihm wie ein Schatten mit ernstem Gesicht und weit geöffneten Augen.

«Der Dagda hat sich den Falschen ausgesucht, als er mich ausgesucht hat. Wir können eigentlich gleich versuchen, den Heimweg wiederzufinden», sagte er schließlich, blieb stehen und starrte ins Leere.

Brigit steckte den Daumen in den Mund und wartete.

Auf dieser Seite des Hügels war ein großer Acker, mit einer Mauer eingefasst und von Bäumen umgeben. Die Furchen liefen quer zum Hang, damit sie den Regen auffangen konnten und die Erde nicht herabgeschwemmt wurde. Die frisch gepflügte Erde roch kräftig und frisch und war dunkler als guter Schokoladenpudding.

Da bewegte sich seltsamerweise der Boden in der Mitte des Ackers; er regte sich wie ein Tier, das sich im Schlaf umdreht.

Ihren Augen nicht trauend, sahen die Kinder zu, wie in der Nähe der ersten Stelle eine zweite sich zu bewegen begann. Und dann erhoben sich ganz langsam zwei Hügel aus lehmiger Erde aus dem Acker. Die Hügel nahmen Form an und waren ein Mann und eine Frau. Es waren große Erdgestalten.

Ein paar Vögel flogen über den Acker und riefen: «Traumbild, Traumbild», und Pidge begriff, dass sie etwas Unwirkliches sahen.

Kleine Stücke fielen ab, und die Umrisse wurden deutlicher; die beiden Gestalten hielten sich mit einer Art überwältigender Freude an den Händen, und diese Freude schien alles ringsumher zu erfüllen. Sie strahlte bis zu Pidge und Brigit aus, und sie merkten, dass sie am liebsten losgeschrien hätten, so heftig war ihr Glücksgefühl.

Die beiden Gestalten erhoben sich aus dem Acker, und ihre riesigen Lehm- und Erdbeine tanzten. Sie lachten überschwänglich. Es war, als läge alles, was das Glück umfassen kann, in diesem Lachen; und der Tanz war übermütig und würdevoll zugleich; die Gestalten tollten schwerfällig über den ganzen Acker und hielten sich dabei immer an den Händen. Man hatte das Gefühl, als stünden diese beiden hinter allem, hinter dem ganzen Leben. Sie tanzten die Furchen entlang, und unter ihren Füßen begann neue Saat aufzusprießen. Die Saat wuchs, und augenblicklich war alles mit Grün überzogen. Dann setzten sich die beiden Gestalten in der Mitte des Ackers nebeneinander; und die Saat spross auch aus ihren Körpern.

Sie winkten Pidge und Brigit heran, und die Kinder zeigten keine Furcht und gingen zu ihnen hin; als sie sie erreicht hatten, strotzten der Mann und die Frau über und über von den Früchten der Erde.

Ihre Augen waren glänzende, saftige Brombeeren, die im Licht schimmerten; ihre Wangen waren rote Äpfel und ihre Haare Weizen und Haferähren. Ihre Lippen waren aus Erdbeeren; ihre Augenbrauen Büschel von Kräutern; und der Mann trug einen Bart aus granniger Gerste. Die Frau trug Bündel von Haselnüssen als Ohrschmuck, und Ketten aus Kastanien und Walnüssen hingen in dicken Reihen um ihren Hals. Ihre Füße waren übersät mit Edelsteinen, die glitzerten und funkelten, und mit Strandkieseln, denn beides gehört zur Erde. Um die Füße des Mannes ringelten sich dicht kleine Hasen als Schuhe; und in den Tränen, die ihnen vor Lachen aus den Augen flossen, waren alle Fische aus den einsamen Seen und dem Meer – ganz, ganz klein, sogar winzige Wale waren darin.

Vögel schmiegten sich in ihre weiten Schöße.

Und da dachte Pidge: Wir sind auf einer Wanderung, die wir nicht ganz verstehen, an diesen Ort gebracht worden – und ich bin sehr froh darüber.

Er schaute zu Brigit hin und sah, dass ihr Gesicht vor Entzücken glänzte und ihre Augen vor Freude leuchteten.

Im nächsten Augenblick bemerkte Pidge noch andere Bewegungen gleich hinter den beiden Erdgestalten; und er glaubte, die Menschenscharen wiederzuerkennen, die er über die Brücke von Galway hatte gehen sehen. Sie hatten etwas Schattenhaftes und Formloses und schienen aus Wolken zu bestehen.

Als er sich bemühte, sie deutlicher zu sehen, veränderte sich die Atmosphäre ein wenig; irgendetwas war anders, und es jagte ihm einen kurzen Schauder über die Haut. Er hatte plötzlich das Gefühl, als sei alles auf irgendeine Weise bedroht. Er hatte den Eindruck, als fülle sich der Acker mit Schatten, die etwas Heimtückisches und Grausames mit sich brachten. Er spürte große Traurigkeit von den Menschen ausgehen, und er runzelte die Stirn, so sehr rang er darum zu verstehen, was er sah.

Er warf einen verstohlenen Blick auf Brigit, aber sie betrachtete den Mann und die Frau immer noch voller Freude.

Als er wieder die Prozession auf der Brücke betrachtete, sah er die Gestalten nur noch wenige Sekunden lang, dann lösten sie sich auf in einem heißen Windstoß, der ihm unangenehm an den Armen war. Obwohl er keinen Ton hörte, stellte er sich vor, dass die Leute schrien und heulten und dass etwas sie bedrohte, das unglaublich verabscheuenswert sein musste. Und er wusste auch, dass er nicht ans Aufgeben und Nachhausegehen denken durfte und dass all dies irgendwie mit Olc-Glas und der Mórrígan zu tun hatte; und dass der Mann und die Frau – und alles, was ihnen freundschaftlich gesonnen war oder die Erde mit ihnen teilte – in tödlicher Gefahr waren.

Die Leute auf der Brücke wurden immer undeutlicher und verschwommener, lösten sich dann rasch auf und schwebten in Fetzen durch die Zweige der Bäume davon. In Sekundenschnelle hatten die Schatten den Acker ebenso unsichtbar verlassen, wie sie über ihn gekommen waren.

Die beiden Gestalten sanken nun still zurück in die Erde, die Vögel waren davongeflogen und die Hasen fortgehüpft. Bald schon war alles wie weggeblasen, nur in den Erdfurchen prangten noch Gras, Blumen und junge Schösslinge.

Hand in Hand wanderten sie den Hügel hinab.

«Wie hast du das alles gefunden?», fragte er sie vorsichtig.

«Es war wunderschön», sagte sie mit einem tief zufriedenen Seufzer.

Sie hat also nicht alles wahrgenommen, dachte er. Er sah wieder die Straße vor sich und kam zu einem Entschluss.

Aus weiter Ferne war das Bellen der Hunde zu hören.

«Sie sind uns wieder auf der Spur», sagte Brigit.

«Das musste ja irgendwann kommen», antwortete er, ohne sich allzu viele Gedanken darum zu machen.

Sein Kopf war ruhig und klar. Er hatte beschlossen, dass sie der Straße folgen würden, die zu den Bergen zu führen schien.

22. Kapitel

Sehr viel später an diesem Tag kamen sie zu einem Wegweiser, der ihre Aufmerksamkeit auf einen schmalen Pfad jenseits eines Zauntritts lenkte.

Darauf stand:

BRÜCKE ¼ MEILE

Sie blieben stehen, um das Schild zu lesen, und gingen dann weiter, merkten aber bald, dass die Straße plötzlich durch einen Wall aus dichtem Gebüsch und kleinen Bäumen versperrt war. Es war seltsam, dass die Straße nicht außen herumführte, und Pidge fragte sich, ob sie auf der anderen Seite dieser lebendigen Absperrung weiterginge.

Die Büsche wucherten so dicht wie eine Hecke, und hie und da ragte eine junge Tanne oder eine dünne Bergesche aus dem Dickicht hervor. Zuerst fanden sie keine Stelle, an der man hindurchsehen und erkennen konnte, was jenseits lag. Schließlich gelang es ihnen mit Mühe, sich durch eine Lücke über den Wurzeln eines der jungen Bäume hindurchzuzwängen; aber sie mussten auf dem Boden kriechen und sich fest aneinanderpressen, um es zu schaffen.

Und dann entdeckten sie zu ihrem Entsetzen, dass sie sich am Rand eines Abgrundes befanden.

Es war eine tiefe, jäh abfallende Schlucht, auf deren Grund Felsbrocken lagen und deren Wände ganz kahl waren, bis auf ein paar dürre Sträucher. Es war ein feierlicher, wilder und majestätischer Ort, und der Anblick überwältigte sie.

Nachdem sie eine Weile schweigend hinabgeschaut hatten, sagte Brigit:

«Das ist ja ein schrecklich großes Loch. Es gefällt mir gar nicht.»

«Psst», flüsterte Pidge, der sich vorstellte, dass der Boden unter ihnen nachgeben könnte und was dann geschehen würde. Jeder Millimeter seines Körpers, der die Erde berührte, war ganz Spürsinn und Zittern. Er hatte das Gefühl, es sei sogar zu gefährlich zu sprechen.

«Kriech zurück», flüsterte er. «Mach keine plötzliche Bewegung. Sei ganz, ganz vorsichtig.»

Langsam und sehr behutsam krochen sie Stück für Stück rückwärts, und Pidge erlaubte Brigit nicht aufzustehen, bevor sie ganz außer Gefahr waren.

Ein paar Minuten lang zitterten Pidge die Beine, weil er das Gefühl hatte, dass ihm alles Mögliche über die Haut kroch, doch dann ärgerte er sich plötzlich selbst darüber, dass er sich von derartigen Fantasien überwältigen ließ. Die Abbruchkante, auf der sie gelegen hatten, war so fest wie Granit gewesen. Vielleicht nicht ganz so fest wie Granit, denn sonst hätte darauf ja nichts wachsen können, aber doch fest genug, sagte er sich vernünftig.

«Was ist das eigentlich?», fragte Brigit.

«Ich glaube, es ist ein Abgrund», antwortete er nach einem kurzen Zögern.

Genau in diesem Augenblick bellten die Hunde einander zu, die immer noch ihrer Spur folgten, und Pidge wurde noch wütender über sich selbst bei dem Gedanken, dass er die falsche Straße gewählt hatte und dass sie nun in der Falle saßen.

«Der Fußpfad! Da gibt es irgendwo eine Brücke auf dem Pfad», sagte er atemlos; sie rannten zurück und kletterten über den Zaun.

Ich muss wirklich versuchen, nicht mehr so viel Angst zu

haben und mir nicht um alles Sorgen zu machen, sondern die Dinge so zu nehmen, wie sie kommen, sagte er sich sehr entschieden.

Weit entfernt, im Glashaus, flog ein letzter Funke aus dem Feuerrad, das sich in den Augen der Mórrígan drehte, und landete auf dem Tisch, nahe dem Pfad, den Pidge und Brigit jetzt entlanggingen. Schon bald darauf hatten sie den Geruch von brennendem Holz in der Nase. Als sie an das Ende des Zaunes kamen, erblickten sie die Brücke, die über den schrecklichen Abgrund gespannt war.

Sie stand in Flammen.

23. Kapitel

O nein!», rief Brigit zornig. «So kommen wir nie über diesen gemeinen Abgrund da. Wir sitzen fest!»

Die Flammen lachten, während sie das Holz verschlangen.

Sie knisterten, als sie über die Geländer hüpften, und schlugen kichernd Kapriolen auf den Bodenbrettern. Schleier weißer Asche wurden von den Luftströmungen ergriffen und umhergewirbelt wie Blätter im kräftigen Herbstwind, während das Holz krachte und ächzte.

Es war eine glühende Feuerstraße, auf der sich nichts Lebendes auch nur für Sekunden halten konnte.

Sie standen da, sahen zu und fühlten sich hilflos und betrogen.

Das Feuer heulte in einem Aufwallen der Flammen, als es den Höhepunkt seiner sich überschlagenden Gier erreicht hatte, und wurde dann ganz langsam schwächer. Wie hypnotisiert sahen sie seinem Schwinden zu. Es fiel allmählich in sich zusammen, bis die Asche nicht mehr umherwirbelte, sondern nur noch sanft in der Luft dahinschwebte; und die ganze Brückenkonstruktion war nur noch ein rauchendes Skelett, an dem hie und da letzte Funken von einem leisen Lufthauch angefacht wurden und matt schimmerten wie Geschöpfe aus der Tiefsee.

«Aus. Jetzt müssen wir uns einen anderen Weg suchen», sagte Pidge.

«Wenn wir nur die Glaskugel hätten», seufzte Brigit.

Pidge versuchte an ihrem Gesicht abzulesen, ob sie ihm die Schuld daran gebe, dass die Kugel verloren gegangen war; aber sie schien nur wehmütig und ein bisschen traurig zu sein.

Der Gedanke an die Glaskugel erinnerte ihn an die Haselnüsse; rasch holte er eine hervor und legte sie auf seine Handfläche. Nichts geschah.

«Versuch's mit einer anderen!», ermutigte ihn Brigit.

Und obwohl er im Innersten wusste, dass Hilfe nur von der ersten Nuss kommen konnte, die er wählte, wenn überhaupt, probierte er sie alle rasch nacheinander aus. Dann legte er sie sorgfältig in das Säckchen zurück, steckte es tief in die Tasche, faltete es dort noch einmal zusammen und sagte:

«Es muss doch noch einen Weg geben. Wenn wir umkehren, um eine der anderen Straßen auszuprobieren, laufen wir den Hunden direkt vor die Nase.»

Sie gingen weiter und kamen nach einer Weile an einer kleinen Schafherde vorbei, die unter der Obhut eines Schafbocks weidete; eine braunweiße Kuh leistete ihr dabei Gesellschaft. Die Kinder blieben stehen und sahen sie ein paar Minuten lang erwartungsvoll an, aber die Tiere schienen sich nicht im Geringsten für sie zu interessieren.

«Das ist ein schlechter Weideplatz für Tiere», bemerkte Pidge. «Wie leicht könnte eines in den Abgrund fallen.»

«Ich dachte, sie wären vielleicht hierher getan worden, um uns zu helfen», sagte Brigit, und sie sah sich immer wieder nach ihnen um.

Nach wie vor gab es keinen Weg über die Schlucht und auch keinen durch sie hindurch, so steil fielen ihre Wände ab.

«Wie die Rückseite des Mondes», sagte Pidge leise, während er zur anderen Seite hinüberschaute.

Schließlich erblickten sie den größten Baum, der ihnen je vor Augen gekommen war; er stand etwa zwanzig Fuß vom Rand des Abgrunds entfernt. Sein Stamm war hochragend, massig und gewaltig; seine Äste waren ein einziges Wogen, Spreizen und Ausbreiten; stolz und mächtig erhob er sich vor ihnen. Es schien unglaublich, dass etwas so Prächtiges sich aus den winzigen Dingen unter der Erde nähren konnte.

«Oh», seufzte Brigit, «wenn dieser Baum nur ein bisschen näher an dem blöden Abgrund stehen würde! Wir könnten leicht rüberkommen auf einem der dicken Äste.»

Das würde ich nicht so gern ausprobieren, dachte Pidge; aber er antwortete nur:

«Er muss das älteste Wesen auf der ganzen Welt sein, dieser Riese.»

Er fand ihn wunderbar.

Als sie näher gingen, schien der Baum sogar noch größer zu werden; und seine Äste wogten, und die Blätter raschelten, dass es aussah, als bewege sich da eine Geisterarmee.

Es war eine Eiche.

Sie legten die Hände an den Stamm und versuchten, durch die Äste hindurch den Himmel zu sehen, dann lehnten sie sich gegen den Stamm und ließen ihre Blicke zu der brennenden Brücke zurückwandern.

Der Tag ging sanft in den Abend über, und im Osten verdichtete sich unmerklich die Dämmerung. Die Sonne im Westen leuchtete noch kräftig und erschien im Dahingehen strahlender, als sie es im Aufgang gewesen war. Wo Pidge und Brigit standen, war das Licht noch hell und angenehm. Sie merkten, dass die Tiere aufgehört hatten zu weiden und aufmerksam zu ihnen herübersahen; und keines regte sich.

In der Ferne hörte man das Bellen eines Hundes, gerade in dem Augenblick, als Pidge daran dachte, dass es Zeit sei, sich nach einem sicheren Platz für die Nacht umzusehen. Da sprach aus dem Baum eine Stimme:

«Am Hals aufgehängt sein hinterlässt einen tiefen Eindruck.»

24. Kapitel

Überrascht schauten sie auf, konnten aber niemanden erblicken.

«Jedoch», fuhr die Stimme im Plauderton fort, «am Hinterteil hängen hinterlässt überhaupt keinen Eindruck.»

Und eine Spinne – ein stattlicher Herr, fast so groß wie ein Holzapfel und an einem Faden hängend – kam herab und baumelte sacht vor ihren Gesichtern hin und her.

«Erinnert ihr euch an mich?», fragte er freundlich.

«Nein», sagten sie.

«Und wer hat Jo-Jo mit mir gespielt?»

«Ich nicht!», sagte Brigit rasch. «Ich hab' noch nie einen Spinnenmann gesehn, der so groß war wie du.»

«Warst nicht du es gerade – vor dem Haus des Schmieds?»

«Nein», sagte sie mit Unschuldsmiene, wurde aber rot dabei. «Das muss jemand anders gewesen sein.»

«Na ja, dann sollt' ich wohl gar nicht mit dir reden», sagte der Spinnenmann und tat so, als wolle er wieder an seinem kleinen Seil hinaufklettern.

«Ich war's», sagte sie rasch. «Ich wollte dir aber nicht wehtun.»

«Und hast mir auch nicht wehgetan», sagte der Spinnenmann, während er wieder herunterrutschte und vor ihnen baumelte. «Ich wollt', ich bekäm' jedes Mal eine Fliege dafür, wenn jemand Jo-Jo mit mir spielt!»

Er trug ein Hemd, das am Hals und an den Manschetten gekräuselt war, schwarze Bundhosen, gestrickte Kniestrümpfe und schnallengeschmückte Matrosenschuhe. Auf seinem Kopf saß ein kleiner, fester Hut, und er rauchte eine winzige Tonpfeife.

«Anastasia wusste, dass ihr kommen würdet, sie hat's aus dem Kaffeesatz gelesen. Ich war entschlossen, hier auf euch zu warten», sagte er.

«Kannst du uns helfen?», fragte Pidge.

«Gewiss kann ich. Ihr müsst in den Baum hineinkommen.»

«Wie soll das gehen?»

«Gibt's eine Tür?», fragte Brigit hoffnungsvoll.

«Nein. Aber wenn du so gut flöten kannst wie Jo-Jo spielen, werden wir keine Schwierigkeiten haben», antwortete der Spinnenmann und lächelte nachsichtig.

Brigit holte ihre Flöte hervor, hielt dieselben Löcher zu wie beim vorigen Mal und setzte sie an die Lippen. Sie dachte, sie würde bestimmt wieder die gleiche Melodie spielen; doch sie war ganz anders, aber auch sehr schön.

Der Baum öffnete sich langsam.

Er tat sich einfach auf, wobei er laut knarrte und knirschte, und einen Moment lang war ihnen, als erscheine vor ihren Blicken die verhüllte Gestalt eines Wesens, das den Baum mit ausgebreiteten Armen aufhielt wie einen Mantel. Dann bemerkten sie zu ihren Füßen eine Reihe von Stufen, die sich nach unten wanden.

Brigit strahlte vor Stolz, und dann legte sie feierlich und sorgfältig ihre kleine Flöte in die Schultasche zurück und machte die Riemen fest zu. Um ganz sicherzugehen, rüttelte sie ein wenig an der Tasche.

«Geht jetzt hinein und nehmt mich mit», sagte der Spinnenmann.

Pidge angelte ihn mit dem Finger.

«Runter geht's», sagte der Spinnenmann aufmunternd.

Bevor sie ihren Gang in die Tiefe antraten, schaute Pidge den Weg zurück, den sie gekommen waren. Das geschwärzte

Holz der Brücke rauchte noch, und von den Hunden war keine Spur zu sehen. Die Schafherde und die Kuh fraßen wieder ihr Gras.

Zu beiden Seiten der Treppen wuchsen dicke Wurzeln, und aus dem Spalt im Baumstamm fiel Licht herab. Als sie etwa acht Stufen hinabgegangen waren, sagte der Spinnenmann, sie sollten stehenbleiben. Beinahe im selben Augenblick war ein lautes Knirschen und Ächzen zu hören; der Baum schloss sich wieder über ihnen, und dann war es plötzlich ganz dunkel. Es schien, als seien die Stufen in eine natürliche gewundene Höhlung unter dem lebenden Baum gehauen worden.

Es war so dunkel, dass Brigit, die hinter Pidge hinabstieg, mit der Faust seine Jacke und sein Hemd packte, sodass es ihn am Hals einschnürte.

«Bewegt euch jetzt eine Weile nicht von der Stelle», riet der Spinnenmann. «Wenn eure Augen sich daran gewöhnt haben, werdet ihr staunen, wie hell es hier ist.»

«Brigit, könntest du bitte ein bisschen loslassen? Sonst erstick' ich demnächst», sagte Pidge, und da es so beruhigend normal klang, lockerte sie ihren Klammergriff.

«Oh, die Frauen sind gut im Klammern!», bemerkte der Spinnenmann mit herzlichem Lachen und fügte dann etwas ernster hinzu: «Anastasia und ich haben für eine Weile Waffenruhe geschlossen. Sie wird mich erst später fressen.»

«Es tut mir leid, dass ich Jo-Jo mit dir gespielt habe», entschuldigte sich Brigit.

«Das ist noch gar nichts gegen das, was andre Leute anstellen», antwortete der Spinnenmann. «Aber ich bin dir ja sowieso bald entwischt, es macht also nichts.»

Allmählich gewöhnten sich ihre Augen an die Dunkelheit, und es war, wie der Spinnenmann gesagt hatte, erstaunlich hell dort unten. Das Licht kam durch die Risse in der Decke über ihnen und warf hie und da staubige Strahlen. Eine Wurzel lief immer neben den Stufen her, ganz wie ein Treppengeländer.

«Was ist das für ein Ort?», fragte Pidge.

«Ein Eingang; ach, und sehr alt. Wurde vor Urzeiten von denen benutzt, die sehr weise und klug waren.»

Trotz der Staubteilchen im Licht war alles sauber, und das Wurzelgeländer glänzte vom Polieren. Als Pidge nur den Kopf ein wenig drehte, um seinen Blickwinkel zu verändern, merkte er, dass die Staubteilchen plötzlich silbern schimmerten und sich dauernd bewegten. Wie eine Art Universum oder Milchstraße mit Millionen winziger Planeten und Sonnen, dachte er.

«Benutzen sie ihn immer noch?»

«Nein. Sie sind schon lange fort. Das war einer ihrer Plätze, unter einem heiligen Baum. Die Welt ist ein gutes Stück älter geworden seit ihrer Zeit, aber kein bisschen klüger.»

«Es sieht alles so sauber aus.»

«Warum auch nicht? Halten wir nicht alles blitzsauber, werden die Treppen nicht jeden zweiten Tag gewischt und das Geländer abgestaubt und mit feinster Seide poliert?»

«Ist das der einzige Eingang?»

«Nein, das nicht. Es gibt noch einen anderen Eingang, aber er ist wie dieser hier schon seit ewigen Zeiten nicht mehr benutzt worden.»

«Könnten auch Hunde hier reinkommen?», fragte Brigit.

«Bestimmt nicht. Dieser Baum über uns hat jetzt keinen Spalt mehr, nicht mal eine Spinne würde ihr Bein hineinstecken können; und der andere Eingang ist so eng, dass ich selbst ihn nicht finden würde, obwohl ich weiß, dass es ihn gibt. Der Abstand zwischen einer Zwiebel und ihrer Schale wäre ein Riesenspalt dagegen», sagte der Spinnenmann kichernd.

Das Geländer begleitete sie bis hinunter auf den Grund, wo ein Gang mit trockenem Boden und Wänden weiterführte. Hier war es dunkler. Der Spinnenmann riet ihnen, wieder zu warten; da sahen sie schwache Schatten an der Wand tanzen, die durch ein Licht irgendwo am Ende des Ganges entstanden.

«Geht nur mutig weiter. Habt keine Angst zu stolpern, denn hier gibt es nichts, worüber man stolpern könnte. Auch die Köpfe könnt ihr euch nicht anschlagen, denn es waren erwachsene Männer, die diesen Gang gehauen haben», sagte der Spinnenmann, um ihnen Mut zu machen.

Sie gingen den Gang entlang; der Spinnenmann baumelte an Pidges Finger, und Brigit folgte ihnen. Als sie der Lichtquelle näher kamen, wurden die tanzenden Schritte deutlicher; bald schon erweiterte sich der Gang, und sie gelangten an die Öffnung einer großen Höhle. Die tanzenden Schatten kamen von einem offenen Feuer.

«Bist du es, den ich rieche, Mawleogs?», rief eine Stimme.

«Jawohl, Anastasia, meine Liebe», antwortete der Spinnenmann, nachdem er die Pfeife aus dem Mund genommen und sich geräuspert hatte.

Pidge und Brigit standen eine Weile nebeneinander auf der Schwelle und schauten hinein. Gegenüber, am anderen Ende der Höhle, flackerte ein helles Feuer unter einem schwarzen Topf im Kamin, und davor standen in einem weiten Halbkreis Bänke und Hocker aus Stein. Dort saß eine sehr dicke Spinnendame, die von Kopf bis Fuß in grobe Stricksachen nach Art der Aran-Inseln gekleidet war. Auf dem Kopf hatte sie eine Mütze mit einer bauschigen Quaste, ihr weiter Pullover war dick gestrickt und voller Knubbel und Zöpfe, wie der lange Rock auch. Ihre Waden steckten in dicken, links gestrickten Strümpfen; aber all das sahen sie erst genauer, als sie näher getreten waren, denn von der Schwelle aus schien sie nur ganz in gesponnene Wolle gewickelt zu sein. Sie strickte emsig – die Kinder hörten das Klappern ihrer Nadeln und sahen, wie ihre Arme hin- und herflitzten. Sie saß auf einem Hocker neben einem riesigen silbernen Spinnennetz. Jetzt schaute sie von ihrer Arbeit auf.

«Da seid ihr ja endlich. Der Kaffeesatz lügt nie!», rief sie. «Freut mich. Ich habe einen Haufen Arbeit mit Pulloverstricken für die Kinderchen.»

«Gebt auf die Stufen acht, und putzt euch die Schuhe ab», sagte Mawleogs. «Ihr könnt mich jetzt bitte absetzen.»

Sie durchquerten die Höhle. Mit jedem ihrer Schritte schien Mawleogs größer zu werden. Als sie den halben Weg zurückgelegt hatten, wurde ihre Aufmerksamkeit von einem leisen Zirpen und Schwirren angezogen, und als sie nach oben blickten, sahen sie Dutzende und Aberdutzende von jungen Spinnen beim Luftsport. Sie schwangen an Trapezen, flogen durch die Luft, wirbelten und drehten sich herum, wobei sie «Allez-hopp» riefen; und jede hing an einer Sicherheitsschnur, die hinter ihr herschwebte. Einige gingen auf dem Hochseil. Unterhalb war ein großes Spinnengewebe als Sicherheitsnetz aufgespannt, und durch einige Ritzen fielen die letzten Strahlen des rötlichen Sonnenlichts und sahen genau aus wie Scheinwerferlicht.

«Wir sind zeitweise Zirkusleute, wisst ihr», erklärte Mawleogs, der inzwischen schon halb so groß war wie Brigit.

«Kommt her, dass ich euch sehe, und setzt euch, solange es Sitzplätze gibt», sagte Anastasia freundlich; und Pidge und Brigit nahmen Platz. Anastasia war genauso groß wie Mawleogs.

«Wir sind auch Weber», fuhr Mawleogs fort, «wir fertigen Decken für Winterhecken an und so weiter; aber meistens arbeiten wir am Hochseil und am Trapez. Anastasia ist Hellseherin.»

«Ja, Madam Anastasia, Hellseherin, so werde ich vorgestellt, ihr Lieben. Mein richtiger Name ist Minnie Curran, aber ich liebe meinen Künstlernamen und nenne mich meistens so.»

«Es ist ein hübscher Name», sagte Brigit.

«Ich habe ihn aus einem Roman, mein Liebes. Es freut mich, dass er dir gefällt.»

«Die Kinderchen machen wohl gute Fortschritte?», bemerkte Mawleogs zufrieden, als er nach oben sah.

«Sie sind sehr geschickt, nicht?», sagte Pidge.

«Es liegt ihnen im Blut, Schätzchen», antwortete Anastasia und legte ihr Strickzeug beiseite. Sie sahen, dass sie zwei Pullover gleichzeitig strickte, und jetzt bemerkten sie auch die Einzelheiten ihrer Kleidung. Sie war zweifellos schmuck.

Sie stand von ihrem Hocker auf und rüttelte mit einer Stricknadel an dem silbernen Netz.

«Kommt, ihr kleinen Racker!», rief sie, und alle Kinder kamen an silbernen Schnüren heruntergeschossen und setzten sich auf die Hocker. Sie hatten alle ungefähr die Größe von Pflaumen, bis auf eines, das nur so groß war wie eine kleine Kirsche.

Mawleogs, dem die Pfeife ausgegangen war, begann sie mit einem kleinen blauen Taschenmesser zu reinigen; eine Atmosphäre häuslichen Friedens breitete sich in der Höhle aus, und im Kamin begann eine Grille zu singen.

«Du bist heute Abend früh dran, Batty», bemerkte Mawleogs und blies die Krümel aus seiner Pfeife.

«Ja, bin ich», antwortete eine Stimme und fuhr fort zu singen.

Die kleinen Spinnen hatten Brigit und Pidge angestarrt, wobei sie schüchtern kicherten und sich gegenseitig anstießen, bis die eine oder andere vom Hocker fiel. Es dauerte jedoch nicht lange, bis sie kecker wurden.

«Wir sitzen neben ihr», sagten die Spinnenkinder, die neben Brigit saßen, und schnitten ihr Gesichter. Sie quietschten und kicherten.

«Warum schneidet ihr mir Grimassen?», fragte sie empört, nachdem sie es ein paar Minuten lang ausgehalten hatte.

«Weil wir neben dir sitzen», antworteten sie gackernd.

«Hört sofort auf! Sie ist nicht diese Miss Muffet, die gleich einen Anfall kriegte, wenn man sie schief anschaute», sagte Anastasia. «Die war ja immer sofort sauer. Von uns hat sie natürlich keiner je gesehen, aber es hat alles in den Zeitungen gestanden, wie ich gehört habe.»

Mawleogs zündete unter ausgiebigem Schmatzen und Pusten seine Pfeife an.

«Sie hoffen immer, sie treffen sie eines Tages und können sie dann erschrecken», sagte er zwischen zwei Zügen.

«Wir bringen sie ins Krankenhaus!», sagte eine der kleinen Spinnen, verbarg aber gleich darauf schüchtern ihr Gesicht.

«Ihr dürft mich ruhig erschrecken, wenn ihr wollt», sagte Brigit großzügig, und die kleinen Spinnen streckten ihr die Zunge heraus und schielten sie an und zerrten ihre Münder mit den Fingern breit und riefen: «Buuh! Wir haben dich!» Brigit kreischte und rief: «Ihr seid ja schauerlich!» Und sie bedeckte ihre Augen mit den Händen, um sie nicht zu sehen, und alle kleinen Spinnen lachten und waren begeistert.

«Wir haben's geschaffen!», sagten sie zueinander.

«Geschafft», korrigierte Brigit sie, woraufhin sie nur noch mehr lachten.

Obwohl die Stimmung froh und freundlich war, musste Pidge an den Abgrund denken und fragte sich, ob es ihnen gelingen würde, ihn zu überqueren; während Brigit mit den Kleinen herumalberte, betrachtete er das riesige Silbernetz und das Gewebe, das als Sicherheitsnetz diente, und machte sich seine Gedanken dazu.

«Ein Spinnennetz ist sehr stark, nicht wahr?», fragte er Mawleogs nach einer Weile.

«Ja, sehr stark! Es ist ein Traum für jeden Ingenieur, so hörte ich mal einen von euch Menschen sagen. Jedenfalls wohl beachtlich stark für sein Gewicht.»

«Könnte man eine Brücke daraus machen?»

Mawleogs nahm die Pfeife aus dem Mund und legte sie hin. Er zog ein Stück Papier und einen Stift aus der Westentasche und rechnete.

«Das könnte man. Aber vor morgen wäre sie nicht fertigzustellen.»

«Aber», sagte Pidge, «man könnte es also machen, auch wenn es länger dauern würde?»

«Na ja, wir könnten jedenfalls genug dafür spinnen», sagte Mawleogs freundlich und sanft, «aber wir wissen nie, wie es mit den Luftströmungen ist, wenn man es irgendwo ausspannen will. Ich hab' einmal drei Wochen an einer Stelle warten müssen, bis ich hinüberkonnte.»

«Ach», sagte Pidge sehr enttäuscht. «Irgendwie dachte ich, als ich das Netz sah, dass ihr uns damit ganz sicher helfen könntet.»

«Es tut mir leid», sagte Mawleogs. «Aber ihr könnt auf jeden Fall über Nacht hierbleiben. Draußen im Dunkeln ist es viel zu gefährlich für euch.»

Der große schwarze Topf auf dem Feuer blubberte fröhlich

und hob ab und zu höflich seinen Deckel, weil es darunter dampfte. Anastasia nahm eine riesige Gabel, hob den Deckel ganz herunter, und sogleich stieg der Dampf in Wolken auf und trug den Duft von Kartoffeln in jeden Winkel der Höhle.

«Die Erdäpfel sind gar», sagte sie; und mit vier Armen hob sie den Topf vom Feuer und goss die Kartoffeln durch ein Sieb ab, das sie dann in die Nähe des Feuers stellte, damit die Kartoffeln hübsch trocken würden. Die Kinder liefen los und holten Untertassen mit dicken Butterstücken, die sie herumreichten. Pidge und Brigit bekamen die Untertassen mit den größten Butterstücken. Noch einmal liefen die Kinder los und holten Teller, Messer und Gabeln. Anastasia stürzte die mehligen, gelben Kartoffeln auf große Platten und gab dann jedem einen Becher mit frischer Milch. Sie stürzten sich darauf, spießten die Kartoffeln auf die Gabeln, schälten sie und bestrichen sie mit Butter. Sie taten etwas Salz darauf und begannen zu essen; es schmeckte köstlich.

«Schäl mir 'ne Toffel», sagte ein Stimmchen zu Brigit. Sie sah zu dem kleinsten Spinnenkind hinunter. Sein Gesichtchen war so winzig, dass man es fast nicht sah; und trotzdem wurde es rot. Stolz schälte sie die Kartoffel und zerteilte sie auf dem Teller der kleinen Spinne. Dann aß sie etwas von ihrem eigenen Teller.

«Warum gibt's eigentlich keine Fliegen zum Abendessen?», fragte sie im Plauderton.

«Oh, Brigit!», sagte Pidge.

Eine Weile herrschte überraschtes Schweigen.

«Hättest du gern Fliegen zum Abendessen gehabt?», fragte Anastasia besorgt.

«Nein, wirklich nicht.»

«Na ja, das haben wir uns gedacht. Darum haben wir auch keine geholt», sagte Mawleogs schlicht.

«Ihr esst also welche?»

«Nun ja, irgendjemand muss es ja tun, sonst könntet ihr euch vor Fliegen nicht mehr retten.»

«Wie schmecken sie denn?»

«Manchmal so und manchmal so. Zum Beispiel nach gebratenen Wachteln oder nach Huhn oder Würstchen oder so ähnlich», erklärte Mawleogs.

«Aha», sagte Brigit und machte sich wieder an ihre Kartoffeln.

Pidge war erleichtert, dass niemand auch nur andeutungsweise beleidigt war.

«Das sind sehr gute ‹Golden Wonders›; wir ziehen sie immer zu Hause», sagte er und warf einen kurzen Blick zu Brigit hinüber in der Besorgnis, sie könne plötzlich die Fassung verlieren, weil er die Worte ‹zu Hause› so gedankenlos ausgesprochen hatte; aber sie trank unbekümmert ihre Milch und wischte sich den Mund mit dem Handrücken ab.

«Der Bock und die Schafe dort oben haben sie aus einem Acker gestampft und mit ihren Nasen vor sich hergeschoben, bis sie durch die Löcher im Dach ins Sicherheitsnetz gefallen sind. Nora hat uns die Milch gegeben», erklärte Mawleogs.

«Wer ist denn Nora?», fragte Brigit.

«Ein sehr liebes Wesen, Schätzchen», antwortete Anastasia. «Die Kinder dürfen, wann immer sie wollen, zwischen ihren Hörnern Hochseilakte vollführen. Aber hauptsächlich sind wir Freunde, weil wir ihr die Fliegen wegfangen, die sie zur Raserei bringen. Aus Noras Sahne haben wir die Butter gemacht. Ist sie nicht fein?»

«Ganz prima», sagte Brigit.

«Und meine ganze Wolle bekomme ich von den Schafen geschenkt. Die Fliegen stellen fürchterliche Sachen mit den armen Geschöpfen an.» Sie senkte die Stimme zu einem Flüstern. «Maden, wisst ihr.»

«Bitte, Anastasia, die Kinder!», sagte Mawleogs.

«Wir essen nich oft Toffeln», sagte die kleinste Spinne mutig, erschrak dann aber selbst so darüber, dass sie sich an einem Kartoffelstückchen verschluckte und von Anastasia an den Füßen hochgehoben und sanft auf den Rücken geklopft werden musste, bis es herausfiel. Sobald sie wieder ruhig atmen konnte, neigte sie den Kopf und suchte den Boden ab, bis sie es erspäht hatte, und dann trampelte sie auf dem Kartoffelstückchen herum, um sich zu rächen. Sie kletterte wieder auf ihren Hocker und trank von ihrer Milch.

«Bekommt die Grille keine?», fragte Brigit.

«Ach, Batty isst nich so bald; er is grad erst aufdestanden», sagte das kleinste Spinnenkind, das sich jetzt wieder völlig erholt hatte.

Bei diesen Worten kam Batty hinter dem Feuer hervor, wischte sich die Torfasche von den Kleidern und blies sie von seiner Fiedel. Er nahm seine Schirmmütze ab und klopfte sie gegen eine Hockerkante, sodass der Staub in Wolken davonflog. Alle husteten, und als sich der Staub gesetzt hatte, konnte man Batty endlich richtig sehen.

Er trug einen alten Tweedanzug und die Mütze natürlich; sein kleines Gesicht verschwand fast vollständig hinter einer dicken Brille.

«Hallo, alle beisammen!», sagte er und lüftete dabei kurz seine Mütze.

«Selber hallo», antworteten die Spinnen im Chor.

«Ich ess' meine Erdäpfel so nach und nach, wenn ihr alle schon schnarcht», sagte er und stimmte seine Fiedel.

«Heidideldum! Das wird eine Nacht!», sagte Mawleogs. «Wir machen ein bisschen Remmidemmi.» Er lächelte breit und holte eine Flöte, eine Trommel und einen Dudelsack aus einem Kämmerchen hinter seinem Sitzplatz. Er nickte den Kindern zu.

«Aber erst wird das Geschirr gewaschen», sagte er, und alle Spinnenkinder, bis auf das kleinste, rannten und flitzten und spritzten und stritten, und im Nu war das Geschirr sauber. Das Kleinste kletterte auf Mawleogs Hut und ließ sich auf dem höchsten Punkt nieder.

«Wer zeigt uns ein paar Tanzschritte?», fragte Mawleogs und blies einige Töne auf seiner Flöte.

«Ich tanz' den Fly Land Hing», erbot sich ein Spinnenkind schüchtern.

Mit einem Nicken, das Batty galt, und einem mit dem Fuß auf den Boden getippten Eins-zwei-drei begannen Mawleogs und die Grille zu spielen. Mit seinem ersten Paar Beinen spielte Mawleogs die Flöte; das zweite Paar schlug die Trommel, die er seitlich hielt, damit sie dem dritten Paar Beinen nicht im Wege war, das seinerseits schwungvoll den Dudelsack bediente. Batty fiedelte und wirbelte durch die heftigen Bewegungen seines Ellbogens immer wieder Wolken von Staub auf.

Eine kleine Spinne, die mehr Beine als die anderen hatte, tanzte den unglaublichsten Hing, den die Welt je gesehen hatte. Die anderen klatschten alle im Rhythmus der Musik in die Hände, und das Kleinste auf Mawleogs Hut trommelte mit den Fäusten darauf herum. Anastasias Stricknadeln flogen so rasch dahin wie die Musik, und als die schüchterne Tänzerin am Ende ihres Tanzes angekommen war, hatte sie an jedem Kleidungsstück mindestens zehn Zoll weitergestrickt. Alle klatschten und taten ihre Begeisterung kund; die Tänzerin verbeugte sich und ging kichernd vor Verlegenheit zu ihrem Platz zurück.

«Die nächste Nummer!», rief Mawleogs, und zwei andere Spinnenkinder stellten sich auf. Eines von ihnen spielte ‹The Flight of The Bumblebee› auf einem Stück Papier und einem Kamm, und das andere stellte den Flug der Hummel mimisch dar. Lachsalven begleiteten diese Vorführung, die alle Spinnen unglaublich komisch fanden.

Anastasia legte das Strickzeug beiseite und ging zum Silbernetz.

«Die fünfte Klasse an die Harfen», rief sie, und ein paar Dutzend Spinnenkinder liefen in die Ecken, setzten sich bei halb verborgenen Spinnweben nieder und warteten auf ihre Einsätze. Anastasia spielte eine wunderschöne, eindringliche Melodie. Nach jedem Teil hielt sie inne, und ein zartes Echo ihrer Töne schwebte von den kleinen Musikanten herüber, die alle Meister auf ihren Instrumenten zu sein schienen.

«Wenn Anastasia so spielt, dringt es mir tief ins Herz», flüsterte Mawleogs Pidge zu, und seine Stimme bebte gefühlvoll.

Die Musik endete mit üppigen Verzierungen, und nach einem Moment der Stille brach wilder Applaus los, vermischt mit Rufen nach einer Zugabe.

Die Harfenspieler verneigten sich und stimmten eine Reihe lebhafter Tanzmelodien an, wobei sie stets nach einer Weile von einer in die nächste übergingen, ohne sich auch nur ein einziges Mal zu verspielen. Sie endeten mit einem Wirbel kontrapunktischer Töne, die in der Höhle nachhallten. In dem darauffolgenden Schweigen tönten aus den Gängen zu anderen Höhlen, von denen Pidge und Brigit bis jetzt nichts bemerkt hatten, zahllose Echos wider.

Nachdem der rasende Applaus verklungen war, standen Anastasia und ihre Harfenspieler auf, verneigten sich und gingen zu ihren Plätzen zurück, wobei die Kleinen sich gegenseitig angrinsten.

«Haltet eure Glieder immer geschmeidig, und entspannt die Schultermuskeln, meine Lieben», sagte Anastasia und machte sich unverzüglich wieder an ihre Strickarbeit.

«Wie steht's mit der Zeit, Batty?», fragte Mawleogs.

«Sie vergeht, wie immer», war die Antwort.

«Es ist Zeit, dass die Kinder ein paar Hängematten tanzen», sagte Anastasia und ließ die Nadeln weiterklappern.

«Du hast recht. Jetzt tanzt ihr alle ein paar Hängematten für Pidge und Brigit», sagte Mawleogs.

«Bezahlt sie uns auch?», fragte ein Spinnenkind.

«Wie bitte?» rief Anastasia.

«Sie ist eine Geldspinne», flüsterte ein kleines Spinnenkind neben Brigit vernehmlich.

«Bin ich nicht», sagte die erste, rot wie eine Tomate.

«Das ist doch nichts Schlechtes», sagte Mawleogs. «Und außerdem heißt es Glücksspinne.»

«Ich bin übahaupt keine Geldspinne. Hab' nur gemeint, ob sie uns nach'm Tanzen bezahlt und Jo-Jo mit uns spielt wie mit dir.»

«Natürlich mach' ich das», sagte Brigit, und alle kleinen Spinnen freuten sich.

«In Ordnung. Stellt euch jetzt für die Haymaker's Jig auf. Wir wollen zwei Hängematten haben, also brauchen wir vier Reihen.»

Nach einigem Durcheinander hatten die Spinnenkinder vier lange Reihen in der Mitte der Höhle gebildet.

«Fäden ... raus!», rief Mawleogs, als sie fertig waren, und da fassten alle kleinen Spinnen hinter sich und zogen einen Faden aus ihrem Hinterteil hervor.

«Macht sie paarweise fest», wies Mawleogs sie an, und während Batty seine Fiedel stimmte, verbanden jeweils zwei Spinnen ihre Fäden und machten sie auf dem Boden hinter sich fest.

«Eins, zwei, drei und los», rief Mawleogs, und schon erklangen die ersten Takte der Jig, und die Spinnenkinder begannen zu tanzen und nach innen und außen zu weben; und die Fäden auf dem Boden der Höhle liefen zusammen und überkreuzten und verschlangen sich. Zuerst sah man sie kaum, aber allmählich wurden sie immer dichter. Pidge und Brigit sahen voller Entzücken zu. Die Tänzer bewegten sich anmutig und leicht, sie machten Brücken mit den Beinen und schlüpften gegenseitig darunter hindurch und wirbelten einander, um die Mitte gefasst, herum und bildeten Ketten.

«The Siege Of Ennis», rief Mawleogs und spielte eine andere Melodie; und die Spinnen stellten sich in Viererreihen gegenüber und tanzten und drehten sich und hüpften nach oben und schlüpften unten durch, und das Gewebe auf dem Boden wurde immer weißer und dichter.

«The Walls Of Limerick – der letzte Tanz, Buben und Mädels!», kündigte Mawleogs an; und sie tanzten den Tanz so genau wie möglich, und als er zu Ende war, lag ein wunderbares Gewebe auf dem Boden.

«Lasst los», wies Mawleogs sie an, und sie gaben ihre Fäden frei und fügten sie paarweise zusammen.

«Sie sollten zum Schluss eine Hüpf-Jig am Rand entlang machen, Liebster», schlug Anastasia vor. «Es würde einen hübschen Zierrand abgeben.»

Und da lebten noch einmal Musik und Tanz auf, und dann war alles zu Ende.

«Also, danach», sagte Mawleogs anerkennend, «braucht keiner mehr von dem berühmten Hargreaves und seiner Spinner-Jenny zu reden! Das war auf jeden Fall gute Arbeit. Hebt jetzt alles ganz vorsichtig auf.»

Die Hängematten wurden von einer Reihe von Spinnen sorgfältig an den Ecken hochgehoben und in die Nähe des Feuers getragen, wo sie in Hohlräumen an den Wänden befestigt wurden. Anastasia schickte eine Gruppe von anderen Spinnenkindern, damit sie das Bettzeug aus ihren Bettnischen holten, und sie kamen mit Stapeln von Decken auf den Armen zurück, von denen manche aus Wolle gestrickt und andere aus gesponnener Seide gemacht waren, und mit Kissen aus Disteldaunen. Sie gaben alles Anastasia, die die Sachen in den Hängematten ausbreitete.

«Warum hat diese Jenny gesponnen?», fragte eine der jungen Spinnen erstaunt.

«Betrunken!», sagte eine kleine Stimme von Mawleogs Hut herab.

«Jo-Jo!», riefen die Spinnenkinder und trampelten mit den Fersen auf dem Boden.

«Du musst mir helfen, Pidge», sagte Brigit, und sie holten sich Gruppen von drei oder vier, je nach ihrer Größe. Sie hoben die Hände hoch, an denen die kleinen Spinnen mit konzentriertem Ausdruck an ihren Fäden hingen, und bewegten sich so, dass die Spinnenkinder mit entzückten Schreien der Angst und Begeisterung in alle Richtungen flogen; dann zogen sie sich schnell wieder hinauf, bis sie unterhalb der ausgestreckten Hände waren, und das Spiel ging von Neuem los. Jede Gruppe war zwölfmal an der Reihe, und jede übertraf die andere mit begeistertem Gekreische.

Das kleinste Spinnenkind kam als Letztes dran. Brigit hängte seinen Faden an ihren Finger. Seine kleinen Beine zitterten, und es war furchtbar aufgeregt.

«Hab' Angst, dass sie Schleudaball mit mir pielt», sagte es und schaute in die Runde.

«Nein, bestimmt nicht, keine Angst. Ich pass' gut auf», sagte Brigit und ließ es sanft nach unten. Es kam auch geschickt wieder herauf, sagte mit schwacher Stimme «Hurra» und dann schnell: «Es reicht.»

Alle spendeten ihm den wohlverdienten Applaus.

Dann erzählte Batty eine Geschichte, und sie blickten alle träumerisch ins Feuer, während sie lauschten. Als die Erzählung zu Ende war, sahen sie immer noch wie gebannt in die Flammen, bis Mawleogs mit dem Schürhaken darin herumstocherte und eine Funkengarbe aufstob, anmutig wie der Schweif eines fantastischen Feuervogels. Eine Weile hörte man nichts als das Klappern der Stricknadeln, und es war sehr friedlich, als Anastasia plötzlich einen Schrei ausstieß und ganz starr wurde.

«Horcht! Ich höre eine Stimme!», rief sie. «Ich spüre sie; die Unsichtbaren sind da!»

Das Strickzeug fiel ihr aus den leblosen Händen.

Die Spinnenkinder drängten sich eng zusammen.

«Oh, Janey!», flüsterten sie, und ihre Augen quollen ihnen aus den Köpfen und sahen aus wie Dutzende kleiner Vollmonde.

«Sie ist jetzt woanders», sagte Mawleogs und zündete seine Pfeife wieder an. «Jetzt werden wir sicher etwas Wichtiges zu hören bekommen.»

«Sie ist wieder so komisch», sagte eines der Kinder, während sie warteten, und es bebte vor nervösem Kichern.

«Psst!», ermahnte es Mawleogs und blies den Pfeifenrauch aus, wobei er außerordentlich ruhig erschien.

Anastasia bekam glasige Augen.

«Eine Botschaft ... ich bekomme eine Botschaft ... die Stimme ist sehr leise ... ich höre ‹Midget›, ja, so heißt es, glaube ich», sagte sie.

Pidge lächelte Brigit verstohlen zu, weil er dachte, Anastasia spiele für sie Theater.

«Die Stimme sagt, dass ich es nicht richtig verstanden habe ... Bridge! Midget! ... Ich sehe ihn! Ich sehe ihn ja! Ein großer Mann, der den Kopf schüttelt und mir mit dem Finger droht. Nicht ‹Midget› und nicht ‹Bridge› ... Jetzt hab' ich's! Er sagt ‹Brigit und Pidge›. Ist hier jemand, der ‹Brigit› heißt? Ist hier jemand, der ‹Pidge› heißt? Wenn ja, sagt es. Die Botschaft ist für euch.»

Pidge lächelte und stieß Brigit an, weil er das alles sehr lustig fand.

«Sie weiß doch, dass wir da sind», sagte Brigit.

«Nicht in diesem Zustand. Sie weiß jetzt nicht mal ihren eigenen Namen. Antwortet ihr!», sagte Mawleogs ruhig.

«Ja», sagte Pidge. «Wir sind hier.»

«Der Mann in Weiß macht Gesten mit der Hand und zeigt mir etwas, weil ich Mühe habe, ihn zu verstehen. Ich sehe ein Bild – ganz deutlich.»

Ihre Stimme veränderte sich, und sie hob zu einem feierlichen Sprechgesang an:

Der Eine, des Gebein aus Stein,
Des Höhe macht den Tag zur Nacht,
Granitenhart ist jetzt sein Fell,
Noch ruht in ihm der Lebensquell.
Auf seinem Haupt zwei Bäume stehn,
Für euch wird in die Knie er gehn.
Er und der Kelch, sie klingen gleich,
Zeit bannt ihn fest in ihrem Reich.

Nun seufzte sie tief und gedehnt und sagte dann wieder fast mit ihrer eigenen Stimme: «Entschuldigung wegen der letzten beiden Zeilen – der Mann in Weiß lacht mich aus. Jetzt nickt und lächelt er und sagt, dass ihr zwei Stunden vor Morgengrauen zu dem Einen gehen sollt. Ich hab' es richtig verstanden! Er ist zufrieden. Er verschwindet, lächelt, nickt – verschwindet, verschwindet ... er geht weg, geht, ist fort!»

Sie zitterte ein wenig und wachte auf.

«Wie war es denn? Hat es etwas getaugt?», fragte sie und nahm ihre Strickarbeit wieder auf.

Mawleogs hatte die Pfeife aus dem Mund genommen und sah sie verblüfft an. Die Kinder bebten und seufzten alle miteinander. Batty legte behutsam seine Fiedel beiseite, und seine Hände zitterten dabei.

«Getaugt?», sagte Mawleogs. «Du hast den Sehr Einsamen beschrieben, und das in einem Gedicht. Unsere Freunde sollen zwei Stunden vor der Morgendämmerung zu ihm gehen.»

«Wer ist der Sehr Einsame?», fragte Pidge zaghaft, denn er war nun doch stark beeindruckt.

25. Kapitel

Der Sehr Einsame ist ein hohes Wesen. Ich diene ihm einmal im Jahr», sagte Mawleogs.

«Oooh!», machten alle Spinnenkinder, und sie bebten vor überwältigender Begeisterung, schmiegten sich aneinander und warteten gespannt, was noch kommen würde.

«Ich bringe ihm Blumen», sagte Mawleogs und schaute ins Feuer.

«Oooh!», machten sie alle wieder, und das Kleinste fragte:

«Mag er sie'n?»

«Das weiß ich nicht, weil er niemals spricht, und wie könnte er auch, der Arme, wo er doch versteinert ist.»

Das war zu viel für einige von ihnen. Man hörte ein paar erstickte Schreie.

Anastasia sah sie ernst an.

«Ins Bett mit euch und mit uns allen; es ist höchste Zeit!», sagte sie. «Wir müssen noch vor Morgengrauen aufstehen.»

«Oooh!», riefen alle Spinnenkinder, «wir sind kein bisschen müde.»

Brigit grinste.

«Müde oder nicht, ab mit euch. Ihr habt euch schon genug aufgeregt, und wenn das so weitergeht, haltet ihr uns die ganze Nacht mit eurem Geschrei wach. Batty, du wirst dich auf zwei Stunden vor dem Hahnenschrei einstellen müssen, mein Lieber.»

«Ganz wie Sie wünschen, Madam», antwortete Batty zuvorkommend.

«Hütest du das Feuer wie immer?»

«Aber gewiss doch, Madam.»

Pidge und Brigit kletterten in ihre Hängematten und machten es sich gemütlich. Sie sahen, wie Mawleogs die Grille aufzog, indem er einen ihrer Fühler ein paarmal herumdrehte; dann klopfte er ihr sanft auf die Stirn und schüttelte sie ein wenig, um festzustellen, ob sie ging. Wie immer lösten sich Staubwolken von Batty. Anastasia hatte es sich bereits in einem seidenen Nest etwas abseits von den anderen gemütlich gemacht, und die Kleinen waren in ihren Kokons versorgt und hingen in Girlanden an den Wänden in der Nähe des Feuers. Mawleogs wünschte Batty und allen anderen eine gute Nacht und begab sich in sein eigenes Bett am anderen Ende der Höhle in der Nähe der Öffnung, durch die sie hereingekommen waren.

Heute Nacht tu' ich kein Auge zu, dachte Pidge.

Er starrte durch die Maschen der Hängematte hindurch ins Feuer. Die Hängematte war kuschelig und bequem. Batty begann, ganz ganz leise auf seiner Fiedel zu spielen, und Pidge hörte aus der Hängematte nebenan Brigits Atemzüge, die ihm verrieten, dass sie schon fest eingeschlafen war. Er bekam keine Antwort, als er flüsterte: «Bist du noch wach?»

Jetzt war das leise Schnarchen von Dutzenden Spinnenkindern zu hören, und bevor Pidge noch über etwas nachdenken konnte, war auch er eingeschlafen.

Das Nächste, was ihm zu Bewusstsein kam, war, dass Mawleogs neben ihm stand, ihn am Ärmel zog und sagte:

«Wach auf, Pidge. Die Grille hat vor fünf Minuten angefangen zu wecken, hast du sie nicht gehört?» Und er sah, dass Brigit sich schon aufgesetzt hatte und sich mit den Fäusten den Schlaf aus den Augen rieb.

Anastasia hatte das Feuer, das Batty die ganze Nacht gehütet hatte, wieder angefacht, und ein paar Sekunden später waren sie bei ihr am Kamin.

«Ich hab' kein Auge zugetan, weil ich immer an euch denken musste», sagte sie zu ihnen.

«Sie sind alle sehr freundlich und lieb zu uns», sagte Pidge.

«Ich wollte, wir müssten uns überhaupt nicht von euch verabschieden», fügte Brigit hinzu.

«Trinkt einen Schluck Milch, bevor ihr euch auf den Weg macht», sagte Mawleogs und reichte ihnen zwei volle Becher.

«Die Kinder schlafen alle noch», sagte Brigit enttäuscht.

«Wir hätten ihnen gern auf Wiedersehen gesagt», sagte Pidge, der auch gewünscht hätte, sie wären wach.

«Es ist besser, wir lassen sie in Ruhe; sie würden brüllen und heulen und schreien, weil ihr geht, und euch nur aufhalten», sagte Anastasia.

Dann war die Milch ausgetrunken, und es war Zeit aufzubrechen. Mawleogs hielt ein paar Augenblicke lang einen Kienspan ins Feuer, um ihn als Fackel anzuzünden.

Er hielt ihn hoch.

«Lasst uns jetzt gehen», sagte er.

«Auf Wiedersehen, Anastasia, auf Wiedersehen, Batty. Danke für alles», sagten sie.

«Nichts zu danken, nichts zu danken», antworteten beide, und dann folgten Pidge und Brigit Mawleogs durch die Höhle in die dunkelste Ecke; sie wandten sich um und winkten stumm, bevor sie hinter ihm in einem dunklen Tunnel verschwanden.

Da kam Brigit zu Bewusstsein, dass sie zu jemandem gehen sollte, der tot war.

«Das gefällt mir gar nicht, Pidge», sagte sie.

«Mach dir keine Sorgen! Es kann uns nichts passieren, das würde der Dagda nicht zulassen», antwortete er leise.

Der Tunnel machte eine Biegung und lief eine Weile in eine Richtung, dann machte er wieder eine Biegung in eine andere Richtung, und dann veränderte sich lange Zeit gar nichts, und er war ganz gerade. Dann schien es ein wenig bergauf zu gehen, dann wieder bergab, und Pidge fragte sich, wie weit in die Erde hinein sie gehen mochten.

Mawleogs hatte die ganze Zeit kein Wort gesprochen.

Schließlich kamen sie zu einer kurzen Treppe, die aus der Erde gehauen war, und folgten ihr in die Tiefe, wo sie einen natürlichen Bogengang erreichten.

«Hier ist es», flüsterte Mawleogs und führte sie in eine kreisrunde Halle.

Sie war unglaublich groß.

Die Wände waren mit einer weißen Schicht bedeckt, die im Licht der Fackel aufschimmerte wie Perlmutter. Als sie hineingingen, veränderte sich der Schimmer, je nachdem, wie das Licht auf die Wände fiel; helle Stellen verdunkelten sich, dunkle leuchteten auf. Sie hörten das laute Geräusch von fließendem Wasser, und sie gelangten an einen Platz, wo es aus der Wand sprudelte und ein Becken füllte, das nicht voller wurde. Und dann sahen sie es: das Standbild eines riesigen Tiers, eines irischen Elchs. Man konnte nicht erkennen, ob es aus Holz oder Stein, aus Bronze oder Eisen war; aber Pidge kannte es aus seinem Schulbuch. Er wusste, dass sie ein ausgestorbenes Tier vor sich hatten und dass man Knochen von einem solchen Tier im Dubliner Museum anschauen konnte. Es war ein aufregender Anblick.

Vor der Statue stand ein großer steinerner Tisch, und darauf lagen die Überreste vertrockneter Blumen, die man ihm dargebracht hatte.

«Es wurden schon von jeher Blumen hierher gebracht; ich habe es nur nachgemacht», flüsterte Mawleogs, so leise er konnte.

Sie legten die Köpfe in den Nacken und sahen hinauf – auf dem herrlichen Haupt der Statue prangte ein riesiges Geweih.

«Das sind die zwei Bäume», flüsterte Brigit, die sich an Anastasias Gedicht erinnerte.

Ohne zu antworten, nahm Pidge eine Haselnuss aus seiner Hosentasche; er war sich ganz sicher, dass jetzt etwas damit geschehen würde. Wieder hielt er die Hand mit der Nuss flach vor sich ausgestreckt. Da erschien ein Spalt, so fein wie ein Babyhaar in der Nuss, und sie brach auf. Auf dem weißen Vlies einer Hälfte lag ein winziges, vollkommenes Silberhorn. Er hob es mit den Nägeln seines Daumens und seines Zeigefingers heraus, woraufhin es die Größe eines normalen Horns annahm. Es fühlte sich glatt und kühl an und schien von der Musik, die in ihm war, zu vibrieren.

Pidge fühlte sich ein bisschen unsicher, blies aber in das Horn. Der Ton, klar und lieblich, schwang durch die ganze Höhle und wurde als Echo von den Wänden zurückgeworfen.

Sie warteten, bis der Klang den ganzen Weg durch den Tunnel zurückgeflogen war und schwächer wurde.

Es war solch eine wunderbare Musik; Pidge konnte nicht anders, er musste es noch einmal versuchen. Die entfernten Echos erweckten den Eindruck, als würde irgendwo ein zweites Horn geblasen.

An dem Standbild tat sich ein Riss auf.

Langsam, ganz langsam lief er vom Hals über den ganzen Körper. Kleinere Risse zweigten davon ab, und Stücke wie von hartem Gips fielen zu Boden. Ein unmerkliches Zittern ging über Hals und Schultern, und ein leises Beben überlief die Beine. Stück für Stück fiel die Umhüllung ab. Ein stärkeres Zittern, ein heftiges Beben, und sie hörten, wie das Tier einatmete und dann lebendig vor ihnen stand.

Langsam wandte es seinen schweren Kopf und sah zu ihnen herab; dann erhob er ihn auf seinem starken Nacken, öffnete die Kiefer und ließ ein Röhren ertönen.

Es war ein Glücksschrei aus voller Kehle, so stark und durchdringend, dass Mawleogs überwältigt zu Boden fiel.

«Du meine Güte!», flüsterte er, ganz durcheinander vor überschwänglicher Freude.

Der Elch trat langsam zum Wasser und beugte den Kopf, um zu trinken.

«Gesegnet sei das Wasser», sagte er und kam zurück zu ihnen. Er beugte sein schweres, geschmücktes Haupt und blickte sie aus sanften Augen an.

«Ihr habt mich wieder lebendig werden lassen; rasch, nun will ich euch helfen», sagte er, beugte die Knie und legte sich auf den Boden. «Steigt auf meinen Rücken, haltet euch gut fest.»

Pidge und Brigit kletterten auf den Rücken des Elchs, und langsam und vorsichtig richtete er sich auf. Brigit saß vor Pidge, und beide griffen in sein kräftiges dunkles Fell.

Der Elch wandte den Kopf und sah auf den kleinen Mawleogs herab.

«Dank dir für die Blumen, braver kleiner Wächter», sagte er und scharrte mit dem Vorderhuf.

«Wir fallen gleich runter», sagte Brigit schüchtern.

«Weil dein Rücken so breit ist», erklärte Pidge kleinlaut.

Mawleogs wurde lebhaft.

«Wenn ihr erlaubt?», sagte er und kletterte hastig auf den Platz hinter den Kindern. Er holte einen Faden aus seinem Körper und band ihren Unterleib und ihre Beine an das Fell des Elchs, dann fertigte er zwei feine Zügel an, die er am untersten Zweig des Geweihs befestigte, und legte sie Pidge in die Hand.

«Halt dich an den Seilen fest!», flüsterte er Pidge atemlos zu, «du wirst sie vielleicht noch brauchen. Und klammere dich an das Fell. An den Zügeln brauchst du nicht zu ziehen, ich dachte nur, dass sie sich gut machen würden. Du meine Güte, ich muss jetzt wieder hinuntersteigen. Unglaublich! Dass ich das erleben durfte! Leb wohl, liebe Brigit, leb wohl, Pidge.»

Er glitt zu Boden und zog sich zurück; die Fackel, die er auf dem Weg in eine Felsenritze gesteckt hatte, nahm er wieder mit.

Der Elch klopfte mit einem Vorderhuf auf die Erde, hob den Kopf und röhrte noch einmal. Sie spürten, wie der anschwellende Laut sie, aus dem bebenden Körper kommend, durchdrang, und dann war die Felswand vor ihnen nicht mehr da. Sie war völlig unmerklich und geräuschlos verschwunden, keiner konnte sagen, ob sie weggeglitten war oder sich wie eine Tür geöffnet hatte. Jetzt lag vor ihnen eine große ansteigende Bahn, oben begrenzt durch ein Rund, in dem die Sterne schimmerten, und dort hinaus trug sie der Elch.

Sie hatten gerade noch Zeit, Mawleogs «Auf Wiedersehen» zuzurufen, der ihnen «Gute Reise» wünschte, und schon waren sie an der Erdoberfläche. Der Elch beschleunigte seine Gangart kaum, und mit sanftem Schwung, um sie nicht zu erschrecken, setzte er zu einem wunderbaren Sprung von erstaunlicher Mühelosigkeit an, der sie im Flug über den Abgrund trug, als sei er nichts als ein kleiner Graben. Sie hatten gerade noch einen Blick in die felsenübersäte Tiefe erhascht, hatten die Hunde schnüffelnd den Rand des Abgrunds absuchen sehen, als sie bis ins Mark erschüttert bemerkten, dass der Elch von der Erde aufstieg und sich so plötzlich in die Luft erhob.

Als sie gelandet waren, fiel der Elch sogleich wieder in Trab, sodass sie immer rascher über die Erde flogen, und dabei sang er ihnen das Lied seines Lebens. Es erzählte von den alten Tagen seines Volkes, als es noch über das Land herrschte, von der Sanftmut seiner Mutter, von Kindern, die geboren wurden, und Alten, die starben. Es rühmte den Geschmack süßer Gräser und Kräuter und pries die Gnade des Wassers, das die Witterung der Gejagten abwusch. Sein Lied sprach von der Freiheit und vom Dasein und der Freude, die er daran hatte; es war ein Lobgesang auf die milde Nachtluft, durch die sie dahinflogen. Und dann erzählte das Lied vom Nahen des Eises und dem langen, langsamen Sterben; vom Emporschießen dichter Wälder, in denen viele umkamen, weil sich ihr Geweih im Geäst verfing; und davon, wie er selbst dem Tode nahe gewesen war; und wie ihn Menschen fanden, die Mitleid mit ihm hatten und ihn an einen geheimen und heiligen Ort brachten, wo sie ihn mit lieblicher Erde bedeckten und ihn mit magischen Worten in den Schlaf sangen. Er besang die Schönheit ihrer weißen Gewänder und ihrer Zauberworte, und so lief er die ganze Nacht dahin und verließ sie erst, als am Himmelsrand das frühe Licht zu ahnen war.

Wieder kniete er nieder, und sie glitten von seinem Rücken. Die Nerven in ihren Beinen bebten heftig von der gewaltigen physischen Erschütterung, die das Galoppieren bedeutet hatte.

Sie standen auf unsicheren Füßen neben einem kleinen Wagenschuppen.

Pidge holte die seidenen Schnüre ein und behielt die Schlaufen in den Händen.

«Stellt euch hier unter, bis es ganz hell ist», sagte der Elch, und dann war er hufeklappernd im Morgendunkel verschwunden. Sie hörten, wie er seinen Lauf beschleunigte und zu galoppieren begann, und lauschten, bis seine Tritte allmählich verhallten und sie nichts mehr hörten. Noch etwas wackelig traten sie in den Schuppen und setzten sich auf einen Heuhaufen. Ernst lächelten sie einander an, während sie auf das Licht des Tages warteten; denn das, was sie mit dem Elch erlebt hatten, war zu überwältigend, als dass sie darüber hätten sprechen können, und sie waren wie unter einem Bann.

Sie warteten und wickelten die Schnüre gemächlich zu Knäueln auf, bis die Sonne schon eine Weile den Himmelsrand erhellte. Sie warteten, bis die Vögel ihr erstes Lied gesungen hatten, bis das Morgenlicht heraufgezogen und die Dunkelheit vergangen war.

26. Kapitel

Als sie schließlich aus dem kleinen Wagenschuppen traten, sahen sie sich voller Neugier um. Nachdem sie so lange durch das Dunkel der Nacht geritten waren, wollte vor allem Pidge herausfinden, ob der Elch sie in die Nähe der Berge gebracht hatte. Aber die ganze Umgebung war noch in Morgendunst gehüllt, und man konnte in keiner Richtung weit genug sehen.

Jetzt nahm der Schuppen selbst ihre Aufmerksamkeit gefangen. Er war ungewöhnlich, denn er hatte ein Türmchen mit einer Wetterfahne auf der Spitze. Sie waren sich einig, dass sich jemand dieses seltsame Ding zum Vergnügen gebaut haben musste.

Die Wetterfahne war eigenartig – ein Mann aus bemaltem Metall. Er stand auf einem Bein und streckte das andere, im Knie gebeugt, nach hinten weg; und seine beiden Arme hielt er weit ausgebreitet, was anmutig hätte wirken können, wären sie nicht so steif und starr gewesen. Wie er da so auf einem Bein stand und die Arme ausbreitete, als wolle er das Gleichgewicht halten, sah er genau aus wie ein Schlittschuhläufer; aber einer, dem seine Angst arg zusetzt.

Er hatte eine ungewöhnlich lange Nase.

Er war so lebensecht gemacht, dass es aussah, als würde ihm der Hut im nächsten Augenblick von einem Windstoß, der gar nicht wehte, vom Kopf geblasen; und die Rockschöße und sein langer gestreifter Schal schienen hinter ihm dreinzuflattern, getragen von einem nicht vorhandenen Lufthauch.

Eine Weile standen sie da und bewunderten ihn.

Ihre Beine waren jetzt nicht mehr verkrampft, und man konnte sich wieder auf sie verlassen wie auf ganz gewöhnliche Beine; es bestand kein Zweifel, dass sie eine Tagesstrecke bewältigen würden.

Sie waren gerade erst losgegangen, als sie das große Glück hatten, einen alten, verlassenen Garten zu entdecken. Pidge hatte bei sich beschlossen, dass sie aufs Geratewohl dahingehen würden, bis der Nebel sich auflöste, um sich dann für eine Richtung zu entscheiden; aber jetzt dachte er, dass sie stattdessen genauso gut in den Garten schauen könnten, um vielleicht irgendetwas Essbares für ihr Frühstück zu finden.

Er lag gleich neben dem Schuppen, der selbst früher einmal Teil der Gartenmauer gewesen war. Die Mauer selbst war im Lauf der Zeit ziemlich verfallen, und so mussten sie, um hineinzukommen, nur über ein paar Steine klettern.

Zuerst waren sie gar nicht sicher, ob sie sich wirklich in einem Garten befanden, so dicht war er überwuchert von Unkraut und Dorngestrüpp. Hunderte von wilden Blumen, deren Namen sie nicht kannten, deren Gesichter ihnen aber vertraut waren, blühten überall; und zwischen ihnen der tröstliche Anblick von Löwenzahn und Gänseblümchen – die im Schatten stehenden schliefen noch. Obwohl er die Bedeutung dieser beiden Blumen nicht ganz verstand, wusste Pidge in dem Augenblick, da er sie sah, dass es richtig gewesen war, in den Garten zu gehen.

Durch das wilde Pflanzendurcheinander lief ein Netz von schmalen Pfaden, die die Tiere auf ihren zahllosen kleinen Wanderungen getreten hatten; und als sie ihnen folgten, entdeckten sie Johannisbeersträucher mit schwarzen Früchten, so groß wie Kirschen, und süße rote Stachelbeeren, die an beinahe dornenlosen Sträuchern wuchsen und nicht viel kleiner waren als Golfbälle. Nachdem ihre erste natürliche Gier gestillt war, bewegten sie sich in gemächlichen Etappen durch den einladenden Wirrwarr und folgten weiter den Spuren, die die Tiere gelegt hatten. Sie füllten ihre Münder immerzu mit der üppigen Süße der saftigen Früchte, und die Luft war erfüllt vom starken Duft zerdrückter Brombeerblätter.

Da sie den tiefen Abgrund als Schutz zwischen sich und den Hunden wussten, stellte sich Pidge vor, sie könnten den ganzen Morgen hier verbringen, wenn sie wollten; dennoch lauschte etwas in ihm, und seine Vernunft sagte ihm, dass es besser sei, den Vorsprung zu nutzen, den sie gewonnen hatten. Aber noch nicht gleich, dachte er unbekümmert.

Im Weiterstreifen fanden sie rote Johannisbeeren, die in ihrem Mund zerplatzten und eine köstliche Flüssigkeit verströmten, die sie nach immer mehr verlangen ließ. Und dann kamen sie zu zwei Bäumen, die gelbe und rote Pflaumen trugen; sie fühlten sich kühl und seidig an und waren so weich und überreif, dass der Saft bei der leisesten, sanftesten Berührung verschwenderisch herausspritzte.

Aber bald schon hatten sie sich satt gegessen, und als sie dem letzten Pfad folgten, entdeckten sie, dass er genau zu der zerbrochenen Mauer führte, über die sie hereingeklettert waren, direkt neben dem Schuppen.

Sie hatten den metallenen Mann beinahe schon vergessen und waren sehr überrascht, als er sie plötzlich ansprach.

«Verehrter Herr oder gnädige Frau», sagte er, «alles beim Alten. Insoweit, ehemals und nichtsdestotrotz.»

Obwohl kein Wind wehte, drehte er sich, als sie zu ihm aufsahen.

Da er nicht geölt war, quietschte er ziemlich stark, und nachdem er sich ein paarmal gedreht hatte, blieb er allmählich stehen.

«Oh, wie habe ich mich selbst gedreht! Das erste Mal heute», sagte er ins Blaue hinein.

Eine Amsel ließ sich auf einem Zweig in der Nähe nieder und sagte:

«Ich hoffe, Sie sind guten Mutes, Nadelnase?»

Bevor er antwortete, lüftete der Metallmann langsam seinen

Hut mit einem Kreischen seines Ellbogengelenks, bei dem es einen kalt überlief.

«Sehr guten! Bitte entschuldigen Sie die Kürze der Antwort. Mit herzlichen Grüßen», sagte er fröhlich. Er setzte seinen Hut mit einem Klirren auf und sagte: «Aua!»

«Ich habe schon darauf gewartet, dass Sie erwachen – ich hatte heute Morgen einen Streit mit meiner Frau», begann die Amsel.

«Ach, wirklich?», fragte Nadelnase interessiert.

«Ja. Um es kurz zu machen – sie hat mich verlassen. Und da sitze ich nun mit drei nackten, halb verschmachteten Kindern, die Münder haben wie aufgeklappte Austern und vor Hunger schreien. Es ist unmöglich, Nadelnase, mit nur einem Paar Flügel und einem einzelnen Schnabel das Futter heranzuschaffen. Such sie für mich, Nadelnase – bevor meine Kinder sterben.»

Die gemalten Augen des metallenen Mannes füllten sich mit Tränen aus flüssigem Metall, die sich in den Winkeln sammelten und fest wurden, sodass sie eher wie Kugellagerkugeln aussahen. Sie quollen aus seinen Augen, rollten seine Backen hinunter und klapperten über die Schrägen des Schuppendaches.

Wieder lüftete er den Hut.

«Bedaure von Ihrem schmerzlichen Verlust zu hören; doch seien Sie für Ihre geschätzte Nachfrage bedankt. Wir werden uns der Angelegenheit baldmöglichst annehmen», sagte er.

Er setzte den Hut mit einem erneuten Klirren auf und sagte: «Aua!» Dann drehte er sich wieder um seine eigene Achse, sodass die Tränenkugeln in alle Richtungen flogen.

Pidge und Brigit mussten beiseite springen, um nicht von den kleinen Metallkugeln getroffen zu werden.

Der metallene Mann quietschte immer noch, aber nicht mehr so stark wie zuvor.

Als er anhielt, sagte er:

«Sehr geehrter Herr, in Beantwortung Ihrer geschätzten Anfrage erlaube ich mir Ihnen mitzuteilen, dass Ihre kleine Frau sich nach Hause zu ihrer Mutter begeben hat, um eine Klage vorzubringen; Sie können jedoch auf ein günstiges Ergebnis hoffen, denn soeben kehrt Ihre Frau Gemahlin zu Ihnen und Ihren Kleinen zurück. Sie ist bereits im Anflug, mein Herr. Ihre Frau Mutter sagte ihr, sie solle nicht albern sein.»

«Ihre Nase ist ganz schön stark», sagte der Amselmann und flog seiner Frau entgegen.

«Wirklich?», rief Nadelnase ihm nach. Er war so erfreut, dass er augenblicklich zu weinen aufhörte.

«Im Uhrzeigersinn!», rief er freudig, und wieder begann er herumzuwirbeln.

«Jedes Mal, wenn Sie das tun oder Ihren Hut hochheben, läuft es mir kalt den Rücken runter», sagte Brigit zu ihm, als er wieder haltgemacht hatte.

«Tatsächlich?», antwortete er und schien sich noch mehr zu freuen.

«Ja, da gefriert mir richtig das Blut in den Adern», sagte sie.

«Ein guter Dreh ist den anderen wert», sagte der blecherne Mann anstelle einer Antwort und drehte weiter seine Pirouetten.

Diesmal kehrte er ihnen den Rücken, als er stehenblieb.

«Wollen Sie eine Richtung wissen, Madam? Norden, Süden, Osten, Westen – die Kardinalpunkte, wie sie genannt werden? Die Halbwinkel, die Vierteltеilungen, jede Sektion, die Sie wünschen! Eine Ausrichtung, eine Ziellinie, eine Diagonale, mein Herr?», rief er scheinbar ins Blaue hinein.

Als Antwort erschien eine Schar Schwalben und schoss um den Kopf des blechernen Mannes.

«Wie steht's mit dem Wind Richtung Afrika, Nadelnase?», fragten sie.

Und wieder hob sich der Hut mit dem inzwischen vertrauten Quietschen des Ellbogengelenks.

«Bestätige hiermit höflichst den Erhalt Ihrer Anfrage. Wir sichern Ihnen baldestmögliche Beantwortung zu. Hochachtungsvoll», sagte er, und der Hut wurde mit dem üblichen Scheppern aufgesetzt, worauf das übliche «Aua!» folgte.

Als er wieder aufgehört hatte, sich zu drehen, sagte er:

«In Beantwortung des Obigen teile ich Ihnen mit, dass Ihre Anfrage unzeitig ist und die von Ihnen angeforderten Winde im Moment nicht auf Lager sind. Bitte wiederholen Sie Ihre Anfrage in dreifacher Ausfertigung. Hochachtungsvoll, Ihr gehorsamster Diener!»

Die Schwalben dankten ihm und flogen davon.

Jetzt war er wieder den Kindern zugewandt und sagte:

«Gute Aussichten hier oben, mein Herr. Aber ich weiß, was Sie gleich sagen werden!»

«Was denn?», fragte Pidge.

«Jeder hat gute Aussichten, der auf einem Dach oder einem Hügel steht. Stimmt es nicht, mein Herr?»

«Ich glaube schon», antwortete Pidge unsicher, weil er nicht genau wusste, was der Blechmann meinte.

«Ich wusste im ersten Augenblick, dass Sie so schlau sind wie ich, Sir. Tatsächlich. Kann ich Ihnen behilflich sein? Kann ich etwas für Sie tun, Madam?»

«Ja. Könnten Sie uns bitte eine Richtung angeben?», sagte Pidge.

Der Hut wurde gelüftet.

«Nehme Ihren Auftrag mit Dank entgegen. Die Angelegenheit wird baldigst bearbeitet», sagte er.

Der Hut wurde wieder aufgesetzt, und er sagte: «Aua! Habe schon wieder Kopfweh. Zum ersten Mal heute.»

«Haben Sie oft Kopfweh?», wollte Brigit wissen.

«Ungefähr ein Dutzend Mal am Tag.»

«Sie sollten Ihren Hut nicht so oft abnehmen.»

«Höflichkeit hat manchmal ihren Preis», sagte der Blechmann und drehte sich.

«Er muss sicher eine Menge Geld für Kopfschmerztabletten ausgeben», flüsterte Brigit Pidge mitleidig zu.

Der blecherne Mann blieb stehen.

Er hielt einen Augenblick inne und setzte sich dann wieder in Bewegung.

Er blieb stehen.

Und noch einmal wirbelte er eine Weile wild herum.

Als er dieses letzte Mal stehenblieb, lüftete er den Hut und kratzte sich ratlos den Kopf. Das machte ein so fürchterliches Geräusch, dass Pidge und Brigit sich die Ohren zuhalten mussten. Sie sahen, wie er den Hut wieder aufsetzte und «Aua» rief. Dann nahmen sie die Hände von den Ohren und warteten auf das, was er ihnen sagen würde.

«Gestehe, dass ich in Verlegenheit bin. Bedaure, Ihrem Nachsuchen nicht entsprechen zu können. Bitte um Angabe des genauen Zieles oder der nächstgelegenen Stadt oder Ortschaft.»

«Könnten Sie es einfacher sagen? Ich verstehe Sie nicht», bat Pidge.

«Ja. Hören Sie auf, so geschwollen zu reden. Sagen Sie's bitte geradeheraus, Herr Nadelnase», sagte Brigit.

«Oh!», sagte der blecherne Mann überrascht. «Ich werde es versuchen. Könnt ihr mir sagen, wohin ihr gehen wollt?»

«Ich weiß es nicht genau», sagte Pidge vorsichtig.

«Aha, das ist die Erklärung. Bestimmungsort unbekannt. Kategorie ‹Verlorene Gegenstände›.»

«Jetzt fangen Sie schon wieder an!», sagte Brigit vorwurfsvoll.

«Bitte um Entschuldigung. Ich meinte – ihr müsst verloren gegangene Gegenstände sein. Ich könnte euch den Weg zum nächsten Fundamt sagen, wenn ihr wollt. Ihr könntet in einem Regalfach sitzen, bis nach euch gefragt wird, gegen Vorlage einer Empfangsbestätigung. Siehe ‹Allgemeine Annahmebedingungen›.»

«Wir sind keine verlorenen Gegenstände», sagte Pidge lachend.

«Also wirklich nicht. Wir sind auf einer Reise für den Dagda», sagte Brigit streng.

Wenn ich gewusst hätte, dass sie das sagen würde, hätte ich sie vielleicht davon abhalten können, dachte Pidge besorgt.

Aber er war sofort beruhigt, als er sah, dass der Hut des blechernen Mannes hoch in die Luft gehoben wurde bei der Erwähnung dieses Namens.

«Großer Hüter der Jahreszeiten; alle Ehre dem Guten Gott»,

sagte er in tiefster Ehrerbietung. «Ihr müsst Pidge und Brigit sein.»

«Ja, ich bin Brigit», bestätigte sie nickend.

«Woher wissen Sie, wer wir sind?», fragte Pidge.

«Ich weiß es, weil der Wind mir alles Neue berichtet. Schaut, zu meinen Füßen steht es: NEUES.»

Er deutete nach unten, und tatsächlich war auf der Spitze des Türmchens, auf der der Blechmann stand, ein Kreuz aus vier Pfeilen befestigt, und auf jedem Pfeil stand ein Wort.

«Aber das sind doch nur die Himmelsrichtungen», wandte Pidge höflich ein.

«Zweifelsohne zeigen sie auf die Enden der Welt, um Reisenden eine Hilfe zu sein, die einen kurzen oder einen weiten Weg gehen wollen. Und von den Enden der Welt her kommt der Wind und heult oder flüstert mir etwas zu, denn er sammelt jede kleinste Neuigkeit auf, die er unterwegs findet.»

«Wir sind Reisende. Könnten Sie uns bitte in eine Richtung weisen?», bat Pidge.

«Kann ich nicht.»

«Warum können Sie's nicht?», wollte Brigit wissen.

«Ich bin nicht Herr über den geheimen Weg, den ihr geht. Ich kann der ganzen Welt eine Richtung weisen, aber euch nicht.»

«Warum können Sie sie nicht für uns herausfinden? Es haben uns schon andere Leute geholfen, und Sie müssten es doch besser wissen als alle anderen», beharrte Pidge, dem die Weigerung des Blechmannes ein Rätsel war.

«Nehmt meinen guten Rat an, und behaltet eure eigene Richtung bei.»

«Ich wollte nach ...», begann Pidge.

Der blecherne Mann unterbrach ihn rasch.

«Psst. Es könnte in die falschen Ohren kommen. Ich habe euch jetzt eine rechtzeitige Warnung und meinen besten Rat gegeben – mehr kann ich nicht tun.»

Das schien so endgültig zu sein, dass Pidge meinte, er müsse es wohl akzeptieren.

«Na ja, jedenfalls vielen Dank», sagte er.

«Bitte sehr. Darf ich euch, bevor ihr geht, einladen heraufzukommen und die Aussicht zu bewundern?», fragte der Blechmann mit Nachdruck.

«Ein andermal gern, aber jetzt nicht. Wir müssen weiter. Es tut mir leid», sagte Pidge.

«Kommt doch herauf. Ich denke, die herrliche frische Luft hier oben würde euch guttun. Bitte kommt unbedingt herauf», beharrte der Blechmann; und dann fügte er hinzu und verfiel dabei in seine alte Redeweise: «Bitte akzeptieren Sie meine wohlwollende Aufforderung, da eine Zurückweisung kränkend sein könnte. Kleidung nach Wahl. U.A.w.g.»

«Ich glaube, ein paar Minuten könnte ich mir schon noch Zeit nehmen. Was meinst du, Brigit?»

«Geh du hinauf. Ich will inzwischen was anderes tun», sagte sie und ergriff den Saum ihres Kleides so mit der linken Hand, dass eine Art Sack oder Hängematte entstand, die sie dann mit etwas zu füllen begann, das in der Nähe des Gartens wuchs.

Es war einfach, von der eingefallenen Mauer aus auf das Dach zu gelangen und von dort aus zu der freundlichen Gestalt, die auf dem Türmchen stand. Als Pidge nahe bei ihm war, beugte sich der Blechmann mit einem schrecklichen ächzenden Quietschen zu ihm und flüsterte durch das ohrenbetäubende Geräusch hindurch:

«Sieh dich um und kundschafte deinen Weg ganz im Stillen aus. Viel Glück für dich und Brigit.»

«Oh, vielen Dank Ihnen!», sagte Pidge bewegt, denn jetzt begriff er, warum der Blechmann darauf bestanden hatte, dass er heraufkommen solle; und ihm wurde klar, dass die Geräusche sie vor Lauschern schützen sollten.

«Nenn mich Nadelnase wie alle meine Freunde», sagte der blecherne Mann.

Durch einen Riss im Nebel konnte man ein Stück von den Bergen sehen. Obwohl der Elch sie so weit getragen hatte, stellte Pidge fest, dass sie nicht näher schienen, aber er war froh, dass sie zumindest nicht ferner gerückt waren. Er durchforschte den Landstrich zwischen dem Schuppen und den Bergen nach Orientierungspunkten, an die er sich halten konnte, falls die Berge sich noch einmal verhüllen sollten. Er sah, dass sie irgendwann zu einer Art riesigem Weizenfeld kommen würden, wenn sie querfeldein gingen; aber was danach kam, war ungewiss, da das Gelände sich in eine Art Tal zu senken schien. Jenseits davon lag noch Nebeldunst.

«Du hast uns jetzt doch noch sehr geholfen, Nadelnase», sagte er.

«Es war mir eine Ehre, zu Diensten zu sein», antwortete Nadelnase.

«Hier!», rief Brigit, und ihr Kopf erschien über der Dachrinne. «Stopf ihm das in den Hut, damit er keine Kopfschmerzen mehr bekommt.»

Sie hatte ein dickes Bündel langes Gras und eine Menge Mooskissen gesammelt.

Pidge kletterte vorsichtig hinunter, wobei er wünschte, Gummisohlen an seinen Sandalen zu haben, und holte das Bündel. Dann tat er, was sie vorgeschlagen hatte, während Nadelnase ihm interessiert und erwartungsvoll zusah.

«Tu den Rest auf seinen Kopf, wenn der Hut voll ist», sagte sie.

Als der Blechmann nun seinen Hut aufsetzte, war ein leises,

gedämpftes Bumsen zu hören, und Brigit sagte ihm, dass er von nun an die Vögel beauftragen könne, ihm immer wieder etwas zu bringen.

«Das ist wunderbar», sagte Nadelnase, und seine Augen füllten sich mit Tränen. «Was für ein gutes, liebes Mädchen du bist.»

«Das muss der Wind Ihnen erzählt haben», sagte sie.

«Schnell! Steigt hinunter! Ich kann die Tränen nicht zurückhalten, und sie könnten euch wehtun!», sagte Nadelnase und schluchzte.

Pidge kletterte vom Dach, und sie konnten gerade noch rechtzeitig das Weite suchen.

«Auf Wiedersehen, Nadelnase!», riefen sie, als sie den Weg über die Felder einschlugen.

«Auf Wiedersehen! Auf Wiedersehen!», rief der Blechmann, während die Kugeln aus seinen Augen rollten und über das Dach klapperten, um dann vom Boden wieder in die Höhe zu hüpfen. «Ich schließe nun, indem ich Euch von Herzen Lebewohl sage. Euer Euch liebender Freund, Gruß und Kuss, Nadelnase.»

Noch lange konnten sie ihn sehen, wenn sie zurückschauten. Sie winkten ihm jedes Mal zu, und er antwortete, indem er seinen Hut lüftete und fröhlich zurückwinkte.

27. Kapitel

Es war kurz nach Mittag, als sie an das Weizenfeld gelangten. Seit sie den Blechmann verlassen hatten, bemühte sich Pidge zu verstehen, was es mit Nadelnase auf sich haben mochte. Aber sooft er auch alles noch einmal in Gedanken an sich vorüberziehen ließ – er fand einfach nicht heraus, warum der Blechmann ihnen keine Richtung hatte angeben können; und das war umso erstaunlicher, als er dem Dagda und ihnen ganz offensichtlich wohlgesinnt war. Schließlich blieb ihm nichts übrig, als sich selbst die Schuld zu geben, weil er nicht besser erklärt hatte, welche Hilfe ihnen schon durch die Freunde des Dagda zuteilgeworden war.

Hätte ich ihm nur von dem Drachen und den weißen Vögeln erzählt; und wie Finn und Daire uns in das Verborgene Tal gebracht und geholfen haben, dann wäre alles vielleicht anders verlaufen, dachte er voller Bedauern. Sicher war es ein großer Fehler, dass ich mich nicht mehr bemüht habe, ihm das zu erklären. Aber jetzt ist es zu spät. Und schließlich war es auch schon ganz gut, von dem Ausguck auf dem Schuppendach aus so deutlich zu sehen, wo die Berge liegen ... Aber geschehen ist geschehen, und vielleicht machen wir's ja gar nicht so schlecht, hoffe ich.

Er folgte Brigit, die über eine kahle Steinmauer kletterte.

Als sie wieder auf dem Boden standen, erhob sich vor ihnen eine dichte Wand von gelbem, reifem Weizen, der Pidge um ein gutes Stück überragte. Zwischen der Einfassungsmauer und dem Weizen lief ein schmaler Rain, und Pidge sah, dass sie auf ihm entlanggehen konnten, um einen Weg zu suchen, der durch das Feld hindurch auf die andere Seite führte. Er wusste, dass es Brauch war, beim Säen im Frühling auf den großen Äckern einen Streifen freizulassen, den man als Abkürzungsweg benutzen konnte, wenn die Saat aufgegangen war, um nicht außen um das ganze Feld herumlaufen zu müssen.

Überall blühten Mohnblumen, und der Weizen war der schönste, den er je gesehen hatte. Es war heiß geworden, und das ganze Feld glänzte und raschelte in einer leichten Brise.

Da war tatsächlich ein Weg.

Sobald sie bei ihm angelangt waren, kletterte Pidge wieder auf die Mauer, um auszukundschaften, wohin er führen mochte.

Das Weizenfeld war wirklich sehr groß; es kam ihm vor wie ein kleiner See. Weit dehnte es sich aus, und er konnte die Linie des Weges deutlich verfolgen. Er war schnurgerade und verlief als ein dunkler Streifen bis ans andere Ende. Bei solch einem Pfad sah man eigentlich nur die Unterbrechung zwischen den beiden Weizenwänden, denn selbst da, wo das Getreide nur die gewöhnliche Höhe erreichte, stand es immer noch zu hoch, als dass man den Pfad selbst hätte sehen können.

Er sprang von der Mauer herab, und sie gingen hinein. Brigit, die ganz wild auf die Mohnblumen war, hüpfte voraus.

Es war, als bewege man sich durch einen goldenen Dschungel. Ein sanfter Windhauch strich über das leuchtende Weizenmeer, dessen Glanz sich der Luft mitzuteilen schien und sich auf den Gesichtern der Kinder widerspiegelte. Hie und da huschte etwas erschrocken davon, wenn sie einen Hasen oder eine Feldmaus überraschten, die nah an den Rand des Weges gekommen waren. Wolken sanfter Schmetterlinge aller Farben und Größen schaukelten und taumelten zwischen den reifen Weizenähren dahin, und im ganzen Feld summte und dröhnte es lebhaft von Millionen Insekten. Hoch über ihnen jubilierten Hunderte von Lerchen in der Stille des Tages. Eine nach der anderen ließ sich fallen wie ein Stein und blieb, immer noch singend, in der Luft dicht über den Ähren stehen. Dann stiegen sie auf, um gleich wieder von vorn zu beginnen, nur weil das Spiel so aufregend war, hätte man meinen können.

Außer dem Gesang der Vögel, dem leisen Geräusch der Halme und dem gelegentlichen Huschen ängstlicher kleiner Tiere hörte man das Zirpen der vielen Grashüpfer, die alle die gleiche Melodie spielten, jeder jedoch auf einem anderen Ton. Die in der Nähe saßen, waren am lautesten, doch man hörte auch die entfernteren zugleich mit ihnen; es war wie eine Zusammenkunft vieler Solisten, die alle darauf bestanden, zugleich aufzutreten, und sich hartnäckig weigerten, den anderen zuzuhören.

Und über all dem lag eine große, träge Stille, die Pidge ein wenig benommen und träumerisch vor Freude machte. Ein angenehmer Friede senkte sich über ihn, und obwohl der Weizen so golden leuchtete, fühlte er sich entspannt und sicher und wusste, dass alles natürlich und wirklich war.

Brigit pflückte im Gehen Mohnblumen. Sie zerfielen alle bald, aber sie konnte ihrer Farbe nicht widerstehen. Sie fand sie wunderschön, bis auf den Geruch, den sie an ihren Fingern zurückließen.

«Wäre es nicht schön für diese Mohnblumen, wenn sie wie Himmelsschlüssel oder Rosen riechen könnten? Hätten sie das nicht gern? Ich wollte, ich wäre eine Blume mit meinem eigenen Duft und allem und müsste nie mehr mit Seife gewaschen werden», sagte sie.

«Du wärst bestimmt nicht gern eine Blume ohne Beine, die fest im Boden steckt und sich nicht bewegen kann – und dann kommt eine Schnecke und beißt dir ein Stück raus», sagte eine Stimme, die von irgendwo aus den Weizenhalmen kam.

«Nein, das würde ich nicht mögen», gab sie zu, weil sie dachte, Pidge hätte gesprochen.

«Wenn Blumen Beine hätten, wärest du bestimmt nicht gern eine langsame kleine Schnecke, denn jedes Mal, wenn sie dich kommen sähe, würde dein Abendessen wegrennen, und du wärst immer hungrig.»

Brigit seufzte tief.

«Ich wollte, Schnecken würden keine Blumen essen», sagte sie nachdenklich.

«Wir alle müssen etwas essen, das ist ein Lebensgesetz.»

«Ja. Aber ich wollte trotzdem, dass Schnecken keine Blumen essen würden.»

«Mit wem redest du denn?», fragte Pidge, der aus seiner Träumerei erwachte.

Sie sah sich überrascht nach ihm um.

«Mit dir natürlich», sagte sie, sehr erstaunt, dass er fragte.

«Nein. Du hast mit *mir* gesprochen, und es war ein sehr interessantes Gespräch.» Und da stand plötzlich, ohne die leiseste Bewegung im Weizen zu verursachen, zwischen ihnen auf dem Pfad ein wunderschöner Fuchsrüde.

«Ich hoffe, du magst Füchse?», sagte er mit einem unmissverständlichen Blinzeln. Sein Gesicht drückte Klugheit und Humor aus.

«Oh, ich mag Füchse sehr!», rief Brigit entzückt. «Weil ich nämlich kein Huhn bin.»

Der Fuchs hüstelte und war allem Anschein nach ganz plötzlich in die Betrachtung eines herrlichen grünen Käfers mit glänzenden Flügeldecken und bemerkenswerten Fühlern vertieft, der gemächlich an einem Weizenhalm hinaufkroch.

Pidge runzelte die Stirn, weil er an Tante Binas geliebtes Federvieh denken musste, und fragte:

«Wer bist du?»

«Ich bin euer Freund, und ich werde euch begleiten, wenn ihr es erlaubt. Mein Name ist Cú Rua, aber meine nächsten Freunde nennen mich einfach Curu.»

«Du wirst von Hunden verfolgt, wenn du mit uns gehst», warnte ihn Pidge.

«Das wäre nicht das erste Mal», antwortete Curu seufzend. «Es sind wohl sogenannte Fuchshunde?»

«Nein, ich glaube nicht; es sind irgendwelche anderen. Viel dünner und ganz braun.»

«Ach, komm doch mit!», bettelte Brigit und legte einen Arm um seinen Hals.

Curu lehnte sanft seine Schnauze an ihren Arm und fragte: «Was sagt Pidge dazu?»

«Woher weißt du denn meinen Namen?», fragte Pidge interessiert, aber kaum überrascht.

«War es der Wind?», fragte Brigit.

«Ihr habt den Bienen eure Sorgen anvertraut, und die haben es anderen gesagt, bis ich es dann erfahren habe», antwortete Curu, als sei er verwundert, dass sie das nicht wussten.

«Ich habe den Bienen doch nie etwas erzählt, oder, Brigit?»

«Kein Sterbenswörtchen.»

«Na ja, sie haben es jedenfalls gehört. Sie haben wohl im Klee gearbeitet, in der Nähe eines Hügels mit einem umgepflügten Feld; du hattest etwas Wertvolles verloren, etwas, das dir hätte helfen können, und darüber hast du geweint, weil du sehr verstört warst.»

«Oh, die Glaskugel – das stimmt», gab Pidge zu und erinnerte sich dunkel, dass da auch Bienen gewesen waren.

«Können wir weitergehen?», schlug Curu vor. «Ich bleibe nicht gern lang an einem Ort. Eigentlich bin ich am Tag überhaupt nicht gern draußen; aber wenn ich schon draußen sein muss, so ist das heute kein schlechter Tag dafür.»

«Darf ich dich ab und zu streicheln?», bat Brigit.

«Das wäre schön», sagte der Fuchs und sah plötzlich ganz verlegen aus.

Pidge lächelte ihm zu.

«Gehen wir», sagte er.

28. Kapitel

Was für ein Tag ist denn ein schlechter Tag?», forschte Brigit, als sie den Pfad entlangschlenderten.

«Ein trüber Tag mit bezogenem Himmel, wenn der Geruch an allen Dingen klebt. An solchen Tagen ist es besser, frierend und hungrig in einem Loch zu hocken.»

«Warum denn?»

«Das möchte ich auch wissen», sagte Curu bitter. «Alles, was ich weiß, ist – wenn ich an einem solchen Tag draußen bin, dann heißt es: ‹Jetzt geht's dir an den Kragen, du feiner Dieb!› und: ‹Hussassa!› und andere seltsame Rufe. Und Hunde und Pferde und eine lange Hetzjagd, bis mein Herz hämmert, als wolle es durch die Rippen brechen. Ich glaube, dass die alle völlig verrückt sind. Und manchmal bringt er auch den Tod, solch ein Tag.»

«Wenn du keine Hühner stehlen würdest, dann würden sie dich auch nicht jagen», wagte Pidge einzuwenden.

Curu drehte sich um und sah ihm eine Weile gerade in die Augen.

«Oh, natürlich würden sie das. Das weißt du doch, und ich weiß es auch», flüsterte er traurig, und dann gingen sie weiter.

Eine Weile herrschte Schweigen, bis Brigit, die sich ihre eigenen Gedanken gemacht hatte, schließlich meinte:

«Ich mag Hühner, weil sie ein bisschen doof sind. Da muss ich immer lachen. Und ich mag Enten, weil sie immer aussehen, als würden sie lächeln.»

«Ich mag Enten auch, sie schmecken sehr gut», meinte Curu.

«Das stimmt», bestätigte sie.

«Ich esse gerne, denn ich habe den Eindruck, dass es gut für meine Gesundheit ist», bemerkte Curu mit einem unschuldigen Blick gen Himmel. «Wenn ich natürlich ein Hund wäre, könnte ich Männchen machen und betteln; aber da ich nun mal ein Fuchs bin, stehle ich manchmal etwas. Ob ich also ein Bettler bin oder ein Dieb, wo ist da der Unterschied? Was meinst du, Pidge?»

Bei diesen Worten warf er Pidge einen Blick von der Seite zu, und Pidge war fast sicher, dass der Fuchs ihn auslachte. Da Brigit alles guthieß, was Curu sagte, meinte er, er müsse sich ein wenig auf Tante Binas Seite schlagen.

«Also was die Hühner anbelangt ...», begann er.

«Ah ja», unterbrach ihn Curu, «und warum reden wir nicht über Ratten?»

«Ratten?»

«Du weißt doch, welchen Schaden die anrichten. Nehmen wir also an, ich hole mir ab und zu ein oder zwei Hühner – was ist das schon im Vergleich zu den vielen Ratten und Kaninchen, die ich esse?»

«Ein Kaninchen würde ich auch essen, aber eine Ratte nie, bääh!», sagte Brigit und verzog das Gesicht.

«Aber die Kosten!», beharrte Pidge.

«Die Kosten? Was meinst du damit?»

«Was die Hühner kosten und das Futter für sie.»

«Ach so, die *Kosten*», sagte Curu sarkastisch, als habe er jetzt erst verstanden. «Pferde wachsen ja auf Bäumen, man muss sie nur pflücken, was? Und Hafer fällt tonnenweise vom Himmel. Und Hunde kann man an einem Septembermorgen umsonst sammeln wie Pilze, nicht wahr? Und sie lieben das Hungern und leben von Mondlicht, das durch Seide gefiltert und mit Leitungswasser heruntergespült wird? Und ich nehme an, dass ihr Heuhaufen gesehen habt, die mit der Flut herangetragen werden und die man nur mit der Gabel herausfischen muss wie Seetang?»

«Hab' ich noch nie», sagte Brigit mit Nachdruck.

«Rechne alles zusammen, und was kommt heraus?»

«Was denn?», fragte Pidge unsicher, der merkte, dass er unterliegen würde.

«Ohne Umschweife gesagt: Es kommt der Preis heraus für die Pferde, für ihre Haltung im Stall, für Futter und für Zaumzeug. Und außerdem der Preis für das Beschlagen beim Hufschmied – stimmt's?»

«Stimmt», sagte Brigit und nickte heftig.

«Dann haben wir die Kosten für die Hunde und das Futter, das sie fressen; wir haben den Schaden, den die Kaninchen anrichten, und das, was von den Ratten verschlungen und verdorben wird. Das ergibt alles zusammen einen Haufen Geld, und all das nur, um den Verlust von ein paar Hühnern zu vermeiden und mich zu töten. Was geben sie nicht alles aus, um ein bisschen Geld zu sparen!»

«Du hast noch gar nicht erwähnt, was der Tierarzt kostet», sagte Brigit. «Wir wissen das alles, weil wir Pferde zu Hause haben, nicht wahr, Pidge?»

«Aber ...», wollte Pidge beginnen, doch Curu unterbrach ihn wieder.

«Sie sollten mich eigentlich bezahlen für all die gute Arbeit, die ich leiste. Sie müssen ja nicht mal für mich ausmisten oder mich mit Kost und Logis verwöhnen. Sie sollten wirklich lieber daran denken, was ich mit den Ratten mache, als an die paar Hühner – wenn sie ein Fünkchen Verstand hätten.»

«Was ich sagen ...», begann Pidge wieder, doch Curu unterbrach ihn wie zuvor.

«Sie missgönnen mir mein Leben – sie wollen meinen Tod und scheinen auch noch Spaß daran zu haben, so ist es doch.»

«Und warum holst du dir überhaupt Hühner?», gelang es Pidge zu fragen.

«Sie schmecken mir.»

«Mir auch», sagte Brigit zu seiner Verteidigung, und dann fügte sie vorwurfsvoll hinzu: «Und dir auch, Pidge.»

«Manchmal werden Türen nicht sorgfältig zugemacht, und so ein Durchschlupf ist eine zu große Versuchung für mich, einen Dieb. Aber manchmal zwingt mich auch der Hunger, mir meinen Weg zu bahnen, und wenn ich nichts finde, was den Hunger stillt, dann frisst er mich auf – das ist auch keine schöne Art zu sterben.»

Pidge ließ sich alles durch den Kopf gehen, was der Fuchs gerade gesagt hatte. Vom Hunger zu etwas gezwungen zu werden, das klingt wirklich schlimm, dachte er schließlich und schwieg.

«In schlechten Zeiten», fuhr Curu fort, «hab' ich das Gefühl, ich bestehe nur noch aus Hunger und einer Nase; aber das ist nur so, wenn ich ganz ausgezehrt bin.»

«Und wie geht's dir sonst?», fragte Brigit.

«Wenn ich gegessen habe, fühle ich mich wie ein Springinsfeld», sagte er, und dann machte er einen Luftsprung und jagte seinen eigenen Schwanz in einem kleinen Kreis auf dem Pfad, um ihr zu zeigen, was er meinte.

«Aber wahrhaftig, Hunger ist das schärfste Messer. Oh, meine arme Füchsin», sagte er mehr zu sich selbst, während sie weitergingen.

Lange Zeit waren nur das Rascheln des Weizens im Lufthauch und das Geplauder der Insekten und Vögel zu hören.

«Sie war so tüchtig und schlau – und wie sie sich auf Waldschnepfen verstand», brachte Curu in einer Art lautem Flüstern hervor, das aus seinem Herzen zu kommen schien.

Pidge warf ihm einen raschen Blick zu und fragte sich, ob er sich wieder über ihn lustig mache, aber er sah, dass Curu gar nicht an ihn dachte.

«Nie werde ich die Zeit des Hungers und der Kälte vergessen – eine Zeit, in der der verzehrende Hunger stärker sein kann als alle Klugheit –, als sie sich wider alle Vernunft hinauswagte. Wie der Blitz waren sie hinter ihr her. Ich tat alles, um sie von ihr abzulenken, außer ihnen geradewegs vors Maul zu springen. Ich stolzierte herum, ich bellte, ich lief quer über ihre Fährte, wieder und wieder. Aber sie waren wie Maschinen.

Die Jäger verfolgten sie gnadenlos den ganzen Tag, und ich werde nie begreifen, woher sie die Kraft nahm. Schließlich war sie so erschöpft, dass sie an einem steilen Abhang ausglitt und in einen See fiel. Und wenn ihre müden Beine auch an Land noch gegen die weiche Luft ankamen, im Kampf gegen das tiefe Wasser war sie verloren. Sie schwamm, schwach wie sie war, so weit sie konnte – aber sie war am Ende und ertrank vor Erschöpfung. Ach, es ist ein trauriges und rätselhaftes Schicksal, die Welt mit den Menschen teilen zu müssen, aber was sollen wir tun? Meine arme Füchsin – sie konnte alle bezaubern, außer den Hunden, und ich werde sie nie vergessen.»

Die Kinder waren tieftraurig über Curus Worte, und Brigit war den Tränen nahe. Ihre Augen glänzten, und ihre Lippen zitterten. Pidge fand alles schrecklich und dachte, es wäre gut, das Gespräch wieder auf die Hühner zu bringen, um Brigit abzulenken.

«Aber erzähl mir», sagte er, «warum nimmst du nicht nur eine alte Henne? Warum bist du so draufgängerisch und tötest so viele?»

Er fragte es ein wenig widerwillig und merkte, dass es klang, als wolle er auf dem armen Curu herumhacken.

«Ach Pidge, lass ihn doch in Ruhe», sagte Brigit kummervoll und mit gereizter Stimme.

Curu sah sie besorgt an.

«Ich würde schon nur eine einzelne alte Henne nehmen, wenn sie mich denn ließen», sagte er zu Pidge, ohne den Blick von Brigit abzuwenden. «Aber du weißt ja selbst, wie verrückt sie sind. Kaum stecke ich meine Nase zu ihnen hinein und sage: ‹Guten Abend, die Damen! Hat irgendjemand hier drin die Krätze?› oder etwas ähnlich Scherzhaftes, dann gackern und kreischen sie gleich los, dass es einen Toten aufwecken würde, ganz zu schweigen von den Menschen mit ihren Gewehren. Du kennst sie doch selbst. Wenn sie ein einziges Ei gelegt haben, muss es gleich die ganze Welt erfahren. Du weißt doch, wie dümmlich sie sind, nicht wahr, Brigit?»

«Ja», sagte sie und begann zu lächeln.

«Natürlich weißt du's. Na ja, dann bekomme ich einen fürchterlichen Schrecken und versuche, sie zum Schweigen zu bringen – aber da ist es schon zu spät, verstehst du?»

«Ich verstehe», stimmte Pidge zu, teilweise um Brigits willen, denn man konnte von den Hühnern doch eigentlich nichts anderes erwarten, als Theater zu machen, dachte er.

«Können wir jetzt, wo wir all das hinter uns haben, vielleicht Freunde werden?», fragte Curu hoffnungsvoll.

«Ich bin schon deine Freundin», sagte Brigit sehr ernst, legte die Arme um seinen Nacken und drückte ihn an sich.

«Das weiß ich, Brigit.»

«Und ich bin auch dein Freund», sagte Pidge, und es stimmte. Er fragte sich insgeheim, wie man ein paar Hühner so wichtig nehmen konnte, dass ein schöner Fuchs dafür sein Leben lassen musste.

Curu lachte ein glückliches, bellendes Lachen und lief weiter durch das goldene Leuchten des Weizens.

Plötzlich hörten sie hinter sich das Kläffen der Hunde.

Die Härchen auf Brigits Armen stellten sich auf, und ihre Augen weiteten sich. Pidge spürte ein entsetzliches Gefühl im Nacken. Es kam so unerwartet. Bis jetzt waren sie sicher gewesen, dass die Hunde weit, weit hinter ihnen seien wegen des großen Hindernisses, das der Elch so leicht überwunden hatte.

Curu war überhaupt nicht erschrocken, weil etwas in ihm immer auf dieses Geräusch gefasst war; aber sein Nackenhaar sah plötzlich steifer aus, und seine Nasenlöcher zuckten.

Der Wind ließ die Halme ringsum aufrascheln, und dieses Geräusch schien nun viel lauter zu sein als zuvor, da alle so intensiv lauschten.

Nach einer Stille, in der sie starr horchend dastanden, kam das Heulen wieder.

Jetzt wurde Curu äußerst lebhaft. Seine Augen leuchteten hell vor Klugheit, und sein Körper war bereit zum Laufen oder

Springen – zu allem, was er wollte. Aber er hob nur den Kopf und prüfte den Wind mit seiner Nase.

«Er steht günstig. Im Moment kann uns nichts passieren», sagte er.

«Und ich möchte bloß wissen, wie die über diesen mistigen Abgrund gekommen sind», fragte Brigit mit einem zornigen Stirnrunzeln.

Als die Hunde sich von dem Schrecken erholt hatten, ein riesiges Tier aus dem Boden hervorkommen und über den Abgrund fliegen zu sehen wie einen Vogel, hatten sie beklommen miteinander gesprochen.

«Der Seltsame mit Ästen auf dem Kopf wie ein Hirsch ... läuft!», bemerkte Silberfell besorgt. «Laufen dann die zweibeinigen Kleinen auch, da sie ja auf seinem Rücken sind?»

«*Ihn* zu jagen ist uns schließlich nicht verboten!», sagte Behändefuß unter allgemeiner Zustimmung. «Dürfen wir also auch *sie* jagen?»

«Die Kleinen selbst laufen nicht davon – sie sitzen. Ich, Graumaul habe es gesehen.»

«Dann müssen wir ihnen also weiter folgen und dürfen sie nicht richtig jagen? Dies fragt Wolfssohn.»

«Nun, Beine laufen unter ihnen, sie sind schnell, und die Kleinen werden mitgetragen. Laufen sie also nicht davon?», fragte Schnellfuß.

«Grimmy spricht: Wenn wir sagen können, dass sie jetzt davonlaufen, ist die Bedingung aufgehoben, und wir sind nicht mehr gebunden, denn es geschah vor unseren Augen.»

«Die Frage ist – laufen sie?», fragte Findeweg.

«Der Floh auf meinem Rücken läuft auch, wenn die Beine laufen! Der Floh auf meinem Rücken hat eine ungeheure Geschwindigkeit mit meinen Beinen unter sich!», sagte Vogelfang verächtlich.

Dieser Gedanke war so lächerlich, dass er eine befreiende Lachsalve nach sich zog, und alle kamen überein, dass sie weiter ihre Spur verfolgen, aber sie nicht jagen würden, wenn sie den Abgrund hinter sich gelassen hätten.

Sie warteten auf die Hilfe der Mórrígan.

Im Glashaus hatte man entdeckt, dass eine der Ratten gemogelt hatte, indem sie eine ihrer übrig gebliebenen Karten auffraß. Sie dachte bei sich, dass Könige und Königinnen nicht besonders nahrhaft seien, wohingegen Karos ein bisschen besser zu sein schienen, als eine der neben ihr sitzenden Ratten ihr Missfallen äußerte, indem sie ihr eine kräftige Ohrfeige verpasste. Sofort war eine Schlägerei mit Pfoten und Mäulern im Gang, bei der Schwänze abgebissen und Nasen gezwickt wurden, was die Harmonie des Pokerspiels gänzlich zerstörte.

Die Mórrígan hatte den Spiegel längst auf Bredas Labortisch abgelegt, die spiegelnde Seite nach oben. Sie hatte ihre Aufmerksamkeit wieder der Landschaft zugewandt und lächelte amüsiert über die Verzweiflung der Kinder angesichts der brennenden Brücke. Als sie in dem Baum verschwanden, hatte sie leise die Stirn gerunzelt.

Jetzt sah sie dem Rattenkampf zu und lachte.

Melody sagte, sie finde sie alle reizend.

«Wie nett und erfrischend ist es, sie so natürlich zu sehen, diese boshaften kleinen Racker», sagte sie nachsichtig.

Sie freuten sich an dem Kampf, bis er seinen Reiz verlor, und dann trennte Breda die wenigen Ratten, die noch in die Schlägerei verwickelt waren, und beförderte sie alle wieder auf ihre Plätze zurück. Sie erklärte, dass die Ratte, die gemogelt hatte, sich unzulässig verhalten habe, und zwar, weil die Mogelei aufgekommen sei; sonst wäre nichts dabei gewesen.

Melody hatte ein paar winzige Zigarren herbeigezaubert, und sie war gerade dabei, der ersten Ratte Feuer zu geben, als der Spaß unterbrochen wurde durch einen kaum hörbaren Laut der Hunde auf der Tischlandschaft.

Sie hatten auf Hilfe gewartet, die nicht gekommen war. Als keine Antwort kam, hatten sie die drei Frauen auf ihre missliche Lage aufmerksam zu machen versucht, indem sie ihre Köpfe zurückwarfen und laut aufheulten.

Die Frauen gingen zum Tisch, sahen den Elch, der pfeilschnell in der Ferne verschwand, und die Hunde, die geduldig am Rand des Abgrunds warteten.

«Sie hätten darüberspringen oder bei dem Versuch sterben sollen», sagte Melody, und ihre Stimme klang bissig.

Mit einer ungeduldigen Bewegung schloss die Mórrígan den Abgrund, indem sie die Hand ausstreckte und die Ränder eines breiten Risses zusammendrückte, der über den Tisch lief.

Das Armband klimperte wie immer gegen ihr Handgelenk.

Die Hunde setzten sich sofort in Bewegung, heftig angetrieben durch die Stäbe der Frauen. Der Elch war natürlich in der dunklen Ferne verschwunden, aber die Hunde folgten ihm getreulich, obwohl sie nun schon weit zurücklagen. Findeweg, Behändefuß, Hatzbach und Schnellfuß nahmen sogleich die Witterung auf, denn die Fährte des Elchs war leicht auszumachen.

Während der ganzen Zeit, die Pidge und Brigit in dem Schuppen und dem verlassenen Garten verbracht hatten, waren die Hunde gerannt. Sie rannten, während die Kinder sich die Zeit mit Nadelnase vertrieben. Und sie rannten immer noch, als Pidge und Brigit ihre Wanderung fortsetzten, schlendernd und nicht schneller, als sie normalerweise gingen.

So also hatten die Hunde den Abgrund überquert, und deshalb waren sie inzwischen schon so nah gekommen.

29. Kapitel

Mit Pidge an der Spitze und Curu als Nachhut eilten sie jetzt durch das Weizenfeld, nachdem Curu sie gewarnt hatte, sie sollten möglichst nicht im Vorbeigehen die hohen Halme streifen.

«Macht es ihnen nicht zu leicht», hatte er geraten.

Als sie das Ende des Pfades erreicht hatten, blieb er stehen und bat die Kinder zu warten. Er hob den Kopf und lauschte mit aufgestellten Ohren. Zugleich nahm seine Nase nach allen Seiten die Witterung auf.

«Im Augenblick sind wir ziemlich sicher», sagte er schließlich; und erst da traten sie aus dem Schutz des Weizenfeldes hervor.

«Versucht jetzt», sagte er, als sie den Feldrain entlang zu einem offenen Gatter gingen, «so gut wie möglich in Deckung zu bleiben, und wenn ihr euch nur auf der Schattenseite einer Steinmauer haltet. Und berührt auch hier nichts im Gehen, tut jeden Schritt mit Bedacht. Wenn die Hunde zufällig in eure Richtung schauen und ihr Büsche und Schösslinge bewegt, ist es genauso, als würdet ihr eine Fahne schwenken, versteht ihr? Berührt nichts mit euren Körpern, um die Witterung gering zu halten – dann bleibt sie nur auf dem Boden. Wenn die Hunde schlau sind, erlauben sie nur der Nase eines einzigen, die Arbeit zu tun, und die anderen werden sich damit zufriedengeben, mit ihm Schritt zu halten, bis er müde wird. Dann wird ein anderer seinen Platz einnehmen. Wenn sie dumm sind, versuchen sie alle zugleich, die Fährte aufzunehmen, und kommen sich gegenseitig in die Quere. Wenn ihr eure Witterung überall verteilt, weil ihr es zulasst, dass ihr von den Sachen berührt werdet, helft ihr ihnen, schneller voranzukommen. Um es ihnen so schwer wie möglich zu machen, wäre es am besten, wenn wir alle genau hintereinander liefen.» Das Wissen des Fuchses flößte Pidge großes Vertrauen ein.

Sie verließen das Weizenfeld durch das offene Gatter.

«Wir gehen Schritt für Schritt vor», sagte Curu nun. «Sucht nach einem Graben oder feuchten Stellen, wo ihr gehen könnt. Lasst keine Gelegenheit aus, zwischen Dornbüschen und stacheligen Pflanzen hindurchzuschlüpfen, und freut euch, wenn ihr solche Stellen findet. So kann man für wunde Nasen bei den Hunden sorgen und ihnen die Arbeit verleiden.»

«Wir haben nicht so ein Fell wie du. Wenn wir durch Dornbüsche schlüpfen, werden wir ganz zerkratzt», sagte Pidge.

«Ach, dann geht es eben nicht», antwortete der Fuchs.

Jetzt standen sie im weiten, freien Land ohne Mauern oder Felder. In weiter Ferne erstreckte sich in einer Senke ein Wald, so weit das Auge reichte, und jenseits des Waldes ragten die Berge auf.

Nicht weit vom Gatter des Weizenfeldes lag ein stinkender Misthaufen. Curus Augen funkelten listig, als er ihn sah.

«Wälzt euch darin! Du zuerst, Brigit», sagte er.

«Fällt mir nicht ein», antwortete sie in tiefer Abscheu.

Pidge brach in Lachen aus.

«Du solltest es aber tun», beharrte Curu, «und froh sein, dass wir das entdeckt haben.»

«Nein, ich will nicht!», sagte sie und schüttelte den Kopf.

«Aber das wird großen Spaß geben. Es wird den Hunden Schwierigkeiten bereiten; sie werden nicht mehr wissen, ob sie uns folgen oder herumstreunenden Kühen, und ihre Nasen werden nur noch erfüllt sein von dem Gestank. Los, Brigit!»

«Da drin wälz' ich mich nicht, und damit basta.»

«Wie kannst du so töricht sein? Mach wenigstens die Schuhe damit voll, komm!»

Pidge lachte, dass ihm die Tränen in den Augen traten.

«Hör auf zu lachen, Pidge», bat Curu. «Geh mit gutem Beispiel voran und wälz dich zuerst drin.»

«Das ist nicht nötig», platzte Pidge heraus und schüttelte sich vor Lachen.

«Wie kannst du sagen, dass das nicht nötig ist? Wie kannst du dastehen und lachen, wo wir vielleicht gleich um unser Leben rennen müssen?»

«Es ist nämlich so», erklärte Pidge, während immer noch glucksendes Lachen aus seinem Inneren aufstieg. «Wir trauen uns gar nicht zu rennen, und Tricks haben wir nicht nötig. Wir dürfen nicht davonrennen, wenn sie in Sichtweite sind, und sie dürfen nicht losrennen, um uns zu fangen, wenn wir uns daran halten. Sie jagen uns überhaupt nicht, sie verfolgen uns nur. Sie sind unter einer Art Bann. Und wir haben auf unserer bisherigen Wanderung herausgefunden, dass sie diesen Bann nicht brechen.»

«Was du nicht sagst!», rief Curu aus. Er war überaus erstaunt.

«Wir könnten jetzt loslaufen, in diesem Augenblick, wenn wir wollten, weil sie jetzt noch nicht zu sehen sind. Aber ich glaube, wir sollten es lieber nicht tun, da diese Gegend so frei und ungeschützt ist. Sie könnten uns erspähen, bevor wir es bemerken und stehenbleiben.»

«Das ist ein ganz neuer Gedanke für mich», sagte Curu langsam.

«Du musst dir wirklich keine Sorgen machen», beruhigte ihn Pidge, dessen Lachen wieder verebbt war.

«Aber wenn sie mich sehen, werden sie mich bestimmt jagen, denn ich bin doch nicht durch den Bann geschützt.»

«Doch! Solange du bei uns bist, können sie sich dir nicht nähern, ohne uns nachzujagen. Du bist in Sicherheit, Curu!»

«Diesen Augenblick werde ich nie vergessen. Das ist die beste Nachricht, die ich je gehört habe!», sagte Curu, und er warf den Kopf zurück und bellte vor Lachen.

«Es ist ein wunderbarer Gedanke, dass sie mich hören dürfen, ohne dass es etwas ausmacht», sagte er und lachte noch einmal.

«Sind sie schon ganz nah?», fragte Brigit grimmig.

Curu nahm wieder die Witterung im Wind auf.

«Nein», sagte er. «Sie sind noch ein gutes Stück entfernt – aber sie kommen.»

«Es wird ihnen schlecht ergehen, wenn sie mich treffen!», sagte sie verwegen, und sie ballte zwei kleine Fäuste und drohte wild.

Dann streichelte sie Curu.

30. Kapitel

Siehst du unsere kleinen Feinde? Der Dagda scheint ihnen die ganze Zeit zur Seite zu stehen», sagte die Mórrígan mit einer Stimme, die rau war vor Erbitterung.

Melody und Breda traten an ihre Seite.

«Was hat er jetzt wieder geschickt?», fragte Breda und runzelte die Stirn.

«Einen Fuchs. Einen ganz hinterhältigen.»

Melody zuckte die Schultern und sagte:

«Seine Schläue hilft hier nichts; er wird den Bälgern kaum von Nutzen sein. Und sollten sie loslaufen, werden die Hunde ihn mit Vergnügen in Stücke reißen.»

Kaum hatte sie ausgesprochen, stieß die Mórrígan einen Entsetzensschrei aus. Ihre Augen funkelten finster, ihre Kniescheiben zuckten heftig an ihren Beinen auf und nieder, und ihre Zehen standen senkrecht nach oben. Sie zischte vor Wut und spuckte wie eine Wurst in der Pfanne.

«Was ist denn los?», fragten die anderen, weil sie nichts auf dem Tisch sahen, was diesen Zorn gerechtfertigt hätte.

«Etwas vom Dagda ist an meinem Armband! Etwas Gutes an meinem Handgelenk!», antwortete sie mit rauer Stimme, die vor Abscheu bebte.

Sie zeigte auf einen roten Ausschlag, der sich in Flecken auf ihrer Haut verbreitete, und dann griff sie blitzschnell an ihr Armband und riss das goldene Schloss Durance ab. Sie hielt es zwischen Daumen und Zeigefinger fest und schüttelte es heftig.

Ein Gegenstand, zu klein für ein menschliches Auge, fiel heraus. Er landete unsichtbar auf dem Tisch und wurde allmählich sichtbar. Er wuchs, und man erkannte ein helles Ding, kleiner als das winzigste Samenkorn. Es wurde größer und größer und war nun offensichtlich die Glaskugel.

Bebend vor Hass pickte sie sie mit ihren spitzen Fingernägeln auf.

Plötzlich war die Luft kälter.

Ein leises Zischen entfuhr der Mórrígan durch ihre geschlossenen Zähne.

Die Glaskugel wurde noch größer, und als sie sie schüttelte, rieselte der künstliche Schnee.

Als die Wanderer etwa die Hälfte der weiten Strecke zwischen dem Weizenfeld und dem Wald zurückgelegt hatten, schlug das Wetter um. Gerade war die Welt noch ruhig im Sonnenschein gelegen, und jetzt wurde die Luft plötzlich kalt, und ein hinterhältiger Wind erhob sich. Brigit begann sich schon bald zu beklagen, dass sie vor Kälte umkomme.

Es war ein kalter Wind, ein frostiger Wind, unter dem das Gras schwankte und silbrig aufglänzte.

Der Himmel hatte sich verändert. Die wässrige Sonne sah aus wie eine dünne Scheibe von einer Rübe, blass orange und mit blauen Flecken. Der Himmel war bleich und leer.

Augenblicklich fiel die Kälte ein. Der scharfe Wind zerrte an ihnen, bis ihre Ohren sangen. Er fuhr ihnen ins Haar und ließ sie im Nacken frösteln, und er nagte grausam an ihren Gesichtern, als sei er ein Frostwolf mit Zähnen aus Eis. Der Boden zu ihren Füßen gefror, und Brigit fand einen froststarren Blätterpilz, zart rosafarben und ledrig, dessen Form ihr in ihrer Seltsamkeit vollkommen vorkam, obwohl er fest und schwer und steinhart war.

Sie standen zitternd da in ihren Sommerkleidern, völlig überrascht davon, wie schnell alles gegangen war.

Pidge schaute zurück und sah in der Ferne die Umrisse der Hunde, die im schwachen Licht ganz grau aussahen.

«Sie haben aufgeholt», sagte er, und Curus Nackenhaare stellten sich auf.

«Ich sterbe vor Kälte, Pidge», sagte Brigit. Ihr Kiefer zitterte so, dass ihre Zähne zu klappern schienen.

Er wühlte in seiner Tasche und tastete mit steifen Fingern in dem Lederbeutel nach einer Haselnuss.

Endlich hatte er eine Nuss hervorgeholt, und sie lag leicht hüpfend auf seiner zitternden Hand. Als er schon meinte, sie würde sich nie öffnen, sprang sie ganz plötzlich auf. Er musste nun seine Arme ausstrecken, um die Schätze aus der Nuss halten zu können, die immer größer wurden. In seinen Armen hielt er zwei Kapuzenmäntel aus einer Art weißem Leder mit passenden Stiefeln und Handschuhen. Der größere Mantel war mit einem roten Pelz eingefasst, der kleinere mit einem blauen. Sie schlüpften hinein, so rasch sie konnten, und stellten zu ihrer Erleichterung fest, dass ihnen sofort warm wurde. Nur ihre Hände froren noch. Mit klammen Fingern bemühten sie sich, ihre Sandalen zu öffnen, wobei Pidge Brigit schließlich helfen musste, und dann schlüpften sie in ihre Stiefel. Brigit zog die Handschuhe über ihre Finger; das Fell in ihrem Inneren fühlte sich weich und warm an wie Schwanenfedern, und ihre Hände erwärmten sich von den Fingerspitzen herauf.

«Es ist, als hätten wir Federbetten an – und wir sehen aus wie Eskimos», sagte sie und schmiegte sich mit hochgezogenen Schultern in die Kapuze.

Pidge legte die Sandalen paarweise flach zusammen und steckte sie in die Schultasche. Dankbar zog er die Handschuhe über, und nun waren sie bereit zum Weitergehen.

Da begann sich Brigit um Curu Sorgen zu machen, weil in der Nuss nichts für ihn war und er so geduldig in der Kälte gewartet hatte, bis sie gut eingehüllt waren.

«Du wirst frieren mit deinen armen nackten Pfoten.»

Curu lachte.

«Nein, bestimmt nicht», sagte er munter.

«Aber du hast doch keine Stiefel oder Socken und musst mit

deinen Pfoten auf dem kalten Boden gehen», sagte sie stirnrunzelnd.

«Ich bin schon bestens gekleidet in mein eigenes dickes Fell, und Stiefel brauche ich nicht», sagte er, hob die Pfote und zeigte ihr die dunklen, festen Ballen. «Siehst du? Genauso gut wie deine», versicherte er ihr.

So gingen sie über sprödes Gras weiter. Die weiche Erde war durch die Kälte starr geworden, und wenn ihnen eine Blume begegnete, sah sie aus wie aus buntem Eis geschnitten, und jeder Busch, an dem sie vorbeikamen, war mit seltsam geformten Spinnweben geschmückt: die einen sahen aus wie Kristallschnüre, die anderen wie Trichter aus fein gesponnenem Organdy.

Gelegentlich schauten sie zurück und stellten fest, dass die Hunde immer den gleichen Abstand hielten.

Wieder veränderte sich der Himmel, und jetzt sah die Sonne aus wie ein weißes Pfefferminzbonbon, das auf grauem Papier klebte. Der Wind blies ihnen entgegen, und sie nahmen ihre Kräfte zusammen und kämpften sich weiter vorwärts. Sie kamen an einem Flüsschen vorbei, das kalt dahinrauschte, und dann an einer großen Pfütze, die schon eine Haut aus Eis hatte.

Sie gelangten an einen Grat, von dem das Gelände zu einer ausgedehnten Mulde abfiel, die sich zur Rechten und zur Linken über Meilen erstreckte. Und gerade vor ihnen lag ein dichter Wald aus Eichen, Buchen und Eschen. Von ihrem Standort aus konnten sie sehen, dass es wirklich ein wilder alter Wald war, nicht nur eine Schonung oder ein Wäldchen. Und noch während sie hinsahen, trug der Wind die Blätter aus den Kronen brausend davon, und schon wenige Minuten später sahen die kahlen Äste und Zweige aus wie schwarze Kratzer im grauen Himmel. Pidge dachte traurig an den wunderbaren Weizen und daran, dass er jetzt wohl vernichtet war.

«Genau das brauchen wir – ausreichend Deckung», murmelte Curu.

«Wird es nicht schwer sein, bei all dem Unterholz durchzukommen?», fragte Pidge.

«Das ist nichts gegen die Schwierigkeiten, die die Hunde haben werden, wenn sie auf der Fährte bleiben wollen. Das Unterholz wird sie noch mehr aufhalten, wenn sie uns dann nicht mehr sehen können.»

Die Dämmerung brach herein, als sie den Wald betraten, und die ersten Schneeflocken flogen.

In der Glaskugel war der Schnee immer weiter herumgewirbelt, ohne sich zu setzen.

Die Mórrígan verlor die Geduld und warf sie mit aller Kraft weg – um festzustellen, dass sie sich nicht wegwerfen ließ. Sie flog nicht weiter als ein paar Zoll trotz der heftigen Wucht, die der Wurf gehabt hatte, und blieb dann unbeweglich über dem Tisch hängen. Sie knackte leise, und dann fiel ein wenig Schnee.

«Ein Fuchs und Schneefall, sehr schwierig für die Hunde. Der Dagda legt uns bei jeder Gelegenheit Hindernisse in den Weg!», sagte die Mórrígan, und ihr schönes Gesicht war verzerrt vor Wut.

«Wenn ein Fuchs da ist und Schnee, der alles verdeckt, dann sollen auch Jäger da sein», sagte Breda.

Sie ging zu ihren Ratten zurück, wählte vier davon aus und ließ die übrigen sich auflösen wie Atemhauch an einer Fensterscheibe. Das Paar, das sie dafür ausgewählt hatte, verwandelte sie in Jäger, und das andere Paar verwandelte sie in prächtige Pferde, die schon mit Sattel und Zaumzeug ausgerüstet waren. Die Jäger trugen gegürtete weiße Kittel und schwere Mäntel aus scharlachroter Wolle. Ihr Haar hing ihnen bis über die Schultern herab und war hell wie Silber. In ihren Händen trugen sie lange Speere, um damit die Hunde anzutreiben; und jeder hatte an seinem Gürtel unter dem Mantel ein Jagdhorn hängen. Trotz ihres guten Aussehens und ihrer ansehnlichen Ausrüstung hatten ihre Gesichter irgendwie noch etwas Spitzes und die Pferdemäuler auch.

Es wurde ihnen feierlich eingeschärft, lediglich die Verfolgung aufzunehmen.

«Töten dürft ihr noch nicht», wurde ihnen gesagt.

Breda ließ sie zusammenschrumpfen, sodass ihre Größe zur Tischplatte passte, und setzte sie in die Hundemeute. Schon bebten ihre Nasenlöcher eifrig, und ihre Augen funkelten.

Einer der Jäger blies in sein Horn, und der andere trieb die Hunde mit seinem Speer an. Die Hunde wussten, dass sie Zauberwerk waren und dass sie der Mórrígan gehörten und deshalb unantastbar waren.

Findeweg fühlte sich gedemütigt und unglücklich, aber Vogelfang lächelte insgeheim in sich hinein, damit es niemand merkte.

Eine Atmosphäre übermenschlicher Stille breitete sich im Glashaus aus, und die kleine Katze begann sich zu langweilen und schlief ein.

31. Kapitel

Zuerst trieb der Schnee dahin wie Federn, doch rasch legte er sich als dichte Decke auf die Baumkronen. Manche Flocken entkamen dem Netz der Äste, und nach einer Weile war Curu ganz schneebedeckt und hatte nun auch einen weißen Mantel.

Der Waldboden war stellenweise sehr uneben. Zuerst fiel das Gehen noch leicht, weil das niedere Gesträuch im Wind welkte und dorrte, doch tiefer im Wald wurde es schwieriger. An den Stellen, die der Wind nicht erreichte, war der Raum zwischen den Baumstämmen dicht mit Blattwerk gefüllt und fast völlig verstellt von Farn und Schösslingen, Brombeerranken und anderem wildem Gestrüpp. Brigit hielt beständig nach Brennnesseln Ausschau.

Curu war schlau, und es war gar nicht einfach, mit ihm Schritt zu halten. Sein Kopf war unablässig in Bewegung, während er den besten Durchschlupf ausspähte. Manchmal war es ein schmaler Streifen kurz gewachsenes Gras, dann wieder einfach bloße Erde, auf der die jungen Bäumchen nicht hochgekommen waren, weil das dichte Blattwerk kein Licht hereingelassen hatte. Es gab viele Stellen, an denen die Erde ausgehöhlt war und kleine Abbrüche bloßliegender Wurzelknollen sehen ließ. Das waren natürliche Höhlen, die oft als Wohnungen benutzt wurden, wie Erdgänge und Scharrspuren zeigten. Manchmal gingen sie auf Moos, aber sehr oft lief Brigit durch abgefallene Blätter. Pidge nahm nie Notiz davon, dass Curu ihn immer zustimmungheischend ansah, bevor er weiterging. Manchmal und aus Gründen, die er nicht verstand, wählte Pidge den schwierigeren Weg; Brigit grollte dann immer, aber Curu beklagte sich nie. Der Reif glitzerte auf seiner Schnauze, bevor sein Atem ihn wegschmolz, aber an seinen Brauen blieb er hängen, und so hatte er hell umringte Augen. Brigit sagte, er habe Wimpern aus Lametta und sei ein Weihnachtsfuchs. Sie und Pidge hatten es nun wunderbar warm, und die Stiefel waren weich und trocken.

Sie kamen an eine Lichtung, die wie ein Freilichttheater wirkte, und der Atem stockte ihnen, als sie sahen, wie hoch der Schnee lag. Die Kinder rannten in die Mitte des freien Platzes, aufgeregt über den herrlichen Schneesturm und begeistert, mittendrin zu sein. Sie waren übermütig und glücklich.

Pidge stand mit zurückgeworfenem Kopf, schaute nach oben und ließ den Schnee auf sein Gesicht fallen. Er musste mit den Augen blinzeln. Im fallenden Schnee fühlte er sich sehr groß, wie ein einzeln aufragender Baum.

Der Schnee fiel dicht, Flocke um Flocke. Tausendfach fiel er herab, alles beherrschend, von keiner Macht der Welt aufzuhalten. Pidge stellte sich einen Polizisten vor, der einen Arm hob und «Halt!», rief, und er lachte und lachte. Dann malte er sich einen hohen Richter aus in seiner schönsten Perücke und mit seinem schlimmsten Gesicht, der rief: «Im Namen des Gesetzes!», und er musste noch mehr lachen. Auch Brigit lachte, weil sie dauernd versuchte, eine besonders dicke Flocke aufzufangen, bevor sie den Boden erreichte, und bei jedem zweiten Schritt bäuchlings in das üppige Weiß fiel.

Plötzlich hörten sie zum allerersten Mal den Ton eines Jagdhorns.

Pidge fuhr überrascht auf.

«Was war das?», rief Brigit, nur mäßig neugierig.

«Ich glaube, das ist ein Jagdhorn», antwortete er.

«Was jagen die denn?», fragte sie und sah Curu angstvoll an.

«Uns», sagte Curu.

«Was? Eine unglaubliche Frechheit!», sagte sie empört.

«Aber nicht, um uns zu fangen», erinnerte Pidge sie und hoffte im Stillen, dass es stimmte.

«Wir gehen jetzt lieber weiter», riet Curu. «Nein!», rief er, als sie die Lichtung überqueren wollten. «Kommt zu mir zurück, wir wollen uns am Rand halten. Die sollen sich nur tüchtig anstrengen.»

Da gingen sie zu ihm zurück, in ihre eigenen tiefen Fußspuren tretend, und dann liefen sie im Bogen um die Lichtung herum. Schon bald fand Curu eine Wildfährte, die tief in den Wald hineinführte, und mit einem forschenden Blick auf Pidge schlug er diesen Weg ein. Als die Spur sich verlor, fand er den besten Durchschlupf zu kleinen Lichtungen, und immer entdeckte er einen Weg, und jedes Mal wartete er darauf, wie Pidge entscheiden würde. Und immer noch bemerkte Pidge die vielen kleinen Kopfbewegungen und Zeichen nicht, die er wieder und wieder gab, sondern meinte einfach, er folge Curu.

Mit ihren dicken Mänteln und Stiefeln fürchteten sie das Unterholz nicht mehr. Sie waren gut geschützt und mussten nur manchmal die Köpfe senken, um nicht von zurückschnellenden Dornenzweigen im Gesicht gekratzt zu werden.

Es wurde rasch dunkel.

Immer wenn sie an eine Lichtung oder eine kleine Schneise kamen oder nur an einen Platz, wo Bäume gefällt worden waren, schauten sie hinauf und sahen den Schnee wirbeln. Alle oberen Äste lagen dick voll Schnee. In der Nähe und in der Ferne hörte man jetzt hie und da ein Rauschen, wenn der Schnee zu schwer wurde für die Äste und mit leisem Donnern zu Boden fiel. Der Erdboden unter ihnen war starr gefroren, und wenn sie auf eine feste Pfütze traten, krachte das Eis manchmal wie Zuckerstangen unter den Zähnen; dann wieder splitterte es mit einem lauten Geräusch, das so scharf war wie das Knallen einer Peitsche. Curu sagte ihnen, sie sollten den Pfützen aus dem Weg gehen, und er riet ihnen, sich an die ruhigeren Stellen zu halten, und bat Brigit, nicht durch das spröde Laub zu gehen. Das fand Brigit schade, denn wenn die Blätter so raschelten, kam es ihr vor, als stapfe sie durch knirschende Cornflakes.

Jedes Mal, wenn sie an eine neue Lichtung kamen, sahen sie, dass der Schnee wieder höher lag. Die in der Nähe stehenden Bäume sahen unter seiner Last merkwürdig mächtig aus. Pidge hatte das Gefühl, das Weiß zu seinen Füßen kippe zu ihm hoch, wenn er beim Gehen nach unten schaute. Ihm wurde etwas schwindlig davon, deshalb ließ er es bleiben.

Ein Hund bellte, und der Klang durchschnitt laut die Luft. Ein Horn wurde geblasen, und sie erschauerten. Bald darauf hörten sie in der Ferne krachende Geräusche und wussten, dass die Jäger nun auch im Wald waren.

Sie wandten sich besorgt an Curu.

«Wir haben immer noch ein gutes Stück Vorsprung», beruhigte er sie gelassen. «Der Schnee deckt alles für uns zu, sie haben es ganz und gar nicht leicht.»

«Aber ich bin schon so müde», sagte Brigit.

«Jetzt gibt's noch keine Rast», antwortete er freundlich, aber bestimmt; und sie gingen weiter, doch ihre Schritte waren nicht mehr so leicht und schnell wie zuvor.

«Ich hoffe, sie kriegen alle die Nasen voll von Schnee, wenn sie uns nachschnüffeln. Ich hoffe, sie kriegen alle einen schrecklichen Schnupfen, das ist mein Ernst», sagte Brigit.

Auch Pidge war müde. Er wusste, dass es für Brigit schlimmer sein musste, weil sie jünger und kleiner war. Die Beine waren ihm schwer und müde, und er begann sich zu fragen, ob sie genug Kraft haben würden, sich so weit zu schleppen, wie es sein musste.

Plötzlich erschollen die Hörner der Jäger im Wald; und das war erschreckend und grauenhaft, denn es schienen mehrere zu sein, und es klang, als kämen die Jäger gut voran. Wortlos eilten sie weiter; die Angst verlieh ihnen neue Kräfte.

Pidge dachte an die Kiefernpflanzung, die er für einen Wald gehalten hatte, und er erinnerte sich an den Holzfäller und seine Axt; da war er froh, dass sie jetzt keiner Täuschung unterlagen und dass sie wenigstens wussten, wo sich ihre Feinde befanden, selbst wenn er keine Ahnung hatte, was das für Jäger waren und wie viele.

Wenn wir irgendjemandem begegnen, werde ich sehr vorsichtig sein, dachte er; vor allem nach der Erfahrung mit den Leuten im Schloss Durance und dem Holzfäller. Tiere und Insekten scheinen die zu sein, denen wir am meisten vertrauen können, und das will ich nicht vergessen.

Der Boden war jetzt noch härter und holperiger. Manchmal mussten sie über Felsen klettern, um große Steine herumgehen oder gefrorene Bäche überqueren. Aber als sie, müde wie sie waren, zu einem erstarrten Wasserfall kamen, der von einer hohen Kante wie eine Eisplatte herabstürzte, vergaßen sie alle Erschöpfung und blieben stehen, um ihn zu bewundern. Brigit murmelte, er sehe aus wie die Spur einer riesigen Schnecke, aber dafür sei er eigentlich wieder zu schön.

Hinter ihnen bellte ein Hund, unmittelbar darauf ein zweiter, und dann blies ein Jäger in sein Horn.

«Zwei sind vom Weg abgekommen, und das Horn hat sie wieder zur Meute zurückgeholt», erklärte Curu.

Mit Hereinbrechen der Dunkelheit hatte sich der Wind gelegt, und die Bäume standen reglos. Jetzt blies er wieder, schüttelte die Äste und riss Schnee von den Kronen, der in wilden, wogenden Wolken herabstürzte. Diesmal kam der Wind von hinten. Curu sagte, das sei gut, weil es ihre Witterung von den Jägern wegtrage und ihm zudem zeige, wo ihre Feinde seien. Er blieb stehen und hob prüfend die Nase. Plötzlich ging ein ungläubiger und amüsierter Ausdruck über sein Gesicht.

«Ich glaube, ich rieche mein Abendessen», sagte er, und fort war er.

In einer Sekunde war er verschwunden! Alles, was sie noch von ihm sahen, war die Spitze seiner Rute, während er ins Schneegestöber huschte.

Die Kinder waren zutiefst erschrocken und überrascht. Pidge war bitter enttäuscht. Er hatte das Gefühl, Curu habe sie in dieser schwierigen Lage verlassen, nur um loszulaufen und für sich selbst etwas zu jagen. Er konnte es kaum glauben.

«Gehen wir lieber weiter», sagte er schroff.

Brigit war so überrascht, dass sie gar nicht wusste, was sie fragen sollte.

Sie stapften weiter durch den Wald.

Schließlich sagte Brigit:

«Wird er zurückkommen?»

Und Pidge antwortete:

«Ich weiß es nicht.»

Den Wind im Gesicht und fast völlig geblendet vom Schnee, bahnte sich Curu leise seinen Weg. Seine Nasenlöcher bewegten sich unaufhörlich, und er folgte der Spur, die er selbst und die Kinder hinterlassen hatten. Er machte nicht eher halt, bis er einen Platz fand, von dem aus er alles einigermaßen überblicken würde, was aus dem Schutz der umgebenden Bäume auf einer kleinen Lichtung erscheinen mochte. Er überquerte den freien Platz nicht, sondern legte sich am Rand in eine kleine Mulde zwischen zwei Felsbrocken. Er wartete. Bald schon war er ganz schneebedeckt.

Es war ein furchtbares Warten, und er fragte sich, ob er nicht nur auf seinen eigenen Tod warte. Die Jäger und die Hunde kamen näher, und das schreckliche Knacken im Unterholz wurde immer lauter. Seine Nackenhaare sträubten sich.

Plötzlich erblickte er für einen Moment den Leithund, der aus den Bäumen auf die Lichtung kam. Durch den wirbelnden Schnee sah seine Gestalt verschwommen aus und war nicht genau zu erkennen. Immer noch wartete Curu.

Im Gefolge Findewegs kamen vier andere Hunde zum Vorschein. Sie stürmten in die Schneewehen am Rand der Lichtung und versanken halb darin. Curu verhielt sich vollkommen ruhig. Der Wald schien ganz erfüllt zu sein von dem Geräusch der Pferdehufe, obwohl es in Wirklichkeit sehr gedämpft war. Und dann tauchten die beiden Reiter auf. Curu duckte sich noch flacher auf den Boden. Die beiden Gestalten, gehüllt in ihre jetzt weißen Mäntel, wirkten im Schneetreiben ebenso verschwommen wie die Hunde. Sie kauerten auf ihren Sätteln und waren nur als Umrisse zu erkennen. Seine Instinkte unterdrückend, wartete er, bis sie die Mitte der Lichtung erreicht hatten, dann sprang er aus seinem Versteck hervor, die Zähne entblößt, die bernsteinfarbenen Augen hell funkelnd.

«Ich weiß, wer ihr seid – ihr seid Ratten!», sagte er und sprang die Reiter und die Pferde an.

Augenblicklich war Bredas Zauber gebrochen, und anstelle der berittenen Jäger kauerten vier Ratten blinzelnd im hart gefrorenen Schnee.

Die Hunde standen wie versteinert da.

Wie unter einem Bann starrten sie die Ratten an; dann war ein Zähnefletschen und Knurren zu hören, und der blinde Impuls zur Jagd überfiel sie. Die Ratten waren nicht mehr unantastbar.

Mit spitzen Angstschreien stoben sie auseinander; und die Hunde hetzten ihnen nach.

Curu lachte und schlüpfte davon. Dann trabte er los, um seine Freunde einzuholen, und das war nun leichter, weil er den Weg kannte.

Die Hunde jagten die Ratten, bis sie sich in graue Staubwolken auflösten; dann nahmen sie ihre mühselige Arbeit wieder auf, verärgert und müde.

32. Kapitel

Die Kinder waren überglücklich, als Curu wieder neben ihnen auftauchte. Er keuchte, aber er schien irgendwie vergnügt zu sein.

«Ich dachte, du würdest nie mehr wiederkommen», sagte Pidge.

«Hast du dein Abendessen gekriegt?», fragte Brigit.

«Nein», sagte er, immer noch keuchend, aber seine Augen glitzerten schalkhaft.

Als sein Atem wieder ruhiger ging, berichtete er ihnen, was geschehen war, und musste sehr an sich halten, um nicht laut herauszulachen.

Pidge war bestürzt.

«Du hättest dich irren können. Du hättest umkommen können. Und wir hätten nic crfahren, was du für uns getan hast», sagte er mit bewegter Stimme.

Curu stieß ihn mit der Schulter an, verspielt und guter Laune.

«Aber es ist nichts passiert – das siehst du ja!», sagte er.

«Du hattest trotzdem Glück, dass die Hunde nicht dich, sondern die Ratten gejagt haben», beharrte Pidge.

«Ich muss bei meinem Leben öfter als einmal Glück haben», antwortete Curu munter, und sie gingen weiter.

Nach einer Weile legte sich der Wind vollständig, und es hörte auf zu schneien. Als sie nach langer Zeit den Wald endlich verließen, war es ganz dunkel geworden.

Die Nacht war ruhig und still und voller Schweigen. Es war

zauberhaft schön. Überall lag hoher Schnee, gefroren und glitzernd. Die Sterne standen tief am Himmel; sie sahen unwirklich groß aus, und auch sie glitzerten. Der Mond war ein großer, schimmernder Gong am Himmel; er hing in einer Schale von Licht und war wunderbar in seinem starken Glanz.

Sie standen da und weideten sich an dem Anblick.

«Er sieht aus wie ein riesiges, weiches Kaubonbon», hauchte Brigit in tiefer Bewunderung.

Als sie durch den Schnee stapften, der am Waldrand angeweht worden war, versanken sie bei jedem Schritt; aber auf den freien Flächen, wo er gefroren war, trug der Schnee sie leicht, nur Curu nicht. Eine Weile ging alles gut, und sie ließen ihre Blicke über die Erde und den Himmel schweifen, ganz erfüllt von großer Freude und dem Gefühl, dass all das ihnen gehöre.

Aber bald schon kam der Wind wieder und stöberte sie auf. Auch wenn das kaum möglich schien, war er noch grausiger als zuvor. Augenblicklich begannen wieder Schneeflocken herabzuwirbeln und zu tanzen.

«Na gut, dann kriechen wir also weiter», sagte Curu.

Pidge sah wohl, dass sogar der Fuchs müde war. Bei jedem Schritt sank er bis zu den Hüften ein. Er ließ den Kopf hängen und keuchte leise. Inzwischen war er über und über mit Schnee bedeckt, und Pidge kam in den Sinn, dass sie wohl kaum für irgendjemanden sichtbar wären, weil sie alle so weiß gekleidet waren.

Jetzt riss der Wind ihre Mäntel auf und sauste um ihre nackten Knie, die schon bald taub waren vor Kälte. Eisnadeln stachen Curu in die Nase.

Sie schleppten sich weiter und stemmten sich gegen den Wind. Aus weiter Ferne war schwach das Bellen der Hunde zu hören.

«Sie sind ganz zerstreut und kommen auch nicht besser voran als wir; ich hoffe, das ermutigt euch», sagte Curu.

Der Wind trieb ihnen Tränen in die Augen und zwickte ihre Gesichter.

«Ich bin so müde», sagte Brigit schwach. «Wäre es nicht schön, ein Schneebett zu bauen und eine Weile auszuruhen?»

«Das können wir nicht wagen, Brigit. Wir müssen uns so weit von den Hunden entfernen, wie wir können», antwortete Pidge voller Mitleid.

Er wusste jetzt nicht mehr, ob er überhaupt noch Beine hatte. Er hatte ein taubes Gefühl in den Gliedern und bewegte sich wie mechanisch. Er lauschte auf das Knirschen des Schnees unter seinen Stiefeln. Daran merkte er wenigstens, dass er überhaupt noch ging.

«Ich kann nicht mehr», sagte Brigit mit einem Stöhnen. «Ich muss mich hinlegen, sonst sterbe ich.»

«Wenn du dich hinlegst, stirbst du wirklich. Du bist zu jung, um das zu wissen, aber es ist wahr. Schnee ist nicht so sanft, wie er aussieht, er kann töten», sagte Curu bestimmt.

«Es ist mir gleich», weinte sie, und ihre Knie wurden so weich, dass sie zusammensackte.

«Komm! Du musst weitergehen, koste es, was es wolle. Beweg dich! Zwing dich, einen Fuß vor den anderen zu setzen! Geh weiter!», schrie Curu.

Pidge stolperte zu Brigit hin, um sie am Arm zu packen und weiterzuziehen. Er wünschte selbst mehr als alles in der Welt, sich hinlegen zu können, aber er wusste, dass Curu recht hatte.

Plötzlich ragte vor ihnen eine große Gestalt auf. Durch den fallenden Schnee war es unmöglich gewesen zu sehen, wohin sie gingen, und sie hatten in der großen, jedes Geräusch verschluckenden, natürlichen Stille nicht gehört, dass sich ihnen etwas näherte.

Sie blieben abrupt stehen und strengten ihre Augen an, um es zu erkennen.

Es war der Große Elch.

33. Kapitel

Er stand reglos im wirbelnden Weiß, ein lebendiges Bild von Würde und Kraft.

Sie sahen ihn freudig an, als er ihnen seinen schweren Kopf zuwandte; und auch er wurde schon weiß vom Schnee.

«Ich werde euch helfen», sagte er.

Augenblicklich fühlte sich Pidge getröstet. Der Elch wandte sich an Curu.

«Es ist schlimm, gejagt zu werden, nicht wahr, kleiner roter Hund?»

«O danke, Großer Elch», sagte Brigit. «Hab vielen Dank.»

Langsam und vorsichtig beugte der Elch seine Vorderbeine und kniete nieder.

«Du bist immer noch zu hoch», sagte Pidge.

Das riesige Tier beugte auch die Hinterbeine und legte sich auf die Seite.

«Steigt herauf und haltet euch fest. Du auch, kleiner roter Hund.»

Pidge half Brigit hinaufzuklettern, und als sie oben war, setzte er sich vor sie, um sie vor dem heftigen Wind schützen zu können.

«Es geht nicht», rief Curu. «Ich kann ohne Stütze nicht klettern, weil ich Pfoten habe und nicht Hände und Füße.»

«Wenn du nicht heraufkommst, wirst du nie mit uns Schritt halten können und musst zurückbleiben», rief Pidge verzweifelt.

«Dann muss ich euch eben nachlaufen», sagte Curu resigniert.

«Nein!», schrie Pidge. «Wir lassen dich jetzt nicht zurück. Du wirst uns sonst nie wieder finden.»

«Du musst einfach mit uns kommen, sonst ist es ungerecht!», rief Brigit, den Tränen nahe.

«Ich helf' dir herauf – warte einen Augenblick», sagte Pidge und glitt zurück in den Schnee.

Er packte Curu an dem dichten Haar, das in seinem Genick wuchs, und mit angespanntem Gesicht schob und zog er ihn, so gut er konnte, auf den Elch hinauf und hoffte dabei, keinem der beiden Tiere wehzutun. Mit dieser Unterstützung und mit ruckweisen Bewegungen gelang es Curu, fast bis an die Schulter des Elchs zu gelangen, wo er ausgestreckt liegenblieb.

Bevor Pidge selbst wieder hinaufkletterte, stemmte er sich gegen den Wind und kämpfte sich durch den Schnee, bis er zum Kopf des Elches hinaufspähen konnte.

Er strengte seine Augen an, um durch die blendenden Schneeflocken hindurchschauen zu können, und flüsterte:

«Könntest du uns bitte zu den Bergen bringen?»

Der Elch schwieg und gab nicht zu erkennen, ob er etwas gehört hatte.

Einen Augenblick stand Pidge im Schneetreiben und fragte sich, ob er es wagen solle, seine Bitte lauter zu wiederholen. Aber da meinte er, Brigit jammern zu hören und wandte sich wieder zurück.

Er klammerte sich fest und kletterte, bis er zwischen Brigit und dem Fuchs saß. Und dann richtete sich der Elch Stück um Stück auf, während sie durch ebenso vorsichtiges Hin- und Herrücken versuchten, sich auf der Mitte seines Rückens zurechtzusetzen und einen guten Halt zu finden, bis er schließlich ganz aufgerichtet war.

Jetzt zog Pidge seine Handschuhe aus und gab sie Brigit zum Halten. Während der Elch wartete, tastete er in seiner Tasche nach den zerdrückten Knäueln aus Spinnwebfäden. Er richtete sich auf den Knien auf und legte die Schnüre mehrmals um Brigits Leib, um sie so gut wie möglich festzubinden.

Zuerst befestigte er eine Schnur an der Hüfte des Elchs, indem er sie anklebte, wie Mawleogs es getan hatte, und er wiederholte diese Befestigung so oft es nötig schien, auch wenn seine Hände dabei vor Kälte schmerzten. Als er Brigit gesichert wusste, setzte er sich wieder auf seinen Platz und band auch sich selbst und Curu fest. Zügel legte er nicht an. Endlich hatte er das Gefühl, so gut wie nur irgend möglich vorbereitet zu sein, und er ließ sich seine Handschuhe von Brigit geben und zog sie mit großer Mühe über seine nun völlig erstarrten Hände.

Und dann begann der Elch seine Reise.

Bald schon ging es in rascher Geschwindigkeit dahin, und der Elch galoppierte so weich er konnte, um sie nicht abzuschütteln. Der Wind schlug ihnen ins Gesicht. Eiskristalle setzten sich rund um ihre Augen fest. Aber jetzt war alles viel leichter. Sie mussten sich nicht mehr mühselig durch den Schnee schleppen, sondern nur noch aufpassen, dass sie nicht herunterfielen, und die Kälte aushalten.

Hin und wieder stellte sich Pidge vor, er reite und lenke ein Pferd, und dann presste er ein Knie gegen die Seite des Elchs und bildete sich ein, er gehorche ihm.

Obwohl er der Verschnürung traute, hielt er sich mit seinen behandschuhten Händen, die Arme ausgestreckt, am Elch fest. Curu lag zitternd in seiner Wiege, und bald schon taten Pidge die Muskeln von der Anstrengung weh. Er machte sich Sorgen um Brigit hinter sich. Sie umklammerte zwar mit ihren Armen seine Taille, aber er fürchtete, sie könne herabfallen, ohne dass er es merkte. Doch als sie ihren Kopf mit der Wange an seinen Rücken lehnte, spürte er ihr Gewicht und war beruhigt.

Manchmal während des Ritts kam Pidge der Gedanke, es ginge für immer so weiter. Sie bewegten sich unaufhörlich durch den Schneesturm, immer dieselben weißen Wände zu beiden Seiten, und sie schienen nie irgendwo anzukommen.

Urplötzlich hörte es zu schneien auf, und man konnte wirklich etwas sehen. Pidge stockte der Atem vor Staunen, nicht nur über die Schönheit der Schneelandschaft, sondern weil in einiger Entfernung vor ihnen ein Licht in der mondhellen Nacht schimmerte.

Was mochte das sein?

Es schien ganz natürlich, dass der Elch auf das Licht zustrebte. Das geduldige Tier verlangsamte seinen Lauf und schritt ruhig dahin. Nach einer Weile erreichten sie den Ort, an dem das Licht in der kalten Nachtluft glitzerte. Es war eine Laterne, die in einem Baum hing und im Wind hin- und herschaukelte.

Was bedeutet das ... ist das eine Falle ... warum sollte jemand eine Laterne in einen Baum hängen, wenn nicht als Lichtzeichen ... oder soll es uns anlocken? Pidges Gedanken sprangen umher, ganz verwirrt von dieser Erscheinung.

Er versuchte, in das Licht zu starren, um festzustellen, ob die Laterne Spuren von Gold trug, aber seine Augen waren zu müde für diese Anstrengung.

«Das ist ein guter Platz», sagte der Große Elch. Und der benommene Pidge spürte erleichtert, wie ihm die Verantwortung der Entscheidung abgenommen war.

Wieder ließ sich der Elch zu Boden gleiten; aber das Herunterkommen war auch dadurch nicht einfacher, denn sie waren trotz ihrer Mäntel schrecklich steif gefroren, und jedes Gelenk, jeder Muskel, jeder Knochen tat unerträglich weh. Der Elch hielt ganz still, bis sie schließlich mit Mühe neben ihm zu stehen kamen.

«Schau!», rief Brigit. «Rauch!»

Es stimmte.

Ein kleines Stück vor ihnen hatte der Schnee einen langen, flachen Grat gebildet. Aus einem Hügel in der Mitte des Grats stieg eine dünne Rauchfahne auf. Plötzlich wurde ihnen klar, dass da ein Haus war. Es stand offensichtlich in einer Senke, sonst hätte das Dach nicht so niedrig sein können. Das ganze Haus war vollständig von Schnee bedeckt.

Sofort begann der Elch in unglaublicher Schnelligkeit mit den Vorderhufen zu graben. Schneewolken flogen nach hinten und nach oben und landeten mit dumpfem Plumpsen unter dem Baum.

Während der Elch weitergrub, sah sich Pidge die nähere Umgebung an und war sehr überrascht, dass sie nun doch schon in den Bergen waren und sich in einem Tal befanden. Es war ein breites Tal, durch das sie ganz hindurchgeritten waren, und jetzt wurde ihm auch klar, warum sie immer von weißen Flächen begleitet worden waren, denn die Berge zu beiden Seiten waren ganz schneebedeckt.

Er schaute wieder dem Elch zu. Offenbar verfügte er über unglaubliche Kräfte. Nun hatte er sie schon Meile um Meile auf seinem Rücken getragen, als wären sie leicht wie Strohhalme, und doch ging sein Atem auch jetzt, wo er nach Kräften grub, gleichmäßig und mühelos.

Als der Schnee aus der Senke vor dem Haus weggeräumt war, fielen dicke Klumpen von den Wänden zu Boden. Ein kleines erleuchtetes Fenster erschien, aber sie konnten nicht hindurchsehen, weil es nicht aus Glas war. Es schien aus dünnem, honigfarbenem Horn zu bestehen.

Eine dicke Schneeschicht fiel von der Kante des strohgedeckten Daches und ließ ein Schild zum Vorschein kommen. Darauf stand:

HAUS ZUM HALBEN WEG
Inh. Sonny Earley

Und da war auch eine Tür.

«Ich werde euch jetzt verlassen», sagte der Elch, und bevor sie richtig merkten, was geschah, hatte er einen Satz aus der Senke gemacht und war nicht mehr zu sehen. Es fiel wieder Schnee, aber sie konnten ihn davongaloppieren hören. Sie hatten ihm nicht einmal danken können für alles, was er für sie getan hatte.

Pidge las das Schild und dachte wieder, dass er Schilder eigentlich nicht mochte. Bis jetzt hatten alle, die ihnen begegnet waren, zu etwas Falschem geführt. Noch während er das dachte, flackerte die Laterne und verlosch. Pidge erschrak. War es möglich, dass der Elch sie doch an einen unguten Ort gebracht hatte? Das würde er ganz sicher nicht tun ... es sei denn, dachte Pidge mit einem Angstschauer, es sei denn, er war nicht derselbe Elch. Und wie hätte er da sicher sein können bei dem dichten Schnee?

Er sah zur Tür hin. Wir müssen wohl oder übel hineingehen, um uns aufzuwärmen, entschied er.

Er klopfte und legte all seinen Mut in die geschlossene Faust.

«Kommt herein! Kommt herein!», rief eine Stimme von drinnen.

Pidge öffnete die Tür.

Das Erste, was er erblickte, war ein riesiger Kamin, in dem ein üppiges Feuer aus Torf und schweren Scheiten lodernd brannte. Auf einem kleinen Hocker am Feuer saß ein altes Männlein.

«Gut so. Kommt nur herein. Macht die Tür zu, sonst wird es kalt», sagte es zur Begrüßung und griff nach ein paar dürren Stechginsterzweigen, die es in die Flammen warf. Sie knisterten und ließen lustige Funken in den Kamin stieben.

Er sieht aus wie ein Zwerg, dachte Pidge.

34. Kapitel

Seid willkommen! Willkommen im Haus zum halben Weg, und ich bin Sonny Earley! Hier gibt's immer ein Lächeln und einen schönen guten Tag!» Er sprang hurtig wie eine Ziege von seinem Schemel auf und kam mit freundschaftlich ausgebreiteten Armen auf sie zu.

Aber Pidge dachte: Diesmal werde ich vorsichtig sein und ihm nicht zu schnell trauen.

«Kommt, ich bringe die Kleine ans Feuer – ihr müsst ja halb tot sein vor Kälte», sagte das Männlein freundlich.

Es legte seinen Arm um Brigit und führte sie zum Kamin, wo es ihr aus dem Mantel und den Stiefeln half. Es zog einen kleinen plüschbezogenen Lehnstuhl ans Feuer und half ihr, sich hineinzusetzen.

Nun holte es einen anderen Stuhl für Pidge herbei und nahm ein dickes Schaffell aus einem Kämmerchen, das es für Curu auf die Kaminplatte legte. Ohne das geringste Zögern ging Curu hinüber und streckte sich vor dem lodernden Feuer aus.

«Ich habe ein Gefühl in den Kniescheiben, als wären sie aus Beton», flüsterte Brigit und schauderte.

«Natürlich tun sie das, mein armes Kind», stimmte Sonny Earley zu, und sein kleiner Adamsapfel hüpfte vor Mitgefühl auf und nieder wie ein schnelles Jo-Jo.

Er verschwand irgendwohin und war im Handumdrehen mit einigen weichen Decken auf dem Arm zurück. Er sah zu Pidge hinüber, der immer noch unter der Tür stand und sehnsüchtig ins Feuer blickte, als könne er nicht genug davon bekommen.

«Du tropfst wie ein Häuflein nasser Seetang. Zieh den Mantel aus und komm zum Feuer, damit du auftaust», sagte Sonny aufmunternd.

Pidge trat an das wärmende Feuer, zog die Stiefel und den Mantel aus und nahm die Decke, die ihm gereicht wurde. Dankbar wickelte er sich hinein und setzte sich, während Sonny Brigit aufstehen ließ, damit er sie gut einwickeln und in den Stuhl zurückverfrachten konnte.

«Jetzt macht es euch gemütlich, ich werde etwas zu essen holen», sagte das freundliche Männlein und zog hinter dem Feuer einen großen eisernen Topf hervor, der an einem eisernen Haken hing. Sekunden später hatten Brigit und Pidge Schalen voll dampfend heißer Hühnerbrühe vor sich, auf der das Fett wie tausend goldene Sonnen schwamm. Zwei dicke Stücke warmes Brot, auf dem die sahnige, hausgemachte Butter schon schmolz, erschienen auf kleinen blauen Tellern auf ihrem Schoß. Curu schlapperte schon seine Schale heißer Brühe, in die Brot gebrockt war. Schlapp-schlapp, schlapp-schlapp machte er – genau wie unser Hund Sally, aber sie ist nicht mehr unser Hund, sie ist fort, dachte Pidge traurig.

Sonny saß auf seinem Hocker zwischen den beiden Stühlen und half Brigit die Suppe zu essen. Er fütterte sie, was ihr nicht das Geringste ausmachte. Zum Schluss konnte sie selbst essen, denn ihr war jetzt warm, und ihre Wangen hatten die Farbe reifer Beeren. Pidge spürte an der Haut in seinem eigenen Gesicht, dass auch seine Backen glühten.

Auf einem Regal stand ein Körbchen voller Wiesenpilze, und Sonny legte ein paar davon zum Braten auf einen heißen Stein und streute etwas Salz auf die zarten, samtigen Lamellen.

«Nur ein Resteessen», sagte er immer wieder.

Pidge sah sich verstohlen in dem Raum um und fand ihn im Schein des Feuers sehr gemütlich. Da war ein Geschirrschrank, in dem sich funkelnde Teller und Becher stapelten, auf einem der Wandborde stand ein blauer Krug mit Rosen und Narzissen, und auf einem tieferen Bord entdeckte er einen runden grünen Topf voller Primeln. Hier sind alle Jahreszeiten durcheinandergemischt, dachte Pidge, als er die Blumen und die brutzelnden Pilze betrachtete in dem Bewusstsein, dass draußen Winter herrschte.

«Die kommen aus einem See in der Nähe», sagte Sonny und steckte ein paar hell gepunktete Forellen auf einen eisernen Bratspieß. Er befestigte den Spieß im hinteren Teil des Kamins, wo das Feuer lebhaft glühte, ohne zu rauchen.

«Das gibt ein bunt zusammengewürfeltes Abendessen», sagte er. «Ich habe einfach verwendet, was gerade zur Hand war.»

«Macht nichts – ich würde sogar Leder essen», sagte Brigit, und es klang sehr zufrieden.

«Aber den solltest du lieber nicht essen», scherzte Sonny munter, während er ihr eine Art ledernen Trinkbecher reichte.

Er füllte ihn mit einer glutroten Flüssigkeit, die er aus einer Lederflasche goss.

«Hier ist alles hübsch», sagte Brigit.

«Da bin ich aber froh, dass du das findest», antwortete Sonny mit zufriedener Miene.

Er füllte einen Becher mit dem Getränk für Pidge, und für sich selbst goss er es in ein Trinkhorn, das mit Silberfiligran überzogen war. Als Brigit es bewunderte, erzählte er, dass er es auf einem Jahrmarkt gewonnen habe.

Sie kosteten das Getränk, und es war, als hätte man Kirschen und schwarze Johannisbeeren und Erdbeeren zugleich im Mund.

«Dir würde das nicht schmecken, Curu», sagte Sonny.

«Sie kennen ja seinen Namen», bemerkte Pidge leise.

«Ich hab' mich schon gefragt, wann du mal etwas sagen würdest», lachte Sonny. «Aber du hast recht, wenn du misstrauisch bist. Freunde haben mir gesagt, dass ihr kommen würdet. Seit Langem wusste ich, wie andere auch, von euch und eurer Reise. Und heute bekam ich die Nachricht, dass ihr sicher eintreffen würdet.»

«Welche Freunde haben Ihnen das gesagt?»

«Gestern Nacht kam ein junger Merlinfalke und rief mich aus dem Schlaf. ‹Sie sind noch unterwegs, und sie haben einen schrecklichen Abgrund überquert›, sagte er. Und um Mittag kam eine Drossel an meine Tür. ‹Ich bring dir Nachricht›, sagte sie. ‹Sie sind immer noch auf dem Weg. Grüße von einem namens Nadelnase.› Und später am Tag kam heute eine weiße Eule durch den Schnee geflogen, die an mein Fensterbrett klopfte, um mich herbeizurufen. ‹Sie sind immer noch unterwegs in Begleitung von einem, der Cú Rua heißt und den seine Freunde Curu nennen; und sie betreten dein Land›, sagte sie. Da habe ich alles für euch hergerichtet, wie ihr seht.»

Es trat eine Pause ein, in der Sonny die Forellen vom Feuer nahm, Pidge und Brigit je eine auf kleinen gelben Tellern reichte und eine für Curu in eine Schale legte, die er auf den Boden stellte.

«Gebt auf die Gräten acht», sagte er.

«Das mit Nadelnase war ein bisschen seltsam», sagte Pidge nach einer Weile.

«Was denn?», fragte Sonny, während er die gebratenen Pilze auf die beiden gelben Teller verteilte.

«Er wollte uns nicht sagen, in welche Richtung wir gehen sollten, nicht wahr, Brigit?»

«Ja. Er sagte, er könnte es nicht.»

«Na ja, da hat er nichts anderes als die Wahrheit gesagt – passt auf, dass ihr euch nicht die Zunge verbrennt, die Pilze sind heiß.»

«Aber andere haben uns immer wieder den Weg gezeigt», erklärte Pidge. «Wenn ich Nadelnase das gesagt hätte, dann hätte er uns vielleicht einen Weg zeigen können.»

«Man hat euch nie den Weg gezeigt.»

«O doch! Sie können das nicht verstehen, weil Sie nicht wissen, was alles passiert ist», beharrte Pidge höflich.

«Ich weiß haargenau, was passiert ist. Ich weiß, dass Serena euch in Shancreg durch die Steine geführt hat …», begann Sonny.

«Aber das meine ich ja. Genau das habe ich sagen wollen», warf Pidge ein und nickte heftig.

«Serena ist die Hüterin dieser Pforte, und sie führte euch hinein. Sie hat euch nur in diese Welt geleitet. Die Kerzen sind immer da, um gute Freunde willkommen zu heißen, aber auch einfach, weil sie schön sind. Und es wurde angenommen, dass vor allem Brigit sie mögen würde.»

«O ja, ich mochte sie. Sie waren prachtvoll», sagte sie. Sie hielt einen Pilz in der Hand, den sie sich in den Mund steckte, und kuschelte sich in ihre Decke, als lausche sie einer Gutenachtgeschichte.

«Dann habt ihr drei Gewässer mit Cathbad, dem Druiden, überquert; erst über die Brücke, dann über eine andere zurück, und dann seid ihr über den See gefahren. Das hatte zwei Gründe.»

«Welche denn?», fragte Pidge.

«Drei Wasser zu überqueren ist einer von Cathbads Glückszaubern, denn das Glück ist etwas von den Göttern Unabhängiges und liegt in niemandes Hand; aber man kann es anziehen. Abgesehen davon habt ihr eure Reise erst wirklich begonnen, als eure Füße das Land jenseits des Sees betraten; denn man kann sich nicht auf solch eine bedeutungsvolle Reise begeben, ohne zuerst ein Wasser überquert zu haben. Wasser ist eines der großen Elemente der Reinheit, und das andere ist Feuer – aber es ist einfacher, Wasser zu überqueren als Feuer, deshalb hat Cathbad diesen Weg mit euch genommen.»

«Und was ist mit den Wildgänsen, die über das Feld der Sieben Maines flogen – haben die uns eine Richtung gezeigt?», fragte Pidge.

«Nein. Was sie euch gaben, war der Mut zum Aufbruch, weil ihr *glaubtet*, man hätte euch den Weg gezeigt. Es kann sein, dass ihr beim Aufblicken ein oder zwei Flügelschläge vorausgeschaut habt. Wenn das so war, habt ihr ihnen die Richtung angegeben, versteht ihr? Aber es wäre für euch nicht gut gewesen, diese Dinge schon am Anfang zu wissen. Da war alles neu für euch, alles war auf seine Art erschreckend. Und hättet ihr gewusst, wie viel auf euren Schultern lag, dann hättet ihr euch vielleicht nicht getraut weiterzugehen. Auf diese Weise gaben sie euch also nicht die Richtung an, wie es euch schien, aber sie machten euch Mut.»

«Ach so», sagte Pidge verwundert. «Was war denn mit den weißen Vögeln und dem Drachen, können Sie uns das sagen?»

«Der Drachen hat mir so gut gefallen, aber er ist weggeflogen», murmelte Brigit ein wenig murrend.

«Da hatten euch die Hunde eingeholt, und ihr wart voller Entsetzen», sagte Sonny.

«Das kann man ihnen nicht verdenken», sagte Curu und hob verschlafen den Kopf von den Pfoten.

«Der Drachen trug euch empor, und die Vögel verbargen euch vor den Blicken der Hunde, und dann wurdet ihr wieder abgesetzt. Das verwirrte die Hunde, und ihr konntet neu anfangen – denn man wusste immer, wo man euch auch hinbringen würde, ihr würdet euren Weg schon wiederfinden. Und es zeigte euch auch, dass ihr mächtige Hilfe hattet, und das zu wissen stärkte euch innerlich.»

«Und dann waren da Finn und Daire und das Verborgene Tal», erinnerte ihn Pidge.

«Ja, eigentlich ist alles ganz einfach. Wie alle anderen waren auch sie vorbereitet und wussten, dass ihr euch auf dem Weg befandet. Sie gingen hinaus und begaben sich auf die Wanderschaft, falls ihr zufällig ihr Land betreten und unter ihren Schutz kommen würdet. Wie für mich, war es auch für sie eine Ehre, als ihr kamt», antwortete Sonny, und er lächelte höchst vergnügt.

«Wir sahen zwei Wildgänse, kurz bevor wir mit ihnen gingen», sagte Pidge.

«Ja, aber was sie euch sagten, war eigentlich: Habt keine Angst, mit Finn und Daire zu gehen, denn sie sind Freunde, und ihr seid in ihrem Land. In dem Tal versteckten sie euch eine Weile vor den Hunden und gaben euch zu essen.»

«Es war so schön in diesem Tal», sagte Brigit.

«Und was war mit Hannah, die die ganze Zeit wusch? Und warum rannte sie meilenweit und trug uns dabei auf den Armen?», fragte Pidge, obwohl er das Gefühl hatte, die Antwort bereits zu wissen.

Sonnys Augen zwinkerten verschmitzt.

«Sie hat eure Fährte unterbrochen und trug euch viele Meilen weiter, um euch zu einem neuen Anfang zu verhelfen. Keiner hat je gesagt: ‹Geht dahin› oder ‹Geht dorthin›, nachdem ihr den See überquert hattet. Ihr seid immer eurer eigenen Eingebung gefolgt», sagte er.

«Und wenn wir den Weg überhaupt auf der anderen Seite des Sees gegangen wären und nicht auf dieser – was wäre dann geschehen?»

«Nun, dann hättet ihr ihn noch mal überquert, ihr hättet es schon gespürt. Versteht ihr jetzt?»

«Ja, außer das mit den Nüssen. Wie kommt es, dass alles, was wir brauchten, schon drin war, wenn doch niemand wusste, in welche Richtung wir gehen würden?»

«Das ist am allerleichtesten zu erklären», antwortete Sonny. «Die Nüsse sind alle leer, bis euer Wunsch bekannt ist. Du kannst gleich mal eine zerbrechen, wenn du willst, und selbst nachsehen.»

«Ach, das könnte ich nie», rief Pidge entsetzt. «Wir brauchen sie vielleicht alle. Wissen Sie, was als Nächstes passiert, wenn wir von hier weggehen?»

«Das weiß ich überhaupt nicht», sagte Sonny.

«Noch eines. Curu hat uns doch den Weg durch den Wald gezeigt, stimmt das nicht?», sagte Pidge, zum Fuchs gewandt.

«Natürlich nicht», antwortete Curu, und es klang sehr überrascht. «Es ist euer Weg, deiner und Brigits. Ich war plötzlich an einem seltsamen Ort, und ich ging mit euch, um euch Gesellschaft zu leisten, erinnerst du dich? Und es machte mir Vergnügen zu wissen, dass ich ein paar Hunde zappeln lassen konnte, ohne in Gefahr zu geraten! Ich bin der Kundschafter, aber ihr seid die Anführer. Ich wies euch die einfachsten Wege und zeigte euch, wie ihr die Hunde überlisten konntet, aber es war immer eure freie Entscheidung.»

«Ach so. Und dieses Haus zum halben Weg – ist das die Hälfte unserer Reise oder vielleicht die Hälfte des Heimwegs?», wollte Pidge wissen.

«Es ist die Hälfte des Wegs, der zu vielen Orten führt, aber niemand weiß wirklich, wohin ihr geht, außer dass ihr morgen am Ende dieses Tales entweder, über den Einmannpass wandern oder den Weg wieder zurückgehen müsst, den ihr gekommen seid. Von hier aus gibt es nur diese beiden Wege, es sei denn, ihr geht über die Berge.»

«Ich geh' nicht über irgendwelche ollen Berge! Warum heißt er Einmannpass?», fragte Brigit.

«Weil es ein schmaler Weg ist. Nicht so schmal wie der Weg ins Verborgene Tal, aber auch ganz schön schmal.»

«Sind wir überhaupt noch in Irland?», fragte sie.

«Ja, das seid ihr.»

«Aber Sie haben doch gesagt, wir wären in dieser Welt. Was für eine Welt ist das?»

«Ihr seid in Irland, aber ihr seid auch im Elfenreich. Hier ist es gleich und doch nicht gleich. Manche Menschen nennen es die Anderswelt, und manche sagen Tír-na-nÓg, die junge Welt. Ihr hättet nicht verstanden, was Curu zu euch sagte, wenn ihr nur in Irland gewesen wärt. Weißt du, was ich meine?»

«Irgendwie schon», sagte sie und legte die Stirn in Falten, um besser nachdenken zu können.

«Aber wir waren bloß in Irland, als ein Frosch mit uns redete, oder?», fragte Pidge zweifelnd, während er sich immer noch bemühte, all das zu verstehen.

«Puddeneen!», sagte Brigit. «Er hieß Puddeneen Whelan.»

«Stimmt. Aber schon da wart ihr mit Elementen aus dieser Welt in Berührung gekommen. Ihr hattet schon zuvor eine Menge seltsamer Dinge bemerkt, nicht wahr?»

«Ja», stimmte Pidge zu.

«Unsere Grenzen bestehen aus Nebelschleiern und Träumen und zarten Wassern, und die Schwellen werden von Zeit zu Zeit überschritten. Deshalb habt ihr auch den Frosch verstanden, denn da hatte sich beides schon durchdrungen, versteht ihr?»

«Sind wir wirklich in Tír-na-nÓg? Sind diese Berge die Twelve Pins?», fragte Pidge.

«Sie sind die Twelve Pins im Elfenreich, ja.»

«Das ist alles ein bisschen verrückt», sagte Brigit.

«Habt ihr nicht schon mal jemanden gesehen, der wie verloren mitten in einer Menschenmenge zu stehen scheint?», fragte Sonny.

«Ja», sagte Pidge.

«Nein.» Brigit runzelte die Stirn.

«Nun ja, er ist vielleicht im Elfenreich. Habt ihr schon mal von jemand gehört, der stehenbleibt, um dem Kuckucksruf zu lauschen, und derjenige, der dabei ist, hört überhaupt nichts und meint, sein Freund bilde es sich nur ein?»

«Ja», sagte Pidge.

Brigit nickte zögernd.

«Oder ein Mädchen schaut in einen Fluss und ruft: ‹Guck! Da ist ein Fisch!›, und ihre Freundin sagt: ‹Wo denn? Ich sehe ihn nicht!›»

«O ja!», stimmte Brigit zu.

«Die beiden Welten gehen Hand in Hand. Wie ihr vom Gang durch die Steine wisst, könntet ihr über ein Feld gehen, und ein paar Schritte weiter rechts wärt ihr schon in dieser Welt.»

Sie hatten alles aufgegessen, die köstlichen, saftigen Pilze und die zarten Forellen, das warme Butterbrot und die wohltuende Brühe. Curu hatte den Rest seines Riesenhungers mit ein paar gebratenen Kaninchen gestillt, die Sonny aus einem Topf hervorgezaubert hatte.

Die Müdigkeit übermannte sie, während sie, in die weichen Decken gehüllt, vor dem herrlichen Feuer saßen.

«Zeit fürs Bett», sagte Sonny, und er hob Brigit auf seine Arme und führte Pidge und Curu durch eine verborgene Tür in der holzgetäfelten Wand unter der niedrigen Treppe, die zum Dachboden führte. Die Tür hatte sich geöffnet, als er eine versteckte Feder berührte.

«Eine Geheimkammer!», sagte Brigit schläfrig.

Dankbar ließen sie sich auf die kleinen Holzbetten sinken, die schon gemütlich und warm waren von den mit heißem Wasser gefüllten Steingutflaschen. Auch für Curu war ein Lager hergerichtet.

Alle drei fielen augenblicklich in tiefen Schlaf.

Sonny deckte sie mit Steppdecken zu, die mit Gänsefedern gefüllt waren, schlich sich auf Zehenspitzen aus der Kammer und schloss die Tür. Dann machte er sich rasch an die Arbeit.

Zuerst zerdrückte er eine Menge Knoblauchzehen zu einer Paste, mit der er die ganze Wand bestrich, die die Tür verbarg. Ein fürchterlicher Geruch verbreitete sich. Dann ging er in die Vorratskammer, aus der er nacheinander drei große Fässer über den Küchenboden rollte, bis unter die Treppe, wo er sie in einer Reihe aufstellte. Auf die Fässer stapelte er Säcke voller Haferkörner und Mehl, und an Nägel und Haken in der Holzvertäfelung hängte er Knoblauchzöpfe, Zwiebelgirlanden und Kräuterbüschel. Eine Gruppe von Spinnen kam aus ihren Winkeln und begann, zwischen all dem Netze zu spannen. Niemand wäre auf den Gedanken gekommen, dass sich dahinter etwas verbarg. Es sah einfach aus wie eine Vorratsnische.

Jetzt hob Sonny die verstreuten Kleider der Kinder auf, schob die Steinplatte vor dem Kamin beiseite und verbarg die Sachen in einem tiefen Loch. Er legte die Platte wieder darauf, schleifte einen Sack voll toter Kaninchen über den ganzen Küchenboden und vergaß nicht, ihre Witterung auch auf den beiden kleinen Stühlen und dem Schaffell zu hinterlassen. Er streute eine kleine Schaufel voll Asche über die Spinnennetze, und nachdem er den Spinnen gedankt und sich versichert hatte, dass sie alle in ihren Verstecken waren, blies er die Asche über alles, was unter der Treppe stand, sodass es aussah, als seien die Spinnweben schon Jahre alt und die staubigen Fässer und Säcke seit ewigen

Zeiten nicht mehr angerührt worden. Zuletzt spülte er alle gebrauchten Teller, und dann setzte er sich ans Feuer und wartete.

Alle Spuren von den Kindern und dem Fuchs waren verschwunden.

Mitten in der Nacht stahl sich etwas in Pidges Schlaf.

Geräusche.

Das Geräusch von Tritten im Schnee; von Leuten, die ins Haus kamen. Er hörte sie fragen und Sonnys Stimme antworten. Das Einzige, was er tun konnte, war, aufzustehen und an einem Spalt in der Holztäfelung zu lauschen. Er stand reglos da, aber trotzdem hörte er nur hie und da einen Fetzen des Gesprächs.

«Wir sind eine Touristengruppe ...»

«Winterurlaub ... Wanderung ...»

«... möchten etwas essen ... Übernachtung ...»

«Ich werde sehen, was sich machen lässt ...» Pidge erkannte Sonnys Stimme.

«... sonst noch jemand da?»

Und dann Sonnys Stimme, diesmal deutlich zu hören:

«Nein. Das Haus ist leer. Liegt wohl an dem schlechten Wetter.»

Dann:

«Fleisch! Brauchen viel rohes Fleisch!»

«Es gibt nur Haferbrei und Milch.»

«Brei!»

«... schon wieder Brei!»

Pidge konnte fast sehen, wie die Nasenlöcher bebten und die Lippen aufgeworfen wurden. Auch wenn sie jetzt wie Menschen aussehen mochten, er wusste, es waren die Hunde.

Wider alle Vernunft fühlte er sich sicher, obwohl sie so nahe waren. Er stieg wieder ins Bett, lag da und lauschte. Es ist nur gut, dass Brigit nicht schnarcht, dachte er.

Eine Weile hörte man das Klappern von irdenem Geschirr und Essgeräusche aus der Küche, die gleich jenseits der Wand lag. Später hörte er, dass viele Füße die Treppe zum Dachboden hinaufstiegen.

Ohne sich weiter darum zu kümmern, schlief er rasch wieder ein.

Lange Zeit schwebte die Glaskugel über den Schichten von Dunkelheit, die über dem Tisch lagen, und weiter fiel Schnee.

Zuerst hatten die Frauen versucht, ihn mit den Handflächen wegzustreichen, aber die Macht des Dagda erlaubte ihnen nicht, ihn zu berühren. Die wütenden Frauen hatten dann versucht, den gefallenen Schnee mit heißer Luft zum Schmelzen zu bringen, die sie aus ihren Lungen bliesen; aber dieser heiße Hauch war immer kalt geworden, sobald er die Schicht eisiger Luft erreichte, die über der Tischlandschaft lag. Immer und immer wieder schnaubten und bliesen sie auf den Schnee, aber sie brachten nur heftige Windstöße hervor, die über den Tisch fuhren, den Schnee nur noch mehr aufwirbelten und alles so verdüsterten, dass selbst die Gabe des zweiten Gesichts versagte.

Sie wussten, dass ihre Hunde sich in dem jetzt völlig verwehten Wald hoffnungslos verirrt hatten; und sie wussten, dass die Kinder und der Fuchs ihnen entwischt waren.

Nachdem es wenig Sinn hatte, dem Dagda in dieser Sache ihre Zauberei entgegenzusetzen, schienen weitere Bemühungen völlig nutzlos zu sein. Doch einmal, als es kurz aufhörte zu schneien, hatten sie gerade genug Zeit, festzustellen, wo die Hunde waren, wobei deren schwache Hilferufe sie leiteten, nicht genug Zeit jedoch, um die weiß gekleideten Kinder und den schneebedeckten Fuchs in dem alles verwischenden Schnee zu entdecken, denn sie waren Weiß in Weiß und vollkommen lautlos. Später, als es wieder aufgehört hatte zu schneien, hatten sie ein nadelspitzenkleines Lichtpünktchen wahrgenommen – die am Baum befestigte Laterne –, und diesmal sahen sie die Umrisse der Kinder, des Fuchses und des Elchs, die sich dem Licht näherten. Mit ihren Stäben lenkten sie die Hunde auf das weit entfernte Licht hin, und dann begann es wieder zu schneien.

Allmählich wich die Dunkelheit über dem Tisch, doch erst als das Sonnenlicht durch das Dach des Glashauses fiel und es in der Glaskugel aufblitzte, fanden sie einen Weg, gegen den Schnee anzukommen.

Melody ergriff den Spiegel und lenkte den Lichtstrahl auf den Tisch. Als fände sie nun, ihre Aufgabe sei beendet, wurde die Kugel wieder klein und verschwand. Da der kleine Glasschneeball nicht mehr gegen die Frauen arbeitete, konnten sie wirkungsvoller auf den Tisch blasen. Heißer Wind strich über den Schnee, und die Sonne brannte hernieder.

Es dauerte nicht lange, bis der Schnee völlig geschmolzen und das Land trocken war, in dem nun die Flüsse im Sonnenlicht glitzerten.

Da waren die Frauen zufrieden und warfen den Spiegel weg.

35. Kapitel

Am Morgen erwachte Pidge vom Duft frisch gebackenen Brotes und sah, dass die Dunkelheit der Geheimkammer von vielen feinen Lichtspeeren durchbohrt wurde, von denen die kräftigsten nur bleistiftdünn waren. Sie drangen durch schmale Ritzen in der Vertäfelung und milderten das Dunkel.

Selbst in diesen bescheidenen Sonnenstrahlen tanzten die Stäubchen durcheinander.

Curu war schon wach und auf der Hut; und Brigit warf sich unter ihrer Decke herum und klagte, dass es heiß sei.

Aus der Küche drang das Plumpsen und Scharren von Säcken, die über den Boden geschleift wurden, und das Rumpeln von Fässern, die von dem Platz vor ihrem Versteck weggerollt wurden. Sonny begrüßte sie mit fröhlichen Guten-Morgen-Rufen, und nachdem sie ihm geantwortet hatten, erzählte Pidge den anderen, wie in der Nacht die Hunde gekommen waren und Sonny sie mit Haferbrei gefüttert hatte. Curu sagte, er habe alles mit angehört und sei während der Nachtstunden halbwach geblieben, um auf verdächtige Geräusche vom Dachboden über ihnen, wo die Hunde geschlafen hatten, zu lauschen. Für Brigit waren das große Neuigkeiten, und sie dachte mit selbstgefälliger Genugtuung daran, dass sie fast eine ganze Nacht unter demselben Dach verbracht hatten wie die Hunde, ohne entdeckt zu werden.

Es war wirklich sehr warm in der Kammer. Das kann nur die Hitze des Feuers sein, dachte Pidge; aber als Sonny schließlich die Geheimtür öffnete und den Kopf hereinstreckte, flutete Sonnenlicht in die Kammer.

«Die Hunde waren heute Nacht hier», berichtete Sonny ihnen.

«Wissen wir», sagte Brigit. «Pidge und Curu haben sie gehört, aber ich hab' fest geschlafen.»

«Jetzt sind sie weg. Sie haben sich beim ersten Morgengrauen fortgemacht», sagte Sonny. Das alles schien ihn köstlich zu amüsieren. «Ich habe euch trotzdem weiterschlafen lassen, bis ich sicher war, dass sie keinen Vorwand mehr finden würden, zurückzukommen – misstrauisch, wie sie sind.»

Sie kamen aus dem Dunkel hervor, Spinnweben wegwischend, und traten in die Helligkeit, die aus der geöffneten Eingangstür in die Küche strömte. Durch das Hornfenster fiel mildes, gelbes Licht auf den Tisch, wo ihr Frühstück schon bereitstand. Sie gingen barfuß über den warmen Fußboden, und Brigit hatte ihre geliebte Schultasche schon über die Schulter gehängt. Sie setzten sich auf dieselben Stühle ans Feuer, auf denen sie sich am Abend zuvor in ihre warmen Decken gekuschelt hatten; und Brigit löste den Riemen und holte ihre Socken und ihre Sandalen hervor. Die Sonne strahlte durch den Schornstein herab; sie machte den Torfstaub im Kamin sichtbar und ließ das lodernde Feuer blass wirken.

«Was ist mit dem Winter los?», fragte Brigit. Sie reichte Pidge seine Sandalen und seine Socken.

«Er ist weg. Das warme Wetter ist zurückgekommen», antwortete Sonny.

«Ich werd' meinen hübschen Mantel und meine Stiefelchen und Handschuhe nicht anziehen können; die würden mich an einem Tag wie heute fertigmachen», stellte sie fest.

«Sie sind auch weg», sagte Sonny.

Als sie ihre Socken und ihre Sandalen angezogen hatten, bat er sie, ein wenig vom Kamin abzurücken. Dann schob er die Steinplatte beiseite und zeigte ihnen das leere Fach darunter.

«Hier habe ich sie gestern Abend vor den Hunden versteckt, aber jetzt sind sie nicht mehr da.»

«Warum sind sie weg?», fragte Brigit.

«Weil ihr sie nicht mehr braucht.»

Sonny schob die Platte wieder zurück. Nachdem sie einen Moment nachgedacht hatte, meinte Brigit:

«Wahrscheinlich waren sie nur geliehen.»

Pidge erspähte einen zweiten Topf, der in einigem Abstand vom Feuer im Kamin stand. Er war zugedeckt, aber Pidge sah, dass an der Seite etwas heruntergelaufen war, das jetzt verkrustet war und sich von der Hitze braun färbte.

«Haben die Hunde auch zum Frühstück Haferbrei bekommen?», fragte er.

«Ja, das haben sie!», sagte Sonny voller Schadenfreude.

«Gut genug für sie», sagte Curu, und ein bellendes Lachen kam aus seiner Kehle.

«Ich habe die ganze Nacht am Feuer gesessen», erklärte Sonny. «Als sie herunterkamen, habe ich sie nicht aus den Augen gelassen. Keine Sorge.»

«Ich bin froh, dass sie Haferbrei bekommen haben», sagte Brigit. Sie betrachtete das Frühstück auf dem Tisch. Sonny hatte Honig und Stachelbeermarmelade, eine große Schale Erdbeeren, Brot, Butter und zwei Becher Milch bereitgestellt.

«Ich kann keine Kreatur hungern sehen – der Haferbrei hat ihnen zumindest die Mägen gefüllt», erklärte Sonny, und er fügte hinzu: «Ich hatte Fleisch, aber das war für Curu. Kommt, setzt euch an den Tisch, es ist alles bereit für euch», schloss er.

Während sie ihr Frühstück aßen, holte Sonny eine Schale aus dem Geschirrschrank und stellte sie für Curu auf den Boden. Es war kaltes Fleisch darin und Fleischsaft, in den Brot gebrockt war.

«Iss alles auf», sagte Sonny zu dem Fuchs.

Dann ging er wieder zum Geschirrschrank und holte eine Handvoll frischer Kräuter, die er aus einem Krug nahm und auf einer Untertasse vor Curu hinstellte.

«Iss das auch», sagte er.

Curu sah das grüne Zeug mit einem ungläubigen und komischen Ausdruck auf dem Gesicht an.

«Meinst du, ich bin ein Kaninchen?», sagte er mit Spott in der Stimme.

«Nein, das meine ich nicht, aber iss es trotzdem», antwortete Sonny.

«Ach nein», sagte Curu bedauernd. «Ich kann solches Zeug nicht essen – ich wollte, ich könnte es.»

Sonny berührte seinen Kopf.

«Wir machen dir dieses Geschenk», sagte er ernst. «Kein echter Hund wird je so schnell sein wie du, wenn du das gegessen hast.»

«Ist so etwas möglich?», fragte der Fuchs staunend und forschte in Sonnys Gesicht nach einer Bestätigung seiner Hoffnung.

Sonny beugte sich nieder und schaute dem Fuchs gerade in die Augen.

«Ja», sagte er, und Curu leckte ihm die Hand.

«Iss sie auf», riet ihm Brigits fröhliche Stimme, während er vorsichtig eine erste Kostprobe nahm. «Wir haben auch so was von dem alten Daire und Finn im Verborgenen Tal bekommen, nicht wahr, Pidge? Sie haben uns geholfen, dass wir so schnell wurden wie der Wind.»

Das Gesicht des Fuchses hatte einen sehr merkwürdigen Ausdruck, während er die Kräuter aß.

Brigit lachte ihn aus.

«Er sieht genauso aus wie die Hunde, als sie den Haferbrei bekommen haben, was, Sonny?», sagte sie. Es machte nichts aus, dass sie nicht dabei gewesen war, sie wusste es einfach.

«Stimmt», sagte Sonny.

«Wie lange hält die Wirkung denn an?», fragte Pidge nachdenklich.

«Solange sie gebraucht wird. Curu braucht sie sein ganzes Leben lang; aber ihr seid besser dran als er.»

Als alle fertig gegessen hatten und Curu seine Schüssel ein

letztes Mal liebevoll ausschleckte, sagte Sonny, es sei nun Zeit für sie aufzubrechen – der Tag, der vor ihnen lag, könne einiges von ihnen verlangen.

«Ich muss euch jetzt sagen, dass die Hunde euch in das nächste Tal vorausgelaufen sind – falls ihr vorhabt, dorthin zu gehen», sagte er ernst.

«Die werden ganz schön überrascht sein, wenn sie merken, dass wir nicht dort sind», sagte Brigit und grinste.

«Habt ihr euch schon entschieden, ob ihr ... in diese Richtung gehen wollt?», fragte Sonny leichthin und ohne Drängen.

Pidge schaute überrascht, denn es war ihm gar nicht in den Sinn gekommen, etwas anderes zu tun.

«Wenn wir's nicht tun, müssen wir doch denselben Weg zurückgehen, den wir gekommen sind, oder?», versicherte er sich.

«Ja.»

«Irgendwie hab' ich das Gefühl, es ist richtig weiterzugehen, was meinst du, Brigit?»

Sie runzelte nachdenklich die Stirn.

«Müssen wir über einen ganzen Berg drübergehen?», fragte sie, bevor sie sich entschied.

Sonny lächelte.

«Nein», sagte er. «Weniger als die Hälfte davon. Und es ist mehr ein ansteigender Weg als eine Klettertour. Nachdem ihr den Pass erreicht habt, führt der Pfad auf der anderen Seite in das nächste Tal – fast genauso, wie er auf dieser Seite hinaufgeführt hat.»

«Es macht mir nichts aus, den halben Weg raufzugehen. Ich hab' nichts dagegen zu sehen, wie's dort ist», sagte sie dann mit einem Ausdruck, als habe sie ein endgültiges Urteil gesprochen.

«Und wie findest du es, dass die Hunde vor uns sind?», fragte Pidge, um sicher zu sein, dass sie wirklich verstanden hatte.

«Die sind mir schnurzegal!», antwortete sie und verzehrte mit unbeeindruckter Miene eine letzte Erdbeere.

Sonnys Augen glänzten wie Juwelen.

«Und was meinst du dazu, Curu?», forschte er.

Ohne Zögern sagte Curu, dass er den Tag mit seinen Freunden bestehen wolle und dass er zum Aufbruch bereit sei.

Sie traten aus dem Häuschen und folgten Sonny durch die grasbewachsene Senke, in die sein Zuhause so gemütlich geschmiegt lag. Sie gingen mit ihm zu dem einzelnen Baum, an dem die erloschene Laterne immer noch hing; und während sie im dichten Schatten des Baumes standen, schauten sie sich um.

Sie sahen kein Lebewesen.

An diesem Ende war das Tal breit, zum Teil mit Gras bewachsen und von Blumen übersät, sonst aber karg und mit Heidekraut bewachsen. Die Berge waren hoch und hatten die Form eines Hufeisens oder eines offenen Kreises, an dessen tiefster Stelle in der Nähe des breiten Endes Sonnys Häuschen stand. Pidge schaute zurück und sah den Durchbruch, durch den sie in der vorigen Nacht im Schneetreiben gekommen waren. Es war ein weiter Weg gewesen, den sie durch das Tal gegangen waren. Es scheint unendlich lang her zu sein, dachte er.

Sonny legte die Hand auf seine Schulter.

«Dies ist das erste von drei Tälern. Alle sind an einer Stelle offen, sodass man von einem ins nächste gelangen kann. Und dort ist der Weg, der in das zweite führt», sagte er, drehte Pidge mit der einen Hand um und wies mit der anderen auf den Berghang zu ihrer Rechten.

Man konnte den Weg deutlich sehen. Er lief über den Leib des Berges wie eine Schärpe. Der Anstieg sah überhaupt nicht steil aus.

«Ist der Weg breit oder schmal? Ist er sicher?», fragte Pidge.

«Er ist die ganze Zeit breit genug für einen Esel und seinen Karren. Es ist ein guter, sicherer Passweg, der viel begangen wird. Den Pass könnt ihr von hier aus nicht sehen, aber wenn ihr ihn überwunden habt, seid ihr dem nächsten Tal näher als diesem. Es ist eigentlich gar nicht so weit.»

Pidge, der errötete bei dem Gedanken daran, wie misstrauisch er beim Betreten der Hütte gewesen war, nahm schüchtern Sonnys Hand.

«Sie waren so gut zu uns, als wir wirklich Hilfe brauchten», stammelte er. «Wir sind Ihnen so dankbar.»

«Ja, sind wir», pflichtete Brigit bei. «Gestern Abend war mir so kalt, dass ich steif war wie ein toter Fisch. Und Sie haben uns gewärmt und haben uns zu essen gegeben und die hübschen Betten hergerichtet und die Geheimkammer und alles. Vielen Dank, Sonny.»

«Willst du mir keine Socken stricken?», fragte Sonny und blinzelte ihr zu.

«Woher wissen Sie denn davon?», fragte sie und wurde rot.

«Na ja, ich weiß halt so manches.»

«Auf Wiedersehen», sagte Curu und leckte Sonnys Finger.

Sonny nahm den Kopf des Fuchses zwischen seine Hände.

«Du bist ein tapferer Kerl», flüsterte er und ließ ihn wieder frei.

«Ich will keine großen Worte machen», sagte er dann laut und mit einem Räuspern, «aber es war eine große Freude für mich. Was immer ich getan habe, es ist nichts gegen das Gute, das ihr alle bewirkt. Ich sag' euch jetzt Lebewohl, und bleibt gesund und mutig.»

Die drei Freunde machten sich auf den Weg, und einmal sahen sie sich um und winkten.

Der Weg war wirklich leicht zu gehen. Er folgte der natürlichen Form des Berges, und der Untergrund war eben und festgetreten. Curu trottete vor den Kindern her und blieb hin und wieder stehen, während sie aufholten. Seine Nase versuchte unentwegt, die Hunde aufzuspüren, und seinen Augen entging nichts.

Erst als sie ein gutes Stück zurückgelegt hatten, merkten sie, wie groß der Berg tatsächlich war. Sie waren alle stehengeblieben, um zu Sonnys Häuschen zurückzuschauen. Von ihrem Standort aus konnte man alles deutlich sehen; die schalenförmige Senke, das Hausdach, aus dem der Torfrauch sich träge aufwärts wand, den Baum – aber alles sah sehr, sehr klein aus. Eine winzige Gestalt, die ihnen zuwinkte, war Sonny. Er sah kleiner aus als Pidges Daumen. Sie winkten zurück. Da erst wurde ihnen bewusst, wie weit sie schon hinaufgestiegen waren, und sie staunten sehr.

Der Pfad bog jetzt um die Flanke des Berges, und sie erblickten ein Stück vor sich den Pass. Er durchschnitt den Felsen wie eine Bahnlinie und war bei Weitem nicht so schmal wie der Weg ins Verborgene Tal. Man sah, dass es früher einmal Felsstürze gegeben haben musste, die eine Menge zerklüfteter Steine hinterlassen hatten. Curu hieß sie warten und nahm sorgfältig Witterung auf, bevor er sagte, sie könnten weitergehen. Als sie den Pass überquerten, warfen ihre Schritte ein Echo; und sie bewunderten die Pflänzchen und Farne, die überall wuchsen, wo sie im Stein Halt finden konnten.

Als sie auf der anderen Seite herauskamen, wichen die Berge zu ihrer Linken zurück, und als sie dem Weg weiter folgten, traten kleinere Anhöhen und Hügelketten zutage.

Hier oben waren sie in einer anderen Welt; es war ungewohnt für sie, die Schönheit und Majestät der Berge um sich zu sehen, denn auf solch einer Höhe hatten sie sich noch nie bewegt. Sie befanden sich in einer Welt voller Herrlichkeiten, in der die Luft wunderbar ruhig war. Die entfernteren Gipfel leuchteten violett und rosa, und manche von ihnen ragten so steil auf, dass sie in weißen Wolken verschwanden. Sie sahen Wasserfälle niederstürzen, die so weit entfernt waren, dass sie ihr Tosen nicht hören konnten, und überall blitzte es auf von Sonnenstrahlen, die auf Quarzit oder Wasser fielen.

Während sie um die Flanke des Berges gingen, taten sich hinter der Höhe zu ihrer Linken neue Ausblicke auf. Einmal sahen sie ein grasbewachsenes Hochplateau, auf dem Schafe gemächlich um eine kreisrunde Senke grasten, in der ein tiefblauer See lag. Das gelegentliche Blöken der Schafe schien von einem anderen Stern zu kommen. Die Abhänge der Hügel waren voller Sonnenflecken, und wenn die Schäfchenwolken am Himmel weitertrieben, glitten ihre Schatten über die Matten.

Sie blieben eine Weile zwischen Glockenblumen und rosafarbenem Heidekraut stehen, um des Vergnügens willen, die Vögel einmal im Himmel unter sich gleiten und segeln zu sehen. Sie erinnerten sich daran, wie es gewesen war, als der Drachen sie emporgehoben hatte, und sie wünschten, selbst mit richtigen Flügeln fliegen zu können, weil es so wunderbar aussah, wenn die Vögel mit gebogenen Schwingen ihre Kreise zogen und sich träge von den Luftströmen dahintragen ließen.

Während sie dastanden, wartete Curu. Seine Augen forschten und prüften ununterbrochen, und seine Nase ließ nicht ab, die Luft zu untersuchen. Er hörte nie auf, die Welt rundum wahrzunehmen, doch immer auf die Art, die für ihn zählte. Beinahe ohne es zu merken, hatte Pidge seine Gewohnheit aufgegeben, nach den Hunden Ausschau zu halten; diese Aufgabe überließ er ganz und gar Curu, der es am besten konnte. Schließlich gehörte es zu seinem Tagewerk.

Als sie schließlich weiterwanderten, führte der Weg sie bis zur anderen Seite des Berges, bevor er sich sanft abwärts neigte und sie in das zweite Tal hinabschauen konnten.

Dritter Teil

1. Kapitel

Von dem Platz, an dem sie standen, konnten sie in ein weites, liebliches Tal hinabsehen, das tief unter ihnen lag. Es war grün und fruchtbar; Teile davon waren bewaldet, und in ferner Höhe stürzte ein glänzender Wasserfall herab. Der Talgrund dehnte sich lang aus, wurde dann schmal und wand sich um den Ausläufer eines der sich zu ihrer Linken erhebenden Berge. In der Ferne war er wieder als enge Schlucht zu sehen, und schließlich verbarg er sich, verdeckt von dem vorspringenden Fuß einer steil aufragenden Felskanzel, an der das Wasser herabfiel. Das Ende des Tales konnte man nicht sehen. Was in der Ferne vor ihren Blicken lag, schimmerte in der Sonnenhitze.

Sie konnten nicht anders, als sich hier oben weit ab von der übrigen Welt zu fühlen. Tiefste Stille herrschte, so intensiv, dass Pidge den Eindruck hatte, er könne sie mit Händen greifen wie ein festes Ding. Sie gerieten beide in eine träumerische Stimmung. Wenn einer sprach, hatte der andere das Gefühl, seine Stimme komme von weit her, so wie das sanfte Blöken der Schafe von den Sternen gekommen zu sein schien.

Die Erde ist still, dachte Pidge.

«Ich glaube, ich werde Bergbesteiger, wenn ich groß bin», sagte Brigit mit schläfriger Stimme.

Pidge lachte still in sich hinein. Er machte sich nicht die Mühe, ihr das richtige Wort zu sagen; es war nicht wichtig.

«Die Welt ist schön», sagte er. Es war, als merke er es zum allerersten Mal.

Kurz darauf begannen sie den Abstieg. Ganz allmählich, Schritt für Schritt, verlor sich ihr träumerischer Zustand, und als sie den halben Weg nach unten zurückgelegt hatten, war er ganz vergangen, und Pidge dachte: Jetzt weiß ich, was es heißt, ‹mit beiden Beinen fest auf der Erde zu stehen›.

Sie hielten nur noch einmal inne und sahen entzückt zu einer großen Schar weißer Vögel auf, die über sie hinwegflogen und in deren Mitte sie ein Schwanenpaar sahen, das mit einer Silberkette verbunden war. Sie wussten, dass es dieselben Vögel waren, die sie verborgen hatten, als sie mit dem Drachen flogen, aber es waren nicht mehr so viele. Die Vögel flogen hinab ins Tal und verschwanden dann hinter einem der Berge.

«Wohin die wohl fliegen?», sagte Brigit.

Aber das konnte natürlich niemand beantworten.

Schließlich langten sie in der Talsohle an.

Nachdem sie lange Zeit gegangen waren und kurz bevor sie das Ende des Tals erreichten, wo es schmaler wurde, ließen sie sich neben dem Weg nieder, um zu rasten, und lehnten sich an einen großen Stein, der warm war von der Sonne. Kurz darauf erhob sich ein leichter Wind, und sie sahen, dass überall bunte Handzettel oder Flugblätter herumgeweht wurden.

Eines davon flatterte gegen Brigits Sandale, und sie gab es Pidge zum Vorlesen. Auf dem Blatt stand:

Baile-na-g Ceard

FEIERT DEN JÄHRLICHEN

TAUSCHTAG

ALLERLEI JAHRMARKTSVERGNÜGEN,

Ringelspiele, Schaukeln,
Kettenkarusselle

KOMM DU – KOMMT ALLE

«Ui», sagte Brigit aufgeregt. «Tauschtag. Endlich!»

«Hast du deine Bonbondose noch?», fragte Pidge.

«Natürlich!», antwortete sie und rüttelte an ihrer Schultasche. «Komm, gehen wir!»

Sie sprang auf und zerrte an Pidge, bis auch er auf den Füßen stand. Curu rührte sich nicht von der Stelle.

«Was soll das alles bedeuten?», fragte er ruhig.

Sie erklärten ihm die Sache mit den Tauschbonbons.

«Komm doch», drängte ihn Brigit. «Es wird bestimmt sehr lustig.»

«Was soll dieses Baile-na-gCeard bedeuten?», beharrte er.

«Es ist irgendeine Stadt. Baile heißt so viel wie Stadt, weißt du. Eigentlich spricht man es so ähnlich wie ‹Bolly› aus. Was das andere heißt, weiß ich nicht. Dieses Wort hab' ich noch nie gehört», erklärte Pidge, so gut er konnte.

«Eine Stadt!», sagte Curu, und es klang bedrückt. «In der Stadt würde ich's keine fünf Minuten aushalten. Wenn sie mich nicht töten, werden sie mich als Spielzeug haben wollen.»

Brigit ließ sich auf die Knie fallen und legte den Arm um seinen Hals.

«Aber du musst mitkommen! Wir passen schon auf, dass dir niemand etwas tut», versicherte sie ihm.

«Und wir sind ja in Tír-na-nÓg – hier ist doch alles anders», fügte Pidge hinzu.

«Es hilft nichts. Ich würde furchtbare Angst haben. Nein. Ich kann wohl nicht mit euch kommen», sagte der Fuchs traurig.

«Aber ich bin ziemlich sicher, dass dir niemand etwas zuleide tun würde», sagte Pidge sehr ernst zu ihm.

«Ziemlich ist ein zu schwaches Wort, um es zwischen Leben und Tod zu stellen, Pidge. Du kannst dir nicht vorstellen, wie schrecklich ich mich fühlen würde. Unter so vielen Menschen wäre ich ganz wehrlos. Man kann nicht darauf vertrauen, dass hier alle gutwillig sind. Ihr werdet ohne mich weitergehen müssen.»

«Aber gestern Abend bist du mit in das Haus eines Menschen gekommen und hast dich sicherer gefühlt als ich selbst zuerst», beharrte Pidge.

«Gestern Abend hätte ich den Kopf in den Schoß eines Jägers gelegt, so erschöpft war ich. Und als ich die Botschaft in diesem Haus roch, wusste ich, dass mir nichts passieren würde», erklärte Curu geduldig.

«Aber du willst uns doch nicht verlassen, Curu?», fragte Brigit, und ihre Augen füllten sich mit Tränen, während sie ihn umarmte.

«Nein, das will ich überhaupt nicht», antwortete Curu und schleckte sie liebevoll ab.

«Es muss uns irgendetwas einfallen», sagte Pidge. Er setzte sich wieder, und Brigit ließ sich neben Curu nieder.

«Ich weiß was», sagte sie kurz darauf. «Wir könnten uns ein Stück Schnur besorgen und sie dir um den Hals binden, dann würden dich alle für einen Hund halten. Was meinst du dazu?»

Curu musste lachen.

«Siehst du meinen Schwanz?», sagte er.

«Wir können die Haare mit Wasser anklatschen, dann würde er aussehen wie ein ganz normaler Schwanz.»

«Und schau dir mein Gesicht an!»

«Es sieht doch ein bisschen wie bei einem Hund aus, findest du nicht, Pidge?»

«Nicht besonders», sagte Pidge.

«Ich hole einen Haufen Gras und stopf dir die Backen damit voll, dann siehst du dicker aus», sagte Brigit.

«Du kannst aus einem Fuchs nicht etwas anderes als einen Fuchs machen, liebe Brigit. Es hat gar keinen Sinn, es zu versuchen», sagte Curu und seufzte verzagt.

Aus Pidges Hosentasche fiel eine Haselnuss ins Gras und sprang auf. Da waren sie alle erleichtert und ganz sicher, im nächsten Augenblick die Antwort zu bekommen, nach der sie suchten. Aber das winzige Ding in der Nuss wurde zu einem Weidenkorb, und als Pidge den Deckel hob, sahen sie, dass – Essen darin war. Ein glänzender brauner Steinguttopf, der aus zwei winzigen Löchern im Deckel dampfte, und andere zugedeckte Schüsseln; dann waren dicke Butterbrote darin und

Kekspakete und ein Kuchen, ja sogar eine große Saucenschüssel voller Mayonnaise. Und außer dem Essen gab es noch ein kleines Tischtuch, einen Napf mit Gänseblümchen darauf, einen Teller, zwei Löffel, ein Messer und eine Gabel.

Brigit war empört.

«Wozu all das Zeug? Wir haben doch gerade erst gefrühstückt! Wir wollen jetzt kein blödes Picknick! Es ist bestimmt ein Irrtum. Wahrscheinlich war's die falsche Nuss», sagte sie ärgerlich.

Zorn überkam sie. Sie sah das Essen an und ihre Bonbondose und Curu, und sie stand auf und stampfte auf den Boden, stieß mit den Füßen Steine weg und rief mit geballten Fäusten immer wieder:

«Das ist gemein! Das ist gemein!»

Curu beobachtete sie verwundert, aber Pidge wartete ein paar Minuten und sagte dann:

«Komm Brigit, setz dich zu uns. Wir überlegen uns was.»

«Probierst du eine andere Nuss?»

«Ja. Aber setz dich erst hin.»

Während Brigit noch eine Weile ihren mächtigen Zorn austobte, hob Pidge den Deckel von einem dampfenden Steinguttopf, um zu sehen, was darin war. Er war mit heißer Suppe gefüllt.

«Möchtest du was davon, Curu?», fragte er.

Curu schüttelte den Kopf.

Pidge deckte den Topf wieder zu. Er machte sich nicht die Mühe, in die anderen dampfenden Schüsseln zu schauen, denn auch ihm war keineswegs nach Essen zumute.

«Weißt du», begann Curu, der seinen Gedanken nachhing, «es ist helllichter Tag, und ich hätte Todesangst in einer Stadt. Ich bin nur ein gewöhnlicher Fuchs. Es mag ja sein, dass ich einen Schritt aus der gewöhnlichen Welt gemacht habe und mich in Tír-na-nÓg wiederfand – aber woher weiß ich, dass nicht das Gegenteil geschieht und ich mich im nächsten Augenblick in unserer eigenen Welt wiederfinde? Dann wäre ich mitten unter meinen Feinden und ganz ausgeliefert; die Hunde auf den Straßen würden mich töten und in Stücke reißen.»

«Ich versteh' dich schon», sagte Pidge freundlich.

Brigit stand mit hochrotem Kopf vor ihnen.

«Hast du dich wieder beruhigt, Brigit?»

«Ja», sagte sie barsch und setzte sich wieder neben Curu.

Die zweite Nuss öffnete sich nicht. Sie warteten eine ganze Weile; schließlich steckte Pidge sie wieder in das Säckchen und verstaute es gut in seiner Hosentasche.

«Ich glaube nicht, dass es die falsche Nuss war. Die erste ist die richtige», sagte er.

Plötzlich erstarrte Curu.

«Es kommt jemand», flüsterte er, und leise wie seine Worte war er hinter dem Felsbrocken verschwunden, um sich zu verstecken.

Die Kinder beobachteten den Teil des Weges, der hinter dem Fuß des nächsten Hügels verschwand, neugierig auf das, was dort auftauchen würde.

Gleich darauf erschien eine Gestalt; eine sehr merkwürdige Frau kam auf dem Weg heran. Sie war grobknochig und ziemlich groß, und sie hätte noch größer gewirkt, wenn sie nicht ihren Kopf nach vorne hätte fallen lassen, sodass er auf ihrem knochigen Brustkasten lag. Ihr gelbes Haar war wild und verfilzt, ihr grünes Kleid schmuddelig und zerrissen, und es flatterte ihr in Fetzen um die Waden. Ein langer Dorn hielt ihr schäbiges Umhängetuch auf der Brust zusammen, und sie ging barfuß.

Wie sie so daherkam, sah sie aus wie ein Geschöpf, das zwischen zwei starken Gefühlen hin- und hergerissen wird. Einen Augenblick lang schien sie von Zorn beherrscht zu sein – wie Brigit –, dann schlug sie mit ihrem Stock Funken aus den Felsen und hieb wütend auf Büsche ein; und im nächsten Augenblick schwankte sie unter einer schrecklichen Sorgenlast und torkelte von einer Seite des Weges zur anderen.

Brigit starrte sie entgeistert an. Dann sagte sie sich, die Frau müsse betrunken sein, und rückte näher an Pidge heran, um sich in Sicherheit zu bringen.

Nun sahen sie, dass es auf die Frau regnete.

Das war das Allerseltsamste, denn es schien den Kindern, als falle der Regen nur auf sie herab und spritze dann auf die kleine Schar Enten und Gänse hinunter, die ihr folgten, dabei in ihrer eigenen Sprache miteinander schwatzten und sich über die Regentropfen freuten, die von der Frau auf sie herabfielen. Auch wenn sie noch so zornig wurde, hörte der Regen nicht auf, und das lag daran, dass ihr Kummer größer war als ihr Zorn.

Die Kinder standen auf, pressten sich gegen den Felsen und sahen mit angstvollen Augen, wie sie sich näherte.

2. Kapitel

Die Frau schien weder die Enten und Gänse noch ihre Umgebung oder sonst irgendetwas auf der Welt wahrzunehmen, wie sie so ihres Weges ging; aber sie sprach die ganze Zeit mit sich selbst. Als sie näher kam, hatte gerade ihre traurige Seite die Oberhand, und Pidge und Brigit hörten sie sagen:

«... und Falleri-Falleras gibt's überhaupt nicht in meinem Leben; nichts zum Verwöhnen, wie ein Paar Stiefel. Na, ich hab' einfach nichts zu wählen, so ist es nun mal. Schaust mich ja kaum an, und ich so leicht, wo mir so viel fehlt, du könntest mich von der Hand pusten. Der Wind wühlt mir mit harten Fingern in den Kleidern, und der Regen prasselt auf mich runter; wenn ich bloß einen Bissen Warmes kriegen könnt', dann wär's mir egal, dass ich nur die nackte Erde unter den Füßen hab' oder dass ich nass werd', und ich würd' diesen Tag nicht so schlimm finden. Aber ich werd' den Bissen nicht kriegen, und das ist so wahr, wie die Sonne die Sterne auslöscht ...

Und ich könnt' meinen Kopf jetzt nicht verdrehn, nicht mal, um einen Regenbogen anzuschaun, weil mein Kopf schwer ist vom Gewicht meiner Träume. Sie ballen sich zu Wolken zusammen und wuchern, wie sie wollen, in meinem Kopf. Manche davon sind hart wie Stein, aber sie haben keinen Sinn – außer Hunger hätte einen Sinn. Und andere sind wie Rauch und wollen sich nicht zeigen, aber sie necken mich mit undeutlichen Sachen, die doch wichtig scheinen, und quälen mich ...

Ich bin immer wie eine Kuh mit vier Mägen, die drei Tage nichts gegessen hat; und in einem der klaren Träume, die ich hab', graben sich weich meine Zähne in Schlagsahne mit Blaubeeren drin. Und wie oft seh' ich in der beunruhigenden Zauberei dieses Traums den Lachs mit schwarzen Flecken und weißem Bauch in seiner festen Fülle, wie er übers Feuer geht und zurückkommt mit dem Schimmer von geglättetem Metall auf seiner Haut, die ganz knusprig ist, mit kleinen blauen Stellen; und der Duft, der im Dampf vom Teller aufsteigt und in meine Nase dringt und bis in meinen Magen rein, dass ich schon halb satt war, bevor ich einen Bissen gegessen hatte. Und dann seh' ich ihn, den König der Fische in seinem aufgeplatzten Mantel, und diese dicken rosa Stücke und die fetten kleinen Kissen von blassem Gerinnsel, die immer da sind.

Es ist, als könnt' ich mich erinnern, wie die Fetzen zwischen meinen Zähnen steckengeblieben sind und wie ich auf die Gräten achtgeben musst'. Ein komischer Traum für jemanden wie mich; denn soweit ich weiß, hab' ich so was nie im Leben gekostet.

Es ist gut, dass meine Lieblinge von mir gegangen sind. Die Haare würden ihnen zu Berge stehen, wenn sie mich jetzt sehn könnten, wo ich doch jeden Tag drauf warte, vor Schwäche umzufallen. Ich möcht' bloß wissen, wo sie sind. Ich frag' mich, ob sie überhaupt mal da waren. Denn das ist der schwankende Traum, der mich am meisten zornig macht ... er gaukelt mir vor, ich hätte einst sieben starke Söhne gehabt mit sanftem Wesen, und ich hätt' sie verworfen, weil ich irgendwelche närrischen Ideen hatt' ...»

Urplötzlich veränderte sich ihr Gehabe, und die Enten und Gänse flohen nach allen Seiten, weil sie einen Satz machte und drohend ihren Stock schwang. Ihre Heftigkeit war ungeheuerlich.

«Lasst mich in Ruh'! Lasst mich in Ruh'!», schrie sie und hieb mit ihrem Stock auf ihre Träume ein.

Sie war an den Kindern vorbeigegangen, ohne sie zu bemerken. Und jetzt hatte Pidge keine Angst mehr vor ihr. Er merkte, dass ihre Wut sich nur gegen sie selbst und ihre eigenen Gedanken richtete.

«Halt!», rief er.

Die Frau gehorchte.

Sie blieb wie angewurzelt stehen und wandte sich um. Sie hob leicht den Kopf und sah die beiden bei dem Felsen stehen. Ihre Überraschung war sehr groß, und sie kam langsam zurück, um sie zu betrachten.

«Hier ist warmes Essen, und ich glaube, es ist für Sie bestimmt», sagte Pidge. Er wusste jetzt, dass sie ihnen irgendwie helfen sollte, aber er konnte sich nicht vorstellen, wie.

«Wenn ich trockene Stiefel in Ihrer Größe hätt', würd' ich sie Ihnen geben», sagte Brigit mit schüchterner Stimme.

Die Frau sah sie verwundert an.

«Kinder!», sagte sie. «Ein kleines, kräftiges Mädchen und ein feiner kleiner Knabe. So was! Ich könnte den ganzen Tag dastehen und mir so ein Kind ansehn.»

Ihre Stimme war sanft, und ihr ganzes Verhalten hatte sich geändert.

«Ich heiße Pidge, und das ist meine Schwester Brigit; und es tut uns leid, dass Sie es so schwer haben», sagte Pidge. Er wurde ziemlich rot dabei.

Die Frau sah verwirrt aus. Für einen Augenblick trat ein verschleierter Ausdruck in ihre Augen, als versuche sie etwas zurückzuholen, an das sie sich nicht genau erinnern konnte.

«Oh, aber mir scheint, das war nicht immer so. Ab und zu hab' ich so eine Ahnung, als hätte es Zeiten gegeben, die sehr gut waren, ja sogar herrlich», sagte sie mit einem Hauch von Verwunderung in ihrem Ausdruck. «Ihr müsst nicht auf das hören, was ich sag', wenn ich mit mir selbst red'. Es ist nur eine schlechte Angewohnheit, in die man verfällt, wenn man einsam ist, und zu sich selber sagt man immer nur die schlimmsten Dinge.»

«Wie heißen Sie?», fragte Brigit.

Wieder trat eine Pause ein, in der sie vergeblich in ihrer Erinnerung forschte.

«Ich hab's vergessen», sagte sie nach einer Weile. «Es ist auch nicht wichtig.»

«Wohin gehen Sie denn?»

«Nirgendwohin und überallhin, mein Kind.»

«Warum setzen Sie sich nicht und essen etwas?», schlug Pidge vor, und er zeigte ihr den angenehmen Platz bei dem Felsen und deutete auf den Korb.

Die Frau kam vom Weg herüber und setzte sich. Die Kinder hielten sich etwas abseits, um nicht unter ihren Regen zu kommen, und die Enten und Gänse begannen Gras und was sie sonst noch fanden zu knabbern.

»Was habt ihr in dem Topf?», fragte die Frau mit einem winzigen Hoffnungsfünkchen in der Stimme.

«Suppe», antwortete Pidge, und er tauchte den Becher in den Topf und füllte ihn. Er wischte die heruntergelaufene Suppe mit einem Sauerampferblatt ab und reichte den Becher der Frau. Brigit gab ihr ein paar Stücke Brot auf einem Teller, den die Frau in ihren Schoß stellte. Dann breitete Brigit das Tischtuch auf dem Boden aus und verteilte darauf alles, was in dem Korb war. Dabei gab sie acht, dass nichts vom Regen nass wurde.

«Suppe», wiederholte die Frau leise. Ihre Stimme streichelte die Worte, und ihre Augen blickten zärtlich auf den Inhalt des Napfes.

Brigit brach etwas von dem übrigen Brot in Stücke und warf es den Enten und Gänsen hin. Als diese ihre gute Absicht bemerkten, eilten sie alle mit heftigem Flügelschlagen herbei.

«Da ist Gerste drin», sagte die Frau nach einer Weile.

Und dann sagte sie:

«Da ist Fleisch drin.»

Ihre Wangen waren jetzt leicht gerötet; das Essen wärmte sie.

«Da ist Gutes drin», sagte sie und hielt den Napf schräg, damit auch der letzte Tropfen herauslief.

Pidge nahm ihr den Napf ab und füllte ihn wieder. Als er ihn ihr reichte, bemerkte er, dass ihre Kleider gar nicht nass aussahen, obwohl immer noch Regen auf sie fiel, und das überraschte ihn ein wenig, obwohl sie in Tír-na-nÓg waren.

«Es gibt auch noch etwas anderes zu essen», ließ er die Frau wissen.

«Und Sie müssen alles aufessen», sagte Brigit – teilweise aus Freundlichkeit und teilweise, weil sie selber nichts davon wollte.

«Das wird nicht schwer sein», antwortete die Frau. Tief aus ihrem Hals kam ein leises Geräusch, das wie ein schwacher Versuch zu kichern klang.

Der Regen ließ ein wenig nach.

«Was ist denn hier drin?», fragte sie und nahm den Deckel von einer anderen Schüssel. Es war Lachs, schuppig und feucht glänzend.

«Probieren Sie ein bisschen davon drauf», schlug Brigit vor. «Es ist Mayonnaise.»

«Ist die gut?», fragte die Frau.

«Ganz wunderbar», versicherte Brigit ihr.

Die Enten und Gänse hörten zu und sahen sehnsüchtig auf das Essen. Brigit gab ihnen etwas von dem Kuchen und ein paar Kekse.

«Und was ist da drin?», fragte die Frau nach einer Weile, und sie lugte dabei in die letzte Schüssel. Sie war gefüllt mit Schlagsahne, in die Blaubeeren gerührt waren. Pidge reichte ihr einen sauberen Löffel.

«Warum regnet es die ganze Zeit auf Sie runter?», konnte Brigit sich nicht verkneifen zu fragen, jetzt, wo die Frau schon ziemlich gestärkt aussah.

«Ich habe keine Ahnung, Kleine», antwortete die Frau.

Brigit glaubte, nun die Frage stellen zu können, die sie am meisten beschäftigte, seit sie die Frau zum ersten Mal gesehen hatte.

«Was war denn vorhin mit Ihnen los?»

Die Frau sah wieder verwundert drein.

«Ich hab' ein bisschen durchgedreht», sagte sie, nachdem sie einen Moment nachgedacht hatte. «Es kam einfach über mich.»

«Ich weiß, wie das ist», sagte Brigit mit einem schuldbewussten Blick in Pidges Richtung. «Mir geht's auch manchmal so.»

Darüber musste die Frau lächeln, und auf das Lächeln folgte ein richtiges Kichern.

Der Regen, der auf sie fiel, war jetzt noch schwächer.

«Aber immerhin haben Sie hübsche Enten und Gänse», sagte Brigit tröstend.

«Ach, die gehören mir überhaupt nicht», sagte die Frau. «Sie waren eine richtige Heimsuchung, diese Viecher, als sie das erste Mal hinter mir auf dem Weg aufgetaucht sind. Ich dachte, irgendjemand würd' sicher nach ihnen suchen. Aber das ist schon lange her, und jetzt laufen sie mir immer noch nach, obwohl ich sie fast nie anschau'. Ich vergess' sie ganz und gar, ja wirklich.»

«Ja», sagte eine kleine, dicke braune Ente. «Wir verfolgen sie. ‹Verfolgt mich doch nicht›, hat sie mal gesagt, aber wir haben gar nicht auf sie gehört, weil wir den Regen mögen, nicht?»

«O ja», sagten die anderen Enten begeistert, «wir mögen ihn, wir mögen ihn!»

«Und die auch», fuhr die kleine braune Ente fort und machte eine Kopfbewegung zu den Gänsen hin, die sich wieder an den Wegrand begeben hatten, um Gras zu rupfen.

«Manche mögen Schwingkeulen, und manche mögen Steptanz – aber für uns ist es eben der Regen», erklärte die kleine Ente weiter.

«Das hab' ich ja nie gewusst!», sagte die Frau, deren Gesicht jetzt durch die Kräftigung ganz rosig war. «Zuerst hab' ich gedacht, sie wären einsam und verlassen, und danach hab' ich überhaupt nicht mehr an sie gedacht.»

«Das wissen wir schon. Wir mussten selbst Steptanz lernen, um Ihren närrischen Füßen aus dem Weg gehen zu können. Sie trampelt rum wie wild, stimmt's?», sagte die kleine Ente Zustimmung heischend.

«O ja, wie wild, wie wild!», antworteten die anderen und nickten heftig mit den Köpfen.

«Ach, du liebe Alte», sagte die kleine Ente zärtlich. «Du hast uns frei gelassen wie Katzen und den Regen mit uns geteilt; und was zählt schon das bisschen Unbequemlichkeit durch wild gewordene Füße, wenn Freunde einen Weg gemeinsam gehn?»

«Es ist jedenfalls ein langer Weg, das kann man wohl behaupten», sagte die Frau mit einem Seufzen.

Der Regen wurde wieder stärker und hüpfte von ihrem Kopf.

«Lang und gefährlich, was?», sagte die kleine braune Ente.

«Nein, gefährlich war er wohl nicht», widersprach die Frau freundlich.

«Nicht gefährlich? Und was ist mit all den Hunden?», fragte die kleine Ente empört.

Pidge fuhr auf. «Hunde?», fragte er.

«Die Wasserdame hat sie nie gesehn, aber wir haben sie gesehn, nicht?»

«Haben wir, haben wir! O ja, das haben wir», sagten die anderen Enten schaudernd.

«Ohne die Gänse wären wir überfallen und erledigt worden. Es ist ein hartes Leben, Ente zu sein ohne Hakenschnabel. Wir haben ja Schnäbel wie auch die Gänse, aber wir haben nicht dieses Zischen und diese Stoßkraft. Ja, das ist es, was uns fehlt – das Zischen. Und auch das Gewicht, das fehlt uns. Es sieht aus, als wären wir fürs Gegessenwerden bestimmt ... wehrlos geboren ... und so gut ausgerüstet fürs Kämpfen wie Tulpen.»

«Was für Hunde waren das denn?», fragte Pidge.

«So eine Art Jagdhunde waren sie! Dünne Hunde. Hätten wir den Gänserich da nicht gehabt, wir wären erledigt gewesen, denn als sie uns gesehen hatten, sind sie irgendwie dahergeschlichen. Aber er hat's ihnen gezeigt – hat seinen langen Hals rausgestreckt und sie angezischt wie 'ne Dampfmaschine. Heda! Komm mal 'nen Augenblick rüber, los!», rief sie dem Gänserich zu.

«Was glauben Sie eigentlich, mit wem Sie sprechen?», erkundigte sich der Gänserich hochnäsig und abweisend.

«Ach komm, Charlie», sagte die kleine Ente. «Hör doch mal auf mit dem vornehmen Getue.»

«Vornehmes Getue?», wiederholte der Gänserich, als habe er die Worte eines Narren gehört, die Leute mit höherer Intelligenz nicht zu verstehen vermochten.

«Mimose!», sagte die kleine Ente spöttisch. «Wenn man dich so reden hört, könnt' man meinen, du kommst aus 'ner silbernen Muschelschale! Aber du bist aus 'nem Ei geschlüpft wie unsereins, also brauchst du auch nicht so hochnäsig zu sein!»

«Hochnäsig? Wie bitte?», sagte der Gänserich.

«Hochnäsig und vornehm, dass sich Dschingis-Khan daneben wie 'n Lumpensammler vorkommen würde. Immer hat er dieses Gehabe an sich, stimmt's?»

«Ja, hat er, hat er!», bekräftigten alle.

«Es tut mir leid», sagte der Gänserich herablassend, «aber die Äußerungen Ihres Schnabels sind so unerhört töricht, dass Sie lieber davon Abstand nehmen sollten.»

«Hört euch nur an, was der für Brocken ausspuckt!», spottete die kleine Ente. «Aber sie werden dir zu Weihnachten trotzdem den Hals umdrehn, wie den andern. Weißte was, Charlie? Du gehst mir ganz schön auf die Nerven.»

«So etwas ignoriert man am besten», sagte der Gänserich. «Er ist ein bedeutungsloses Objekt und keiner Beachtung würdig.»

Die Frau lachte jetzt herzlich und ebenso Pidge und Brigit.

Es regnete nicht mehr.

«Ich dachte, ihr wärt alle Freunde», sagte die Frau.

«Oh, selbstverständlich sind wir Freunde, aber wir sind nicht zu intim», sagte der Gänserich.

«Ich werd' gleich intim mit dir, wenn du nicht aufpasst», sagte die kleine Ente und spreizte die Federn. «Ich werd' dir die Stoppelfedern ausreißen. Das gibt ein Jiu-Jitsu, bei dem alles erlaubt ist. Der dreht mir doch glatt den Rücken zu. Haltet mich fest, sonst verbeiß' ich mich in ihn!»

«Ich habe gehört, dass du sehr tapfer bist», sagte Pidge zu dem Gänserich, auch weil er den Streit unterbrechen wollte.

«Das liegt mir so im Blut», war die hochmütige Antwort.

«Vollblut?», lachte die kleine Ente. «Hat jemand schon mal was von einer reinrassigen Gans gehört?»

«Das ist nun einmal unsere Geschichte», ließ sich der Gänserich herab zu erklären. «Wachhunde der Römer, wissen Sie, solche Dinge. Militär. Und wir sind natürlich Aristokraten. Merkwürdig, nicht, dass wir nie von der Ente gehört haben, die goldene Eier legte?»

Die kleine Ente kochte vor Wut. «Ach so? Enten sind also nicht aristokratisch, was? Ich nehme an, Charlie, du hast noch nie vom Herzog von Entenburgh gehört?», fragte sie hitzig.

«Das könnte ich nicht sagen.»

«Dann hast du überhaupt keine Ahnung, wenn du noch nicht mal von Seiner Hoheit gehört hast!», schloss die kleine Ente triumphierend.

«Wie tapfer bist du?», fragte Pidge.

«Ich bin einfach begabt dafür», antwortete der Gänserich.

«Ich werd's dir sagen», schaltete sich die Ente ein. «Nur er hat uns zusammengehalten. Er hat ihnen sogar das Lied vom Hund, der Flöhe hat, vorgesungen, stimmt's, Charlie?»

«Dann bist du also wirklich tapfer?», sagte Pidge, der sich fragte, ob ihnen das helfen könnte, mit Curu zusammen in die Stadt zu gehen.

«Oh, bekanntermaßen bin ich das», sagte der Gänserich und stakste herum, als wäre der Boden irgendwie schmutzig.

«Bist du so tapfer wie ein ... Fuchs?», platzte Brigit heraus.

Der Gänserich wich einen Schritt zurück.

«Hast du Fuchs gesagt?», fragte er entsetzt.

«Es war nur 'n Witz, Charlie. Sie hat nur so 'ne Bemerkung fallenlassen», sagte die Ente beruhigend. «Fuchs ist ein Wort, das mir auf den Magen schlägt, aber doch nicht dir, Charlie.»

«Natürlich nicht», sagte der Gänserich, aber seine Stimme bebte ein wenig.

«Natürlich nicht», wiederholte die Ente. «Dir nicht – das würde vielleicht Mäusen auf der Kreuzung was ausmachen.

Aber dir doch nicht, Charlie; nicht einem alten Gallowglass wie dir.»

«Ich habe selbst nie einen zu Gesicht bekommen – aber es muss ein fürchterlicher Anblick sein», sagte der Gänserich, der sich wieder gefasst hatte.

«Oh, das ist es, das ist es», stimmten all die anderen kleinen Enten zu.

«Es ist 'n Anblick, da würde dir das Herz bis zum Bürzel rutschen. Ich bin froh, dass du dich beruhigt hast und dich nicht mehr fürchtest, Charlie, denn das steht dir ganz und gar nicht», sagte die kleine Ente.

«Fürchten? Wovon reden Sie eigentlich?», fragte der Gänserich von oben herab wie immer.

«Ach, gut. Jetzt bist du wieder die alte hochnäsige Gans», sagte die Ente glücklich.

Der Gänserich warf den stolzen Kopf zurück.

«Zeigen Sie mir einen Fuchs, und ich werde Ihnen einen Feigling zeigen, mein Herr!», sagte er.

«Seht ihr das?», sagte die kleine Ente. «Er hat keine Angst, obwohl ihm der Kopf abgerissen werden könnte, als wär' er ein Glockenblumenstiel. Für Charlie ist das alles, wie wenn Gischt gegen einen Leuchtturm klatscht – keinerlei Wirkung. Als wenn Hagelkörner von einem Felsen abprallen – Charlie kümmert's nicht.»

«Zeigt mir einen Fuchs», forderte Charlie. «Zeigt mir einen Fuchs, und ich werde ihn mit einem Fauchen erledigen.»

Diesen Augenblick wählte Curu, um seinen Schwanz über dem Felsblock sichtbar werden zu lassen.

Die kleine braune Ente sah ihn zuerst.

«Oje, oje», schrie sie und rang zunächst nach Worten. «Ein Fuchsschwanz! Ein Fuchs! Lauft um euer Leben!»

Ein gewaltiger Tumult brach los, als die Enten und Gänse in Panik davonwatschelten und dabei schrill schnatterten und quakten. Es sah aus, als habe jemand Charlie die Sporen gegeben, denn er trabte allen in einem ordentlichen Tempo voran.

Eine der anderen kleinen Enten war einfach in Ohnmacht gefallen, lag neben Brigit und atmete schwach. Brigit wusste nicht, was sie mit ihr tun sollte, deshalb ließ sie sie in Ruhe und hoffte, sie würde sich von selbst wieder erholen.

Curu stand nun auf dem Felsbrocken.

«Kommt zurück!», rief er. «Ich werde euch kein Haar krümmen. Fainites!»

«Fainites, meine Großmama», kreischte die kleine Ente, und sie keuchte und rannte weiter. «Ach je, mein Herz, mein Herz! Davon werd' ich mich nie wieder erholen!»

«Kommt zurück! Kommt doch zurück! Es passiert euch nichts, er hat keinen Hunger!», schrie Brigit.

Pidge dachte: Wahrscheinlich wissen sie nicht, dass auch Menschen sie essen, nachdem man ihnen den Hals herumgedreht hat, sonst würden sie nie in unserer Nähe bleiben.

Die Flucht der Enten und Gänse wurde durch Brigits Ruf aufgehalten; aber sie kamen nicht zurück, sondern standen als ängstliches Häuflein am Weg.

«Ihr seid sicher – er wird euch nichts zuleide tun!», rief Pidge. «Das wirst du doch nicht, oder?»

«Nein, werd' ich nicht. Das sind Ausnahmezeiten. Ich werd' ihnen beweisen, dass ich harmlos bin. Ich werde lächeln, wie die Menschen das immer tun», sagte Curu, und er grinste breit, und seine Augen funkelten dabei.

«Die Zähne kennen wir schon», kreischte die kleine Ente.

«O ja, die kennen wir, die kennen wir», schrien all die anderen kleinen Enten im Chor. «Die Zähne kennen wir, jawohl!»

«Kommt zurück», sagte die Frau. «Ihr steht unter meinem Schutz.»

Nun war es etwas ganz anderes für die Enten und Gänse, und sie kamen zurück, wenn auch vorsichtig.

«Ich spring' jetzt hinunter», sagte Curu. «Wir halten Waffenstillstand, und es wird nicht mehr von Glockenblumenstielen geredet oder davon, dass jemand mit einem Fauchen erledigt wird.»

den Schluckauf, sodass sie immer «Quaa-hick» machte. Ein wohlmeinender Freund klopfte ihr auf den Rücken.

Als sie sich wieder erholt hatten, sagte die erste kleine Ente:

«Er hat das Hirn einer Qualle, aber wir mögen ihn trotzdem, stimmt's?»

«O ja, wir mögen ihn, wir mögen ihn», riefen die anderen, nach Luft ringend.

«Die Intensität des Lichtes nimmt mit dem Quadrat der Entfernung ab», warf Dempsey ungefragt ein; und wieder ging es bei den anderen los. Schließlich sagte die kleine braune Ente:

«Was für ein Komiker ist der Bühne durch dich verlorengegangen, Dempsey. Wisst ihr jetzt, was ich gemeint habe? Er ist wirklich strohdumm, der arme Kerl.»

«Ich glaube, dass er vielleicht sogar sehr klug ist», sagte Pidge. «Ich glaube sogar, er könnte uns sagen, wie wir Curu in die Stadt unter all die vielen Leute bringen, ohne dass ihm etwas passiert.»

Dempsey antwortete ohne Zögern.

«Der Fuchs soll so tun, als sei er tot, und unsere liebe Wasserdame soll ihn wie einen Pelz um den Hals tragen. Die Menschen sind an solche Dinge gewöhnt», sagte er.

Seine Freunde lachten allesamt laut über diese Worte, doch als das Gegacker und Geschnatter verstummt war, sagte Pidge:

«Ich glaube, das ist sehr schlau. Könntest du das machen, Curu?»

«Leicht», antwortete der Fuchs.

«Wären Sie einverstanden?», fragte Pidge die Frau.

«Mit dem größten Vergnügen», sagte sie lachend.

«Dempsey! Kluges Köpfchen! Ich hab' ja immer gesagt, dass du was auf dem Kasten hast», sagte die kleine braune Ente.

Die Frau beugte sich zu Curu herab, und er kletterte auf ihre Schultern. Er drapierte sich um ihren Hals und ließ die Pfoten baumeln.

«Wie fühle ich mich an?», fragte er.

«Angenehm und warm und weich», sagte die Frau.

«Sie sehen umwerfend aus! Er steht ihr, was?», sagte die kleine braune Ente.

«O ja, er steht ihr, er steht ihr», stimmten alle anderen Enten zu.

In Pidges Augen sah Curu nicht sehr wie ein Pelz aus, aber er behielt diesen Gedanken für sich. Mit vereinten Kräften halfen er und Brigit der Frau auf die Füße.

«Aber vergessen Sie nicht, er ist bloß geliehen – Sie können ihn nicht behalten», sagte Brigit ängstlich und sah zu der Frau auf.

«Natürlich, das weiß ich, mein Kind. Und ich würde ihn auch gar nicht anders wollen als er ist – lebendig, schön und frei», antwortete die Frau.

Curu hob den Kopf und schaute der Frau mit einem langen, wissenden Blick in die Augen. Er berührte ihr Gesicht mit der Schnauze, gab ihr einen Fuchskuss und leckte ihr die Wange. Dann ließ er sich wieder um ihre Schultern sinken und machte glasige Augen.

Gemeinsam machten sie sich auf den Weg nach Baile-na-g Ceard. Und Pidge dachte: Wie es wohl sein wird? Seit wir Galway hinter uns gelassen haben, waren wir nicht mehr in einer Stadt.

Nachdem sie ein paar Schritte gegangen waren, sah die Arme Frau Pidge an und fragte:

«Hab' ich etwa gerade Lachs gegessen? Hab' ich Schlagsahne mit Blaubeeren bekommen?»

«Ja», antwortete er.

«Ich wusste, wie es schmecken würde!», sagte sie triumphierend, und dann gingen sie weiter.

Da fiel Pidge der Korb ein, und er sah sich um; aber alles war verschwunden. Sie folgten dem Weg, der um den Fuß des ersten Berges herumführte, und durchwanderten das enge Tal.

3. Kapitel

In der wirklichen Welt hatte der Wachtmeister es unterdessen satt, sich Sorgen zu machen, und außerdem war ihm schlecht vom vielen Kakaotrinken. Das Gefühl, kein ordentlicher Wachtmeister, ja, überhaupt nicht mehr so recht er selbst zu sein, beunruhigte ihn.

Mehrmals fuhr er halb von seinem Stuhl hoch, drauf und dran, auf die Straße zu laufen und den ersten besten Menschen, dem er begegnete, zu fragen: «Wo waren Sie denn um zehn nach drei am Morgen des dreizehnten Dezember neunzehnhundertvierundfünfzig?», nur um sich selbst zu beweisen, dass er tatsächlich noch Wachtmeister sei und seine Pflichten zu erfüllen wusste.

Glücklicherweise tat er nichts dergleichen: denn als er schließlich hinausging, war der erste Mensch, der ihm begegnete, der Bischof, der einen Stadtbummel machte und die Sockenpreise in den Schaufenstern verglich. Er hatte eine lange, lange Zeit vor dem Sockenschaufenster von Alexander Moon's Textilienhandlung in der Eglinton-Straße verbracht, ganz versunken in Träume von seinem Geburtsort.

Während der Wachtmeister noch grübelnd dasaß und düster auf den dunklen Ring starrte, den der Kakao am Boden seiner Tasse hinterlassen hatte, drängten sich leise Geräusche aus dem vorderen Büroraum in sein Bewusstsein. Er hörte, dass eine Schublade geöffnet und nach einigem Herumwühlen wieder leise geschlossen wurde. Darauf folgte ein unkontrolliertes

Gelächter, das rasch zu einem mühsam unterdrückten Kichern abgeschwächt wurde.

Was ist denn da draußen los?, fragte er sich gemächlich.

«Hören Sie sich das an, Wachtmeister, gleich werden Sie was zu lachen haben», sagte der junge Polizist, der hereinkam und sich lässig an die Wand lehnte. Er hielt ein altes, abgenutztes Buch geöffnet in den Händen.

Sehr gut, dachte der Wachtmeister; heute könnte ich so was wirklich brauchen.

«‹Der willensstarke Wachtmeister muss entschlossen, scharfsinnig, selbstbewusst und voller Tatkraft sein. Er muss klar umrissene Wertvorstellungen und Ziele haben, die er mit unerschütterlicher Ausdauer verfolgt. Er muss seine Fähigkeit zur unermüdlichen Arbeit voll einsetzen.› Wie finden Sie das, Wachtmeister? Es steht in einem alten Handbuch», schloss der junge Polizist mit einem halb erstickten Kichern.

Es herrschte tiefe Stille.

Der Wachtmeister erhob sich, vom Uniformkragen aufwärts feuerrot.

«Sehr passend, was du da liest!», sagte er vorwurfsvoll und schritt energisch aus dem Zimmer.

Während er an dem kichernden jungen Polizisten vorbeischoss, glaubte er zu hören, wie dieser unter seinem Kichern etwas murmelte wie: «Der könnte ja nicht mal ’ne Gans verscheuchen.»

Ob er es nun gesagt hatte oder nicht, der Wachtmeister war wutentbrannt. Er stampfte auf den Hof hinaus und bückte sich, um seine Fahrradklammern anzulegen wie ein Krieger seine Rüstung. Er reckte sich und griff nach dem Rand seiner Jacke, um sie herunterzuziehen, damit sie korrekt und ordentlich saß. Ein Blick auf seine Messingknöpfe, und sein Selbstvertrauen war wiederhergestellt, obwohl andere Teile seiner Persönlichkeit immer noch unordentlich in seinem Hirn herumflatterten. Er schob sein Rad aus dem Hof in die Eglinton-Straße und warf sein Bein über den Sattel, als bestiege er einen arabischen Vollbluthengst. Das Fahrrad schwankte, aber er bekam es in den Griff und richtete den Blick fest auf Shancreg.

Der arme Wachtmeister sieht nicht gut aus, dachte der Bischof. Er hörte auf, an seinen hübschen Geburtsort zu denken, und die Sockenpreise verflüchtigten sich vollständig aus seinem Universum. Stattdessen sprach er jetzt ein kleines Gebet für den Wachtmeister. Das führte ihn zu der Frage, wer wohl der Schutzpatron der Wachtmeister sei; und zu diesem Rätsel kehrte sein Geist den ganzen Tag über immer wieder flüchtig zurück. Und dann sprach er jedes Mal ein kleines Gebet.

Jede Güte ist gut, und die Güte des Bischofs war so gut wie die jedes anderen Menschen; und wer weiß, ob seine Besorgnis dem Wachtmeister nicht geholfen hat?

Der alte Mossie Flynn, der Besitzer des Glashauses in Shancreg, hatte keine Ahnung davon, dass im Schutz der Dunkelheit eine dritte Frau angekommen war; und er hatte geduldig darauf gewartet, dass die beiden Frauen herauskommen und etwas Lustiges anstellen oder eines ihrer Kunstwerke hervorbringen würden. Zunächst war er nicht besonders überrascht, dass sie sich nicht sehen ließen.

«Denn», so sagte er zu seinem Schwein, und kraulte es sanft hinter dem Ohr, «sie werden sich die Nasen pudern und all solche Sachen – sie werden sich hübsch machen. Oder vielleicht machen sie sogar ein Nickerchen. Friss jetzt erst mal in aller Ruhe, und stör sie nicht mit lautem Gegrunze.»

«Und», sagte er zu den Hühnern, als er ihnen ihre Körner ausstreute, «sie werden sich in ihre Dinger schnüren und sich mit heißen Lockenscheren herausputzen. Und ihre Fingernägel lackieren. So sind Frauen nun mal – und unsere beiden Damen haben sehr romantische und geheimnisvolle Gemüter. Hört jetzt auf zu gackern, sonst weckt ihr sie vielleicht noch aus ihrem Schönheitsschlaf.»

Und so wartete er und war insgeheim ein wenig aufgeregt beim Gedanken an den Spaß, den er haben würde.

Er hatte die Kuh gemolken, er war leise zum Brunnen gegangen, um Wasser zu holen, und er hatte alle Tiere gefüttert außer der Katze, die noch nicht von ihrem nächtlichen Streifzug heimgekehrt war. Manchmal wartete sie schon draußen auf der Schwelle, bevor er wach war, dann wieder kam sie erst mittags heim, mit einem Kaninchen zwischen den Zähnen, und manchmal blieb sie sogar ein paar Tage lang weg, weil sie Freunde und Bekannte, die weit entfernt wohnten, zu Hochzeiten oder Totenwachen besuchte.

Mossie legte Holz nach, zündete sich eine Pfeife an und machte sich's mit einer alten Zeitung gemütlich, während er wartete. Allmählich begann er jedoch unruhig auf seinem Stuhl herumzurutschen, und er ertappte sich dabei, dass er wiederholt Seufzer ausstieß und immer wieder denselben Absatz las, ohne den Sinn zu verstehen. Von Zeit zu Zeit warf er einen Blick über seine Halbtür, um nachzusehen, ob irgendein Lebenszeichen seiner Mieter festzustellen sei. Das Glashaus zog ihn nicht an, weil die Frauen irgendeinen Trick anwandten, sondern weil er von solch glücklichen Erwartungen erfüllt war.

Als er dann zum zehnten Mal dieselben Worte las, fiel ihm ein, dass die Frauen denken könnten, er schliefe selbst noch, und sich nur deshalb ihre Kunst versagten, weil sie fürchteten, ihn zu stören; denn er war bei allen seinen Verrichtungen sehr leise und vorsichtig gewesen. Er hatte sogar Eimer in den Armen getragen, als seien sie kleine Lämmchen, und sie an die Brust gedrückt, damit die Griffe nicht klapperten; und er hatte seine Schritte behutsam gesetzt und nach weichen Stellen gesucht, auf die er in seinen Nagelstiefeln treten konnte.

Er ging in den Garten und pflückte einen hübschen Blumenstrauß. Dann ging er zur Glashaustür und klopfte an.

Wütende Blicke huschten über die Gesichter der drei Frauen. Melody rief mit süßer Stimme, aber mit Augen, kalt wie Schneeregen:

«Wer ist da?»

«Meine Wenigkeit», sagte Mossie. Er hatte das im Radio gehört, und er dachte, es klinge eindrucksvoll und würde den Damen wie eine Art Kompliment vorkommen.

«Darf man fragen, wer ‹Meine Wenigkeit› ist?»

«Ihr Vermieter und Freund – Mossie Flynn.»

Melody öffnete, trat hinaus und zog die Tür hinter sich zu.

«Ein Blumenstrauß für die Künstlerinnen!», sagte Mossie feierlich, nahm die Mütze ab und reichte ihr die Blumen.

Es folgte eine ungläubige Pause, bevor die Antwort kam.

«Das haben wir uns schon immer gewünscht – wir sind Ihnen außerordentlich verpflichtet», sagte Melody kalt und mit einem Blick, mit dem man einen Hai in Filets hätte schneiden können.

«Wann werden Sie herauskommen und eines ihrer wunderbaren Kunstwerke schaffen?», fragte Mossie hoffnungsvoll.

Melody roch heftig an den Blumen. Im selben Augenblick schossen zweihundertneunundvierzig winzige Insekten in ihre Nase und fanden den Tod. Sie nieste, und dabei fiel eine heiße Träne herunter, die auf einem kleinen Wurm landete und ihm Kopfschmerzen verursachte.

«Heute nicht», sagte sie. Sie konnte nicht verhindern, dass sich ihre Oberlippe ein wenig kräuselte zu einem unangenehmen Lächeln.

«Heute nicht?», wiederholte Mossie Flynn.

«Nein. Heute haben wir frei», sagte sie, ging wieder hinein und schloss die Tür.

Mossie stand einige Augenblicke zweifelnd da und kehrte dann in sein Haus zurück. War sie wirklich so unfreundlich, oder hab' ich mir das nur eingebildet?, fragte er sich misstrauisch. Hat sie tatsächlich höhnisch gegrinst?

Wenn jemand auf dem dünn besiedelten Lande lebt, hat er nicht viel Gelegenheit, Dinge wie höhnisches Lächeln zu studieren. Bei so wenig Leuten könnte das einzige höhnische Grinsen einer Woche leicht am anderen Ende der Gemeinde stattfinden, sodass er es versäumte, wenn er nicht dort war. Andererseits könnte es sogar sechs höhnische Grinsen pro Stunde auf dem eine halbe Meile entfernten Nachbarhof geben, und er hätte keine Gelegenheit, sie zu sehen. Denn eines ist sicher, Leute, die gut höhnisch grinsen können, verstehen es ausgezeichnet, freundlich zu lächeln, wenn ein Besucher kommt.

Mossie machte sich Sorgen, er könnte ihnen Unrecht tun.

Die Frauen wandten sich wieder der Beobachtung des Tisches zu. Sie hatten ihn nur ein oder zwei Sekunden lang betrachtet, als eine auffallende Veränderung mit ihnen vorging. Die Mórrígan war wie jemand, der aus einem langen, langsamen Traum zu raschem Leben erwacht, und Melody Mondlicht und Breda Ekelschön waren ernst und schweigsam.

Mit größter Aufmerksamkeit betrachteten sie den Tisch und studierten die drei Täler, die nichts als kleine Vertiefungen in seiner Oberfläche waren, und die Berge, die kaum höher ragten als das Wachs, das in wenigen Minuten von einer Kerze herabtröpfelt. Sie stellten fest, dass die Täler ineinander übergingen, und bemerkten mit größtem Interesse, dass das letzte Tal keinen Ausgang hatte. Dies war keine Falle, die sie selbst gestellt hatten, das wussten sie nur zu gut; aber ob dieses letzte Tal ein Teil der Landschaft war oder nur durch den Wunsch des Dagda existierte, das konnten sie nicht sagen.

Ihre Augen wurden unergründlich und so ausdruckslos wie Echsenaugen.

«Was haben wir hier?», flüsterten sie.

Dieses Flüstern war eigentümlich durchdringend und stark und vibrierte in allen Scheiben des Glashauses. Als beinahe lautloses Echo kam ein «hier, hier, hier» zitternd zurück, wie von zarten Stimmgabeln, und schwebte um den Tisch.

Breda und Melody beobachteten das Gesicht der Mórrígan, und ihre Augen waren weit vor ungezügelter Erwartung. Doch abgesehen davon waren sie unglaublich ruhig: drei versteinerte Frauen.

Die Mórrígan gab den gierigen Blick zurück, und sie warteten.

Ein winziger blutroter Fleck erschien in einem ihrer Augen.

«Blut verlangt nach Blut», sagten sie und bebten.

Sie wussten nun, dass die Kinder den Kieselstein, der einst genau dieses Auge verletzte, schon beinahe gefunden hatten. Sie wussten auch: Wenn die Mórrígan genau diesen Tropfen ihres alten Blutes verschluckte, das den Kiesel gefärbt hatte, würde sie wieder ihre alte Kraft gewinnen.

Und zudem wussten sie: Wenn sie auch Olc-Glas bekäme, wäre ihre Macht wahrhaft groß.

Das Auge füllte sich mit Blut und wurde ganz rot.

«Ich bin die Mór Ríagan», sagte die Mórrígan, «ich bin die Große Königin. Ich stifte die Menschen zum Wahnsinn des Kampfes an.»

«Ich bin Macha», sagte Melody Mondlicht. «Ich bin die Königin der Trugbilder. Ich schwelge unter den Erschlagenen. Ich sammle Köpfe.»

«Ich bin Bodbh», sagte Breda Ekelschön. «Ich bin die Skaldenkrähe mit dem scharfen Schnabel. Meine Schreie kündigen die Zahl der Toten an.»

«Wir drei sind die Mórrígna; wir sind die großen Königinnen», sagten sie.

«Mein Herz ist ein Eisquell», sagte die Mórrígan. «Bald werde ich einen Tropfen meines alten, starken Blutes wiederhaben. Damit werde ich Olc-Glas auflösen und in mein kaltes Herz hinabschlingen. Und sein Gift möge sich mit dem meinen verbinden.»

«Ich werde dich küssen und zu meinem Gift auch des seinen teilhaftig werden», sagte Macha. «Denn die Jahre gingen dahin, und wir sind schwach geworden.»

«Ich werde dich küssen und zu meinem Gift auch des seinen teilhaftig werden», sagte Bodbh. «Denn ich liebe den Krieg, und der Kampf ist meine Lust.»

«In jedes Menschen Kopf ist der Same des Bösen», sagte die Mórrígan. «Bei manchen gedeiht er, und sie tun sich hervor unter den anderen mit ihrer Bosheit und Grausamkeit. Der kleine Same verdirbt und kann nicht gedeihen, wenn die Liebe ihn erstickt.»

«Der kleine Same kann nicht gedeihen», sagte Macha, «wenn das Mitleid ihn erdrückt.»

«Der kleine Same kann nicht gedeihen», sagte Bodbh, «wenn die Großzügigkeit ihn zertritt.»

«Die Wahrheit wird durch den Glauben genährt», sagte die Mórrígan. «Es gibt viele Wahrheiten. Ich bin eine Wahrheit.»

«Ich bin eine Wahrheit», sagte Macha.

«Ich bin eine Wahrheit», sagte Bodbh.

«Sie werden wieder an uns glauben. Sie werden unsere Größe sehen und uns fürchten. Man wird uns nähren, und wir werden noch stärker werden», sagten sie.

«Wenn die Menschheit ‹Gnade› schreit, sind meine Ohren Muscheln aus Granit», sagte die Mórrígan. «Mein Kind ist die Schmeißfliege, die Mutter der Larven.»

«Die Zeit ist ein langsamer Traum; Zeit ist Quecksilber», sagte Macha.

«Die Sonne steigt, der Tag dämmert herauf, das Rad dreht sich – unsere Zeit kommt wieder», sagte Bodbh.

Es herrschte tiefe Stille, in der nur das unaufdringliche Atmen der Katze zu hören war. Einen Augenblick später war das Auge der Mórrígan wieder klar und schön. Der merkwürdige Einklang war vorüber, und die drei Frauen schüttelten sich, wie Hunde Wasser von sich abschütteln; und jetzt lachten sie auch.

«Er hat den Kieselstein gefunden; er hat das Natürlichste getan und ist zu den Bergen gegangen», sprudelte Breda hervor.

«Nur ein Menschenbalg kann so schauderhaft durchschaubar sein», kicherte Melody gerade, als ihr Blick von einer Bewegung auf dem Tisch angezogen wurde.

«Seht», sagte sie scharf und deutete auf den Tisch.

Sie sahen den willensstarken, entschlossenen, scharfsinnigen Wachtmeister, der mit dem Fahrrad auf Shancreg zufuhr.

Wie lästig, sagten die Frauen wortlos zueinander.

Wie aus heiterem Himmel kam wieder ein Klopfen, und Mossies höfliche Stimme drang durch die Tür.

«Meine Damen?»

Wie die Helligkeit nachts die Dunkelheit in einem Zimmer vertreibt, wenn ein Schalter gedrückt wird, veränderten sich die Frauen. Breda trug mit einem Schlag Freundlichkeit zur Schau – etwas, das in der wirklichen Welt Gott weiß nur zu oft geschieht.

«Ja, Mr. Flynn?» antwortete sie mit süßer Stimme.

«Sie müssen in mein Häuschen rüberkommen zum Frühstück», sagte Mossie.

«Müssen wir das?», flötete Melody.

«Natürlich müssen Sie! Ich weiß, dass Sie nichts zu essen dahaben, weil Sie keine Gelegenheit zum Einkaufen hatten. Aber auch wenn Sie was dahätten, im Glashaus kann man ja nichts kochen. Drum lad' ich Sie zu Schinken, Eiern und frischen Champillons ein – alles in zwanzig Minuten fertig, und ein Nein nehm' ich nicht an!»

Und nachdem er diese entschlossene Botschaft übermittelt hatte, verdrückte Mossie sich eiligst.

Das geht nicht, teilten die Frauen einander wortlos mit.

Und in diesem Augenblick trafen sie die Entscheidung, das Glashaus jetzt zu verlassen und nicht zu warten, bis Pidge und Brigit sie zu Olc-Glas und zu dem Kieselstein geführt hätten.

«Ein Narr pro Stunde ist genug – zwei sind zu viel», sagte Breda im Hinblick auf den Wachtmeister.

«Gut!», sagte Melody zufrieden. «Hier ist es mir sowieso langweilig – ich gehe nur zu gern.»

Die Mórrígan beugte sich über den Tisch, und nachdem sie den Landstrich zwischen den Bergen und dem See untersucht hatte, wählte sie sorgfältig einen geeigneten Platz aus. Dann presste sie ihren Daumen auf die Tischplatte, was eine deutliche Spur darauf hinterließ.

Zufrieden ließ sie den ganzen Tisch verschwinden – er war ein Bild, das sie nicht mehr brauchten; doch der Daumenabdruck blieb.

Sie nahm ein bisschen Staub vom Boden und blies hinein,

sodass er über ihrem Daumenabdruck herumwirbelte. Es gefiel ihr. Dann ließen die drei Frauen auch alles andere, was sie ins Glashaus mitgenommen hatten, verschwinden; und die Mórrígan ließ den Innenraum wieder auf sein richtiges Maß schrumpfen. Außer dem Daumenabdruck blieb keine Spur von ihnen.

Sie waren zum Aufbruch bereit.

«Schade um die Ratten», murmelte Melody. «Ich hätte gern einen Umhang gehabt, der mit diesem Geschmeiß besetzt ist.»

Mossie, der mit einem Schälchen voller Eier und einem Teller mit rohem Schinken durch seine Küche ging, kam gerade an der offenen Haustür vorbei, als die Tür des Glashauses krachend aufschlug und das Motorrad mit drei Frauen an seinem Gesichtsfeld vorbeiknatterte und verschwand. Er war wie vom Blitz getroffen und ließ die Eier fallen. Er eilte hinaus, um seinen fliehenden Mieterinnen nachzuschauen.

«Drei Frauen – sie haben eine eingeschmuggelt!», sagte er. «Ich glaube, das sind gar keine harmlosen Spinnerinnen aus England, sondern drei Spaßvögel aus der Klapsmühle!»

Er ging zum Glashaus hinüber und trat über die zerbrochene Scheibe an der Schwelle. Er runzelte die Stirn, als er sah, dass sein Blumenstrauß achtlos am Boden lag, und war erstaunt, seine kleine Katze zu sehen, die beim Krachen der Tür erwacht war.

«Da bist du ja!», rief er. «Hast wahrscheinlich die ganze Nacht geträumt, anstatt Ratten zu fangen.»

«Du kannst dir nicht vorstellen, was für eine Nacht ich hatte», miaute die Katze ohne die geringste Hoffnung, verstanden zu werden. «Zuerst haben sie mich als Staubwedel benutzt, und dann hab' ich mich von Ratten anspucken lassen müssen. Obwohl ich geschlafen habe, bin ich mit den Nerven noch völlig fertig.»

Wie gewöhnlich dachte Mossie, sie wolle etwas zu fressen.

«Kannst du nicht ein bisschen warten? Du bist wirklich ein schlimmer Satansbraten!», sagte er.

«Gott steh deinem Verstand bei», sagte die Katze. Sie peitschte einmal mit dem Schwanz und begann sich zu putzen.

Mossie hob etwas vom Boden auf.

Sie haben Kränze aus Gänseblümchen gemacht, sagte er überrascht zu sich selbst. Er hielt die verwelkten Blumen in der Hand.

«Wenn das Kunst sein soll – das kann ich auch», sagte er.

«Da lachen ja die Hühner», bemerkte die Katze.

«Halt die Schnauze und warte», sagte Mossie.

Der unerbittliche Wachtmeister radelte achtsam und vorschriftsmäßig die Straße entlang. Da raste plötzlich ein schweres Motorrad auf ihn zu und flitzte vorbei, sodass er beinahe das Gleichgewicht verloren hätte und vom Rad gefallen wäre.

«Oh, mein Blutdruck!», rief er und presste die Hand auf die Brust über dem Herzen. Er wendete sein Fahrrad und jagte ihnen nach.

Das Motorrad raste davon. Mit bitterer Entrüstung sah er, wie es über eine Mauer setzte.

«Flugkunststücke ... vor meinen eigenen Augen ... ich bin schließlich Wachtmeister!», knurrte er. «Und in ihrem Alter! Diesmal entwischen sie mir nicht, diese Verkehrsrowdys!»

Als er an die Stelle gelangte, wo das Motorrad über die Mauer gesprungen war, fand er Reifenspuren, die sich in den Boden gegraben hatten.

«Beweisstück Nummer eins», sagte er sich im Geiste und stellte sich einen Gipsabdruck vor.

Er stieg ab und hob sein Fahrrad über die Mauer. Jetzt stand er in einem Feld mit Steinsäulen. Merkwürdig! Weit und breit nichts von den Frauen und ihrem Motorrad zu sehen und zu hören.

Er stieg wieder auf sein Fahrrad, fuhr langsam über das Feld und folgte den Reifenspuren, die zu den Steinen führten. Er sah, dass sie ein Stück weiter vorn unter dem Deckstein auf geheimnisvolle Weise zu verschwinden schienen; aber er schloss, dass der Boden dort hart sein müsse und dass er die Spuren später wieder finden werde.

Zu seinem größten Entsetzen bekamen die Handgriffe seines Fahrrads ein Eigenleben und wanden sich unter seinen Händen. Sie versuchten, sich aus seinem Griff zu befreien. Er kreischte, riss seine Hände hoch und brachte sie nervös über seinem Kopf in Sicherheit, während er verschreckt die Handgriffe anstarrte. Sobald sie seinem Griff entronnen waren, benahmen sie sich, als wären sie verhext. Sie peitschten auf und nieder, schlugen hin und her, bogen sich zur Seite und schlangen sich dann vorn umeinander, woraufhin sie erstarrten.

«Das ist das Delirium tremens», stöhnte der Wachtmeister mit heiserer Stimme.

Das Fahrrad fuhr unter dem Steintor hindurch, und er merkte, dass dichter Nebel ihn umgab. Das Fahrrad wurde schneller und sauste wie ein Pfeil dahin. Als er an den Kerzen vorbeikam, machte er einen kläglichen Versuch, Autorität zu zeigen, indem er sagte:

«Erschreckend schlechte Straßenbeleuchtung in dieser Gegend – ich werde mich bei der Gemeindeverwaltung beschweren, wenn ich zurückkomme.» Aber er war den Tränen nahe.

Kurz darauf hörte er wieder das Geräusch eines Motorrads irgendwo vor sich und wusste nun, dass er wenigstens auf der richtigen Spur war. Das hob seine Stimmung augenblicklich.

Als die Frauen aus dem Nebel auftauchten und Galway wie im Flug durchquerten, sah sie niemand, doch alle spürten bittere Kälte.

Als der Wachtmeister aus dem Nebel auftauchte und sein Fahrrad durch die Stadt sauste, bemerkte auch ihn niemand, aber in seinem Kopf drehte sich alles, was er sah.

Die Frauen nahmen den Weg, den Pidge und Brigit gegangen waren, als sie Cathbad, dem Druiden, folgten; und als sie den See erreichten, warf die Mórrígan ein Wort auf das Wasser, von dem es völlig überrascht wurde. Im Nu erstarrte es zu festem Eis.

Der Wachtmeister kam ein paar Minuten später an. Was er auch anstellte, er konnte die Kontrolle über sein Fahrrad nicht zurückgewinnen, und irgendeine Kraft hinderte ihn daran abzuspringen. Das Rad fuhr aufs Eis und raste über den See.

«Ich sollte das Beste draus machen», sagte sich der stoische Wachtmeister, und er stellte seine Stiefel auf die jetzt festen Handgriffe und verschränkte die Hände im Nacken. Er begann zu genießen, was da vor sich ging, und bewunderte allmählich seinen Gleichgewichtssinn.

«Wenn ich nüchtern wäre, könnte ich's nicht», dachte er und lachte in sich hinein.

Das Fahrrad des Wachtmeisters verließ den See schließlich und fuhr wie der Blitz über das Land westlich des Lough Corrib. Er fühlte sich sehr glücklich und grinste töricht vor sich hin, während er an eine seiner Lieblingsrosen dachte. Es war eigentlich nur eine gewöhnliche Rose, gelb mit roten Blatträndern und kaum duftend. Aber sie war immer einer seiner Lieblinge gewesen.

Nach einer Weile merkte die Mórrígan, dass ihnen dauernd eine Gestalt folgte.

«Was ist das für ein kleines dunkles Ding, das uns wie eine Chronik folgt?», fragte sie.

«Es ist der Arm des Gesetzes», sagte Breda.

«Vom Dagda geschickt», vermutete Melody in einer plötzlichen Eingebung.

«Was sollen wir mit ihm anfangen?», spekulierte Breda.

«Darf er uns weiter folgen oder sollen wir uns seiner annehmen ... was ist das Klügste?», überlegte Melody.

«Nehmen wir uns seiner an», entschied die Mórrígan.

Melody schloss die Augen und begab sich in tiefe Versenkung. Sie erforschte den Geist des Wachtmeisters aus der Ferne und plünderte seine unbewachten Gedanken.

Aus solch kleinen Entscheidungen wie der der Mórrígan entstehen Fehler.

Immer noch vergnügt, sagte der Wachtmeister:

«Ich glaube wirklich, ich bin auf einer Fahrt ins Blaue, und ich darf sie gratis machen. Nur schade, dass ich zu schnell bin, um die Aussicht richtig zu genießen, aber es ist immer noch besser, als mit einer Gummiente auf dem Amazonas zu schwimmen.»

Während seine Gedanken angenehm herumspazierten, sah er plötzlich zu seiner Überraschung eine kleine Gestalt vor sich auf die Straße plumpsen.

Er drückte die Bremsen, so fest er konnte, stemmte seine Füße nach unten, sodass seine Zehenspitzen die Straße berührten, und versuchte, die rasende Geschwindigkeit des Fahrrads zu verringern, um rechtzeitig anhalten zu können.

Zwei kleine Staubwolken stiegen von seinen Füßen auf, die über die Erdkruste der Straße kratzten, und seine Füße wurden in den Stiefeln warm wie frisch gekochter Pudding. Funken stoben, es roch nach versengtem Leder; aber er brachte das Fahrrad im letzten Augenblick zum Stehen.

Der Wachtmeister stieß einen Seufzer der Erleichterung aus, mit dem er ein paar dankbare Sekunden lang alle Luft abließ, und musterte die Gestalt streng. Dann sah er, dass es ein rosiges kleines Mädchen war, hübsch und rundlich, mit Grübchen und blonden Locken. Es saß unschuldig mitten auf der gefährlichen Straße.

Das ist empörend! Sie ist ja noch ein Baby!, sagte der Wachtmeister entrüstet zu sich selbst.

Als er auf das kleine Ding zukam, abstieg und sich zu ihm niederbeugte, lächelte es ihn ernst an. Seine Grübchen vertieften sich noch, und es hielt ihm mit seiner kleinen, dicken Faust eine Rose entgegen.

Der Wachtmeister war entzückt. Es war genau die Rose, an die er einige Augenblicke zuvor gedacht hatte.

«Ist die für mich?», fragte er schelmisch.

Das kleine Mädchen nickte und steckte den Finger in den Mund.

«Na, dank dir. Du bist aber ein braves kleines Mädchen!»

Das kleine Mädchen kicherte und nickte sehr feierlich.

«Und was hast du da in deiner anderen Hand?»

Das kleine Mädchen zeigte ihm einen Gegenstand aus Schilfgras. Er war wie eine lange, runde Laterne geformt – ein Zylinder –, und die Schilfhalme lagen dicht nebeneinander wie Dachstroh. Das Ende, das sie in der Hand hielt, lief spitz zu und bildete einen geflochtenen Ring.

«Meins», sagte sie.

«Sehr hübsch», sagte er. «Ist das ein Puppenhaus?»

Sie schüttelte wild ihre Locken.

«Schmefferlingskäfig», lispelte sie.

«Und hast du auch einen hübschen Schmefferling drin?», fragte er spitzbübisch.

Die Kleine nickte wieder.

Ich habe wohl ihr Zutrauen gewonnen, sagte er sich, während er die Rose ins oberste Knopfloch seiner Uniformjacke steckte. Wenn sie mir erst vertraut, dann kann ich sie vielleicht hochheben und auf mein Fahrrad setzen, ohne allzu viel Geschrei und Gebrüll und Gestrampel. Diese kleinen Lämmer können einem ganz schöne Tiefschläge versetzen, wenn ihnen was nicht passt. Und dann werd' ich sie zu ihrer Mutter heimbringen und werde der Dame was erzählen. Man stelle sich nur mal vor – lässt so einen kleinen Engel mitten auf der Straße sitzen!

«Zeigst du mir deinen hübschen Schmetterling – Schmefferling?», schmeichelte er.

Schüchtern hielt das kleine Mädchen seinen Käfig in die Höhe, und der Wachtmeister beugte sich zu ihm nieder. Er hielt sein Gesicht ganz dicht an die Schilfhalme und versuchte sie mit der Spitze eines Fingernagels auseinanderzubiegen.

Das kleine Mädchen begann zu lachen.

Der Wachtmeister war ein wenig überrascht, als er merkte, dass es nicht das Lachen eines Kindes war.

Bevor er sich aufrichten und einen Blick auf das Mädchen werfen konnte, merkte er, dass er sich im Inneren von etwas wie einer massiven grünen Einpfählung befand, sein Fahrrad neben sich. Das ganze Gefängnis lief irgendwo hoch über seinem Kopf spitz zusammen.

Außerhalb der grünen Wände kreischte jemand wild vor Lachen. Er versuchte die Arme auszustrecken, um die grünen Pfähle auseinanderzubiegen, doch da merkte er, dass er ganz plötzlich erstarrte. Sosehr er sich bemühte, er konnte keinen Muskel regen, gerade dass sich seine Augenlider noch öffnen ließen.

Und jetzt?, fragte er sich düster. Nun kriegt mein Rad auch noch eine ganz komische Farbe, als hätte ich nicht sonst schon genug Sorgen. Was habe ich denn bloß getan, um all dieses Unheil zu verdienen, außer der kleinen Nachlässigkeit, Schnaps zu trinken?

Melody Mondlicht stand auf und wischte sich den Staub von der Sitzfläche. Sie gönnte sich noch ein gellendes Lachen, bevor sie die Mórrígan und Breda Ekelschön einholte.

Sie überreichte den Schmetterlingskäfig der Mórrígan, die den Deckel öffnete.

Der Wachtmeister und sein Fahrrad wurden herausgeholt und an ihrem Armband befestigt. Sie waren jetzt goldene Anhänger. Die Mórrígan hob den Arm, und alle drei lachten über diesen Einfall. Sie stiegen wieder auf das Motorrad und setzten ihren Weg fort.

Der Wachtmeister, der an dem Armband baumelte, begriff nicht ganz, was mit ihm geschehen war. Er wusste zwar, dass er von einer riesigen Hand aus seinem grünen Gefängnis geholt worden war; aber er war ja starr und konnte den Kopf nicht wenden, um festzustellen, wie die übrige Person aussah, der die Hand gehörte. Er wusste auch, dass sein Äußeres ganz golden war und dass sich sein Fahrrad im gleichen Zustand befand und neben ihm hing. Manchmal erhaschte sein Blick flüchtig andere goldene Dinge, die neben ihm baumelten, wenn die Kette durch die Armbewegungen der Mórrígan in Bewegung geriet. Er fühlte sich wie eine Makrele, aufgereiht an einer Schnur.

Einmal sah er beim Hin- und Herschwingen kurz ein Bein unter sich, das seine Form eher der Architektur als der Natur zu verdanken schien. Der Fuß am Ende des Beins schien auf einer Art schwarzem Sockel zu ruhen. Es war nur das Pedal des Motorrads, aber das wusste er nicht, und für ihn sah es erschreckend aus.

Sie durchschnitten die Landschaft wie eine Kreissäge; das Getöse des dahinbrausenden Motorrads war ohrenbetäubend.

Er fühlte sich plötzlich leer wie ein ausgeblasenes Ei und sehr müde. Zum Glück schlief er ein und bekam lange, lange Zeit nichts mehr mit.

Die Frauen fuhren weiter, und ihre Schatten begleiteten sie als verzerrte Abbilder auf dem Boden.

Später verschwand das Motorrad unter ihnen, und nun flog nur noch ein Lichtstrom mit einem Schatten darunter über die Erde dahin.

4. Kapitel

Es führte nur eine Straße durch das Tal, und sie folgten ihr Schritt für Schritt.

Die Arme Frau, die die Welt zum ersten Mal wahrzunehmen schien, blieb die ganze Zeit schweigsam; aber sie hatte ihren Kopf ein wenig gehoben und sah sich mit größter Anteilnahme und Neugier um. Brigit hopste mit den Enten und Gänsen voran; sie brannte darauf, endlich zum Tauschfest zu gelangen. Pidge versuchte, die Größe des mächtigen zweiten Berges abzuschätzen, dessen Fuß steil in das Tal hineinragte. Er versperrte den Blick auf das, was dahinter lag; aber wie Brigit hoffte er, dass sie bald in Baile-na-gCeard sein würden.

Es war Curu, der das Schweigen schließlich brach.

«Bin ich Ihnen auch nicht zu schwer?», sagte er zu der Armen Frau.

«Du bist wie ein Vögelchen – ein weicher, warmer Hauch, fast ohne Gewicht», antwortete sie unbestimmt, als sei sie mit ihren Gedanken anderswo.

Pidge und Curu wussten beide, dass das nicht stimmen konnte, denn der Fuchs war ein ausgewachsenes und gesundes Tier. Und obwohl Curu an den Bewegungen unter seinem Körper spürte, dass die Frau nicht so gebrechlich war, wie sie aussah, und sehr kräftige Muskeln hatte, zweifelte er daran, dass sie ihn wirklich als so leicht empfand, wie sie behauptete.

Es ist nur eine Redensart, dachte Pidge.

Das lange Schweigen hatte ihn ein bisschen verunsichert. Er

dachte die ganze Zeit an die große Gestalt, die neben ihm ging, und fragte sich, ob er sich um ein Gespräch bemühen sollte – Erwachsene schienen das ja immer zu erwarten. Und vielleicht würde sie ihn bald für dumm oder langweilig halten, wenn er nichts sagte, oder sie dachte gar, er wolle nicht mit ihr sprechen, weil sie sich vorhin so seltsam benommen hatte.

Und das durfte auf keinen Fall sein, dachte er ernst; vor allem, wenn sie dann vielleicht wieder so traurige Gedanken bekam.

Deshalb sagte er:

«Wissen Sie, was Baile-na-gCeard bedeutet?»

«Es heißt Stadt der Kunsthandwerker», antwortete die Arme Frau, den Kopf immer noch von ihm abgewandt, und starrte wie gebannt die Mädesüßblüten an, die den Wegrand schmückten. Sie schien ganz bezaubert von ihnen zu sein, wie überhaupt alles, was sie sah, ihre Verwunderung weckte.

«Ach so», sagte Pidge und wurde rot. Jetzt bin ich genauso klug wie vorher, dachte er kläglich.

Kunsthandwerker!

Wieder ein Wort, das er nicht kannte. Die Arme Frau bemerkte offenbar seine Schwierigkeiten nicht, denn jetzt war sie wie gebannt vom Anblick sanfter weißer Wolken am Horizont, die träge im Nichts hingen.

Von einem Vorsprung hoch oben an diesem zweiten Berg stürzte in einem endlosen Silberband der Wasserfall hernieder, den sie schon aus der Ferne gesehen hatten, und er donnerte in das Wasser eines kleinen Beckens und ließ es zu glucksenden Bläschen und Wirbeln aufschäumen. Sie gingen an einem kleinen Dickicht aus Haselnusssträuchern vorbei, und als sie dann vor dem Becken standen, gerieten die Enten und Gänse in Verzückung. Sie flatterten und hasteten, bis sie im Wasser waren, wo sie mit begeistertem Gackern und Quaken herumschwammen, tauchten und spritzten. Immer mehr Blasen sprangen aus dem Planschbecken hoch, und die kleine braune Ente rief im Freudentaumel:

«Ach, es ist herrlich, es ist einfach herrlich – kommt doch auch herein!»

Aber Brigit war zu ungeduldig, weil sie weitergehen wollte, und Curu war beunruhigt. Das Getöse des Wassers übertönte alle anderen Geräusche und trübte seinen lebensnotwendigen Hörsinn, sodass er sehr nervös wurde. Da rief die Arme Frau die Schwimmer herbei; und sie folgten, wenn auch widerwillig, watschelten weiter und schüttelten sich die Tropfen aus dem Gefieder.

Bald schon rief Brigit freudig:

«Ich glaube, wir sind fast da!»

Und tatsächlich – als sie den Fuß des Berges schließlich umwandert hatten, sahen sie vor sich, zwischen zwei Bäume über die Straße gespannt, ein riesiges weißes Spruchband, auf dem in leuchtend roter Schrift stand:

Willkommen zum TAUSCHTAG

Und dann hörte man plötzlich die fröhlichen Klänge einer Blaskapelle.

Brigit begann herumzutanzen. Aufgeregt hüpfte sie im Kreis.

«Hört ihr die Blaskapelle?», rief sie.

«Schon wieder Steptanz», bemerkte die kleine braune Ente milde, während sie alle Brigits lebhaften Füßen auszuweichen versuchten.

Pidge warf einen verstohlenen Blick auf die Arme Frau und prüfte ihre Erscheinung. Er betrachtete ihr zerschlissenes grünes Kleid, die nackten Füße, und er betrachtete den Fuchs, der um ihre Schultern drapiert war. Eine zerlumpte, barfüßige Frau, die einen Pelz trägt, dachte er; da werden wir ein paar verwunderte Blicke einheimsen.

Wie überrascht und verlegen war er, als er sah, wie ihre Augen zwischen dem verfilzten Haar hindurch, das ihr übers Gesicht gefallen war, blitzend vor Vergnügen zu ihm hinspähten.

Du liebe Güte, sagte er sich. Sie hat wohl meine Gedanken gelesen.

Die Straße senkte sich vor ihnen, und nun konnten sie die

kleine Stadt sehen. In einem Festtagsgewand aus Sonnenlicht, Flaggen, Spruchbändern und Blumen lag sie vor ihnen. Er warf noch rasch einen Blick zu der Armen Frau hinüber und sah zu seiner Erleichterung, dass sie ein strahlendes Lächeln im Gesicht trug und gespannt Ausschau hielt.

Vor dem Städtchen lagen viele kleine Felder, und auf einem davon standen Weizenhalme zu Garben gebunden. Während sie vorbeigingen, erhoben sich die Garben und tanzten über die Straße. Es waren Strohburschen!

«Ui, wie schön!», sagte Brigit.

Jeder der Burschen trug ein Gewand aus Stroh und einen spitz zulaufenden Hut, ebenfalls aus Stroh und mit Bändern geschmückt; und sie hielten Pritschen aus Binsen in den Händen, mit denen sie zum Spaß auf die Leute eindroschen. Zwei der Strohburschen waren Musikanten – der eine schlug eine flache, einseitig bespannte Trommel, während der andere die Fiedel spielte. Die Gruppe tanzte zu Brigits großem Vergnügen um sie herum; der Anführer gab ihr mit seiner Pritsche einen Klaps auf den Kopf, und dann ging's dahin, ihnen voraus und nach Baile-na-gCeard hinein.

Hunderte begeisterter Leute drängten sich auf der Hauptstraße und auf dem Marktplatz, und nicht einer schenkte der Armen Frau und Curu besondere Beachtung. Pidge spürte, wie es in ihm gluckste. Der Gedanke begann ihm Spaß zu machen, dass sie alle die Leute mit Curu, der den Pelzkragen spielte, hinters Licht führten; es steigerte die Festesfreude noch.

Brigit holte ihre Dose mit Tauschbonbons heraus und trug sie in den Händen. Sie strahlte und wollte alles auf einmal sehen. Sie zog am Deckel der Dose, aber sie ging noch nicht auf. Pidge sagte, sie würde sich wohl zu einem bestimmten Zeitpunkt öffnen und sie müssten einfach abwarten.

Die Blaskapelle prangte in Scharlachrot und Weiß, mit goldenen Tressen am Hut, an den Schultern und auf der Brust; sie saß auf einem Podium, und die Musikanten bliesen munter und schwungvoll drauflos. Ihre Backen waren aufgebläht, als steckten kleine Runkelrüben darin, und alle Gesichter glühten rot wie zehn Sonnenuntergänge. Rings um den Platz waren Stände aufgebaut, mit Fähnchen und Blumen geschmückt, an denen allerlei Köstlichkeiten für hungrige Mäuler verkauft wurden und wo es allerlei Tand, Schnickschnack und Jahrmarktströdel gab. Der Festeslärm wogte über dem Städtchen, und die Düfte von heißem Kaffee, gebratenem Fleisch, gebranntem Zucker, Orangen und frisch gebackenem Rosinenbrot versuchten einander in ihrer Köstlichkeit zu übertrumpfen. Die allerbesten Gerüche aber kamen aus einem Kaffeehaus, das ‹Zum Gelben Apfel› hieß.

Brigit war ganz außer sich, und auch Pidge hatte es gepackt. Das ganze Städtchen schien zu frohlocken. Es fiel Curu furchtbar schwer stillzuhalten. Der Fleischduft war so stark und verlockend, und er fand den Geruch der Menschen schrecklich und bedrohend. Gegen all seine Instinkte zwang er sich, stillzuliegen und seinen schlauen Augen einen leeren Ausdruck zu geben. Die Arme Frau spürte, dass sein Herz pochte und raste wie eine verrückt gewordene Taschenuhr.

«Ist schon gut – bleib nur ruhig», flüsterte sie, und ihre Worte flößten ihm Mut ein.

Immer noch nahm niemand besondere Notiz von dem «Pelz» um den Hals der Armen Frau oder dem Zustand ihrer Kleidung. Es war, als seien alle hier daran gewöhnt, zerlumpte Leute herumspazieren zu sehen, die lebendige Füchse auf den Schultern trugen.

«Bleibt beisammen, Jungs – und passt auf die Stiefel auf», warnte die kleine braune Ente.

«Tun wir, o ja, tun wir», antworteten die anderen eifrig und nickten mit den Köpfen, um zu zeigen, wie ernst sie es nahmen.

Einmal dachte Pidge einen Augenblick lang, das Gesicht eines Freundes in der Menge zu sehen – es war ein Mann, der ihm bekannt vorkam und der an einem Stand Äpfel und Windräder aus Papier verkaufte –, aber er konnte nicht feststellen, ob es wirklich stimmte, da seine Gefährten sich durch die Menge drängten und er dicht hinter ihnen bleiben musste, um sie nicht zu verlieren.

Die Leute ringsum hatten ihren Spaß daran, Dinge auszutauschen. Sie sahen einen Postboten, der drei Briefe gegen Küsse von einer errötenden jungen Schönheit tauschte; ein halbes Dutzend Priester, die sich in Ladeneingängen herumdrückten, tauschten Eiercremetörtchen; zwei starke Riesenmänner, nackt bis zur Taille, tauschten Fausthiebe, wobei sie sich starr hin- und herwiegten und keinen Zoll auswichen. Die Strohburschen tanzten überall herum, und es gab ein Zelt mit einer Wahrsagerin, von der sich alle ihre Zukunft voraussagen ließen, sogar eine Katze; ein Mann verkaufte pfeifende gelbe Vögel aus Pappmaché, die mit einer Schnur an einem Stecken befestigt waren und die man schwungvoll im Kreis herumwirbeln ließ, bis sie sangen; und die Straßenhändler und Standbesitzer riefen ihre Waren aus.

«Zuckerkringel! Köstliche Zuckerkringel – drei Stück ein Penny!», rief gerade einer in ihrer Nähe.

Und da waren zwei kleine Buben, sommersprossig und rothaarig, die Beleidigungen und Herausforderungen austauschten; und zwei alte Frauen mit Umhängetüchern über den Schultern, die Geflüster austauschten – Geheimnisse oder Rezepte oder Klatsch oder fürchterliche Wahrheiten. Drei ältere Herren in Tweed-Knickerbockers tauschten ausländische Briefmarken, und eine Gruppe junger Männer tauschte Lügen und Prahlereien aus. Eine Schar von Damen mittleren Alters stand mitten auf der Straße und tauschte fröhlich die Hüte, und alle Leute trugen Sträußchen oder einzelne Blumen, die sie irgendwo angesteckt hatten. Überall flatterten Fahnen und Bänder, und auf einem Spruchband stand, dass auf einem Feld ein Flötenspielwettbewerb und auf einem anderen ein Wettklettern an einer eingefetteten Stange stattfinde, bei dem man ein Schwein gewinnen könne.

Ein Mann, über dessen Kopf eine riesige Wolke bunter Luftballons schwebte, rief:

«Balloohne! Holt euch Balloohne in allen Farben, in allen Größen!»

Und eine Frau mit einem Korb schrie:

«Brauner Kandis! Brauner Kandis in Papiertütchen! Kauft euch braune Zuckerstangen – nur ein Penny!»

Eine andere Frau schrie mit ihr um die Wette:

«Mohrenköpfe und Glückskugeln. Kauft eine Glückskugel!» Aber alle waren dabei gut gelaunt und hatten ihren Spaß.

Brigit versuchte wieder, den Deckel ihrer Dose zu öffnen, und machte dabei vor lauter Mühe ein wild entschlossenes Gesicht; aber er ging immer noch nicht auf. Sie warf Pidge einen kummervollen Blick zu.

«Ich war so geduldig», beklagte sie sich.

«Mach dir keine Sorgen. Wir sind einfach noch nicht an der richtigen Stelle angekommen», sagte er ins Blaue hinein und hoffte, es möge stimmen, damit Brigit nicht Zetermordio schrie. Und sie gewann tatsächlich ihre gute Laune zurück und freute sich über alles, was es zu sehen gab. Sie drängten sich weiter durch die Menge.

Dann kamen die Schaubuden, die Feuerschlucker und Akrobaten, ein Entfesselungskünstler und ein Mann, der so weiche, biegsame Gelenke hatte, dass er seinen Körper wie einen Schal verknoten konnte und dabei immer noch lächelte, weil es kein bisschen weh tat. Die Leute schlugen so viel Vergnügen aus allem, wie sie konnten, als ginge es im Leben um nichts anderes.

Dann, als sie um eine Ecke kamen, sahen sie einen großen, dünnen Mann beiläufig an der Mauer eines Ladens lehnen. Blitzartig erkannte Pidge in ihm den Mann, der damals, kurz nachdem offenbar alles angefangen hatte, das Buch hatte kaufen wollen. Also waren die Hunde auch hier! Ein Schauder überlief Pidge, weil er einem von ihnen so nahe war. Dieser hatte so getan, als sei er ein Hausierer. Der Mann entblößte sein Gebiss zu einem Lächeln, und da sah Pidge wieder die spitzen Hundezähne blitzen. Die Zunge fuhr rasch über die Lippen, die Augen richteten sich ruckartig auf Curu, und ein Zittern überlief den Mann. Pidge sah es genau. Curu wurde totenstarr, aber die Frau flüsterte ihm etwas zu und funkelte den Mann an, der sich zwang wegzusehen. Pidge schauderte, als sie an ihm vorbeigingen. Dies war der Hund mit dem Namen Grimmy, aber das wusste Pidge nicht.

Sie können uns hier, unter all den Leuten, nichts tun – selbst wenn wir davonlaufen, dachte er ein paar Minuten später, und er lachte leise vor sich hin.

Danach sah er überall Leute auftauchen, die ungewöhnlich groß und dünn waren, und er wusste, wer es war. Es waren die Hunde.

Nun begann jemand, einen Leierkasten zu spielen, und die Menschen drängten sich lachend und durcheinanderredend dicht im Kreis, und ihre derben Schuhe klapperten auf dem Pflaster.

Ein Bauer trat zu ihnen und fragte die Frau, ob sie ihre hübschen Gänse und Enten gegen eine Geiß und ihr Junges tauschen würde. Einen Augenblick lang herrschte Panik unter dem Federvieh, aber die Arme Frau erklärte dem Mann sehr höflich, dass sie ihr gar nicht gehörten und dass sie sie deshalb für nichts anderes eintauschen könne, auch wenn die Geiß sehr charaktervoll und das Kleine allerliebst sei. Der Bauer tippte an den Hut und ging seiner Wege.

Pidge bemerkte, dass drei der Großen, Dünnen plötzlich aus der Menge aufgetaucht waren und sich herangestohlen hatten, um zu lauschen, sobald der Bauer zu ihnen getreten war.

Das ist also ihr Spielchen – Spionieren und Schnüffeln!, sagte er sich.

Die Blicke der Hunde huschten immer wieder zu Curu hin, ohne dass sie es verhindern konnten. Obwohl sie sich im Zaum zu halten versuchten, zwang ihre ureigenste Natur sie dazu, ihn zu beobachten, und sie bekamen Stielaugen dabei. Sie zogen sich zurück, als der Bauer an seinen Hut tippte.

Ein schrecklicher Augenblick war es auch, als zwei Frauen Curu bewunderten und plötzlich eine große, dünne Person wie aus einem Zylinder gezaubert dabeistand. Eine der Frauen fragte, ob sie den herrlichen Pelz einmal anprobieren dürfe.

«Er wimmelt von Flöhen», sagte Brigit, und sie machten sich rasch aus dem Staub.

Danach hörten sie eine Weile dem Flötenspielwettbewerb zu, und dann stellten sie sich auf eine niedrige Mauer, um einer Truppe von Tänzern zuzusehen, die auf einer Bretterbühne verschiedene Hornpipes und Jigs tanzten. Die Mauer war dicht besetzt mit Leuten, die den behänden Gestalten zusahen. Gleich nebenan wurden Stachelbeeren verkauft, das halbe Pfund für einen Penny, und Apfelmost vom Fass für zwei Penny, und es gab Portwein aus dem Fässchen und einen Hau-den-Lukas, bei dem eine Glocke verkündete, wie stark man gewesen war, und eine Schießbude.

Durch das Gedränge wurde eine große, dünne Person von der Mauer geschubst; sie rutschte auf der von vielen Schuhen aufgewühlten, matschigen Erde aus, und bevor er sich's versah, war Pidge heruntergesprungen und half ihr auf. Es war ein merkwürdiger Moment, als er unvermutet in erschrockene braune Augen blickte, die einen fragenden und verwirrten Ausdruck annahmen. Pidge lächelte flüchtig und stieg wieder auf die Mauer. Diese große, dünne Person war Vogelfang; aber das wusste Pidge natürlich auch nicht.

Sie verließen den Tanzplatz und wanderten weiter, als Pidge und Brigit plötzlich merkten, dass sie ihre Gefährten irgendwo im Menschengedränge verloren hatten. Sie blieben stehen und schauten sich um in der Hoffnung, Curu irgendwo zu erspähen, aber er war nirgends zu sehen.

Sie gingen wieder zur Musik der Schaukeln und Karusselle zurück, und sie waren noch nicht weit gekommen, als ein einzelner Strohbursche auf sie zugetanzt kam. Er wirbelte ein paarmal im Kreis herum, machte eine tiefe Verbeugung und blieb gerade vor Brigit stehen. Sie schloss die Augen, in der Erwartung, nun gleich ehrenhalber einen Klaps auf den Kopf zu bekommen. Aber der Strohbursche hielt ihr eine offene Papiertüte hin und sagte:

«Tausch ein Bonbon mit mir!»

Auf ihrem Gesicht malten sich Aufregung und ungläubiges Staunen, als sie in die Tüte griff und sich ein Bonbon herausnahm. Es war eine Frage-und-Antwort-Pastille, und darauf stand:

SAGT NICHTS, MEINE LIEBEN.

Die Bonbondose, die Brigit so sorgfältig über den ganzen Jahrmarkt getragen hatte, sprang auf, und ihr Gesicht sagte: «Endlich!» – falls je ein Gesicht etwas wortlos sagt. Sie gab Pidge die Pastille des Strohburschen, und er las ihr vor, was darauf stand; und dann lugte sie in ihre Dose und sah, dass ihre Bonbons auch Frage-und-Antwort-Pastillen waren. Pidge flüsterte ihr ganz leise ins Ohr, dass sie nichts sagen solle.

Er runzelte die Stirn, als sich mit einem Mal eine Gruppe großer, dünner Leute dicht um sie drängte, und sagte ihr, es seien die Hunde. Sie starrte sie unwillig an und streckte ihre Zunge heraus. Die Hundeleute standen nah genug, um alles zu hören, was in normaler Lautstärke gesprochen wurde, aber doch nicht nah genug, um Pidges außerordentlich leises Flüstern zu hören oder erspähen zu können, was auf den Pastillen stand. Einer von ihnen konnte ein ängstliches Winseln nicht unterdrücken, woraufhin ein anderer ihn leise anknurrte.

Brigit reichte dem Strohburschen jetzt ein Bonbon, auf dem die Frage stand:

WER BIST DU?

Das Bonbon, das sie zurückbekam, war gelb mit einem blauen Rand und blauer Schrift, und es gab die Antwort:

EINER, AUF DEN DU DICH VERLASSEN KANNST.

Sie zeigte es Pidge, der ihr etwas zuflüsterte, und dann hielt sie dem Strohburschen wieder ein Bonbon hin. Es war rosafarben und herzförmig, und es stellte die Frage:

WIE KÖNNEN WIR DA SICHER SEIN?

Zur Antwort hielt der Strohbursche ihr die Papiertüte hin, und sie nahm ein weißes, rautenförmiges Bonbon heraus. Darauf stand mit rosafarbenen Buchstaben:

EIN SCHINKEN IST KÖSTLICH, ABER ...

Dann gab er ihr ein orangefarbenes mit weißer Schrift, darauf hieß es:

EIN TOPF MARMELADE IST DAS HÖCHSTE
DER GEFÜHLE.

Pidge brauchte nur eine Sekunde, um zu merken, dass dies genau Boodies Worte gewesen waren. Er erinnerte sich an den Tag auf der Insel, als sie darauf warteten, dass ihr Vater vom Pferdemarkt in Dublin wiederkäme – ach, wie lange das her war! Er flüsterte Brigit etwas ins Ohr, und ihr Gesicht strahlte noch mehr. Jetzt wusste sie, dass der Strohbursche ein Freund von Boodie und Patsy war.

Sie machten eine Pause und lutschten die Bonbons, die sie bis jetzt gelesen hatten. Sobald sie sie in den Mund steckten, schmolzen die harten Bonbons augenblicklich wie Waffeln und schienen mit Gelee gefüllt zu sein. Auf der Zunge lag ein oder zwei Sekunden lang ein Tupfen Süßigkeit, und dann waren sie verschwunden.

«Ich könnte sie tonnenweise essen!», flüsterte Brigit Pidge zu.

Die Hunde hatten die Ohren gespitzt, als sie sprach, aber sie machten enttäuschte Gesichter, als sie hörten, was sie sagte.

Brigits nächstes Bonbon war blau mit purpurroter Schrift. Es fragte:

WIE GEHT ES IHNEN?

Ein grünes Bonbon antwortete:

SIND GESUND UND MUNTER, DANKE.

Obwohl er nicht an der Reihe war, bot der Strohbursche ihr noch mal ein Bonbon an.

WIR WERDEN BEOBACHTET.

warnte es in Weiß auf Orange.
Das blaue, das Brigit ihm gab, antwortete:

WISSEN WIR.

«Ich gehe jetzt», sagte der Strohbursche hörbar. «Danke, dass du deine Bonbons mit mir getauscht hast.»

Er reichte Brigit ein letztes Bonbon. Es gab die Anweisung:

GEHT ZUM LEIERKASTENMANN.

Nach einer würdevollen Verneigung tanzte der Strohbursche davon.

Ein Bonbon, das an den Rand der Dose heraufgerutscht war, sprang heraus und fiel zu Boden. Blitzschnell bückte sich eine der großen, dünnen Gestalten danach, hob es hoch und las, was darauf stand. Pidge sah besorgt zu und fragte sich, was auf dem Bonbon stehen mochte. Der Hund machte ein angewidertes Gesicht und warf es weg. Pidge holte es zurück und las es Brigit vor. Auf dem Bonbon stand:

KUSCH! BEI FUSS!

Sie brachen in Lachen aus, schlenderten durch die Menge und taten so, als interessierten sie sich nur für die Schaubuden. Aber wohin sie auch gingen, die Dünnen waren ihnen immer dicht auf den Fersen; da gaben sie ihre Verstellung auf und gingen an den Platz, an dem sie zuvor den Leierkastenmann gesehen hatten.

Aber er hatte seinen Standort verlassen.

«Was machen wir jetzt?», fragte Brigit.

«Weitersuchen», antwortete Pidge; und sie schauten sich ein Weilchen um. Dann hörten sie, wie um die Ecke die Musik wieder begann, und sie schlängelten sich durch die Menge, bis sie bei ihm waren.

Er stand an der Mündung einer Seitenstraße, spielte, lächelte und hielt den Vorübergehenden seine Mütze hin. Er hatte nur ein Bein.

Oh!, dachte Pidge, es könnte der Mann sein, der damals am Bahnhof von Galway das Megafon hatte, aber er sieht viel jünger aus.

Der Mann begrüßte sie wie alte Freunde.

«Da seid ihr ja wieder», sagte er. «Ich bin sehr froh, euch zu sehen, und ich bin glücklich, dass ihr die Aufgabe übernommen habt. Ist es euch gut ergangen?»

«Ja, sehr gut», antwortete Brigit.

Der Mann hatte seine Augen umherwandern lassen, während er mit ihnen sprach. Die Großen, Dünnen drückten sich ganz in der Nähe herum und taten so, als interessierten sie sich ausschließlich für einen Mann, der ein sehr umgängliches Schwein gegen ein Akkordeon tauschen wollte. Der Leierkastenmann runzelte bedeutungsvoll die Stirn und unterbrach das Gespräch. Dann bat er:

«Tausch ein Bonbon mit mir.»

Das Bonbon, das Brigit ihm gab, sagte:

UND JETZT?

Der Mann steckte es in den Mund, zog eine Papiertüte aus der Tasche und ließ Brigit ein Bonbon auswählen. Es trug die Botschaft:

SUCHT DEN MANN MIT DEN GELBEN VÖGELN.

«Versteht ihr?», fragte der Leierkastenmann.

«Ja», antwortete Pidge, und dann gingen sie los.

Nach langem Suchen fanden sie den Mann mit den gelben Vögeln, der an einem Stand ein Glas Guiness-Bier trank. Als er sie kommen sah, ließ er seinen Blick über die Umstehenden gleiten und merkte, dass die großen, dünnen Gestalten darauf lauerten zuzuhören. Er stellte sein Glas ab und legte seinen Vorrat an kleinen gelben Vögeln, die mit Schnüren an Stöcken befestigt waren, an einen sauberen Platz an der Theke. Eine Papiertüte erschien in seiner Hand, und wieder wurde Brigit ein Bonbon angeboten. Pidge las:

WARUM LASST IHR EUCH NICHT WAHRSAGEN?

Brigits Tauschbonbon sagte einfach:

GUTE IDEE, DANKE!

«Ich finde diese Bonbons wunderbar», sagte Brigit.

Der Mann lachte und wandte sich wieder seinem Bier zu.

Als sie eine Weile herumgegangen waren, merkte Pidge, dass er sich nicht mehr erinnern konnte, wo das Wahrsagezelt gestanden hatte. Er runzelte die Stirn und versuchte, sich das Bild in Gedanken zurückzurufen, aber es half nichts. Er verrenkte den Hals, um an den Leuten vorbeizuspähen, die immerzu im Weg waren. Das Beste ist, beschloss er, wir gehen dorthin zurück, wo wir die Tänzer gesehen haben, und suchen von da aus die Stelle, an der wir in das Städtchen gekommen sind; so werden wir sicher darauf stoßen.

Das erklärte er Brigit.

Sie waren noch nicht weit gegangen, als sie zu ihrer übergroßen Freude ihre alten Gefährten wiederfanden. Die Arme Frau saß auf einer umgedrehten Kiste zwischen zwei Schaustellerbuden, und der gute Curu hing immer noch um ihren Hals. Die Enten und Gänse waren um ihre Füße geschart und knabberten zufrieden am zertretenen Gras, und die Arme Frau sah sie zuerst gar nicht, weil sie ganz verzückt ein Stierkalb betrachtete, das an einen Strick gebunden war.

«Ach, bist du aber schön», sagte sie immer wieder.

Aber Curu sah sie sofort, und er sah die dünnen Leute; und entweder spannten sich seine Muskeln an, oder sein Herz schlug schneller – jedenfalls wandte die Arme Frau Pidge und Brigit ganz plötzlich das Gesicht zu.

Ohne sich mit einer Begrüßung oder sonst etwas aufzuhalten, flüsterte Pidge ihr zu, dass er und Brigit an einen bestimmten Ort gehen sollten, dass ihnen aber immerzu die Hunde folgten und sie sie irgendwie loswerden müssten.

«Überlass das mir», sagte Curu, sprang zu Boden und scheuchte die Enten und Gänse auf.

Er ging geradewegs auf die Großen, Dünnen zu, die in einem Haufen beisammenstanden – oder besser in einer Meute, wie Pidge dachte –, und trat ihnen tapfer entgegen.

«Kindische Köter», verspottete er sie. «Ihr seid gemein, ihr seid unterwürfig – ihr lebt für ein Kopftätscheln!»

Und dann bellte er sie höhnisch an und stolzierte vor ihren verblüfften und gekränkten Blicken hin und her.

Sie starrten Curu an, ihre Augen flackerten, und ihre Lippen entblößten die scharfen Zähne, und in einem Augenblick verwandelten sie sich von menschlichen Gestalten in echte Hunde. Curu sprang fort und verschwand wie ein Blitz in der Menge, und die Hunde rasten ihm unter furchterregendem Gebell nach. Die Menge teilte sich, um Curu durchzulassen. Sie bildete keine Gasse von Zuschauern, die begeistert mit ansahen, wie ein Tier um sein Leben rannte, sondern sie machten Platz für Curu und schlossen sich dann wieder dicht zusammen, sodass die Hunde kaum ein Durchkommen hatten. Bald schon konnte man nicht mehr durch die Menschenmasse hindurchsehen.

Da begriffen Pidge und Brigit plötzlich, dass Curu fort war!

Brigits Augen füllten sich mit Tränen; sie war sicher, ihn nie wiederzusehen, und sie fühlte sich elend und traurig.

«Ich hab' ihn nicht halb so oft gestreichelt, wie ich gekonnt hätte, als er noch da war», sagte sie und schluchzte.

Pidge hatte selbst Mühe, die Tränen zurückzuhalten. Nun hat er schon zum zweiten Mal sein Leben riskiert, um uns zu helfen, dachte er. Er hatte ein schmerzhaftes, unangenehmes Gefühl in der Brust, und er spürte einen Kloß im Hals.

Die Arme Frau strich Brigit sanft übers Gesicht, dann nahm sie Pidges Hand und drückte sie herzlich.

«Vielleicht seht ihr ihn wieder. Nichts ist sicher», sagte sie sanft.

«Wir glauben, dass er's schafft, oder nicht?», sagte die kleine braune Ente.

«Er schafft's, er schafft's, o ja, er schafft's», sagten alle anderen.

«Vor allem, da die Hunde durch diese Menschenmassen behindert sind», fügte Thick Dempsey hinzu; aber niemand lachte.

Eine Weile standen alle schweigend da und sahen einander an. Es schien nichts mehr zu geben, was man zu Curus Verschwinden sagen konnte.

Mit einem Seufzer beschloss Pidge, dass er und Brigit nun die Wahrsagerin suchen müssten, und er fragte sich, was er mit der Armen Frau und den Enten und Gänsen anfangen sollte.

«Möchten sie mit uns kommen? Wir müssen das Zelt der Wahrsagerin suchen», sagte er.

Mit einem Kopfschütteln und einem Lächeln sagte die Arme Frau:

«Nein, ich werde nicht mitkommen. Jetzt, wo ihr mich nicht mehr braucht, gehe ich wieder meiner eigenen Wege. Ich danke euch für eure große Güte und eure Freundschaft. Ich muss euch sagen, dass ich euch glücklicher verlasse, als ich bei unserer Begegnung war.»

Da verabschiedeten sie sich alle voneinander. Brigit versuchte, alle Enten auf einmal zu küssen, aber sie reihten sich ordentlich in einer Schlange auf und hielten ihr nacheinander die Schnäbel hin. Sie war überrascht, als Charlie und seine Sippschaft sich ebenfalls aufreihten, um ihren Abschiedskuss entgegenzunehmen.

Als sie fort waren, blieb Pidge mit einem Gefühl der Enttäuschung zurück. Der Tag hatte all seinen Glanz verloren. Auch Brigit empfand es so, denn sie sagte:

«Wären wir bloß nie hierhergekommen. Ich werd' sie alle vermissen, aber am meisten werd' ich Curu vermissen. Und diese ganzen Tauschbonbons sind mir völlig schnuppe. Mir reicht's.»

Ihre Stimme zitterte immer noch.

«Wir sollten jetzt wohl losgehen und die Wahrsagerin suchen, wo wir schon mal da sind – sonst haben wir nur unsere Zeit vergeudet», sagte Pidge verbissen.

Brigit fuhr sich mit dem Ärmel über die Augen.

«Mir geht's genauso», verriet ihr Pidge. Er schaute weg, für den Fall, dass er wirklich weinen musste. Dafür bin ich zu alt, sagte er sich streng.

Sie wanderten wieder durch die Menschenmenge, die sich jetzt, wo die Hunde weg waren, etwas gelichtet zu haben schien.

Doch als sie an das Zelt kamen, das in fröhlichen Farben prangte, war die Wahrsagerin auch nicht mehr da. Sie hatte ein Schild aufgehängt, auf dem stand:

GESCHLOSSEN

Sie lugten durch eine Spalte in der Leinwand in das Zelt und sahen, dass es leer war.

«Und was machen wir jetzt?», dachte Pidge laut.

«Schau mal!», rief Brigit aus und zeigte nach unten.

Zu ihren Füßen blühten Löwenzahn und Gänseblümchen

dicht nebeneinander in einem Streifen. Er begann bei Brigits Zehen und führte weg vom Zelt der Wahrsagerin, und er sah aus wie eine Schnur aus zwei leuchtenden Farben, die durchs Gras lief. Pidge erkannte sofort, dass es ein Blumenpfad war, dem sie folgen sollten – es war ein klares und unmissverständliches Zeichen.

Die Blumenlinie lief schnurgerade durch die übrig gebliebenen Festbesucher, und keiner von ihnen trat darauf. Und als Pidge und Brigit ihr bis zur Straße gefolgt waren, sahen sie mit Freuden, dass die Blumen sogar durch den befestigten Boden gedrungen waren, um den Weg anzuzeigen. Sie merkten auch, dass dieses Zeichen nur ihnen galt, denn wenn sie an ihnen vorbeigegangen waren, verschwanden die Blumen ebenso, wie die Kerzen im Nebel verloschen waren.

Der Blumenstreifen führte sie bis zum ‹Gelben Apfel› und daran vorbei. Sie blieben zögernd stehen; die Düfte, die aus dem Kaffeehaus drangen, waren gar zu verlockend, und sie hatten seit dem Frühstück keinen Bissen gegessen.

«Weißt du was, Brigit? Wenn wir sie wieder nicht finden, kommen wir hierher zurück und essen etwas. Was hältst du davon?», schlug Pidge vor.

«Machen wir!», sagte sie.

Jetzt führte der Blumenpfad sie um eine Ecke in eine Gasse. Hier lief er als breites Farbenband in der Mitte der Fahrbahn. Die Kinder folgten ihm weiter.

Am Ende der Gasse standen eine Menge Karren und Waggons, und die Seitengassen öffneten sich zu Höfen. Als sie fast am Ende angelangt waren, roch es wieder nach Essen. Und dann hörten Pidge und Brigit zu ihrem Erstaunen eine vertraute Stimme sagen:

«Oh, du frecher Ungeist! Komm mir nicht in die Quere, wenn ich meine Würstchen umdreh'!»

Der Blumenpfad war zu Ende.

5. Kapitel

Sie bogen um eine Ecke und erblickten Boodie und Patsy. Sofort war Pidges Kopf voller Fragen; aber er beschloss, später nach Antworten zu suchen. Er bewahrte seine Fragen sorgfältig im hintersten Winkel seines Gedächtnisses auf. Nach dem, was sie gerade mit Curu erlebt hatten, erfüllte sie die für Birgit ganz unerwartete Freude, ihre alten Freunde aus der Vergangenheit wiederzusehen, mit dankbarem Glücksgefühl. Sie blieben einen Augenblick stehen, schauten den beiden zu und warteten darauf, gesehen, erkannt und begrüßt zu werden.

Zuerst wurden sie nicht bemerkt, und sie stupsten sich gegenseitig an und grinsten.

Boodie hockte an einem Feuer, auf dem sie eine Pfanne voll Würstchen briet; dabei machte sie halbherzige Versuche, eine Amsel zu verscheuchen, die auf ihrem Kopf hockte. Die Amsel bemühte sich, Stroh von ihrem Hut zu rupfen. Sie war ein ganz gewöhnlicher Vogel, aber ziemlich frech.

Auf dem Boden war ein sauberes Tuch ausgebreitet, und darauf standen zugedeckte Schüsseln und Steingutgeschirr. Patsy kniete daneben und steckte einen Strauß Gänseblümchen in einen kleinen Krug voll Wasser. Er wandte den Kopf, sah sie, und sein Gesicht erstrahlte in einem Lächeln.

«Sie sind da, Boodie», sagte er.

Boodies Hände flogen vor Freude in die Luft, und die Amsel fuhr auf und zeterte dabei schrill. Patsy war aufgesprungen und kam auf sie zu, wobei er die Saumecken seines Regenmantels hochhob, wie damals an jenem Tag auf der Insel.

«Sie waren das!», rief Pidge, als er und Brigit ihm entgegenliefen. «Ich habe geglaubt, in der Menschenmenge jemanden zu sehen, den ich kannte. Sie waren es, der Äpfel und Windräder verkauft hat. Ich wusste irgendwie, dass Sie da waren, sogar schon bevor der Strohbursche kam!»

Und obwohl ihm das erst in diesem Augenblick klar wurde, stimmte es. Er war freudig überrascht.

«Stimmt», sagte Patsy strahlend und nickte. «Es gibt Sachen, die gesagt werden müssen. Aber ich konnte nicht in eure Nähe kommen wegen diesen dämlichen Hundestrolchen und ihren tüchtigen, tüchtigen Lauschern.»

«Sie haben Curu weggejagt. Er ist ein Fuchs, und sie wollen ihn umbringen», sagte Brigit. Ihre Augen schimmerten, und sie steckte den Daumen in den Mund.

Boodie und Patsy tauschten Blicke. Und Pidge hatte den Eindruck, als läge Traurigkeit in ihren Augen.

Um Brigit abzulenken, sagte er, zu Boodie gewandt:

«Wir sollen eine Wahrsagerin suchen. Sie muss irgendwo in dieser Gegend sein.»

Er glaubte zu wissen, was sie antworten würde. Deshalb überraschte es ihn nicht, als sie lachend sagte:

«Das bin ich. Ich hab' hin und wieder Spaß an diesem Zeitvertreib, und wir wollten reden können, ohne dass man uns belauschte oder uns die Worte von den Lippen las. Aber dann konnte ich nicht länger auf euch warten und bin hierher gegangen, um mein Feuer anzuzünden; sonst hätt's heute überhaupt kein Abendessen gegeben.»

Sie hatte sich aus Steinen einen einfachen Herd gebaut, in dem hell ein Feuerchen brannte. Mit einer langen Gabel wendete sie die Würstchen, die in einer großen schwarzen Bratpfanne lagen.

«Wir wussten, dass ihr uns finden würdet, bevor der Tag vorüber wäre», sagte Patsy.

Pidge und Brigit setzten sich neben Boodie nieder. Die Amsel kam zurück und versuchte nun, ein paar von Boodies ungebändigten Haaren herauszuziehen, die unter dem Rand ihres Hutes hervorsahen. Der Hut war immer noch voller Blumen, und Schmetterlinge öffneten und schlossen ihre bunten Flügel, während sie sich auf den Blüten wiegten.

«Sie glaubt, ich wär' eine Vogelscheuche», lachte sie und zeigte mit der Gabel nach oben.

«Kann man ihr nicht verdenken!», sagte Patsy und reichte die Teller herum. «Wir hoffen, ihr mögt Würstchen.»

«O ja. Sie riechen herrlich», sagte Brigit und sog tief den Duft ein. «Außer Tauschbonbons haben wir nichts gegessen seit dem Frühstück, und das ist schon eine Ewigkeit her.»

«Boodie ist eine große Künstlerin, wenn's um Würstchen geht», bemerkte Patsy.

«Wegen den Tauschbonbons ...», begann Pidge mit einer seiner Fragen, während er seinen Teller hochhielt.

«Plaudern können wir nachher», schlug Boodie vor, während sie mit einem langen Stock in der Asche stocherte und geröstete Kartoffeln zum Vorschein brachte. «Verbrennt euch bloß nicht damit.»

Sie warf sie von einer Hand in die andere, während sie mit ihrem Rock die Asche abwischte; dann brach sie die Kartoffeln in der Mitte durch, damit sie auf ihren Tellern abkühlen konnten.

Patsy holte Salz und Pfeffer und einen Teller mit Butter für die Kartoffeln. Dann brachte er eine zugedeckte Schüssel mit Butterkohl. Pidge sah mit Staunen, dass die Gänseblümchen in dem kleinen Glaskrug die ganze Zeit die Gesichter Patsy zuwandten, als wollten sie ihn betrachten.

Sie begannen mit den Fingern zu essen. Erst jetzt merkten sie, wie hungrig sie gewesen waren. Boodie hielt der Amsel ein Stück abgekühlte Kartoffel hin. Die Amsel schimpfte, bevor sie daran zu picken begann.

«Was hast du in dem Schultäschchen?», fragte Patsy Brigit.

«Meine Flöte und ein paar Haare von den Sieben Maines.»

«Meine Glaskugel habe ich verloren», sagte Pidge. «Es tut mir so leid.»

«Du brauchst dich nicht zu entschuldigen, sie hat ja dir gehört», sagte Boodie freundlich.

«Ich kann nichts dafür – ich weiß einfach nicht, wo sie hin ist.»

«Sie hat jedenfalls geholfen, solange sie gebraucht wurde», sagte Patsy und brach auf Brigits Teller eine weitere Kartoffel entzwei. «Ich würde gern die Haare sehen, die in dem Täschchen sind.»

Brigit begann den Riemen zu lösen.

«Ach, nach dem Essen reicht's auch noch», schlug Boodie liebenswürdig vor.

Während des Essens merkte Pidge, dass einige der Schüsseln auf dem Tischtuch zugedeckt blieben und dass Boodie und Patsy immer wieder einen Blick zu dem Platz am Ende der Gasse warfen, von dem er und Brigit vorhin um die Ecke gebogen waren.

«Erwarten wir noch jemanden?», fragte er.

«Wir hoffen es», antwortete Patsy. «Esst jetzt auf und geniert euch nicht nachzunehmen, wenn ihr wollt.»

«Die letzte Nacht haben wir im Haus eines Mannes namens Sonny Earley verbracht», sagte Pidge unvermittelt, als sie fast mit dem Essen fertig waren.

«Und was hat er euch gesagt?», fragte Patsy und lächelte dabei irgendwie seltsam.

Mit Brigits Hilfe berichtete Pidge alles, was Sonny gesagt hatte.

«Er ist sehr klug, dieser Sonny Earley», sagte Boodie mit einem kleinen Lächeln in Patsys Richtung, als sie alles erzählt hatten.

In diesem Augenblick kam Curu seelenruhig um die Ecke.

Noch bevor sie aufstehen konnten, war er bis zu ihnen getrabt, und sie umarmten und küssten ihn in überschwänglicher Freude.

«Heute haben wir unsere Arbeit getan», sagte er mit einem gewissen stillen Triumph.

«Ach, Curu!», sagte Brigit, und wieder schimmerten ihre Augen, diesmal jedoch aus einem glücklicheren Grund.

Er ließ sich ins Gras fallen. Sein Fell war feucht – vom Schweiß, dachte Pidge –, aber er keuchte nicht.

Patsy hob die Deckel von den übrigen Schüsseln und brachte ihm sein Essen: einen Teller voll abgekühlter Würstchen, Kartoffeln und ein kleines Stück Braten.

Er biss in ein Würstchen, und sein Gesicht nahm einen erstaunten Ausdruck an.

«Wie heißt dieses Tier?», fragte er.

«Es heißt Würstchen», antwortete Brigit, und wieder umarmte sie ihn.

«Wie hast du es nur geschafft, den Hunden zu entkommen?», wollte Pidge wissen.

«Nur dadurch, dass die Leute mir geholfen und sie aufgehalten haben. Ich hätte es sonst nie geschafft. Ihr hattet recht, dass in Tír-na-nÓg alles anders ist.»

«Das haben wir dir aber gesagt», erinnerte ihn Brigit.

«Nachdem ich die Stadt hinter mir gelassen hatte, legte ich meine Fährte auf den ganzen Weg bis zurück zum Einmannpass. Ich war unglaublich schnell, und als ich dort war, sah ich immer noch nichts von ihnen. Ich hab' mich gründlich umgesehen, das könnt ihr mir glauben! Dann rannte ich auf meiner eigenen Fährte zurück und verließ schließlich den Weg und meine Fährte, indem ich auf den Felsblock sprang, bei dem wir die Frau und das Federvieh getroffen hatten. Danach durchquerte ich das Tal und erreichte den Wasserfall, bevor die Hunde auftauchten. Wie schlug mir das Herz da im Hals, als ich so nah an der Straße war, auf der sie vorbeikommen mussten, wenn sie noch hinter mir her waren. Ich duckte mich hinter den Wasserfall und wartete.»

«Ach, deshalb bist du so nass!», warf Pidge ein.

«Ja, und kaum war ich da, kamen sie dahergerannt, die Nasen

immer dicht an meiner Fährte auf dem Weg. Am Wasserfall kam mir der Wind zur Hilfe; sie haben mich nicht gewittert, und ich schaute ihnen nach, bis ich sah, dass sie über den Pass liefen. Sobald sie außer Sichtweite waren, rannte ich hierher zurück, und der Strohbursche hat mir dann gesagt, wo ich euch finden kann. Das ist alles. Übrigens, ihr habt recht – diese Hunde sind keine Fuchshunde, und sie können sicher ungeheuer schnell sein, wenn sie wollen –, ihr hattet Glück, dass sie euch bis jetzt noch nicht gejagt haben.»

«Du warst so schnell, weil dir Sonny Earley diese Kräuter gegeben hat», sagte Brigit.

«Ja, ich weiß. Wenn ein Würstchen lebt, hat es dann Haare, Fell oder Federn?», fragte Curu sehr interessiert.

Sie mussten alle lachen.

«So sagt doch! Wie viele Beine hat es?», beharrte er. «Und was frisst es? Weidet es oder jagt es, und wenn es jagt, was jagt es dann? Das würd' ich wirklich gern wissen.»

Alle brüllten vor Lachen.

«Ein Würstchen ist kein Tier», erklärte Pidge schließlich. «Es besteht aus Hackfleisch, Gewürzen und Kräutern – das ist alles.»

«Oh», sagte Curu enttäuscht. «Ich hatte schon gehofft, ich könnte mir ab und zu welche fürs Abendessen jagen. Kräuter sagst du? Also, Kräuter hab' ich in der Vergangenheit nicht richtig eingeschätzt, das ist mir klar. Aber ich kenne mich damit nicht aus, und deshalb bleib' ich lieber bei dem, was ich bisher gegessen habe.»

Als Curu mit seinem Mahl fertig war, saßen sie schweigend und zufrieden im Halbkreis um das Feuer.

«So oder so wird alles bald ein Ende haben», bemerkte Patsy nach einer Weile.

Er war nun irgendwie verändert. Sein Blick und seine Gesten waren würdig und sehr fein und sein Gesicht gelassen und ruhig.

«Wollen Sie damit sagen, dass alles schon fast vorbei ist? Aber wir haben den Kieselstein doch noch gar nicht gefunden», sagte Pidge überrascht.

«O doch, das habt ihr», erklärte Boodie. «Man weiß jetzt, dass der Kieselstein sich im dritten Tal befindet, und darüber müssen wir nun sprechen.»

Auch mit Boodie war eine Veränderung vorgegangen. Ihr Gesicht war von einer Schönheit, die Pidge bisher nicht bemerkt hatte; und auch ihre Stimme klang anders – sie war sanfter, und sie sprach die Worte klar und lieblich aus. Das komische Gehabe war verschwunden wie alte Kleider, die man abgelegt hat.

«Oh, wie schön!», rief Brigit. «Ich bin froh, dass wir ihn gefunden haben. Das wird dem Dagda gefallen.»

Es war ein zauberischer Augenblick, als Boodie mit einem Stecken das Feuer schürte. Es hatte etwas Weihevolles, Hochgestimmtes wie in der Kirche. Ihre Bewegungen und ihr Gesichtsausdruck waren nobel und anmutig, ganz als sei sie eine edle Dame. Das Feuer glühte hellgelb, lichtorange und flammend rot. Gebannt und wie träumend blickten sie alle in die Glut.

«Ihr müsst wissen», war Patsys Stimme zu vernehmen, «dass das dritte Tal seltsam und voller Geheimnisse ist. Über tausend Jahre lang hat es keiner betreten. Es ist im Grunde ein widriger Ort ohne jede Schönheit. Die Sonne scheint nur wenige Augenblicke am Tag hinein, denn die Wände sind steil, und das Tal ist eng.»

Nun schien alles Licht vom Feuer zu kommen. Während sie Patsys und Boodies Worten lauschten, senkte sich Dämmerung nieder, und außer dem Feuer, das ihre Blicke gefangenhielt, war die Welt ringsumher tiefblau.

«Es ist eher eine Schlucht als ein Tal», sagte Boodie. «Das Wissen um seine Dunkelheit und Schroffheit wurde durch die Jahrhunderte von Mund zu Mund weitergegeben. Indessen hat sich etwas Böses dort eingenistet und hält sich verborgen wie eine Made unter einem Stein, und so können wir es euch nicht benennen.»

«Das muss ein furchtbarer Ort sein», sagte Pidge leise.

Obwohl er unverwandt in die Flammen blickte, war er sich der blauen Dämmerung bewusst, die diese einzige Helligkeit zu umgeben schien. Er merkte, dass der blaue Rand um das Feuer dunkler war als die Umgebung; manchmal hatte er so etwas erlebt, wenn er in der Kirche reglos in die Kerzen am Altar schaute. Aber er träumte nicht, sondern lauschte aufmerksam auf jedes Wort, das gesprochen wurde.

«Um dorthin zu gelangen, muss man durch das Nadelöhr hindurch, und niemand weiß, was dahinter liegt», sagte Patsy. «Nicht einmal die Vögel wollen über dieses Tal fliegen, so können ihre scharfen Augen uns auch keine Hilfe sein.»

«Von Zeit zu Zeit», sagte Boodie, «sind Tiere verloren gegangen, und man glaubt, dass sie sich dorthin verlaufen und aus irgendeinem Grund nicht mehr zurückgefunden haben. Diese Dinge müssen wir euch sagen, bevor ihr weitergeht.»

«Es ist eure freie Entscheidung; wenn ihr es nicht wagt, nachdem ihr das gehört habt, kann euch das niemand verdenken», sagte Patsy. Es war den Kindern klar, dass seine Worte ernst gemeint waren.

Wieder herrschte Schweigen.

Dann fragte Pidge:

«Was wird die Mórrígan tun, wenn sie den Stein findet?»

«Auf dem Stein ist ein Tropfen ihres alten, starken Blutes. Wenn sie nur den Stein bekommt, wird dieser eine Tropfen ihr nunmehr schwaches Blut so auffrischen, dass sie einen Teil ihrer alten Macht zurückerhält. Fällt ihr aber auch Olc-Glas in die Hände, dann wird sie wirklich überaus stark sein», erklärte Patsy.

«Olc-Glas!», rief Pidge. Er blinzelte und verlor für ein paar Sekunden den dunkelblauen Rand aus den Augen. «Ich hätte ihn beinahe vergessen!»

«Du hattest ihn in deiner Hand. Er fühlte das menschliche Blut unter deiner Haut pulsieren und ist aus seinem Schlaf erwacht», murmelte Boodie.

«Wer ist dieser Olc-Glas?», fragte Curu.

«Irgendeine blöde Schlange», flüsterte Brigit. «Er war in einem uralten Buch drin – Pidge hat ihn gefunden!», schloss sie stolz.

«Was geschieht, wenn die Mórrígan auch ihn bekommt?», fragte Pidge.

Boodie und Patsy tauschten einen raschen, sorgenvollen Blick aus, den sonst niemand bemerkte.

«Sie wird ihn mithilfe des Blutstropfens auf dem Stein auflösen und ihn verschlucken. Dann hat sie zu ihrem eigenen auch noch das Gift von Olc-Glas in ihrem Herzen. Und das will sie unbedingt», erklärte Boodie.

«Was wird sie mit all dem Gift tun, wenn sie es sich aneignen kann?», fragte Pidge nun.

«Sie wird ihren Schatten über die Welt werfen. Wie einst wird sie auch dann wieder vielen ihre bösen Gedanken einflüstern», antwortete Patsy.

«Ihr müsst auch erfahren, dass sie nun weiß, wo der Stein zu finden ist. Und sie wird, zusammen mit den beiden anderen, alles daransetzen, den verfluchten Stein an sich zu reißen», fuhr Boodie fort. «Bis jetzt war es ein Spiel für sie, das sie aus der Ferne lenkte. Sie selbst blieb kühl dabei, und Macha und Bodbh, die anderen beiden, die Teil von ihr sind, haben sich daran ergötzt – aus böser Freude und um Theater zu spielen. Aber aus dem Spiel ist nun Ernst geworden.»

«Wer sind denn schon wieder die beiden? Wer sind Macha und Bodbh?», wollte Brigit wissen.

«Die beiden Frauen, die sich im Glashaus eures Nachbarn eingemietet haben. Sie hatten eine andere Gestalt angenommen und nannten sich Melody Mondlicht und Breda Ekelschön», erklärte Boodie eingehend und geduldig.

«Ach, diese beiden!», knurrte Brigit. «Die hab' ich nie leiden können!»

«Nun haben wir euch auch auf die Gefahren aufmerksam gemacht, die euch noch bevorstehen, soweit wir davon wissen», sagte Patsy.

Wieder versanken sie in Schweigen.

Im Herzen des Feuers sprang der glühende Torf auf in kleine Flammengarben, die zuerst wie orangefarbene Seeanemonen aussahen, und in hellgelbe Flecken, die kleinen Chrysanthemen und schließlich goldgelben Löwenzahnblüten glichen.

Scheinbar wie aus heiterem Himmel bemerkte Brigit:

«Wir haben auf unserem Weg so viele Löwenzähne und Gänseblümchen gesehen – warum eigentlich?»

«Der Löwenzahn ist die Blume der Brigit, der Göttin des Herdfeuers», sagte Patsy.

«Das Gänseblümchen ist die Blume des Angus Óg, des Gottes der Liebe», sagte Boodie.

«Ach ja, das haben wir auch von den beiden im Glashaus gehört, dass die Gänseblümchen dem Angus Óg gehören», erinnerte sich Brigit.

«Sind der Gott der Liebe und die Göttin des Herdfeuers auf unserer Seite?», fragte Pidge.

«Immer», antworteten Boodie und Patsy gleichzeitig.

«Ich hatte damals Handschellen – hab' ich die von Angus Óg bekommen?», fragte Brigit.

«Ja», antwortete Patsy mit einem Lächeln. Und Boodie flüsterte:

«Diese beiden Götter werden von der Mórrígan bedroht.»

Es trat wieder eine Pause ein; sie betrachteten die Blumen im Feuer.

«Wenn wir jetzt aufgeben, hat sie natürlich gewonnen, nicht? Und ich bin schuld daran. Zuerst hab' ich Olc-Glas befreit, und jetzt habe ich den Stein für sie entdeckt», sagte Pidge schließlich.

«Wenn du es nicht getan hättest, dann hätte es eines Tages ein anderer getan. Und dann wäre alles vielleicht ganz anders ausgegangen, wenn derjenige auch nur halb so gut und tapfer gewesen wäre wie du und Brigit. Dann wäre sicher alles verloren gewesen», sagte Boodie.

«Aber ich bin doch gar nicht tapfer!», protestierte Pidge. «Das wisst ihr nur nicht. Brigit ist meistens viel mutiger als ich. Ich bin überhaupt nicht mutig.»

«Du bist tapferer, als du weißt», beharrte Patsy. «Wir haben es von Anfang an gewusst, damals, an dem Tag auf der Insel.»

Da erinnerte sich Pidge an die Frage, die er im Hinterkopf hatte, und sagte: «Etwas erstaunt mich. Sie haben Brigit damals die Tauschbonbons gegeben. Aber woher haben Sie gewusst, dass wir schließlich hierherkommen würden? Woher konnten Sie es schon damals wissen, wenn doch niemand wusste, welchen Weg wir nehmen würden?»

«Wir haben euch diese Bonbons für den Fall gegeben, dass wir einmal im Geheimen mit euch sprechen müssten, unter den Augen und Ohren unserer Feinde. Wir ahnten, dass ihr unsere Hilfe vielleicht brauchen würdet, um mit den Hunden fertigzuwerden, deshalb haben wir so weit vorausgeschaut», antwortete Patsy.

«Der alte Daire sagte, dass Brigits kleine Hand etwas Großes vollbringen werde. Wie konnte er das sagen, wenn er doch gar nicht wusste, was geschehen würde?», fragte Pidge nun.

«Daire hat Sehergaben. Vielleicht hat er etwas geschaut, das ihn dazu brachte, diese Prophezeiung zu tun», murmelte Boodie.

«Ach so», sagte Pidge nachdenklich und fragte sich, was der alte Daire gemeint haben mochte.

«Du, Brigit, und du, Pidge, ihr wart unsere Helden in diesem Kampf, und nun müssen wir auch Curu danken.»

Die Löwenzahnblüten im Feuer wirkten wundersam lebendig.

Irgendetwas schien sich in Pidge zu regen; ein dunkler Trotz erfüllte ihn, und er wusste, dass er nicht aufgeben würde.

«Ich werde auf jeden Fall weitergehen», sagte er mit entschlossener Miene.

«Und ich auch!», erklärte Brigit. «Ich hab' diese beiden sowieso nie ausstehen können. Ich tu's für den Dagda.»

«Ich komme auch mit», entschied Curu.

«Es wäre vernünftiger, wenn du diesseits des Nadelöhrs

bleiben würdest, Curu. Dann könntest du die Hunde davon abhalten, Brigit und Pidge in das nächste Tal zu folgen», schlug Patsy vor.

«Einverstanden», sagte Curu.

«Brigit, hast du den Schmuck noch, den dein Freund, der Schmied, für dich gemacht hat?», sagte Boodie.

«Ja, sie hat ihn noch», antwortete Pidge für sie. «Hat er ihn in Ihrem Auftrag gemacht?»

«Ja», antwortete Patsy.

«Warum denn?»

«Aus Besorgnis, ihr könntet eine raffinierte Waffe brauchen.»

«Zeig uns jetzt, was du außer deiner Flöte in deinem Schultäschchen hast», sagte Boodie.

Brigit löste die Riemen und holte das Haarknäuel hervor.

«Nimm die Haare, Pidge. Halt sie in deiner Faust und versuche, dich vor nichts zu fürchten», sagte Patsy.

«Es ist sehr schwer, sich vor nichts zu fürchten», sagte Pidge und nahm das Haarknäuel von Brigit entgegen.

«Es gibt viele, die euch helfen werden», antworteten Boodie und Patsy gleichzeitig. Ihre Stimmen schienen sich zu entfernen.

«Woher wusstet ihr an jenem Tag auf der Insel, dass wir all das tun würden, wo der alte Angler uns doch erst fragte, nachdem wir euch getroffen hatten?», wollte Pidge wissen.

«Wir haben niemals an euch gezweifelt.» Die Stimmen klangen noch ferner.

«Aber – wie konntet ihr denn wissen, dass wir schließlich nach Baile-na-gCeard kommen würden?» rief er.

«Baile-na-gCeard gibt es nicht.» Die Stimmen schienen jetzt von sehr weither zu kommen.

«Der Löwenzahn ist meine Blume», rief Boodie mit sanfter Stimme.

«Das Gänseblümchen ist die meine, und wir sind bei euch», hörten sie Patsys Stimme fern vom Himmel her.

Das Feuer loderte einen Augenblick hell auf und war im nächsten zu tausend Löwenzahnblüten zerfallen. Es war vollkommen still – nur die erschrockene Amsel flog zu einem Strauch und versteckte sich zwischen seinen Blättern.

Es war so still, weil sie allein waren. Die Stadt, die Menschen, der Festeslärm – alles war verschwunden. Das unberührte Gras schimmerte silbrig in einer leichten Brise, und keine Spur war mehr zu sehen von all dem, was gerade noch dagewesen war – kein Fußabdruck, kein weggeworfenes Zündholz. Das einzig Lebendige war alles, was ringsum wuchs, und die Amsel und eine Schar weißer Vögel, die davonflogen.

«Ich bin überhaupt nicht mutig», murmelte Pidge noch einmal.

«Da ist das Nadelöhr», sagte Brigit und zeigte nach vorn.

Es ragte unübersehbar in einiger Entfernung vor ihnen auf. Es sah aus wie die Klinge eines steinernen Dolches, die ein Loch hatte.

Ein steiniger Pfad wand sich bis zu dem Nadelöhr und verschwand wie ein grauer Faden darin.

«Ich warte irgendwo hier auf eure Rückkehr», sagte Curu.

«Pass aber bitte gut auf dich auf», sagte Brigit, die Arme um seinen Hals geschlungen.

«Ich kann gar nicht anders», antwortete er.

«Wir werden uns wiedersehen», sagte Pidge sehr entschieden, und nachdem Brigit Curu umarmt hatte, trennten sich die Freunde.

Bald schon wanderten sie auf dem steinigen Pfad. Zuerst war er noch etwa acht Fuß breit, aber im Ansteigen wurde er viel schmaler, und das Gelände fiel zu beiden Seiten steil ab. Als sie das Öhr erreichten, blieben sie stehen und schauten in das zweite Tal zurück, um noch einmal nach Curu zu sehen. Er war nirgends zu entdecken. Die Landschaft lag still und verlassen da; sie sah aus wie ein Gemälde.

Sie folgten dem Pfad und traten durch das Nadelöhr. Zu ihrer Verwunderung sahen sie, dass im Fels über ihnen Farne wuchsen, die herabhingen. Sie sehen aus wie Weihnachtsgirlanden, dachte Pidge.

Als sie aus der Felsöffnung traten, lag das dritte Tal vor ihnen. Die Sonne beschien die Spitzen und Abhänge der Berge, aber das Tal war schmal und finster. Es sah seltsam und unwirtlich aus.

Pidge umklammerte das Haarknäuel fest in seiner Hand, während sie die ersten zögernden Schritte hinab ins Ungewisse taten.

6. Kapitel

Das dritte Tal war wild, zerklüftet und felsig. Das graue Gestein war von Wellen und Windungen durchzogen. Es sah aus, als habe sich der Fels einst verworfen und verschoben und sei mitten im Tumult erstarrt. In den Spalten zwischen den flachen grauen Felsplatten hatte sich Wasser angesammelt, das faulig und zäh wie Sirup aussah. Es war ein trostloser, wilder und fantastischer Ort, der beinahe nichts Lebendiges hatte. Außer seltsamen Giftpilzen wuchs hier nicht viel. Es war merkwürdig, dass auch kein noch so winziges grünes Pflänzchen aus den Ritzen der grauen Felsplatten zu sprießen versuchte. Nur hie und da waren magere Gräser zu sehen, und ein paar dürre Dornbüsche reckten sich seltsam verkrümmt zwischen dem Gestein. Neben dem gewundenen Pfad floss ein Bach. Er schoss wild dahin, als könne er nicht rasch genug von hier fortkommen. Das Tal bedrückte und ängstigte sie; es wirkte bedrohlich und böse.

«Boodie und Patsy haben nicht übertrieben», sagte Brigit.

Die Flanken der Berge stiegen steil auf wie Wände, und aus dem Boden ragten Felsen, spitz wie Dolche. Sie kamen an einem widerlichen weißen Schwamm vorbei, der aussah wie ein geöffneter Mund.

Die Kinder setzten sich auf einen flachen Stein, um nachzudenken, wie sie es eigentlich anstellen sollten, den Kiesel zu finden.

«Das Beste ist, wir halten beim Gehen unsere Augen auf;

und wenn wir ihn bis zum Ende des Tals nicht gefunden haben, müssen wir einfach wieder zurückgehen und gründlich suchen», sagte Pidge.

«Gut» sagte Brigit, und im selben Augenblick bewegte sich der Stein unter ihnen. Angeekelt sprangen sie auf. Pidge stieß ihn in wildem Schrecken mit dem Fuß um. Es war nichts darunter als grauer Fels. Brigit atmete erleichtert auf.

«Ich hab' schon gedacht, da wäre ein böser Wurm drunter», sagte sie. «Ein bisschen Angst zu haben ist ja ganz schön, aber zu sehr doch nicht», flüsterte sie, während sie weitergingen.

Je tiefer sie in das Tal eindrangen, desto steiler ragten die Berge auf, die für jedes Lebewesen unbezwingbar waren. Wenn Pidge zu lange hinaufsah, hatte er das Gefühl, sie neigten sich drohend über ihn, und er musste seine Angst vor dem Weitergehen mit aller Kraft niederringen. Mit seiner freien Hand umklammerte er krampfhaft das Haarknäuel.

Ein leichter Wind erhob sich; er seufzte unheilvoll und trieb tote Blätter vor sich her, die aussahen wie Ratten. Sie begannen zu frösteln.

Dann fing das Dröhnen an.

Es war wie ein Hämmern, das immer lauter wurde, während sie weitergingen.

«Was ist das?», fragte Brigit zitternd.

«Ich weiß nicht», antwortete Pidge, und auch er zitterte. Er drückte ihre Hand fest, um sie zu beruhigen.

«Hier gefällt's mir nicht – ich hab' so ein komisches Gefühl», sagte sie und sah sich mit angstvollen Augen um.

«Wenn Curu doch da wäre», antwortete Pidge; und wenn wir nur die Glaskugel hätten, fügte er in Gedanken hinzu.

Das gleichmäßige Hämmern wurde immer lauter. Die Schläge wurden durchdringender, metallischer und hallten von den Bergen wider. Immer wieder lösten sich Steinlawinen. Es klang, als schlüge jemand gleichmäßig und unablässig eine riesige eiserne Glocke.

Sie gingen weiter, und das Tal wurde immer enger. Steine

und Felsbrocken, die irgendwann einmal herabgefallen waren, lagen herum, und man sah, dass hier nach Metall gegraben worden war. Die Bergflanken waren übersät von kleinen roten Lichtern, die flackerten und tanzten. Die Kinder bewegten sich widerwillig weiter wie in bleiernem Schlaf. Doch nun waren sie wirklich am Ende des Tals angelangt.

Aus dem Berg, der das Tal abschloss und ihnen den Weg verstellte, stieg eine Rauchfahne oder Dampfwolke auf. Pidge fragte sich, ob das wohl ein Vulkan sei – und er wusste, er würde nie einen betreten können, um keinen Preis. Die Berge stiegen ringsum steil auf; es gab keinen Ausweg. Aber das merkten die Kinder gar nicht, denn sie starrten auf das glühende Flackern, das von einem Höhleneingang reflektiert wurde. Das Dröhnen kam aus der Höhle, und der Weg führte zu ihrem Eingang. Der Untergrund wurde schlackig.

Sie blieben stehen.

Brigit umklammerte Pidges Hand noch fester, und beide wurden, in einer Mischung aus Schrecken, Schauder und Neugier, vom Eingang der Höhle angezogen. Beunruhigt sahen sie sich um und blieben schweigend stehen und rätselten, was nun geschehen würde.

Das Hämmern hörte auf. Das Echo schien noch lange in ihren Köpfen nachzuhallen, und dann war das Tal von einer bedrückenden Stille erfüllt, in der sie ihre Herzen gegen ihre Brust pochen hörten. Langsam, vorsichtig schlichen sie hinein.

Zuerst kamen sie durch einen Gang, der breit war wie eine Straße und dessen Wände rotes Licht zurückwarfen. Dunkle Schatten tanzten darin. Doch schon bald gelangten sie zu einer Öffnung, die in eine riesige Schmiede führte. Verwirrt standen sie da und versuchten tapfer, die Größe der Esse und des ganzen Raumes zu ermessen.

Es war totenstill, bis auf das Atmen einer riesigen Feuerstelle. Flammen loderten auf im regelmäßigen Luftzug irgendeines verborgenen Blasebalgs. Es roch scharf nach brennender Kohle und heißem Metall, und auf einem riesigen Amboss lagen ein schwerer Hammer und ein mächtiges Schwert. In einem Loch neben der Esse brannte ein kleineres Feuer unter einem übergroßen Topf aus zusammengenieteten Metallplatten. Von der Suppe, die darin brodelte, strömte eine seltsame Mischung aus angenehmen und scheußlichen Gerüchen aus, so als schmorte ein alter Stiefel in irgendetwas Essbarem.

Das starke Schmiedefeuer loderte innerhalb eines halbkreisförmigen Walls an einer ungeheuer hohen Mauer in der Mitte. Zu beiden Seiten sah man überwölbte Durchgänge, hinter denen alles nachtschwarz war. Außer den beiden Feuern gab es noch eine dritte Lichtquelle: einen einzelnen, breiten Sonnenstrahl, der aus einer Spalte in der Decke hoch oben fiel und in dem die Staubfünkchen herumwirbelten und schwebten. Sie waren im Inneren einer riesigen natürlichen Höhle. Vom Schmied war nichts zu sehen.

Pidge und Brigit machten ein paar entschlossene Schritte auf das Feuer zu. Die Hitze schlug ihnen entgegen und zog die Haut ihrer Gesichter zusammen. Ihre Blicke wanderten weiter umher.

Der riesige Amboss warf einen tiefen Schatten, und sie sahen, dass der Griff des Hammers glatt und abgenutzt war. An der Höhlenwand hingen allerlei Gegenstände aus Eisen und Bronze: ein genieteter Schild, ein Speer mit Widerhaken, eine Streitaxt. Brigit tastete nach ihrer Brosche und erinnerte sich, wie es in Tom Cusacks Schmiede gewesen war. Pidges Blicke wurden von einem Haufen Knochen angezogen, der in einiger Entfernung auf dem Boden lag. Der Haufen war mit allem möglichen Abfall vermischt. Wahrscheinlich Tierknochen, dachte er. Oder waren da auch andere? Grinste da nicht ein Menschenschädel aus dem Knochenberg? Schaudernd wandte er sich ab. Jetzt bemerkte er, dass der Geruch der Suppe sich mit einem anderen zu mischen schien, stinkend und widerlich, wie von verrottetem Kohl.

Sie standen nun ganz still da und wussten, dass sie auf etwas warteten, aber sie wussten nicht worauf.

In der Dunkelheit hinter dem Feuer regte sich etwas noch Dunkleres. Da begann zu ihrer Überraschung eine Stimme leise zu singen.

Darauf waren sie am allerwenigsten vorbereitet, und sie sahen sich mit einem kleinen überraschten Lächeln an.

Die Stimme sang:

«'ne Zwiebel und Speck und 'n Ei
Und Butter aufs Brot, einszweidrei –
Und 'n leckeres Tässchen Tee
Wie wird mir da wohl und weh!»

Der scharfe Kohlenrauch hatte ihre Hälse ausgetrocknet und gereizt, und beide mussten husten. Darauf folgte tiefe Stille, und schließlich kam ein durchdringendes Flüstern aus dem Dunkel.

«Wer ist da? Wen hat's hier zu mir hereingeweht?», ließ sich das kräftige Flüstern hören. Und es gab sich sofort selbst die Antwort: «Zwei Kinderchen! Was für ein unerwarteter Genuss!»

Die Stimme klang durchaus freundlich, und Pidge hoffte sofort, dass es nichts zu fürchten gebe. Sie fassten sich beide ein Herz und traten noch tiefer in die Höhle.

«Wer sind Sie?», fragte er dennoch vorsichtig.

«Ich bin der Glomach, mein Lieber», sagte die Stimme. «Und das ist mein Zuhause.»

»Der Glomach», wiederholte Brigit, nahe daran zu kichern. Pidge drückte vorsichtshalber warnend ihre Hand.

«Ihr habt doch sicher von mir gehört, was?», fragte die Flüsterstimme hoffnungsvoll.

«Ja», log Pidge rasch. Er wollte es sich nicht mit einem wie dem Glomach verderben.

«Was sagen die Leute denn so, Kleiner?», fragte die Stimme erfreut, aber ein wenig misstrauisch. Derjenige, dem die Stimme gehörte, blieb im Dunkeln, und sie konnten sich nicht im Geringsten vorstellen, wie er aussehen mochte.

Pidge hatte sich inzwischen gefasst und sagte:

«Dass Sie ein großer Schmied sind.»

«Und was sagen sie sonst noch?», fragte die Stimme ein wenig beunruhigt.

«Nichts.»

«Nichts über das, was ich sonst noch kann?»

«Nein.»

«Nichts über meine Gewohnheiten?»

«Nein.»

«Und über meine Hässlichkeit?»

«Davon haben wir nichts gehört.»

«Ach», sagte die Stimme traurig, «ich bin aber hässlich. Ich bin sehr, sehr hässlich. Deshalb bin ich auch so allein. Ich bin sehr, sehr allein. Tu' ich euch leid, Kinder?»

«Ich weiß nicht», sagte Brigit ehrlich.

«Ihr solltet mich aber bemitleiden, wirklich!»

«Wie hässlich sind Sie eigentlich?», fragte Brigit. «Wie sehen Sie denn aus?»

«Ach, mein süßes Mädchen», sagte der Glomach, «wie soll ich dir das sagen? Ich gehöre zum Stamm der Fomoiri – aber ich bin falsch geboren, weißt du. Meine Leute haben alle eine Hand, ein Bein und drei Zahnreihen. Aber ich bin ein Ungeheuer mit zwei Händen, zwei Beinen – und nur einer Zahnreihe. Ich bin wirklich ein furchtbarer Anblick!»

Bei diesen Worten seufzte der Glomach tief.

Brigit musste lachen.

«Sie sind aber dumm», sagte sie. «So sehen doch alle aus!»

«Willst du damit sagen ... dass du auch so aussiehst?»

«Ja – natürlich.»

«Du Arme!», seufzte der Glomach. «So jung, so süß und so bedauernswert.»

«Kommen Sie doch mal heraus, damit wir Sie sehen können», sagte Brigit tapfer.

«Das könnte dir leidtun», sagte der Glomach; und schon im nächsten Augenblick trat ein riesenhafter Mann aus der Tiefe der Höhle und lächelte auf sie herab.

«Ich bin der Glomach», sagte er. «Ich bin so froh, dass wir uns gleichen.»

Sie waren sprachlos vor Entsetzen bei seinem Anblick.

Er war ein krummbeiniger, wulstlippiger, fassbäuchiger Riese mit einem mächtigen Hinterteil.

Seine Stirn war faltig wie querliegender Cordsamt, die Stirnknochen bedeckte verfilztes schwarzes Haar, unentwirrbar wie altes Dorngesträuch, und überschattete die Augen. Seine gelben Zähne waren groß wie Schuhschnallen, und wo vorne zwei davon fehlten, sah man seine Zunge wie einen kleinen rosa Ballon hervorquellen, wenn er lächelte. Er trug einen groben Kittel aus Sackleinen unter einer Lederschürze voller Brandflecken und einen breiten Ledergürtel um die dicke Mitte. Seine Haut war über und über mit stacheligen schwarzen Haaren bedeckt.

Entsetztes Schweigen herrschte, während die Kinder zu ihm hinaufstarrten. Es kribbelte in ihren Körpern, und ihre Beine waren drauf und dran davonzulaufen. Aber in ihren Köpfen lief alles ein wenig anders ab als sonst, und während sie noch mit sich kämpften, sagte der Glomach mit sanfter Stimme:

«Wie freundlich ist es von euch, dass ihr den weiten Weg auf euch genommen habt, um mich hier in der Einsamkeit zu besuchen. Jetzt seht ihr mich also.» Und er wandte sich ab und senkte schüchtern den Kopf.

Sein Nacken bestand aus lauter Fettwülsten und sah aus wie eine aufgeblähte rosafarbene Raupe.

«Heidideldideldum ...», sang Brigit leise vor sich hin.

Der Glomach fand das furchtbar lustig; er brüllte vor Lachen und schlug sich auf die Schenkel, dass es schallte.

«Sehr komisch!», sagte er. «Ich mag solche Scherze. Mach noch einen – dann ist gleich eine andere Stimmung.»

Brigit zermarterte sich das Gehirn. Es fiel ihr nichts anderes als ein Sprichwort ein.

«Wenn du erst groß bist, wirst du deiner Mutter tüchtig zur Hand gehen», brachte sie mit einer vor Angst halb erstickten Stimme hervor. Ihr Gesicht verzog sich in tiefem Widerwillen.

Der Glomach brach augenblicklich in Tränen aus.

«Meine Mutter!», schluchzte er. «Meine Mutter! Ach, wie ich sie vermisse. Jetzt hab' ich niemand mehr, der mir das Ei köpft.»

«Sie sind ja wohl groß und hässlich genug, es selber zu tun», sagte Brigit mit schwacher Stimme; aber sie war jetzt wie Pidge auch ein bisschen ermutigt, weil sie den Glomach hatten weinen sehen.

«Ach, aber es war so lieb von ihr, wenn sie's getan hat ... mit einem bisschen Salz drauf ... und wie sie mit dem Eierlöffel umgerührt hat ... und wie sie das Brotstückchen ins Eigelb getaucht hat. Mütter können das einfach am besten, weißt du.»

«Also, Sie sind ja wohl ein großes Riesenbaby. Ihre Mutter hat Sie ganz schön verwöhnt!», wagte Brigit zu sagen.

«Stimmt. Sie hat mich verdorben», gab der Glomach zu, wischte sich die Augen mit seinem riesigen, haarigen Arm und zog die Nase hoch.

«Du hast gesagt, dass ich hässlich bin», grollte er beleidigt und vorwurfsvoll.

«Sie sind der größte Riese, den ich je gesehn hab', und Sie sind noch viel hässlicher, als Sie behauptet haben», antwortete Brigit, obwohl Pidge warnend ihre Hand presste.

«Ihr wollt jetzt sicher wegrennen. Aber wär' das nicht dumm, wo ich doch der Allerschnellste auf der Welt bin? Wollt ihr sehen, wie schnell ich rennen kann?»

Ohne ihre Antwort abzuwarten, sprang der Glomach aus der Höhle. Ein paar Sekunden lang dröhnten seine Schritte. Und dann fragten Pidge und Brigit sich verwirrt, was sie tun und wo sie sich verstecken sollten und warum sie nun keine Schritte mehr hörten, wenn er noch rannte.

Nach wenigen Minuten stand der Glomach wieder vor ihnen, steckte Pidge einen kleinen grünen Farn in die Hand, den er vom Nadelöhr geholt hatte, und hielt ein riesiges Stück Holz, das er vom Boden aufhob, ins Feuer. Dann verschwand er mit plumpen Schritten in der Dunkelheit einer zweiten Höhle hinter der Feuerstelle.

Verwundert sahen sie, wie das Licht sich entfernte; und bald schon leuchtete ein zweites auf, dem ein drittes und dann ein viertes und später ein fünftes folgte. Es wurde ihnen klar, dass der Riese das Rund einer gewaltigen Höhle umlief und die Fackeln anzündete, die an den steinernen Wänden des ganzen ausgehöhlten Berges befestigt waren. Und schon war er auf dem Rückweg und zündete alle Fackeln bis zu ihnen an. Dann stand er neben ihnen, ohne dass das Holz richtig angebrannt war, und keuchte nicht einmal. Sie bestaunten den lächelnden Glomach und waren sprachlos vor Bewunderung über das, was er vollbracht hatte.

Sie sahen zu den Fackeln in der Nähe, die flackerten und rauchten, und dann zu den entfernteren, die nur noch daumengroß aussahen, und sie wussten, vor ihm würden sie nie davonrennen können.

«So schnell kann ich laufen», sagte er stolz. «Wie findet ihr das?»

Die Kinder gaben keine Antwort.

«Ich bin der Allerschnellste auf der Welt. Ich kann ganz Irland durchqueren in der Zeit, in der die Amsel ihr Lied singt.»

«Aber das Meer kann das auch und noch mehr», sagte Pidge zu seiner eigenen Verwunderung.

Der Glomach runzelte die Stirn.

«Wie bitte?», fragte er gereizt.

«Das Meer kann das auch und noch mehr», wiederholte Pidge hastig.

«Ich bin der Allerhungrigste. Es gibt nichts, was ich nicht verschlingen könnte», prahlte der Glomach und sah Pidge herausfordernd an.

«Das Meer kann genauso viel verschlingen wie Sie und noch mehr», antwortete Pidge, erstaunt über sich selbst.

«Ich bin der Allerstärkste auf der Welt. Ich kann einen Felsbrocken zwischen meinen Fingern zerdrücken wie eine Nuss. Ich kann einen Baum mit meiner feurigen Spucke spalten wie ein Blitz.»

«Aber das Meer kann noch mehr als das, denn es hat mitgeholfen, die Welt zu formen, und es kann Felsen zermahlen, an denen es nur geleckt hat. Das Meer könnte sogar Sie verschlingen», sagte Pidge.

«Du bist aber schlau», sagte der Glomach ärgerlich. «Wer hat dir denn das gesagt?»

«Ich hab's irgendwo gehört», sagte Pidge.

«Aber ich bin unbezwingbar», prahlte der Glomach. «Niemand kann mich im Kampf besiegen, denn keiner kann mich töten. Wer gegen mich kämpft, muss scheitern. Was sagst du dazu, junger Mann?»

«Es ist zum Fürchten – wenn es wirklich stimmt», gab Pidge zurück.

«Es stimmt, junger Mann. Und die Schwerter, die ich mache, dürsten nach Blut. Kannst du das etwa auch vom Meer behaupten?»

Stille herrschte, bis der Glomach Brigits Brosche entdeckte, die an ihrer Jacke steckte. Sofort war er eifersüchtig auf die gute Arbeit, die ein Schmied da geleistet hatte.

«Was ist das für ein metallenes Ding, das du da trägst?», fragte er.

«Das gehört mir», sagte Brigit keck, denn sie hatte sich während Pidges Wortgefecht mit dem Riesen wieder völlig gefangen. «Das ist meine Brosche. Ein großer Schmied namens Tom Cusack hat sie eigens für mich gemacht.»

«Ich könnte auch so was machen, wenn ich wollte. Aber du kannst mir auch gleich die da geben», schlug der Glomach vor.

«Kommt nicht infrage», sagte sie.

«Ich will sie aber haben. Unbedingt. Spielen wir darum.»

«Was meinen Sie damit? Was denn spielen?»

«Ich spiel' Knöchelstein mit dir. Ich spiel' das mit jedem Zweibeiner, der hier hereinkommt.»

«Was soll das sein – Knöchelstein?»

«Es ist ein Spiel, bei dem man kleine Steine in die Luft wirft.

Du hebst schnell ein oder zwei vom Boden auf und fängst die anderen mit dem Handrücken.»

«Ach, Steinwerfen meinen Sie.» Brigit zuckte geringschätzig mit den Achseln.

«Du hast das also schon mal gespielt?», fragte der Glomach verblüfft.

«Natürlich. Ganz oft. Tante Bina hat's mir schon vor ewigen Zeiten gezeigt.»

«Spiel mit mir um das kleine Ding.»

«Und wenn ich nicht will?»

Der Glomach lächelte.

Sein Blick wanderte zu dem riesigen Kessel, der auf dem Feuer dampfte, und dann warf er den Kindern einen fürchterlichen Seitenblick zu, bei dem seine Augäpfel seltsam rollten.

Es war ein unheilvoller, hinterhältiger, bestialischer, giftiger, boshafter, hasserfüllter, hämischer, verschlagener, grausamer und verlogener Blick. All das verrieten seine Augen im raschen Wechsel, bevor sie wieder freundlich wurden; aber zu spät. Pidge wusste Bescheid.

«Brigit wird mit Ihnen spielen – los, Brigit», sagte er mit gepresster Stimme.

«Was ist denn mit dir los?», murrte sie, weil sie nicht begriff, wieso er zum Glomach zu halten schien.

«Los, spiel!», drängte er.

«Wie sollen wir überhaupt spielen ohne Steine?», sagte Brigit von oben herab.

Ein Lachen brach aus dem Glomach hervor, bei dem alles Fette an ihm wackelte und zitterte, vor allem der Nacken; und die Staubteilchen in dem Lichtstrahl wurden wie wild herumgewirbelt.

«Ich hab' meine eigenen. Die trag' ich immer bei mir», sagte er und löste einen Beutel von seinem Gürtel. Seine Hände waren besonders hässlich; die Fingergelenke sahen aus wie kleine weiße Eierkürbisse, während zwischen den derben Knochen seiner Handrücken seltsame Vertiefungen zu sehen waren. Obwohl seine Finger kurz und dick waren, öffnete er geschickt die Verschnürung des Beutels und schüttete ein kleines Häufchen Steine auf den Boden.

«Das sind meine Schätze – meine kleinen Schätze», sagte er. «Ich habe zwei Mondsteine, einen blauen Türkenstein, einen Stein mit einem Loch drin und viele andere. Das hier ist mein Lieblingsstein», sagte er, hob einen der Steine auf und legte ihn auf seine riesige Handfläche.

Pidge und Brigit sahen ihn verwundert an.

Auf dem Stein war der blutige Abdruck eines Auges zu sehen.

7. Kapitel

«Wenn ich gewinne, will ich diesen Stein», sagte Brigit sofort mit unbewegter Miene.

«Wenn du gewinnst? Na, wenn du wirklich gewinnst, kannst du ihn haben», sagte der Glomach und ließ sich auf die Knie nieder.

Er teilte die Steine in zwei Häufchen zu je fünf auf, wobei er die schönsten für sich behielt.

«Ich zuerst», sagte er.

«Warum?», fragte Brigit.

«Die Steine gehören schließlich mir, oder?»

«Na gut. Das ist gerecht.»

Er begann zu spielen und benutzte nur die linke Hand. Den Stein mit dem Blut darauf behielt er sorgfältig in der rechten. Mit den Höhlungen auf seinem Handrücken konnte er die Steine gut auffangen, und nur einmal sprang einer herunter, weil er auf einem Knochen gelandet war.

«Jetzt bist du dran, meine Süße», sagte er und setzte sich auf den Boden.

«Wir spielen sechs Runden», bestimmte Brigit, nahm ihre Steine auf und wog sie in der Hand.

Brigit schien ziemlich unbekümmert zu sein. Pidge schlug das Herz im Hals, während er ihr zuschaute. Sie sah mit einem Mal ganz versunken aus, so als träume sie. Sehr konzentriert bewegten sich ihre Handgelenke mit schlafwandlerischer Sicherheit. Sie machte keine falsche Bewegung. Pidge hatte den Eindruck, als bewege sie sich im Rhythmus einer einschläfernden Musik; sie beeilte sich nicht, sie machte keinen Fehler. Im Spielen murmelte sie etwas vor sich hin, aber Pidge verstand nicht, was sie sagte. Sie spielten sechs Runden, und der Glomach wurde immer unruhiger und wütender, weil Brigits geschickte Hände dauernd gewannen. Bei ihrer letzten Runde verstand Pidge, was sie sagte; jedes Mal, wenn sie die Steinchen in die Luft warf, flüsterte sie: «Hoppla-Gänseblümchen!» Er fragte sich, ob Angus Óg, der ihr guter Freund Patsy und der Gott der Liebe war, hörte, dass Brigit ihn mit dem Namen seiner Blume anrief, und er erinnerte sich daran, wie sie Ketten aus Gänseblümchen um die Handgelenke getragen und sie Handschellen genannt hatte, und wie stark sie gewesen waren, nachdem sie sich in Metall verwandelt hatten.

«So!», sagte sie zum Schluss. «Ich habe gewonnen. Sie müssen mir den Stein geben, und ich behalte meine Brosche.»

Pidge platzte beinahe vor Stolz, als er sie ansah.

«Niemals! Noch ein Spiel, das soll dann endgültig entscheiden!», forderte der Glomach.

«Noch eine Runde? Sie sind gut!», sagte Brigit. «Ich hab' offen und ehrlich gewonnen.»

«Niemals!», wiederholte der Glomach. «Du hast gemogelt. Bestimmt hast du gemogelt, denn mich hat noch nie einer besiegt.»

Pidge fuhr auf. Er wusste, dass er nichts zu verlieren hatte.

«Sie sind ein Lügner – sie hat nicht gemogelt», rief er. «Sie sind der Mogler!»

«Sehen Sie?», sagte Brigit verächtlich. «Ich hab' sie besiegt – also rücken Sie den Stein heraus, Sie elender Lügner!»

«Nein», sagte der Glomach. «Im Augenblick hab' ich euch zerlegt und in die Suppe geworfen. Zwei Kühe, acht Kaninchen, vier Hühner, eine Ente, zwei Ziegen und 'ne Zwiebel und 'ne gelbe Rübe. Und jetzt hab' ich auch noch zwei Nudeln. Übrigens mag ich gelbe Rüben nicht – aber meine Mutter hat gesagt, sie wären gut für mich.»

Brigit strafte ihn mit Verachtung. Sie kannte den Glomach jetzt und betrachtete ihn nur als verwöhntes Kind.

«Machen Sie sich doch nicht lächerlich», sagte sie ärgerlich, «wir sind Menschen, keine Zutaten für eine Suppe. Sie sagen diesen Blödsinn ja nur, weil Sie verloren haben, Sie hundsgemeiner Jammerlappen!»

Der Glomach verschwand hinter der Feuerstelle, und als er zurückkam, hatte er ein Messer in der Hand. Er beugte sich über den Kessel, rührte eine Weile mit seinem Messer darin, und dann lehnte er sich in den Bogendurchgang und sah sie mit funkelnden Augen an.

Brigit wurde noch ärgerlicher. Sie stampfte mit dem Fuß auf.

«Spielen Sie nicht den Verrückten, nur weil Sie verloren haben», sagte sie. «Außerdem sollten Sie nicht mit einem Messer herumspielen – wissen Sie das denn nicht? Was würde Ihre Mutter dazu sagen, wenn sie das sehen könnte?»

Der Glomach brach wieder in Tränen aus.

Und Pidge merkte, dass der Riese, auch wenn er sonst dauernd gelogen und betrogen hatte, seine Mutter wirklich liebte, vielleicht, weil nur eine Mutter ihn lieben konnte.

Und er schrie ihn an, so streng er konnte.

«Sie sind ein verdammter Narr. Wir hätten Sie gemocht, wenn Sie's zugelassen hätten. Wir haben uns schon fast daran gewöhnt, wie hässlich Sie sind – aber wenn Sie so dumm sind, dann bleiben Sie lieber allein.»

Dann sah er sich nach dem Höhlenausgang um und dachte, sie sollten wenigstens einen Fluchtversuch riskieren; denn im Gegensatz zu Brigit wusste er, dass der Glomach es ernst gemeint hatte.

Das Blut schoss ihm in den Kopf, und er fühlte es in seinen Schläfen hämmern.

Der Glomach hörte auf zu weinen und sah sie beide an, als wolle er sie zu einem Versuch herausfordern.

Dann geschah etwas Erstaunliches, obwohl Pidge dachte, dass ihn längst nichts mehr überraschen könne.

Man hörte ein Rauschen, und bevor sie begriffen, was geschah, fegte ein Wirbelwind durch die Höhle, und dann standen die Mórrígan, Macha und Bodbh zwischen den Kindern und dem Ausgang.

Die Kinder klammerten sich ängstlich aneinander.

8. Kapitel

Einige Augenblicke lang standen die Frauen starr wie Statuen. Ihre offenen Haare fielen in großen Wellen über ihre roten Umhänge und über die Goldschnüre um die Taille ihrer scharlachroten Gewänder hinweg bis zu den Knien, wo sie sich in seltsamem Eigenleben kräuselten. Ein rauer, triumphierender Schrei brach aus der Mórrígan hervor, und Macha und Bodbh stießen denselben Laut aus. Die Echos dieser Schreie erfüllten die zweite Höhle und schienen sich unendlich fortzusetzen. Die Gesichter der Frauen waren von hässlicher, unaussprechlicher Freude verzerrt, und ihre Augen hatten einen furchtbaren Ausdruck. Sie waren so erregt, dass sie zunächst keine Worte fanden.

Nun begann der Glomach, der hinter den Kindern stand, zu lachen, und starr vor Entsetzen merkten sie, dass sie in einer schauerlichen Falle saßen, mit dem Glomach hinter sich und den drei Göttinnen vor sich, und dass es keinen Fluchtweg gab.

«Ach, ich hab' solche Angst», stöhnte Brigit leise mit fahlem Gesicht. Pidge versuchte, ihre Hand tröstlich zu drücken, aber er konnte sich nicht mehr rühren, seit er den Schrei der Frauen gehört hatte. Er meinte, jeder müsse das wilde Klopfen seines Herzens hören. Es schien ihm so dick wie ein Fußball zu sein, und es schlug schmerzhaft gegen seine Rippen und hallte in seinem Kopf wider. Er zitterte heftig am ganzen Körper.

In der tödlichen Stille gab nur das Feuer ein seltsam atmendes Geräusch von sich.

Da brach der Glomach das Schweigen.

«Drei alte Hennen zum Rupfen – ein guter Tag für mich», sagte er.

Die drei Frauen maßen ihn mit herrischen Blicken.

«Du wirst den Stein hergeben», befahl die Mórrígan.

«Die ist zäh», sagte der Glomach abwägend zu sich selbst. «Sie wird eine Weile kochen müssen, bis sie weich wird.»

«Du wirst den Stein hergeben», sagte die Mórrígan noch gebieterischer.

«Er gehört mir!», brüllte er, und der Boden bebte von der Gewalt seiner Stimme.

«Du elender Wanst! Gehorche unserem Befehl», sagte die Mórrígan mit Augen, scharf wie Smaragde.

«Du bist mir lästig, kleine Frau», sagte der Glomach mit einem übertrieben gelangweilten Gähnen. «Der Stein gehört mir, da helfen all deine Wutanfälle nichts. Das ist mein letztes Wort!»

«Dann bereite dich auf deinen Tod vor, Dummkopf, denn er wird dich noch heute ereilen», sagte die Mórrígan; bei dem gedehnten Wort «Tod» schnappte ihre Stimme über.

Der Glomach stieß ein brüllendes Gelächter voller Verachtung aus, das in der Tiefe der zweiten Höhle donnerte.

«Mein Tod? Ach du liebe Zeit! Wenn ich überhaupt sterbe, dann vor Lachen über dich! Und jetzt kein Wort mehr davon!»

Die Mórrígan machte ein paar Schritte auf ihn zu, Macha und Bodbh an ihrer Seite, und jede ihrer Bewegungen war eine Drohung.

Angst durchfuhr Pidge wie ein zischendes Feuer. Es schien, als seien er und Brigit zu Stein erstarrt, unfähig, auch nur die geringste Bewegung zu machen.

Die Mórrígan streckte den Arm aus und setzte mit einem Finger wie aus rosigem Marmor die Staubteilchen in Bewegung, die immer noch träge in dem Lichtstrahl aus der Öffnung in der Decke herumtaumelten. Die glitzernden Pünktchen verwandelten sich mit einem Schlag in sechsundzwanzig Kriegerinnen, die sich vor den drei Göttinnen aufstellten.

Sie waren kräftig, muskulös und blickten wild um sich.

Ihr Kinn war kantig, und ihre starken Beine und Arme waren hart wie Ebenholz. Sie trugen kurze Waffenröcke und Umhänge, die jeweils an der linken Schulter mit einer großen Emaille-Brosche befestigt waren. In ihren mächtigen Schultern und Armen bebten beängstigend starke Muskeln. Jede der Kriegerinnen hatte eine Flut dichter dunkler Haare, die von einer Eisenspange zusammengehalten wurden, und jede war mit einem Schwert, einem Speer und einem Schild bewaffnet.

Wie alle Krieger schüttelten sie ihre Speere, erhoben ein fürchterliches Geschrei und jagten Pidge und Brigit noch mehr Angst ein. Sie schwangen ihre Schwerter, ließen sie dröhnend auf ihre Schilde niedersausen, stolzierten und sprangen und wüteten wie ein Sturm. Den Glomach beeindruckte das nicht im Geringsten; er kratzte sich lässig an der Brust.

Plötzlich schrie Brigit auf; es war alles zu viel für sie.

Bei ihrem Schrei loderte das Feuer des Riesen auf, und eine Funkengarbe stob in die Luft. Alle sahen gebannt zu, wie das Feuer an einer Stelle in sich zusammenfiel und eine Löwenzahnblüte darin erschien, groß wie ein Teller. Sie wuchs und breitete sich aus, bis sie das ganze Feuer erfüllte. Das Haarknäuel in Pidges Faust begann sich zu regen und zu winden. Stumm und starr vor Entsetzen stand er da, doch seine Hand bewegte sich von ganz allein und warf die Haare ins Feuer.

Aus dem Herzen der Glut stieg eine dünne grüne Rauchsäule auf, breitete sich aus wie ein Fächer und bedeckte nun das ganze Feuer wie eine grün verschleierte Kuppel. Und darin entstand ein Bild: Sie sahen das Verborgene Tal vor sich.

Aus der Stelle, an der Pidge den Samen in die Erde gelegt hatte, sprangen die Sieben Maines hervor, frisch und lebendig und in fürstliche Gewänder gekleidet. Ihre Hemden waren hellgelb und ihre Umhänge purpurrot, mit goldenen und silbernen Borten geschmückt, und jeder Umhang hatte eine Schnalle aus reinem Rotgold. Ihr Haar war lang und fließend und mit goldenen Bändern zusammengefasst. Sie trugen die goldenen Halsbänder, die Brigit poliert hatte, und auf dem

Rücken hatten sie silberne Schilde, mit Gold eingefasst. Jeder der sieben hielt zwei Speere, deren Schäfte aus Ulmenholz waren, von Silber durchzogen. Sie kamen auf Pferden geritten, die mit königlichem Zaumzeug und Schabracken geschmückt waren; die Tiere trugen einen goldenen Halsschmuck, und ihre Zügel waren auf der einen Seite mit einer silbernen und auf der anderen mit einer goldenen Kugel verziert. Die Sieben Maines preschten durch den Schleier, brachen aus dem Feuer hervor, und traten, nachdem sie von den Pferden gesprungen waren, der Mórrígan und ihrer Streitmacht entgegen. Ihre Pferde scharten sich zusammen und sprengten gemeinsam in die zweite Höhle.

All das spielte sich in wenigen Sekunden vor ihren Augen ab; und Pidge und Brigit durchfuhr plötzlich wilde Hoffnung, als die Sieben Maines sich vor ihnen postierten, Schwerter unter ihren Umhängen hervorzogen und einen Wall bildeten zwischen ihnen und allem, was sie bedrohte.

Angesichts dieser Herausforderung schlugen die sechsundzwanzig Kriegerinnen abermals dröhnend auf ihre Schilde, worauf die Sieben Maines mit ebenso dröhnenden Schlägen antworteten.

Bronzene Schlachttrompeten erschollen, und in dem grünen Rauch sah man, wie die Arme Frau mit dem stolzen Gänserich an ihrer Seite herbeigerannt kam. Dabei veränderte sich ihre Erscheinung: die Arme Frau richtete sich hoch auf, ihr schönes Gesicht war schmal und blass. Sie sah wunderbar aus, wie sie so mit blondem, wehendem Haar und fliegendem grünem Umhang herbeigeeilt kam. Auf der Brust trug sie eine große goldene Brosche und in der Hand einen glänzenden roten Speer.

Der Gänserich hatte sich in einen hochgewachsenen Mann mit glühenden Augen verwandelt. Über seinem violetten Kittel trug er einen himmelblauen Umhang; sein Schwert hatte einen goldenen Griff und sein Speer eine silberne Spitze. Die beiden waren Königin Maeve und ihr Gemahl Ailill.

Als die Sieben Maines sie sahen, stießen sie einen Freudenschrei aus, weil ihre geliebte, stolze Mutter wieder da war und an ihrer Seite kämpfte.

Und Maeve war hochbeglückt, ihre Söhne wiederzusehen, die sie einst im Krieg verlor, in einem Krieg, den sie selbst verursacht hatte um des Braunen Stieres von Cooley willen – jenes Tieres, das sie wider alle menschliche Vernunft begehrt hatte –, und sie stieß einen Schrei aus, der die Kriegerinnen einen Schritt zurückweichen ließ, denn sie war ihnen wohl gewachsen, selbst ohne die Hilfe ihres Gemahls und ihrer Söhne.

«Die Neun Königlichen von Connacht stehen zwischen euch und diesem blutigen Stein», rief Maeve, und das war ihre Herausforderung.

Der Kampf begann.

Während sie kämpften, erschienen die Enten und die anderen Gänse im grünen Rauch. Zuerst flogen sie herbei, dann begannen sie zu laufen, und dabei verwandelten auch sie sich. Sie wurden zu Kriegern und Gefolgsleuten der Maeve, und sie sprangen mit blitzenden Schwertern aus dem Feuer und kämpften an ihrer Seite.

Schwert schlug gegen Schwert, und Schild prallte gegen Schild. Ein Speer, den eine der Kriegerinnen voller Hass auf Pidge abgezielt hatte, wurde von Maine An-Do, dem Schnellen, abgelenkt, sauste an den Kindern vorbei und traf den Glomach. Der Riese stürzte zu Boden, und im selben Augenblick zerfiel sein Schatten in tausend Stücke.

Als sie sahen, dass er tot war, kam unsagbare Erleichterung über Brigit und Pidge.

Der Kampf ging weiter. Die Mórrígan wollte zu dem toten Riesen vordringen, ihm den Kieselstein entreißen und dann Pidge und Brigit zwingen, sie zu Olc-Glas zu führen. Aber die Sieben Maines kämpften gegen sie, und Königin Maeve und ihre Männer kämpften, und offenbar mühelos hinderten sie die Kriegerinnen daran, auch nur einen Schritt vorzudringen.

Wieder war das Verborgene Tal im Feuer zu sehen und darin Daire, ein stolzer Häuptling, schon ergraut, aber stark und mächtig. Und auch Finn war da. Hinter ihnen hatten sich ihre Leute in einer Tríoca Céad versammelt – einem Verband von dreitausend Kriegern. Alle ritten starke Pferde, deren Zügel mit Glöckchen behängt waren. Drei Harfenspieler begleiteten sie zu Pferd, und ein Mann schlug auf einer flachen Trommel einen schnellen Rhythmus dazu. Mit ihrer Musik und dem Geläut der Glöckchen kamen sie herbei unter flatternden, silbergestickten Bannern. In Viererreihen rückten sie heran, die nie zu enden schienen, denn es war das Heer der Sidhe.

Sie ritten gelassen und gemächlich dahin, und doch waren sie in Sekundenschnelle angekommen; es war, als hätten nur die Augen der Betrachter alles langsamer wahrgenommen. Sie stellten sich der Schar aus Connacht zur Seite, nachdem sie aus dem Feuer geströmt waren. Während die Männer von den Pferden sprangen, liefen die Tiere nach und nach in die zweite Höhle, bis sich eine große, schnaubende Herde darin angesammelt hatte, und immer, wenn es einen Augenblick stiller war, hörten die Kinder das Klirren der Geschirre und das Klingeln der Glöckchen.

Nun hatten sich auch die Leute aus dem Verborgenen Tal in den Kampf geworfen, aber die Mórrígan, Macha und Bodbh lachten nur.

Die Mórrígan riss sich zehn Haare aus ihrer blonden Mähne. Sie warf sie zu Boden, und da standen ihren sechsundzwanzig Kriegerinnen zehn Männer zur Seite, alle gleich von Angesicht und Gestalt und alle in helles Gelb gekleidet, und kämpften mit ihnen.

Da riss sich Macha zehn Haare aus ihrem blau gefärbten Schopf, und zehn blaue Krieger, alle von gleichem Aussehen, reihten sich unter die Gegner der Beschützer von Pidge und Brigit ein. Darauf warf Bodbh zehn rote Haare aus ihrem roten Schopf zu Boden, und zehn rot gekleidete Krieger gesellten sich zu den anderen. Es war ein unsagbar fürchterlicher Anblick, weil alle vollkommen gleich aussahen und keiner den Funken der Einzigartigkeit hatte, der das Menschenwesen ausmacht.

Inmitten der grünen Rauchkuppel erschien der Alte Angler. Er kam aus weiter Ferne rasch auf sie zugelaufen. Je näher er kam, desto mehr veränderte er sich. Mit jedem Schritt fiel etwas von seinem Alter von ihm ab, er richtete sich auf und wurde kräftiger, bis er ein Jüngling in weißem Gewand war, der zwei Speere, ein Schwert und eine Schlinge in den Händen trug. Er sprang aus dem Feuer und stellte sich vor die ganze Schar, der Mórrígan gegenüber. In jedem seiner Augen leuchteten sieben Lichter, und sein Kopf war von sieben Lichtern umgeben.

«Cúchulain!», schrie sie und entblößte dabei die Zähne wie ein Wolf.

«Ich bin dein Feind. Ich war in alten Zeiten dein Feind. Ich bin es immer noch. Von meiner Hand hast du all deine Wunden empfangen. Und ich werde dir wieder und wieder Wunden zufügen!», sagte Cúchulain.

Mitten im Kampfgetümmel griff er sie das erste Mal an und warf seinen Speer nach ihr. Er durchbohrte vier ihrer gelben Krieger; aber die Mórrígan selbst wich ihm aus, indem sie zur Seite sprang. Ein zweites Mal griff er sie an und schleuderte einen Stein mit seiner Schlinge. Er durchbohrte fünf der blauen Krieger; aber sie selbst wich ihm aus, indem sie sich in die Luft erhob. Er steckte die Schlinge in seinen Gürtel, tat das Schwert in die Scheide und legte den zweiten Speer zusammen mit dem Schild auf den Boden. Nun griff er sie das dritte Mal an mit entblößten Zähnen und seinen beiden bloßen Händen. Er fegte acht der roten Krieger beiseite, bevor er an der Stelle war, auf der sie gestanden hatte. Doch sie hatte sich ganz klein gemacht und war fortgerollt. Er nahm seinen Speer und seinen Schild wieder auf.

Die Göttinnen rissen sich nun ganze Büschel ihrer Haare aus, und Hunderte und Aberhunderte ihrer seltsamen Krieger entsprangen dem Erdboden. Ein paar der Krieger waren in das dritte Tal hinausgestürmt, von wo das Klirren ihrer Schwerter zu vernehmen war. Andere waren in die zweite Höhle eingedrungen, aus der man Fackelschein dringen sah, und blitzende

Funken von den Spitzen der Schwerter und Speere. Die Pferde wieherten laut; sie bäumten sich auf und rannten angstvoll umher; manche jagten ins Freie oder sprengten in panischer Angst zwischen den Kämpfenden umher. Cúchulain hieb immerzu wild mit dem Schwert drein, um sich einen Weg zur Mórrígan zu bahnen; aber immer wieder gelang es ihr, ihm auszuweichen, und ihre sechsundzwanzig Kriegerinnen umgaben sie beständig und kämpften wild und gnadenlos.

Nun hob die Mórrígan langsam die Fingerspitzen an den Mund und blies über ihre Nägel; da wirbelten zehn metallene Halbmonde durch die Luft und griffen die Krieger an, gleichgültig, auf welcher Seite sie standen. Als sie sich zuletzt in die Wände der Höhle gruben, trieften sie von Blut. Sie spalteten den Fels, so hart waren sie und mit solcher Wucht flogen sie.

Und noch zwanzig Halbmonde wurden von den Fingern geschleudert, die Macha und Bodbh an die Lippen hoben. Cúchulain erhob sein Schwert und zerschmetterte die Hälfte der Halbmonde, bevor sie ihr furchtbares Werk vollbringen konnten. Und immer noch entkam ihm die Mórrígan, und sie trieb alle Krieger an, wildwütig zu kämpfen. Sie wurden alle von einer Art Wahn befallen, und die Mórrígan trug grimmiges Ergötzen darüber zur Schau.

Brigit hatte ihr Gesicht an Pidges Brust gelegt, und er hatte sie mit seiner Jacke eingehüllt und drückte sie an sich. Jeder erbebte vom Herzklopfen des anderen.

Und die Mórrígan weidete sich an allem, was geschah.

«Ich bin der Krieg», sprach sie.

Mochte sich der Kampf selbst zu ihren Ungunsten wenden: sie ergötzte sich daran, ihn heraufbeschworen zu haben. Sie schrie nach Blut, dass ihr der Geifer von den Lippen spritzte. Ihr Blut wallte heftig und färbte ihr Gesicht. Macha und Bodbh sangen eine schrille Litanei, ein lallendes Lied von Zerstörung und Tod. Pidge war von Entsetzen und rasender Angst erfüllt. Er spürte Brigits warmen Atem an seiner Brust und hielt sie mit zitternden Händen an sich gepresst.

Das Gesicht der Mórrígan nahm nun schreckliche Züge an. Die weichen Umrisse waren verschwunden, und ihre Knochen zeichneten sich als Totenmaske ab; aber es war die Totenmaske eines Tieres. Das Gesicht hatte sich nach vorn gestreckt; die Knochen waren lang und weiß, und sie schimmerten. Es war der weiße Totenschädel eines Pferdes, der aus ihrem Körper wuchs und in dem die Augenhöhlen nur noch schwarze Löcher waren. Der Speichel triefte ihr von den Zähnen, und grausige Laute drangen aus ihrer Kehle. Sie torkelte durch das Getümmel und sah dem grausamen Sterben zu.

Ein angstvoller Schauder durchfuhr Pidge, und er zwang sich, den Blick abzuwenden. Doch dann sah er, dass auch Macha und Bodbh sich verändert hatten und dass Macha heulte wie ein Hund.

Pidge stöhnte leise und wich zurück. Er hielt Brigit fest und wandte dem Schrecklichen den Rücken zu. Brigit kroch unter seiner Jacke hervor, und er drehte sie heftig weg vom Anblick des Kampfes. Er wollte nicht, dass sie all das sah, und so starrten sie beide zu Boden.

Aus dem Augenwinkel sah Pidge, wie sich bei dem toten Glomach etwas regte. Ein Bruchstück seines Schattens bewegte sich. Er sah, dass auch Brigit es bemerkt hatte.

Alle Bruchstücke vom Schatten des Glomach bewegten sich langsam aufeinander zu und fügten sich zusammen wie die Teile eines Puzzlespiels.

Als der Schatten vollständig war, regte sich der Glomach, wurde lebendig und erhob sich vom Boden. Er zog den Speer aus seinem Leib und warf ihn in das Kampfgetümmel.

«Wagt es noch einmal, mich zu kitzeln!», brüllte er.

Er war tot oder so gut wie tot gewesen. Der Schatten war der Schlüssel zu seinem Leben, und das war seine Waffe im Kampf, mit der er geprahlt hatte. Der Riese war gegen den Tod gefeit.

Er stieß einen Schrei aus, und wieder erbebte die Erde. Er rief sein mächtiges Schwert an, und es sprang vom Amboss in die Luft. Ohne von einer Hand geführt zu werden, focht es blutrünstig und richtete große Verheerung unter den Kriegern an. Viele erlagen seiner bösen Zauberkraft. Der Glomach lachte nur, und sein Lachen war ein machtvolles und höhnisches Gebrüll. Hasserfüllt packte er Pidge am Kragen. Pidges Zunge klebte am Gaumen, er brachte nicht einmal einen Schreckenslaut hervor.

Da stürzten die Sieben Maines aus dem Getümmel und griffen den Glomach an, doch er hielt Pidge vor ihre Schwerter und lachte immer noch.

Ein zweites Mal schrie Brigit auf. Schluchzend nahm sie die Brosche von ihrer Jacke und legte mit zitternden Händen den Bogen an. Sie spannte die Sehne aus dem Schweifhaar eines Pferdes, und mit einem fast unhörbaren Schwirren flog der winzige Pfeil davon und bohrte sich in den Ellbogen des Riesen. Das kleine Ding störte ihn, er verlor das Gleichgewicht, fiel um und schlug hart mit dem Kopf gegen die Wand. Wieder zersprang sein Schatten in kleine Stücke. Unter Aufbietung all seiner Kräfte befreite sich Pidge und war mit einem Sprung neben Brigit.

Der Glomach sank langsam zu Boden, und die Teile seines Schattens lagen verstreut umher. Nur ein einziges Bruchstück war in den brodelnden Suppentopf gefallen und begann zu schmelzen. Es sah aus wie schwarze Gelatine und zerfiel in dunkle Blasen. Es stank fürchterlich. Das war das Ende des Glomach; nun war er wirklich tot.

Die böse Kraft verließ sein Schwert, die Waffe fiel zu Boden. Pidge näherte sich der hässlichen, riesigen Hand des Glomach, die noch warm war, und entriss ihr den Kieselstein. Es überlief ihn eiskalt, und er zitterte am ganzen Leib.

Ringsum tobte der Kampf, und die Göttinnen kreischten in wilder Lust. Sie geiferten und schrien so durchdringend, dass sogar die Bäume bebten und bluteten und die Steine in der Erde weinten. Sie gingen durch die Reihen der Kämpfenden und sagten ihnen listige, süße Worte, die wie giftige Blüten waren. Sie senkten ihre Stimmen zu tiefen, kehligen Lauten, umschmeichelten die Krieger und raunten ihnen die alten Worte zu, die die Menschen zum Morden treiben. Es war das Flüstern des Todes, der sich über das Leben legt, ein tödlicher Nebel von Worten, der sich über alles ausbreitete, und je fruchtbarer der Boden war, auf den ihre Worte fielen, desto stärker wurden sie. Und Cúchulain suchte weiter unter all den Verstörten nach der Mórrígan.

Die entsetzten Kinder standen da und wussten nicht, was sie tun sollten. In Pidges Kopf rasten die Gedanken. Wir sind verloren, und der Dagda hat uns im Stich gelassen, wiederholte er sich unablässig.

Doch auf einmal erschien Cathbad im Feuer, gekleidet in sein weißlinnenes Druidengewand. In der Hand hielt er einen schlanken Eichenstab. Er sprang aus den Flammen, trat auf die Kinder zu und sagte:

«Der Dagda hat euch nicht im Stich gelassen.»

Er erhob seinen Stab und vollführte rings um sie weite, kreisende Bewegungen, während er seltsame, gemessene Worte sprach.

Eine schützende Hülle legte sich um die Kinder; und sie wussten, dass sie darin vor dem Kampf und vor der Mórrígan sicher waren. Der schreckliche Anblick der Geschehnisse verschwamm vor ihren Augen, als sähen sie alles durch ein regennasses Fenster. Doch der Kampf tobte weiter, denn sie hörten immer noch das Klirren der Schwerter und das Stöhnen und die Aufschreie der Kämpfenden.

Cathbad wandte sich ihnen zu, und da reichte ihm Pidge mit zitternder Hand den Stein; doch der Druide lächelte und schüttelte den Kopf.

«Deine Aufgabe ist noch nicht erfüllt», sagte er.

Er nahm sie beide bei der Hand und trat mit ihnen zum Feuer. Sie sprangen alle drei in die Flammen und gingen durch den grünen Rauchschleier.

Während sie mit Cathbad in diesem seltsamen Schleier dahingingen, merkten sie, dass sie wieder im dritten Tal waren und dass das Kampfgetümmel sich hier fortsetzte; aber alles ringsumher erschien ihnen seltsam unwirklich.

Er ging mit ihnen bis zum Nadelöhr zurück.

Dort blieb er stehen. Er nahm den Stab unter seinen Arm und hielt ihnen seine zur Schale geformten Hände hin, so tief, dass auch Brigit hineinsehen konnte.

«Schaut her!», sagte er.

Über seine Handflächen liefen zitternde Wellen, und sie rollten zu einem Wassertropfen zusammen.

In dem Tropfen sahen sie etwas Rosafarbenes und Grünes. Es war eine Rosenknospe, die erblühte, bis sie eine ganze zartblättrige Rose sahen. Sie verschwand, so schnell wie sie erschienen war, und nun sahen sie in Cathbads Händen ein Bild des blauen und purpurfarbenen Meeres, über dem schneeweiße Möwen kreisten, um herabzustoßen, und aus dessen blitzenden Fluten die glatten Köpfe von Robben und die lächelnden Gesichter von Delfinen auftauchten. Das Bild zerging, und nun lag in Cathbads Händen eine Drossel in ihrem Nest. Sie flog auf, und himmelblaue Eier mit schwarzen Tupfen blieben zurück. Die Eier zersprangen, und vier nackte Vogelkinder kamen zur Welt. Im selben Augenblick schon wuchsen ihnen die Federn, und sie erprobten ihre Flügel und flogen davon. Jetzt sahen sie eine Weide mit einer Stute und ihrem Fohlen; das Fohlen sprang mit seinen ungelenken Beinen übermütig umher, schüttelte wild seine Mähne und haschte nach der Luft. Sie sahen Schnee fallen, und aus dem Schnee lugte die grüne Spitze einer Narzisse, und darunter sahen sie ein Würmlein, das das Erdreich lockerte und fruchtbar machte.

Und während sie all das betrachteten, fragte Cathbads Stimme:

«Was liegt in meinen Händen?»

«Magie», flüsterte Brigit.

«Zauberei», sagte Pidge leise.

«Und was ist der Kampf?»

«Zauberei», sagte Pidge wieder, und er drückte sanft Brigits Hand.

Wieder erschien ein Wassertropfen in Cathbads Händen, und

darin schwamm eine winzige Elritze, und als das vollkommene kleine Fischlein sie von der Seite anblickte, sahen sie das Wunder eines Elritzenauges. Dann sahen sie einen Pfau, der seinen prächtigen Schweif für sie ausbreitete und stolz damit rasselte. Die Federn zitterten, der Pfau löste sich auf, und nun sahen sie die Kinder, die auf dem Eyre-Platz in Galway schaukelten, lachend und sorglos. Dann sahen sie die Menschen auf der Brücke, und es schien, als seien es Kinder aus der ganzen Welt, strahlend und voller Hoffnung.

Jetzt erschienen zwei geschlossene Blüten in den Händen. Die weiße Blüte öffnete sich, und Patsy, der Gott Angus Óg, stand dort auf dem dichten gelben Teppich im Herzen des Gänseblümchens; und die gelbe Blüte öffnete sich, und Boodie, die Göttin Brigit, stand inmitten der Löwenzahnblüte. Sie streckten Pidge und Brigit die geöffneten Arme entgegen als Aufforderung und als Zeichen ihrer Liebe. Boodies Hut war immer noch mit Blumen und Schmetterlingen bedeckt, und ganz vorn saß ein kleiner Nachtfalter mit einem tiefschwarzen, samtigen Körper und roten, schwarz getupften Flügeln, die er für die Kinder aufschlug. Einer der Tupfen wurde immer größer, bis er Cathbads Hände ganz füllte. Sie blickten in diese Nachtschwärze, und sie war so tief und endlos wie der Weltraum. Im Dunkel leuchteten plötzlich strahlend weiße Lichtpünktchen auf. Mit einem Mal wurden sie zu funkelnden Sternen, die wie ein Feuerwerk aus Cathbads Händen aufstoben. Das weiße Gefunkel erfüllte die Luft über ihnen, und Nelkenduft verbreitete sich rings um sie. Die Sterne bildeten nun das Wort

DAGDA

Ein Schauer von Glück durchrieselte Pidge und Brigit.

«Ihr habt den Mut nicht verloren», sagte Cathbad.

Die Sterne blinkten noch eine Weile und verblassten dann.

«Curu wartet am Wasserfall», sagte Cathbad. «Bleibt mutig.

Die Mórrígan wird euch folgen, aber sie wird sich zurückhalten, bis ihr sie zu Olc-Glas bringt. Der Herr der Wasser wird sich nur auf euer Geheiß erheben – er hält Olc-Glas zwischen seinen Kiefern. Ich verlasse euch jetzt und kehre mit meiner Heilkraft zu den Verwundeten zurück. Geht nach Hause, wenn ihr Curu gefunden habt.»

Er verschwand, und der grüne Schleier mit ihm.

Brigit sah Pidge an und musste plötzlich lächeln.

«Wir haben den Kieselstein», sagte sie.

9. Kapitel

Sie begannen zu laufen.

Sie liefen den gewundenen grauen Pfad entlang und beschleunigten ihre Schritte noch, als er breiter wurde. Schon bald waren sie unten angelangt und rannten durch das zweite Tal.

Sie liefen über die Stelle mit den Löwenzahnblüten, an der die Göttin Brigit ihr Feuer gehabt hatte, und ihre freudige Erregung wuchs mit jedem Schritt. Als sie bei Curu anlangten, glänzten ihre Augen, und ihre Wangen hatten sich gerötet. Er wartete geduldig am Wasserfall, verborgen in einem kleinen Haselgesträuch, das neben dem herrlichen Wasserbecken wuchs.

«Du bist in Sicherheit!», rief Brigit ihm zu; und sie stürzte zu ihm hin und umarmte ihn.

«Ihr auch!», rief der Fuchs und schleckte sie begeistert ab.

«O Curu», rief Pidge, «ich bin so froh, dass ich dich wiedersehe! Du ahnst nicht, was für schreckliche Dinge passiert sind!»

Curu warf einen raschen Blick auf Brigit.

«Erzähl mir lieber nicht davon», sagte er vernünftig. «Ihr seid beide in Sicherheit, und das ist das Wichtigste. Seid ihr gebissen oder sonst wie verwundet worden? Habt ihr eine Verletzung? Ist irgendeins eurer Beine lahm? Sagt es mir!»

«Nein», sagten sie.

«Es ist euch nichts zugestoßen! Und ich seh' es euren Gesichtern an, dass ihr diesen Kieselstein, den ihr unbedingt finden wolltet, bekommen habt, stimmt's?»

«Ja», sagten sie.

«Gut! Dann war die Arbeit nicht umsonst», sagte der Fuchs mit ruhiger Zufriedenheit. «Nicht verletzt, nicht lahm und frisch wie der junge Morgen. Wenn all das zusammenkommt, beginnt wieder ein neuer Tag.»

Da begriff Pidge etwas von Curus Leben. Sie waren frei, sie waren unverletzt, sie hatten gesunde Beine – also gab es immer neue Hoffnung.

«Hört zu», sagte Curu sehr ernst. «Die Hunde liegen beim Einmannpass im Hinterhalt. Riecht ihr sie?»

Sie schüttelten die Köpfe.

Curu sah belustigt drein.

«Was für jämmerliche Nasen ihr habt!», lachte er und fuhr dann fort: «Sie glauben, ihr säßet in der Falle, weil sie meinen, es gäbe nur einen Weg aus diesem Tal hinaus.»

«Aber es gibt doch auch nur einen Weg, oder?», fragte Pidge sofort hellwach.

«Nein, ich habe noch einen anderen Weg gefunden.»

«Wo denn?», fragte Brigit mit Verschwörermiene.

«Es gibt einen kleinen Durchgang hinter dem Wasserfall. Es ist sehr dunkel drin; aber während ihr weg wart, bin ich ganz bis ans Ende gegangen. Er führt uns zur Ostseite dieser Berge. Im Osten liegt doch auch der Lough Corrib und euer Zuhause, nicht wahr?»

«Ja», bestätigte ihm Pidge.

«Dann müssen wir überhaupt nicht über den Pass und durch das erste Tal gehen», sagte Curu. Und seine Augen funkelten wieder, als er hinzufügte: «Da werden die Hunde diesmal aber ganz ausgefuchst an der Nase herumgeführt!»

Pidge lächelte breit. Curu gab einem das Gefühl, als sei alles halb so schlimm.

«Wenn wir durch den Berg gehen», fuhr der Fuchs fort, «halte immer eine Hand vor dir nach oben gestreckt, Pidge. Du bist der Größte, und ich weiß nicht, wie hoch die Decke ist, deshalb musst du sie abtasten. Alles andere ist in Ordnung. Der Grund ist ein bisschen feucht, aber das ist ja ganz natürlich. Die Luft ist gut, und der Weg ist nicht lang.»

Pidge war sehr erleichtert, dass Curu sich so um alles kümmerte. Es war beruhigend, jemanden zu haben, dem er vertrauen konnte und der einfach die Verantwortung übernahm. So musste er sich nicht dauernd den Kopf zerbrechen.

«Gehen wir?», fragte der Fuchs.

«Ja», antworteten sie; und dann folgten sie ihm hinter den Wasserfall.

Sie standen in einer Art Nische, die schmal war, aber hoch genug, dass ein ausgewachsener Mann aufrecht darin stehen konnte. Vor ihnen ragte eine kahle Mauer auf, die von der Bergwand selbst gebildet wurde. Sie gingen auf die Mauer zu.

Curu machte eine scharfe Wendung nach rechts und schlüpfte in eine Öffnung im Felsen; die Kinder folgten ihm. Sofort war es stockfinster, und Pidge folgte Curus Rat und hielt eine Hand erhoben vor sich, während die andere den Kieselstein fest umschloss. Brigit, die hinter ihm ging, klammerte sich an den Saum seiner Jacke und folgte ihm dicht auf den Fersen. Sie gingen schweigend voran. Manchmal fiel ihnen ein unangenehm kalter Wassertropfen in den Nacken. Ab und zu traten sie in kleine kalte Pfützen. Hin und wieder stießen sie gegen einen Stein. Und immer hörten sie das Tappen und Planschen von Curus Pfoten vor sich.

Der Tunnel führte nicht durch die ganze Tiefe des Berges, sondern durchschnitt nur eine Ausbuchtung seines Fußes, und so lichtete sich das Dunkel immer mehr, und schon bald standen sie im Sonnenlicht vor einer Öffnung. Die drei Täler lagen nun hinter ihnen.

Brigit stieß einen tiefen Seufzer der Erleichterung aus und wischte sich das Wasser aus dem Nacken.

«Wir haben sie alle ausgetrickst», sagte sie und hüpfte vor Begeisterung.

Pidge sah sich verwundert um.

Vor ihnen lag nun die freie Landschaft; aber nur wenige Meilen entfernt erhob sich eine andere Bergkette.

Er hatte die Orientierung ganz verloren und wusste nicht, in welcher Richtung sie nun gehen mussten. Aber Curu stieß ihn an und sagte:

«Das sind doch die Maamturks!»

Pidge war hin- und hergerissen. Sein Herz machte einen Freudensprung, weil er diese Berge aus der Ferne so gut kannte. Von zu Hause aus konnte er sie jeden Tag sehen. Wenn sie hinter ihnen lagen, waren es nur noch sieben oder acht Meilen bis zum Lough Corrib; aber zugleich dachte er: Noch mehr Berge! Haben wir nicht schon genug hinter uns gebracht?

«Los geht's», sagte Curu.

Wie zuvor liefen sie durch eine Landschaft voller kleiner Seen, Steinmauern und Wäldchen. Einmal blieben sie stehen, um zurückzuschauen; aber bis jetzt folgte ihnen noch niemand. Der Fuchs drängte weiter, und schon waren sie am Fuß der Maamturks angelangt.

Curu lief ein wenig hin und her auf der Suche nach einem Aufstieg, und er war erst zufrieden, als er ein tief eingeschnittenes, ausgetrocknetes Bachtal fand. Hier könne man gut hinaufklettern, vor allem, wenn man nur zwei Beine habe wie Pidge und Brigit, meinte er.

«Über unsere Witterung brauchen wir uns keine Gedanken zu machen», erklärte er. «Das Wichtigste ist, dass wir Vorsprung gewinnen.»

Aus der Senke des Bachbetts ragten flache Steine heraus, zwischen denen das Wasser vor langer Zeit das Erdreich weggeschwemmt hatte; sie waren wie Stufen, über die man ohne Mühe klettern konnte. Dann fanden sie einen Schafspfad, den Curu sie hinaufführte. Nachdem sie ihm eine Weile gefolgt waren, fanden sie einen mit Heidekraut bewachsenen breiten Vorsprung, über den sie zum Gipfel gelangten. Als sie auf der Spitze des Berges ankamen, blieben sie stehen und schauten wieder zurück.

«Die Twelve Pins sehen jetzt wie Gespenster aus, nicht mehr wie richtige Berge», bemerkte Brigit erstaunt.

Sie blickten prüfend über die Landschaft, die sie schon durchquert hatten, und waren froh, nirgends etwas zu sehen, das sich bewegte.

Curu wandte sich zur anderen Seite und sog tief die Luft ein. Und obwohl ihnen kein Wind die Witterung zutrug, sagte er:

«Ich rieche das frische Wasser des Sees; sein lieblicher Duft liegt in der Luft! Gehen wir weiter!»

Sie begannen den Abstieg.

Sie brauchten eine ganze Weile, weil sie sehr vorsichtig gehen mussten. Sie waren nicht so sehr in Gefahr zu fallen, als sich einen Knöchel zu vertreten. Am Fuß des Berges fanden sie einen grasbewachsenen Abhang, den sie halb hinabrannten, halb schlitterten. Dann mussten sie noch ein Stück büscheliges, heidekrautbewachsenes Gelände überqueren und einen Bach, in dem große Steine lagen, und konnten nun wieder richtig loslaufen.

Sie waren jetzt unbekümmert und rannten leichtfüßig dahin, weil zwischen ihnen und dem See kein hohes natürliches Hindernis mehr lag. Sie kamen so gut voran, dass sie fast über die Erde dahintanzten. Wieder erfüllte sie freudige Erregung, und ihre Augen blitzten. Sie hatten das Gefühl, in die Luft hineinbeißen und sie schmecken zu können. Sie merkten, dass sie wieder ungeheuer schnell laufen konnten, wenn sie es wollten. Curu war überglücklich, dass er so wunderbar leicht vorankam. Pidge wusste, dass es natürlich an den Kräutern lag, die sie gegessen hatten, und er fragte sich flüchtig, ob nicht alles gar zu leicht gehe. Aber er war übermütig durch seine Schnelligkeit und fühlte sich sehr stark.

Einmal sagte Brigit:

«Ist irgendwas zu sehen?»

Und sie blieben einige Sekunden lang stehen und sahen sich gründlich um.

«Nein», sagte Curu entschieden, und sie liefen weiter.

Und ein andermal sagte Pidge:

«Und jetzt? Ist inzwischen irgendetwas zu sehen?»

Wieder blieben sie stehen und schauten über das Land zwischen sich und den Maamturks hin. Nichts bewegte sich, und so rannten sie weiter.

Jetzt lachten sie und waren voller Hoffnung.

10. Kapitel

Die Mórrígan war so heftig in den Kampf verwickelt, dass sie Pidge und Brigit nicht weggehen sah. Eine lange Zeit verstrich, und sie waren schon weit gelaufen, als sie entdeckte, dass sie mit dem Stein geflohen waren. Einen Augenblick blieb sie reglos mitten in dem Gemetzel stehen, dann begab sie sich rasch zu Macha und Bodbh. Hastig flüsterte sie ihnen etwas zu; sie lauschten aufmerksam, und im nächsten Augenblick waren sie mit ihr verschmolzen, waren eins mit ihr, und ihre drei Schatten hatten sich zu einem dunklen Umriss verbunden.

Für Sekunden wich die Blutrünstigkeit von ihr, und sie stand da, schöner als zuvor, denn sie hatte viel Kraft geschöpft.

Sie rief mit leiser Stimme, und ihre sechsundzwanzig Kriegerinnen schlugen sich an ihre Seite. Dicht um sie geschart, bahnten sie sich einen Weg in die zweite Höhle, wo jede von ihnen ein zitterndes Pferd an den herabhängenden Zügeln ergriff.

Die schreienden Pferde hinter sich her zerrend, sprangen die Mórrígan und ihre Kriegerinnen mit einem Satz in den Sonnenstrahl und verschwanden in den Staubfünkchen. Keiner hätte sagen können, zu welchen der Millionen Stäubchen sie geworden waren.

Vor der Höhle kam nun ein Trupp von Reiterinnen vom Himmel und sprengte mit klappernden Hufen über die grauen Steinplatten des Tals. Die erschrockenen Pferde jagten mit halsbrecherischer Geschwindigkeit dahin und versuchten, so gut sie konnten, den Felsspitzen auszuweichen, die aus dem

Boden ragten. Alle Lebewesen flohen Hals über Kopf, während sie auf das Nadelöhr zugaloppierten. Die Mórrígan witterte den Weg, den die Kinder genommen hatten. Sie wollte ihrer Spur genau folgen, falls die Kinder in ihrer großen Angst den Stein weggeworfen hatten, um ihr zu entgehen. Sie wusste, dass das Blut auf dem Stein sich ihr zu erkennen geben würde, und so jagte sie mit ihren Kriegerinnen in fliegender Eile dahin, bereit, die stumme Botschaft des Steins jederzeit zu empfangen.

Sie sprengte an die Spitze ihrer Schar, als sie sich dem Ausgang des Tales näherten; nacheinander schlüpften sie durch das Nadelöhr und donnerten den grauen, gewundenen Pfad hinab, ohne der Gefahr für die Pferde oder sich selbst zu achten.

Verwegen stürmten sie durch das verlassene zweite Tal.

Sie bewegten sich mit unglaublicher Geschwindigkeit vorwärts. Die Pferde hatten die Ohren zurückgelegt, ihre Nüstern bebten wild, und ihre Schweife wehten im Wind hinter ihnen her. Dick schwollen ihnen die Adern an Kopf und Hals, und ihre Mähnen loderten wie Flammen. Doch den Reiterinnen war es immer noch nicht schnell genug, und sie stießen ihre Absätze in die Flanken der Tiere. Schon nach kurzer Zeit schwenkten sie um den Fuß des Berges, wo das Wasser herabstürzte; da riss die Mórrígan heftig an den Zügeln. Ihr Pferd drehte sich wie wild im Kreis, bäumte sich auf, drehte sich noch einmal und stand dann bebend und schnaubend da, während die anderen Pferde in Panik durcheinanderliefen.

Die Mórrígan rief ihre Hunde herbei.

Schlanke Gestalten erschienen auf dem Kamm des fernen Berges, wo der Pass ins erste Tal führte; hastig kamen sie herbeigerannt, um ihr zu gehorchen.

Wieder gab es eine rasche Verständigung.

Nehmt die Witterung auf!, lautete der Befehl, als sie vor ihr standen. Was bedeutet das?

Die Hunde witterten die Kinder und den Fuchs und waren zu verwirrt, um zu antworten. Sie warfen sich vor ihr auf den Boden.

Meine Feinde sind hier mit dem Fuchs entschlüpft – so gebt ihr also acht?, forschte sie mit eisiger Miene.

Die Hunde beeilten sich zu erklären, dass der Einmannpass der einzig bekannte Weg aus dem Tal sei.

Und wer bewacht den Einmannpass jetzt?, wollte sie wissen.

«Er ist unbewacht – wir alle sind auf Euren Befehl hierhergeeilt, um Euch zu dienen», erklärte Graumaul.

Ihr Narren! Das könnte eine List des Dagda sein. In diesem Augenblick könnten die Bälger und ihr Freund sich hervorgewagt haben und über den Pass geschlichen sein. Du, Findeweg, hol dir noch einen und folge dieser Fährte. Wenn meine Feinde hier einen Durchgang gefunden haben, tu es ihnen gleich. Warte auf der anderen Seite, bis wir kommen. Und vergiss nicht: Lasst eure Nasen wachsam sein, falls mein Blutstein irgendwo auf dem Wege liegt. Und wehe euch für eure große Dummheit.

«Ja, Große Königin», antworteten die Hunde, demütig auf dem Boden liegend.

Dann verschwanden Findeweg und Vogelfang hinter dem Wasserfall. Da beugte sich eine der Kriegerinnen vom Pferd und versetzte Vogelfang einen Schlag mit der flachen Seite ihres Schwertes auf sein Hinterteil, um ihn zur Pflicht anzutreiben.

Sobald er im Dunkeln war, bleckte er kurz die Zähne, trabte aber weiter hinter Findeweg her, wie ihm befohlen worden war.

Wieder hieben die Reiterinnen ihre Fersen in die schweißgetränkten Flanken der Pferde und sprengten, gefolgt von den Hunden, weiter durch das zweite Tal. Sie flogen an den großen Felsbrocken vorbei und trieben ihre Pferde den Zickzackpfad hinauf. Alles genau wahrnehmend, führte die Mórrígan ihre Schar mit unverminderter Geschwindigkeit über den Pass; sie folgten der Linie des Berges, jagten hinab und durch das erste Tal hindurch.

Wo Sonny Earleys Häuschen gestanden hatte, wuchs jetzt ein großer, breiter Ring von Gänseblümchen. Die Augen der Mórrígan sprühten Feuer, und eine tiefe Falte grub sich in ihre hübsche Stirn, während sie vorbeigaloppierten.

Bald schon waren sie am Ende des hufeisenförmigen Tals angelangt und sprengten ins Freie. Sie bogen scharf nach links ab und trieben ihre Pferde immer noch gnadenlos an. Weiter ging's in fliegender Hast am Fuß der Berge entlang, bis sie an die Stelle gelangten, an der Findeweg und Vogelfang aus dem Felstunnel hervorgekommen waren und wo sie nun warteten.

Sie hielten eine Weile an und fragten, ob Pidge den Kieselstein im Tunnel weggeworfen habe. Als die Mórrígan hörte, dass er nicht gefunden worden war, runzelte sie die Stirn; und dann machten sie sich alle wieder an die Verfolgung der Spur.

Jetzt, wo sie auf freiem Feld waren, hielten die Hunde mit den galoppierenden Pferden Schritt. Bald hatten sie den Punkt erreicht, den Curu als gangbaren Weg über die Maamturks gewählt hatte. Nur die Mórrígan und die Hunde benutzten das ausgetrocknete Bachbett als Aufstieg. Die Kriegerinnen hielten Schritt mit ihr und trieben ihre Pferde den Steilhang hinauf. Die Tiere gruben ihre mächtigen Hinterhufe in den Boden, um sich hinaufzustemmen, während die Kriegerinnen mit der flachen Klinge auf sie einschlugen. Die Hufe der Pferde lösten Steine aus dem Grund, die wie vom Wind heruntergerissene Schieferplatten polterten. Vogelfang betrachtete die missbrauchten Pferde mit einer Art Mitleid.

Schließlich erreichten sie den Gipfel und hielten an, um die Landschaft, die sich vor ihnen ausbreitete, mit den Blicken zu überfliegen. In der Ferne machten sie drei kleine Gestalten aus, die rannten.

Ein leises Lächeln spielte um die Lippen der Mórrígan, während sie flüchtig an den Daumenabdruck dachte, den sie auf dem Tisch im Glashaus hinterlassen hatte.

11. Kapitel

Schwache Hufschläge aus der Ferne ließen die Kinder und Curu innehalten, um ein drittes Mal zurückzuschauen. Sie sahen zwischen sich und den Maamturks eine kleine Staubwolke, die sich rasch vorwärtsbewegte.

«Da kommen sie!», sagte Curu.

Fürchterliche Angst durchzuckte Pidge. Dann rannten sie weiter.

«Nur Mut! Nicht den Kopf verlieren!», sagte Curu, aber sie hörten seine Worte kaum.

Es war wie ein Davonlaufen vor einem Albtraum.

Sie liefen über Weideland, schlugen einen Bogen um Bäume oder durchquerten kleine Wäldchen. Sie liefen durch Torfstiche und wichen den tiefen braunen Wasserlöchern aus. Sie brachen durch grüne Binsenhalme und stolperten über niedrige Steinmauern; sie hasteten kleine Hügel hinauf, sie sprangen die Abhänge voller Grasbuckel hinunter und verfehlten nur knapp einige Kaninchenlöcher.

Einmal folgten sie Curu, der über einen tiefen Bach setzte; er war gerade schmal genug, dass sie Hand in Hand darüberhüpfen konnten.

Sie merkten all das gar nicht; nur ein entsetzlicher Gedanke durchfuhr Pidge im Rennen: Er und Brigit flüchteten nun vor den Augen der Hunde, und der Bann, der über diesen unbarmherzigen und unterwürfigen Tieren lag, war aufgehoben.

Brigit flog blindlings und wie benommen dahin, und all die

Kräfte der kleinen Person konzentrierten sich nur darauf, so viel Abstand wie möglich zwischen sich und die Mórrígan zu legen. Sie war vollkommen verstummt. Der Riemen ihres geliebten Schultäschchens riss, und das Täschchen fiel zu Boden; aber sie wollte nicht stehenbleiben, und sie wollte auch nicht, dass Pidge stehenblieb – als er einen Augenblick zögerte, schrie sie leise auf. Er las die Angst in ihrem Gesicht und rannte weiter.

Nach langer Zeit wagte Pidge einen Blick zurück. Das bedauerte er sofort, denn er glaubte zu sehen, dass ihre Feinde aufgeholt hatten. Nach einer Weile konnte er der Versuchung nicht widerstehen, noch einmal zurückzuschauen, und jetzt war er ganz sicher, dass der Abstand zwischen ihnen kleiner geworden war. Das stimmte auch, aber sie waren nicht ganz so nah, wie er fürchtete.

Und dann tat Curu etwas Seltsames. Er schnappte nach Pidges Hand – der Hand, die den Kieselstein krampfhaft festhielt –, dann bog er plötzlich von ihrem Weg ab und rannte nach Nordosten davon.

Die Kinder waren so entsetzt, dass sie stehenblieben. Pidge wurde von dem elenden Gefühl überwältigt, dass sie betrogen worden seien. Einige Sekunden vergingen, bis er merkte, dass er den Stein immer noch fest in der Hand hielt. Es war alles so plötzlich gekommen.

Curu wandte sich noch einmal zum Abschied um, und dann schnellte er erhobenen Kopfes in gestrecktem Lauf davon.

Immer noch halb benommen sahen ihm Pidge und Brigit nach; und dann merkten sie, dass die Mórrígan ihre Streitmacht teilte. Einen Augenblick später schwenkten die sechsundzwanzig Kriegerinnen mit der Hälfte der Hundemeute an ihren Fersen ab, um Curu zu folgen. Pidge wurde klar, dass der Fuchs wieder sein Leben für sie aufs Spiel setzte, und Reue und Schmerz durchfuhren ihn wie ein scharfer Stich. Doch er sagte nichts zu Brigit; und dann setzten sie ihren Weg fort und trieben sich selbst an, immer schneller zu laufen.

Und obwohl sie wussten, dass die Mórrígan sie nur nicht aus

den Augen verlieren wollte, um sich zu Olc-Glas führen zu lassen, wie Cathbad ihnen gesagt hatte, erfüllte sie entsetzliche Angst. Pidges größter Wunsch war, irgendwo in diesem offenen Landstrich ein Versteck zu finden; aber es schien aussichtslos zu sein. Wieder sah er sich um und war ein wenig erleichtert, weil es ihm vorkam, als sei die Entfernung zwischen ihnen und der Mórrígan mehr oder weniger gleich geblieben. Sie schien nicht weiter aufzuholen.

Aber er wusste jetzt, wie es war, wenn man gejagt wurde, nun waren sie die gehetzte Beute.

Und dann begann ihnen auch noch ein leichter Wind entgegenzuwehen. Er war weder kalt noch heftig, aber es war schrecklich, weil er beißenden Staub aufwirbelte, der sie blendete. Wohin sie auch den Kopf drehten, der Wind fand ihr Gesicht. Er schien um sie zu kreisen, und sie mussten mit gesenktem Kopf laufen, um ihre Augen zu schützen. Und Pidge dachte: Dieser Wind hat nichts mit Nadelnase zu tun – er ist nicht frisch und freundlich.

Das Gras unter ihren Füßen wurde welk und schütter. Der Wind hinderte sie daran zu sehen, in welche Richtung sie liefen; sie konnten nurmehr den Boden unter ihren Füßen erkennen. Ganz plötzlich sah das Gras grau und geschwärzt aus; und schließlich liefen sie nur noch über blanke Erde, die aussah wie dunkel verkrustetes Brot. Schwarzer Staub wirbelte bei jedem ihrer Schritte auf.

Trotz des Windes schafften sie es, einen Blick auf die Landschaft zu werfen.

Alles, was sie sahen, war von einer Art brandigem Mehltau befallen. Die Sträucher und die wenigen Grasflecken sahen krank und leidend aus, und alles schien mit einem öligen Film überzogen zu sein. An den verkrüppelten Sträuchern hingen die Blätter wie rußige Spinnweben, und ein eigenartiger Geruch lag in der Luft, süß und widerlich, der anders war als alle Gerüche, die sie kannten.

Sie blieben stehen, und Pidge hielt seine Hand schützend

über die Augen, um festzustellen, ob sie vielleicht umkehren und einen anderen Weg nehmen könnten. Aber die Hunde der Mórrígan waren fächerartig ausgeschwärmt und bildeten ein Halboval. Pidge sah, dass sie in der Falle saßen, denn jeder der Hunde konnte von seinem Platz aus in einer geraden Linie zu ihnen gelangen, wohin sie sich auch wenden mochten. Es war so ähnlich, wie wenn man Schafe in den Pferch treibt.

Obwohl der Abstand zwischen ihnen und den Hunden immer noch groß war, hatte Pidge Angst, eine andere Richtung einzuschlagen, und so liefen sie in der alten weiter.

Vor sich konnten sie jetzt undeutlich einen hellgrauen, flachen Felswall sehen. In Pidge erwachte sofort die Hoffnung, dass sie dort vielleicht ein Versteck finden oder ihren Verfolgern entschlüpfen könnten. Zumindest würden sie diesem schauerlichen verbrannten Gelände entkommen.

«Es ist so eklig hier», sagte Brigit.

«Es muss fürchterlich gebrannt haben», versuchte er, eine Erklärung zu finden.

Als sie das graue Felsgebilde erreicht hatten, fanden sie so etwas wie einen Hohlweg, der zwischen den Felsen hindurchlief. Die Felswände waren nicht hoch, sie überragten Pidge nur ein kleines Stück.

Als sie gerade hineingehen wollten, bemerkten sie auf dem Boden eine Blase, so groß wie ein halbes Riesenosterei. Sie sah abstoßend aus, denn sie wabbelte von etwas, das sich in ihrem Inneren bewegte. Es war wie eine Brandblase. Sie waren froh, als sie in den Hohlweg schlüpfen und das Ding hinter sich lassen konnten.

Zwischen den Felswällen war es dumpf und feucht, und der Geruch war hier noch durchdringender. Wie eine schwere Decke drückte der Himmel auf sie, die Luft war stickig, und sie konnten kaum atmen. Gleich nachdem sie hineingegangen waren, merkte Pidge, dass er einen schrecklichen Fehler begangen hatte; aber er tröstete Brigit und sagte, wenn sie auf der anderen Seite herauskämen, würden sie die abscheuliche Gegend hinter sich haben und wieder über Gras laufen. Jetzt konnte von Laufen keine Rede sein; der Grund war glitschig von einer öligen Nässe. Sie stapften mühsam durch den ekelhaften Gang, schauderten beim Anblick der schleimig glänzenden Mauern und kamen immer wieder an wackelnden Blasen vorbei. Der Weg durch die Felsen schien endlos zu sein.

Bald darauf begann Pidge zu argwöhnen, dass sie einem Weg folgten, der in einer Schleife zurückführte, oder dass sie sich in einem Kreis bewegten, der immer enger wurde. Der Geruch benahm ihnen jetzt fast den Atem, obwohl er etwas Süßliches hatte, und sie meinten, sie müssten ersticken. Immer noch zerrte der Wind an ihnen, aber den Gestank vertrieb er nicht.

«Wieder so ein scheußlicher Ort! Er ist mir zuwider», sagte Brigit schließlich.

Aber Pidge schwieg.

Denn ihm wurde nun klar: Nach allem, was sie hinter sich gebracht hatten, waren sie jetzt an einer Stelle, an der es wirklich nicht weiterging. Aus dem grauen Stein gab es keinen Ausweg.

Das war ein vernichtender Schlag.

Er bat Brigit zu warten und, wenn möglich, nicht zu viel Angst zu haben; dann ging er in die Hocke und schnellte sich die Wand hinauf. Obwohl er mit der einen Hand den Kieselstein umklammert hielt, gelang es ihm, sich oben an der Mauer festzuhalten, mit seinen Zehen irgendwo Halt zu finden und hinaufzuklettern. Er schwang ein Bein hinüber und saß nun auf dem Felsen; die Hand schützend gegen den Wind über die Augen gelegt, schaute er in die Runde, um zu sehen, wo sie eigentlich waren.

Das Herz blieb ihm beinahe stehen. Er sah Steinwall hinter Steinwall in düsteren Ringen um den Platz liegen, den sie erreicht hatten. Sein betäubter Blick wanderte über die Wälle hin, und es waren so viele, dass es schien, als blicke er über die gefrorenen Wellenkämme eines schmutziggrauen Meeres, die in einem riesigen Wirbel zu einer Stelle in der Mitte liefen, und er erkannte, dass er und Brigit im leblosen Mittelpunkt dieses steinernen Meeres saßen. Der Mut verließ ihn, und Verzweiflung erfüllte ihn, als er merkte, dass es keinen Ausweg gab. Wenn nur der tückische Wind aufhören wollte, dann würde er vielleicht einen Weg entdecken. Sein Kopf glühte, und er konnte keinen klaren Gedanken fassen. Er starrte noch eine Weile über die Felswälle, als ihn plötzlich mit aller Wucht die Erkenntnis traf.

«O nein!», rief er in tiefer Verzweiflung.

«Was ist? Was ist?», rief Brigit erschrocken hinauf.

«Wir sind in einem Irrgarten», antwortete er kläglich.

12. Kapitel

«Komm runter, komm runter, Pidge!», schrie Brigit, und er sprang hinunter und starrte sie an. Er war wie betäubt. Wenn sie ihn nicht gerufen hätte, wäre er vielleicht weiter nutzlos da oben sitzen geblieben. Er war zu keiner Überlegung fähig. Wie irr schweiften seine Gedanken zu Curu, und er fragte sich, ob er jetzt irgendwo tot daläge. Ganz plötzlich überkam ihn der Impuls, den schauderhaften Stein wegzuwerfen; ihn über diese wahnwitzigen Mauern zu schleudern, so weit er nur konnte. Es war einfach zu viel für ihn gewesen. Wenn er ihn wegwarf, dann würde alles das vorbei sein, dachte er zutiefst niedergeschlagen und ohne einen Funken Hoffnung. Der Dagda würde dann natürlich den Kampf verlieren, aber müsste er uns nicht helfen?, dachte er unglücklich. Warum hilft er uns nur nicht?

Im selben Augenblick fiel ihm ein:

Natürlich! Die Haselnüsse! Ich muss es mit einer Haselnuss versuchen!

Er war jetzt wieder bei Sinnen, und seine Hand nestelte fieberhaft an dem Beutel in seiner Hosentasche. Er fand eine Nuss und holte sie mit Daumen und Zeigefinger hervor. Sie sprang auf, bevor er sie auf seine Handfläche legen konnte, und eine Hälfte fiel zu Boden. Sofort zeigte sich in der zurückbleibenden Hälfte etwas Sanftgraues, Wunderschönes, und darin eine Mischung irisierender Farben. Eine halbe Sekunde später saß ein rundlicher Tauberich auf seinem Zeigefinger, der in aller Ruhe sein Gefieder schüttelte und mit den Augen zwinkerte.

«Ich bin Radairc», sagte er. «Brieftaube erster Klasse. Zu euren Diensten. Lasst mir einen Moment Zeit, die Gegend zu erkunden.»

Es sah eindrucksvoll aus, wie er auf Pidges Finger zum Flug ansetzte und sich dann in die Luft schwang. Seine klatschenden Flügelschläge schallten in ihren Ohren.

Er schien für immer verschwunden zu sein, aber in Wirklichkeit kam er nach wenigen Sekunden zurück, und wieder ließ er sich mit heftigen Flügelschlägen auf Pidges Finger nieder.

«Es ist nicht so schlimm, wie es aussieht», sagte er beruhigend. «Ein paar Mauern sind zerbrochen, und ich kann euch hinausführen. Das Ganze ist ein Trick der Mórrígan, aber wenn ihr tut, was ich sage, kann es sein, dass er nicht so gut funktioniert, wie sie hofft.»

«Was hofft sie denn?», fragte Pidge voller Angst.

«Sie hat das alles hergezaubert, um euch aufzuhalten, sodass sie in der Nähe ist und zuschlagen kann, wenn der Große Aal euch am See erwartet. Es ist nicht, um euch einzufangen, ihr sollt nur nicht so schnell vorwärtskommen, damit sie aufholen kann. Versteht ihr?»

«Ja», sagte er grimmig.

«Aber was hat das alles zu bedeuten?», fragte Brigit mit ängstlicher Stimme.

«Wir sollten uns darüber jetzt keine Sorgen machen, Brigit. Wollt ihr einfach tun, was ich euch sage?»

Sie nickte, und Pidge nickte auch.

«Gut. Zuerst werdet ihr ein Stück zurückgehen müssen. Fertig? Dann kommt!»

Radairc erhob sich wieder in die Luft. Er flog sehr niedrig und führte sie eine Strecke des Weges zurück; dann ließ er sich auf einer der Mauern nieder. Sie beeilten sich, ihn einzuholen, denn sie sahen in ihm ihre einzige verzweifelte Hoffnung.

«Klettert hinüber», rief er. «Die Mauer, die im nächsten Durchgang genau gegenüber liegt, ist eingefallen.»

Pidge kletterte in der erprobten Weise auf die Mauer, und als er rittlings auf ihr saß und sicheren Halt hatte, streckte er den Arm hinunter und fasste Brigit mit der einen Hand, während sie sich am Handgelenk der anderen festhielt, der Hand, die den Kieselstein umklammerte. Er zog, und sie half strampelnd mit den Füßen nach, und so gelangte sie hinauf. Pidge sprang auf der anderen Seite hinunter und streckte ihr seine Arme entgegen. Mit wild entschlossener Miene und zusammengebissenen Zähnen ließ sie sich hinunterfallen.

«Gut gemacht», sagte Radairc aufmunternd. «Keine Zeit zu verlieren. Weiter jetzt. Gerade über die Mauerlücke gegenüber!»

Sie liefen über den Weg auf die Lücke zu, und Pidge fühlte sich wieder entmutigt, wenn er daran dachte, wie endlos viele solcher Wälle aus grauem Stein noch vor ihnen lagen.

«Hier geht's weiter!», sagte Radairc, und wieder flog er vor ihnen einen Weg entlang und hielt an, als eine Mauer kam, die sie als Abkürzung überklettern konnten.

«Es gibt keinen einfachen Weg hier heraus», sagte er, während sie kletterten. «Es wird harte Arbeit sein. Aber ich habe den kürzesten Weg ausgekundschaftet, mit dem ihr doch in der Nähe des Lough Corrib herauskommt. Versucht einfach, das Glück im Unglück zu sehen – jetzt seid ihr unter meiner Obhut, und ich werde euch nach Hause bringen.»

Weit weg in Shancreg stand der alte Mossie Flynn immer noch in seinem Glashaus.

Seine Aufmerksamkeit wurde plötzlich von seiner Katze angezogen. Irgendetwas hinter Mossie fesselte sie, und sie starrte es wie gebannt an. Mossie drehte sich um und folgte ihrem Blick.

Er sah etwas, das er für ein Spinnennetz hielt, und er ging hin, um es sich anzuschauen und herauszufinden, was die Katze daran so interessieren mochte. Es war ein sonderbares Ding. Er konnte keine Halteschnüre aus silbrigen Fäden finden, die es irgendwo befestigten. Seine Neugier wurde noch lebhafter, und er verdrehte den Kopf, um es von unten anzuschauen. Dann nahm er es von der Seite in Augenschein, und schließlich ging er ganz darum herum. – Es schwebte völlig frei in der Luft.

Mossie schloss, dass er eine wunderbare naturwissenschaftliche Entdeckung gemacht habe. Die Freischwebende Spinnwebe von Shancreg, sagte er zu sich.

Er untersuchte das Ding noch einmal und bemerkte dabei eine kleine Staubwolke, die darüber herumwirbelte.

«Ein sehr sonderbares Ding!», rief er schließlich aus. «Mal sehen, ob es herumsegelt!»

Er füllte seine Lungen und blies das Ding an, das er immer noch für ein Spinnennetz hielt.

Es zitterte nicht unter seinem Atem, es segelte auch nicht davon, sondern fiel zu seiner Enttäuschung in sich zusammen und wurde zu Staub.

Ganz plötzlich, während Pidge und Brigit gerade über eine weitere Mauer klettern wollten, kam ein warmer Windstoß, und all die grauen Mauern zerbröckelten mit leisem Gewisper und zerfielen zu Staub. Der Geruch war verschwunden, und der Staubwind hatte aufgehört.

Radairc flog über ihnen und rief:

«Großartig! Großartig! Weiter! Einen tüchtigen Spurt! Ihr könnt es schaffen!»

Er redet wie ein Sporttrainer, schoss es Pidge durch den Kopf.

In größter Eile rannten sie jetzt nach Osten.

«Mir nach! Mir nach!», rief Radairc ununterbrochen.

Flüchtig dachte Pidge über die Frage nach, wie die Mórrígan wohl den Irrgarten gemacht habe. Wie gut, dass er und Brigit nicht wussten, dass sie in ihrem Fingerabdruck herumgeirrt waren, dass die sonderbaren Blasen ihre Schweißperlen waren und dass das Glitzern auf den Felsen ein Überzug von derselben süß und eklig riechenden Feuchtigkeit war.

Er warf einen angsterfüllten Blick zurück, und in seinem Schrecken war er sicher, dass die Mórrígan und ihre Hunde näher gekommen sein mussten. Das Entsetzen trieb ihn an, noch schneller zu laufen, und Brigit an seiner Hand hielt Schritt. Dankbar gehorchten sie allen Befehlen Radaircs. Obwohl sie wieder sehr viel schneller vorankamen, erfüllte die Vorstellung, die Mórrígan könnte immer näher kommen, Pidge mit Grausen. In seiner Einbildung wurden die Hufschläge lauter, und er konnte das gequälte Schnauben ihres Pferdes hören und das Schlagen ihrer Beine gegen seine Flanken.

Jetzt erreichten sie endlich das Seeufer, und sie versuchten, ihrer Furcht Herr zu werden. Wegen der Verzögerung durch den Daumenabdruck hatte die Mórrígan tatsächlich aufgeholt, aber sie war in Wirklichkeit nicht so nah wie in Pidges fieberhaften Gedanken.

Radairc flog über den See und rief:

«Schnell, schnell!»

Pidge wühlte aufgeregt in seiner Tasche nach einer Haselnuss. Noch größere Angst befiel ihn, als seine Finger entdeckten, dass der Beutel leer war. Er zog ihn heraus und schüttelte ihn, bevor er ihn wegwarf und noch einmal in seiner Tasche suchte.

In einer flusigen Ecke fand er die allerletzte Haselnuss, und er atmete zitternd vor Erleichterung auf. Er streckte die Hand aus, und die Nuss bebte mit ihr.

Die Nuss sprang auf; elende Verzweiflung durchfuhr ihn, als er zwei völlig leere Schalenhälften auf seiner Hand tanzen sah.

13. Kapitel

Pidge erstarrte.

Er sah unverwandt die leeren Schalen an, in der törichten Erwartung, dass etwas darin erscheinen müsse. Mit jeder Sekunde, die verging, kam die Mórrígan näher, und in seinem Kopf tobte ein Aufruhr von Verwirrung und Schrecken.

Es würde doch bestimmt, bestimmt etwas geschehen?

Man wusste doch bestimmt, bestimmt, in welcher Not sie waren?

Schließlich musste er sich im Innersten eingestehen, dass die Nuss leer und nutzlos war, und mit einem Stöhnen, das aus tiefster Seele kam, warf er die Schalen weg.

Er wusste nicht, was er tun sollte. Er wusste nicht, wohin er sich wenden sollte.

Vergebens durchsuchten seine Hände die Taschen in der Hoffnung, doch noch eine allerletzte Nuss zu finden; und dabei starrte er eine der Nusshälften an, die auf dem See gelandet war und dort leise schaukelte.

Brigit, die immerzu nach hinten sah und kaum wahrnahm, was geschah, sagte: «Warum beeilt er sich nicht? Warum beeilt er sich denn nicht?» – doch ihre Worte erreichten Pidge nicht in seiner Panik. Durch seine verworrenen Gedanken drang die Erkenntnis, dass die Schalenhälfte auf dem See größer wurde.

In der Zeit, die er brauchte, um einen erlösenden Atemzug lang Luft zu schöpfen, war aus der Nussschale ein kleines, rundes Boot geworden. Pidge packte Brigits Hand, und sie sprangen hinein. Er suchte Ruder oder Paddel, aber es waren keine da. Sie hatten sich kaum niedergelassen, als das Boot sich in Bewegung setzte. Schnurgerade fuhr es über die dunkelgrüne, glasige, geheimnisvolle Oberfläche und schien mehr darauf zu gleiten als das Wasser zu durchschneiden.

Was wird sie tun, wenn sie ans Ufer kommt?, fragte Pidge sich. Er schloss seine Finger fest um den Kieselstein. Sie kriegt ihn nicht! Niemals! Ich habe gesehen, wie sie wirklich ist, und ich will lieber sterben, als ihn ihr in die Hände fallen zu lassen.

Hinter ihnen entstand an Land ein Tumult, als die Hunde das Ufer erreichten und dort schnüffelnd und winselnd auf und ab liefen.

Und dann kam sie, die Drei-Eine; sie sprang vom Rücken des abgehetzten, dampfenden Pferdes, und sie sah groß und schön und zornig aus, wie sie da am Rande des Sees stand. Das Pferd scheute, und obwohl es erschöpft war, rannte es sofort davon.

Pidges Augen sprühten Feuer. Er hob die Hand, die den Kieselstein hielt.

«Der See ist unergründlich tief», schrie er. «Ich werfe den Kiesel hinein.»

Diese Drohung versetzte die Mórrígan in zorniges Erstaunen. Pidges kühne Worte dröhnten ihr in den Ohren. Dass dieser Augenblick die unfassbare Möglichkeit ihrer Niederlage bedeuten könnte, beherrschte sie als einziger Gedanke. Er hämmerte wie ein Pulsschlag in ihrem Kopf und stachelte sie zum Handeln an.

«Halt!», kreischte die Mórrígan; das Blut auf dem Stein verlangte nach ihr – und etwas von seiner bösen Kraft drang in das kleine Boot ein, sodass es schwankte.

Pidge fühlte, wie sich der Blick der Mórrígan brennend in seinen Kopf bohrte. Er wurde in einen traumähnlichen Zustand versetzt.

Das Blut auf dem Stein bekam Macht über seinen Kopf. Er spürte ein Vibrieren unter seinen gekrümmten Fingern, und der Griff lockerte sich. Gegen seinen Willen begann seine Hand, sich noch höher in die Luft zu recken.

Plötzlich schleuderte die Mórrígan ihren Arm hoch über ihren Kopf und ließ etwas wie eine Schnur oder eine Peitsche über den See fliegen. Es hob sich hoch in die Luft und schlängelte sich als langer, dünner Strahl über das Wasser.

Sie hatte ihre Hand gegen die Kinder erhoben.

Brigit stöhnte und kauerte sich ganz klein auf dem Boden des Bootes zusammen.

Da griffen Finger, dünn wie Draht, nach Pidges Hand, bohrten sich hinein und entwanden seinem kraftlosen Griff den Stein.

Das Boot blieb stehen.

Pidge war völlig überwältig von Grauen und Ekel, als er merkte, dass *sie* ihre eigene Hand herübergeworfen hatte und dass *sie* ihm so nahe gekommen war.

Die Mórrígan hielt den Stein in die Höhe und schleuderte ein kreischendes Triumphgelächter gegen die Erde, gegen den Himmel und gegen den Dagda.

Es war ein furchtbarer Augenblick voll böser Vorahnung, und Pidge, der zusammengesunken war, stieß einen lauten, klagenden Hilfeschrei aus.

Der Hilfeschrei ertönte im gleichen Augenblick, in dem die Mórrígan unversehens ihren Fuß hart auf Vogelfangs Pfote setzte. Die ganze Zeit seines Dienstes war er von ihr mit Füßen getreten worden wie jeder aus der Meute; jetzt schoss eine blitzartige Erinnerung, dass Pidge ihm einmal Freundlichkeit erwiesen hatte, mit dem Schmerz, den ihm der Fuß der Mórrígan zufügte, zu einer irren Empfindung in seinem Kopf zusammen. Mutiger Wahnwitz überwältigte ihn, und er biss die Mórrígan ins Bein. Da krümmte sich das Drittel ihres Schattens, das die Bewegungen Melody Mondlichts getreulich nachgeahmt hatte, auf dem Boden, sprang in die Höhe und wand sich um ihren Hals, wo es sich wie eine dunkle Pythonschlange immer fester zusammenzog. In ihrem Zorn, so plötzlich von einem niedrigen Tier, einem ihrer eigenen Geschöpfe, und von etwas so Unbedeutendem wie einem bloßen Schatten angegriffen zu werden, stieß die Mórrígan einen seltsamen Schrei aus und ließ den Stein ins Wasser fallen. Er fiel dicht neben dem Boot herab, aber Pidge und Brigit waren außerstande, auch nur daran zu denken, dass sie ihn hätten auffangen können. Der Kieselstein verschwand in dem tiefen, tiefen Wasser, das vielleicht wirklich unergründlich war.

Ihr Arm schnellte zu ihr zurück wie eine dünne, magische Feder, und sie versetzte Vogelfang einen Schlag damit und verwandelte ihn in eine kleine steinerne Säule. Im nächsten Moment riss sie den substanzlosen, aber gefährlichen Schal von ihrem Hals und warf ihn in Fetzen vor ihre Füße. Als sie nach Vogelfang geschlagen hatte, war ihr das Armband vom Handgelenk geglitten und zu Boden gefallen.

Sobald es die Erde berührte, nahmen der Wachtmeister und sein Fahrrad, die einzigen Anhänger daran, die nicht ihr echter Besitz waren, wieder ihre richtige Größe an. Der Wachtmeister starrte entgeistert; was er sah, war eine wunderschöne Frau, lieblicher als jede Rose. Zuerst betrachtete er sie ungeniert, dann sah er ihre Vollkommenheit und wurde rot. Die Aufrichtigkeit seiner Gefühle ließ seine Augen glänzen, und er nahm die gelbe Rose mit den roten Rändern aus seinem Knopfloch und reichte sie ihr.

«Frieden», sagte er, denn so hieß die Rose.

Er stand demütig vor ihr und wartete, ob sie seine freundliche Gabe annehmen würde.

Auf die Mórrígan wirkte dieses Wort wie der Stich eines nadelspitzen Dolches, und sie zuckte schreiend zurück.

Die Wut in ihr schwoll noch höher. Sie hatte ihren Stein in reinem Wasser verloren, und nun wagte es diese Kreatur, sich vor ihr aufzubauen und sie in den entscheidenden Augenblicken ihres Kampfes um den Stein und um ihre alte Macht zu stören und das eine Wort zu sagen, dessen Bedeutung sie hasste und fürchtete, weil es ihr Dasein bedrohte. Ihr Gesicht wurde zuerst olivgrün und dann weiß.

Sie zitterte und fiel in einen Krampf und stand da in ihrer ganz fürchterlichen Hässlichkeit.

Für einen Augenblick füllte Mitleid die Augen des Wachtmeisters; dann verlor er zwei Drittel seiner Kraft, und seine Knie gaben nach. Er sank wie ein Blütenblatt, wie ein langsam sich aufrollender Ballen marineblauer Seide. Ein Gefühl der Leere und des Verlustes machte sich in ihm breit, und das Bewusstsein schwand ihm. Das Hinterrad seines Fahrrads, das neben ihm hingefallen war, drehte sich langsam im Leeren.

Ohne irgendetwas zu begreifen, hatten die Kinder alles mit angesehen.

Zuerst, als sie die vertraute Gestalt des Wachtmeisters entdeckt hatten, eines Menschen aus ihrer Welt, war Pidge beruhigt gewesen. Wie oft waren sie ihm in Galway begegnet, auf seinem Posten, wo er den Verkehr regelte und ihnen zugeblinzelt oder zugelächelt hatte, oder irgendwo an eine Mauer gelehnt, im Gespräch mit ein oder zwei Freunden. Jetzt lag der Wachtmeister auf dem Boden, und sie verstanden nicht, warum.

Die Mórrígan aber war noch nicht am Ende, mochte auch der Stein verloren sein. Noch gab es Olc-Glas und sein Gift, und wenigstens das wollte sie haben, wenn schon sonst nichts. Sie würde Pidge und Brigit bis ans Ende der Welt folgen, um es zu bekommen.

Wieder rief sie ein Wort über den See, um ihn gefrieren zu lassen; aber die große, unsichtbare Hand des Dagda hob es hoch und schleuderte es in den Himmel, wo es in der Sonnenhitze verzischte. Sie hatte ihre Hand gegen die Kinder erhoben. Nun konnte der Dagda seine Hand gegen sie erheben. Schlag um Schlag.

Da erhob sich das Wasser des Sees murrend gegen sie. In wütenden Wellen lief es zum Strand und bildete kleine Wirbel, die leise der Erde zuflüsterten.

«Hört zu», sagte es. «Wie lauteten die Worte des alten Weisen? Wie sprach er? Das Fleisch des Menschen gehört der Erde, sein Blut dem Meer, sein Gesicht der Sonne, seine Gedanken den Wolken, sein Atem dem Wind, seine Knochen den Steinen, seine Seele dem Geist. Sprach er nicht so?»

«Ja», stimmte die Erde zu.

«Ist er nicht mein Kind, dein Kind, das Kind des Windes und des Feuers? Wird er nicht aus uns geboren, von uns genährt, wie alles Lebendige auf diesem lichten Erdenball? Er ist von allen unser lichtestes Kind. Gib mir deine Kraft – in der Hoffnung, dass er eines Tages unserer gedenkt und uns wirklich liebt, wie er es einstmals tat. Ich habe dich getränkt und erfrischt, wenn du verdorrt warst, gib du mir nun von der Kraft, die die Bäume wachsen lässt, gib mir von der Kraft, die die Bäume stark macht.»

Und die Erde sandte eine Botschaft ins feurige Herz der Welt, die lautete:

«O Feuer! Gib uns von der Kraft, die Felsen sprengt und Berge bersten lässt, auf dass wir uns gegen sie erheben mögen.»

Und das Feuer und die Erde gaben ihm ihre Kraft. Das Wasser erhob sich zu einer glänzenden Wand und stand vor ihr wie ein Berg aus Licht. Es stand zwischen der Mórrígan und dem kleinen Boot, undurchdringlich für sie, denn seine Klarheit und Reinheit hätten ihr großen Schmerz bereitet.

Pidge und Brigit betrachteten staunend den glänzenden Wall. Sie hatten die Frau in ihrer Abscheulichkeit gesehen; aber weibliche Hässlichkeit berührte Pidge noch nicht, weil er noch kein Mann war. Jetzt war alles still. Die Wellenringe an der Stelle, an der der Stein ins Wasser gefallen war, hatten sich geglättet, und alles war ruhig. Das einzige Geräusch war das leise Klatschen kleiner Wellen gegen die Flanken des Bootes.

«Sie hat ihn nicht bekommen», sagte Brigit schließlich.

«Nein. Aber wir haben's auch nicht geschafft», antwortete Pidge erschöpft.

Trotz aller Hilfe und trotz allem, was wir durchgestanden haben, ist der Stein verloren. Und Olc-Glas lebt irgendwo, dabei hätten wir ihn doch vernichten sollen. Es war alles umsonst, dachte er traurig.

Er blickte kummervoll auf das Wasser.

Er sah im Geiste noch einmal alle ihre Abenteuer vor sich,

und wieder gelangte er zu der Einsicht, dass sie gescheitert waren.

Brigit stieß stumme Verwünschungen aus.

Dann wurde ihre Aufmerksamkeit von einem kleinen Punkt angezogen, der an der Oberfläche des Wassers erschien und um den sich kleine Wellenringe bildeten. Etwas Stumpfes tauchte aus dem Wasser, und dann war es ein kleines Gesicht, und eine vertraute Stimme sagte:

«Wer hat mir das auf'n Schädel plumpsen lassen? Ich möcht' doch schön bitten!»

Der Frosch, Puddeneen Whelan, kam auf das Boot zugeschwommen, den Kieselstein an die Brust gepresst.

Da keimten auf einmal wieder Hoffnung und Freude auf.

«O Puddeneen, du bist es!», rief Brigit.

«Ja, ich. Aber jetzt erzähl' mir bloß nichts von irgend 'ner Hochzeit, und 'ner Braut ganz in weißer Spitze!»

«Ich dachte, der See hätte hier gar keinen Grund!», rief Pidge abwesend und schaute in das tiefe, durchscheinende Wasser hinab.

«Keinen Grund? Ach du liebe Zeit», sagte Puddeneen verächtlich. «Wenn's keinen Grund hätt', das Wasser, dann tät's ja auf der andern Seite der Welt rausfallen!»

Pidge streckte den Arm aus und nahm den Kieselstein.

«Übrigens, ich sing keine Liebeslieder mehr», sagte Puddeneen. «Hört ihr's?»

Und er schwamm schweigend davon.

Ein kleiner Hügel im Wasser, bewegte er sich dahin. Als er sich einmal zur Seite wandte, erblickte er plötzlich den Wall aus Wasser.

Die Kinder sahen, wie sein kleiner Körper einen Augenblick lang vor Entsetzen starr aus dem Wasser ragte; dann tauchte er unter und war nicht mehr zu sehen.

Nun hatten sie den Kieselstein wieder, und das Boot setzte seinen Weg fort. Radairc kreiste wartend über ihnen und rief:

«Hierher, Pidge! Hierher, Brigit!»

Das Boot brachte sie an Land und trieb davon.

Pidge sah die feuchte Erde am Ufer und die Spuren der Rinder und der anderen Tiere, die zum Trinken hierher gekommen waren; es war ein vertrauter Anblick, der ihn tröstete. Er wusste, dass die Mórrígan durch das Wasser aufgehalten wurde und dass jeder Schritt sie ihrem Zuhause näher brachte. Er hatte immer noch keine Ahnung, was er mit dem Kieselstein tun sollte, und er wusste nicht, dass die Mórrígan ihn weiter verfolgen würde, weil sie Olc-Glas haben wollte. Dann kamen sie wieder in den Nebel.

«Wann wir wohl die erste Kerze sehen werden?», fragte Brigit.

Radairc stieß aus dem Nebel herab, rief: «Geradeaus!» und erhob sich wieder in die Luft.

«Vielleicht gibt's diesmal gar keine Kerzen. Wir haben ja Radairc, der uns den Weg zeigt. Er weiß, wo wir sind, denn er führt uns ja», sagte Pidge.

Es war ein wunderbares Gefühl, wieder ringsum in Nebel gehüllt zu sein; sie fühlten sich geschützt darin.

«Und was ist mit Serena?»

«Ich weiß nicht. Vielleicht ist sie nur dazu da, einen hineinzuführen, und wir gehen ja jetzt hinaus.»

Während sie weitergingen, erschien keine einzige Kerze, und auch von Serena gab es weit und breit kein Lebenszeichen. Doch Radairc stieß immer wieder einmal aus dem Nebel herab, sagte ihnen, sie sollten ein wenig mehr nach rechts oder nach links gehen und verschwand dann wieder im Nebel über ihnen.

Pidge war sich jetzt noch sicherer, dass nun alles gut war und dass sie bald bei den Steinen von Shancreg anlangen würden – dem Tor, durch das sie wohlbehalten wieder in ihre eigene Welt und ihr Zuhause gelangen würden.

Doch auf einmal war Serena wirklich da; sie umarmten sie beide immer wieder, und dann gingen sie neben ihr her, jeder einen Arm um ihren warmen, weichen Nacken gelegt. Sie gingen durch den sanften Nebel dahin, und es wurde ihnen wieder leicht ums Herz.

Pidge malte sich in Gedanken aus, wie es sein würde, Tante Bina und den Vater nach all der Zeit wiederzusehen. Er fragte sich, wie er ihnen erklären sollte, dass sie so lange fortgewesen waren, und vor allem, warum sie weggegangen waren, ohne jemandem etwas zu sagen.

Er fragte sich, wie böse sie wohl sein würden, weil sie sich so geängstigt hatten. Die Erwachsenen wurden immer böse, wenn Kinder ihnen einen Schrecken einjagten, weil sie etwas Gefährliches taten oder nicht rechtzeitig nach Hause kamen. Er war gerade bei dem Gedanken angekommen, dass man den Wachtmeister von ihrer Abwesenheit unterrichtet hatte und dass er sie hatte suchen wollen, als Brigit sagte:

«Horch!»

Irgendetwas war hinter ihnen im Nebel. Serena ging schneller und sagte: «Bleibt nicht stehen!», aber sie waren schon stehengeblieben und hatten sie in ihrem Schrecken losgelassen, und sie war weitergegangen, bevor sie es merkte.

Irgendetwas Furchtbares kam auf sie zu. Sie hörten Geräusche, aber sie waren seltsam und unerklärlich. Man wusste nicht, woher sie kamen, denn der dichte Nebel veränderte alle Laute.

Sie hörten, wie Serena nach ihnen rief, aber auch jetzt verzerrte der Nebel ihre Wahrnehmung, und sie wussten nicht, von woher das Rufen kam. Pidge nahm Brigit an der Hand, und sie liefen los, um sie zu suchen. Gleich darauf musste Radairc durch den Nebel gestoßen sein, um ihnen zu helfen; sie hörten ihn rufen, aber sie hatten keine Ahnung, wo er war.

Ganz plötzlich merkten sie, dass die verwirrenden Geräusche dicht hinter ihnen waren.

14. Kapitel

Sie hörten das fürchterliche Keuchen eines Tieres, das aus Leibeskräften rannte.

Einen Augenblick lang knickten ihnen die Beine vor Angst ein, zuckten wie die Beine wackeliger Fohlen und wollten von selbst loslaufen, aber sie wussten immer noch nicht, in welcher Richtung Serena zu finden war. Schließlich packte Pidge Brigit am Ärmel, und sie rannten einfach davon.

Pidge schaute sich einige Male um, und schließlich sah er aus dem Augenwinkel den Umriss eines Hundes oder Wolfes, der nach Kräften versuchte, sie einzuholen. Er wusste, dass das Tier in wenigen Sekunden bei ihnen sein und sie fangen würde. Er hielt Brigits Hand mit eisernem Griff umklammert und zwang seine Beine, schneller und immer schneller zu laufen, als wäre es der einzige Zweck des Daseins, um jeden Preis vorwärtszukommen.

Wir müssen es nur bis zu den Steinen schaffen, dann sind wir in Sicherheit, dachte er verzweifelt.

Das Tier kam immer näher; es keuchte und stieß schreckliche Laute der Anstrengung aus. In Pidges Kopf kreiste die unsinnige Frage, welcher der Hunde es sein mochte, von dem sie gefangen werden würden; denn das Tier holte durch seine äußerste Willensanstrengung weiter auf. Es war ihm klar, dass alles vorbei war, wenn das Tier sie einholte; er fühlte ein Würgen in seinem Hals, und seine Augen füllten sich mit Tränen.

Da keuchte eine fürchterlich atemlose Stimme hinter ihnen:

«Schnell! Lauft weiter! Die Kriegerinnen sind uns dicht auf den Fersen!»

Es war Curu. Der tapfere Curu. Er musste die ganze riesige Strecke rund um den Lough Corrib gelaufen sein und rannte jetzt neben ihnen her. Heiße, salzige Tränen quollen aus Pidges Augen.

Wieder war hinter ihnen, etwas weiter entfernt, das dumpfe Geräusch galoppierender Hufe zu hören, die sich näherten; die Kriegerinnen trieben ihre Tiere erbarmungslos an.

Und als sei das nicht genug, war nun die Luft erfüllt vom schauerlichen Triumphgelächter der Mórrígan, und da wussten sie, dass sie über ihnen war.

Pidge spürte ein stärker werdendes Zucken in seiner Faust, der Stein wand und drehte sich in seinem Griff.

«Weiter!», schrie Curu, und seine Stimme hörte sich an, als müsse seine Brust zerspringen.

Sie konnten plötzlich noch schneller laufen. Pidge flog dahin wie der Wind, und Brigit an seiner Hand hielt Schritt mit ihm.

Die Mórrígan war dem Wasser entgegengetreten und hatte ihm befohlen, sich zu ihren Füßen zu legen. Aber das Wasser, dem von der Erde und vom Feuer Kraft zugekommen war, hatte nicht gehorcht. In einem gewaltigen Ausbruch war ihr Zorn aufgelodert, und in ihrem Stolz hatte sie kostbare Augenblicke in der Auseinandersetzung mit diesen Kräften vertan. Aber die hatten nicht nachgegeben.

Daraufhin griff die Mórrígan zu ihrem letzten Mittel. Sie zog sich zusammen und verkleinerte sich zu einem Nichts. Sie wurde klein genug, um sich im Innersten eines Staubkörnchens zu verbergen. Der Staub war etwas Totes, er konnte ihre Gegenwart nicht wahrnehmen und darum auch nicht verraten. Die Finger des Windes suchten überall nach ihr, sie berührten die Stäubchen, konnten sie aber nicht spüren. Durch die Berührung des Windes wirbelte der Staub auf. Er wurde hoch hinaufgetragen über das Wasser und über den ganzen See. So hatte die Mórrígan das Wasser besiegt, und nun flog sie über dem Nebel des Dagda dahin und suchte nach Pidge und Brigit.

Brigit schluchzte, aber Pidge sah, dass sie versuchte, still zu sein und ihr Schluchzen zu unterdrücken, aus Angst, dass die Mórrígan sie hörte und sie dadurch im Nebel fände. Und als er Brigits Angst und ihre Tapferkeit bemerkte und Curus große Anstrengungen und daran dachte, dass sie am See schon fast gewonnen hatten, und als er nun sehen musste, wie eine böse, zerstörerische, grässliche Göttin und ihre schrecklichen Kriegerinnen sie in einem undurchdringlichen Nebel jagten, da merkte er, dass alles nun endgültig über seine Kräfte ging und dass er aufgeben musste. Jetzt liefen ihm die Tränen ungehemmt über die Wangen.

Die Mórrígan und ihre Kriegerinnen vermochten sie im Zaubernebel des Dagda nicht zu hören. Doch die unheimlichen Hunde konnten trotz des Nebels die Witterung des Fuchses und der Kinder aufnehmen.

Auf einmal gab der Boden unter Curu und den Kindern nach, und sie fielen.

Alle drei schrien.

15. Kapitel

Sie purzelten und rollten in unermesslicher Angst und Verwirrung einen steilen Abhang hinunter. Als ihr Sturz schließlich zu Ende war, fanden sie sich am Grund von etwas wieder, das wie ein Steinbruch aussah. Da seine Augen tränenblind waren, erkannte Pidge nicht gleich, dass es eher eine steinerne Schale war, von Menschenhand gemacht, mit glatt ausgehauenen Wänden, die noch Spuren der Bearbeitung zeigten. Hier war kein Nebel, und durch ihre Tränen konnten sie sehen, dass alles leer war bis auf eine große Messingglocke und eine Art Gitter.

Pidge fuhr sich mit dem Ärmel über die Augen, um die Tränen wegzuwischen, und versuchte, die entsetzte und nach Luft ringende Brigit zu trösten, indem er den Arm um ihre Schultern legte.

Zu ihren Füßen sahen sie ein großes Wasserloch, das von einem riesigen, runden Gitter bedeckt war. In der Mitte war ein kleinerer Kreis, von dem Speichen ausgingen. Auf einer Seite des Gitters stand eine große, grünfleckige Messingglocke auf dem Boden.

Es war alles rätselhaft. Sie saßen in der Falle. Alle drei wussten sie es, denn hier gab es kein Versteck. Selbst wenn sie die Kraft gehabt hätten, die Glocke hochzuheben und darunterzukriechen, würde man sie schließlich finden, denn es war der einzige Ort, an dem man suchen konnte.

Sie ließen ihre Blicke über die schreckliche steinerne Schale gleiten, aus der sie unmöglich hinausklettern konnten, und sie waren überzeugt, in einem Gefängnis zu sitzen – einem Gefängnis der Mórrígan. Pidge glaubte, die Pferde irgendwo im Nebel herannahen zu hören, und er wusste, dass es jetzt nur noch eine Frage der Zeit war.

Wir finden hier wahrscheinlich den Tod, dachte er wie betäubt.

So waren sie also nun doch noch gefangen.

Curu ließ sich erschöpft auf den Boden fallen. Sein Brustkasten hob und senkte sich, die Zunge hing ihm heraus, und er lag da und schaute sie mit blutunterlaufenen Augen an, die voller Schmerz waren.

Brigit sah die bedrohlichen Steinwände an und schien in sich zusammenzusinken. Es war ihr anzusehen, dass ihr Mut sie fast vollständig verlassen hatte. Es gab nichts mehr zu sagen, was Bedeutung gehabt hätte; alles, was Pidge tun konnte, war, in einer nutzlos beschützenden Geste den Arm um sie zu legen. Mit der anderen Hand hielt er immer noch den sich sträubenden Kieselstein umklammert. Er hörte die Pferde irgendwo durch den Nebel galoppieren und wusste, dass die furchterregenden Kriegerinnen sie früher oder später entdecken mussten. Da blitzte ein letzter Funke Trotz in ihm auf. Sollen sie ihn sich doch von mir holen!, dachte er wie von Sinnen. Sollen sie ihn meiner toten Hand entreißen, wie ich ihn dem Glomach entreißen musste.

Heftig zitternd dachte er an die Hunde, deren Zähne zum Zerreißen gemacht waren, und an die schrecklichen Kriegerinnen mit ihren Schwertern und Speeren.

Tränen der Trauer, der Angst und des Kummers rannen ihm über das Gesicht, und er dachte wieder, wie sinnlos doch alles gewesen war.

«Hab keine Angst», sagte eine Stimme. «Der Dagda ist mein Vater.»

«Wie?», sagte Pidge und blickte wie geblendet um sich. Er glaubte, er habe geträumt.

«Ihr habt sie beinahe besiegt, habt keine Angst. Nimm die Schlange.»

Es war der Aal! Der Große Aal aus dem Wasserfall! Sein Kopf tauchte im Innenkreis des Gitters auf. Augenblicklich erschien das eiserne Kästchen zwischen seinen Kiefern, und Pidge ergriff es. Er bemühte sich, den Kieselstein fest in der einen Hand zu behalten, während Brigit ihm mit zitternden Händen half, das Kästchen zu öffnen. Er riss das Blatt mit Olc-Glas an sich und ließ das Kästchen zu Boden fallen.

Das Blatt versuchte, sich ihm zu entwinden. Wild flatterte es in seiner Hand.

Ohne recht zu wissen, was er tat, öffnete Pidge die Faust, die den Stein festhielt, und ließ seine Tränen darauf fallen. Plötzlich verbreitete sich ein widerlicher Gestank, und die rote Verfärbung des Steins begann sich aufzulösen. Das Blatt in seiner anderen Hand versuchte noch heftiger zu entfliehen; da hielt Pidge seine beiden Hände dicht übereinander. Er schien einem stummen Befehl zu gehorchen.

Das aufgeweichte Blut wurde dick und zähflüssig. Es bewegte sich langsam und wurde zu einem klebrigen Gerinnsel, das sich ausbreitete.

Pidge hielt den Stein schräg, und da rann die rote Masse zusammen und hing wie ein Tropfen von seinem Rand herunter. Er dehnte sich wie Gummi und fiel dann genau auf die Zeichnung und bedeckte den Kopf von Olc-Glas vollständig.

Kurz bevor das Blut landete, schrie das Blatt. Der Gestank war nun so abscheulich, dass die Kinder fast in Ohnmacht fielen. Einige Augenblicke lang geschah nichts, und dann war die Luft plötzlich von glühender Hitze erfüllt, in der sich die Kraft der bösen Schlange aufgelöst hatte. In eben diesen Augenblicken hätte die Mórrígan die Schlange verschlungen und sich ihre Kraft einverleibt, wenn alles so gekommen wäre, wie sie es wollte.

Das ganze Blatt Papier hatte sich in Gestank aufgelöst; es war auch nicht ein Fetzchen davon übrig.

Aber das war noch nicht das Ende.

Denn als Olc-Glas schrie, ertönte lautes Hufgetrappel über ihnen; die Kriegerinnen hatten den Rand der Grube erreicht. Und schon hagelten von allen Seiten riesige Eisenspeere auf sie herab, die den wirbelnden Nebel über ihnen durchbohrten. Inmitten dieser Ereignisse fiel es Pidge auf, dass die Speere seltsamerweise grün bemalt waren.

Jetzt sah man auch die Kriegerinnen durch den wallenden Nebel hindurch.

Der Schrei der Schlange hatte auch die Mórrígan herbeigerufen.

Sie stieg am Rand der Grube vom Pferd und sah, nun in ihrer Hexengestalt, herab. Mit einem Blick erfasste sie, dass sie besiegt war, und sie wusste, dass die Schlange Olc-Glas und der Blutstropfen auf dem Kieselstein für immer verloren waren. Ein durchdringender Schrei, rau und trostlos, kam aus ihrer Kehle, und sie verwandelte sich und schoss als riesenhafter, dreiköpfiger Vogel in die Luft, pechschwarz und mit rot glühenden Augen. Sie war die Skaldenkrähe.

Ihr Geschrei, das aus drei weit aufgerissenen Schnäbeln kam, füllte die steinerne Grube mit grässlichem Widerhall und ließ die Kinder bis ins Mark erschauern. Sie kauerten sich nebeneinander so dicht wie möglich auf den Boden, voller Angst, was sie nun tun würde.

Doch sie schrie auch deshalb so fürchterlich, weil sie wusste, dass sie nichts mehr ausrichten und keine Rache nehmen konnte, denn wenn sie ihre Hand ein zweites Mal gegen die Kinder erhob, würde der Dagda nicht zögern, sie zu vernichten.

Die drei unheilvollen Köpfe, die aus dem einen Hals des abscheulichen Vogelleibes ragten, starrten noch einige Augenblicke auf die Kinder herab; dann schlug das unheimliche Geschöpf, das nachtschwarz, aber nur von wenigen Federn bedeckt war, mit den riesigen Schwingen.

Mit anklagenden Schreien kreiste sie noch einmal über dem steinernen Rund, bevor sie sich durch den Nebel in den Himmel erhob, die Kriegerinnen zu Pferd in ihrem Gefolge. Hoch in den Lüften löste sie sich in eine wuchernde Masse schwarzer Atome auf, die sich zu einer wilden Wolke türmten – die Königin der Trugbilder.

Ihre Klage über die Niederlage zerriss den Himmel, ehe sie, dunkel und gestaltlos, noch höher hinaufstieg und davontrieb, in einem weiten Bogen umgeben von ihren Kriegerinnen. Und auch die immer noch getreuen Hunde waren bei ihr und folgten stumm ihrer Königin und den Kriegerinnen. Langsam und lautlos entfernten sie sich von der Welt; die offenen Haare der Kriegerinnen wehten und wogten hinter ihnen her im Rhythmus ihrer Bewegungen, die den weiten Sprüngen ihrer Pferde folgten. Kein Geräusch drang mehr von ihnen herab.

Lange Zeit blieb alles still, während der Nebel leise wirbelte; dann lichtete er sich und löste sich ganz auf, und Friede breitete sich über der steinernen Schale aus.

Radairc stieß zu ihnen herab.

«Sie ist fort», sagte er. «Ihr habt gewonnen – für den Dagda und für alle anderen.»

Dann ging alles sehr schnell.

Die Schale schien zu schrumpfen. Sie wurde immer enger dabei, und zuletzt konnten die Kinder und Curu gerade noch herausschlüpfen, bevor sie in der kleinen Rundung übereinandergepurzelt wären.

Sie blickten staunend um sich.

Sie standen auf dem Eyre-Platz.

Die steinerne Schale war zum Becken des Trinkbrunnens geworden, und die große Erzglocke war in Wirklichkeit nur ein kupferner Trinkbecher, während das Gitter in der Mitte der Abfluss für das Wasser war. Die grün gestrichenen Speere der Kriegerinnen waren das eiserne Geländer gewesen, denn das Geländer war verschwunden. Da ist es also hingekommen, dachte Pidge wie im Traum.

Alles Böse war vergangen.

Man konnte seine Abwesenheit überall spüren.

Als Erstes füllte Pidge den Trinkbecher und reichte ihn Curu, und der Fuchs trank das Wasser dankbar. Nachdem er mehrere Becher, die Pidge immer wieder füllte, geleert hatte, stellte sich Curu auf die Hinterbeine und leckte Pidge das Gesicht, und dann ging er zu Brigit und tat das Gleiche. Als er dann still davontrabte, merkten sie, dass er sich verabschiedet hatte. Er machte sich klein und ging im Schutz der Schatten dahin, und manche Leute hätten gesagt, er stehle sich schlau davon. Aber er war nur ein kleines kluges Tier, das sein Leben in Sicherheit bringen wollte.

Der Platz war vollkommen leer, und die Schatten waren groß und dunkelblau wie verschüttete Tinte.

Die Kinder sahen sich nach allen Seiten um und blickten zum Himmel auf.

Die Sonne hatte sich hinter eine riesige, bauschige, rauchgraue Wolke zurückgezogen. Die Ränder der Wolke leuchteten wie zartes, silbriges Gewebe, und das war ganz alltäglich und zugleich wunderbar. Leiser Regen begann zu fallen, und da kam die Sonne hinter der Wolke hervor und berührte den Regen mit ihren Strahlen, sodass er in glitzernden Tropfen herabkam. Radairc kreiste im Regen, und dann kam er zu ihnen geflogen und sagte:

«Es ist wirklich alles vorbei.»

Da erschien ein Regenbogen, und Brigit ergriff Pidges Hand, denn der Regenbogen ließ Musik erklingen, und das war nichts Alltägliches, sondern wirklich wunderbar. Jede Farbe hatte ihren eigenen reinen und wunderbaren Klang – eine Musik, schöner, als man sie sich vorstellen oder erträumen kann. Sie schienen mit jeder Pore, jeder Haarwurzel, mit ihren Fingerspitzen und der Haut im Nacken zu lauschen. Während sie so verzückt dastanden, weitete sich der Regenbogen ganz, ganz langsam und reichte bis zu ihnen hin. Er hüllte sie in seine Strahlen ein, und sie spürten, wie seine Farben auf ihren Armen und Gesichtern prickelten und tanzten. Winzige violette und grüne Perlen hingen in den zarten blonden Haaren auf Brigits nackten Armen und überzogen Pidges Gesicht; und sie funkelten wie winzige Lichter an einem Weihnachtsbaum. Die klare, unirdische Musik war ein Dunstschleier und ein Sturm und eine Stille zu ihren Füßen. Radairc war ein glückseliges Federbällchen. Dann begannen die Farben wie ein Zauberfluss zu strömen, und die Kinder bewegten sich mit ihnen. Sie wollten etwas sagen, aber sie fanden keine Worte.

Schließlich sagte Brigit:

«Pidge, wir fahren auf einem Regenbogen.»

Und Pidge merkte, dass er nicht mehr hervorbrachte als: «Ja.»

Denn dies war des Dagdas Liebe und Dank, und die Kinder erfuhren die größte Freude ihres Lebens.

Sanft schwebte der Regenbogen über den Himmel, bis er sie schließlich durch das große Steintor von Shancreg trug. Noch ein paar Sekunden lang wirbelte der Regenbogen mit seiner Musik um sie, dann hatte er sich aufgelöst.

Pidge sah zum Himmel auf und bemerkte, ohne überrascht zu sein, dass das Flugzeug immer noch da war und seinen Kondensstreifen zog; die Spur, die es zuvor hinterlassen hatte, schwebte in kleinen Fetzen dahin. Er schaute auf den Boden und sah einen Apfelbutzen daliegen, der nur ein wenig braun angelaufen, aber noch frisch war, und er wusste, dass sie nur etwa eine Stunde lang fort gewesen waren.

Sie schauten beide zu dem Steintor zurück, und da schwebte eine Seifenblase auf sie zu. Es war die letzte Seifenblase aus Hannahs Händen, die eine, die davonflog, als alle anderen schon zerplatzt waren.

Die Seifenblase kam heran und schwebte über ihnen in der Luft. Sie wurde größer und dehnte sich aus, bis sie wie eine durchscheinende Kuppel aussah, die sich auf sie niedersenkte und sie einhüllte. Es war, als stünden sie in einer Glaskugel wie der mit der Schneelandschaft, die sie gehabt hatten.

Und da kamen ihre Freunde, um sich von ihnen zu verabschieden – sie sahen sie alle noch einmal wieder.

Zuerst war mit einem Mal Cathbad da, groß und stolz in seinen weißen Gewändern. Er lächelte ihnen zu. Während sie ihn ansahen, veränderte sich sein Gesicht und war für Augenblicke das Gesicht des alten Gelehrten, dem Pidge am ersten Tag in dem Buchladen begegnet war. Und dann war es wieder Cathbads Gesicht.

Dann kamen Hannah und Corny lachend und tanzend herbei. Während sie sich näherten, zitterten ihre Umrisse ein wenig, und sie verwandelten sich für kurze Augenblicke in ihre alten Freunde Boodie und Patsy. Dann wurden sie zu schönen, strahlenden Gestalten. Die Kinder sahen, wie sie wirklich waren. Brigit, die Göttin des Herdfeuers, hatte ihre bescheidenen Löwenzahnblüten mitgebracht; und Angus Óg, der Gott der Liebe, hatte nicht nur seine Gänseblümchen bei sich, sondern auch einen Kranz weißer Vögel, die um sein Haupt kreisten.

Die Sieben Maines kamen, und jeder nahm für einen Augenblick die Gesichter der Kinder in seine Hände und küsste sie leicht auf den Scheitel. Und auch die Arme Frau mit ihren Gänsen und Enten war da, und sie verwandelten sich wieder, wie sie sich schon einmal verwandelt hatten, sodass nun die Königin Maeve und Ailill und all ihre Leute vor Pidge und Brigit standen. Sie bezeugten ihre Ehrfurcht vor den Kindern, indem sie ihnen ihre Schwerter, Schilde und Speere zu Füßen legten.

Dann kam der Alte Angler herbeigelaufen, zuerst nur ein Punkt in der Ferne; als er vor ihnen stand, war er wieder Cúchulain, der Krieger und Held. Er bückte sich nieder, legte um jeden von ihnen einen Arm und stellte sie auf seinen Schild, den er hoch über seinen Kopf hob; da konnten sie Daire und Finn und ihr ganzes Volk sehen. Und während Cúchulain sie dort oben thronen ließ, ertönten drei laute Hochrufe. Sie wurden als Helden begrüßt. Es war so großartig und mitreißend, dass auch Pidge und Brigit in Begeisterungsrufe ausbrachen.

Cúchulain setzte sie schließlich wieder auf die Erde, und da trat Angus Óg zu ihnen, und sie schauten ihm in die Augen. Diese gütigen Augen leuchteten blau wie ein ganzer Wald von

Glockenblumen, und sein Blick nahm sie gefangen, während ringsum alles dunkel wurde. Und mit seiner wunderbaren, zärtlichen Liebe tauchte er sie in Vergessen, bis ganz plötzlich die Seifenblase zerging und alle fort waren.

Die Kinder standen erstaunt in dem Feld mit den Steinriesen und wussten nicht, warum sie so glücklich waren. Brigits kleine Schultasche lag auf dem Boden. Das wunderte sie, ebenso wie die Tatsache, dass der Riemen gerissen war. Als sie sie öffnete, war sie überhaupt nicht erstaunt, dass sie leer war.

Sie machten sich auf den Heimweg, aber ihre Augen strahlten und tanzten, und sie waren voller Freude.

Als sie daheim ankamen, herrschte große Aufregung im Haus.

Sally war wieder da, und sie sprang an ihnen hoch und fuhr ihnen mit der Zunge über Hände und Gesicht.

«Wahrscheinlich war sie in der Pferdebox und ist entwischt, ohne dass wir es bemerkt haben», erklärte Michael, ihr Vater.

Aber Tante Bina war noch aufgeregter über zwei Landstreicher, die um etwas zu essen gebeten hatten. Sie hatte sie zu einer Tasse Tee eingeladen; und da hatte die Frau Lieder gesungen und zuerst auf einem Banjo und dann auf einer kleinen Ziehharmonika gespielt, und der alte Mann hatte getanzt und dabei die Zipfel seines Mantels hochgehoben. Die alte Frau hatte Tante Bina aus der Hand gelesen und Geschenke für Pidge und Brigit dagelassen, denn sie hatte in Tante Binas Handlinie gesehen, dass es sie gab.

«Es war wirklich ein großer Spaß. Wie schade, dass ihr das verpasst habt», sagte Tante Bina.

Für Pidge hatten sie eine Glaskugel mit einer Schneelandschaft dagelassen; und Brigit bekam eine kleine Flöte und ein ganzes Porzellanservice. Dazu gehörten auch sechs Eierbecher; und das ganze Geschirr war mit Löwenzahnblümchen bemalt, und es gefiel Brigit auf den ersten Blick.

Manchmal sah Pidge, dass Brigit nachdenklich die Stirn runzelte und sich angestrengt bemühte, sich an etwas zu erinnern, das sie nicht benennen konnte, und dann versuchte er, sich mit ihr zu erinnern. Dann wieder bewegte ihn etwas, ein Bild, das nicht richtig greifbar wurde und das er doch festzuhalten versuchte, und wenn er es aufgab, merkte er, dass Brigit ihn aufmerksam ansah, während sich in ihrem Gesicht die gleiche Bemühung spiegelte.

Manchmal wieder schüttelte Pidge das Glas, und wenn der Schnee fiel und sich zu legen begann, stellte er sich vor, er sähe seltsame und doch vertraute Dinge in dem Gewirbel, aber nur ganz kurz; es dauerte nie lang genug, als dass er sich hätte sicher sein können. Es war fesselnd und geheimnisvoll, und er war immer ganz aufgeregt, wenn es geschah, und rief Brigit herbei, damit sie auch in das Glas schaute.

Von Zeit zu Zeit begegneten sie einem Fuchsrüden; sie waren sich ganz sicher, dass es immer derselbe war. Er hielt inne und ließ sie nah herankommen, bevor er verschwand. Sie wussten, dass er keine Angst vor ihnen hatte. Manchmal blieb er ganz lange stehen, und sie schauten sich alle drei erstaunt an, voller Zuneigung und mit dem Gefühl, einander zu kennen, und dieses Gefühl konnten die Kinder sich nicht erklären. Immer, wenn sie unterwegs waren und irgendwo ein Picknick machten, erschien er. Sie warfen ihm etwas hin, und er fraß es in aller Ruhe. An Wintertagen gingen sie eigens hinaus, um ihn zu suchen, und er wartete immer schon auf sie. Mit der Zeit fanden sie voller Entzücken heraus, dass er ihnen genug vertraute, um ihnen aus der Hand zu fressen und sich sogar von Brigit streicheln zu lassen. Eines Tages entdeckten sie zufällig, dass er Würstchen ganz besonders gern hatte; von da an vergaß Pidge nie, extra für ihn welche zu besorgen, wenn er nach Galway kam.

Oft hörten sie ihn in der Nacht bellen.

Manchmal vernahmen sie auch einen fernen, verwirrenden und freudigen Widerhall, und dann hielten sie inne in dem, was sie gerade taten, und sahen einander an.

Und immer, wenn Mossie Flynn von seinen früheren Mieterinnen sprach, lauschten ihm die Kinder überaus interessiert und mit weit geöffneten Augen.

Und an windigen Tagen flog ein Drachen am Himmel. Er war wundervoll und erhob sich immer ganz hoch in die Lüfte. Ein altes Schiff war darauf gemalt, und er hatte lange Bänder aus violettem Satin, die hinter ihm her flatterten und im Wind tanzten und manchmal silbrig glitzerten. Pidge hatte den Drachen selbst gemacht. Er hatte eine Zeichnung und die Anleitung zum Bauen zufällig in einem Buch in der Bibliothek von Galway gefunden. Tante Bina steuerte die Bänder bei. Sie hatte sie am Boden einer alten Truhe entdeckt und damals gesagt, sie habe überhaupt nicht gewusst, dass sie so etwas besitze. Brigit sagte immer, der Drachen gehöre ihr, und Pidge habe ihn eigens für sie gemacht. Irgendwie nahm er es nie übel, wenn sie das sagte.

Später versuchte er noch oft, das Buch wiederzufinden, aber es gelang ihm nicht, selbst als der Bibliotheksangestellte sich eifrig bemühte, ihm bei der Suche zu helfen. Es war in keinem Katalog zu finden und blieb spurlos verschwunden.

Und dann waren da noch die Regenbogen.

Von dieser Zeit an sahen sie immer viele Regenbogen, manchmal auch, wenn sie mit anderen Leuten zusammen waren. Wenn sie besonders schön waren, dann riefen sie:

«Schaut! Da ist ein Regenbogen!»

Und dann sagten die anderen:

«Wo denn? Wo denn?»

Und die Kinder waren sehr erstaunt.

Epilog

Als der Wachtmeister hinfiel, war er auf einem Wirrwarr von Wasservogelnestern gelandet. Im Lauf der Jahre hatte der Sturm sie von den Nistplätzen im Schilf an den Ufern des Sees weggetragen, und die immer gleiche Strömung hatte sie hierher getrieben. Sie hatten sich zu einem großen Bett zusammengeschichtet, das dem Wachtmeister zu Füßen lag wie ein Floß. Er war auf dem Rücken gelandet, die Füße in die Luft gestreckt, und hielt immer noch die Griffe seiner Lenkstange umklammert. Die Räder drehten sich langsam weiter, während er über den See dahintrieb.

Als der Wachtmeister wieder zu sich kam, saß er auf dem Fahrrad und umkreiste die Steine von Shancreg. An den tiefen Furchen, die seine Räder im Boden hinterlassen hatten, konnte er ablesen, dass er wohl schon eine ganze Weile so unsinnig im Kreis fuhr. Er riss sich zusammen, stieg vom Fahrrad und schob es über das Feld. Dann hob er es über die Mauer und begab sich auf die Straße.

Er war in Gedanken versunken, als er zur Polizeibaracke in Galway zurückfuhr.

Der junge Polizist war erstaunt, ihn zu sehen, und ließ die Bemerkung fallen, dass er nicht lang weg gewesen sei. Der Wachtmeister streckte den Arm aus, um dem jungen Mann auf die Schulter zu klopfen, und es schnitt ihm ins Herz, als der junge Polizist zurückzuckte und ihm auswich. Er machte sich bittere Vorwürfe darüber, in der Vergangenheit so hart gewesen zu sein, und wurde von Stund an der liebenswürdigste Wachtmeister, den die Welt je gesehen hat. Hartgesottene Verbrecher pflegten auf offener Straße in Tränen auszubrechen, wenn er vorbeikam; und später sagten die Leute, als Gott diesen Wachtmeister schuf, da habe er eine große Ausnahme gemacht.

Nur einmal sprach er zu einem anderen Menschen über sein Erlebnis. Er vertraute sich seiner lieben Tante Lizzie an. Mit Tränen in den Augen beschrieb er, wie die wunderschöne Frau von einer furchtbaren Krankheit befallen worden war. Tante Lizzie brachte ihm sofort einen vorgewärmten Schlafrock und brockte, um ihn zu trösten, Brot in eine Schale, über das sie Gewürze und Zucker streute. Dann goss sie heiße Milch darüber und rührte mit einem großen Löffel um.

«Iss schön, Kind», sagte sie.

«Ich möchte bloß wissen, wo sie hin ist», meinte der Wachtmeister nach einer Weile verwirrt.

«Wahrscheinlich zieht sie durch die Welt, um dich zu vergessen», sagte Tante Lizzie und sah ihn liebevoll an.

«Stell dir vor», sagte der Wachtmeister und zog die Augenbrauen zusammen, «ich weiß nicht mal, wie sie hieß.»

Er aß sein Breichen auf und leckte den Löffel ab.

«Ich glaube ...», begann er und unterbrach sich mit verschämtem Blick.

«Was denn?», fragte Tante Lizzie aufmunternd.

«Ich glaube, ich nenne sie meinen Engel», sagte der Wachtmeister schüchtern und errötete.

Danksagung

Ich möchte Roger Langley für seine nie versiegende Ermutigung und Begeisterung danken, ebenso Barbara, Ruth und Eric. Danny Rigby, mein junger Leser, verdient ebenso Dank wie auch Maggie für ihre praktische und unschätzbare Hilfe.

Bücher, die mir eine Hilfe waren:
Celtic Heritage von Alwyn und Brinley Rees. Thames and Hudson, London 1961.

The Celtic Realms von Myles Dillon und Nora Chadwick. Weidenfeld and Nicolson Ltd., 1967.

Irish Folk Ways von E. Estyn Evans. Routledge and Kegan Paul Ltd., 1957.

The Mountains of Ireland von D. D. C. Pochin Mould. B. T. Batsford Ltd., London 1955.

Cúchulain of Muirthemne von Lady Gregory. John Murray, London 1902.

(Lady Gregorys Buch ist eine Übersetzung aus alten irischen Handschriften. Einen großen Teil der Beschreibungen der Kleidung der Maines und anderer Personen sowie von Pferdegeschirren und ähnlichen Details habe ich diesem Buch entnommen.)

Glossar der gälischen Namen und Ausdrücke

(In der rechten Spalte werden Hinweise zur Aussprache gegeben.)

Ailill	Gemahl der Königin Maeve	Alil
Angus Óg	Der junge Angus. Gott der Liebe	Anges Oug
Baile-na-gCeard	Stadt der Kunsthandwerker	Bollia-nah-Gärdh
Bodbh	einer der drei Aspekte des Bösen bei der Königin/Göttin Mórrígan	Bauw
Breac	gefleckt oder gepunktet	Bräck
Cathbad	Oberhaupt der Druiden	Kothbodh
Cluas	Ohr	Klu-ass
Cúchulain	ein Sagenheld, sein Name bedeutet Culains Hund	Kúchalin
Cú Rua	roter Hund	Kúrua
An Dagda	der gute Gott – ein großer Magier, ein gewaltiger Krieger, ein (Kunst-)Handwerker, ein Bauer, allmächtig und allwissend; er ist Ruad Ro-Fhess, «Der Herr des großen Wissens»	etwa: Dogdha
Daire	Eiche	Dharra
Fidchell	altes Brettspiel	etwa: Fidhkel
Finn	hell oder blond	Fin
Fomoiri	mythisches Geschlecht von Riesen, halb Menschen, halb Ungeheuer	Foumourii
Glomach	diese Gestalt soll in der Biddy's Lane in Galway gelebt haben; der Sage nach ein riesiger Mann, dessen Hauptbeschäftigung darin bestand, Kinder einzufangen, die im Dunkeln noch draußen waren	
Maamturk-Gebirge	der Name bedeutet Eberpass	Mahmtörks

Macha	einer der drei Aspekte des Bösen der Mórrígan, bekannt als Königin der Trugbilder	Mohcha
Maeve	Königin von Connacht; ihr Name soll «betrunkene Frau» bedeuten	Mäiw
Maines, die Sieben	König Maeves Söhne; die Namen werden in der Geschichte erklärt.	Mäin
	z.B. Mathremail	Morual
	Athremail	Arual
	Milscothach	Millskahatsch
Mórrígan	Große Königin (Mór Ríagan)	Moorichän
Olc-Glas	der böse Grüne	Alk Gloss
Radairc	Sicht, Schau	Riark
Tír-na-nÓg	Land der Jugend (Anderswelt)	Tschiirnanoug
Tríoca Céad	dreißig Hundertschaften	Thriiäka Käidh

Gälische Namen und Ausdrücke, die im Text ins Deutsche übersetzt werden

Aisling	Traumvision	Eschling
Banashee (eigtl. Bean-na-Sidhe)	Elfenfrau	Bänäschii
Bodhrán	eine runde, einseitig bespannte Trommel	Baurahn
Cisheen	Korb	Kischiin
Nóiníni	Gänseblümchen	Nouniinii
Poteen (eigtl. Poitin)	Bezeichnung für schwarz gebrannten Whiskey, Poitin = kleiner Topf	Patschiin
Sidhe	Elfenvolk	Schii

(dh wird fast wie ein stimmhaftes englisches th ausgesprochen)

Die Autorin

Pat O'Shea, 1931–2007, wurde in Galway, Irland, geboren. Als Sechzehnjährige ging sie nach England, zunächst nach London, dann nach Manchester. Sie arbeitete viele Jahre als Buchhändlerin. In Manchester begann sie Stücke für Theater und Fernsehen zu schreiben und erhielt ein Stipendium des British Art Council. Ihr eigentliches literarisches Debüt aber gab sie mit dem vorliegenden Roman *The Hounds of the Mórrígan*. Dreizehn Jahre hat sie daran gearbeitet. Märchen und Geschichten, die sie in ihrer Kindheit gehört hatte, eigene Träume und nicht zuletzt Gespräche, den Leuten auf der Straße abgelauscht, notierte sie, wie es gerade kam, auf Papierfetzen, Streichholzschachteln und Quittungen und wob daraus mit Gestalten der irischen Mythologie allmählich ihre originelle Geschichte.

The Hounds of the Mórrígan wurde in viele Sprachen übersetzt, u.a. ins Italienische, Französische und Spanische. Die deutsche Ausgabe *Die Meute der Mórrígan* avancierte im Verlag Freies Geistesleben zum Klassiker und erschien zudem bei dtv junior, Fischer Taschenbuch und in der Jungen Bibliothek der Süddeutschen Zeitung.

mes parents n'est pas la mienne. J'ai aussi la conviction intime que le contexte historique éclaire, sinon justifie, tout ce dont leur vie est faite. Non, ce qui me gêne, c'est la connerie à retardement du quidam. C'est de rencontrer une fois de plus la bêtise, dont l'emprise sur le monde me fait mal.

Quant à mes parents eux-mêmes, je ne crois pas qu'ils se soient jamais sentis atteints par la boue remuée autour d'eux. Ma mère s'est tranquillement expliquée à la télévision française de l'accusation de désertion portée contre mon père et du reproche qu'on a pu lui faire d'avoir vécu en Union soviétique le temps de la guerre et de l'Occupation. Je perçois néanmoins chez elle comme une tristesse de ne pas avoir passé les années noires en France et d'avoir participé à la Résistance de l'extérieur. Elle a perdu à l'époque beaucoup de ses camarades les plus proches, sans avoir partagé les dangers de leur combat. Peu après son retour à Moscou, elle vit arriver les rescapés d'Auschwitz et de Buchenwald. Je crois qu'un insurmontable regret la hante, bien qu'elle n'en parle jamais.

Ma peur se nourrissait aussi du spectacle de l'actualité. « La paix ne tient qu'à un fil », avait déclaré mon père au congrès du Parti, en 1949. La montée des périls lui donnait raison. J'avais beau chanter avec les autres, aux fêtes locales du Parti, où il arrivait qu'on m'emmenât :

> « Partout en Russie, en Chine, en Hongrie,
> Pour tous le soleil a lui,
> L'hiver est fini ! »,

j'avais le sentiment qu'à tout moment la guerre mondiale pouvait éclater. De fait, on l'oublie un peu trop aujourd'hui, à ses moments de tension extrême — le blocus de Berlin, l'intervention des volontaires chinois en Corée, les bombardements américains en Mandchourie — la guerre froide faillit tourner à l'embrasement. Au reste, l'opinion publique avait été préparée. Je me souviens très bien d'un numéro spécial du magazine américain *Collier's* datant du printemps de 1951. Il s'intitulait « The War We Do Not Want[1] » et décrivait minutieusement, sur le mode de la politique-fiction et à grand renfort d'illustrations hyperréalistes donnant l'illusion de la photo de reportage, l'anéantissement de Philadelphie par la bombe atomique, les combats atroces sur le Rhin et sur l'Elbe, la capture du général d'aviation Djougatchvili, fils de Staline, et, bien sûr, la victoire finale de l'Otan. La libération de la Russie du joug bolchéviste s'achevait en apothéose : les légendaires Radio City Rockettes levaient la jambe sur la scène du Bolchoï.

Lors de mon premier séjour à Artek, l'imminence de la catastrophe ne m'obsédait pas comme elle commença de le faire quelques mois plus tard. Tranquille comme Baptiste, j'avais acquis la conviction, en baignant dans les eaux lustrales de la foi pionnière, que, de toute façon et à moindres frais, la prophétie contenue dans l'hymne national allait se réaliser :

> « Drapeau de la patrie
> Drapeau du peuple
> Conduis le pays de victoire en victoire. »

1. « La guerre dont nous ne voulons pas. »

Je n'avais pas à l'esprit l'horreur d'une nouvelle guerre, mais le parachèvement du triomphe de 1945. Pour nous, Jeunes Léninistes sans peur et sans reproche, la leçon de l'histoire était simple. La Première Guerre mondiale, déclenchée par les impérialistes, s'était conclue à leur grand dam par l'apparition du premier Etat socialiste. La deuxième venait d'accoucher sous nos yeux d'un camp socialiste s'étendant de l'Elbe à la mer de Chine. La troisième libérerait à jamais la planète entière.

Quand je revins en 1952, j'étais lesté de toutes mes angoisses, mais je repris vite confiance. Je me sentais à l'abri. Je me pénétrai de la conviction ambiante que la bonne cause était invincible et que l'Union soviétique était assez forte pour interdire aux fauteurs de guerre de tenter l'aventure. Et puis, en cas de malheur, je me trouvais d'ores et déjà dans le bon camp, du bon côté, situation d'autant plus rassurante que ma mère et mes frères, réunis autour de mon père convalescent à Naltchik, au nord du Caucase, échappaient eux aussi au risque de rester piégés en Europe occidentale par l'occupant américain.

Mais le trouble et le malaise qui m'habitaient avaient aussi quelque chose de plus anodin et, peut-être, de plus profond. C'est depuis ce temps-là que j'ai commencé à me percevoir comme dédoublé. En France, au lycée Lakanal, je ne pensais pour ainsi dire pas à Artek et, quand j'étais en vacances à Artek, je finissais par oublier que j'avais des attaches dans un autre pays. Il en allait de même du russe, qui me revenait aussi vite que je le reperdais par la suite. Après quelques jours au camp, je pensais, je rêvais en russe. Au plus profond de moi, la France s'estompait.

C'est alors que je me sentais vraiment chez moi. J'étais entouré d'amis dont le sens collectif spontané et la gaieté chaleureuse me donnaient une impression de sécurité totale. Mon otriad formait une équipe bariolée, avec des gens venus d'un peu partout — je me souviens tout particulièrement d'un jeune Esquimau de l'île Wrangel — en même temps qu'une communauté homogène où chacun s'oubliait, et moi avec, bref, une famille solidaire.

Il me semblait que nous jouissions au camp de l'indépendance que tout enfant souhaite sans jamais la connaître. Nous faisions un nombre incalculable de choses, sans doute en respectant un certain rituel, mais affranchis de la contrainte directe des adultes. Ceux-ci restaient discrets. Il n'y avait qu'un moniteur ou une monitrice par détachement de trente pionniers, et les éducateurs spécialisés, l'armée de jardiniers qui embellissaient le parc, de femmes de charge à l'œuvre aux cuisines ou à la blanchisserie, de chauffeurs d'autocar, l'état-major du camp lui-même, directeur en tête, restaient lointains et ne nous empoisonnaient pas l'existence. Nous étions les rois.

Dans la société soviétique, l'enfant jouit d'une place privilégiée. C'est à lui qu'on songe en encourageant, soixante ans après la Révolution, le culte de la famille. L'enfant incarne l'avenir. Pour mieux le former, on lui propose un moule aussi attirant que possible : on lui propose des tâches, des responsabilités, ou l'on fait semblant. On attend moins de lui l'obéissance que l'adhésion libre et joyeuse à l'ordre établi. On sait que lui seul en est capable. L'enfant se fond dans le groupe, y perd son identité et y trouve son plaisir.

8
Le secret

A Artek, j'étais un prénom. Sauf à mon dernier séjour, en 1955, mon nom de famille restait ignoré de tous. C'était un secret d'Etat, ou tout comme. Les pionniers savaient évidemment que j'étais français, mais sans plus. Je devais leur paraître un héros, rescapé des pays impérialistes au travers de mille dangers. Jamais pourtant je ne fis l'objet de la pesante sollicitude que les Français bien-pensants de gauche témoignent aux réfugiés politiques. J'étais simplement un Français « bien », puisque j'étais reçu en Union soviétique, et l'absence de patronyme me nimbait de mystère.

J'avais l'habitude du secret. J'avais même le goût de la clandestinité, bien que les circonstances diverses où elle nous fut imposée, à mes frères et à moi, ne fussent pas toujours des plus réjouissantes. Ainsi, au lendemain de l'arrestation de Jacques Duclos, le soir de la manifestation antiaméricaine du 28 mai 1952, qui avait tourné à l'émeute, je fus retiré du lycée un bon mois avant la fin de l'année scolaire. Ce mois de juin splendide et inoubliable, nous le passâmes, Jean et moi, à vivre en Robinsons dans la forêt d'Orléans, tout au bord de la Loire. Notre père se soignait au Caucase, notre mère était à son poste « quelque part en France », et, nous, nous prenions des vacances extraordinaires, dorlotés par Nini et Baptistin, nos anges tutélaires de ces années-là. Nous les avions connus chez eux, à Saint-Martin-Vésubie, où nous étions allés passer le premier été de l'après-guerre, et depuis ils étaient entrés dans la famille. C'est peu de dire qu'ils tenaient la maison. Le talent de Nini valut à la table de mon père une réputation flatteuse. Pour l'heure, du côté de Gien, au milieu des fougères où nous avions planté la tente, elle faisait griller au feu de bois les saumons et les sandres pêchés pour nous par son mari.

Que les événements fussent graves ou non, la règle du secret présidait à notre vie quotidienne. Elle ne fut jamais explicitement formulée par mes parents. Ils se bornaient à transmettre des obligations auxquelles eux-mêmes devaient se plier. Nous obéissions ensemble.

Mon père était à mes yeux ce que disait de lui une chanson de l'époque, un spectacle même, « celui de France que nous aimons le plus », et le secret qui l'entourait me paraissait aller de soi. C'était un emblème de sa majesté, au même titre que les portraits gigantesques qui le représentaient aux congrès du Parti ou à la fête de *L'Huma* et que les poèmes célébrant ses vertus. Je dois sans doute à ces rites, qui ont fortement imprégné mon enfance, de me sentir « légitime », voire légitimiste, quand paraît à la télévision un Georges Marchais que j'ai par ailleurs mille autres raisons, plus réfléchies, de ne pas supporter.

Mais mon sentiment premier n'a rien à voir avec la politique. Il est instinctif : je suis le duc de Châtellerault, et lui, c'est Louis-Philippe !

L'ennui, avec le silence sur mon nom, c'est qu'il me contraignit plus d'une fois à laisser dire des contrevérités.

Ainsi, à Artek, j'appris un jour une histoire incroyable. Nous étions isolés, un copain et moi, dans la pinède de Souhouk-Sou, armés de pastels et de cahiers pour croquer l'Ours-Montagne. S'interrompant tout à coup dans son travail, il me demanda : « C'est vrai qu'on a tiré sur ton père ? — Qui t'a dit cela ? » répondis-je, doublement stupéfait. Il osait me poser une question sur ma famille, mais attendait aussi la confirmation d'une extravagance. Comme il en avait trop dit, il fut contraint de lâcher le morceau. La veille de mon arrivée, on avait annoncé au rassemblement qu'un petit Français allait venir à Artek, et l'on avait instamment prié les pionniers de ne me demander ni qui j'étais, ni qui étaient mes parents, ni ce qu'ils faisaient. Ils l'auraient sans doute parfaitement admis sans la moindre explication, tant la manie du secret est courante en Union soviétique, mais, afin d'assurer la chose, on avait ajouté, sans prononcer son nom, que mon père était quelqu'un d'important, un ami de l'Union soviétique, qu'il avait subi pour cette raison une tentative d'assassinat et qu'il se rétablissait de ses blessures dans un hôpital de Moscou. Cette année-là, mon père se trouvait bel et bien en Union soviétique, mais pas à Moscou. Il était en convalescence, mais pas à la suite d'un attentat. On avait menti. Je ne comprenais pas pourquoi, mais je ne m'en formalisais guère. Ce mensonge obéissait à une tactique que j'ignorais, mais dont le bien-fondé ne pouvait être mis en doute. C'était un mensonge juste.

La consigne du secret et la floraison de « l'intox » n'allaient pas sans créer, en France aussi, des situations cocasses. A la fin des années quarante, le Parti avait mis à la disposition de mon père une maison dans le Morvan. Des bruits alarmants circulaient à l'époque au sujet du Plan bleu, projet de coup d'Etat prêté aux gaullistes et qui devait ramener le Général au pouvoir. Quelques mois après notre installation à Marigny-l'Eglise, le comité central reçut un rapport très inquiet de la fédération de la Nièvre. Les camarades de la cellule de Marigny avaient remarqué d'inquiétants va-et-vient de grosses voitures immatriculées à Paris ; de mystérieux personnages s'enfermaient dans « le château » du village, évitant tout contact avec la population ; une traction noire faisait, tous les deux jours, le trajet d'Avallon, où son chauffeur faisait d'abondantes provisions. Je crois que le secrétaire fédéral fut mis dans la confidence, mais avec ordre de rassurer les militants du canton sans leur dévoiler la vérité.

Tout cela peut aujourd'hui donner envie de rire, mais, à l'époque, la paranoïa politique régnait dans tous les milieux, pas seulement chez les communistes. A preuve, l'arrestation de Jacques Duclos pour complot contre la sécurité de l'Etat, la fameuse « affaire des pigeons ».

Truffée d'événements tragi-comiques, la vie quotidienne prend des airs de grande aventure. C'est bien ainsi que je la vivais.

En juillet 1952, nous sortîmes de notre cachette forestière pour rejoindre notre mère au Bourget et embarquer avec elle à destination de l'Union soviétique. Nous devions transiter par Bruxelles. Quelques minutes avant le départ, deux messieurs à fine moustache, sobrement vêtus de gris, d'allure plus ou moins officielle, vinrent nous accoster, nous priant de les suivre. Le chef d'escale de la Sabena et le directeur de son agence parisienne tenaient à faire à ma mère les honneurs du salon réservé aux V.I.P. Champagne et mondanités. Puis décollage. Et, dans l'avion, ma mère de soupirer : « Eh bien ! mes enfants, j'ai cru que c'étaient les flics. » Je jubilais, sans trop savoir si c'était du quiproquo ou du plaisir d'avoir échappé pour de bon à la maréchaussée, comme Tintin aux Dupont et Dupond dans *L'Ile noire*.

En France comme à Artek, j'avais toutes les raisons de croire que j'étais le fils d'une sorte de chef d'Etat clandestin, du leader légitime de la nation destiné à exercer un jour le pouvoir légal. Je me sentais porteur d'une histoire qui était l'Histoire. Il me semble à présent que cette drôle de vie m'imposait tout simplement des préoccupations qui n'étaient pas de mon âge.

L'anonymat forcé a sans doute contribué à rendre encore plus imposante à mes yeux l'image de mon père. Déjà elle était contradictoire et pas si commode... Mais il a également faussé à mesure qu'elle se construisait l'image que je pouvais avoir de moi-même. Qu'y avait-il de si grave que mon identité ne pût être dévoilée nulle part ailleurs qu'au lycée, et surtout pas chez les nôtres, parmi les pionniers soviétiques ? Qu'y avait-il d'inavouable, que je cherche encore trente ans après ?

9
La santé d'abord

J'étais donc, à Artek, un privilégié d'un genre un peu particulier. Mais le sentiment confus que j'en avais s'effaçait très vite, car tout était conçu pour amener chacun à se fondre dans la communauté. Bel exemple de planification réussie, de la santé aux loisirs, en passant par les repas.

Dans les lignes que lui consacre l'avant-propos de la *Grande Encyclopédie soviétique*, Artek est désigné comme un camp « de type sanatorium ». Pour un Français, ce terme évoque irrésistiblement la tuberculose et la mort lente telles qu'on pouvait les subir en Suisse quand Thomas Mann écrivait *La Montagne magique*. En réalité, il s'agit simplement d'un lieu de repos où la surveillance médicale est particulièrement vigilante.

Dès le lendemain de son arrivée, chaque pionnier était soumis à un examen de santé approfondi, avec radios, prises de sang, électrocardiogramme, contrôle de la vue et de l'ouïe. Les résultats étaient consignés dans un dossier ouvert à son nom. Chaque semaine, les progrès de sa croissance et les paramètres de son état général y étaient notés après une visite de routine obligatoire, comprenant pesée, mensurations, prise de tension et, le cas échéant, les investigations requises par telle ou telle affection chronique. Le personnel médical, exclusivement féminin, comprenait une infirmière pour trente enfants. Il était placé sous les ordres d'une pédiatre souvent plus âgée, tenant plus de la maman-gâteau que du médecin-chef, et qui recevait les enfants un par un, prenant le temps de bavarder avec eux.

A mon premier séjour, quand mon tour arriva, j'entrai dans la pièce, escorté par une petite infirmière, qui posa mon dossier sur la table tout en remarquant : « Tiens, c'est curieux, ce dossier ne porte qu'un prénom. — C'est normal, répondit la pédiatre, c'est la coutume en France. » Elle connaissait la consigne. Elle avait dû la recevoir en même temps que les résultats de la toute première visite que j'avais passée à la Kremliovka, la clinique du Kremlin, lors de mon arrivée à Moscou. Tout en m'auscultant, cette aimable grand-mère me récita *Le Corbeau et le Renard* en français, et m'expliqua que, lorsqu'elle était petite fille, sa gouvernante lui avait appris ma langue. Quel « chemin des tourments » avait pu suivre, après la Révolution, cette demoiselle de bonne famille ? La question ne m'effleurait pas. Mais j'adorai d'emblée *tiotia doktor* (tante docteur), que j'eus la chance de retrouver l'année suivante.

En dehors des consultations, elle circulait dans le camp sans trop se faire voir, mais prête à recueillir les confidences et à aplanir les difficultés, comme à appeler l'infirmière pour soigner le moindre bobo, car nous étions couvés. Il fallait prouver à tous les parents l'excellence d'Artek pour la santé de leurs petits. Ainsi, à moins d'être obèse, il fallait prendre du poids.

A 12 ans, j'avais beau être rondouillard, il était inconcevable qu'on me rendît aux miens sans quelques kilos de plus. Un bel enfant, c'était un enfant gros. J'ai remarqué depuis qu'il en allait de même aux Etats-Unis.

La loi médicale réglait tout notre quotidien. Chaque après-midi, nous avions droit, après la sieste, à la cérémonie de la prise de température, puis à celle du bain de soleil et du bain de mer soigneusement chronométrés. Pour l'exposition au soleil, on nous faisait étendre entièrement nus — à l'exception de l'indispensable panama — sur des couchettes en bois comme on en trouve sur les galets de toutes les plages aménagées de Crimée. Le premier jour, on nous laissait au soleil une minute; le lendemain, nous avions droit à deux minutes, et ainsi de suite jusqu'à la fin de la première semaine où l'on atteignait les dix minutes, temps réglementaire maximal. Sauf pour ces courtes séances de bronzage sous surveillance, on nous enjoignait de porter un tricot de corps ou une chemisette et de nous tenir le plus possible à l'ombre. Les bains de mer obéissaient à un rite semblable : même progression calculée, même minutage, à cette différence près que nous avions droit à un bain le matin et à un autre l'après-midi. Seuls ceux qui étaient considérés comme obèses, et il fallait qu'ils fussent énormes, avaient droit au double bain. Ils restaient dans l'eau pendant le temps de passage de deux groupes successifs. J'eus ce privilège en août 1953, après trois semaines d'Artek qui m'avaient transformé en bonbonne. De la rive, les maigres me regardaient d'un sale œil.

Dans mes années de toute relative maigreur, je

bénéficiais, en revanche, d'une faveur d'un autre ordre. C'était lors de mon premier séjour, et je la dus à Pierre Guyot, qui était mince comme un fil. *Tiotia docktor* prescrivit un demi-verre de vin rouge pour nous ouvrir l'appétit et respecter ce qu'elle croyait être la coutume de chez nous. En U.R.S.S., les Français ont la réputation de donner du vin aux enfants dès le biberon. Pour ma part, c'est à Artek que j'en bus régulièrement pour la première fois. De retour à la maison je dus renoncer à cette habitude. Je l'ai reprise quelques années plus tard, avec une tendance à l'exagération dont je ne rougis pas, attendu son origine...

10
Ordinaire

Il va sans dire que les autorités médicales surveillaient de près la composition de nos repas. Un jour, Pierre Guyot et moi avions proposé une partie de pêche à la grenouille dans un étang voisin, en clamant bien haut qu'en France c'était un mets de choix. Cette annonce avait déclenché des rires et des cris d'horreur... Mais ce n'était rien en comparaison des réactions que provoqua notre entrée dans la cuisine avec une bassine de grenouilles adroitement décortiquées par Pierre. Devant notre résolution à les faire frire, ce fut une véritable panique. On s'en fut immédiatement chercher la grand-mère pédiatre. Prise entre les lois de l'hygiène et celles de l'hospitalité, elle hésita un instant avant de reconnaître qu'on « en » mangeait en France. Il n'en fallut pas plus pour que Pierre se saisît d'une poêle et fît revenir notre pêche, dûment farinée, dans une noix de beurre. Malgré son indicible horreur, la grand-mère goûta sans broncher le fruit de notre génie culinaire. C'était son devoir professionnel. Mais je crois qu'elle apprécia. Tandis que nous nous régalions, Pierre et moi, un cercle de curieux s'assembla, comme au zoo pour le déjeuner des otaries... J'appris par la suite que la cuisinière avait jeté la poêle dont nous nous étions servis. Ces grenouilles furent la seule atteinte portée à l'ordre culinaire artékien.

Dans chacun des quatre camps, le restaurant était un bâtiment en dur, le plus vaste de tous. Il serait inconvenant de parler de réfectoire. Au n° 2, Souhouk-Sou, c'était une sorte de palais néoclassique, avec un péristyle où, plutôt qu'un menu, on se serait attendu à trouver à l'affiche la distribution de *Carmen* ou de *Boris Godounov*. A l'étage, une vaste véranda s'ouvrait sur la pinède, la mer et les îles. Elle abritait une centaine de tables pour quatre convives, recouvertes d'une nappe et décorées d'un bouquet de fleurs. Tout était fait pour l'agrément des yeux et la mise en appétit. La vaisselle en faïence était simple, mais n'avait rien à voir avec l'ordinaire des casernes et des cantines.

Au cours de la journée, de 8 heures du matin à 10 heures du soir, il n'y avait pas moins de quatre passages au restaurant, auxquels s'ajoutaient deux collations servies sous la tente ou à la datcha. Au camp n° 4, depuis le bord de la mer où nous logions, il fallait prendre un sentier entrecoupé d'escaliers que les pionniers avaient baptisé « rend un kilo », parce que si l'on perdait un kilo en montant, on en prenait deux avant de redescendre.

Après le lever des couleurs, nous nous attablions pour prendre ce que je n'ose qualifier de petit déjeuner : saucisses-purée, ou poisson, puis une énorme assiette de bouillie, la *kacha*, qui pouvait être indifféremment du riz au lait, de la semoule, du sarrasin, du millet ou des flocons d'avoine. Après quoi, selon les jours, nous avions droit à du thé, du chocolat ou à une substance brunâtre et sucrée, du café, disait-on. Le tout était servi très chaud, accompagné de petits pains, de brioches, de beurre et de confiture. Ce repas durait une bonne demi-heure.

Deux heures et demie plus tard, après le bain qui devait nous avoir remis en appétit, nous attendait la collation de 11 heures : des fruits ou des biscuits accompagnés d'un verre de lait ou de kéfir, sorte de yaourt très liquide, acide et rafraîchissant.

A 13 heures, c'était le dîner : un dîner à la russe, servi au milieu de la journée, comme dans l'ancienne France, et qui, comme tel, commençait quelle que fût la chaleur par une soupe de viande, le *borchtch* ou le *chtchi*. Suivait le plat principal, le plus souvent des « côtelettes », c'est-à-dire, en russe, des boulettes de bœuf ou de veau, accompagnées de pommes de terre ou de riz. Au dessert, nous avions la plupart du temps une glace, une vraie crème glacée, en fait de la crème fraîche à l'état de glace, le *plombir* (plombières, en hommage involontaire au Tortoni qui régalait Nucingen).

Vers 16 h 30, retour à la salle à manger pour un goûter qui n'avait rien de symbolique. On nous servait des crêpes ou une part de *vatrouchka*, sorte de tarte au fromage blanc, et à nouveau du thé ou du chocolat. De quoi tenir jusqu'à la fin de l'après-midi.

A 19 h 30, nous revoici pour le repas du soir. Nous commencions par une salade, censée procurer à nos jeunes organismes leur ration de crudités et de vitamines. Elle était largement assaisonnée à l'huile de tournesol non dénaturée, riche de toute sa saveur. Cette huile est elle aussi un peu ma « madeleine ». Dès que j'en respire le parfum s'ouvrent dans ma tête les espaces de la Russie du Sud, multipliant à l'infini le jaune et le brun des soleils, je revois les jardinets de la banlieue de Moscou, où trois ou quatre têtes rondes couronnées de pétales émergent d'une jungle de groseilliers, et en pleine ville, des gens de tous les âges, qui grignotent les grains de la fleur jaune, les *siemitchki*, et en crachotent innocemment la peau sur le trottoir.

Après la salade, nous avions un plat de viande ou de poisson, puis un dessert, tantôt une « compote », à savoir des fruits au sirop, tantôt un *kissel*. Ce mot qui signifie « aigre » désigne une gelée d'aspect anglais — c'est transparent, ça tremble ou ça s'étire selon le degré de cuisson et la part de farine — mais de saveur on ne peut plus russe, russe des forêts, l'acidité de la *klioukva*, l'airelle.

Les repas du petit Artékien étaient donc consistants. Mais pour lui faire passer une bonne nuit, on déposait encore à son chevet quelques biscuits et un grand verre de kéfir.

L'ordinaire d'Artek semblait tout droit sorti d'un rêve rabelaisien... J'ai longtemps cru que ce gavage constituait l'ordinaire de tout petit Russe, qu'il était la norme alimentaire du pays.

11
L'absolu

Notre sommeil faisait évidemment l'objet d'une attention vigilante. Sans sommeil, à quoi auraient servi tous ces repas destinés à affermir notre santé de joyeux pionniers ? Artek se levait de bon matin et se couchait à une heure tardive pour des enfants, entre 22 et 23 heures selon le programme de la soirée, mais nous étions mis au lit tous les après-midi pour une sieste de deux heures, « l'absolu » (*absaliout*), ainsi désignée parce qu'il fallait que le silence le fût.

Entre deux rondes de la monitrice qui vérifiait que tout le monde dormait, l'infirmière passait la tête afin de contrôler, quant à elle, que nous étions bien étendus sur le côté droit. C'était là un point capital du règlement sanitaire. Il fallait faciliter le mouvement de gauche à droite que l'estomac imprime aux aliments au cours de la digestion.

Comme de juste, malgré les consignes et la surveillance, nous préférions passer ces deux heures à chuchoter entre nous, encore que l'abondance du repas et la chaleur eussent souvent raison de notre résistance.

Il me semble à présent que l'absolu méritait aussi son nom en ce qu'il échappait au mécanisme rigoureux de nos journées, fonction pour laquelle il n'était sans doute pas prévu. C'était une pause réglementaire où nous cessions de partager des activités réglementées. Un moment privilégié qui rendait possible une sorte de vie privée. Des affinités se nouaient. Au gré du voisinage et des sympathies, on retrouvait le petit noyau de ses amis les plus proches pour échanger des confidences ou des trésors — stylos, canifs, timbres, cartes postales — jalousement cachés dans les tables de nuit. C'était l'heure des fous rires grandioses étouffés sous les draps et de la transgression secrète des tabous. La langue verte fleurissait en sourdine et nous aidait à dissiper les mystères d'au-dessous de la ceinture.

Toutefois, les bavardages d'ordre sexuel n'allaient jamais très loin. Nous étions trop imprégnés de la pudibonderie officielle. Je ne suis pas éloigné de croire que nous étions les seuls en Union soviétique, pays où l'on sait pratiquer mieux que partout l'art de donner le change tout en gardant les coudées franches. A l'époque, j'étais consterné de l'ignorance de mes camarades dans un domaine où ils ne trouvaient que matière à des plaisanteries aussi épaisses que naïves. Pour ce qui était de la blague leste ou franchement pornographique, le lycée m'avait déluré. Mais j'avais surtout l'habitude prise à la maison d'aborder ce genre de questions sans fausse honte ni ricanements, quoique de façon extérieure, comme si mes parents, mes frères et moi-même n'étions pas personnellement concernés. C'est ce qui me permit par un bel après-midi de juillet, à la veille de mes 15 ans, de prononcer à voix basse une docte conférence sur l'avortement et la contraception, sujets plus que vagues pour mes copains de dortoir. Il faut dire qu'en ce temps-là ma mère ne ménageait pas son talent de polémiste dans la guerre qu'elle avait déclarée au « néo-malthusianisme » du planning familial : le P.C. français en était agité de la base au sommet, et j'avais saisi au vol des bribes de ce vaste débat.

Timidement abordée dans les conversations, la sexualité n'avait de remarquable dans notre vie quotidienne que son inexistence. Je n'ai pas le moindre souvenir de quelconques ébats amoureux dans notre petit monde, où les adolescents formaient pourtant une solide minorité. Je ne me rappelle pas davantage avoir été le témoin d'une amourette innocente, d'une idylle courtoise entre « grands ». L'interdit était d'autant plus respecté qu'il n'était pas formulé, ni par conséquent subi, en tant que tel. Notre état de mobilisation permanente faisait le reste. Artek a proclamé bien avant les exégètes du *Petit Livre rouge* qu'au lieu de penser à l'amour la jeunesse doit penser à la révolution et que garçons et filles ont mieux à faire ensemble que de se perdre en badinages petit-bourgeois ou en cabrioles dégoûtantes. Nos chasses aux papillons ne débordaient pas les principes de l'entomologie.

12
Le sport

Sitôt que le clairon avait sonné la diane et que nous sautions du lit, les haut-parleurs dispersés sur le territoire du camp diffusaient un air entraînant. D'un seul élan, les quatre cents pionniers de la droujine accouraient sur le terrain de sport pour le réveil musculaire.

Sept heures et demie. Sur une estrade, nous attendait, tout sourire, dans une pose avantageuse, un moniteur ou un pionnier particulièrement doué pour commander la manœuvre et donner l'exemple des mouvements justes. « Garde à vous ! Prenez vos distances ! » Moins olympien, l'accordéoniste assis à ses pieds lançait alors les premières notes du pot-pourri conçu pour stimuler notre ardeur.

Sur des airs alternés de marche et de polka, chacun se livrait à la gymnastique matinale avec plus ou moins d'entrain selon ses dispositions et son état d'éveil. Il y avait bon nombre de figurants. J'avoue que j'en étais. Nous restions dans le fond, aussi loin que possible de l'estrade, et faisions semblant d'agiter les bras ou de nous accroupir. Mais la plupart des Artékiens étaient de vrais sportifs et se donnaient sans restriction aux mouvements d'assouplissement, premier acte de la journée et premier devoir du pionnier.

Le sport, dans ses diverses formes, occupait une

bonne partie de notre emploi du temps : les sports collectifs et individuels, la natation, l'athlétisme, le volley-ball, le basket, tout était bon pour faire de nous des petits êtres robustes et déliés. Et, comme les gamins adorent taper dans un ballon, nous étions libres d'y consacrer ce qui restait de la journée.

Les exercices physiques donnaient évidemment lieu à des compétitions. Elles répondaient à une intention différente : on ne cherchait pas simplement à fortifier nos muscles, mais à nous inspirer le goût de l'émulation. Chacun devait acquérir la maîtrise de son corps, mais cet effort supposait aussi qu'il fît tout pour démontrer sa supériorité sur les autres. Le système scolaire soviétique est largement fondé sur l'esprit de rivalité entre « les bons et les meilleurs », et détient dans le sport de compétition son complément naturel pour la période des vacances.

Après une semaine d'adaptation, toutes nos activités physiques étaient canalisées dans un programme de tournois. Des éliminatoires étaient disputées chaque jour dans toutes les disciplines, en vue de la grande fête sportive de fin de séjour, l'Artékiade, qui avait lieu dans l'arène du camp d'En-bas.

Depuis qu'Artek est devenu un camp international, on y a construit dans les collines un véritable stade olympique, où les concurrents s'affrontent au titre de leur pays, après avoir défilé derrière leur drapeau. Sous couvert d'internationalisme, cette bouffonnerie me paraît ne retenir des jeux que le chauvinisme qui les a pervertis.

Du temps où j'étais un Artékien, les pionniers originaires des autres pays socialistes, les Hongrois, les Allemands de l'Est, les Tchécoslovaques, les

Chinois, défendaient à la spartakiade finale les couleurs de leur droujine. L'internationalisme se voulait fusionnel. Mais peut-être ce principe ne peut-il s'appliquer avec la même prodigalité aux enfants cubains, angolais, éthiopiens, béninois, congolais qui sont venus depuis renforcer les troupes ?

Quoi qu'il en soit, internationale ou pas, je tiens la compétition pour un ciment illusoire et pour l'un des mensonges les plus pernicieux d'une idéologie qui se réclame de la fraternité.

Je voyais chaque otriad sélectionner ses équipes pour les jeux collectifs et ses représentants pour les épreuves individuelles. Seuls ou à plusieurs, les pionniers s'acharnaient à l'entraînement. La cohésion de l'otriad sortait affermie des efforts fournis au nom du groupe, mais l'attachement à ce groupe particulier, le *kollektiv* en jargon soviétique néo-russe, passait par le rejet et le mépris de tous les autres.

Au cours de mes séjours successifs, la recherche de l'émulation par le sport ne cessa de m'inquiéter. N'y avait-il pas là une similitude consternante entre les deux parties du monde, entre les bons et les méchants ? Le même esprit présidait à l'Artékiade et au fonctionnement de mon lycée parisien. Dans les classes pilotes, dites nouvelles, où j'avais commencé mes études secondaires, nous étions pareillement divisés en équipes rivales. Cette façon d'encourager le fanatisme de clan me paraissait contraire aux vrais principes du communisme.

L'importance donnée à la compétition fut la première zone d'ombre que je décelai confusément dans ce paradis sur terre, mais pas au point de m'y sentir étranger. Je me contentais d'opposer une sorte de résistance passive, une bonne volonté aussi souriante qu'inefficace. J'évitais de me hasarder sur les terrains de sport. Comme je nageais plutôt bien, on me sélectionna une année pour les épreuves de natation, mais, curieusement, et sans l'avoir vraiment cherché, je fis alors des temps catastrophiques. Les différents otriad auxquels j'appartins durent se résigner à ne pas compter sur moi. Je ne savais rien faire d'un ballon, je m'empêtrais dans le fil du saut en hauteur, je lambinais à la course, bref, j'étais un « brave soldat Sveijk » gentil et maladroit. Cependant, comme c'est l'intention qui compte et que les miennes étaient au-dessus de tout soupçon, je reçus le brevet sportif, le fameux B.G.T.O., sigle de la devise « Soit prêt au travail et à la défense », qui exprime sans détour le but du dressage par le sport. Il s'agit d'inculquer aux garçons et aux filles la révérence pour le courage militaire et le travail producteur. Il faut ancrer dans les jeunes cervelles l'idéal du bon citoyen, un athlète qui sache tenir d'une main ferme la faucille, le marteau ou le fusil... Pour le lancer de poids, nous nous servions d'un ustensile taillé en forme de grenade offensive.

13
Le temps retrouvé

Il me semble quand même que cette première approche d'Artek a quelque chose d'injuste, d'excessif, de politique, qui estompe ce que ce lieu m'a apporté. Oui, Artek est une caricature. Mais je ne serais pas fidèle à moi-même si je m'en tenais à cette conclusion. C'est aujourd'hui que je vois le camp de ces yeux-là. Les écailles me sont tombées, mais cela n'a pas été sans deuils. Artek était ma récompense et ma consolation. Je m'y retrouvais dans une famille très tendre, dont les signes d'amour me faisaient un peu oublier le chaos de ma vie en France.

En France, la seule régularité était celle qu'engendraient les rythmes scolaires, encore qu'ils eussent été plus d'une fois bousculés. Mais l'univers du lycée était coupé de celui de la maison par une cloison étanche, un « rideau de fer », en somme. Je n'avais pas le droit d'amener de camarades de classe chez moi. Qui en avait décidé ainsi ? Je l'ignore. Sûrement pas mes parents. Sans doute le service d'ordre du Parti, à qui tout le monde devait obéissance en matière de sécurité. Je n'affirmerai pas que j'en ai souffert à l'époque. On s'habitue à tout, d'autant plus facilement que l'on n'imagine pas qu'il existe le reste. C'est plus tard que je me suis interrogé sur les effets de cette vie éclatée.

Les retrouvailles en famille étaient rares. Quand par

bonheur nous étions tous réunis à table, c'était la fête. La plupart du temps, nous vivions sur deux ou trois maisons à la fois, Choisy et le Morvan, Ivry, Bazainville et la maison du Midi... Mon père était dans l'une pendant que mes frères et moi nous trouvions dans une autre. Ma mère essayait de faire la navette. Mais elle avait aussi ses tâches politiques, et des semaines entières pouvaient passer sans que nous eussions affaire à elle. L'une ou l'autre de nos tantes et un couple de militants placé par le Parti auprès de notre famille prenaient soin de nous et assuraient un semblant de continuité.

La dispersion géographique se doublait d'une sorte de cérémonial de cour qui pesait sur mes relations avec mon père. Le mode de vie que lui avait imposé la maladie y était pour beaucoup. J'avais peu de rapports directs avec lui, malgré ses efforts pour ménager quelques instants d'intimité. Je ne pouvais lui rendre visite qu'aux week-ends. Je devais attendre les vacances de Noël ou de Pâques pour passer auprès de lui plusieurs jours.

Enfant, j'avais une admiration éperdue pour le savant qui m'enseignait tant de choses, dans le peu de temps qu'il pouvait me consacrer. Lors de nos rares escapades sans gardes, sans chauffeur, sans témoin, il nous emmenait, mes frères et moi, visiter quelque musée de province, un site naturel, une église de village. En France comme en Russie, en Ecosse ou en Suisse, c'était la promesse d'une découverte approfondie. Il nous racontait tout sur les pays où nous passions : la géologie, la géographie, l'histoire... et ce commentaire n'avait rien d'académique. Il nous apprenait surtout à aimer. Derrière chaque monument, il voyait le travail de tout un peuple et les mains des bâtisseurs. Je lui dois, entre autres inclinations, mon goût pour l'architecture religieuse. Il m'a fait prendre conscience non seulement de la somme de travail et de temps, mais encore de la foi que demandent la beauté et l'harmonie des formes qu'a élaborées au fil des siècles la France chrétienne.

Dans son jeune âge, mon père avait été enfant de chœur. Son enfance catholique faisait partie de la saga familiale. Ce n'était pas une tache, mais un sujet de plaisanterie. Il en parlait avec humour et tendresse. Il ne nous a jamais désigné les curés comme des êtres malfaisants à fuir ou à combattre.

Mon père m'a aussi introduit à toutes les lectures, aux classiques surtout : Balzac et, avant lui, Jules Verne, et puis ces livres qui alimentaient les conversations de notre clan : *La Guerre des boutons, Colas Breugnon, Till Eulenspiegel*... Je dois à cet encouragement à lire d'avoir été assez bon en français et en histoire pendant toutes mes études, malgré une scolarité décousue.

Pourtant, la richesse et l'intensité de ces échanges ne parvenaient pas à unifier la vie morcelée que nous imposaient à tous les exigences de sa vie militante et de sa santé. Les vacances à Artek m'apportaient un peu de stabilité. J'y perdais avec délice la notion du temps et des dates. La durée me semblait illimitée. Je me sentais bien, comme j'aurais pu me sentir bien quelques années plus tard, lorsque fut prise l'habitude des longues vacances familiales en Crimée ou au Caucase. Mais il serait alors trop tard.

A Artek, je me laissais submerger par le flot de la vie collective. Je baignais dans les mêmes certitudes que mes camarades. J'avais, par exemple, la satisfaction de partager avec eux un athéisme serein, alors que mon incroyance me pesait au lycée, quand mes condisciples faisaient leur première communion. A Artek, les pionniers étaient tous athées, et tous communistes. La question du milieu social ne se posait pas non plus, alors qu'en France j'étais constamment en porte à faux. Au lycée, je me trouvais mal à l'aise dans un milieu bourgeois, et pourtant, d'une manière certes particulière, n'était-il pas devenu le mien ? Dans la famille de ma mère, ce n'était pas mieux. Auprès de mes cousins, j'étais un privilégié. A peine sortis de l'école élémentaire, ils devaient aller gagner leur vie, tandis que je continuais d'apprendre.

C'est seulement à l'approche de la fin des vacances que je redevenais triste. J'appréhendais à la fois la rentrée des classes, le retour, l'adieu aux camarades avec qui j'avais le sentiment d'avoir vécu en six semaines une vie entière. Bref, ça n'allait pas du tout. J'allais perdre quelque chose d'essentiel comme si, l'une de mes deux vies étant sur le point de s'interrompre, j'allais effectivement mourir.

14
Anita

Juillet 1953. Me voici à Artek pour la troisième fois. Staline était mort en mars. Dès mon arrivée à Moscou, j'étais allé me recueillir au Mausolée, où il avait rejoint Lénine pour l'éternité. Je le croyais, du moins, et n'étais pas le seul. Etrange début de vacances. De la semaine que j'avais passée dans la capitale je ne retenais que ce pèlerinage lugubre. Quatre mois s'étaient écoulés depuis le choc, depuis le meeting funèbre dans un Vel'd'Hiv' bondé, étouffant de silence et d'émotion contenue. J'avais repris mes habitudes de lycéen de quatrième et un renouveau de bonheur familial avait accompagné le printemps : mon père était rentré en France, amoindri mais sauvé, apte à une vie à peu près normale.

Mais il avait suffi que je touche le sol de l'Union soviétique pour que se fît sentir comme au premier jour une peine sans nom. Je n'avais pas supporté que la vie eût repris. L'animation de la ville m'avait paru inconvenante. Comment, « il » était mort et l'on allait au stade, par exemple, comme si de rien n'était ! Traîné à Dynamo pour assister à un match de football, j'avais ruminé ma morosité au milieu de la foule en délire.

Le hasard voulut que je découvrisse Artek comme je ne l'avais jamais connu et que nos retrouvailles fussent appropriées à mon état d'âme. Entre le départ d'une fournée de pionniers et l'arrivée de la suivante, Artek n° 3 était vide. La voiture qui m'amenait passa sous l'arc de triomphe, s'insinua dans les allées tortueuses du parc, et je n'apercevais pas le moindre enfant. Çà et là, des jardiniers s'affairaient autour des plates-bandes, des femmes de ménage lavaient à grande eau le perron des datchas et empilaient dans des camions rideaux et matelas destinés à l'étuveuse. C'était irréel, mais ce vide, cette absence, me convenaient mieux qu'un accueil en fanfare.

J'eus droit à une monitrice pour moi seul. Elle me laissa libre d'employer comme je l'entendais la longue journée dont je disposais. Après avoir reçu au magasin d'habillement mes effets d'Artékien et dûment coiffé mon panama, je m'en défis aussitôt et passai la matinée dans l'eau. Mais dès midi, je n'avais qu'une hâte : que les autres arrivent. Lors du déjeuner que nous prîmes en tête à tête dans l'immense restaurant, j'en fis part à la monitrice. Elle m'annonça alors que deux jeunes filles devaient nous rejoindre dans l'après-midi, en avance elles aussi sur la fournée. Une Brésilienne et une Argentine. Voyant ma surprise et ma curiosité, elle ajouta : « Dès qu'elles seront là, on viendra te chercher sur la plage et on te conduira au bureau. La camarade directrice m'a dit de te prévenir. »

A peine avais-je repris mon poste de vacancier solitaire que je vis arriver la directrice. Rompu à la réglementation des baignades, je m'apprêtai à subir une leçon particulière de morale et de prévention médicale. Bien que la directrice m'eût attendu la veille à ma descente d'avion, je ne me sentais pas très à l'aise avec elle. En bon Artékien, j'avais pour cette personne volumineuse, hors d'âge et toute-puissante, le respect mêlé de crainte que le « dirlo » impose aux gamins de la communale. « Alors, Pavlik, me dit-elle, tu t'acclimates ? C'est bien. C'est très bien. Mais, maintenant, rhabille-toi et suis-moi. Tes amies sont là. Tu connais Anita Prestes, bien sûr ? »

Je ne la connaissais pas mais savais qui elle était : la fille de Luis Carlos Prestes, secrétaire général du Parti communiste brésilien, dirigeant prestigieux du mouvement ouvrier international, le Chevalier de l'espérance, comme l'appelait Jorge Amado dans le livre qu'il lui avait consacré. J'avais entendu parler à la maison de la famille d'Anita. De sa mère, d'origine allemande, livrée à la Gestapo et décapitée à la hache par ses bourreaux. Je me sentais très proche d'Anita, mais elle était nimbée d'un héroïsme dont j'étais dépourvu. Je savais qu'on ne pouvait comparer les conditions de vie et de lutte des communistes et de leurs familles au Brésil et en France.

Les présentations se firent dans le bureau de la directrice. Anita et la petite Argentine qui l'accompagnait étaient déjà en tenue d'Artékiennes. Anita avait 15 ans, deux de plus que moi, ce qui, à cet âge, marque une différence énorme. C'était une grande fille brune, solide. Elle était faite. Elle était femme. Elle m'impressionna. Je la trouvais belle. Son physique me parut à l'image de sa légende familiale, de sa vie aventureuse au Brésil puis sur les chemins de l'exil, de pays en pays, l'Uruguay, le Mexique et depuis peu l'U.R.S.S.

Victoria, au contraire, éveillait en moi une sollicitude de grand frère. Je suppose que la pédiatre du camp la vit apparaître comme un spectre la rappelant à sa sainte mission. Petite, fluette, le visage osseux, elle se cramponnait au bras d'Anita. Elle avait 11 ans et ne comprenait rien de ce qui se disait autour d'elle. Anita devait tout lui traduire au fur et à mesure en espagnol. Comme moi, Victoria n'était venue en Union soviétique que pour la durée des vacances. Elle était donc anonyme. Son père était, lui aussi, un grand dirigeant.

La directrice nous abandonna son bureau. « Si vous avez des choses à vous dire, faites-le maintenant, car demain les enfants arrivent et il faudra que vous évitiez d'aborder des sujets qu'ils n'ont pas à connaître. » Là-dessus, elle s'éclipsa, nous laissant seuls comme de hauts personnages réunis pour décider de l'avenir de la planète. Nous ne manquâmes pas de nous prendre au jeu de la solennité. L'entretien se déroula comme une conférence au sommet.

Après les congratulations d'usage et un bref échange de nouvelles sur la santé de nos proches, nous passâmes au vif des problèmes. Anita procéda à un tour d'horizon de la situation internationale, puis chacun fit part de ses commentaires, de ses inquiétudes et de ses espoirs. Nous fûmes ravis de la convergence de nos opinions. Comme disent les communiqués officiels de l'agence Tass, la rencontre eut lieu dans une atmosphère chaleureuse et fraternelle d'unanimité pour le renforcement de la paix, du socialisme et de l'internationalisme prolétarien. Là-dessus, nous fûmes conviés à table pour le goûter.

La suite du séjour ne devait pourtant pas aller sans accrochages avec Anita. Elle jugea souvent mon comportement égoïste, personnel, sans principes (*biezprintsipny* en vulgate néo-russe), et mes propos dangereusement contraires à l'esprit de Parti (*partiinost*). Je n'avais pas besoin pour cela d'exprimer des critiques ou de me conduire comme un voyou. Elle détectait avec un flair de tchékiste la distance involontaire qu'il m'arrivait de prendre par rapport au fonctionnement du camp. C'était une pure, comme l'Amérique latine en produirait tant et tant avant peu. Elle n'avait aucun sens de l'humour, mais je l'aimais bien. J'ai perdu tout contact avec elle et je le regrette. Où est-elle ? A Cuba ? Au Nicaragua ? Ou peut-être la dérive du désenchantement l'a-t-elle ramenée au Brésil ?

15
Tout le pouvoir aux soviets

« Le communisme, c'est le pouvoir des soviets plus l'électrification », a dit Lénine. L'électrification, chacun sait à quoi ça ressemble. Les énormes centrales sur la Volga, l'Angara, l'Ienisseï, temples cyclopéens des temps modernes, ont matérialisé la sainte parole. Mais l'électricité, cette énergie que l'on peut mettre en évidence, produire, transporter, dont nous usons chaque jour, du diable si nous connaissons au juste de quoi elle est faite ! Les soviets, c'est un peu la même chose. Ces conseils élus par « le peuple tout entier » depuis la disparition des antagonismes de classe (une heure qui a sonné comme jadis celle de l'extinction du paupérisme) constituent les instances de la légalité à tous les échelons de la vie nationale. Au sommet, le Soviet suprême, dont les sessions réunissent à Moscou une vaste assemblée habillée en dimanche et abondamment médaillée. Voilà encore du concret. Mais le pouvoir réel, la « force dirigeante », quelle est précisément la nature de son irrésistible influx ? C'est un autre mystère de la physique. Ainsi, les deux qualités qui définissent le communisme échappent-elles à la connaissance humaine. Marx et Engels l'avaient bien dit : « Un spectre hante l'Europe. »

Les institutions d'Artek, où le chef de la droujine, à trois barrettes, porte le titre de président du soviet de droujine, et les chefs de détachement, à deux barrettes, celui de présidents de soviet d'otriad, s'inscrivent dans la structure pyramidale des soviets. Deux jours après l'arrivée de chaque fournée, le camp accédait à la vie légale. Tout commençait par des élections.

L'élection du soviet de droujine, composé à raison d'un représentant par détachement, avait lieu à main levée au cinéma en plein air, dont les bancs pouvaient accueillir l'assemblée générale des pionniers. La réunion se tenait sous l'autorité d'un président de séance et d'un bureau composé de trois autres pionniers choisis, comme lui, en raison du rang et des responsabilités qu'ils tenaient dans le soviet de leur école ou de leur ville. Ils siégaient sur la scène. Le rituel se déroulait en deux temps : la sélection des candidatures, puis leur ratification. En principe, chacun était libre de se présenter. On considérait que c'était une des conditions du fonctionnement démocratique des institutions. En réalité, il ne se trouvait personne pour le faire spontanément. Les candidats qui se proposaient savaient qu'ils pouvaient et même devaient se soumettre aux suffrages. Comme par hasard, on retrouvait parmi eux les membres du bureau. Selon l'importance des effectifs, qui variaient de six détachements au camp d'En-bas à douze à Souhouk-Sou, deux à huit autres pionniers mus par une force inconnue faisaient à leur tour acte de candidature, en inscrivant leur nom sur la liste qu'établissait le président de séance. Il y avait donc un candidat par siège à pourvoir. Le président de séance donnait lecture de la liste. L'assemblée applaudissait. Puis, elle faisait plus ample connaissance avec les candidats.

Chacun d'eux s'avançait sur la scène, donnait son nom, son prénom, son âge, à haute et intelligible voix, puis récitait son curriculum vitae : d'où il était originaire, quels étaient ses résultats scolaires, son ou ses hobbies, ses activités. Ensuite, il répondait sagement aux questions de l'assemblée. Ce n'était pas que l'assemblée fût mécontente de ce qu'elle avait entendu, mais les demandes de précisions faisaient partie du jeu et l'impétrant s'y prêtait de bonne grâce. L'archange qui avait codifié cette cérémonie n'avait pas oublié que les enfants sont curieux.

Je me souviens à ce propos de l'année où Anita Prestes fut pressentie pour le soviet de droujine. Vivant en Union soviétique toute l'année, elle s'était parfaitement intégrée au système pionnier, et faisait une candidate de premier ordre. Elle raconta qu'elle était *otlitchnitsa,* c'est-à-dire qu'elle avait obtenu les meilleures notes de sa classe, avait réussi tous ses examens de fin d'année avec mention « parfait », était une activiste du travail social. Bref, elle brossa le portrait du délégué modèle. Sa désignation était évidemment acquise. Au petit jeu des questions et des réponses, une main se leva : « Oui, dit un pionnier, il y a une chose que j'aimerais bien savoir. Tu as un drôle d'accent et tu dis que tu habites Moscou. Tu n'as pas précisé ta *natsionalnost* (la nationalité en tant que l'une des nationalités de l'U.R.S.S.) D'où viens-tu ? — Du Brésil. » Un murmure d'admiration parcourut l'assemblée. Anita, pour sa part, n'ajouta rien, ne chercha pas à se prévaloir de l'héroïsme de son père ni de la mort tragique de sa mère. Sa simplicité en la circonstance m'impressionna profondément.

Après quoi, on passait au vote. La droujine levait la main à chaque nom prononcé, toute fière d'assurer ainsi la bonne marche d'une démocratie véritable. J'étais moi-même convaincu de voter pour des candidats que j'avais effectivement choisis. L'unanimité me semblait l'heureux privilège d'une collectivité consciente et soudée.

Le lendemain de cette élection générale, chaque détachement procédait à celle de son propre soviet. Le scénario était un peu le même, à cette différence que nous étions moins nombreux — environ une trentaine — et que la solennité le cédait à un aimable désordre. La désignation des candidats devenait une espèce de cooptation tout à fait informelle, où nous nous poussions du coude, sans nous priver de rigoler. On finissait par mettre au point une liste de candidats qui, là aussi, préfigurait rigoureusement celle des élus.

C'est ainsi que je fus nommé, une année, membre du soviet de détachement avec un galon sur la manche. Mon grade équivalait donc à celui de *zvini-*

voï, comme celui de membre du soviet de droujine à celui de chef de détachement. Avant d'être élu, je dus y aller de mon petit speech. Sans dévoiler mon nom, bien sûr. Mais personne n'eut la curiosité de me le demander. Mes camarades avaient été prévenus. Mais sans doute mesuraient-ils aussi l'inconfort de ma semi-légalité. L'élan de sympathie dont témoignait ma désignation m'alla droit au cœur. Il m'aida à surmonter le sentiment d'isolement que créait le silence imposé sur mes origines.

Dans mon petit discours, je fis état de mes résultats scolaires, tout en expliquant que les études que je faisais étaient très différentes de celles que mes camarades suivaient en Union soviétique. Par exemple, j'apprenais le latin. Là, je produisis mon effet. Je n'avais pas besoin d'en rajouter. Je pus confesser sans dommage que j'étais nul en math. Cela fit rire, sans qu'on m'en tînt rigueur.

La défense et l'illustration de mon activisme social m'étaient beaucoup moins faciles, car, en France, il était quasiment inexistant. J'appartenais très vaguement à une organisation du Parti destinée aux enfants, les Vaillants, plus ou moins inspirée des pionniers (du reste, elle s'appelle aujourd'hui Pionniers de France). Mon « cercle » du lycée Lakanal était fantomatique, et les cinq membres qui le composaient, les trois fils du peintre communiste André Fougeron, un autre et moi-même ne se réunissaient jamais. Mon élection artékienne me donna l'immense bonheur d'être intégré à une communauté, à la fois librement et officiellement. Je faisais dans la joie l'apprentissage de la liberté officielle. Je touchais au mystère du pouvoir et de l'électricité.

16
Les activistes

Chacun des membres du soviet d'otriad avait des attributions particulières. Il n'avait pas seulement été élu pour suggérer des idées et discuter des activités, mais pour accomplir des tâches bien précises ou veiller à leur accomplissement par les sans-grade qui s'étaient portés volontaires. Il était mal vu de ne jamais se porter volontaire. Du reste, pareil scandale était rarissime. Artek, l'avenir radieux réalisé, ignorait le parasitisme social.

Le responsable du journal mural devait publier par voie d'affichage les décisions arrêtées, mais aussi stimuler le talent des caricaturistes et les coups de ciseaux du préposé au découpage des articles de la *Pionierskaïa Pravda*. Le vaguemestre allait chercher le courrier au bureau du camp et le distribuait, chaque jour, aux pionniers relevant de son autorité. Pour ma part, le rôle qui m'échut fut celui de *sanitar,* charge qui consistait à veiller à l'hygiène et à la propreté de l'otriad. Matin et soir, le sanitar vérifiait que chacun s'était dûment astiqué, oreilles comprises, et s'était brossé les dents. Il contrôlait la longueur des ongles et l'état des mains à l'entrée du restaurant. En cas de manquement, il ne lui appartenait pas de dénoncer ses petits camarades, mais de leur faire la leçon. Si ces exhortations restaient sans effet, il lui revenait alors de soulever le problème dans le rapport hebdomadaire qu'il soumettait à la réunion du soviet.

Ainsi m'arrivait-il de dire : « Sacha (ou Dimka) m'inquiète. Il refuse de se laver. C'est un irresponsable, une honte pour nous tous. Il faut faire quelque chose. » Faire quelque chose, c'était inviter le coupable à comparaître devant le soviet pour lui faire comprendre la portée sociale de sa faute. Le secrétaire l'engageait à se laver tous les matins, à entretenir son corps, en marquant bien que ce n'était pas seulement pour lui, pour son bénéfice personnel qu'il devait se plier à cette discipline, mais par devoir envers la collectivité et la patrie. « Sacha, la patrie déploie des efforts considérables pour te faire passer des vacances admirables, dans un lieu magnifique. Il faut te montrer à la hauteur, digne de la confiance et de l'espoir qu'elle place en toi. » Et le Sacha en question reconnaissait ses torts et promettait de s'amender.

Ce genre de discours pouvait porter indifféremment sur la toilette, le soin accordé aux vêtements ou la gymnastique quotidienne. L'argumentation était toujours la même : ce n'est pas pour soi que l'on doit faire les choses, ni même pour ses proches, mais pour répondre aux exigences de la société : le socialisme implique des responsabilités auxquelles même un enfant ne peut se soustraire. Ce système fonctionnait toujours très bien.

Cependant, les membres du conseil de détachement chargés des sports et de l'organisation des jeux n'avaient pas la tâche facile, surtout quand il s'agissait de sélectionner l'équipe ou le superchampion qui allaient porter nos espoirs et défendre notre honneur dans un tournoi. Ce n'étaient que blessures d'amour-propre, contestations et négociations à n'en plus finir. En revanche, les tâches qui m'incombaient étaient assez aisées, car les pionniers se montraient, à cet égard, la crème des crèmes. Pour la plupart, des recordmen d'endurance à la douche froide et de courageux manieurs de brosses à dents. Mes fonctions ne devenaient vraiment importantes qu'à l'occasion des excursions pédestres de deux ou trois jours, ou des bivouacs d'un soir sur la montagne de l'Ours. Nous trouvions sur place des tentes que l'administration d'Artek avait fait dresser. Ces campements étaient parfois installés dans des endroits d'accès difficile, et je n'en concevais que plus d'admiration pour les sherpas invisibles qui avaient mystérieusement préparé l'installation.

Il entrait alors dans mes attributions de creuser, avec l'aide de quelques volontaires, deux feuillées invisibles l'une à l'autre, une pour les garçons et une pour les filles, et de veiller, assisté d'une auxiliaire féminine, à ce qu'elles fussent utilisées avec soin et constance, sans égarements mal placés.

Au cours des sorties, j'étais également chargé de contrôler que les pionniers ne buvaient que l'eau potable de nos provisions. Du reste, à Artek même, il était interdit de boire l'eau du robinet. De grands bidons remplis d'eau bouillie étaient à notre disposition un peu partout, et c'était cette eau-là, et nulle autre, qu'il fallait consommer.

Outre ces tâches de surveillance pour le bien commun, il faisait partie de mes devoirs de m'initier au secourisme. Là résidait le seul intérêt de mes activités et le seul avantage réel et durable que j'en aie tiré. J'assistais l'infirmière dans sa mission. Elle m'apprenait à faire des pansements, à extraire les épines et les clous qui blessaient malencontreusement les pieds de mes camarades, à désinfecter les plaies... C'était une sorte de stage pratique sous la direction d'une responsable qualifiée.

Cela dit, la contribution des pionniers aux tâches matérielles restait éminemment symbolique. Lorsqu'un otriad était de service au restaurant, par exemple, son sanitar contrôlait la propreté des lieux et des convives. Pendant toute la journée, il sentait une charge énorme peser sur ses épaules, mais de travail réel, il n'en avait pas l'ombre. De même, théoriquement, ses camarades faisaient le service et ne rejoignaient leurs petites tables de quatre qu'une fois que tout le monde avait mangé. En fait, il y avait un personnel adulte pléthorique. Pour un pionnier qui s'aventurait en salle avec un plat, toute une escouade de jeunes femmes poussant de lourds chariots faisaient le service et débarrassaient.

Même chose pour l'entretien des plantes et des fleurs. Au coucher du soleil, il revenait aux pionniers d'arroser les pétunias. Mais, là encore, sans la troupe de jardiniers qui s'affairaient du matin au soir autour des massifs, le parc aurait tôt fait de perdre son aspect paradisiaque.

17
L'honneur et la honte

La symbolique des décorations et des récompenses, avec sa graduation savante et sa hiérarchie significative, jouait pour les pionniers comme elle le fait pour l'ensemble de la population soviétique. En fin de séjour, les meilleurs, ceux qui avaient donné toute satisfaction dans le travail social, qui s'étaient montrés les plus amicaux, les plus valeureux en sport, les plus infatigables dans les randonnées pédestres, se voyaient remettre un beau diplôme de remerciement. Au retour dans leur ville, à leur école, au sein de leur droujine, ils pourraient exhiber à tous ce diplôme attestant leur bonne conduite. Mais aux meilleurs d'entre les meilleurs, à la fine fleur de la bonne graine, on tirait le portrait devant le drapeau du camp largement déployé, honneur insigne, car ce drapeau de velours rouge frangé d'or, portant en lettres de feu le nom d'Artek et le numéro du camp, était une relique, un saint suaire qu'on ne dévoilait qu'en de très rares occasions. Ceux-là, cette photographie les mettait au rang des héros de l'Union soviétique, des héros du travail socialiste, de ces grands personnages au torse chamarré.

Il y avait aussi un rituel du blâme, mais nul document ne sanctionnait l'inconduite. Le condamné n'emportait avec lui qu'un mauvais souvenir, celui d'une cérémonie atroce. Le blâme était une mesure tout à fait exceptionnelle. Il fallait avoir délibérément volé, détérioré du matériel ou martyrisé des fleurs. Les choses se passaient comme une dégradation militaire. Le mauvais élément était cité à comparaître devant l'ensemble de la droujine, au rassemblement du matin.

Après le lever des couleurs — ou de la couleur, puisqu'en l'occurrence il n'y en a qu'une — le président du soviet du camp lisait l'acte d'accusation et exhortait le coupable au repentir. Ce dernier était alors tenu de confesser sa faute, d'accepter le bien-fondé du blâme et de faire le serment sur son honneur de pionnier que ce faux pas serait le dernier.

Même à l'époque de mon adhésion la plus fervente à l'idéal artékien, le procédé me révoltait. Je suis du reste intervenu une fois en faveur d'un de mes camarades pour lui éviter cette humiliation.

La victime désignée était un garçon de 13 ans que je trouvais plutôt sympathique. Il ne faisait jamais parler de lui en mal, n'était ni désagréable ni particulièrement dissipé. Vers midi, le bruit courut qu'il allait comparaître et se soumettre au cauchemar de l'autocritique en public. Compte tenu de la personnalité du délinquant, l'affaire m'étonna quelque peu.

Le soir, à table, la discussion roula sur l'événement. Notre monitrice, Tamara, jugeait pour sa part la sanction un peu lourde, mais le malheureux avait été pris en flagrant délit par la directrice ou la sous-directrice. Mais en flagrant délit de quoi ? J'étais intrigué. Je sentis une réticence à me livrer le motif exact : on parlait simplement d' « houliganisme ». Etre accusé d'houliganisme, en Union soviétique, c'est grave. Même si à l'origine le mot « *houligan* » désigne un polisson, un voyou de petite envergure, sa connotation « loubarde » le rend synonyme de vandale, et met la faute au rang des crimes contre l'ordre social. Houliganisme, soit, mais qu'avait fait au juste mon infortuné camarade ? Personne n'osait rien me dire. Finalement, Tamara me fit signe d'approcher et me glissa quelques mots dans le creux de l'oreille. Je rougis. Elle éclata de rire. L'affaire était grotesque.

On pouvait voir, au camp n° 2, les ruines d'une petite maison, où la tradition voulait que Pouchkine eût habité lors de son séjour à Gourzouf. Tout le crime du malheureux pionnier était d'être monté au plus haut de la ruine et d'avoir fait un grand pipi en cascade. Abominable sacrilège !

C'était lors des seules vacances que j'eusse passées sous mon identité complète. Fut-ce mon âge, 15 ans, le fait de porter mon nom, ou bien encore le désir de sortir victorieux des taquineries que ma confusion provoquait ? Indigné par une sanction que je jugeais sans proportion avec le délit, je résolus d'aller trouver Nadiejda Ivanovna, la directrice du camp. Si elle refusait de revenir sur sa décision, je lui demanderais de téléphoner immédiatement à Moscou. Je n'entendais pas rester à Artek une minute de plus. Elle me reçut solennellement, écouta mes doléances en silence, puis me répondit que la faute de mon camarade était grave et que la punition était parfaitement justifiée.

J'enrageais, je l'aurais volontiers insultée. Sa bêtise de dame patronnesse exaspérait mon esprit frondeur d'adolescent. Je me contins, non sans peine, mais, devant son obstination, je résolus d'user de mes privilèges.

« Très bien, si vous maintenez la décision, je demande à m'en aller tout de suite.

— Partir, mais tu n'y penses pas ? Il faudrait une décision de Moscou ! Et puis, on n'appelle pas Moscou, c'est Moscou qui appelle.

— Détrompez-vous, je sais qui appeler et quel numéro, inconnu de vous. »

Elle fit mine de ne pas céder et me pria d'un ton sec de rejoindre mes camarades. Mais, le lendemain, il n'y eut pas de blâme public. On ne devait jamais reparler de l'incident. Comme s'il ne s'était rien passé, comme si le garçon n'avait jamais fait pipi du haut de la maison de Pouchkine.

Cette année-là, les rapports humains à l'intérieur du camp commençaient à s'éclairer à mes yeux. Ce n'étaient pas mes qualités dialectiques qui avaient porté, mais mon pedigree, et j'en étais parfaitement conscient. Il me permettait tous les bluffs. La directricc ne connaissait pas l'identité de mon correspondant, mais ne pouvait avoir de doute sur son rang dans la hiérarchie. Elle avait donc reculé. Même si mon interlocuteur avait fini par lui donner raison, en me demandant de rester à Artek jusqu'à la date prévue, il lui en aurait voulu de n'avoir pas su régler les choses par elle-même, avec tact et diplomatie. Très mauvais point pour la camarade pédagogue.

Je ne pensais pas que mon attitude relevât de l'indiscipline. Contre un supérieur abusif, j'avais simplement suggéré que je pouvais m'adresser à la *vierkhouchka*, les hautes sphères. Je ne me rebellais pas. Je me contentais d'utiliser les atouts légitimes que me donnait le système. Mais, à l'époque, c'est tout juste si je prêtai attention à l'extraordinaire amnésie sociale qui gomma dans l'instant l'acte irrévérencieux commis par mon petit camarade. Il ne me vint pas à l'idée que c'était une façon de préserver l'autorité à l'intérieur du camp. Tout ce que je voulais retenir, c'était que le pionnier avait échappé au blâme. Et si l'on ne parlait plus du délit, c'était que la question de la punition avait été réglée une fois pour toutes.

Il m'arriva aussi d'être directement impliqué en matière de récompense. C'était en 1953. J'étais membre du soviet de détachement en qualité de sanitar. Anita Prestes y siégeait de plein droit en tant que député de notre otriad au soviet de droujine. Je portais un galon sur le bras gauche ; elle, deux. La fin du séjour approchait, et le conseil délibérait en présence de la monitrice en vue de l'attribution des diverses distinctions. C'est-à-dire qu'il établissait une liste à soumettre à la direction du camp. On examina d'abord le cas des pionniers n'appartenant pas au soviet. Chacun fit des propositions, et l'on constata, comme d'habitude, qu'elles étaient à peu près identiques. Puis on passa aux membres du soviet eux-mêmes. Notre chef avait naturellement droit à la récompense suprême : la photo à côté du drapeau. Restait le problème des diplômes de remerciements. Seraient-ils attribués à tous les membres du conseil, ou seulement à certains ?

L'autosatisfaction aidant, ce fut la première hypothèse qui l'emporta. Le principe général étant arrêté, on passa pour la bonne règle à l'examen de chaque candidature. Celle-ci devait faire l'objet d'un vote, après discussion.

Quand vint mon tour, tout le monde dit grand bien de la façon dont je m'étais acquitté de mes fonctions de sanitar. Soudain, interrompant les louanges, Anita Prestes bondit. « Pas question, dit-elle en postillonnant, il est agressif, désagréable, et son comportement avec les petites filles donne systématiquement le mauvais exemple aux autres. Il se tient horriblement mal. » Elle était furieuse, parlait à toute allure, ne voulait rien entendre.

En fait, mes mauvaises manières avec les petites filles étaient on ne peut plus innocentes : je prenais un malin plaisir à défaire les rubans de leurs nattes. Comme je n'étais pas un foudre de sport, et qu'en dehors d'une poignée d'amazones c'était aussi le cas de la plupart des filles, je me trouvais le plus souvent avec des pionnières dans mes activités de loisirs. En réalité, la colonie féminine m'avait plutôt à la bonne.

Le soviet se montra donc très étonné de la sortie d'Anita. Mais, comme le vote du diplôme de remerciements devait être unanime, son entêtement fut suffisant pour me disqualifier. J'étais sidéré.

Le lendemain, j'allai demander quelques explications. « Oui, ça t'apprendra, me lança-t-elle, tu te comportes vraiment très mal. Je sais qu'il y a des filles qui t'aiment beaucoup. Mais il ne s'agit pas de cela. Tu es paresseux, égoïste, parfaitement asocial. Je n'ai pas voulu le dire devant les autres, mais, toi, il faut que tu le saches ! »

Elle me laissa effaré. C'est que le vocabulaire de son réquisitoire rappelait celui du procureur Vichinsky : « comportement asocial », pourquoi pas « ennemi du peuple » ? Je ne me sentais pas touché, mais me demandais quelle mouche l'avait piquée, elle. Si la condamnation était tombée de plus haut, je pense que j'aurais été épouvanté, anéanti. Mais là, non, décidément, c'est Anita qui ne tournait pas rond. Anita se trompait de cible. Je ne méritais pas cette accusation. Car ce qui me choquait, c'était le mauvais usage qu'elle faisait d'un langage, plus que ce langage lui-même, dont les outrances me faisaient sourire. Je ne savais pas que ces anathèmes métaphysiques avaient servi à condamner des millions d'innocents.

Au fond, le diplôme m'importait peu. Les années précédentes, je n'en avais pas eu non plus. L'intervention d'Anita, avec son côté chevalier de l'ordre moral, ne m'en paraissait que plus ridicule. Je l'aimais bien, mais sa pose continuelle d'enfant modèle doctrinaire et vengeur me semblait hors de propos. Je ne ratais d'ailleurs jamais l'occasion de la mettre en colère, en titillant son attachement théâtral à la cause. Ce qui marchait le mieux, c'était de souligner la pauvreté et l'état d'insalubrité de certains quartiers de Moscou. « Oui, m'écriais-je, il y a les grandes maisons du centre, la rue Gorki, mais quand on va du côté de Krasnaïa Presnia ou de la chaussée des Enthousiastes, c'est sordide ! »

Elle s'emportait à la seconde. Evidemment, j'en rajoutais. Mais c'est en toute innocence, par jeu et par provocation, que je mettais le doigt sur une plaie bien réelle. J'étais bien loin de mesurer la portée de mes critiques. Je disais la vérité sans le savoir.

18
Les mille fleurs du talent

Il existe dans toutes les grandes villes de l'Union soviétique un « palais des pionniers », qui n'est pas seulement le temple destiné au rituel néo-scout et paramilitaire de l'Organisation, mais ce que nous appellerions en France une M.J.C. supérieurement équipée, un club offrant à ses adhérents une vaste gamme de loisirs, de la musique à l'aéromodélisme, en passant par la radio et le cinéma d'amateurs, l'ébénisterie et le dessin. Certains de ces palais, notamment celui de Moscou, donnent le spectacle permanent d'une ruche enthousiaste, d'une abbaye de Thélème où le bonheur de tous vient de ce que chacun peut y exercer ses talents particuliers. C'est l'image même de la société de demain, où le règne de la liberté remplacera celui de la nécessité. Les éducateurs ne manquent pas de le rappeler aux enfants.

Cette certitude porte à l'exaltation le zèle des futurs citoyens de la cité idéale et leur reconnaissance envers les maîtres qui l'ont conçue et en ont jeté les fondations.

Dans le même esprit, et dans son décor en lui-même paradisiaque, Artek propose, en plus de l'accès à tous les sports et de l'apprentissage de la responsabilité sociale, la possibilité de cultiver les hobbies les plus divers. Comme disait l'autre, l'Autre Grand Ami des enfants après Staline à l'époque où j'en étais un, mille fleurs fleurissaient. J'en étais une.

A l'arrivée au camp, chacun s'inscrivait à un *kroujok*, littéralement un « petit cercle », où, avec quelques autres, il pourrait s'adonner à son activité préférée. Certains *kroujki* rassemblaient tant de monde que leur appellation n'avait plus de sens, bien qu'ils fussent subdivisés : l'atelier photo, le club chorégraphique, très prisé des petites filles, et, succès des succès, le cercle d'échecs. En Russie, le jeu d'échecs passionne les foules et le championnat y est suivi avec la même fièvre que les coupes de football et de hockey sur glace. Les tournois inter-détachements et inter-droujines organisés à Artek opposaient des dizaines et des dizaines de participants, et, le jour de la finale, le souffle de mille poitrines était suspendu aux gestes longuement mûris des adversaires en présence. On comptait parmi eux quelques jeunes prodiges très bien placés au classement national.

Sans que je le fisse avec cette arrière-pensée, mon choix se porta toujours sur des petits comités très restreints. La dernière année, nous étions quatre au kroujok « protection de la santé », animé par le médecin du camp. Ce n'était plus la vieille dame parlant français de mon premier séjour, mais une jeune femme dont le charme ne laissait pas mes 15 ans insensibles et dont l'élégance vestimentaire tranchait sur le côté jupe-culotte et chemisette de sport des monitrices. Mais, surtout, je sortais de troisième, et l'intérêt que j'avais eu pour le programme de sciences naturelles, l'homme, s'était mué en conviction : je serais médecin. Les travaux pratiques de notre petit comité ne dépassèrent hélas jamais le niveau que j'avais précédemment atteint dans mes fonctions de sanitar, à savoir faire un pansement ou une piqûre. En revanche, nous effectuions tous les cinq de longues promenades en barque, agrémentées de conversations de gens du monde sur l'antisepsie ou le métabolisme.

Un autre été, mû par le louable désir d'apprendre quelque chose d'utile, je m'inscrivis aux « mains expertes ». Ce joli nom désignait le kroujok de travail sur bois. En dépit de ma bonne volonté, je ne parvins pas à grand-chose et ne dépassai pas le stade des figurines chantournées dans une planchette de contreplaqué. L'une d'elles fut présentée à l'exposition de nos chefs-d'œuvre qui se tenait vers la fin du séjour. Avec une belle étiquette : « Paul, France ». Ça faisait très chic. Mais comme ma contribution était tout juste passable, le responsable du kroujok avait un peu arrangé les choses en plaçant juste à côté un ours en bois d'olivier de sa confection, que le public m'attribua. J'eus un peu honte, mais pas au point de dénoncer la supercherie, tout petit mais bien réel exemple de *lakirovka*, l'art on ne peut plus soviétique de passer une couche de brillant mensonge sur la pauvre vérité. Mon éducateur komsomol n'avait pas manqué à ses devoirs. Il m'avait initié au b.a.-ba de la morale appelée à régénérer l'humanité.

La protection de la santé et les mains expertes eurent en tout cas le mérite de m'éviter la tristesse et les déceptions du kroujok de dessin, auquel je m'étais inscrit lors de mes deux premiers séjours. J'y avais trouvé des crayons de fusain, des bâtons de pastel, tous les tubes de gouache, les encres et le papier grenu qui font la joie d'un jeune barbouilleur prêt à courir l'aventure de la maladresse et de l'invention. Mais de cela, il n'était pas question. L'un et l'autre été, l'animateur du cercle joua les professeurs sérieux, aux préceptes n'admettant pas la réplique. Il était là pour former au « beau » dessin nos pattes malhabiles et couler notre inexpérience fantaisiste dans le moule de l'académisme. Il ne s'agissait pas de laisser courir la main et l'imagination, mais de tirer la langue pendant deux heures devant le motif, une photo à copier aussi fidèlement que possible ou un paysage dont nous devions traquer et retracer les lignes de perspective.

En ce temps-là, le réalisme socialiste était à son apogée, avec son esthétique directement héritée de l'art de salon du XIXe siècle. Ce qu'il avait de plus frappant à cet égard, ce n'étaient pas les sujets héroïques qui ont tant fait rire en Occident, soldats valeureux libérant Prague, travailleurs au regard franc battant le fer tant qu'il est chaud, kolkhoziennes trônant sur une moissonneuse-batteuse, c'était la mièvrerie des scènes de genre, des natures mortes bien léchées et des paysages attendrissants. Un peu partout, à Artek, des croûtes de ce genre faisaient escorte aux portraits des dirigeants bien-aimés. Chacun des camps possédait au moins un exemplaire des *Oursons dans la forêt*, d'après Chichkine, et des *Trois Preux*, de Vaznetsov, exaltation de la Russie éternelle sous l'aspect de trois immenses guerriers chevauchant, fiers et casqués, la barbe au vent. Ces œuvres de noble et patriotique inspiration ne s'offraient pas à nos regards par l'entremise d'une reproduction photographique, mais en belle et bonne huile sur toile. Comme tous les lieux publics du pays, Artek était pourvu en copies dignes de l'original par le bataillon de tâcherons qui forme le gros des troupes de l'Union des artistes.

A 10 ou 12 ans, ma conception de la peinture était encore confuse et embryonnaire, mais j'avais tout de même l'habitude de voir autre chose. Les goûts de mes parents allaient à Renoir, à Van Gogh, et je voyais figurer en bonne place à la maison leurs œuvres préférées d'entre celles que leur offrait tel ou tel artiste. Lurçat, Fernand Léger, Picasso, Pignon m'étaient ainsi familiers.

Mes parents étaient déjà très liés avec Picasso et j'entendais beaucoup parler de lui. Je l'avais moi-même approché à différentes reprises, mais faisais surtout mes délices d'un petit film que mon demi-frère aîné avait pris lors d'une visite à Vallauris, pendant l'été de 1949.

On y voyait Picasso au travail dans son atelier de poterie — il s'y adonnait beaucoup à l'époque — puis mes parents et lui sur la plage de la Garoupe, à Antibes, et pour finir leur déjeuner sous les canisses d'un petit restaurant. Ce déjeuner donna lieu à un événement qui fit date dans la saga familiale des Thorez et que la caméra enregistra. Dans la bonne humeur générale, Picasso s'empara tout à coup d'une des jambes de ma mère et lui dessina en deux secondes un visage sur le genou. Elle portait une robe légère, dont le liseré formait comme un foulard sur la tête que Picasso avait improvisée. Quand ma mère bougeait, le visage changeait d'expression.

La séquence était jolie et m'apparaissait comme une métaphore de l'art, encore que ma grand-mère maternelle ne dissimulât pas son indignation lorsqu'elle vit le film. L'art, ce devait être très gai, très libre, très sensuel aussi. Bref, aux antipodes du pompiérisme qui régnait à Artek.

19
L'immensité sur terre et sur mer

L'immensité de l'Union soviétique inspirait aux jeunes pionniers une fierté bien compréhensible que je partageais. Il leur arrivait, cependant, de me taquiner en tant que Français et de faire mine de s'apitoyer sur l'exiguïté de mon pays. Mais, curieusement, pour vanter le gigantisme du leur, ils n'invoquaient pas tant ses vastes espaces continentaux que la longueur de ses rivages. Peut-être parce que nous nous trouvions au bord de la mer. Peut-être en vertu de la fascination qu'elle exerce sur tous les Soviétiques qui, pour la plupart, ne l'ont jamais vue et n'en sont que plus attirés par elle. La présence de leur pays sur tous les océans du globe telle que nous la constatons aujourd'hui réalise une aspiration ancienne et profonde.

Ainsi me demanda-t-on plus d'une fois : « Combien de mers bordent la France ? » Pour mes camarades, plus une nation comptait de mers le long de ses côtes, plus grande était sa gloire. L'Union soviétique est à l'évidence très favorisée en la matière. L'océan Glacial, le Pacifique, la Baltique, la mer Noire, c'est un compte pour qui se contente de généralités. La litanie que me récitaient les écoliers modèles n'en omettait pas une subdivision : mer Blanche, mer de Barents, mer de Kara, mer de Laptev pour le Grand Nord ;

mer de Behring et mer d'Okhotsk, en Extrême-Orient ; puis les mers fermées, Aral, Caspienne ; enfin, comme un astérisque à la mer Noire, la mer d'Azov. Le total était impressionnant.

Pour que la France fît bonne figure, je ne pouvais me contenter de la Manche, de l'Atlantique et de la Méditerranée, et m'ingéniais à compléter ma liste : la mer du Nord, à Dunkerque, n'est-ce pas ; le pas de Calais, on peut bien le considérer comme une mer ; la mer d'Iroise, qui baigne Ouessant, et la Tyrrhénienne, du cap Corse à Bonifacio. Oubliant toute décence idéologique, je n'hésitais pas à leur ajouter les océans et les mers où s'éparpillent nos possessions lointaines, la mer des Caraïbes, l'océan Indien, le Pacifique, et, avec une pensée pour la terre Adélie, la banquise de l'Antarctique. Bref, la France et moi, nous faisions de notre mieux.

Je ne songeais pas à m'étonner que ne fussent jamais évoquées dans les professions de foi patriotiques les moissons du *tchernoziom* (les terres noires d'Ukraine), les steppes et leurs troupeaux, les forêts inépuisables. Il m'a fallu le recul du temps pour m'apercevoir que les pionniers d'Artek étaient presque tous des citadins. Il y avait une forte proportion de Moscovites, un solide paquet de Léningradiens et d'originaires de Kiev, de Bakou, de Tachkent, de Novossibirsk, les grandes métropoles. Ils formaient à peu près la moitié des effectifs, les autres provenant de villes de moyenne et petite importance.

Je ne me souviens pas d'avoir rencontré un petit paysan, un fils ou une fille de kolkhozien. C'était si troublant que je me posais tout de même des questions. J'ai toujours été un passionné de géographie.

J'aime lire un paysage, plonger le nez dans un atlas, errer au hasard d'une carte. Il m'arrive aussi de consulter des statistiques. A 13 ans, j'étais encore plus curieux de ces choses-là qu'aujourd'hui. Je savais donc que la population rurale représentait près de 60 % de la population totale de l'U.R.S.S. Or, de cette majorité sociale, je ne voyais nulle trace à Artek. Pouvais-je qualifier de ruraux les fils et les filles de cadres spécialisés, géologues, ingénieurs ou officiers d'active, qui me disaient habiter un coin perdu, à trois jours de jeep ou de camion de la gare la plus proche ? Leurs parents étaient des gens de la ville envoyés en mission et je supposais que les bons de séjour à Artek faisaient partie des avantages liés à ce genre de travail, au même titre que les primes d'éloignement. Quant aux jeunes paysans, je me disais qu'après tout, passant toute l'année au grand air, ils n'avaient pas besoin de l'Organisation des pionniers pour se refaire une santé.

Nous n'avions pas de rapport direct avec la Russie des campagnes, mais Radio-Artek nous parlait des succès de l'agriculture socialiste et l'on nous projetait d'interminables films à thèmes kolkhoziens. Ce n'étaient que festins autour de tables croulant sous les victuailles. J'en arrivais à me demander comment ces braves gens trouvaient le temps d'aller aux champs. Les actualités me rassuraient sur ce point. On pouvait y voir de grands travaux d'irrigation et de reboisement, une agriculture d'avant-garde conçue dans des laboratoires ultramodernes et mise en œuvre à grand renfort de moyens mécaniques.

L'époque était aux délires mitchouriniens et lysenkistes. Les hybrides miraculeux mis au point par les agronomes soviétiques allaient résoudre les quelques problèmes alimentaires que pouvait encore connaître le pays et sauver de la famine le reste du monde.

A l'étranger, on ne doutait pas que l'Union soviétique fût en train d'accomplir une prodigieuse révolution agricole. Mon professeur de géographie en classe de quatrième me demanda pratiquement de faire à sa place le cours sur l'économie rurale en U.R.S.S. « Racontez ce que vous avez vu, les bandes forestières pour fixer les sols et protéger le *tchernoziom,* les superkolkhozes qui préfigurent les futures agrovilles. » Je racontai ce que j'avais vu au cinéma.

Ce professeur n'était pas communiste, loin de là, mais il croyait à la haute technicité d'une agriculture en pleine expansion, malgré l'héritage d'arriération et de pauvreté que lui avait légué la Russie prérévolutionnaire. Je ne pouvais imaginer la misère des campagnes ni le palliatif que le régime trouverait vingt ans plus tard à l'insuffisance chronique de leur production : importer du Middle West le grain que l'Ukraine est incapable de fournir.

20
Le grand frère russe

L'immensité soviétique m'apparaissait surtout dans la diversité ethnique de mes camarades et dans le nombre phénoménal de kilomètres que certains d'entre eux avaient parcourus avant d'atteindre la Crimée. J'apprenais des mots étranges dans des idiomes insoupçonnables, le komi, le yakoute, l'oudmourte. J'assistais, comme frappé d'imbécillité, mais ni plus ni moins que les Russes, aux conversations que tenaient entre eux les plus fidèles à leur langue natale, les Caucasiens et les autochtones des républiques d'Asie centrale. Mais j'étais très fier de parler aussi bien le russe que la plupart d'entre eux, et avec un accent incomparablement meilleur.

Nous ressassions à longueur de journée notre bonheur d'être tous frères :

« Grouzine, Estoniets, Rousski i Ouzbek
My vsiè adna simia
I on, i ty, i ya
Artek, Artek ! »

« Géorgien, Estonien, Russe et Ouzbek
Nous formons tous une seule famille
Et lui, et toi, et moi
Artek, Artek ! »

La famille fusionnelle que célébrait notre refrain, c'était la mère patrie soviétique, qui devait inspirer à tous un amour filial « de type nouveau, de notre époque socialiste », le sentiment d'appartenir à la première phalange de l'humanité régénérée et universelle, l'Internationale qui « sera le genre humain ». Chansons... Reste que l'entente entre les peuples de l'Union soviétique n'est pas chose acquise et que l'on s'en aperçoit au premier contact réel.

Dès mon premier séjour à Artek, je fus frappé par l'existence et par l'attitude d'un clan des Azerbaïdjanais. Au camp d'En-bas, nous étions deux petites centaines et, sur ces deux cents, il y avait vingt ou vingt-cinq originaires de Bakou qui ne parlaient qu'entre eux, dans leur langue voisine du turc, massacraient allégrement le russe quand ils ne pouvaient pas éviter d'y recourir, et faisaient bande à part, bien qu'ils fussent répartis entre plusieurs détachements. Ils ne se mettaient pas à l'écart délibérément, non, mais opposaient à tous les autres une arrogance qui ne facilitait pas le contact. Elle donnait même lieu à des heurts que les moniteurs s'employaient à apaiser tout en rappelant l'Azerbaïdjan à un peu de modestie.

Ces conflits n'allaient jamais très loin. Notre encadrement pouvait être tranquille : il ne s'exprimait pas de la part des pionniers de Bakou le moindre esprit de sécession. Nul d'entre eux n'émit jamais l'opinion que sa république aurait pu s'ériger en Etat indépendant. Au contraire, quand les choses se gâtaient, la pire insulte qu'un Russe pouvait leur faire était de les traiter d'ennemis de la patrie, de salauds d'antisoviétiques.

Cela ne veut pas dire que tous les conflits entre

nationalités se limitent à des querelles de famille, ni que toutes se réclament avec une égale ferveur de leur appartenance à l'Union.

Dans les pays baltes, la terreur présida, en 1940, à la création des républiques socialistes soviétiques et à leur rattachement aux républiques sœurs. Elle s'imposa de nouveau après la défaite allemande, en dépit de la part qu'Estoniens, Lettons et Lituaniens avaient prise à la lutte. Une partie de la population fut déportée et dispersée au tréfonds de la Sibérie et du Kazakhstan. Des dizaines de milliers de Russes furent implantés à Riga, à Tallin, à Kaunas. Depuis, pour les autochtones, le patriotisme ne consiste pas à affirmer une volonté de reconnaissance accrue au sein de l'Union, mais une opposition farouche à la russification sous couvert de fraternité et d'internationalisme. Je ne me souviens pas d'avoir connu à Artek d'autre Estonien que celui de la chanson. Je ne me souviens pas d'avoir appris trois mots de letton ou de lituanien. Les jeunes habitants de Daugavpils ou de Klaipeda qu'il m'a été donné de rencontrer étaient russes. Les autres, les vrais, auraient sans doute fait peser sur le superpatriotisme que les autorités s'efforçaient d'inculquer les abominables dangers du « nationalisme bourgeois » et du chauvinisme.

Ces dangers, je n'eus pas l'occasion de constater qu'ils fussent redoutés venant des juifs. C'est seulement des années plus tard que je me suis aperçu qu'il n'avait jamais été question à Artek du génocide perpétré contre eux. Pas une fois, malgré le rappel constant de la Grande Guerre patriotique que nous prodiguaient les films et que rimaient nos chants. Il faut dire que nous appartenions tous à une génération dont les premiers souvenirs dataient de la guerre. Les jeunes Soviétiques de mon âge en avaient terriblement souffert, certains en souffraient encore, et pour la vie. J'ai connu à Artek des dizaines d'orphelins. Je n'ai connu personne qui n'ait perdu au moins un proche. Il ne serait pas venu à l'idée d'un pionnier d'origine juive de se prévaloir d'une qualité de victime, dont tout un chacun pouvait, hélas, se réclamer.

Mais cette indifférenciation tenait aussi à l'attitude générale envers la judaïté. L'ancienne Russie avait été le pays des pogroms. L'antisémitisme n'avait plus rien de sanguinaire mais n'en demeurait pas moins, quarante ans plus tard, vivace chez les Russes et les Ukrainiens, et cela, on n'en parlait jamais. En dépit des relents de racisme qui imprégnaient les premières dénonciations officielles du sionisme, ce silence n'indiquait pas de l'hostilité, mais plutôt cette sorte de déni que je voyais à l'œuvre dans toutes les situations jugées délicates par les autorités du camp, par exemple dans la clochemerlesque affaire du garçon qui attenta à la grandeur de Pouchkine. Il y avait à Artek des pionniers juifs, mais pas de *natsionalnost* juive. En 1953, le président du soviet de droujine, le grand chef, avec ses trois galons, s'appelait Alik Cherell, était circoncis, mais, lors de son élection, nul ne s'avisa de lui demander de préciser, comme à Anita Prestes, quelle était sa nationalité.

Qui ne disait mot de son origine ethnique ne pouvait être que russe. Etre russe allait de soi en quelque sorte, et si je m'étonnais d'entendre mes camarades, quand c'était le cas, confondre souvent dans leur propos « Russie » et « U.R.S.S. », « russe » et « soviétique », je ne m'en offusquais pas. Je voyais l'Union comme une marmaille bariolée et exotique assemblée autour du grand frère russe, et cette image n'avait rien de péjoratif pour personne. Je trouvais normal qu'à la radio, dans la presse et dans les discours artékiens qui s'en inspiraient il ne fût jamais question du peuple russe, mais du Grand Peuple russe, et souscrivais sans restriction au premier vers de l'hymne soviétique :

> « Une Union indestructible de libres républiques
> A été scellée à jamais par la Grande Russie. »

La Grande Russie, *Viélikaya Rouss*. Pas *Rossia*, le néologisme courant, anodin, plat, en usage depuis le XVIIe siècle, mais le *Rouss* médiéval, gonflé d'épopée immense et éternelle.

En ce temps-là, quand j'avais 12 ans, les Russes avaient tout inventé, et je n'en étais pas peu fier. La découverte de la radio ne revenait pas à Marconi, mais à Popov. Leurs recherches furent parallèles, il est vrai, mais, à Artek, Marconi était un illustre inconnu. Quant à la télévision, elle était due bien sûr à l'ingénieur russe Rosing, qui l'avait expérimentée en 1911, moyennant quoi l'U.R.S.S. avait diffusé, dès 1934, les premières émissions régulières au monde. Mais chose curieuse, dans les années cinquante, il n'y avait pas un pionnier sur dix dont la famille possédât un récepteur. Les bibliothèques d'Artek étaient remplies de livres à la louange des gloires nationales, comme l'ingénieur Sikorsky, créateur avant 1914 du premier avion lourd multimoteur, l'Ilia Mouromiets, du nom d'un chevalier géant et invincible de la mythologie. On se gardait bien d'ajouter que ledit

Sikorsky avait ultérieurement émigré aux Etats-Unis et fourni à la Panam ses premiers hydravions transocéaniques, avant de créer sa célèbre firme d'hélicoptères.

Les grands soldats de la Russie éternelle n'étaient pas moins à l'honneur. L'école des cadets de l'armée ne s'appelait pas Vorochilov ni Joukov, mais Souvorov, du nom de l'un des partageurs de la Pologne, où ce feldmaréchal écrasa le soulèvement de 1794. De préférence au souvenir des mutins du *Potemkine*, l'école des cadets de la marine perpétuait celui de Nakhimov, nommé amiral par Nicolas Ier et blessé à mort pendant la guerre de Crimée.

Les guerres coloniales du XIXe siècle, au Caucase, au Turkestan, aux frontières de la Chine, n'étaient jamais désignées comme telles : l'extension de l'Empire avait été un facteur déterminant de civilisation. Hormis le dernier règne, dépeint comme l'abomination de la désolation, l'ancien régime ne semblait pas avoir empêché la Russie d'être le pays le plus avancé et le plus créateur au monde. Il n'y avait rien, dans son histoire, qui ne servît le progrès. C'était à se demander pourquoi la révolution d'Octobre avait eu lieu.

21
L'affaire X.

Durant mon premier séjour, nous avions, mon frère aîné, Pierre Guyot et moi, un excellent copain originaire de Kiev, où son père était un intellectuel en vue, un écrivain je crois. Il parlait assez bien le français, qu'il avait appris en famille, et devint vite pour nous un interlocuteur privilégié, surtout pour Pierre, qui ne parlait pas un mot de russe. Nous l'aimions beaucoup.

Un matin, après le lever des couleurs, l'air ambiant nous parut singulièrement lourd malgré le grand soleil. Les gens faisaient de drôles de têtes. Un silence inquiétant avait chassé les rires et les cris habituels. Immédiatement après le petit déjeuner, le chef moniteur rassembla dans le coin rouge, ce sanctuaire du soviétisme où reposait le drapeau, les pionniers les plus âgés, déjà membres du komsomol.

Pour que les komsomols se réunissent ainsi en conclave, ce qu'ils ne faisaient jamais, il avait dû se produire un événement d'importance. Nous n'avions pas vu notre copain de la matinée. Bien qu'il fît partie des grands, nous ne le vîmes pas davantage se diriger vers le lieu de la réunion.

Nous apprîmes dans l'après-midi qu'il allait recevoir un blâme et risquait même de se faire renvoyer d'Artek. Puis un pionnier me raconta que la veille, dans une conversation anodine qui avait été rapportée par l'un des membres du komsomol aux autorités du camp, notre ami X. avait déclaré que l'Ukraine, aussi vaste que la France, et non moins riche qu'elle, avec sa production de blé, ses houillères du Donbass, le fer de Krivoï-Rog, pourrait prétendre, si l'indépendance lui était accordée, au statut de grande puissance internationale. Du reste, elle était membre de l'Onu. Ce dernier détail était exact, puisque l'Union soviétique dispose de trois sièges à l'Onu : un pour l'U.R.S.S. en tant que telle, un autre pour la R.S.S. d'Ukraine et un troisième pour la R.S.S. de Biélorussie. X. eut la maladresse d'ajouter que cette indépendance symbolique se justifiait d'autant plus qu'elle était parfaitement réalisable dans les faits.

J'en savais assez sur l'Ukraine pour que ce point de vue ne me parût pas extravagant. Je savais d'autre part qu'il est inscrit dans la Constitution de l'Union soviétique que les républiques fédérées disposent à tout moment du droit de quitter l'Union. Je ne voyais donc pas la raison du procès intenté à X. En outre, je le connaissais assez pour être sûr que les propos qu'il avait tenus n'exprimaient pas un souhait, qu'il ne s'agissait pas d'une profession de foi antisoviétique, mais de paroles entraînées par la conversation. Et voilà qu'il écopait d'un blâme. Ce garçon de 14 ans, peut-être un peu trop fier de son Ukraine natale, s'était rendu coupable de « nationalisme bourgeois » ! Comme il fit amende honorable au rassemblement du soir et que son dossier était par ailleurs immaculé, X. put rester parmi nous. Je crus héroïque de lui témoigner une affection plus démonstrative que jamais. En réalité, j'appliquais à la lettre l'un des grands principes de notre communauté idéale : quand le coupable a reconnu ses fautes et accepté la sanction, il est du devoir de ses camarades de l'entourer et de l'aider à reprendre le droit chemin.

X. est l'un des rares Artékiens que j'ai revus par la suite. Après des études de français à l'université de Kiev puis à Moscou, il est venu passer un semestre à la Sorbonne, en 1963 ou 1964. A cette occasion, nous avons évoqué l'affaire et nous en avons ri. Elle nous semblait lointaine. C'était l'un de ces effets secondaires et grotesques du stalinisme, déviation dont le XXe Congrès avait amorcé et le XXIIe confirmé la condamnation et le dépassement. Et si l'on songeait aux horreurs décrites par Khrouchtchev, X. et les siens s'en étaient bien tirés. Son père n'avait pas eu à répondre des incartades idéologiques du fils, comme le cas s'était si souvent produit. Tous les espoirs nous étaient permis.

22
Pavlik Morozov

« Par des soirs comme celui-ci
Autour du feu réunis
Nous écoutons le récit
Des exploits de la patrie
Qui bâtit le monde nouveau
Des travailleurs et des héros. »

Chaque otriad se réunissait régulièrement pour des discussions prétendument informelles, mais que les moniteurs et les monitrices, en éducateurs rompus à l'animation des groupes de jeunes, menaient de main de maître sans en avoir l'air. Cela pouvait se passer dans la journée, entre la plage et le déjeuner, mais nous préférions faire cercle autour d'un feu de camp allumé sur la grève. Nous nous laissions aller à la magie de la nuit. Elle prêtait sa gravité, l'immensité d'une signification unique et profonde aux paroles que nous disions, puis aux chants qui nous rassemblaient alors plus chaudement que jamais.

Ces soirs-là, l'un ou l'autre d'entre nous faisait un petit exposé sur son pays natal ou sur un thème tiré de l'actualité. Parfois, la monitrice rendait compte d'un éditorial important paru dans la *Pravda* ou tirait les conclusions d'un film que nous avions vu la veille. Après quoi, nous posions des questions et échangions nos points de vue. Mais quand j'y songe à présent, je m'aperçois que tous nos dires étaient terriblement répétitifs, abstraits, impersonnels. Nous parlions malgré nous le jargon de la radio et des actualités cinématographiques pour évoquer, qui la production du coton dans son Tadjikistan, qui les progrès de l'industrie en Bouriato-Mongolie, moi, un beau soir, le sommet de Genève, Boulganine-Eisenhower-Eden-Edgar Faure. A cette occasion, je repris presque mot pour mot, et sans le vouloir vraiment, l'article de la revue de politique étrangère *Temps nouveaux*. Nous redoublions de respect pour le saint vocabulaire lorsque nous célébrions à mi-voix, épaule contre épaule, les grands chantiers du communisme, peut-être parce que, dans ces moments-là, nous retrouvions instinctivement, avec la complicité de la nuit, la ferveur des premiers croyants, des apôtres clandestins de la foi nouvelle, l'angélisme des *Bièssy*, les « démons » de Dostoïevski.

Un film de propagande nous avait montré à l'œuvre sur le chantier du canal Volga-Don l'excavateur le plus puissant du monde. Le poste de commandement aurait contenu un immeuble de six étages. L'engin n'était pas monté sur des chenilles, mais sur des pattes gigantesques. Il avançait comme un monstre de l'ère secondaire, faisant lentement pivoter sa pelle au bout d'une longue flèche dont la portée dépassait les cinquante mètres. Comment aurions-nous pu ne pas faire chorus à la louange épique et prophétique de cette prodigieuse machine ?

A présent, la pensée que les vrais bâtisseurs du communisme étaient là, invisibles derrière cette image, est insoutenable. Elle était là, cette armée de déportés en guenilles qui ont laissé leurs os sur les grands chantiers du stalinisme. Nous ne le savions pas.

Il n'est pourtant pas vrai que nous ne savions rien. Au nom de la cause, on nous aurait fait admettre tous les crimes, applaudir à toutes les abjections. Le héros dont nous voulions tous nous inspirer n'était-il pas Pavlik Morozov ? Ce nom que portait l'une des vedettes affectées à nos promenades était celui du fondateur du premier détachement de pionniers au village de Guerassimovka, dans l'Oural. Comme nous l'enseignait la biographie qu'on nous donnait à apprendre et à méditer, il avait combattu contre les koulaks à l'époque de la collectivisation des terres et aidé de son mieux les communistes venus des villes à l'appliquer. On sait aujourd'hui comment ils s'y prirent et de quel poids les exactions alors commises pèsent encore sur les campagnes. Les insuffisances chroniques de l'agriculture kolkhozienne n'ont pas d'autre raison. Aider les communistes, cela signifie tout bonnement que Pavlik Morozov avait été programmé pour moucharder les réfractaires. Dont son père. Qu'il dénonça, le livrant au peloton d'exécution. Nous le savions, mais nous étions programmés, nous aussi, pour y voir de l'héroïsme, et une mort sublime dans le châtiment que les paysans infligèrent au délateur.

Pavlik Morozov fut assassiné en 1932, à l'âge de 14 ans. Vingt-deux ans plus tard, il fut le premier pionnier inscrit dans le Grand Livre d'honneur de l'Organisation des Jeunes Léninistes, à l'instigation des vrais coupables, les semeurs d'ignominie bourreaux des semeurs de blé, et qui, depuis, n'ont cessé de se glorifier d'avoir brisé la paysannerie russe, massacré son élite et ramené le plus grand nombre à la condition de serf.

Le culte de Pavlik Morozov ne nous apparaissait évidemment pas pour ce qu'il est, une monstrueuse apologie de la délation. De ses actes, nous ne retenions pas qu'il avait trahi son père pour l'amour de l'Etat, mais concluions que les liens de famille, lorsqu'ils vous engluent dans le passé, doivent être coupés à tout prix au nom de l'avenir. En cela, la pédagogie qui nous manœuvrait montrait toute sa subtilité. Non seulement la mobilisation quasi militaire des enfants leur était imposée sans contrainte, en sachant utiliser leur instinct grégaire et leur chauvinisme inné, mais elle tirait profit, comme d'un véritable antagonisme de classe, de la complexité des rapports parents-enfants.

Etaient de bons parents ceux qui s'alignaient sur les principes inculqués à leurs rejetons. Les meilleurs des parents, ceux qui leur donnaient l'exemple du dévouement au Parti et à la patrie. Les autres étaient frappés d'indignité, puisque refusant le monde nouveau en train de s'édifier, ils déniaient à leurs fils le droit d'y prendre place. La croyance des pionniers aux « lendemains qui chantent » n'admettait pas d'être contredite, sûrs qu'ils étaient que lesdits lendemains chantaient déjà sous les espèces de leurs chœurs juvéniles et de leurs refrains martiaux.

Ainsi, la conscience civique des pionniers se confondait avec celle de leur propre valeur. Du fait de leur jeune âge, ils incarnaient l'avenir, et l'idéologie leur ressassait que l'avenir et le bon droit ne font qu'un.

23
L'U.R.S.S. et nous, les Thorez

Nous discutions énormément de l'Union soviétique à la maison, mais pas seulement d'un point de vue politique : c'était une réflexion intime sur un être cher, une sorte de parent. L'U.R.S.S. était très liée à notre vie à tous. Ma mère était arrivée pour la première fois à Moscou en 1929. Jeune ouvrière du Nord, affamée, misérable, interdite d'embauche en raison de son activité syndicale et politique, elle avait rencontré la liberté et gagné les kilos qui lui manquaient. Nous évoquions souvent des souvenirs privés et personnels, des situations, parfois des conflits. Ce faisant, nous partagions tous le sentiment d'avoir participé à l'histoire, d'avoir été présents dans le pays où elle était en marche.

Aujourd'hui, certaines de ces anecdotes me font froid dans le dos. Il était une fois, près de Moscou, vers la fin des années trente, une exploitation forestière disposant d'un engin très perfectionné. On mettait à un bout des troncs entiers, et, de l'autre côté, selon les manettes qu'on avait poussées, on obtenait des planches de calibre variable, des copeaux ou du compost provenant de l'écorce. Un beau jour, un moujik qui faisait office de manœuvre et que cette machine fascinait lui jeta en pâture une poutre de fer, pour voir ce qui allait se passer. Naturellement, la machine cassa. Le malheureux fut aussitôt accusé de sabotage. Cela se passait non loin d'une datcha où mon père prenait quelques jours de repos. Il eut vent de l'incident et intervint en faveur du fautif. Il ne le fit certes pas pour lui sauver la vie ou lui épargner les travaux forcés, mais pour lui éviter un savon ou, tout au plus, le renvoi de la scierie. Il n'aurait jamais imaginé les vingt-cinq ans de goulag qui faisaient généralement suite à ce genre de plaisanterie. S'il s'était mêlé de l'affaire, c'est qu'il voulait, à son échelle, contribuer à résoudre la contradiction entre le retard des consciences et les exigences de la production moderne.

Il y avait là une parabole : le moujik fasciné par la machine dévoreuse de troncs, c'était l'image même de l'arriération d'un peuple. Pour mon père, cette situation tragi-comique était inévitable dans un pays dévoreur d'histoire. Le temps accélérait sa marche, mais le peuple ne parvenait pas toujours à suivre.

Nous eûmes maintes fois l'occasion de constater le gaspillage, de voir des récoltes pourrir sur pied, alors qu'en d'autres régions de l'Union soviétique les céréales faisaient défaut. Nous reconnaissions là encore les effets du retard de la conscience, la difficulté d'organiser un continent entier qui s'arrachait au sous-développement.

Ces ratés momentanés ne signifiaient pas la faillite du système. Ils marquaient simplement le hiatus entre le but visé et la réalité historique d'où sortait la Russie. Les communistes représentaient une avant-garde, dont le degré de compétence et d'efficacité ne pouvait avoir été atteint par la masse des « sans-parti ».

En militant au Parti, mes parents avaient le sentiment quasi aristocratique d'appartenir à une élite au sein de laquelle leur incombait un rôle actif et primordial. Mais, par définition, cette position ne s'accompagnait d'aucun mépris, d'aucun paternalisme à l'égard des ouvriers : si élite il y avait, c'est précisément parce qu'elle était ouvrière. Mes parents n'avaient qu'amour et respect pour le travail produit par le peuple français et pour ceux qui l'accomplissaient.

De même leur attachement à l'Union soviétique passait-il par une profonde affection pour le peuple russe. Une affection qui n'allait pas sans une certaine complicité envers la paresse, l'indolence, l'indifférence russes, pourtant causes du fameux retard. Ce côté « pas pressé » leur plaisait infiniment, et dans nos conversations familiales revenaient fréquemment, se mêlant au français, les mots russes *niichevo*, *byvaïèt*, *spakoïna*, qui signifient : ça ne fait rien, on a bien le temps... Loin de susciter leur impatience, cet atavisme les attirait, malgré ses effets néfastes sur le développement des forces productives. Ils avaient pour lui une profonde sympathie qu'ils nous communiquèrent, à mes frères et à moi.

Pendant la convalescence de mon père, nous rencontrions, sur le piémont du Caucase, des populations qui n'étaient pas bien riches, mais dont émanait une impression de liberté tout à fait extraordinaire. Ces gens menaient, à travers la steppe, leurs troupeaux de chevaux et leurs campements sommaires. C'était cela aussi l'Union soviétique. Le bon côté du retard de l'économie et de la conscience. Après tout, la Révolution n'avait pas été faite pour soumettre tout le monde aux cadences infernales, et ce laisser-aller débonnaire était peut-être une ruse de la raison pour concilier les exigences de la croissance industrielle et les espoirs des hommes.

La tendance Marchais et les managers brejneviens trouvent dans l'indolence du peuple russe la réponse miracle aux questions que se pose l'opinion publique des pays occidentaux, notamment au sein du mouvement ouvrier, face aux signes de faillite du système soviétique, au lézardement du camp socialiste et à son replâtrage à la baïonnette plutôt qu'à la truelle.

Dans ma famille, longtemps aveugle aux tares du régime, cette hypocrisie ne pouvait par définition avoir sa place. Mais, à mesure que nous prîmes conscience de la réalité des problèmes, mes frères et moi de la façon la plus aiguë, nos parents en persistant à sous-estimer leur ampleur, nul d'entre nous cependant ne se réfugia dans cette dérobade injurieuse. Aux yeux des miens, ce qui s'exprimait à travers les contradictions du monde soviétique et l'aversion de ses citoyens pour la productivité et la rentabilité à l'occidentale, c'était d'abord cette somme incomparable de vertus : la Russie des poètes, des musiciens et des penseurs, la Russie contemplative.

24
Beria

Un matin de juillet 1953, au petit déjeuner, un moniteur arriva vers nous la mine défaite, et s'effondra sur une chaise, terrassé : « Beria est un traître », lâcha-t-il dans un souffle.

La nouvelle ne souffrait pas le doute, il l'avait apprise par Radio-Moscou. Un communiqué de la radio des pionniers, qui nous diffusait toujours les informations avec quelque retard, n'allait pas tarder à nous la confirmer par haut-parleur.

Beria, que nous tenions la veille encore pour un compagnon d'armes de Staline ! Beria, qui avait fait partie du comité de Défense, ce petit groupe formé par les dirigeants les plus prestigieux, artisan de la victoire sur le IIIe Reich !

Nous étions loin de nous douter que, lancé dans la course au pouvoir laissé vacant par la mort de Staline, Beria, grand chef de la police secrète et exécuteur des basses œuvres ordonnées par le Guide suprême, s'était fait éliminer par ses rivaux, décidés à en finir avec un prétendant trop puissant. A l'heure où l'on annonçait son arrestation, peut-être était-il déjà liquidé.

Beria était un personnage considérable, et l'on avait perdu l'habitude des disgrâces soudaines au sommet de l'Olympe. Le dernier dignitaire à passer à la trappe avait été Vosnessenski, dont les propositions en matière économique avaient paru suspectes à Staline. Encore ne s'agissait-il pas d'une figure tutélaire.

Autour du moniteur, la consternation régnait. Nous restions interdits devant l'habileté d'un ennemi qui avait une fois de plus réussi à infiltrer l'un de ses agents au sein même du politburo, devenu le présidium quelques mois plus tôt, à l'occasion du XIXe Congrès. Toutes les vigilances s'en trouvaient d'un coup justifiées. Dans les jours qui suivirent, les conversations aboutissaient toutes à la même conclusion : les succès du socialisme ne devaient pas nous endormir, l'impérialisme restait capable de tout.

Je me trouvais alors au camp n° 3. Comme partout en U.R.S.S., on ne pouvait y faire un pas sans tomber sur les portraits peints à l'huile des dirigeants bien-aimés. Ils trônaient au bureau de la direction, dans les couloirs de tous les pavillons, et même dans la grande allée où ils formaient une haie par ordre décroissant d'importance à partir de la droite de Staline : Malenkov, Molotov, puis Beria et les autres. Avant midi, toutes les effigies de Beria avaient disparu.

Mais Beria figurait également parmi d'autres dignitaires sur certaines photos encadrées, prises lors du dernier congrès, donc avant la mort de Staline, ou à l'occasion du récent 1er mai, Beria exhibant son chapeau mou et ses lorgnons au beau milieu de la brochette alignée au balcon du Mausolée. Ces photos-là n'avaient pas été décrochées : une main s'était contentée de faire disparaître Beria d'un petit coup de grattoir. Au milieu du cliché, derrière la vitre protectrice, demeurait ce trou qu'on ne devait pas voir, ce vide qui n'existait pas.

J'allais avoir 13 ans, et l'énormité de la chose me

faisait sourire malgré la gravité des circonstances. J'y voyais l'indécrottable et sublime naïveté du peuple russe. Et puis je savais que la retouche des photos était monnaie courante. Elle l'est toujours. Dans la *Pravda*, quand le reporter n'a pas pu prendre toute l'équipe dirigeante d'un seul coup, on arrange l'instantané. Lorsque Brejnev rentre de voyage, les lecteurs doivent savoir qu'il a été accueilli, selon le protocole, par le politburo au grand complet. Comme ce n'est pas toujours le cas, les grands de ce monde n'étant pas à l'abri d'un rhume, surtout lorsqu'ils forment une escouade de petits vieux, on n'hésite pas à composer un photomontage où chacun se retrouve à sa juste place.

Le P.C.F. n'est pas moins rompu à ce genre d'exercice. Ainsi, dans la première édition de *Fils du peuple,* parue en 1937, on pouvait voir une photo où Marcel Gitton, secrétaire à l'organisation du Parti, figurait entre Duclos et mon père. En 1941, Gitton, passé à la collaboration, fut exécuté par les F.T.P. Dans l'édition de 1949, plutôt que d'utiliser un nouveau cliché ou une photo sans Gitton, on a censuré l'ancien, évacué Gitton, et hop ! mon père s'est retrouvé au coude à coude avec Duclos.

Je ne crois pas qu'il faille voir dans ce procédé une solution de facilité. Le coup de grattoir ou de ciseaux est un acte profondément symbolique de la dénégation et de l'oubli communistes. Il ne s'agit pas d'assigner au traître une place infamante dans l'histoire, ni de se défaire des événements auxquels il a été mêlé, puisqu'ils sont tous les hauts faits d'un passé lumineux, il s'agit de gommer son image, la photo souvenir de son existence. Il se trouve tout bonnement aboli, et ne laisse derrière lui pas la moindre trace pour la simple raison qu'il n'a jamais existé.

Le plus révélateur, dans le trucage maladroit que je vis de mes yeux à Artek, c'était que la censure fût spontanée. Elle s'était faite sans la moindre injonction venue d'en haut, et tout le monde l'accepta comme la chose la plus naturelle.

Cette année-là, les Guyot séjournaient en famille non loin d'Artek, à Miskhor, dans une maison de repos pour les invités du comité central. Raymonde et Pierre n'avaient plus l'âge d'être admis au camp, et je fus tout heureux d'aller passer une journée avec eux. Pierre avait emporté de France un équipement complet de chasse sous-marine et faisait des prises miraculeuses, dans ces eaux qui n'avaient jamais vu l'ombre d'un harpon. Les vacanciers soviétiques s'amassaient en foule sur le rivage pour admirer ses exploits.

Je me rendis à Miskhor le surlendemain de l'annonce de la trahison. Après une longue et réjouissante matinée en mer, qui nous rappela en mille fois mieux nos prouesses de naguère dans l'étang aux grenouilles, on décida de consacrer l'après-midi à des activités plus calmes. La mère de mes amis me proposa d'aller admirer en sa compagnie les merveilles de botanique que recelait le parc. Je ne dus pas leur prêter l'attention qu'elles méritaient, car je me souviens seulement d'avoir parlé en long et en large de l'affaire Beria. Une inquiétude qui ne s'avouait pas comme telle me rendait volubile. Je pris Fernande Guyot à témoin de toutes les discussions que nous avions à Artek. Elle se contenta de répondre à mon bavardage par des hochements de tête et quelques distraits « oui,

oui », ou « bien sûr ». Je mis cette discrétion sur le compte de la fatigue. J'étais tellement bavard !

Près de trente ans plus tard, je songe avec remords à l'écho intime et tragique que ne manquait pas d'éveiller, chez la belle-sœur d'Artur London, ce nouveau complot démasqué. Je m'en veux d'autant plus qu'à l'époque, malheureux de savoir malheureuse mon amie Françoise, dont le père avait trahi et n'aurait pas assez de la prison à perpétuité pour expier son crime, j'étais venu chercher un réconfort, une explication auprès d'une grande personne que je ne pouvais supposer plus désemparée et plus douloureusement atteinte que l'enfant que j'étais.

25
Au cinéma

A Artek, nous n'allions pas au cinéma. C'est le cinéma qui venait à nous. Les séances avaient lieu chaque semaine sur un écran en plein air, comme on en voit tant, en Union soviétique, dans les maisons de repos, les stations balnéaires et les jardins publics des grandes villes.

Les films portaient toujours sur les mêmes sujets. On en comptait quatre : la Révolution, la guerre, la lutte contre les espions impérialistes, l'exaltation du socialisme. Mais ces quatre thèmes n'étaient jamais que des variations sur un leitmotiv unique : Staline.

Lors de mes derniers séjours, l'éventail des programmes s'était réduit au point que, sur six séances, nous parvînmes à voir deux fois le même film. C'était la conséquence directe de la politique culturelle de l'époque. La production soviétique, très abondante à l'origine, avait été brutalement ramenée à cinq ou six longs métrages par an, mais des œuvres « monumentales » — telle était leur épithète officielle. Tous les efforts, tous les moyens se concentraient sur ces productions-là. Il s'agissait naturellement de panégyriques qui duraient trois heures, parfois plus. On nous les projetait en deux fois.

La plupart de ces monuments diffusaient d'un bout à l'autre un ennui mortel. *Le Chevalier à l'étoile d'or*, par exemple. Le chevalier en question était un sous-officier décoré de l'étoile de héros de l'Union soviétique qui, revenant de la guerre, trouvait son kolkhoze complètement dévasté. En trois heures et demie d'efforts patients et de dialectique persuasive, il redonnait confiance à la collectivité. Sous sa houlette, elle finissait par transformer les ruines en un kolkhoze modèle, cependant qu'il découvrait l'amour en la personne d'une robuste militante.

Si le héros était un sage, s'il se montrait digne de guider les autres, c'est qu'il paraphrasait Staline dans chacune de ses répliques. Il ne haranguait pas les tractoristes à coup de discours enflammés devant une foule houleuse, puis subjuguée. Non, ce cliché-là servait pour les films évoquant 1917. Le chevalier des temps nouveaux convainquait ses camarades l'un après l'autre, posément, sobrement, doctement, comme le Grand Chef lui-même, ce parangon de modestie et de patience, malgré sa science de démiurge.

Nous eûmes plusieurs fois l'occasion de voir son génie à l'œuvre dans *La Chute de Berlin,* la superproduction la plus spectaculaire de l'époque. Celle-ci, nous la suivions haletant d'émotion et trépignant d'enthousiasme. Elle débutait par une vision idyllique où l'on voyait Staline, la pipe dans la main gauche et tenant de la droite un sécateur, tailler les pommiers de son verger. Autour de lui devisaient paisiblement quelques braves gens, venus en voisins : Molotov, Kalinine, Vorochilov, Beria... Soudain, coup de tonnerre dans un ciel bleu, c'était l'annonce de la guerre. Un enchaînement de gigantesques batailles nous entraînait alors, en deux épisodes, du 22 juin 1941 à la prise du Reichstag, chaque victoire couronnant une longue scène d'intense méditation sur la carte d'état-major. Staline pensait. En demi-cercle autour de lui, le comité de Défense attendait. Un éclair, une intuition. Un trait de crayon rouge sur le papier. Exclamations et congratulations des figurants. C'était gagné. Le film s'achevait en apothéose. Un avion escorté de chasseurs apparaissait dans un ciel lavé de la fumée noire des combats et se posait à Berlin. Un tapis rouge était déroulé jusqu'à la passerelle. Staline apparaissait à la coupée et saluait d'un geste affable les drapeaux déployés à ses pieds, par une foule en joie, de toutes les nations libérées du nazisme.

Un film d'espionnage vu à Artek fait mes délices rétrospectives. Il s'appelait *Mission secrète*. L'action se déroulait à Berlin au début de l'année 1945, juste avant la fin de la guerre. Tourné vers 1950, c'était un film à la gloire de deux agents de renseignement soviétiques infiltrés en Allemagne — on ne parlait pas d'« espions », terme flétrissant réservé aux ennemis. Il y avait un homme et une femme, mais on ne pouvait déceler entre eux la moindre histoire d'amour, l'ombre d'une romance comme les prodigue le cinéma américain. Tout était concentré sur le dévouement à la cause. La femme était chauffeur à la chancellerie du Reich et voiturait, dans une splendide Opel Admiral, modèle 1939, deux diplomates des Etats-Unis. Ils étaient venus négocier une paix séparée avec l'Allemagne et une alliance qui permettrait l'élimination définitive de l'Union soviétique. Le scénario ne manquait pas d'imagination. Il nous émouvait aux larmes : les deux héros faisaient le sacrifice de leur vie, mais, grâce à eux, Staline savait et le complot était déjoué.

Il y avait tout de même dans l'histoire un Américain sympathique, un pilote de l'Air Force, prisonnier des nazis ; il était libéré afin de ramener chez eux les émissaires de Washington. La mission qu'on lui proposait le mettait en fureur, et il cassait la gueule aux deux envoyés du département d'Etat. Conclusion inévitable et tragique, il était fusillé par les SS et rejoignait dans une mort exemplaire ses camarades de combat soviétiques.

Il appartenait également au cinéma de nous fournir une image palpitante et véridique des grandes heures de la Révolution et de la naissance du pouvoir des soviets. Un film dont j'ai oublié le titre dévoilait les dessous d'un abominable complot qui faillit coûter la vie à Lénine en 1918. Un tchékiste valeureux brisait la machination et mettait hors d'état de nuire les agents subalternes. Mais il périssait assassiné avant d'avoir pu donner à Lénine et à Staline les noms de ceux qui tiraient les ficelles : Trotski, Boukharine, Zinoviev, Kamenev et quelques autres, bref, tous les ennemis du peuple que Staline finit par démasquer dans les années trente. Petits pionniers des années cinquante, comme nous étions soulagés de savoir qu'ils avaient fini par payer leurs crimes ! Bandits ! Comme le Parti avait eu raison de vous faire la peau !

26

Les tréteaux d'Artek

L'Union soviétique s'enorgueillit d'une tradition solidement établie du théâtre pour enfants. Les grandes villes possèdent toutes une salle bien équipée et une troupe permanente à la disposition exclusive du public d'âge scolaire. Les spectacles sont hélas très inégaux. J'ai eu l'occasion d'assister à des retransmissions télévisées de pièces présentées au Théâtre du Jeune Spectateur, à Moscou, et d'y prendre un plaisir inattendu. La mise en scène, les décors et les costumes étaient certes très conformistes, mais le jeu des interprètes, qui avaient tous de 12 à 16 ans, effaçait par sa qualité ce que le reste pouvait avoir de poussiéreux. Les enfants prodiges ajoutaient à leur fraîcheur naturelle un métier ahurissant au point de créer une sorte de malaise : d'où pouvaient bien leur venir des dons pareils et quel dressage, quelle discipline trop rude pour leur âge avaient su les exploiter ?

Je n'eus jamais lieu de me poser ces questions à Artek. Les troupes qui venaient de temps à autre, dans la louable intention de nous divertir, n'émanaient pas de l'univers fascinant des Wunderkinder, mais du surplus de ringards et de cabots dont ne veut aucune scène un tant soit peu réputée. Affublés d'oripeaux défraîchis, ils s'évertuaient à représenter, devant une assistance consternée, quelque adaptation du *Bouratino* de Tolstoï, qui n'est autre que l'histoire de Pinocchio, ou d'un conte populaire russe. Une certaine *Lissa Alissa* (« Alice la renarde »), traînant sur les planches une espèce de vieille chaussette en guise de queue, ainsi qu'une « Jeune fille aux cheveux d'azur », coiffée d'une poignée de paille verdâtre, hantent encore mes mauvais rêves. Cela dit, la dame sans âge qui minaudait dans ces deux rôles se montrait, une fois sortie de scène, une joyeuse compagne de baignade et un supporter de choc pour les volleyeurs. Elle adorait visiblement les enfants et passait parmi eux de belles vacances au bord de la mer Noire.

Nous aimions mieux les spectacles que nous nous donnions à nous-mêmes. A une ou deux reprises, pendant les six semaines du séjour, ces représentations dépassaient en qualité les veillées que chaque otriad improvisait autour d'un feu de camp sur la plage. La droujine entière y participait et tout le monde peu ou prou défilait sur la scène du cinéma-théâtre de verdure. C'était une première raison de préférer nos séances d'amateurs aux productions professionnelles. L'autre étant notre indiscutable supériorité artistique. Nous ne touchions pas au répertoire dramatique. Les pionniers se contentaient de chanter, de danser et de faire de la musique. Mais c'était autre chose que le guignol usé de nos malheureux rivaux.

En ces occasions, les chorales qui se succédaient oubliaient, pour un soir, les chants patriotiques et militaires pour faire honneur au folklore russe ou même à la chansonnette de variétés. Et puis, entre deux numéros collectifs, nous avions le plaisir de voir et d'écouter les vedettes du camp, nos solistes, nos petits prodiges bien à nous. Moulée dans un maillot de gymnaste, une fillette se lançait dans une danse acrobatique du genre « exercices au sol » ; à moitié caché par son violoncelle, un Rostropovitch en herbe interprétait Brahms ; le dernier été, un garçon un peu fou, qui avait séjourné en Amérique latine avec ses parents diplomates, aurait pu rester des heures au piano, d'ovation en ovation, à broder sans nous lasser sur des thèmes qu'il avait appris là-bas.

Artek n'étant pas très éloigné de Sébastopol, l'usage voulait que des marins de la flotte de la mer Noire vinssent régulièrement nous rendre visite. Ils arrivaient à bord d'un torpilleur ou d'un destroyer léger qui mouillait non loin du rivage, près des îlots d'Adalary, et débarquaient sur la plage en chaloupe. L'événement constituait à lui seul un spectacle auquel nous ne ménagions pas nos applaudissements ni nos hourras. En fin d'après-midi, les matelots prenaient possession de la scène et présentaient, eux aussi, ce qu'ils savaient faire. Ils entonnaient des chansons de marins que nous reprenions tous en chœur :

« *Byvali my pakhodami v daliokié kraya*
Ou biéréga frantsouskava brossili yakaria... »

« Nous sommes allés dans des pays lointains
Nous avons jeté l'ancre sur la côte de France. »

Puis ils bondissaient, avec force claques sur les talons, les genoux et les épaules, pour le traditionnel « *ekh, yablotchka* » (« Hé, petite pomme ! »). Ils étaient magnifiques dans leur tunique blanche à col bleu, les longs rubans noirs de leur béret s'agitant au rythme de la danse.

Une année, pour varier un peu leur répertoire, les marins nous jouèrent une saynète satirique inspirée de la situation internationale. On y voyait l'Oncle Sam avec son haut-de-forme à étoiles, le gros John Bull serré dans son gilet taillé dans l'Union Jack, la France sous les traits d'un général d'avant 1914, pantalon rouge et veste bleue surmontés d'un képi galonné complètement avachi. L'Oncle Sam tenait en laisse trois gnomes ridicules, en frac noir, et les présenta au public : « Mes gentils toutous ! Be, Ne et Lux. » Tout le monde se tordit de rire, et moi comme les autres.

Ces différents personnages ressemblaient aux dessins de Boris Efimov, caricaturiste célèbre qui a survécu à tous les changements politiques, puisqu'il sévit encore dans la revue *Crocodile*. Le temps n'est plus au Tito goeringesque de naguère, à la casquette frappée du sigle du dollar, tenant d'une main une hache ensanglantée et de l'autre, par le cou, une Yougoslavie pantelante ; mais la vulgarité du trait et l'inspiration simpliste sont bien les mêmes. A l'époque déjà, ce soit-disant humoriste ne me faisait pas tellement rire. Mais des matelots déguisés en créatures d'Efimov, la chose me parut cocasse. Toutefois, le

Benelux me laissait perplexe. Je m'en ouvris le soir même à mes copains.

« Vous savez ce que c'est, le Benelux ? Ça n'est pas exactement trois fantoches tenus en laisse par l'Oncle Sam, non ? Bien sûr qu'ils sont tout petits ces pays, mais pensez un peu à leur production par tête d'habitant et à leur niveau de vie. » Ils ne répliquèrent pas. Je ne leur apprenais rien. Ils se doutaient bien que la Belgique et les Pays-Bas n'avaient pas grand-chose à voir avec la parodie qu'on leur avait présentée, mais m'opposaient le silence de la gêne. La représentation était trompeuse et insultante, mais exprimait à sa manière le point de vue officiel. Ils préféraient ne pas aborder le sujet. Ce fut tout.

Les caricatures de ce genre n'allaient pas jusqu'à m'indigner. Je les trouvais exagérées, mais, au fond, dénuées de malignité. D'une façon générale, quand la propagande soviétique me paraissait un peu trop naïve ou grossière, je me contentais de sourire de sa drôlerie involontaire. C'était une attitude fréquente chez les communistes français.

Je me souviens, par exemple, d'une promenade en Crimée, quelque temps après mes séjours à Artek, sur la route qui monte en lacet au sommet du mont Aï-Pietri. Nous étions dans une grande voiture décapotable, le chauffeur, un garde du corps, ma mère, Georges Cogniot et moi. Tour à tour, la route longeait un précipice vertigineux ou s'enfonçait dans le roc par une tranchée. Le garde, qui devait avoir 22 ou 23 ans, était fier comme Artaban, tout content de se prélasser dans une telle voiture, et cette route de montagne l'impressionnait. Comme la plupart des Russes, il venait sans doute d'un pays de plaine, peut-être d'un village inaccessible autrement qu'en camion surélevé, voire en hélicoptère, au moment de la fonte des neiges. Au bout d'un moment, il n'y tint plus : « Chez vous, vous n'avez pas des routes pareilles, hein ? » Nous avons ri, puis ma mère s'est lancée dans une description du réseau routier français : « Tu sais, le plus petit village, le moindre nid d'aigle, en France, est relié au monde par une route goudronnée, taillée s'il le faut à flanc de falaise. Nous avons dans les Alpes des cols à près de 3000 mètres que les voitures peuvent franchir... » Tandis qu'elle parlait, la déception se peignait sur le visage du garçon. Il avait l'air si malheureux que Cogniot coupa la parole à ma mère : « Jeannette, s'il te plaît, laisse-lui ses illusions. »

« Leur laisser leurs illusions », voilà le fin mot. Bien sûr, nous n'étions pas toujours dupes des excès de la propagande, nous savions qu'il y avait une part de théâtre dans l'image que l'U.R.S.S. proposait d'elle-même et de mensonge dans celle qu'elle donnait du monde. Mais dans l'ensemble, comme ce fut dit plus tard, le bilan paraissait globalement positif, alors, à quoi bon s'offusquer ? Si ce garçon s'imaginait que sa route était la plus belle du monde et qu'en France on circulait encore à dos de mulet, où était le mal ?

27
De saintes lectures

On ne lisait guère à Artek. Faute de temps. Il m'arrivait cependant de parler littérature avec certains camarades, surtout lors de mes derniers séjours. Ces *otlitchniki*, prix d'excellence de leur classe, connaissaient deux ou trois fables de Krylov, le La Fontaine russe, quelques poèmes de Pouchkine, ainsi que les noms de Tolstoï, de Tourgueniev, de Lermontov, de presque tous les grands classiques, celui de Tchernichevski, à la réputation surfaite en raison de ses bonnes idées, mais pas celui de Dostoïevski par exemple. A l'époque, il était quasiment banni et nul d'entre les moins de 15 ans ne soupçonnait qu'il eût existé.

Pour les œuvres, ils ne les avaient jamais approchées que de seconde main, au travers de digests convenables, n'ayant forcément que de lointains rapports avec l'original. Comme dans la vieille tradition catholique, les bonnes volontés étaient fermement dirigées vers le commentaire édifiant de préférence aux textes, jugés difficiles et dangereux. Après tout, *Anna Karenine*, c'est tout de même une histoire d'amour pas très comme il faut. Mieux valait que la jeunesse fît connaissance avec ce monument des lettres russes sous la férule d'un bon maître, de quelque collaborateur zélé de l'Institut de littérature, dont l'essai sur Tolstoï empruntait sa première phrase à Lénine — « Tolstoï, miroir de la Révolution russe » — et continuait avec des citations de Staline à toutes les pages. De même, les pionniers étaient tout heureux de m'aborder en citant les noms de Balzac, de Victor Hugo, de Zola, mais je savais bien qu'ils eussent été en peine de m'en dire plus sur ces auteurs qu'ils étaient si fiers d'évoquer. « Victor Guiougo », ils s'en faisaient malgré tout une idée grâce à des abrégés des *Misérables* et de *Notre-Dame de Paris*. Il en allait de même pour Dumas et Jules Verne : d'Artagnan, Monte-Cristo et le capitaine Nemo n'étaient pas des inconnus. Mais, à tout prendre, si personne en France n'ignore Gulliver ou don Quichotte, qui a lu Swift et Cervantès ?

Les curieux d'histoire littéraire disposaient à la bibliothèque d'une sorte de Lagarde et Michard sans les illustrations et pieusement marxiste-léniniste. Ils y trouvaient tout ce qu'il faut savoir sur Tchekhov, Gogol... voire quelques lignes de ces excellents auteurs. Les réfractaires à toute lecture n'encouraient évidemment pas l'ombre d'un reproche désobligeant. Tout ce qu'on leur demandait, comme aux autres d'ailleurs, c'était de témoigner, à l'occasion, les marques du plus grand respect aux génies nationaux et aux humanistes « annonciateurs des temps nouveaux » annexés tout de go au panthéon soviétique. A Souhouk-Sou, il était bien vu d'aller fleurir la plaque rappelant que Pouchkine avait peut-être habité la petite maison dont subsistaient les ruines, et plus encore, à deux pas de là, de prendre un air recueilli en passant devant la sculpture réaliste étrangement barbouillée de peinture argentée où l'on voyait Staline et

Gorki deviser familièrement (je crois qu'ils se livraient en fait à un concours de moustaches).

Chaque camp possédait bien une bibliothèque, mais assez pauvrement fournie, et pour les trois quarts en romans récents et en rééditions à gros tirages de classiques du réalisme socialiste. Il ne s'agissait pas forcément d'ouvrages illisibles. Au milieu d'un fatras d'histoires édifiantes, de niaiseries et de purs mensonges, cette littérature officielle compte aussi des chefs-d'œuvres, tels que *Et l'acier fut trempé*, de Nicolas Ostrovski, et les livres de Paoustovski, de Cholokhov, de Leonov, par exemple, à vrai dire peu ou pas du tout représentés à Artek. On trouvait, en revanche, les écrits satiriques d'Ilf et Petrov, *Les Douze Chaises* et *Le Veau d'or*, et les ouvrages pour la jeunesse d'Arkadi Gaïdar : qu'il les eût lus ou non, chacun de nous en connaissait les protagonistes juvéniles et intrépides, entre autres le fameux Timour de *Timour et sa brigade*.

Chacun connaissait aussi les héros tragiques de *La Jeune Garde*, d'Alexandre Fadeïev. Ce récit s'appuie sur une histoire vraie, la mise sur pied d'un réseau de résistance par de jeunes komsomols du bassin houiller du Donetz, en 1942. Après lecture, la rédaction des éditions d'Etat et le secrétariat de l'Union des écrivains jugèrent l'ouvrage insuffisant du point de vue idéologique. La présence de Staline y était trop discrète. Tous ces jeunes gens se battaient, mouraient sous la torture ou étaient fusillés par les nazis, mais il n'apparaissait pas assez clairement que leur héroïsme s'inspirait directement de l'exemple et de la sagesse du Chef suprême. Fadeïev écrivit alors une nouvelle version, en glissant du Staline là où il fallait. Elle fut publiée, connut un immense succès et valut à Fadeïev les lauriers de la plus haute gloire. Je la lus à Artek à l'occasion de mon dernier séjour. La même année 1955, écrasé par l'ampleur de l'abomination qu'il avait cautionnée, Fadeïev se suicida.

28
Le bal des enfants modèles

Il existait dans chaque camp un personnage pittoresque et attachant chargé d'une fonction primordiale : l'accordéoniste. Dès le matin, à 7 h 30, c'était lui qui rythmait nos mouvements de gymnastique d'un petit air guilleret. Il mettait en musique tous les instants de notre vie. Les enfants l'adoraient et le sollicitaient du matin au soir. A l'époque, je ne me rendais pas compte que ce brave homme si sympathique, toujours disponible et souriant, était là pour gagner sa vie. C'est beaucoup plus tard que je me suis demandé quel salaire il pouvait bien toucher. Trois fois rien, j'imagine, comme tous ceux dont se compose la foule anonyme des humbles en Union soviétique.

Une fois par semaine, l'accordéoniste menait le bal. Pas au camp d'En-bas, cependant, tant que ne s'y trouvèrent que des garçons. Mais là où les filles formaient la majorité et, par la suite, dans tout Artek, une fois la mixité établie, nous passions de longues soirées à danser sous les étoiles. De longues soirées très comme il faut.

A Souhouk-Sou, elles étaient données sur le terre-plein goudronné qui s'étend devant la maison de Pouchkine. Savamment éclairées, les ruines devenaient fantasmagorie, château de lumière, décor d'opéra. L'accordéoniste prenait place sur une chaise au milieu de la piste et ouvrait l'éventail de son instrument pour un premier accord. Aussitôt nous formions, autour de lui, un double cercle. Mon premier bal à Artek me laisse un souvenir d'étrangeté et de surprise. Mais je pris vite l'habitude de savourer les délices désuètes du fin du fin de nos plaisirs d'enfants modèles.

Nouvel accord, sur lequel nous nous inclinions pour une longue révérence, les deux cercles se faisant face. Puis c'était l'enchaînement des « pas de deux » et des « pas de grâce », danses que la langue russe désigne de ces termes français et où je reconnaissais la solennité de la pavane et le rythme trinaire du menuet. Un, deux, trois, tendez le mollet, mais nous n'étions pas des Monsieur Jourdain. L'avenir du Parti et de la patrie s'incarnait bel et bien en quelques deux cents gentilshommes et jolies marquises qui se tenaient par le petit doigt, puis alternaient avec grâce les figures et les sautillements mignons des danses de cour. C'était Versailles chez les soviets.

Sans contredire notre bonheur, le plus grand sérieux présidait à ces plaisirs innocents. Afin de les varier et de nous permettre de donner libre cours à notre fougue juvénile, l'accordéoniste jouait de temps à autre un *gopak* ukrainien ou une polka. Pour cette dernière, la plupart des danseurs abandonnaient la piste aux virtuoses qui savaient virevolter tout en bondissant et en claquant les talons. J'étais émerveillé de les regarder faire et songeais avec mépris au boogie-woogie et autres danses d'épileptiques alors à la mode en Occident.

Vers 10 h 30, après une dernière révérence, nous regagnions nos dortoirs, où nous attendait, avant la toilette du soir et nos lits, un grand verre de kéfir, plus rafraîchissant que jamais. Ces soirs-là, comme les soirs de cinéma d'ailleurs, il n'y avait pas rassemblement. Le drapeau était amené sans tambour ni trompette par le président de soviet d'otriad de service.

Une fois, pourtant, il se produisit un événement extraordinaire. Le bal s'achevait. L'un des moniteurs courut vers l'accordéoniste et lui lança : « Allez, vas-y, joue-nous une valse ! » L'accordéoniste hésitait. « Une valse ! une valse ! » reprirent quelques voix. Pas mécontent de l'occasion, le musicien attaqua la célébrissime *Valse de Sébastopol*. Les pionniers ne savaient pas danser la valse, mais ils assistèrent, médusés et ravis, à ce spectacle unique : les moniteurs et les monitrices s'enlaçaient et tourbillonnaient comme des amoureux, nous semblait-il. A la fin du morceau, ce fut un délire d'applaudissements. Un vent de folie était passé, faisant s'envoler les habitudes. Une bouffée d'air du large, à la saveur inconnue de liberté.

29
En vadrouille

Artek ne vivait pas replié sur lui-même et les visites que nous rendaient les marins de Sébastopol ou les artistes du théâtre pour la jeunesse n'étaient pas nos seuls contacts avec l'extérieur. Nous partions en excursion au moins quatre ou cinq fois pendant notre séjour. Il existait, à cet effet, toute une flottille d'autocars, une douzaine pour l'ensemble des quatre camps. Mais nous leur préférions l'*Artek* et le *Pavlik Morozov*, les deux vedettes lance-torpilles désaffectées et aménagées que l'escadre de la mer Noire avait offertes aux pionniers. Nous n'avions pas de plaisir plus grand que les promenades au large à bord de ces rapides engins. Le bonheur suprême, c'était de s'asseoir à la proue lorsque les vagues étaient un peu fortes et que le bateau cognait leur crête, se soulevait dans le poudroiement aveuglant des embruns et replongeait d'un coup dans le grand trou bleu. Le règlement nous en interdisait l'accès, mais les moniteurs se laissaient parfois amadouer. C'est là qu'ils aimaient s'installer, eux aussi.

Quoique moins trépidantes, les courses où s'affrontaient des équipes de seize rameurs montés sur de grosses chaloupes semblables à des canots de sauvetage enthousiasmaient les grands sportifs. Pour ma part, je les appréciais moins, après une première expérience dont j'étais sorti les mains non point calleuses, mais en sang. Je cédais volontiers à d'autres ma place de galérien.

« *Tchaïka kryliami machet*
Za saboï nass zaviot
Pioniery, drouzia i tavarichi nachi
Sabiraioutsa v novy pakhod. »

« La mouette bat des ailes
A sa suite elle nous appelle
Nos amis et camarades les pionniers
Partent pour une nouvelle randonnée. »

La mouette de la chanson ne nous invitait pas, malgré les apparences, à la suivre sur les flots. Une vraie randonnée de pionniers, ça se fait à pied. Nous entonnions ce refrain comme un au-revoir à la mer lorsque nous escaladions les montagnes.

L'ascension du Roman-Koch, le sommet le plus élevé de Crimée, constituait la prouesse dont nous tirions le plus de fierté. La sortie était d'ailleurs réservée aux aînés et je n'y participai qu'à mon dernier séjour. La veille du départ nous reçûmes un équipement léger : un sac de couchage, une gamelle et une paire de chaussures de marche, nos escarpins, les *tapotchki*, ne faisant évidemment pas l'affaire.

L'expédition se mit en route à l'aube, bien avant le réveil officiel du camp. Quand nous nous glissâmes par ses ruelles, entre les maisons de torchis du vieux village, Gourzouf dormait encore. Au-delà du jardin municipal, là où commence la zone (*zona*, c'est ainsi que ça s'appelle), avec ses maisons de repos et ses pensionnats, nous aperçûmes quelques valeureux gymnastes. Le chant d'un coq nous parvint sur un fond de claquements étouffés. Quelque part, d'autres courageux jouaient au tennis. Vers 9 heures, nous atteignîmes la route de corniche, vite franchie. La véritable expédition commençait là.

Elle devait durer trois jours, trois jours où nous logerions sous la tente ou bien, à notre guise, à la belle étoile, et ferions notre popote au feu de bois. Les pionniers retrouvaient leurs vacances habituelles.

En Union soviétique, les camps de pionniers sont nombreux, mais la plupart sont évidemment plus sommaires qu'Artek. Ils consistent souvent en villages de toile assez isolés, si possible en forêt ou au bord d'un lac. Je ne connais pas de Russe qui n'aime la vie frugale au milieu de la nature. Pour les Artékiens s'ajoutait à ce bonheur le soulagement d'échapper au rituel quotidien. Nous partions en vadrouille, le cœur aventurier et l'âme vagabonde.

Le premier jour, on chemina en forêt. L'impression de fraîcheur était saisissante. Nous avions changé de climat. Artek semblait très loin.

La colonne ralentissait à tout moment. Chacun s'arrêtait pour cueillir des fraises des bois ou respirer les fleurs sauvages, plus modestes que les massifs de notre parc, mais tellement plus attendrissantes.

Vers le soir, nous atteignîmes une clairière où nous attendaient des tentes sans doute dressées par les nymphes et un dépôt de vivres qu'elles avaient préparés de leurs blanches mains, car les lieux étaient déserts et nous n'avions rencontré personne en chemin. Nous prîmes possession du camp de base de notre expédition, répartîmes les tours de garde auprès du feu et, après avoir avalé une kacha de semoule à la délicieuse saveur de braise, dédaignant les abris de toile, nous nous endormîmes comme des bienheureux, bercés par le crépitement étouffé des tisons.

Ma répugnance pour les sports de compétition et le réveil matinal en musique trouvait une justification dans mon goût pour ces longues marches. Je ne répugnais pas à l'effort physique, mais détestais qu'il n'eût d'autre fin que d'appliquer les règles d'un jeu ou de stimuler le détestable désir de vaincre l'autre et de l'humilier. L'effort patient et prolongé que récompense l'ivresse de se sentir aussi transparent que le ciel et au même instant dur comme les pierres, tendre comme l'herbe, agile comme les insectes, libre comme les oiseaux, cet effort-là avait toutes mes faveurs et ne les a jamais perdues. D'où me viennent cette joie d'être une chose parmi les choses et cette peine, si souvent, d'être un homme parmi les hommes ?

La montagne, j'avais appris à l'aimer à Saint-Martin-Vésubie, auprès de Baptistin, rôdeur des cimes du Mercantour et grand braconnier en truites, saisies à la main sous la roche où elles se couchent, et en chamois patiemment suivis à contre-vent sur leurs sentes vertigineuses. Cette révélation qu'il m'apporta, je la devais aussi à mon père, sans qui l'aubaine ne s'en fût pas si vite présentée. La maladie seule voulut que mon père, après un long traitement en Union soviétique, y retournât ensuite, été après été, pour des séjours étroitement surveillés par l'académie de médecine. C'est ainsi qu'il rencontra sa mort, devant Istanbul, à bord du paquebot *Litva*, en route pour une villégiature caucasienne. Du retour en France en 1944 au départ sur une civière de l'automne de 1950, il avait consacré les maigres vacances d'été que lui concédaient ses tâches à parcourir les Alpes du Sud, à cache-cache entre la France et l'Italie, guidés, ma mère et lui, par Baptistin.

Pour atteindre le sommet du Roman-Koch et en revenir, nous parcourûmes tout le jour une prairie sèche où affleure la rocaille, nos pas faisant lever dans la lavande des nuées de criquets. L'intensité du soleil et la qualité de la lumière me rappelaient les montagnes de l'arrière-pays niçois. La mer paraissait toute proche, si proche qu'on pouvait se croire suspendu au-dessus d'elle dans le vide. Du haut de la crête, nous pouvions voir toute la côte de Crimée. Chacun cherchait à distinguer sur le site d'Artek l'emplacement des différents camps, le stade au pied de la montagne de l'Ours, le rocher de Pouchkine et les îlots d'Adalary. Nous promenions sur ces lieux familiers un regard qui était la conquête réaffirmée de ce qui nous appartenait.

30
Yalta

Les touristes qui affluent dans la région se doivent tous d'effectuer l'excursion *Youbéka.* En russe, cela tient en trois lettres, pour *Youjny Biéreg Kryma* (côte sud de Crimée), et ce sigle de consonances bizarrement anglo-saxonne se retrouve sur les centaines d'autocars qui sillonnent la corniche. Leur itinéraire permet d'ingurgiter, en quelques heures, tout ce qu'il faut avoir vu d'est en ouest, entre Aloupka et Phoros, en passant par Yalta.

Par deux fois, pendant les six semaines de séjour, les pionniers d'Artek se lançaient eux aussi à la découverte des merveilles du cru, mais avec un programme de visites plus restreint, donc plus raisonnable, et qui changeait d'une excursion à l'autre. Pour ces promenades d'une journée entière, le déplacement se faisait une fois par mer, l'autre fois, hélas ! par la route. Mais il y avait toujours une étape à Yalta.

Arrivés là, nous déboulions des véhicules, et notre propension à nous répandre immédiatement dans les rues et sur les quais, au lieu de nous rassembler en colonnes par trois, mettait nos moniteurs au désespoir. Vigoureusement rappelé à la discipline, l'otriad perdait un temps précieux à se compter, se recompter, se mettre en rangs, avant de s'engager, fanion en tête, sur la promenade du bord de mer. Cinq minutes plus tard, les troupes étaient à nouveau dispersées, mais nos accompagnateurs avaient l'indulgence de laisser faire. Allons, nous étions de sortie et avant de commander « en avant, marche ! », ils nous avaient passé les consignes : « Rassemblement ici, à telle heure. Ne buvez pas d'eau du robinet. »

Le bord de mer avait conservé tout le charme désuet des villégiatures bourgeoises d'autrefois. Il me rappelait les photos que j'avais pu voir de la promenade des Anglais, à Nice, vers 1880. Les maisons basses à un ou deux étages, avec leurs façades claires festonnées de moulures, les palmiers et les agaves, les gros paquebots blancs du service Crimée-Caucase ancrés dans la rade avaient à mes yeux quelque chose de familier. Pour mes camarades russes, c'était de l'exotisme à l'état pur.

Mais la pauvreté n'était pas loin. Il suffisait de s'engager dans une ruelle perpendiculaire au quai pour trouver un pavement défoncé, des bicoques délabrées, une crasse et des odeurs évoquant plutôt l'Orient sous-développé que Monte-Carlo. Je voyais naïvement dans ce laisser-aller poussiéreux une preuve supplémentaire de la démocratie socialiste : le luxe tapageur de la Côte d'Azur, que je connaissais, me semblait plus offusquant, il était une insulte aux prolétaires. Et puis j'étais convaincu qu'avec le progrès économique et l'épanouissement de l'homme nouveau, de sa conscience supérieure, les plaies de toute évidence héritées de l'ancien régime ne seraient avant peu qu'un mauvais souvenir.

La densité de la foule et sa simplicité me comblaient d'aise. Jadis, seuls les aristocrates et les grands bourgeois avaient accès au front de mer pour y rivaliser d'élégance chichiteuse. Aujourd'hui y déambulaient en maîtres les travailleuses et les travailleurs, sains et musclés. Les pantalons démesurés et informes des hommes, les robes de cotonnade légère des femmes me paraissaient les symboles de leur force tranquille, de leur mépris pour les apparences et le raffinement décadent, auquel se reconnaissent les classes exploiteuses et les parasites sociaux.

La dernière fois que je quittai Yalta dans un autocar d'Artek, je me gardai bien d'attirer l'attention de mes copains sur l'interminable palissade verte que nous longeâmes, virage après virage, pendant l'escalade du coteau de Massandra. Il y avait, derrière, un parc immense, et dans ce parc, deux ou trois kilomètres au-delà du portail, le palais qu'avait fait bâtir le tsar Alexandre III. Un endroit que je connaissais bien. J'y avais passé une partie des vacances l'été précédent.

Habiter Alexandrovsk, c'est en quelque sorte loger à Chambord. La gigantesque demeure de style vaguement néo-gothique, simili-Renaissance, expose, face à la mer, quatre étages de façade plaquée de marbre, les tourelles de sa haute toiture, la géométrie compliquée de ses innombrables fenêtres. Nous disposions, mes frères et moi, d'un appartement que nous gagnions par une longue suite de couloirs et d'escaliers monumentaux, à cinq vraies minutes de la salle à manger. Notre grand jeu fut de découvrir de nouveaux itinéraires et d'explorer, les uns après les autres, les passages secrets et les escaliers dérobés que le souverain, craignant les attentats, avait fait aménager dans les cloisons. En trois semaines de villégiature, nous n'en fîmes pas le tour.

C'était dans ce palais que j'avais rencontré pour la

première fois Nikita Khrouchtchev. Il était arrivé un après-midi, à l'improviste, flanqué du maréchal Vorochilov et de Kirichenko. Vingt-cinq voitures avaient débouché devant le perron, vingt-quatre limousines noires Zis 110, toutes identiques, et une torpédo de la même marque, une longue décapotable vert émeraude, le jouet de Kirichenko, alors proconsul en Ukraine. Le temps que l'escouade de gorilles du premier secrétaire livrât un match de volley-ball contre notre équipe, une table somptueuse fut dressée sous les voilages tendus pour la belle saison dans le jardin d'hiver. A ce banquet-là, mes frères et moi, nous ne fûmes pas conviés. Il se prolongea fort tard. Nos parents s'en plaignirent à nous le lendemain. Ces réunions dînatoires et bien arrosées, ce n'était pas du tout leur genre.

De passer au pied du domaine de Massandra réveillait ce souvenir, mais il ne me serait pas venu à l'idée de le confier à mes camarades pionniers. Le palais, les dirigeants dont les portraits ornaient les allées et les couloirs de Souhouk-Sou, c'était trop gros, c'eût été une vantardise ridicule. Pis, la trahison d'un secret d'Etat. Je n'éprouvais donc aucune gêne à garder le silence, à me rendre complice du silence, le silence qui faisait, mieux que les palissades, barrière entre deux mondes et diversion à un scandale.

31
L'argent de poche

L'excursion à Yalta nous fournissait l'occasion très attendue de nous précipiter sur les kiosques à souvenirs. Ces objets ne sont jamais bien jolis, mais ceux qu'on vendait en Crimée, dans les années cinquante, étaient d'une hideur inconcevable. Comme tout le monde, je les trouvais merveilleux, et je revenais d'Artek ma valise remplie d'un assortiment de saletés produites par l'artisanat local, en particulier les *karobotchki* très prisées (d'abominables petites boîtes incrustées de coquillages) et les assiettes en plastique avec vue de Yalta en impression photographique brunâtre et floue, rehaussée de l'inscription : « Souvenir de Crimée », en lettres dorées. Je dois encore en avoir une ou deux qui traînent dans un coin.

Les kiosques ne vendaient pas de bustes ni de portraits officiels. Ceux-ci faisaient l'objet d'un commerce à part, dans un magasin spécialisé comme on en trouvait dans toutes les villes de l'U.R.S.S. Les badauds y venaient nombreux, parce qu'il faisait également office de galerie d'art. Lénine et Staline y côtoyaient toute une population de sculptures animalières, certaines en bois, d'autres taillées dans la pierre de Crimée, une sorte de marbre très blanc, à peine veiné de jaune, presque translucide, proche de l'albâtre ou de la pierre à savon. Le toucher en est doux, et la consistance rappelle celle du jade. Je fis un jour l'acquisition d'un fétiche, symbole de longue vie, sculpté dans cette matière : sept petits éléphants à placer à la queue leu leu. Le premier devait mesurer quatre ou cinq centimètres, le dernier était minuscule. J'aurais encore le courage, ou la faiblesse, de dire que ce n'était pas vraiment laid. Je choisis diverses bricoles pour mes frères, mes parents et mes amis, mais ce cadeau-là était pour moi.

A mon retour en France, mes petits présents étaient accueillis avec gentillesse et attendrissement, comme j'accueillais moi-même, il n'y a pas si longtemps, les babioles de sa confection que mon fils me rapportait de la maternelle pour la fête des pères.

Pour acheter toutes ces petites choses, il nous fallait évidemment un peu d'argent. Les enfants arrivaient presque tous avec quelques sous, mais, comme ils n'avaient pas le droit d'en avoir sur eux et qu'ils n'en avaient du reste aucun besoin, ces sommes étaient consignées au camp dans une espèce de banque, où ils pouvaient aller les retirer pour les excursions. C'est là que je pus remarquer des différences considérables dans le budget des uns et des autres. Certains pionniers disposaient de sommes très importantes, de trois cents à quatre cents roubles, ce qui représentait à l'époque le salaire mensuel d'un ouvrier, et cela pour deux ou trois jours de promenade. J'étais scandalisé, mais, Dieu merci, la plupart des enfants, les vrais enfants modèles, n'avaient, comme moi-même, qu'un tout petit pécule.

Au moment des achats au kiosque à souvenirs, les différences éclataient. Je n'étais pas jaloux des plus riches. Mon modeste avoir suffisait à mes besoins, mais surtout j'en étais incroyablement fier, parce qu'à Paris je ne disposais pas du moindre argent de poche. Ma mère en avait décidé ainsi et imposait cette règle aux personnes qui veillaient sur nous. Le principe était simple, et lui venait de sa jeunesse ouvrière : tant qu'on ne gagne pas sa vie, on n'a pas droit à l'argent. Ce dogme fut la cause d'un malaise dont j'ai souffert toute mon enfance et mon adolescence.

Nous étions associés à un train de vie qui était loin d'être ordinaire : on nous trimbalait en avion, en voiture avec chauffeur, de résidence en résidence, et, dans tout ce déploiement de moyens, nous étions sans le sou. Je ne pense pas que ma mère ait mesuré la contradiction où elle nous plaçait, ni ses conséquences désastreuses. J'acquis le sens du luxe, d'un luxe tout naturel, allant de soi, sans avoir la moindre idée du prix des choses. Adulte, j'en suis encore là. Je suis incapable de gérer un budget et oublie allégrement les dépenses obligatoires — loyer, impôts et autres joyeusetés — au bénéfice des menus plaisirs, dont je ne puis me passer.

Ma mère avait aussi des idées bien arrêtées en matière de vêtements. En troisième, toute la classe se moquait de moi, parce qu'à l'âge où chacun veut porter le pantalon j'étais l'un des derniers à arborer des culottes courtes. Enfin, pas si courtes que ça. Je les portais jusqu'aux genoux, avec un cardigan ou un blazer assorti qui complétait fort bien ma mise de petit lord Fauntleroy.

Nous étions deux dans la classe à être vêtus de la sorte, dans le style B.C.B.G. (bon chic, bon genre) : le fils d'un colonel et moi. Du reste, les gens s'y trompaient et l'on croyait à me voir que j'appartenais à une famille de la grande bourgeoisie ou de sang bleu, pourquoi pas.

C'était peut-être de la part de ma mère une revanche prise sur les années de misère qu'elle avait connues. C'était surtout l'expression de son goût, un goût très réel et très sûr que l'on retrouvait dans sa façon à elle de s'habiller. Elle a toujours eu le sens des tissus et des mises très simples mais raffinées. Elle nous équipait avec du solide, de l'élégant qui se moque de l'élégance, rejoignant ainsi les principes du meilleur monde. Nous n'avions pas une collection de vêtements de troisième catégorie, comme pouvaient en avoir les petits-bourgeois, non, une ou deux vestes seulement, mais en tweed de belle qualité, et un costume sur mesure pour les grandes occasions. De ces habits qui viennent du bon faiseur et vous font de l'usage.

La révolution pour moi se fit vers 20 ans, quand les quelques sous gagnés en faisant des petits boulots me permirent d'acheter le jean si longtemps convoité.

32
Tchekhov et le Nid d'hirondelles

Si Artek est placé sous le patronage poétique de Pouchkine, à Yalta, le grand classique tutélaire, c'est Tchekhov. Sa maison de crépi blanc ouverte sur un jardin touffu se niche dans une des ruelles qui grimpent vers les collines de Massandra. On en a fait un musée que nous allions pieusement visiter. Nous entrions par groupes d'une dizaine et les pionniers attendaient sagement leur tour, assis sur un muret en plein soleil.

La personne qui servait de guide était une vieille dame délicieuse, ravie d'accueillir ces ribambelles de petits garçons et de petites filles, dont les tenues bien proprettes et le mignon petit chapeau devaient lui rappeler des souvenirs. Cette vieille dame, toute pareille à la grande amie de l'éléphant Babar, était tout simplement la sœur de Tchekhov. Elle habitait la maison et y faisait office de gardienne. Elle évoquait pour nous comment son frère échappait ici aux rigueurs de l'hiver moscovite, les soins qu'exigeait sa santé, ses longues siestes dans le fauteuil qu'elle nous montrait, près de la fenêtre donnant sur un massif de lys et de roses trémières, ses soirées la plume à la main, dans le bureau vert sombre où elle lui servait tasse sur tasse de thé bien chaud.

La situation de Mlle Tchekhov n'était pas exceptionnelle en Union soviétique. Dans ce pays qui a subi tant de bouleversements, tant de chocs effroyables, il y a place, çà et là, pour un souffle de nostalgie, une réminiscence du temps perdu. A Moscou, la maison de Tolstoï eut longtemps pour conservateur l'une des nièces du romancier. Les visites guidées par elle n'avaient rien de ces processions sépulcrales d'un objet mort à l'autre, comme c'est souvent le cas dans les appartements-musées. Elles invitaient à une promenade où bruissait la vie, au hasard d'une enfance dans l'ombre gigantesque, mais rassurante et douce, de l'oncle Léon.

Ma première visite à la maison de Tchekhov m'impressionna profondément. J'avais 10 ans et n'avais encore rien lu de lui, vu aucune de ses pièces, mais je sortis du demi-jour de son cabinet de travail tout empli d'une sensation de mystère paisible et familier, étrangement voisine de la saveur que je devais trouver plus tard à ses textes.

A peine avais-je repris place parmi mes camarades, sur les pierres brûlantes du muret, que se produisit sous nos yeux un spectacle à l'antithèse de ce que j'éprouvais une minute plus tôt. J'étais sûrement passé plus d'une fois à côté de scènes analogues à celle qui se déroulait, mais ne les avais pas vues. Un voile d'autocensure avait brouillé mon regard. Deux ivrognes, de vrais clochards, s'avançaient comme portés par la houle. Plus ils cherchaient à se tenir droits en s'agrippant l'un à l'autre, plus ils roulaient par terre, tout en faisant un sort à une dernière bouteille de vodka. Les pionniers s'en amusaient comme d'un numéro de clowns, lançaient des quolibets plutôt bienveillants, et pour tout commentaire : « *Vsiakoïe byvaïètt* » (« Il faut de tout pour faire un monde »). Ils avaient l'habitude. Moi, pas encore. J'étais scandalisé et vaguement inquiet que ces deux loques fussent des citoyens de l'U.R.S.S. Depuis, à force de voir la chose se répéter à tous les coins de rue, je m'y suis fait, mais n'en ris pas pour autant. L'alcootest catastrophiquement positif est l'indice le plus flagrant de ce qu'il y a quelque chose de pourri au royaume du comité central.

A l'époque, je ne connaissais pas le spectacle de la rue. A Moscou, j'étais trimbalé en voiture le long des chaussées et des perspectives monumentales où nul détail n'accroche le regard, ni les vitrines, dont on ne remarque pas qu'elles sont pauvres ou pathétiquement vides, ni les passants ; tout glisse, tout se confond, tout se perd dans une vision géométrique et glacée qui me paraissait alors majestueuse.

La foule, je croyais la connaître pour m'être mêlé aux visiteurs du musée d'histoire et de l'exposition des cadeaux à Staline, des pèlerins attentifs et recueillis parmi lesquels je m'étais plu à identifier, à leurs traits typés ou à leur costume, les émissaires de lointaines républiques. L'homme de la rue, c'était l'un de ces pères débonnaires que j'avais rencontrés au zoo, où ils baladaient leur progéniture. Tiens, c'est justement là que Raymonde, Pierre, Jean et moi étions tombés, par un heureux hasard, sur une vieille copine de notre enfance à Kountsevo, Renata, la main dans la main avec son papa, Mihaly Farkas, en grand uniforme de général de l'armée hongroise et de ministre de l'Intérieur. J'apprendrais, six ans plus tard, qu'entre deux promenades en famille il aimait torturer de ses mains Laszlo Rajk et quelques autres, dont Janos Kadar.

Pourtant, je ne me trompais pas du tout au tout. Le matin même, notre otriad s'était répandu parmi les centaines d'estivants venus comme nous admirer le « Nid d'hirondelles » et le rocher de la Voile, deux attractions majeures de la côte sud. Cette sympathique cohue de citadins débarqués du nord, l'appareil photo en bandoulière, bien décidés à profiter de leurs vacances, je devais la rencontrer, un été après l'autre, jusqu'à ces derniers temps. C'est elle qui peut faire dire au voyageur pressé et qui ne sort pas des sentiers battus par l'Intourist : « Bon sang, il y a décidément quelque chose de commun entre les Américains et les Russes ! »

Le « Nid d'hirondelles » est une de ces villas étonnantes aux faux airs de château fort comme on en voit beaucoup sur la Côte d'Azur. Ce monstre d'architecture fut bâti, quelques années avant la Révolution, par un riche marchand, un confrère du célèbre Morozov, qui, avant quiconque en Occident, collectionnait Matisse et Picasso. Cette maison témoigne aussi, à sa manière, de la vigueur du commerce et des fortunes considérables qui ont pu s'amasser pendant le dernier règne, au cours de la phase de développement capitaliste accéléré que connut la Russie. Le site est impressionnant, au bout d'un promontoire, sur une falaise très étroite qui surplombe la mer des deux côtés. La bâtisse tient encore, mais on n'y a plus accès. Elle menace de s'écrouler dans les flots, à mesure que ceux-ci effritent la roche. L'allégorie me laisse rêveur.

33
Il était une fois une Buick

Sortir d'Artek, ce n'était pas seulement découvrir ses environs, mais aller à la rencontre du vaste monde. A l'époque, on pouvait voir sur les routes de Crimée d'innombrables trophées pris à l'armée allemande, de vieilles Opel, des Mercedes et des BMW d'avant-guerre. Certaines, quoique d'un modèle ancien, avaient été fabriquées plus récemment dans la zone soviétique d'occupation, au titre des dommages de guerre. Le climat de la Crimée ne connaît pas les extrêmes que l'on rencontre plus au nord, et les chemins y sont toute l'année praticables pour des véhicules répondant aux normes occidentales.

On rencontrait aussi, parmi les prises de guerre, des 402 Peugeot, une Traction de temps à autre, des camions Renault et Berliet. Ces silhouettes familières me rappelaient que l'industrie française avait travaillé, pendant quatre ans, pour la Wehrmacht. Je ne me sentais pas très fier.

Un jour, au cours d'une de nos promenades, on nous déposa pour pique-niquer sur les bords ombragés du petit golfe de Koreiz. A notre arrivée, une Buick stationnait déjà dans la pinède. Une Buick, pas un trophée. Une Buick dernier modèle, très belle, étincelante, qui bien sûr attira immédiatement les regards de tous. Sitôt sortis du car, nous fîmes cercle autour de cette merveille. J'expliquai à mes camarades ahuris que c'était le dernier modèle de la célèbre marque américaine, et que des voitures comme celle-là, ainsi que d'autres non moins impressionnantes, la General Motors en fabriquait des millions par an.

La voiture portait une plaque diplomatique, et, non loin de là, ses passagers déjeunaient paisiblement sur l'herbe. M'approchant, j'entendis qu'ils parlaient français. Il ne fallait pas être bien malin pour en déduire qu'ils appartenaient à l'ambassade de France. Je ne sais pas ce qui me prit : j'allai les saluer en français, tout en me faisant passer pour un petit Soviétique. Comme ils s'étonnaient de la correction de mon accent, je répondis que j'étais élève dans une école française, que ma famille était francophile et que, chez moi, on parlait le français. Ils étaient ravis de rencontrer une preuve vivante de l'excellence du système d'éducation soviétique. Il existe, en effet, en U.R.S.S. des écoles dites françaises, anglaises ou allemandes, où tout l'enseignement, des maths à l'histoire, est donné en français, en anglais ou en allemand. Le russe y fait quasiment figure de langue étrangère. A cela près, on y suit le même programme que partout ailleurs. Cette filière dépend évidemment de l'Education nationale et n'a rien à voir avec les écoles ouvertes auprès de certaines ambassades.

Les touristes qui se rendent en Union soviétique sont stupéfaits d'avoir affaire à des interprètes qui parlent le français ou l'anglais à la perfection sans être jamais sortis de leur pays. L'explication tient à cet enseignement qui commence dès la maternelle et se poursuit tout au long des études. En principe, tous les parents qui le souhaitent peuvent faire entrer leurs enfants dans ce type d'école. En fait, la sélection est rude et se fait à coup d'influence et de pots-de-vin.

Ce cursus particulier continue une tradition du XIXe siècle. A l'époque, comme dans d'autres pays, les familles aisées confiaient leurs enfants à des gouvernantes qui étaient des « Miss », des « Fraulein » ou des « Mademoiselle ». On a même été jusqu'à dire que les enfants ainsi élevés oubliaient leur langue maternelle. C'est une absurdité répandue par la propagande soviétique pour discréditer une aristocratie qui aurait poussé le mépris du pays au point de n'en plus parler la langue. En fait, témoins les romans de Tolstoï, les nobles émaillaient leurs conversations d'expressions françaises, mais, pour l'essentiel, parlaient russe. C'est que les gouvernantes étrangères n'avaient pas tout pouvoir. Elles ne détrônaient pas à la nursery les *niania* russes. En dehors des heures consacrées aux leçons, les enfants vivaient dans l'intimité de ces paysannes du domaine familial.

L'existence des écoles françaises rendait donc mon mensonge plausible aux yeux des diplomates en villégiature. Il se peut aussi que, sans être dupes, ils aient préféré n'en rien montrer. On était en pleine guerre froide, ils étaient en poste à Moscou et savaient fort bien qu'il était mal vu d'engager la conversation avec un autochtone, fût-ce un jeune pionnier en vadrouille.

Je retournai auprès de mes camarades, toujours en arrêt devant la Buick. Elle faisait l'objet d'une comparaison minutieuse avec la Zim nationale, limousine de luxe produite par les usines Molotov, la Zis l'étant par les usines Staline. On hésitait à décerner la palme. Je sentis que le choix ne manquerait pas d'être douloureux.

Il y avait dans le groupe un garçon d'une quinzaine d'années, notre aîné à tous, élève à l'école Souvorov. Son âge, sa belle prestance et sa qualité de cadet de l'armée lui valaient une autorité incontestée. Lorsqu'il fallait trancher, il avait toujours le dernier mot. Il n'était pas notre président d'otriad, mais nous reconnaissions en lui une sorte de chef de bande. Incapables de décider par eux-mêmes, les pionniers du groupe se tournèrent vers lui : « Qu'est-ce que tu penses, toi, dit l'un, la mieux c'est ça, ou notre Zim ? » Il fit mine de réfléchir, prit un air grave et, d'un mouvement de tête agacé, finit par lâcher : « Ça. »

Il s'ensuivit un long silence. Il fallait maintenant admettre ce dont tout le monde s'était aperçu au premier coup d'œil sans oser le dire. Une autorité morale bien plus forte que les autorités officielles, un grand, un pionnier déjà membre du komsomol, un cadet de l'armée venait de tirer l'indiscutable conclusion. Et ce mot de la fin, c'était qu'une Buick était mieux qu'une Zim.

Je sais, aujourd'hui, que le silence qui accueillit son verdict indiquait qu'une petite faille s'ouvrait dans la croyance éperdue à l'excellence du soviétisme. En ce temps-là, les étrangers étaient rares, et les voitures étrangères récentes, plus rares encore. La *Pravda* dépeignait les Etats-Unis et New York sous un jour hallucinant : dans les rues, des files de chômeurs en guenilles attendaient interminablement l'embauche, tandis que leurs enfants mouraient de faim. Certes, cette vision de cauchemar avait été partiellement réelle au début des années trente, pendant la crise. Elle correspondait aussi aux descriptions de Jack London dans *Le Talon de fer*. A lire la presse moscovite, on avait l'impression que ce tableau restait véridique, que l'Amérique était à la fois une grande puissance menaçante et un pays où sévissait le dénuement le plus absolu. Un grand nombre de Soviétiques s'imaginaient candidement qu'elle était aux mains de quatre ou cinq grands trusts, pour lesquels un peuple en haillons trimait dans des usines-prisons. Evidemment, ces images évoquaient quelque chose de familier, et le cynique mensonge n'en passait que mieux. Devant la Buick, tout à coup, on ne savait plus que penser. En existait-il vraiment des millions comme celle-là ?

Aujourd'hui, tout cela a bien changé ; les Moscovites courent comme des perdus après les objets d'importation. Enfin, pas tous : ceux qui en ont les moyens.

Il a quelques années, en France, j'ai eu l'occasion de piloter un monsieur pas très intéressant qui était le veuf d'une femme de lettres célèbre. Il appartenait donc à la classe des privilégiés, vivait des droits d'auteur de sa défunte épouse, et avait obtenu, par l'intrigue, la réédition de ses œuvres complètes, ce qui lui garantissait des vieux jours à l'abri du besoin. Moi, j'étais censé l'aider dans un travail de recherches bibliographiques. Nous avons passé notre temps à courir des Galeries Lafayette au Printemps, en passant par Hermès...

Ce monsieur me fit part, en toute innocence, d'une histoire qui me révolta, mais pour d'autres raisons que lui. Il existe à Moscou un garage d'Etat où les ambassades et les représentants agréés des firmes occidentales sont habilités à revendre leurs voitures.

Ce garage les rétrocède à des particuliers soviétiques. Bien entendu, les acheteurs se recrutent dans la crème de la Nomenklatura. Or, depuis quelque temps, mon bonhomme guignait une Toyota grand modèle, dont se défaisait l'ambassade du Japon. Il avait presque conclu l'affaire avec le directeur du garage et même déjà versé un énorme bakchich... Mais, sur ces entrefaites, le maréchal Moskalenko vint faire un tour à l'atelier, et la Toyota lui tapa dans l'œil. Malgré ses roubles, mon veuf dut s'incliner, et ce fut le maréchal qui repartit au volant de la belle japonaise. Le malheureux civil, bafoué par l'autorité militaire, tremblait encore d'indignation en me contant sa mésaventure. Et alors ? Le respect de l'armée avait été plus fort qu'un pot-de-vin ! L'honneur était sauf ! C'est ce que je répondis un peu cruellement à la victime de ce fait divers au pays de Lénine.

34
La France vue d'Artek

A Artek, je me sentais trop russe pour avoir le mal du pays. Je songeais peu à la France. Quand cela se produisait sans raison précise, et non pour répondre aux questions que les pionniers pouvaient me faire, c'était par ricochets, à des moments où force m'était de reconnaître entre mes camarades et moi des différences moins anodines que ne me le faisait croire d'ordinaire l'identité de nos convictions. Sans lui accorder trop d'importance et sans bien sûr le nommer en ces termes à l'époque, j'avais conscience du hiatus culturel que créait, par exemple, entre enfants du même âge, leur méconnaissance complète d'un domaine où je puisais, en jeune Occidental, bon nombre de mes références : la bande dessinée.

La bande dessinée n'existait pas, et n'existe toujours pas, en Union soviétique. Pas même une B.D. bien à soi, réaliste et socialiste, sans parler de la multinationale d'origine américaine. Ce n'était pas le cas dans les démocraties populaires qui n'en publiaient pas toutes dans leurs journaux, comme la Pologne, mais permettaient qu'on s'abonnât aux illustrés « démocratiques » paraissant en France et en Italie. En U.R.S.S., il n'en était pas question. Les cryptocommunistes Pif le chien, Placid et Muzo, Compagnons de l'Espérance et Yves le loup, dont je suivais les aventures dans l'hebdomadaire *Vaillant*, ancêtre du *Journal de Pif*, n'avaient pas mieux obtenu leur visa que Tintin et Milou, Mickey Mouse et Superman. « Comment peut-on être persan ? » Par bouffées, je m'étonnais semblablement que mes copains pussent vivre sans connaître Babar, Zéphyr et ce coquin d'Arthur, ni savoir que notre Artek était la réplique vrai de Célesteville.

Un seul héros du panthéon imaginaire de l'enfance leur était familier, Tarzan. Ils n'avaient jamais eu accès aux romans de Burroughs, ni aux bandes dessinées inspirées d'eux, mais l'avaient tous vu au cinéma. Dans les années de l'après-guerre, par une de ces inexplicables dérogations à la règle de l'autarcie, toute la série des premiers *Tarzan* tournés à Hollywood fut récupérée en Allemagne et largement diffusée dans les salles de quartier et les ciné-clubs de village. Aussi le cri de l'homme-singe retentissait-il souvent dans les sous-bois de l'Ours-Montagne.

Un pionnier me demanda un jour : « Si mon père allait en France, il serait fusillé, n'est-ce pas ? » Son père n'était pas militaire, ni même responsable politique, mais travaillait comme ingénieur sur un grand barrage. Ce garçon imaginait simplement que tout Soviétique entrant sur notre territoire était immédiatement appréhendé par les gardes-frontières et passé par les armes. J'eus beaucoup de mal à lui expliquer que l'U.R.S.S. disposait, en France, d'une ambassade et que ses citoyens étaient nombreux à Paris, sans être autrement inquiétés. Mais quel poids mon témoignage pouvait-il avoir en comparaison des films suscités par la guerre froide, où les méchants impérialistes n'avaient qu'une idée en tête, exterminer les Russes jusqu'au dernier ?

Cependant, à côté de la mythologie officielle en courait une autre, clandestine, qui concernait les biens de consommation. Sous Staline, il n'y avait pour ainsi dire pas de tourisme étranger, et l'économie parallèle alimentée par les produits achetés en fraude n'existait pas encore. Mais on murmurait des choses qui valurent à plus d'un quelques années de camp.

Au retour de la guerre, des soldats avaient rapporté d'Allemagne des montres, des appareils photo, des coupons de tissu, des chemises en nylon, des chaussures, des conserves, butin pris sur l'adversaire ou objets acquis par le troc à Berlin, cet incroyable marché noir sur un champ de ruines. Rien de cela n'était disponible en Union soviétique, et les rumeurs sur la qualité des produits occidentaux n'en persistaient que mieux, même si le bon peuple les croyait réservés, là-bas, à une poignée de capitalistes.

Les autorités décidèrent de réagir. Leur campagne idéologique eut recours à différents moyens, comme, par exemple, le dessin animé. Il était une fois une forêt bienheureuse, où moineaux, rossignols et mésanges chantaient en cœur de jolies mélodies russes. Il y avait aussi une pie, méchante tout autant que sotte. Un jour, interrompant de ses jacassements leurs délicieux gazouillis, elle tint à peu près ce langage : « Paysans, pauvres attardés, vous n'y êtes plus. Ce que vous chantez-là, c'est passé de mode, ça n'a plus le moindre intérêt. » Et notre pie de s'envoler au loin en quête de nouveaux refrains. Les jours passèrent. Un beau soir, les animaux de la forêt virent se poser, sur la plus haute branche du sapin de la clairière, un étrange volatile pourvu d'énormes lunettes noires, d'un gilet jaune à carreaux et d'un nœud papillon rouge. L'ovni lança d'une voix criarde, à laquelle ils reconnurent la pie, une abominable cacophonie, où le spectateur pouvait reconnaître, quant à lui, une parodie de jazz. Le spectateur, mais pas les petits lapins, ni les petits hérissons, ni les petits écureuils, qui se tapaient sur le ventre, s'écroulaient de rire, l'incitant à faire de même. Tous les animaux finirent pas chasser du bois l'oiseau grotesque, afin de permettre à leurs gentils camarades de reprendre tout à leur aise les jolis airs du folklore russe.

La pie, c'était l'incarnation du cosmopolitisme, ce courant pernicieux, « antipopulaire », pénétré d'idéologie bourgeoise, qui menace constamment d'imprégner et de pourrir la conscience socialiste par les moyens sournois du gadget vestimentaire et audiovisuel.

Cela dit, dans la représentation officielle, l'Occident du déclin et du stupre, qui propageait les maladies honteuses de l'âme, était aussi la terre des luttes héroïques célébrées dans les hymnes du mouvement ouvrier. Le grand chanteur noir Paul Robeson, figure éminente du Mouvement de la paix, venait s'en faire l'interprète à Moscou et jouissait, parmi les pionniers, d'une popularité extraordinaire. Trente ans plus tard, revenu de ses illusions sans que l'Amérique les lui pardonne, il se meurt de solitude et de misère quelque part aux Etats-Unis.

En 1953, la première chose que les pionniers me demandèrent fut de leur chanter la « Chanson des dockers français ». A ma confusion, je ne voyais pas de quoi ils voulaient parler. Le détachement l'entonna alors dans sa version russe. C'était la première fois que j'en entendais la musique. Eux, ils croyaient que son refrain était sur toutes les lèvres du peuple français en lutte. Je demandai qu'on m'en fît parvenir de Moscou le texte français. Au paroxysme de la confusion, je pus y lire ledit refrain : « Jamais, jamais, le peuple français ne fera la guerre à l'Union soviétique », phrase historique prononcée par mon père au XIIe congrès du P.C.F.

Mes camarades peuplaient la France de héros dont la plupart ne se fussent pas reconnus dans l'image que l'on donnait d'eux. Henri Martin, qui avait refusé de faire la guerre d'Indochine et payait son courage d'une lourde peine de prison, devenait le flambeau des nations opprimées en lutte contre le colonialisme, mais sous les traits d'une force de la nature, d'un Robin des Bois qu'il n'avait jamais été, déformation qui, à mes yeux, amoindrissait plutôt son mérite. Mais comme l'imagerie naïve et ses erreurs incarnaient aussi mes espoirs, je gardais le silence sur ce genre de choses.

Le tableau qu'ils se faisaient de l'actualité en France dramatisait à outrance la réalité dont j'étais directement témoin. Leur peinture des luttes d'un prolétariat férocement écrasé n'éveillait en moi aucun souvenir direct. J'hésitais cependant à contredire leur version. Je me disais que leur image était peut-être plus conforme à la vérité que mon expérience. A y bien réfléchir, certains événements que j'avais vus de près laissaient effectivement paraître l'âpreté des combats : après tout, Duclos venait de faire de la prison. Le calme n'était qu'un leurre : en deçà des apparences de paix qu'il m'était donné de voir dans ma vie de lycéen, la réalité des affrontements était bien celle que décrivaient les pionniers.

Inévitablement, des pionniers me demandèrent plus d'une fois si j'avais rencontré Maurice Thorez. Il était de ceux qu'ils admiraient à l'égal de leurs propres dirigeants, un tout petit nombre, trois ou quatre noms en plus du sien : Togliatti, Mao, la Pasionaria. Ils avaient tous lu un digest de *Fils du peuple*, retraduit en français comme livre de classe à l'usage des écoliers qui apprenaient notre langue. A leur question tant de fois répétée, je répondais, rougissant et baissant les yeux : « Ça m'est arrivé. » Le secret était sauf, sans dommage pour mon prestige.

35

Artek et le reste du monde

« *Staline èto mir*. » « Staline, c'est... », en russe, le mot *mir* désigne à la fois « la paix » et « le monde ». Le slogan affiché en tout lieu était on ne peut plus clair : le Guide bien-aimé incarnait à lui seul l'Etre et l'Espérance de tous les hommes.

Nous autres Artékiens, ses fidèles parmi les fidèles, nous percevions l'univers à travers Lui, depuis le fief qu'Il nous avait octroyé, ce paradis sur terre, ce petit coin de Crimée qu'Il avait érigé en République des foulards rouges. Artek préfigurait l'accomplissement de l'histoire et nous lisions l'histoire en train de se faire, départagions les bons et les méchants, aimions ou haïssions selon les principes qu'on nous y inculquait.

En somme, le reste du monde était le prolongement d'Artek. Il y avait le mal, exaspération des défauts que nous traquions en nous-mêmes, la cruauté, l'égoïsme, la veulerie et, à l'échelle des nations, l'oppression du grand capital, l'individualisme petit-bourgeois, la lâcheté des résignés. Il y avait le bien, toutes les vertus auxquelles nous tendions et qui triomphaient dans le camp socialiste, avec à sa tête l'Union soviétique.

Sur notre territoire fleurissaient des panneaux célébrant l'humanité en marche. Au premier plan, un grand drapeau, celui de l'Union soviétique, fermement tenu par un ouvrier et une kolkhozienne, sosies du couple sculptural présenté à l'Exposition universelle de 1937. Légèrement en retrait, en un peu plus petit, celui de la République populaire de Chine, aux mains d'un soldat de l'armée de libération et d'une vaillante va-nu-pieds des rizières. Puis, comme un patchwork brandi en arrière-plan par une foule indistincte, les drapeaux polonais, tchécoslovaque, hongrois, etc. La grande famille du socialisme ne manquait pas d'allure et chacun y était à sa place.

Si, dans nos droujines, les représentants des peuples en lutte se comptaient à l'époque sur les doigts de la main — un été, quatre Français ; un autre, un Français, une Brésilienne et une Argentine ; un troisième, un Français tout seul — ceux des nations délivrées des exploiteurs faisaient nombre, encore qu'il n'en vînt jamais plus de trois ou quatre contingents à la fois, de vingt ou trente pionniers chacun, qui se perdaient dans la multitude artékienne.

Deux années de suite, 1952 et 1953, il me fut donné de séjourner dans l'intimité des pionniers tchécoslovaques, dont le détachement partageait le pavillon affecté à mon otriad. Leur capitale m'avait séduit, leur pays me faisait rêver, j'allais vers eux tout empli de gratitude. A mi-chemin entre Paris et Moscou, comme je le savais pour y faire escale à chacun de mes voyages, la Tchécoslovaquie nouvelle (encore un de mes livres de chevet : *Pět let noveho Československa [Cinq Ans de Tchécoslovaquie nouvelle]*) me paraissait un avant-goût de la France socialiste. Car ce pays neuf s'édifiait sur un socle de culture ancienne, de tradition citadine à laquelle la bourgeoisie avait donné le meilleur d'elle-même avant de passer la main, sans excès de violence, à son héritier historique, la classe ouvrière.

A l'époque, le verdict de Prague avait été rendu. Comme sa femme, comme ses enfants, je ne doutais pas que London fût coupable. Il avait avoué. Il expiait son crime. Les communistes avaient déjoué l'abominable complot. La juste cause l'avait définitivement emporté dans cette démocratie populaire que mon délire quasiment amoureux me faisait voir comme une sorte de Suisse au camp socialiste, industrieuse et prospère, où Lise, Françoise, Gérard et Michel surmonteraient leur peine grâce à la sollicitude affectueuse du Parti et en prenant leur part de sa noble tâche.

Je proposai, un jour, à quelques pionniers tchécoslovaques la visite de mon musée secret. Comme tout gamin, je transportais sur moi un petit barda hétéroclite précieusement conservé dans un écrin fétiche. C'était une boîte laquée sur laquelle était peint Staline. Ça l'est toujours : je la possède encore. D'entre mes trésors, je tenais surtout à leur montrer un timbre de chez eux, pas très ancien — trois ou quatre ans — à l'effigie du président Beneš. Beneš avait succédé à Masaryk, fondateur de l'Etat tchécoslovaque. Après Munich et la trahison des puissances occidentales, ce bourgeois de gauche avait cru, avec tout son peuple, que seule l'alliance avec l'U.R.S.S. permettrait la renaissance et garantirait l'avenir de la nation. Revenu aux affaires à la Libération, il avait entériné, en 1948, le « coup de Prague », accepté la démission des ministres non communistes, mais renoncé bientôt à ses fonctions, cédant la place à Gottwald, secrétaire général du P.C. Il était mort peu de temps après. En somme, à mes yeux d'alors, c'était une figure historique qui avait fait son temps, mais pas un ennemi.

A ma stupéfaction, une pionnière s'empara du timbre, lui cracha dessus et le déchira en petits morceaux. « Comment avais-je pu, me dit-elle, conserver ce portrait d'un social-traître vendu à l'impérialisme, d'un lâche que le pays préférait oublier ? Si j'aimais vraiment la Tchécoslovaquie, il me fallait oublier, moi aussi, jusqu'à l'existence de ce bandit ! » Je fis mon autocritique. Les Tchécoslovaques me gardèrent leur amitié.

J'avais beaucoup moins d'affinités avec les pionniers de la R.D.A., bien que je n'eusse aucun parti pris contre l'Allemagne. Mon père m'avait appris à aimer sa culture et sa langue, qu'il connaissait bien l'une et l'autre. L'allemand était la langue de Marx et d'Engels, que mon père avait fait l'effort de lire dans le texte, celle de Heine et de Goethe, dont il m'avait offert des éditions originales.

Malgré ces bonnes raisons, les pionniers de la R.D.A. me laissaient sur la réserve. Ils en faisaient un peu trop. Au rassemblement, leur garde-à-vous était impeccable. Dans les défilés, ils marchaient au pas mieux que nous tous, leur tambour était un virtuose et leur porte-fanion, le seul à Artek qui sût jongler avec son emblème. Le matin, ils exécutaient les mouvements de gymnastique avec une opiniâtreté qui me faisait honte et, dans les compétitions de l'Artékiade, enfin, leur petit groupe de vingt rafla presque toutes les médailles au nez des Soviétiques. Et en plus de cela, ils n'arboraient pas un foulard rouge, comme tout le monde, mais bleu, les nazis ayant discrédité en Allemagne la couleur rouge.

Les pionniers chinois, je ne fis hélas que les apercevoir. En 1952, ils repartirent pour leur lointain pays moins d'une semaine après mon arrivée. Mais ce fut assez pour tomber sous leur charme et constater qu'ils jouissaient d'une popularité inégalée. Ils étaient beaux et l'esprit de discipline ne semblait pas avoir entamé leur goût pour un certain désordre joyeux. Ils s'essayaient à parler russe, et leur sabir incompréhensible faisait l'objet de plaisanteries auxquelles nous mettions une infinie tendresse. Quand la conversation ne passait décidément pas, ils se ruaient sur l'un des quatre interprètes mis à leur disposition. A la fin de la journée, ces malheureux étudiants moscovites, qui n'avaient pourtant la charge que de vingt-cinq enfants, sombraient dans un mutisme hébété.

Monitrices, éducateurs, infirmières, toutes et tous

se laissaient doucement tyranniser. Les petits Chinois étaient adorables et, surtout, leur présence validait nos espoirs. Nous chantions pour eux :

« *Rousskie, kitaïtsy, bratsy na vièk...*
Maskva-Pekine, Maskva-Pekine, idout, idout, narody...
Staline i Mao slouchaiout nas, slouchaiout nas... »

« Les Russes et les Chinois sont frères à jamais...
Moscou-Pékin, Moscou-Pékin, les peuples sont en marche
Staline et Mao sont à notre écoute, à notre écoute... »,

des paroles russes sur une mélodie chinoise, afin de symboliser la grande alliance et sonner le glas de l'impérialisme. Que pouvait-il contre elle ?

Cinq ans plus tard, dans le jardin d'une datcha près de Leningrad, je bavardais avec les chauffeurs de notre cortège. C'était moins d'un an après l'automne polonais et la tragédie de Budapest. Nous discutions politique et ils faisaient tristement le maigre compte des vrais amis, des alliés les plus sûrs de l'U.R.S.S. Pas la Pologne ni la Hongrie, évidemment. La R.D.A. ? Elle ne demandait qu'à rejoindre l'Allemagne de Bonn. Les Tchèques, tous des faux jetons. Sans parler des Roumains. Restaient les frères bulgares, ces Russes des Balkans, des fidèles à la vie à la mort, mais ils n'étaient pas dix millions. « Ah, camarades », soupira l'un des chauffeurs. Puis d'une voix plus ferme : « La Chine, camarades, la Chine, voilà notre seule amie, et, quand on a une amie comme celle-là, pas besoin d'en avoir d'autres. »

Mes camarades d'Artek n'en étaient pas encore aux considérations de ce genre, ni aux terribles désillusions qu'entraînèrent par la suite les coups de griffes entre sœurs haineuses sur le fleuve Amour, ce prétendu conflit idéologique qui devait en fait mettre aux prises deux ambitions rivales, deux systèmes identiques, à quelques détails près. Il a dressé deux peuples l'un contre l'autre au nom du même mensonge, au moyen de la même machine à fabriquer des robots et des morts.

Les frères d'hier sont aujourd'hui ennemis, mais les pionniers soviétiques et chinois, s'ils ne chantent plus en chœur, sont restés ce qu'ils étaient, les mêmes anges porteurs de vérité prêts à voler en tout lieu au secours de la bonne cause, à punir l'infâme et à soutenir les justes, Karmal en Afghanistan ou Pol Pot au Cambodge.

36
Un finale en apothéose

Le sommet du rituel en même temps qu'un point final grandiose mis à nos six semaines de vacances étaient atteints avec la grande parade des quatre droujines, suivie d'un feu de camp théâtralisé, qui se prolongeait fort avant dans la nuit. Cette double cérémonie déroulait ses fastes dans l'arène demi-circulaire du camp d'En-bas, entourée de gradins qui pouvaient accueillir tout le monde. Elle commençait en début d'après-midi, mais, comme à l'armée, nous étions tous fin prêts dès 9 heures du matin.

On nous distribuait, la veille, des tenues de sortie immaculées et fraîchement repassées, mais la plupart des filles poussaient la coquetterie jusqu'à consacrer la soirée à en parfaire les plis et à leur imposer le même lissé impeccable qu'aux larges rubans roses ou blancs dont elles ornaient leurs tresses. Les garçons en profitaient pour demander à ces demoiselles de donner un coup de fer à leur foulard rouge. Nous déjeunions plus tôt qu'à l'accoutumée, puis embarquions, otriad après otriad, dans les autocars qui faisaient une navette incessante.

Mille ou douze cents pionniers se rassemblaient en bon ordre dans les allées du camp d'En-bas adjacentes à l'arène, où prenaient place pendant ce temps, sur un podium équipé de micros, les quatre accordéonistes et la trentaine de tambours dépêchés par le Tout-Artek. Deux ou trois minutes avant la parade s'installaient, à une tribune aménagée dans les gradins, les membres de la direction du camp et les invités d'honneur. Pour cette ultime fête, il y en avait toujours au moins un : je me souviens d'avoir ainsi aperçu Molotov, Walter Ulbricht, Novotny, Indira Gandhi ou quelques autres. Ainsi, tout se passait comme à Moscou, lorsque dans les rues voisines de la place Rouge se forme, par rangs de six dûment contrôlés par la milice, le cortège populaire admis à défiler devant les chefs, lesquels apparaissent à l'heure H moins quelques secondes au balcon du Mausolée.

Après un appel de clairon, le même qui annonce la liniéika du matin, une marche militaire retentissait. Droujine après droujine, les drapeaux étaient déployés et nous entrions en piste au pas de parade. Puis les détachements s'alignaient en rangs, l'un après l'autre, face à la tribune d'honneur. Ce rassemblement dépassait en nombre et en solennité ceux auxquels nous assistions chaque jour. La directrice d'Artek recevait directement le rapport des présidents de soviet de droujine, après quoi elle commandait l'envoi des couleurs. A cet instant, tandis que les pionniers saluaient le drapeau qui montait au mât, un moniteur allumait l'énorme bûcher entassé à un bout de la piste. Les détachements gagnaient alors leur place sur les gradins, et le spectacle commençait.

Chaque droujine présentait ce qu'elle avait de meilleur, ses gymnastes, ses musiciens, ses chanteurs, les solistes les plus brillants alternant avec les numéros de groupe et les ensembles choraux. On s'ingéniait à interpréter des chansons qui ne fussent pas sur toutes les lèvres, mais appartinssent néanmoins au grand répertoire. Le choix étant mince, on tâchait de se montrer original dans l'interprétation. Ainsi, avec mon otriad du camp n° 3, je participai à une sorte de comédie-ballet, chantée et dansée sur l'air de l'hymne du Parti :

« *My dielou Lenina i Stalina vierny.* »

« Nous croyons en la cause de Lénine et Staline. »

Les filles brandissaient des couronnes de fleurs et les garçons des drapeaux rouges, tout en enchaînant d'un pas décidé une suite de poses plastiques du meilleur effet.

Les pionniers étrangers profitaient eux aussi de

l'occasion pour faire la démonstration de leurs talents particuliers. Ils proposaient le plus souvent des danses de leur pays. Les plus prévoyants, qui n'avaient pas reculé devant le poids des bagages, étaient en costume folklorique. Au long des années, je pus voir des danses tchèques, hongroises, allemandes, polonaises, roumaines, bulgares, chinoises, vietnamiennes, et j'en passe.

Pour ma part, je ne fis jamais mon apparition que dans des numéros collectifs. Le soviet de droujine me demandait naturellement d'officier en solo, une participation française faisant bien dans le décor, mais j'opposais toujours un refus aussi ferme que poli. Je ne savais jouer d'aucun instrument, et chanter une petite chanson devant une telle assemblée était au-dessus de mes forces. De plus, j'avais gardé le souvenir de ma première grande parade. Pierre Guyot s'était fait coincer. Il avait promis de réciter *La Colombe et la Fourmi*, mais quand il s'était retrouvé tout seul devant le micro, face à quinze cents personnes, tremblant de tous ses membres et la voix chevrotante, il n'avait pu atteindre le bout de sa fable. Il obtint néanmoins un triomphe.

Comme de juste, le programme était présenté par un petit couple de pionniers joyeusement lyriques. Au regard de leur cabotinage, Danièle Gilbert et Guy Lux feraient pâle figure ! Chaque participation étrangère était précédée d'un petit speech du genre : « L'amitié ne connaît pas de frontières, nos cœurs battent tous d'un seul élan, les ténèbres seront vaincues par la lumière, pour la paix, en avant ! Voici, venus d'un pays lointain en kilomètres mais proche de nous par le cœur, voici les pionniers de... »

Toute la fête était dédiée à une sorte de dieu tutélaire, jusques et y compris en été 1955, avec moins d'éclat, toutefois. Il y avait au fond de l'amphithéâtre un gigantesque portrait de Staline dans un cadre de lampes multicolores qui s'allumaient la nuit venue. A plusieurs reprises, au cours du rituel, les pionniers se tournaient vers lui et s'écriaient d'une seule voix : « Merci au grand Staline pour notre enfance heureuse ! » A la fin de la soirée, nous entonnions à pleins poumons un chant à sa gloire, de préférence la *Cantate à Staline*, l'un des premiers chefs-d'œuvre que j'eusse appris en arrivant à Artek :

« Dans les immenses espaces de notre patrie merveilleuse
Trempés par les combats et le travail,
Nous avons composé une chanson joyeuse,
Sur le Grand Ami, sur le Guide,
Staline, c'est notre gloire combattante,
Staline, c'est notre jeunesse qui chante,
Toujours vainqueur, une chanson aux lèvres,
Notre peuple marche derrière Staline. »

« *Nach narod za Stalinim idiott.* »

Staline était omniprésent, mais cette omniprésence nous rassurait.

Il savait tout, comprenait tout, veillait sur et pour nous. A Moscou, on montrait la petite fenêtre toujours allumée à un étage du palais du Kremlin : Il était là, Il travaillait. Ses rares apparitions en public et les bandes d'actualités, moins nombreuses que les films de fiction où un acteur lui prêtait sa forte carrure, nous découvraient un brave pépé, chenu et tassé, l'air tout simple dans sa petite vareuse, le contraire du colosse médaillé des portraits officiels. Mais ce contraste, au lieu de faire craquer l'image mythologique, de la tuer sous le ridicule, suscitait au contraire une autre composante du culte. On admirait la modestie et la gentillesse de cet homme plus grand que les hommes.

C'est ainsi que le connaissaient mes parents. Il avait de l'estime pour mon père et vint s'entretenir plus d'une fois avec lui, en toute simplicité, pendant sa convalescence. Je ne l'ai jamais rencontré, ou de si loin que cela ne vaut pas la peine de le mentionner, mais mon frère cadet, en revanche, conserve de lui un certain souvenir, ou se souvient plutôt des récits qu'on lui a faits de leur rencontre.

C'était à l'époque où mon père se soignait en Union soviétique. Pierre avait 4 ou 5 ans et lui tenait compagnie. Naturellement, il était la mascotte, le petit chéri des gardes. Ces gardes, comment pourrais-je, aujourd'hui encore, ne voir en eux que d'affreuses brutes du K.G.B. ? Ils étaient jeunes, sympathiques, et partageaient nos jeux d'enfants. Ils avaient offert à Pierre une casquette d'officier et des épaulettes de commandant.

Staline, venu en visite, tomba en arrêt devant lui :
« Et alors *(nou kak)*, tu es commandant ?

— Oui, camarade Staline.

— Tu ne préférerais pas être maréchal ?

— Non, camarade Staline, c'est aussi bien d'être commandant. »

Et Staline de conclure : « Il est très sage, cet enfant, il ira loin. »

En dehors de cet épisode souvent cité comme illustration de son caractère débonnaire, on parlait très peu de Staline dans ma famille. Il était une sorte de présence immanente, mais comme de Dieu, dans la religion juive, on n'en disait rien. Mon père avait un portrait de lui dans son bureau. Je ne saurais dire à quelle date il disparut, mais ce fut assez tard. C'était un beau portrait du reste, qui n'avait rien à voir avec ceux de l'iconographie officielle. Ce n'était pas non plus le *Staline* de Picasso, mais une aquarelle, ou une gouache, en noir et blanc, figurant un Staline jeune et assez ressemblant.

A la fin de l'hiver 1952-1953, mon père se trouvait encore en Union soviétique, où ma mère l'avait rejoint. Nous vivions, Jean, Pierre et moi, avec nos chers Baptistin et Nini. On était en pleine affaire des « blouses blanches », la campagne d'accusation orchestrée par la propagande soviétique contre plusieurs médecins de tout premier plan, arrêtés quelques semaines plus tôt, et qui devaient être libérés et réhabilités le printemps suivant. Pour l'heure, Radio-Moscou et la *Pravda* annonçaient qu'ils étaient depuis longtemps à la solde de l'impérialisme, avaient assassiné Jdanov et bon nombre d'autres dirigeants, et que Staline aurait pu être leur victime suivante. Mon père s'était trouvé, pendant plus de deux ans, entre leurs mains. Inutile de décrire notre angoisse rétrospective et notre soulagement de savoir ces criminels sous les verrous.

Un soir, je vis mon frère rentrer à la maison la mine défaite, *Le Monde* à la main. Un gros titre barrait la une : « Staline atteint d'hémorragie cérébrale. » Je ne mesurais pas la signification de cette nouvelle. Mon frère, plus âgé, comprenait bien qu'il n'y avait plus d'espoir et que l'on préparait ainsi l'opinion. Moi, la gravité de la maladie ne laissait pas de m'inquiéter, mais je ne pouvais simplement pas imaginer que Staline pût mourir.

La semaine suivante, au lycée, des camarades qui avaient écouté les informations du matin m'apprirent que Staline était mort. Je m'en fus me cacher dans un coin pour y pleurer pendant des heures.

37
Le retour

A 10 ans, j'étais un enfant nerveux. A 15, l'on était unanime à me tenir pour un adolescent raisonnable et posé. Lors de mon dernier séjour à Artek, ceux des adultes qui m'avaient connu à chacun de mes passages, de la directrice aux matelots du *Pavlik Morozov*, ne manquèrent pas de me dire tout le bien qu'ils pensaient de mon évolution. Ils me reconnaissaient une qualité d'expert en questions politiques, et cette maturité exceptionnelle était tout à mon honneur, me disait-on, mais plus encore à celui de mes parents. Je n'aurais pu mieux coïncider avec l'image que leur suggérait mon nom enfin révélé. Une image parfaite.

Mais, moi, où en étais-je ? Tout bien considéré, je prenais plaisir à me confondre avec cette image d'enfant modèle et je la cultivais, non sans orgueil, en toute sincérité. Artek m'avait conquis à jamais. J'y avais vu la réalité du socialisme, et trouvé l'assurance que l'homme qui mûrissait en moi aurait sa place dans un monde dessiné comme une projection de la droujine. Afin de la mériter, je m'efforçais de faire ce que mon éducation me désignait comme utile et juste. Informé des choses que je ne devais pas révéler, je prenais à cœur les exigences du secret. J'étais prisonnier d'un cercle magique.

Pendant trois ans, je parvins à maîtriser, sans toutefois les réunir en une seule et même personne, les deux êtres qui cohabitaient en moi, Pavlik, le komsomol dans l'âme, le fils de ses parents, le « petit poulet » de sa chère Nini, et Thorez, 2e A, 1re A, philo, le balèze en français-latin-grec qui tâchait enfin de s'accrocher aux maths, le prix d'excellence de sa classe, présenté au Concours général. Chacun dans son genre, ils donnaient toute satisfaction à leurs proches et à leurs maîtres.

Plus qu'une brèche douloureuse, il y avait entre ces brillants sujets une rivalité stimulante, bien que leur acharnement à empiéter l'un sur l'autre n'allât pas sans entraîner d'étranges confusions et une tendance à l'excès. Au lycée, j'étais un dandy lettré, réactionnaire sur les bords. A la maison, une tête bien-pensante, mais aussi un gamin attardé aux amusements puérils. En certaines occasions, l'un et l'autre, ou ni l'un ni l'autre, lorsque j'étais en représentation. A cet égard, mon frère aîné et moi, nous avions le même comportement, sans doute pour les mêmes raisons. Elsa Triolet nous appelait les Grands-Ducs, et nous donnions du baisemain à mesdames les épouses des dirigeants du Parti. Mais nous avions aussi le même refuge suprême : la lecture. Balzac, Stendhal, Flaubert,

Proust, je n'avais plus à me demander si j'étais un, si j'étais deux, je devenais cette multiplicité de destins.

Cependant, le monde craquait. Il y eut le XXe Congrès du P.C.U.S. et le rapport secret de Khrouchtchev. Il y eut l'octobre polonais, puis Budapest. Cette année 1956, des discussions interminables et très dures m'opposèrent plus d'une fois à ma mère. Mais, dans l'ensemble, Pavlik et le candidat au bac tinrent le coup, chacun de son côté. Selon le public et les circonstances, ces tragédies en série m'inspiraient des commentaires opposés. Il en allait de même pour la guerre d'Algérie, l'affaire de Suez, le 13-Mai. Je fis l'hallucinante expérience du double langage, benoîtement d'abord, mais à la longue ce parcours m'entraîna au bord du suicide. Le komsomol et le bon élève tombèrent en poussière sous les atteintes d'une même érosion. En khâgne, la montagne accoucha d'une souris. Pour le reste, je me mis à dériver au jour le jour de diversion en diversion, à la recherche du monde réel. J'avais pour moi les livres, la musique, la peinture. J'avais, quoi qu'il advînt, l'affection de mes parents. J'eus bientôt des amis, des amours. Bref, sous les espèces de la bohème, en passant tour à tour du tréfonds du désespoir aux plus naïves espérances, je me mis à aimer la vie comme elle venait.

J'en étais là l'été de 1959, à Miskhor, où nous passions les vacances en famille. Artek n'était pas bien loin, à quelques kilomètres au-delà de Yalta. Je me sentis tout heureux, ainsi que mes deux frères, anciens Artékiens eux aussi, lorsque mon père nous annonça qu'il avait accepté d'être l'invité d'honneur de la grande parade. Il nous avait naguère fait découvrir les lieux de son enfance, les houillères du Pas-de-Calais et le village de Clugnat, dans la Creuse, où il avait vécu en jeune réfugié la guerre de 1914. Nous allions à notre tour le mener du côté de nos souvenirs. Quant à moi, j'attendais peut-être de ce pèlerinage qu'il fît resurgir quelque chose de la foi de mes 10 ans, tout en appréhendant de m'asseoir à la tribune parmi les huiles, de l'autre côté de la barrière.

Une vedette lance-torpilles autrement plus moderne que l'*Artek* ou le *Pavlik Morozov* nous conduisit en moins d'une heure de la plage privée dont nous jouissions à l'appontement du camp d'En-bas. Comme chacun de nous, je prenais le plaisir le plus vif à ces courses à cent à l'heure au ras des flots, la proue cambrée, la poupe seule plongeant dans la mer qu'elle faisait rejaillir au soleil en falaises de feu. Ralentissement, comme un trou d'air, comme si nous allions tous piquer une tête. La vedette aborda la jetée sur laquelle, neuf ans plus tôt — une éternité — je me mettais au garde-à-vous pour la liniéika.

Les bras chargés de fleurs, le foulard rouge de bienvenue autour du cou, nous gagnâmes l'arène entre deux haies de petits pionniers enthousiastes. Saisi d'une sorte d'ivresse, je reconnaissais au passage des visages, des infirmières, des moniteurs que j'avais connus, mais en guise de retrouvailles chaleureuses, je n'avais droit qu'au bain de foule, sous le regard vigilant de notre escorte. Notre arrivée sur la tribune donna le signal de la parade.

A mesure que les enfants défilaient et s'alignaient en rangs, tantôt, renouant avec mon passé, je plongeais dans le rituel, je me laissais gagner par sa ferveur, tantôt je décrochais, submergé par une vague d'absurde. Je ne savais plus qui j'étais. Le spectacle qui se dévidait sous mes yeux était bien réel, puisque j'y avais naguère tenu un rôle, mais tant de choses étaient advenues depuis qu'il me paraissait soudain fantastique, inadéquat, d'un autre monde. Recouvrer la candeur d'antan m'était impossible, mais le refus et le désaveu ne l'étaient pas moins. J'avais mangé la kacha d'Artek. Grâce à mon père, qui était là, tout près, répondant au salut des pionniers de son grand, de son inimitable sourire.

Je ne pouvais me détourner, mais pas davantage être dupe. Depuis 1956, il commençait à y avoir un nom sur les choses. Je me souvenais tout à coup que les parents de la plupart de mes anciens camarades disposaient d'une voiture, d'un grand appartement, d'une datcha, nous en parlions à l'heure de la sieste ! Mais qui roulait en voiture en Union soviétique ? Ces enfants devant moi, comme ceux parmi lesquels j'avais accompli ces mêmes gestes, appartenaient à la classe privilégiée, administrative, académique, culturelle, scientifique. Le régime alimentaire d'Artek était pantagruélique, mais au XXe Congrès, Khrouchtchev avait déclaré qu'en Ukraine la famine, non pas des difficultés ponctuelles d'approvisionnement ou un manque passager de viande, mais la famine dont on meurt, avait sévi jusqu'au début des années cinquante. J'avais vu depuis les longues files d'attente devant les magasins. Je vacillai. La rencontre de plein fouet avec le rêve éveillé de mes 10 ans faisait mal.

Alors, une fois encore, une voix résonna, qui n'était pas la mienne. Elle m'insufflait un nouveau sentiment d'unicité, fût-elle factice. Je me disais, on me disait, ça disait : « Je fais mon métier. » Peu importait que cela me plût ou me révoltât, que je fusse à la fête ou au désespoir, je portais un titre et me devais de l'honorer. J'étais le fils de mon père en visite semi-officielle. Voici que la machine à éduquer d'Artek, celle qui m'avait naguère façonné, se remettait en marche : je devais garder mes questions pour moi et tenir le rang qui incombe au fils d'un grand ami de l'Union soviétique, chef des luttes héroïques du peuple français. Je ne le faisais pas pour mon père, qui ne m'en avait jamais tant demandé et eût été le plus malheureux des hommes s'il avait perçu ma détresse. Il ne s'agissait nullement de piété filiale ou familiale, mais d'une exigence de la vie publique. Il me fallait m'y plier.

Vers la fin de la fête, Maurice Thorez prononça pour la circonstance quelques mots qui n'étaient pas bêtement « de circonstance », et que mon frère Jean traduisit avec brio. Puis tout le monde alla danser. Je me jetai éperdument dans cette dernière polka à Artek...

38
Chez le prince Youssoupov

Depuis Soljenitsyne, le continent soviétique s'est dilué dans l'image paradoxale et terrifiante d'un archipel, le Goulag. Un autre archipel, le complément et l'inverse du premier, éparpille ses dépendances sur le territoire de l'Union, de préférence là où il fait bon vivre, au bord de la mer, dans les villes d'eau, mais aussi dans les beaux quartiers et les alentours bucoliques de la capitale et de toute cité importante. Cet archipel non moins secret ni moins vaste, c'est celui des rues interdites au public et des domaines militairement gardés, où se cachent les résidences réservées aux membres du politburo, aux maréchaux et aux personnalités étrangères assimilées par le rang.

Cet été de 1959, mon père et les siens n'étaient plus les hôtes posthumes du tsar Alexandre III, à Massandra, mais ceux du prince Youssoupov, en son château de Miskhor, une folie d'inspiration vénitienne, avec deux énormes lions de pierre en faction devant le perron. Toutes les demeures de ce genre par lesquelles nous passâmes avaient quelque chose de factice et d'anonyme qui nous mettait mal à l'aise. Un intérieur neutre, interchangeable, standardisé. Le même mobilier cossu, les mêmes lourdes chaises revêtues d'une housse de lin blanc, aussi bien dans les palais princiers de la Crimée que dans les datchas modernes de la

Riviera caucasienne. Alors, nous nous arrangions toujours quelque coin de véranda, avec des sièges en rotin et des tables de jardin, pour créer un espace plus chaleureux.

Une domesticité sans nombre était à notre disposition. Hormis les jeunes femmes qui servaient à table, nous ne la rencontrions jamais. Le temps de prendre le petit déjeuner sur la terrasse, nos chambres étaient faites, nos draps changés chaque matin, nos salles de bains récurées et réassorties en serviettes et en peignoirs comme par magie. Si la mer était houleuse ou trop froide, nous délaissions la plage privée pour une piscine hollywoodienne. Mais c'était rare. Sur la mer Noire, l'été reste au beau fixe et nous pouvions sortir chaque jour pour une promenade en vedette ou un tour de ski nautique.

Notre famille se trouvait rarement réunie. En vérité, le plus clair du temps qu'il nous fut donné de passer ensemble s'écoula dans ce genre de maison, au Caucase ou en Crimée. Nous vivions une sorte de convalescence studieuse, quasiment à l'écart du luxe de l'endroit.

Pour dissiper un vieux regret et mettre à profit les loisirs forcés que lui avait imposés la maladie, mon père s'était mis au latin, à plus de 50 ans. Il arrivait que nous en fissions avec lui, mon frère aîné et moi, mais il montrait plus de constance que nous et consacrait une heure chaque jour à Lucrèce ou à Tacite. Nous suivions et admirions les progrès de notre émule. Les études classiques établissaient entre lui et nous, du moins entre lui et moi, des connivences concrètes et apaisantes auxquelles la politique n'avait jamais donné lieu. Quand j'étais gamin, il ne me parlait guère du Parti. Jeune homme, je préférais ne pas aborder le sujet. Je redoutais cependant les questions que l'actualité risquait de faire surgir. Mais cette crainte concernait surtout ma mère. Mon père, lui, abhorrait les discussions violentes et inutiles.

Nous lisions tous beaucoup. Pas de ces livres faciles comme il en paraît tant à l'approche de l'été, mais des traités fondamentaux d'histoire et de philosophie, des œuvres complètes poétiques ou romanesques, des correspondances, des journaux intimes, toutes ces lectures qui exigent une pose durable dans le tourbillon du quotidien et une certaine paix méditative. Chacun emportait de France trois ou quatre tomes de la Pléiade, et ils circulaient entre nous. C'était le moment ou jamais de plonger dans le *Mémorial de Sainte-Hélène*, tout Apollinaire, *Wilhelm Meister* ou Spinoza, dont ma mère, cette grande enthousiaste, nous lut plus d'un passage à voix haute.

Deux ou trois fois par semaine, nous recevions de Moscou, par courrier spécial, les derniers numéros du *Monde* et de *L'Humanité*. Pour *L'Huma*, mes parents avaient tôt fait de la parcourir et de nous l'abandonner, nous laissant languir après *Le Monde*, dont ils ne manquaient pas une ligne.

Nos journées obéissaient à un horaire minuté. Mon père avait toujours été très strict, et la maladie lui avait imposé un surcroît de discipline. Tôt levé, il ne se couchait jamais très tard, et nous faisions de même. Il était sobre, et tels étaient nos menus, quoique raffinés. Autant dire que nous retournions en France reposés et dépurés.

Son délassement préféré consistait à arbitrer les matchs de volley-ball que la maisonnée disputait tous les après-midi à 17 h 30 précises. Il s'installait sur une estrade aménagée pour lui en bordure du terrain dont toutes les résidences étaient pourvues, et donnait le coup d'envoi. Son sifflet et son manuel d'arbitre le suivaient partout. Les gardes qui n'étaient pas de service, le chauffeur, l'infirmière et le barbier formaient les deux équipes, avec ma mère, mes deux frères et moi. Les parties se faisaient dans les règles. Elles étaient acharnées et épuisantes. Quand je disais que nous retournions à Paris en pleine forme !

Je ne me souviens pas que nous ayons jamais regardé la télévision. Mais deux fois par semaine, il y avait cinéma, dans la pièce aménagée à cet effet ou dans la salle de billard. Les programmes étaient incomparablement plus variés que ceux d'Artek. Nous choisissions les films sur une liste que l'on remettait à mon père au début du séjour. C'est ainsi que je découvris, vis et revis la plupart des grands classiques du cinéma soviétique d'avant-guerre, Eisenstein, Dovjenko, Poudovkine, les fort divertissantes comédies tournées à la même époque par Boris Alexandrov, *Volga-Volga*, *Les Joyeux Garçons*, ainsi que bon nombre de films italiens, *Senso* et *Le Voleur de bicyclette*, français, *Les Misérables*, dans la version où Harry Baur jouait Jean Valjean et Charles Vanel, Javert, américains, le *Guerre et Paix* de King Vidor, avec Audrey Hepburn en Natacha, et la prodigieuse série des vieux *Tarzan* que tous les Artékiens avaient vus, mais pas au camp, si bien que j'en eus la délectable surprise des années après eux.

Nous avions aussi d'autres distractions. Par exemple, cette manière de cinéma-vérité ou de vérité-cinéma.

Les dirigeants étrangers en vacances sur la mer

Noire, ceux des démocraties populaires, comme ceux des Partis communistes occidentaux, étaient conviés par Khrouchtchev à un déjeuner en plein air. En Crimée, la fête champêtre se tenait au château de Massandra. Staline, dédaignant les fastes du palais impérial, avait fait construire à son usage une petite maison en bois, très simple, très belle, odorante. Plusieurs tables étaient dressées sur le devant, dans une pinède, aux confins du parc et de la montagne. La réception était familiale et informelle.

Il en fut ainsi le jour où j'y accompagnai mes parents. Sous le ciel de Crimée, parmi les odeurs de sauge et de thym, j'eus l'impression d'arriver au milieu de grands enfants, dans un autre Artek.

Khrouchtchev, pour amuser son monde, taquinait constamment Mikoyan, qu'il appelait son « petit cabri », lequel petit cabri n'était pas en reste d'humour. Avant de passer à table, on proposa une partie de *gorodki*. Ce jeu typiquement russe consiste à lancer un bâton sur une pyramide de morceaux de bois, pour en faire chuter le plus grand nombre. Je m'y fis battre par le maréchal Joukov, Gomulka et l'ingénieur Tupolev, le constructeur d'avions. Un peu plus loin, on jouait à une variante du bowling, où l'adresse consistait à faire slalomer parmi les quilles une boule pendue à un fil sans en faire tomber aucune. J'eus cette fois le plaisir de faire un meilleur score que Walter Ulbricht et que Gierek.

Jusqu'à la mort de mon père, cette scène se répéta bon an, mal an, tous les étés, en Crimée ou sur la Riviera caucasienne. Il y en eut d'autres plus intimes, des rencontres fortuites, des baignades improvisées au cours desquelles je fus mêlé aux grands de ce demi-monde, le camp socialiste. Ils formaient une petite famille enfermée dans son ghetto et y menant une vie de princes sans façon. Ils se reposaient ingénument des longues heures passées à poser pour leurs portraits officiels. La plupart de ceux que j'ai côtoyés ne sont plus. Certains ont connu auparavant l'humiliation de la disgrâce. J'ai tenu un emploi de figurant dans une espèce de *Crépuscule des dieux*.

39
La datcha buissonnière

Dans les résidences gouvernementales, plus les jours passaient, plus mes frères et moi, privés d'amis de notre âge, étions gagnés par l'ennui. La pesanteur de notre cage dorée nous ôtait le goût du caviar et de la plage privée. Les plaisirs s'émoussaient, et s'éveillait alors, d'autant plus pénible qu'elle était tardive, une mauvaise conscience qui nous écrasait de torpeur et de morosité. Nous supportions de plus en plus mal d'être à l'écart du monde, enfermés dans une différence dont nous mesurions l'injustice. Aussi tentions-nous quelquefois de nous échapper, chose plus facile à dire qu'à faire en raison du règlement de sécurité. Un beau jour, à Miskhor, ma mère à son tour n'y tenant plus, nous fîmes avec elle la datcha buissonnière, à l'improviste, sans aviser personne que mon père de notre projet :

prendre, au petit port voisin, l'une des barcasses pétaradantes et à moitié englouties sous leur charge de passagers, qui font le service des plages.

Au portail, après quelques instants d'inquiétude et d'indécision, le gardien, qui n'avait pas l'autorité nécessaire pour nous barrer la route, s'effaça et nous laissa sortir. Bientôt, la liberté s'offrit à nous, sous la forme d'un rafiot vermoulu où nous prîmes place sur des bancs de bois parmi les vacanciers. On plaisantait, on riait, on chantait, on se gavait de fruits comme il ne s'en trouve jamais dans les villes. Les femmes arboraient sur le nez un bout de carton plié afin de parer aux coups de soleil, et les hommes prenaient photo sur photo.

Nous étions heureux. Ça, c'était la grande vie ! La barque allait de plage en plage au ras des falaises. Nous dépassâmes le fameux « Nid d'hirondelles », l'étrange maison que j'avais visitée tant de fois avec les pionniers d'Artek. Enfin, contournant un dernier promontoire, la barcasse entra dans la baie de Yalta.

Nous voyions déjà le débarcadère noir de monde, la foule prenant d'assaut les navettes des plages afin de profiter de la fin de l'après-midi. Derrière, sur la promenade, des familles prenaient le frais à l'ombre des palmiers en mangeant des glaces, d'autres s'agglutinaient autour des kiosques à souvenirs. Nous approchions. Mais soudain, sur le quai, nous la vîmes. Elle était là, la Zis noire décapotable, avec le chauffeur et un garde du corps. Sans un mot, sans un geste de mauvaise humeur, sans rouspétance, nous montâmes dans la voiture. A quoi bon protester ? Pour nous en prendre à qui ? Contre quoi ?

De retour chez Youssoupov, je fus sermonné par le

responsable de la sécurité : « Ce n'est pas gentil, me dit-il, s'il y avait eu la moindre histoire, vous vous rendez compte de ce qui nous serait arrivé à nous ? »

Ce n'était pas une fausse crainte ou du chantage. C'était la vérité. Il aurait suffi d'une panne de bateau, d'une altercation, et c'en était fini de sa carrière. Chargé de nous maintenir pleins et entiers, il répondait de nos précieuses vies sur son grade.

Le soir, à la table familiale, nous tombâmes d'accord pour lui donner raison et regretter notre escapade. Il fallait obéir aux exigences de la sécurité et de l'étiquette, aux injonctions des gardes, faire son métier comme ils faisaient de leur.

Cela signifiait aussi qu'il nous était définitivement impossible d'avoir de l'U.R.S.S. une vision différente de celle que voulaient bien nous proposer nos hôtes. Il me semblait tout à coup que je n'en avais jamais rien vu, que je ne connaissais rien, non plus que mes parents, qui, comme moi, ne faisaient que se promener de palais officiels en plages privées, avec de temps en temps une visite soigneusement organisée dans une entreprise ou un kolkhoze. Sur ce sujet, nous eûmes, ma mère et moi, des discussions extrêmement vives.

Il est vrai que pendant les années de guerre, malgré sa situation relativement privilégiée, elle avait connu les tragédies de l'arrière, vu de ses yeux les trésors d'héroïsme quodidien qu'a dispensés le peuple russe. Elle avait vécu dans sa chair le terrible exode de l'hiver de 1941, dans un train bondé de civils évacués, comme elle, vers l'Oural, ce train qu'on mettait sans cesse sur des voies de garage, pour laisser monter vers le front les convois de soldats et de munitions. Elle avait fait ce dur chemin avec l'enfant d'un an que j'étais, tâchant, à chaque gare, de dénicher un fond de gobelet de lait ou un morceau de sucre, cherchant dans la cohue des réfugiés une paysanne qui eût quelque chose à vendre... Un jour, le train s'ébranla, elle courut le long des rails, s'agrippa à la rampe, se hissa. La peau de sa main resta collée au métal glacé.

Dans le train, elle parlait avec nos compagnons de misère. Avec cette femme qui lui raconta qu'elle avait perdu son mari et son fils pendant les premiers mois de la guerre, qui le disait sans pleurer ni se plaindre, et qui, s'interrompant tout à coup, se mit à caresser les cheveux prématurément gris de ma mère : « Pauvre petite, tu as déjà des cheveux blancs. Et moi qui n'en ai que pour mes malheurs. Comme tu as dû souffrir, toi ! »

Oui, ma mère avait vécu cela. Mais, depuis la guerre, la réalité soviétique pouvait-elle être ce que lui en montraient la *Pravda*, les discours dans les congrès et les séjours officiels ? En 1959, que connaissait-elle de l'U.R.S.S. ?

Cette année-là, nous étions arrivés en Union soviétique par mer et, avant de gagner la Crimée, nous avions fait une escale de deux jours à Odessa. Nous l'avions passée sous la coupe de trois figures d'anthologie.

Il y avait le secrétaire du Parti pour la ville — gros apparatchik de caricature, bedaine énorme, quatre mentons et le nez en patate —, son vice-secrétaire, longiligne et obséquieux, et le président du comité exécutif (la mairie). Pour que le trio fût complet, ce dernier était l'inévitable pète-sec glacé à petites lunettes cerclées de fer. Du Gogol.

Le séjour à Odessa se fit dans les règles : fleurs et

compliments des jeunes pionniers à la descente du bateau, plantation d'un arbre au parc municipal, visite d'une entreprise de confection, soirée à l'opéra pour un mémorable *Vaisseau fantôme*, le chef-d'œuvre des chefs-d'œuvre pour la mise en scène réaliste-socialiste. Mais le plus éprouvant dans ce programme exécuté tambour battant ce fut la présence continuelle de nos trois cicérones, leur suffisance, le néant de leur conversation, leur insistance à nous proposer à tout instant un verre ou une collation, histoire de bâfrer eux-mêmes.

Ils nous réservaient pourtant le meilleur pour la fin. Quand ils nous eurent installés à bord du paquebot sur lequel nous poursuivions notre voyage, le secrétaire eut ce mot sublime : « Nous espérons que le camarade Thorez est satisfait de sa visite à Odessa et qu'on sera contents de nous à Moscou. » En guise d'adieu, il priait mon père de souligner, dans le rapport qu'il lui prêtait l'intention de faire aux autorités suprêmes, le zèle exemplaire des dirigeants locaux d'Odessa. Dans cette petite cervelle de bureaucrate, mon père représentait avant tout un bon point ou une menace pour l'avancement. Ce fonctionnaire dévoilait par bêtise l'un des secrets enveloppés dans le lyrisme des formules léniniennes (« le Parti est la conscience et l'honneur du peuple ») : le P.C.U.S. est un réseau d'indicateurs à la Pavik Morozov.

40
Vacances romaines

Nous fîmes nos premières traversées en paquebot de France en Union soviétique avant l'établissement des lignes maritimes régulières entre les deux pays, au début des années soixante. En 1957, nous avions profité de ce que le *Baltika* était venu chercher au Havre la délégation française au Festival mondial de la jeunesse, qui se tenait à Moscou. En 1959, nous prîmes place à bord du *Pobieda*, belle unité de vingt mille tonnes récupérée sur les Allemands et qui avait naguère servi de yacht personnel à Hitler. Le bateau assurait l'une des premières croisières autour de l'Europe que fissent des touristes soviétiques. Parti de Riga, il ralliait Odessa via Stockholm, Le Havre, Naples, Le Pirée et Istanbul. De belles vacances pour n'importe qui, une aubaine extravagante pour des citoyens de l'U.R.S.S. Nous embarquâmes au Havre avec quatre ou cinq cents d'entre eux, auxquels l'escale avait permis de passer deux jours à Paris. J'étais très curieux d'enregistrer sur le vif leurs réactions devant l'Occident. La première que je constatai fut leur émotion en apprenant que Thorez était à bord.

Parmi les passagers figuraient des privilégiés notoires qui n'en étaient pas à leur premier voyage à l'Ouest. Entre autres, l'écrivain Constantin Simonov et sa femme. Leurs innombrables missions de propagande à l'étranger au titre des échanges culturels les laissant sur leur faim, ils s'étaient octroyé ce petit supplément. A Moscou comme ailleurs, on est jet set ou on ne l'est pas. Mais la majorité de nos compagnons de route (en russe : *spoutnik*) n'appartenait pas à ce beau monde. Ce n'était pas davantage un assortiment de métallos et de kolkhoziennes, mais un éventail de représentants de la classe moyenne supérieure : des cadres régionaux de l'administration et du Parti, des universitaires, des techniciens, quelques artistes. Tous avaient satisfait à l'enquête préalable à l'octroi d'un passeport valable pour l'étranger, ce visa de sortie impossible à obtenir sans le contreseing des diverses instances présidant à la vie quotidienne, de la section locale du Parti à l'administration du téléphone, qui atteste que vous avez payé votre dernière note, en passant par la direction et le syndicat de votre entreprise, l'office du logement et le dispensaire de quartier. Quand le passeport vous est refusé, allez donc savoir pourquoi !

La vie à bord, pendant la semaine que prit le trajet du Havre à Naples, rappelait à n'y pas croire le rituel artékien. Réveil en musique, sans toutefois que la gymnastique sur le pont fût obligatoire, rassemblement par groupes avant de gagner la salle à manger, sous la responsabilité d'un *staroste* élu comme l'étaient nos chefs d'otriad, soirées dansantes au son d'un orchestre qui faisait moins pauvre que nos accordéons et ne s'en tenait pas comme eux au menuet et à la polka, mais dont les audaces, à l'ère du rock et du cha-cha-cha, ne dépassaient pas le boston, le fox-trot et le paso doble.

Comme sur tous les navires de la marine marchande soviétique, le commandant, maître après Dieu, était flanqué d'un conseiller politique, grand inquisiteur pour qui Dieu est un suspect parmi les autres. Il tenait des réunions d'information sur la politique internationale auxquelles chacun devait se rendre comme on va au prêche. La veille des escales, il mettait en garde ses paroissiens contre les séductions et les machinations de l'enfer capitaliste, leur communiquait à tous une sainte terreur des espions, des agents provocateurs et des inconnus qui parlent trop bien russe pour être honnêtes.

Nous eûmes cette chance extraordinaire, mes frères et moi, de visiter Naples et d'aller passer deux jours à Rome avec des touristes soviétiques en voyage organisé. Connaissant déjà et l'Union soviétique et l'Italie, nous savourions d'avance les scènes de commedia dell'arte auxquelles nous ne manquerions pas d'assister. Nos prévisions furent déçues. Non que rien n'arrivât, mais parce que ce fut plus pathétique que bouffon.

Trimbalés de musées en sites célèbres, les dix ou douze groupes entre lesquels se subdivisa le bataillon rappelaient les otriadi d'une droujine, avec leur staroste, mais aussi, en guise de moniteur, un guide-interprète de l'Intourist dont les fonctions et l'employeur véritables ne faisaient aucun doute. Mais tandis qu'à Yalta ou au « Nid d'hirondelles » les Artékiens, après un semblant de rappel à l'ordre, étaient livrés à eux-mêmes et baguenaudaient à leur guise, les citoyens adultes, méritants, éprouvés, que l'on avait récompensés d'un voyage en Europe, n'échappèrent pas un seul instant à la vigilance de leurs accompagnateurs, qui empêchaient toute dispersion de la troupe. Artek laissait aux enfants un semblant de responsabilité, alors que les « organes » cachés derrière Intourist enfermaient des hommes et des femmes dans l'infantilisme. Je n'avais pas envie de rire.

Je riais d'autant moins que le comportement spontané de ces citoyens de l'U.R.S.S. faisait paraître la suspicion dont ils étaient l'objet insultante et odieuse. Non, ils n'ouvraient pas des yeux comme des soucoupes devant les merveilles du mode de vie occidental. Bien sûr qu'ils se pinçaient les uns les autres pour vérifier qu'ils ne rêvaient pas — « *Nou i priekhali ! Pridstavliaièch, Rym, my v Rymié !* » (« Eh bien, nous y sommes ! Tu te rends compte, Rome, nous sommes à Rome ! ») — mais c'était à la vue du Capitole, du château Saint-Ange et du musée du Vatican. Certains d'entre eux les connaissaient par cœur, de la même façon qu'ils connaissaient Paris avant d'y mettre les pieds, huit jours plus tôt. Et s'ils craignaient qu'y promener leurs pas ne fût qu'un rêve, c'est qu'ils avaient rêvé toute leur vie sur les livres d'histoire, les collections de l'Ermitage et les œuvres de tous les écrivains russes qui avaient hanté ces lieux. A Capri, je fus bouleversé de les voir cheminer à la recherche de Gorki, attristés qu'une mode tapageuse, vulgaire et puant le fric, la *pochlost*, ait défiguré la thébaïde de tant de poètes.

A l'émotion qui me faisait plaisir à voir, et peine, parce qu'elle ne se renouvellerait sans doute jamais, des « intellectuels », universitaires ou artistes, comme il s'en trouve — eh, oui ! — dans les rangs du Parti, et des autres, hommes de bureau ou de bureau d'études, s'ajoutait celle que me donnait leur fièvre à prendre des notes sur leur calepin et photo sur photo, à négocier contre leur misérable allocation de devises un album ou un souvenir, parce qu'on attendait à la maison, dans leur ville, dans la province entière, le récit de leur voyage. Tiens, tout de même, un peu de commedia, les colporteurs savaient déjà quelques mots de russe, « *nié dorogo* » (« pas cher ») et « *tysiatch, piattysiatch* » (« mille, cinq mille »).

Mon frère et moi fîmes amitié à bord du *Pobieda* avec un groupe de Lettons, les premiers à obtenir l'autorisation d'un voyage à l'étranger. Tous membres du Parti, tous communistes convaincus. Nous eûmes l'occasion d'en revoir quelques-uns ultérieurement, Jean à Riga et moi à Moscou, où ils vinrent, nous y sachant. C'est dire l'affection qui nous liait. Elle était née du dilemme dont ils nous avaient pris à témoin, nous accordant au bout de quelques jours une confiance qui nous honorait. Que faire ? Rester à Stockholm, à Paris, à Rome, à Athènes ou rejoindre Odessa et, de là, la Lettonie soviétique russifiée ? D'escale en escale, ils s'étaient posé la question. Nul d'entre eux ne « choisit la liberté ». A l'époque j'y vis du courage, aujourd'hui je ne sais plus.

41
Deux morts et une disgrâce

A l'écart de ses villes uniformes et moroses, à des années-lumière de mon Paris bouffé par les bagnoles et de mon Aix-en-Provence volée à Cézanne au bénéfice de Vasarely, l'Union soviétique déploie, comme tous les pays vides, des immensités où rien n'a défiguré le désordre naturel des choses, un espace sans limites ouvert à la liberté. Oui, j'ai rencontré la liberté en U.R.S.S. Dans l'infinitude minérale de l'Asie centrale, dans les profondeurs frémissantes de vie de la forêt sibérienne, par les monts et par les hautes plaines du Caucase.

J'ai découvert le Caucase peu après la Crimée, en Abkhazie d'abord, la Colchide de l'Antiquité, où, tiré de ma classe de sixième, je rejoignis mon père au début du printemps de 1951, puis à Naltchik, capitale de la république de Kabarda, au pied du versant nord de la chaîne, où je le suivis en famille l'été de la même année.

Dans ces contrées, je découvris aussi des hommes à l'image de leur terre. Dans les steppes kabarde et tcherkesse, ponctuées de tumulus où reposent depuis quinze siècles les chefs sarmates, je vis errer des peuples semi-nomades et leurs chevaux. Nous eûmes, ma mère et moi, mainte occasion de remonter en jeep, par des chemins impraticables, les hautes vallées de torrents plus puissants que le Rhône. Là, sur un fond de crêtes enneigées et de glaciers turquoise, nous apercevions des villages du bout du monde, les *aouls* dont les pierres sèches se confondent avec la roche. Pour les aigles qui vivaient là, cramponnés à leur aire, comme pour les cavaliers du piémont, que représentaient le pouvoir soviétique et, tout bonnement, le XXe siècle ?

En août 1962, six ans après le rapport Khrouchtchev, le P.C.U.S. était à la veille de son XXIIe Congrès. Le projet de résolution, confidentiellement remis à mon père pour la lecture et qu'il transmit à sa femme et à ses fils, annonçait une condamnation plus poussée, définitive, du stalinisme, la réhabilitation de toutes ses victimes et un nouveau départ du pays des soviets, sous la forme d'un défi lancé aux Etats-Unis : *daganiat i abganiat*, les rattraper et les dépasser, pas seulement pour la force militaire, mais pour le niveau de vie. Déjà, les victimes de l'arbitraire étaient sorties en foule du Goulag. Soljenitsyne publiait, dans la revue *Novy Mir*, *Une journée d'Ivan Denissovitch* et *La Maison de Matriona ;* on parlait de lui pour le Prix Lénine de littérature. La Révolution bien-aimée revenait à ses sources. Plein d'espoir et de bonheur, je croyais à nouveau à une cité des hommes digne du décor grandiose planté par la nature. L'histoire n'allait pas sans heurts, et je les avais surestimés : pauvre petit semblant d'étudiant français, c'est Artek qui avait raison, renoue vite à ton cou ton foulard rouge de pionnier !

Cette année-là, quittant pour un jour le bord de mer où nous séjournions, nous montâmes au lac Ritsa, site de toute beauté et promenade classique pour les estivants de la Riviera caucasienne. Après un tour en canot sur ses eaux où se miroite la course des nuages, nous montâmes pique-niquer plus haut, par une route interdite aux touristes aussi bien soviétiques qu'étrangers. Kossyguine, pour qui mon père avait beaucoup d'estime, était de la partie. Un Kossyguine sans ce visage de cocker triste qui lui vint trois ans plus tard avec le titre de président du Conseil. Il y avait aussi le secrétaire du parti pour la république abkhaze, un homme du pays, parlant un russe aussi rugueux que sa montagne.

Nous tombâmes sur un campement qui abritait des dizaines de familles autochtones. Dans une sympathique anarchie, des femmes faisaient cuire sur la braise les brochettes du *chachlyk,* ce mouton mariné fortement épicé. Des gamins galopaient à cru sur des chevaux sans bride. Enturbannés et moustachus, les hommes devisaient, en vidant des hanaps façonnés dans la corne. Leur vin reconnaissable à ses reflets bleutés était l'admirable Isabelle à saveur de framboise dont nous faisions nous-mêmes nos délices.

C'étaient, nous expliqua le secrétaire du Parti, des kolkhoziens éleveurs de la plaine littorale, dont le village transhumait avec ses bêtes à l'approche des chaleurs. Ils louaient leurs maisons aux vacanciers de Moscou, moyennant quoi ils s'assuraient, le plus légalement du monde, un revenu confortable. Les voitures particulières, Volga et Moskvitch, garées sous les ombrages, à l'abri d'une housse, attestaient du reste leur prospérité.

Avec une fierté non dissimulée, le secrétaire ajouta qu'on rencontrait aussi d'autres gens dans la haute montagne : les bandits d'honneur, qui fuyaient pour eux-mêmes et préparaient pour d'autres les pièges d'une séculaire vendetta. Ils ne vivaient pas de rapine, mais de chasse et de dons fournis par leur clan. Les autorités les poursuivaient avec la plus grande mollesse : ils faisaient partie des traditions nationales.

De voir que survivait ce Far West à la soviétique certifiait à mes yeux que le gâchis n'était pas tel que la renaissance promise dût rester lettre morte, et paraissait en plus équilibrer d'une bonne dose d'humanité ce que les succès spatiaux des Spoutnik, Lunik et autres Vostok, tout en me persuadant que l'U.R.S.S. dépasserait avant peu les Etats-Unis dans tous les domaines, pouvaient avoir de trop mécanique et de naïvement triomphaliste au regard du mystère de l'univers.

Ce mélange d'humanité et de toute-puissance oublieuse de sa précarité, j'avais, cet été-là comme le précédent, l'occasion de le rencontrer chaque jour en la personne de Nikita Sergueïevitch Khrouchtchev.

Durant les trois étés qui précédèrent celui de sa mort, à l'orée du quatrième, mon père fut moins l'hôte officiel de l'Union soviétique que l'invité personnel de Nikita Sergueïevitch. Sur la longue grève du cap Pitsounda, adossée à une pinède millénaire, se trouvaient trois villas récemment bâties par l'architecte du modernissime palais des Congrès, au Kremlin, trois vastes maisons claires, lisses comme les blocs de marbre orange dont elles étaient faites. L'une était la résidence secondaire où Khrouchtchev finit par habiter presque toute l'année, et c'est là qu'il apprit par téléphone, à sa stupeur, qu'il « avait démissionné » ; la deuxième, une sorte d'hôtellerie pour les personnalités de passage, le secrétaire d'Etat Dean Rusk, le président Hô Chi Minh, Gamal Abdel Nasser (c'est là que

Georges Pompidou devait rencontrer Brejnev, onze ans plus tard) ; la troisième était la maison de vacances attitrée de Maurice Thorez.

Je n'ai pas à commenter ni à contester ce qu'on a pu écrire à propos des rapports qu'entretenaient mon père et Nikita. Tout ce que je sais pour l'avoir vécu, c'est qu'ils passaient l'été ensemble, entourés des leurs, que Nina Petrovna était l'amie de la grande Jeannette et que les enfants et petits-enfants du couple voyageur, qui présentait de par le monde le visage nouveau que voulait se donner l'U.R.S.S., étaient nos copains à mes frères et à moi. Des copains que je ne pus jamais revoir après la disgrâce du chef de famille, étrangement advenue deux mois après la mort, coup sur coup et en territoire soviétique, de Thorez, sur un navire, et de Togliatti, dans une datcha.

Avec les Khrouchtchev, nous vivions comme on vit en voisins à la campagne. Chacun chez soi, mais, de temps à autre, tous à la même grande table. Chez eux, les écrevisses à la nage, les *raki*, arrosées de bière et de vodka, étaient à l'honneur. Chez nous, ma mère remplaçait le chef aux cuisines et confectionnait une bouillabaisse avec les poissons de roche que nous pêchions à l'aube. Vins et fromages français nous arrivaient par avion de chez Fauchon, sur commande du P.C.F. Le luxe impersonnel et insupportable de naguère s'était mué en une convivialité des plus simples. Son côté petits-plaisirs-de-milliardaires me paraissait excusable en raison du chambardement dont bénéficiaient au même moment les millions de citoyens de l'U.R.S.S. et du camp socialiste. A Budapest, après quelques mois de répression, Kadar n'avait-il pas inauguré « le socialisme du goulasch » ?

Dans le communiqué glacial qui annonça sa « démission », il était question, à propos de Khrouchtchev, de « subjectivisme » et d'irresponsabilité. Il est vrai qu'il avait tendance à l'outrance verbale. Malgré toute l'admiration et la tendresse que j'avais pour lui, je fus révolté par la manière dont il agressa les peintres non conformistes, présentés au public au printemps de 1963, pour la première fois depuis quarante ans. Cela dit, sans lui, cette exposition n'eût jamais pu se tenir. Mais les âneries monumentales qu'il proféra à cette occasion, et que mon père lui reprocha vertement, étaient peu de chose en comparaison des bouffées d'oxygène qui jaillissaient de ses improvisations lorsqu'il parlait politique. C'est cela que la classe au pouvoir ne lui pardonna pas, bien plus que l'irréalisme de ses prévisions et de sa gestion économiques. Elle ne l'avait pas porté au poste suprême pour qu'il fît voler en éclats de voix les mythes sur lesquels elle fondait sa légitimité. Elle le démit.

Elle baptisa « subjectivisme » cette façon qu'il avait de s'exprimer par proverbes, de parler la langue du peuple, d'interpeller les gens et, finalement, de se laisser interpeller par eux. Apprenti sorcier, ou plutôt apprenti libérateur, le petit père Nikita ne soupçonnait pas lui-même qu'il avait déchaîné la tempête. Non pour avoir chassé du Mausolée les restes du tyran qui offusquaient la sainte momie du père de la Révolution, mais parce qu'en s'abandonnant à sa nature généreuse il avait trahi la langue de bois. Si ridicule que nous paraisse Brejnev, gâteux, bégayant, chaussant ses lunettes pour bredouiller un texte préparé par le secrétariat du comité central, il sert la cause.

Khrouchtchev, idole des foules de Copenhague à Los Angeles, était une menace mortelle à l'intérieur du système. Sa faconde en réduisait à néant la clef de voûte, l'essence même : le vocabulaire de l'idéologie.

42
Sur la route de Tamerlan

En dépit des insultes qu'avait lancées contre l'avant-garde artistique leur illustre père et aïeul, c'est en partie par l'intermédiaire des jeunes Khrouchtchev que je pris contact au début des années soixante avec des peintres indifférents aux oukazes du réalisme socialiste. Dans un livre publié en Suisse au début de 1964, je fus l'un des premiers à révéler leur existence, illustrations à l'appui. Pendant les dix ans où j'ai vécu de peu et de métiers divers, j'ai consacré toute l'énergie que me laissaient mes doutes à aller voir sur place, à aider, à faire connaître ces artistes. Ils ne sont pas dans leurs œuvres, je le reconnais, les Raphaël et les Cézanne de notre temps, mais le mépris qu'ils affichent pour leur carrière et leur courage physique perpétuent à notre époque mercantile et fonctionnarisée la leçon la plus haute de l'art, par-delà les formes : une morale fondée sur le droit et le devoir d'être un homme actif et libre.

Les changements amorcés en U.R.S.S., le ton

nouveau sur lequel s'exprimaient sans subir l'anathème des communistes de Paris et de Rome, mais aussi de Prague, de Budapest, de La Havane, rejoignaient assez les rêves de mon adolescence à son éveil artékien pour que je visse dans le mouvement communiste, dans le camp socialiste, la seule chance pour l'humanité de voir un jour s'établir, au terme d'une longue et pénible route, cette morale-là comme seule règle.

J'enregistrai donc, en ultra-khrouchtchévien, convaincu que l'avenir me donnerait raison, les premières bourrasques de neige d'après le « dégel » : le procès Siniavski-Daniel, la reprise des persécutions contre Soljenitsyne, les menaces que reçurent certains de mes amis les plus proches. C'est avec l'assurance d'agir en communiste que j'en vins à des actions qui contrevenaient à la ligne passéiste du parti soviétique. Il me parut normal de les mener à bien en profitant des facilités de circulation que mon nom m'ouvrait en U.R.S.S.

De la sorte, je fis sortir du pays pour les exposer en France, où l'occasion me fut donnée de les présenter à la télévision, des tableaux de mes amis non conformistes. Je les faisais transiter par l'hôtel du comité central, où j'avais gardé mes habitudes, et les embarquais comme bagages de cabine dans la Caravelle d'Air France à laquelle m'amenait directement la Volga noire mise à ma disposition. Volga noire qui causa bien des émotions dans certaines arrière-cours des quartiers perdus de Moscou où je rendais visite à mes amis. A quel locataire de l'immeuble ce véhicule kagébesque était-il destiné ?

Nul ne peut m'accuser d'avoir abusé de mes

privilèges. J'avais pour moi le bon droit que m'avait personnellement reconnu mon père en m'offrant, à titre de cadeau d'anniversaire ou de Noël, les frais d'encadrement des œuvres subversives que j'avais pu apporter en France de son vivant.

Mon père avait aimé mon *Moscou,* paru à Lausanne[1], peu avant sa mort. Ce livre, truffé de maladresses, je ne le renie pas aujourd'hui. Il est le miroir fidèle d'une grande espérance dont il ne me reste rien, mais aussi de l'amour que j'aurai jusqu'à mon dernier souffle pour la ville où je suis né et pour le peuple auquel je me targue d'appartenir un peu.

Bien que ce livre n'eût pas même fait l'objet de trois lignes au fin fond de la *Literatournaïa Gazeta* — il sentait déjà trop le soufre, le pauvre, et la caution de mon père n'y pouvait rien — j'obtins le feu vert pour une enquête sur la vie culturelle en U.R.S.S. destinée à paraître en France. J'eus même un soutien logistique appréciable. Au vu de mon projet, je fus reçu en audience privée par Mme Fourtseva, ministre de la Culture, « la Petite Catherine » comme disaient les mauvaises langues, par référence à l'impératrice, amie des Encyclopédistes.

Tailleur strict, chemisier blanc, cheveux courts à la coupe impeccable, Mme Fourtseva me reçut tout sourire, mais non sans solennité. « *Kak Mama pojyvaièt ?* » (« Et Maman, ça va ? »). Le sourcil se donna une inflexion inquiète sur le regard limpide de sincérité. Nées toutes les deux ouvrières du textile, la camarade ministre et madame le sénateur de Paris

1. Editions Rencontre, collection « Atlas des voyages ».

avaient l'une et l'autre fait du chemin. Mme Fourtseva a eu le bon goût de mourir après que les juges de son pays eurent jeté un voile pudique sur les malversations où elle avait englouti des dizaines de milliers de roubles. La camarade Jeannette est en vie et pleine de vie, Dieu merci, entre sa petite maison de Callian et son I.L.N. d'Yvry-sur-Seine ; mais, après sa rupture avec le groupe Marchais, il s'est trouvé dans le building de la place Fabien des Basile pour murmurer qu'elle avait indûment soustrait au Parti la bibliothèque et les dossiers personnels de son mari, mon père.

J'avais fait parvenir sur sa demande à Mme Fourtseva une liste de questions. Elle n'y fit pas allusion. Je m'étais pourtant efforcé d'exprimer dans les formules les plus diplomatiques le souci grandissant de l'opinion de gauche pour la création littéraire et artistique en U.R.S.S. Après un briefing tout à la gloire de sa modeste action, elle me conseilla fermement d'aller assister à Tachkent au Festival des arts populaires d'Asie centrale. Je m'y rendis. En marge de ces festivités, et d'une visite mémorable aux splendeurs de Samarkand et de Boukhara, je partis à la recherche des jeunes et brillants intellectuels que Paul Vaillant-Couturier avait rencontrés en Ouzbékistan, en 1932, et que je connaissais pour avoir emporté en guise de Baedecker son beau livre *Sur la route de Tamerlan*. La plupart avaient « disparu » vers 1937 pour avoir trop écouté Radio-Calcutta, les autres un peu plus tard, on ne savait trop pourquoi, et l'on préférait ne pas le savoir. Nous étions en janvier 1966. Trois ans après le XXIIe Congrès, moins de deux ans après la chute de Khrouchtchev, il n'était déjà plus question d'un panthéon national aux victimes du « culte de la personnalité ». La banquise se refermait sur leur mémoire, mais je persistais à croire que le courant dont je me sentais une goutte parmi des millions d'autres aurait raison de ce dernier assaut de l'hiver.

43
Une deuxième fois comme comédie

Si, pour paraphraser Marx, l'histoire advient une première fois comme tragédie, et ne peut se répéter que sur le mode de la comédie, je ne suis pas sûr que cette deuxième fois soit seulement comique. L'effet de répétition me ferait plutôt rire jaune ou noir tant me paraît s'y refléter la vérité de ce monde. Onze ans après mes dernières vacances de pionnier, il m'a été donné de retrouver en Crimée une sorte de colonie de vieux Artékiens, et je ne peux dire que la drôlerie de la situation m'ait paru l'emporter sur son indécence.

En juillet 1966, j'étais marié depuis un an avec une jeune femme qui avait cru en me rencontrant rencontrer aussi le communisme. Elle avait adhéré au Parti avec tout le zèle des néophytes et je n'avais pas pu faire autrement que la rejoindre. Contre toute attente, après la Pologne, la Hongrie, le réalisme socialiste et le procès Siniavski-Daniel, pour la première fois de ma vie, je m'embarquais dans les rangs du Parti. Ce que ni mon père ni ma mère ne m'avaient jamais demandé, l'ardeur militante de ma jeune épouse et le désarroi d'avoir perdu mon père l'avaient obtenu. Mon désarroi surtout : la mort de mon père m'avait laissé chancelant. Devant le vide, nous éprouvions, mes frères et moi, le besoin de nous resserrer autour de notre Mamoune. La piété filiale me poussa à refouler mes doutes. Le devoir d'enfant modèle s'imposait à nouveau. Mes hésitations étaient à mettre sur le compte d'une sensibilité anarchiste et petite-bourgeoise, je m'exaspérais sur des détails infimes au regard de la marche de l'histoire, bref « je faisais du trapèze volant dans les superstructures ».

Il est grand temps de me secouer, me disais-je, de remettre les pieds sur terre. L'espoir d'échapper à la solitude me poussait à rejoindre en famille la Grande Famille.

M'y incitaient aussi l'élan unitaire autour de la candidature de Mitterrand à l'élection présidentielle, le besoin d'agir pour la paix au Vietnam, les changements que je pressentais à Prague, à Budapest, à Varsovie, où semblait alors se poursuivre et devoir triompher le mouvement interrompu à Moscou après la chute de Khrouchtchev. La cause semblait avoir un avenir et il fallait à tout prix qu'elle en eût un ; sinon, à quoi bon vivre ?

Martine, ma femme, était enceinte de six mois. On s'était réjoui à l'ambassade soviétique de la venue prochaine d'une troisième génération de Thorez et l'on nous avait proposé de venir passer l'été pour le plus grand bien de la future maman et de son bébé.

J'étais pour ma part ému et enchanté d'emmener les miens sur les lieux de mon enfance.

Avant de descendre en Crimée, nous fîmes halte à Leningrad et à Moscou. Là, je présentai Martine à mes amis les plus récents, ceux de l'avant-garde artistique semi-légale. Elle n'eut aucune peine à saisir la réalité de leur situation. Les queues devant les magasins d'alimentation, la difficulté que nous avions à trouver, sitôt que nous nous éloignions de l'hôtel, l'endroit tranquille où elle pût s'asseoir et se reposer devant une tasse de thé lui permirent de constater où en était la vie quotidienne du peuple. Elle n'en ressentit que plus vivement le contraste qu'offrait la maison de repos du comité central aménagée à Phoros, entre Yalta et Sébastopol, dans le site où Maxime Gorki passa les derniers hivers de sa vie.

Certes, cette résidence ne répondait pas au traitement de chef d'Etat réservé à des invités tels que mon père. Elle correspondait à un bon cran de moins dans la hiérarchie. Elle était fréquentée par des cadres supérieurs du Parti, membres du comité central ou secrétaires régionaux, par leurs familles et par des dirigeants étrangers n'ayant pas officiellement accédé au rang des géants qui font l'histoire. Il faut dire que la hiérarchie de la « société sans classes » est savamment graduée et que chaque grade se traduit par des privilèges précis — un certain type de voiture, une ration alimentaire donnée — lesquels dépassent de toute façon les rêves les plus fous d'un citoyen normal. « Mangez du caviar, disait-on à Martine, c'est bon pour le bébé », et l'on nous en servait à la louche chaque matin au petit déjeuner.

Hormis le salut aux couleurs et la fanfare matinale,

le rituel était à ne pas y croire le même qu'à Artek. La nourriture rabelaisienne, les quatre passages obligés à la salle à manger, la doctoresse qui veillait sur nos bains de soleil (exposition progressive sur les lits de bois prévus à cet effet) et nos baignades (changement de maillot obligatoire au sortir de l'eau). La discipline était plus douce, mais nous frisâmes quand même l'incident diplomatique quand la brave doctoresse vit avec terreur que Martine ne se contentait pas de faire trempette mais plongeait et cabriolait comme une otarie, son obstétricien français ne s'y opposant pas et considérant qu'une bonne musculation est la meilleure préparation à l'accouchement. Artek recommençait dans un paysage identique. Seuls les gens étaient différents. Moins jeunes.

Il y avait parmi eux des camarades que nous reconnûmes d'emblée pour tels, des hommes et des femmes d'un abord simple et qui se reposaient là des épreuves d'une vie qui l'était moins, un dirigeant du P.C. clandestin du Honduras et d'autres animateurs de guérillas en Amérique latine. Je rencontrai aussi des amis de longue date et pus leur présenter ma femme : Jean Vincent, secrétaire du Parti suisse du travail, et son épouse Ninon, Pierre Hentgès, qui représentait alors le P.C.F. à Prague, à la rédaction de la *Revue internationale*, dernier avatar du Kominform. Nous avions avec les uns et les autres de longues conversations d'où sortait renforcée ma conviction que le changement annoncé par les XXe et XXIIe Congrès était irréversible. Le tiers-mondisme qui triomphait à La Havane, la poussée de sève que l'on sentait venir à Prague incitaient à l'espoir, en dépit des lenteurs opposées par les Soviétiques.

Lenteurs dont l'image s'offrait chaque jour à nos yeux en la personne de certains des petits chefs du P.C.U.S. présents parmi nous, des obèses obtus et ignares, entre autres ceux que nous appelions les Trois Méchants Gros, le pachydermique secrétaire de la région de Poltava, sa colossale épouse et leur affreux moutard ; lorsqu'ils ne s'engueulaient pas, c'est qu'ils avaient la bouche pleine. Et pourtant, s'ils se trouvaient là, c'est qu'ils avaient bien mérité du peuple. Comme nous tous. Comme moi. Je passais l'été à Phoros comme naguère à Artek, au titre de méritant par extension. La comédie était amère. Mais, surtout, nous respirions au grand soleil et ne manquions de rien dans un pays d'étouffante grisaille et de dénuement. Adieu la comédie. Par faiblesse, je tenais un vilain rôle sur la scène shakespearienne du monde.

44

Feu rouge

Le 21 août 1968, j'appris la nouvelle de l'invasion de Prague par un bulletin d'information officiel que diffusaient des haut-parleurs branchés dans un lieu public. J'avais l'habitude de cette façon de régner sur les ondes du ciel et sur les oreilles de la population. Mais là, le lieu public, c'était l'aéroport d'Athènes, et la radio, celle des colonels. Sur le coup, je sentis se refermer les deux mâchoires d'un étau. Patakos me donnait des nouvelles de Brejnev.

Près de quinze ans plus tard, Melina Mercouri est ministre d'un gouvernement grec de gauche, et Dubček est toujours à l'ombre, pas d'un cachot, certes, mais des arbres qu'il arrose au titre de son obscur boulot d'O.S. immigré dans son propre pays. C'est ainsi. Le franquisme n'a pas survécu à Franco, les œillets ont fleuri à Lisbonne, les démocrates chiliens ont toutes raisons d'être sûrs que Pinochet et ses tueurs ne seront jamais qu'une parenthèse dans l'histoire de leur pays. A Moscou, à Prague, à Varsovie, la parenthèse n'est pas fermée, et Dieu sait comment elle finira par l'être !

L'avant-veille, au Club Méditerranée de Corfou, j'avais dialogué face au public avec Jean-Jacques Servan-Schreiber. Pour lui, la chose était faite. Elle répondait à la nature du régime et aux règles du Kriegspiel planétaire entre Washington et Moscou : le Kremlin la voulait et le Pentagone laisserait faire. Devant mille vacanciers du Club, j'eus le ridicule pathétique d'affirmer l'impossibilité pour l'U.R.S.S. de briser un espoir socialiste, sans doute exaspérant pour elle dans l'immédiat, mais bénéfique à long terme pour la cause. En disant cela, la cause, moi, j'y croyais encore, je m'y raccrochais comme à une bouée. Je ne pouvais envisager d'autre avenir pour l'humanité. Les autres, là-bas, penchés sur leurs cartes d'état-major et leurs fichiers de police, y voyaient une technique de la répression qu'ils s'employaient à affiner. A leur manière, ils avaient raison et ils l'ont prouvé. Après l'intervention sanguinaire des tanks soviétiques à Budapest, la même ignominie s'accomplissait, mais en douceur, à Prague ; treize ans plus tard, à Varsovie et à Gdansk, on devait trouver des Polonais pour faire ce travail.

Pendant des mois, je n'ai pas pu ouvrir un livre russe, pas même de ceux d'avant le soviétisme. L'alphabet cyrillique me donnait la nausée. A Prague, des amis, des frères avec lesquels j'avais rêvé tout haut, en russe, du socialisme à visage humain, jeunes femmes et jeunes gens amoureux de la Russie, comme moi, comme Dubček dont elle était aussi le pays d'enfance, tous ceux-là, les artisans du renouveau, étaient traqués, pourchassés, arrêtés. Aux ordres de « conseillers » semblables aux horlogers de l'Enfer qui avaient conçu le mécanisme de *L'Aveu,* le gouvernement imposé à son pays allait ôter à Artur London la citoyenneté tchécoslovaque, coup de pied de l'âne Brejnev qui veut se faire aussi gros que le dragon Staline.

Au cours des cinq années suivantes, je me rendis trois fois seulement à Moscou, pour des séjours très brefs. Histoire de marquer ma fidélité aux amis, à l'heure où la « normalisation » de la Tchécoslovaquie s'accompagnait d'un renforcement du dispositif policier en U.R.S.S. Ce fut assez pour voir qu'en Russie une poignée de héros rachetaient les crimes commis au nom de leur peuple. Pour les voir jeter en prison ou enfermer dans les *psykhouchki,* ces hôpitaux psychiatriques spéciaux qui sont aux camps de concentration d'antan ce que l'âne est au dragon.

La position que prit ma mère en faveur de l'intervention soviétique ne fut une surprise pour personne. Elle n'augmenta pas ma tristesse face à l'événement qui scellait mon rejet définitif du communisme. La décision qu'elle arrêta en démissionnant du bureau politique du Parti, en refusant de jouer les utilités au sein d'un organisme qui s'était déconsidéré à ses yeux lorsqu'il exprima sa « réprobation » du deuxième coup de Prague, cette décision-là ne m'étonna pas davantage.

Tandis que beaucoup de membres du comité central, secrètement d'accord avec elle, préféraient avaler une couleuvre de plus que renoncer à leurs fonctions, aux avantages matériels qui les accompagnent, à la griserie du pouvoir, des bains de foule, du vedettariat, elle se retira en silence, sans crainte d'affronter la solitude. Non, ce choix existentiel ne m'étonna pas. Mais comme mon père l'avait dit en 1946, le jour où de Gaulle quitta le pouvoir, quand la porte du Conseil se fut refermée sur des ministres pétrifiés, je pensais : « Ce départ ne manque pas de grandeur. »

A usage personnel, je songeai à une autre phrase, qu'il m'avait dite en confidence quelques mois avant sa mort : « Plus le temps passe, plus je mesure le mal qui a été fait. »

Cependant, Artek me hantait. Ce microcosme du soviétisme, fondé comme lui sur les inégalités sociales, la hiérarchisation des privilèges, une mobilisation quasiment militaire, le mensonge d'un jargon stéréotypé, Artek, ce mirage qui m'avait trompé, avait aussi ancré en moi le besoin passionné d'un monde fraternel. C'est pour y répondre que je franchis le pas de la transgression.

Une personne à Paris aimait et connaissait comme moi les plus intéressants des peintres non conformistes : Dina Vierny, qui leur consacra, en 1973, une exposition de groupe dans sa galerie de la rue Jacob.

De même qu'elle avait fait à la France le don magnifique des Maillol du jardin des Tuileries, participé l'arme au poing, encore adolescente, aux combats pour la République espagnole, pris sa part des risques et de la gloire de la Résistance, Dina Vierny obéissait en femme d'action à sa volonté de liberté, de justice et d'amour.

Les peintres de Moscou avaient fait que nos chemins s'étaient croisés. En m'associant à ses efforts pour eux, je pus donner une suite concrète à la rupture qui s'était produite dans mes idées. J'allais continuer à me battre pour l'art non officiel, mais dans d'autres conditions. Il n'était plus question pour moi de profiter des facilités que m'avait naguère accordées un système avec lequel je ne voulais plus me compromettre. Conformément à un scénario mis au point avec Dina Vierny, je partis pour Moscou non plus en voyageur privilégié mais en touriste ordinaire, au volant d'une camionnette que je devais ramener à Paris chargée d'œuvres des créateurs dont nous étions solidaires.

Ces œuvres n'avaient pas la moindre chance de rencontrer le public si elles restaient en U.R.S.S. Le sachant et comme pour le souligner, leurs auteurs les réalisaient dans des formats gigantesques qui en faisaient des objets quasiment intransportables, sans autre destination que l'oubli, au fond de quelque atelier moscovite improvisé dans une cave ou dans un grenier. En apporter quelques-unes à Paris au moyen d'un fourgon, seul véhicule suffisamment logeable, c'était aussi révéler cette étrange et douloureuse fonction qui est la leur à toutes et qu'elles partagent avec la littérature écrite pour le tiroir : exister pour elles-mêmes, sans espoir d'être connues, afin que le feu couve sous les cendres d'une culture anéantie.

La fouille minutieuse des voitures à la sortie du territoire soviétique représentait un risque calculé. Il est en principe interdit, et donc dangereux, de passer des œuvres d'art. Mais nous avions pris un pari sur l'ignorance des policiers, auxquels l'art conceptuel était incompréhensible, leurs références ne dépassant pas le niveau du kroujok de peinture artékien. Malgré sa signification explosive, j'avais une chance qu'il n'éveillât pas leur suspicion. A quelques exceptions près, un demi-siècle de soviétisme avait ramené une nation au degré zéro de la sensibilité artistique.

Au poste-frontière de Vyborg, sur le chemin du retour, la camionnette fut inspectée de fond en comble. Les douaniers ne trouvèrent rien à redire. L'opération avait duré plus d'une heure pendant laquelle, aux dires de mon fils et de l'ami qui m'accompagnaient, je fus d'une pâleur qu'on ne m'avait jamais vue et qu'on ne devait jamais me revoir. De l'autre côté, les Finlandais regardèrent à peine nos passeports. Puis un feu rouge passa au vert. Je ne démarrai pas. Un policier finit par sortir de sa guérite pour me faire signe d'avancer. C'était le signal que j'attendais. Le feu vert ne m'avait pas suffi. Après trois semaines sur les routes de l'Union soviétique, j'avais acquis de nouveaux réflexes de conducteur.

ques-mêmes, sans espoir d'être contrôlés, ainsi que la frontière sous les cendres d'une culture ancienne.

La foule compacte des voitures à la sortie du territoire soviétique représentant un disque calcaire, il est en principe interdit, et donc dangereux, de passer des œuvres d'art. Mais nous avions pris un pari sur l'ignorance des policiers, auxquels l'art concernant étant incompréhensible, et leurs références ne dépassant pas le niveau du kiosque de peinture artistique. Malgré sa signification explosive, j'avais une chance qu'il n'éveillât pas leur suspicion. A quelques exceptions près, un demi-siècle de soviétisme avait amené une nation au degré zéro de la sensibilité artistique.

Ce pont-frontière de Vyborg; sur le chemin du retour, la camionnette fut inspectée de fond en comble. Les douaniers ne trouvèrent rien à redire. L'opération n'avait duré plus d'une heure, pendant laquelle, aux dires de mon fils et de l'ami qui m'accompagnait, je fus d'une pâleur qu'on ne m'avait jamais vue et qu'on ne devait jamais revoir. De l'autre côté, les Finlandais regardèrent à peine nos passeports. Tout un feu rouge passa au vert. Je ne pouvais pas [illegible] de sa poitrine pour me laisser aller en avant. C'était le signal que j'attendais. Le [illegible] ne m'avait pas [illegible]. Après trois semaines sur les routes de l'Union soviétique, j'avais acquis de nouveaux réflexes de conducteur.

Impression Bussière à Saint-Amand (Cher),
le 22 février 1984.
Dépôt légal : février 1984.
Numéro d'imprimeur : 2083.

ISBN 2-07-037538-2. Imprimé en France.
Précédemment publié par Lieu Commun
ISBN 2-86705-001-4